僅以此書獻給外婆的在天之靈

汝文東　著

事情總會起變化

——以中國共產黨黨史小說《紅岩》為中心

目　次

下　卷　事情正在起變化

寫在前邊

沙子把我們的腳印只能保留幾秒鐘。

——莫迪亞諾（Patrick Modiano）

一

本書將要講述的，是一個跟話語理論（theories of discourse）有關的故事。兩年前，我寫了一本跟這個影響極大的理論有關的專著，題曰《隨貝格爾號出遊》。貝格爾號（HMS Beagle），那可是當年達爾文（Charles Robert Darwin）坐過的船呀。我斗膽盜用那個偉大的名號，僅僅是想借用它的仙氣，為自己的航行弄到一張護身符。但那道臆想中的護身符並沒有完全顯靈：《隨貝格爾號出遊》雖然在其後的兩年間被反覆修改，但至今不敢讓方家寓目。我一忽兒認為，我論證的問題要麼是重要的，要麼就是一錢不值的；一忽兒又認為，我的結論要麼是正確的，要麼就是極其荒謬的。兩年來，我進退失據，左右搖擺，時而興奮，時而沮喪，差點把自己弄成神經病或變態分子。

《隨貝格爾號出遊》的本意，是要繞到若許年來飽受世界各國人民高度禮讚的話語理論背後，將它尚未覺察到的漏洞強制性地挪到明處：

> 事情首先進入談論（即 discourse 的第一層涵義）；談論給論述（即 discourse 的第二層涵義）提供了唯一的合法性與可能性；論述通過繁複的運作生產出了關於某件特定事情的結論性命題；結論性命題在某種、某類、某方面權力的鼎力支持下成為飽具威懾力的話語定式（即 discourse 的第三層涵義）。作為特定的觀念運算式，話語定式不過是意識形態的外在顯形，不過是意識形

態的另一個名號。意識形態在長期的文化遺傳中，總會內化為人的目的無意識從而指揮我們的行動，劃定我們的手足的運行疆域。……作為一個難生蛋抑或蛋生難似的難題，上述過程其實是可逆的：特定的意識形態及其存在方式即話語定式在人那裏內化而成的目的無意識，反過來會賦予論述以及論述過程以特定的目的，這無疑意味著：論述獲得了某種隱蔽力量的授權；當此之際，被授權的論述有資格也有機會向談論放權，使談論一開始就具有某種特定的眼光，以致於讓談論以這種方式而不是那種方式，去直接處理、消化和打磨某件特定的事情，並將這件事情的整體或切片，置於語言框架之內，從而成為新一輪論述的開端。……這無疑是一個有趣的循環。這個循環是針對話語生產來說的。作為一個蛋生難抑或難生蛋似的問題，還有一個循環存在於另一個更為明顯、也更容易為人察覺的地方：事情經由談論、論述、結論性命題，從而躍邊為話語定式或曰意識形態，並經由文化遺傳內化為人的目的無意識，這種目的無意識肯定會在暗中支配我們生產出新一輪的事情。這個循環是針對事情生產來說的。……第一重循環提醒我們：discourse 內部各層涵義之間的關係，以及 discourse 與意識形態的關係，必須由事情來界定；第二重循環則啟發我們：事情和 discourse 是相互造就的。……discourse 與事情的相互造就是以擴大再生產的方式來進行的。這無疑意味著：discourse 生產出了較之先前更多屬人或更多非人的事情；更多屬人或更多非人的事情則引發了更多的 discourse[1]。

　　《隨貝格爾號出遊》將上述現象稱作雙重循環。這是被過於聰明的話語理論有意忽略的一個極為原始的基點；這一致命的忽略導致了話語理論自身的癌變，儘管後者依照它一貫的做派會嘴硬地說：「我有渾身的癌，可也有渾身的愛。」[2]《隨貝格爾號出遊》願意相信：只有

---

[1]　《隨貝格爾號出遊》，未刊稿，2004 年，北京。
[2]　戲引自宋煒《在中山醫院探宋強父親，旁聽一番訓斥之言，不覺如屢，念及亡父。乃記之成詩，贈宋強，並以此共勉》（未刊稿）一詩中的句子。

弄清雙重循環的發動機制，找到雙重循環的運行基礎，我們才能更真實、更準確地認識和切中（treffen）世界，才不致於被各種雜七雜八的異端邪說蒙蔽了眼睛，不致於製造出大量的胡言亂語欺世盜名，才能使話語理論有一個穩固的、堅實的基礎，讓它在健康狀態中，滿面紅光地為我們服務——無論是依靠 discourse 生產新一輪事情，還是仰仗新一輪事情生產更新一輪的話語定式（即 discourse 的第三重涵義，它的前兩重涵義分別是敘事性談論、論證及其過程）。

兩年來，我時而認為《隨貝格爾號出遊》完成了自己的任務，時而又拒絕承認它完成了任務；時而認為它破解了雙重循環的祕密，時而又拒絕承認它的破解。2004 年 5 月的某一天，在我討生活的那所大學即將拔掉的某座大樓的某間辦公室裏，我想到了一個解決方案：用《隨貝格爾號出遊》提出的理論去面對某個具體的個案，在真刀真槍和實彈演習中，觀察它究竟有沒有解釋能力、有多大的解釋能力。2004年那次偶然的衝動，最終導致了本書的出現。那個衝動是不是又是一個誤會？因此，本書只是《隨貝格爾號出遊》的小妹；作為純粹理論著作的《隨貝格爾號出遊》已經擁有一幅抽象、呆板的學究面孔，本書則力圖獲得一個性感的腰身：水蛇腰是本書在體形方面的最高追求。

本書之所以選中長篇小說《紅岩》的生產與傳播過程充任講述對象，僅僅因為它是一個典型的話語事件。眾所周知，作為著名的中共黨史小說[3]，《紅岩》從創作到傳播，都仰仗革命話語的公開支持——儘管後者的內涵並不總是固定不變，更不是憑空生發出來的；事實上，

---

[3]　《紅岩》的主線索之一，是 1947 年中共地下黨的祕密報紙《挺進報》在重慶創刊以及其後在國民黨統治區的遭遇。說《紅岩》為「黨史小說」沒有絲毫問題。作為旁證，可以聽聽當年參與籌辦《挺進報》的人在《紅岩》剛剛出版時所做的回憶：「這本書主要是通過『中美合作所』集中營的監獄鬥爭，反映了 1948 年到 1949 年一年間，重慶的革命和反革命在最後決戰時期的鬥爭事蹟。……當我讀到書中成崗等同志辦《挺進報》的那些章節，特別是讀到江姐和成崗等同志被捕後在獄中英勇鬥爭的事蹟時，我不禁回憶起過去在重慶進行的地下革命鬥爭，也想起了《挺進報》，想起了共同辦《挺進報》的那些親密的戰友江竹筠、陳然、劉國鋕等同志。和這些革命先烈在一起工作的一段經歷，是值得我永遠紀念的。」（吳子見〈回憶《挺進報》及戰友們〉，《中國青年》，1962 年第 8 期）

它基於若干特定事情的有力支撐。和其他所有話語定式相似，革命話語同樣擁有一個被生產的過程，它本身就是雙重循環的傑出範例。在《紅岩》的寫作和傳播過程中，有太多的好評，也有由少集多、由少而多的詬病，再加上革命話語之內涵的不斷游弋和變遷，致使這一過程不僅引發了眾多新的話語行為，也生產出了更新一輪的事情：毫無疑問，《紅岩》的生產與傳播完好地體現了雙重循環的全部過程，它因此成為了一具可以被觀察、被研究、被解剖和被指指戳戳的難得標本。

　　為了給《隨貝格爾號出遊》倡導的理論提供施展拳腳的機會，本書準備響應來自雙重循環內部的號召分兩步走。首先，依據現存的史料，將長篇小說《紅岩》吸納的事情的本來面目（即本事）和盤托出，交代出即將走進《紅岩》的那些本事的來龍去脈──我希望自己始終是在事情本身的水平上進行交代。這是本書上卷要講述的故事。緊接著，將著力描述那些即將被吸納的事情按照革命話語的指令，如何以變形的面孔進入語言空間，曾經真實的人物（比如江竹筠）如何變作小說中的人物（比如江雪琴），曾經真實的事情（比如「《挺進報》事件」）如何借助情節嫁接術和動作化妝術成為小說中虛構的事情，小說人物又如何被改編成舞臺上、螢幕上的人物，這些人物以及圍繞這些人物組建起來的虛構的事情，在不同的年代和語境中怎樣被評說，直到這些不同面孔的評說相互交織，並最終組成一個錯綜複雜的話語市場，在話語市場的辛勤勞作下，又導致了哪些新生的事情，新生的事情和話語市場之間，又有何種相伴相生的內在關係……這個令人驚訝的過程是本書下卷將要講述的故事。為緊密團結在《隨貝格爾號出遊》的周圍，維護《隨貝格爾號出遊》的核心地位，本書最後還會談到，支持上述過程得以發生的東西，始終是我們的願望。

　　《隨貝格爾號出遊》是從發生學的角度，研究 discourse 和動作／行為（它組成了事情）之間的關係；本書一開始就供認不諱：我們每一個人一出生，就陷身於某個特定的話語市場之中；我們每一個人都是雙重循環症的感染者，我們只是從雙重循環的腰部而不是頭部進入了雙重循環，因為那個話語市場早在我們出生之前、早在撥開烏雲看見青天以遠，就已經存在。作為後來者（而不是創始者），我們沒有機

會從雙重循環的頭部開始我們的人生經歷：歸根到底，是事情與既有的 discourse 在交互作用中，才生產了我們看待世界的眼睛，造就了我們即將生產事情的四肢。至為清楚的是，對《紅岩》的寫作、傳播，對《紅岩》中的人物的動作／行為起支配作用的，無疑是革命話語。本書有必要預先將革命話語的內涵講清楚，以便為其後的故事提供一個可以直接利用的起點，進而有利於本書獲得一個性感的腰身。這就是看似離題千里的「引言：教育家毛澤東」的由來。我試圖通過毛澤東的幾個小故事，從最簡化的角度，來交代（不敢說闡明）革命話語最基本的內涵。

二

　　為本書在體形方面的目的著想，此處有必要預先給出答案：革命話語就是毛澤東的思想，就是毛澤東的教育理念，它來自毛澤東對他所經歷的關鍵事情的語言性消化，是既有的 discourse（比如蘇聯版的馬克思主義[4]）與那些關鍵事情相婚配的產物；消化工具不偏不倚，正好是說或寫，跟我們平庸的身體上各個器官之間的精密分工、協同作戰恰相吻合。作為事情最小的、不可被再度拆卸與再行分解的元素[5]，動作／行為（action）在消化工具（即說或寫）懷柔遠人的翩翩風度中，只得跑步進入語言空間、有方向地拱入語言大廈——宛若自由運動的電子被強行歸置在正負兩極之間：動作／行為始終是說或寫劫持的對象，但它首先被綁架進敘事性談論（即 discourse 的第一重涵義），和語言上下其手，趁機構成了能讓談論運算式具有充分有效性的價值。價值既是說或寫與動作／行為相婚媾的產物，也是談論運算式的心肝和脾膽；沒有語言和動作相婚媾而生產出的價值，談論的及物性就不存在，它對廣袤無垠的現實世界就失去了切中能力：面對始終花花綠綠、

---

[4]　參閱王明《中共 50 年》，東方出版社，2004 年；參閱張國燾《我的回憶》，東方出版社，2004 年。

[5]　參閱 T.帕森斯（T. Parsons）《社會行動的結構》，彭剛譯，上海譯文出版社，2003 年，第 48 頁。

咆哮沸騰的生活之流，談論馬上就淪為中風的偏癱老人，連這個世界
的一根寒毛都無力抓取。

　　作為某種特定的經驗事實，具有一定價值量的談論運算式有充足
的能力，為接下來的論述（即 discourse 的第二重涵義）提供堅定不移
的有效支持，最終讓論述獲得了關於某個或某類事情的結論性命題；
結論性命題經過社會機制的廣泛選擇和嚴格過濾，其中的少許部分，
有可能幸運地上升為飽具權力特徵的話語定式（即 discourse 的第三重
涵義），就像後宮中的三千佳麗只有二、三人才有機會得到萬歲的寵
幸──讓「三千粉黛」痛失「顏色」的胖女人楊玉環不僅存在於後宮，
也存在於結論性命題組成的集團軍。但這是另一個漫長的故事將會講
述的內容。

　　任何話語定式都是權力性的語言運算式，都是意識形態的存在方
式[6]；話語定式就是我們通常所說的輿論，也就是曾經淹死過某個不幸
寡婦的如潮唾沫。「輿論是萬能的，其他一切權力形態皆導源於輿論──
這個見解容易（得到）說明。軍隊一無用處，除非兵士相信他們為之
戰鬥的事業……法律不能實行，除非得到普遍的尊重……在任何一個
國家裏，如果大多數人贊成社會主義，資本主義就行不通了。根據這
個理由，可以說在一切社會事務中輿論是最終的權力。」[7]

　　在所有形式的中國馬克思主義版本中，毛澤東的思想經過反覆拼
殺、多方爭鬥，最終被認為是至為有效的版本[8]，革命話語從面貌到骨
髓和毛澤東的思想幾乎完全等同。經過毛澤東發動的長期教育活動，
革命話語如願以償，終於深入到每一個共產黨人的大腦皮層；感謝心
靈發酵過程堅持不懈地暗中襄助，革命話語最終作為一種特定的目的
無意識，坐落在每一位學員的心坎上，它像暗中的烏雲，像躲在洞中
的風神，像奇美拉（Chimera，希臘神話中獅頭、羊身、蛇尾的吐火女
怪），隨時準備假借各級學員的大腦、嘴巴和運動系統，讓自身得到廣

<hr />

6　參閱敬文東《隨貝格爾號出遊》，未刊稿，2004 年，北京。

7　羅素（Bertrand Russell）《權力論》，靳建國譯，商務印書館，1998 年，
　　第 97 頁。

8　參閱李澤厚《中國現代思想史論》，東方出版社，1988 年，第 122-208 頁。

泛地彰顯。「目的無意識的意思十分簡單：在我們的交流中，在我們的對話中，在我們有目的性地生產事情的過程中，初看起來一切事情都出於我們自身的渴望，實際上這個渴望來自更高的『事物』、更隱蔽的力量，這就是通過文化遺傳早已內化為無意識的意識形態。目的無意識並不是指目的的盲目性，而是指我們這些活生生的人或完全或部分地在無意識中，被意識形態當作長槍使用了，被意識形態的存在方式即話語定式當作了傀儡、木偶或拉線始終攢在意識形態手中的風箏。」[9]因此，「一種信條或思想情感對於社會內部的團結是必要的，但要使它成為力量的源泉，就必須有大多數人對它有真誠的、深刻的感受。」[10]必須承認，革命話語的目的無意識化出色地、精彩地、令人信服地完成了這個艱巨的任務。

　　在蒼翠挺拔的歌樂山上下，在奔湧不息的長江南北和令人敬畏的華釜山左右，作為革命話語的目的無意識的被支配者，作為烏雲、風神和奇美拉的靈魂附體者，我們接下來的故事中的許多英雄人物（比如江竹筠），有充足的理由生產出一大堆可歌可泣、惹人敬佩的事情，以他們帶血的動作／行為體現革命話語的基本涵義。那些始終鮮活的事情，從來都是在話語定式或暗中或公開地指導下被生產出來的，人不過是事情貌似的生產者，頂多是「鳩占鵲巢」中那只看似主動有力實則無可奈何的「鳩」──它被必須要霸「占」鵲巢的本能所支配。

　　作為反面例證，作為這種目的無意識不那麼堅定的崇奉者，我們接下來的故事中將要講述的眾多叛徒（即《紅岩》中甫志高的原型），則在另一些目的無意識化了的話語定式（比如好死不如賴活、肉體是最大的真理等）的指引下，放棄了革命話語和它的目的無意識對他們的嚴格要求，並以他們既堅定又嚴重變形的動作／行為，充當另一些目的無意識的私生子。儘管他們中的絕大多數人最後都做了賠本的買賣，但革命話語對這些叛徒實施的嚴厲報復不能稱作報復，而是搧向另一些目的無意識的響亮耳光──只不過需要叛徒們以肉體付帳。古往

---

[9]　敬文東《隨貝格爾號出遊》，未刊稿，2004 年，北京。
[10]　羅素《權力論》，第 109 頁。

今來，耳光聲響了又響，至今回聲不絕──自古以來，一種目的無意識和另一種目的無意識總是處於對抗和矛盾之中，和平共處不是通常情形，相互拉扯、抱頭撕咬、有條件地相互妥協以至於暫時性地握手言歡，才是基本造型。事情的生產過程（簡稱事情生產）如此簡單，僅僅需要幾個簡易好記的信條，但它至為深刻地體現了革命話語內部運作的第一重循環──這是本書上卷將要講述的故事暗中遵循的綱領。

通過複雜、慘烈的教學過程，作為一種特定的話語定式或意識形態，革命話語被處理為各級學員頭腦中的目的無意識後，他們立即被配置了特定的眼光，像「奔4」電腦一樣機敏和迅捷，像長有複眼的蒼蠅，滿眼都是敵人的投影。一切看待世界的眼光都是某種目的無意識的產物，都是各種目的無意識的基本群眾和正版產品；一切眼光都曾在既定的目的無意識熬出的油脂中九蒸九煮。在無論哪種目的無意識面前，從來就不存在任何型號和任何性質的無政府主義者；在一個廣袤無垠的話語市場上，從來都沒有無政府主義者藏身的地盤──神經病患者除外。

歌樂山上下被革命話語生產出來的各種事情，必將在新一輪的說或寫中，按照革命話語給定的方向，充任新一輪談論運算式凝結價值的原材料，為新一輪論述、新一輪話語定式的到來逢山開路，遇水搭橋。話語的生產過程（簡稱話語生產）如此簡單，僅僅需要一些滿儲著動作／行為的事情，僅僅需要幾個與之相搭配的簡易好記的信條，以便它們上下其手、裏通外合。但這個奇妙的過程，正好體現了革命話語內部運作的第二重循環──本書下卷講述的故事將以此為綱[11]。

《隨貝格爾號出遊》早已論證過，事情生產和話語生產始終相互交織，始終在相互交織中催生出更多的對方。這是一種可以被名之為互相擴大再生產（Reciprocal expanded reproduction）的恒久不斷的過程，沒有人有能力預知它的開端在何處，終結之地又在何方。但理解雙重循環的關鍵要領仍然是動作，是事情最小的、不可被再行分解與

---

[11] 本書為了敘事的方便，有意顛倒了拙著《隨貝格爾號出遊》所規定的雙重循環的順序。但這不會影響《隨貝格爾號出遊》提出的全部理論問題的正確或錯誤。

再度拆卸的元素。設身處地地為雙重循環著想，我們的故事有必要識別出兩種動作：條件性動作、完成性動作。它們合在一起，剛好是這個世界上存在的所有動作；一切動作，無論是屬人的還是非人的，都不自外於這兩種動作。前者是後者用於消化、吸納、凝結的對象，是後者反覆經營、打磨、修理以構成談論運算式之價值的原材料；完成性動作不偏不倚，正好是通常形態的說或寫：但它需要我們的肉體出面才能得到維持——肉體才是事情生產和話語生產共同的維持會會長，儘管我們很長時間以來出於虛偽，「對身體的關心遠遠不夠」，以為它「無關弘旨，是一堆肉，只需做到潔淨即可」[12]。

相較於條件性動作（它可能是屬人的，也可能是非人的），完成性動作（它只能是屬人的）無疑更為重要：前者始終處於被動地位，後者總是心安理得地位居領袖的寶座，只因為後者從目的無意識那裏早已獲得了授權——完成性動作始終是目的無意識的形象代言者、長子或經紀人，這個手持尚方寶劍的欽差大臣從一開始就十分明白，它該怎樣喬裝打扮那些任它宰割的條件性動作，以便為寄存在談論運算式之中的價值賦予意義傾向性，讓緊接著而來的論述得出它意欲得出的結論性命題。價值的意義傾向性始終聽命於特定的話語定式的最終結果，即這種話語定式在人的大腦皮層中生產出來的目的無意識——它是另一種性質的力比多、精神性的力比多，但它的功能卻和性慾相等同。

價值的意義傾向性並不直接聽取目的無意識的指令，它必須以完成性動作為橋樑，間接接受目的無意識的旨意：像某個神龍見尾不見首的獨裁者一樣，目的無意識不屑於親自召見價值的意義傾向性。它需要太監代為傳旨。因此，雙重循環的關鍵首先在說或寫——完成性動作既是話語生產的直接工具，也是事情生產的間接車間。一個漫長的故事前不見頭後不見尾：古往今來，都是說或寫通過可以想見或難以想見的「轉折親運動」，才最終生產出花花綠綠的事情，並由此構造和改造了整個世界，這個讓我們哭，讓我們笑，讓我們為它而上吊的現實世界。

---

[12] 劉春〈簡史〉，祝勇主編《一個人的排行榜——中國優秀散文（1977-2002）》，春風文藝出版物，2003 年，第 361 頁。

　　但說或寫始終表徵著人的願望、來源於人的願望：是人的願望造就了說或寫的姿勢、神態和腰身，是願望給予了說或寫特定的造型與心、肝、脾、胃，直到囂張的生殖系統。願望就是人對事情的特定態度；它誘導人的上升或下降，唆使條件性動作和完成性動作的出生或滅亡。此處要預先說明的是，作為一種特定的話語定式或意識形態，毛澤東的思想（即革命話語）的核心內容始終是反抗與鬥爭、富國與強民；很顯然，它不過是一個弱國領袖對於民族尊嚴的堅定渴求──無論以何種方式、何種目的談論毛澤東，這都是一個根本的出發點[13]。說或寫的面貌與表情，始終受制於某種特定的願望：是旨在民族富強昌盛的夢想，構成和充當了革命話語內部雙重循環現象的發動機。革命話語就是一個巨大的願望，一個超級夢想，它既需要攜帶著恥辱的舊事情（比如引言將要講到的毛澤東遇到的某些關鍵事情）來完成，也需要帶血的新事情（比如江竹筠勇於就死）去體現。但寄存在談論運算式之中的價值並不保證談論的真假，只保證談論是否有效：真實是一個幾乎無法抵達的烏托邦，雖然猛一瞧，它還真算得上離我們最近的烏何有之地。願望既是雙重循環的產物，更是雙重循環的中心客棧：它在骨殖深處孕育了雙重循環，又在它的子宮內，為後者預支了必不可少的胚胎、具有既定方向的胚胎。願望是人和現實世界之間唯一穩當的連接點。上蒼是仁慈的，它總是願意給我們這些內心貧弱、被苦難包圍的子民或廉價或昂貴的安慰。

　　以更為複雜的事情生產和話語生產的相互交織為仲介，富國強民的願望最終在轟轟烈烈的實踐中（它同樣以動作／行為得到體現），導致了革命話語濃厚的即興色彩：革命話語的核心內容恒定不變，圍繞在核心內容周圍的，始終是它隨時間而來的眾多變體。前者為後者提供依據，後者則致力於保證前者的活力，為前者提供實現自身的途經和手段；無論這種渴望中的活力、途經和手段，是否最終導致餓殍橫

---

[13] Xin Haonian 先生認為，中國共產黨的革命直接導致了封建專制主義的復辟，並以此為線索去解讀毛澤東的思想（參閱 Xin Haonian，Which is the New China-Distinguishing between Right and Wrong in Modern Chinese History，Blue Sky Publishing House，1999）。這樣的觀點不僅太過簡單，而且不符合事實。

陳、舉國大亂、經濟崩潰或冤獄四起，它都是有效的，只因為它確實
生產出了眾多的事情[14]。革命話語像個嚴厲的父親一樣十分清楚，它需
要它的兒子即興色彩，就像後者需要它，只因為這個兒子有充足的能
力，為 1949 年 10 月 1 日以後展開的各項革命試驗運動提供超級依據：
「一萬年太久」了，必須「與時俱進」、「只爭朝夕」。很明顯，由此開
出了更多的轟轟烈烈的新事情。

三

　　本書不是史學研究，但以史實為憑據；本書不是政治學研究，但
以政治為靠山；本書不是文學研究，儘管看起來好像在針對文學——但
也只是看起來而已。它是一個四不像。事實上，我也不知道在這個分
類學十分囂張的年月裏[15]，它究竟應該被安置在哪個盒子裏。它可能是
個野鬼。但如果它是個野鬼，就讓它待在一邊自生自滅吧。

　　……我的小木船貝格爾號兩年前已經返航，但真正的遠行很可能
才剛剛開始：我希望我的文字通俗、簡潔、平易近人；我希望能講好
這個故事；我祈求被我們的先祖打磨得玲瓏剔透的敘事技術幫助這本
卑微的小書，讓它獲得它臆想中希望獲得的水蛇腰；我希望自己能夠
達到預期的目的。但結局如何，惟有天知道。

2006 年 4 月 10 日，北京魏公村

---

[14] 本書所謂的有效，僅僅是指話語生產或事情生產的有效，即能夠讓這些生產
發生，不是指必須生產一個正當的話語或一件正當的事情。長期以來，很多
人都論述過毛澤東的思想在漫長的演變中具有即興色彩，在他們看來，即興
色彩來源於毛澤東的個人權欲（參閱高文謙《晚年周恩來》，香港明鏡出版
社，2002 年）。但無論如何，作為一個民族主義者，毛澤東的核心思想依然
是富國強民【參閱斯圖爾特・施拉姆（Stuart P.Schram）《毛澤東的思想》，
田松年等譯，中國人民大學出版社，2005 年，第 198-224 頁】。

[15] 關於現代分類學對於學術分層的重要性的論述，請參閱敬文東〈那些實在難
纏的問題〉，《粵海風》，2005 年第 6 期。

引言：教育家毛澤東

歷史是個大掌故。

——諾瓦利斯（Novalis）

壹、教育家剪影

1975 年，毛澤東年屆 82 歲，皮膚光潔，絕少皺紋[1]，「看上去像一頭海象，一切都顯得氣宇軒昂。」[2]雖然 20 世紀 30 年代在邊地延安他就已經開始發福，但仍然對一切情勢應付裕如[3]。作為根本上就是「中國小說和戲劇上的人物」[4]、「他那個時代的摩西」[5]，毛澤東的自信有相當大的一部分來源於他的教育家身份[6]；作為中國無產階級革命修道院至高無上的院長[7]，毛澤東有充足的理由相信，在他幾十年如一日地辛勤教育下，他的人民沒有任何理由不按他的旨意辦事——「我本會很

---

[1] 參閱尼克森（Richard Nixon）《領袖們》，劉湖等譯，世界知識出版社，1985 年，第 324 頁。

[2] 這是羅斯・特里爾（Ross Terrill）引自一位在毛澤東 82 歲時拜見過毛澤東的泰國總理對後者的描述（參閱羅斯・特里爾《毛澤東傳》，胡為華等譯，2006 年，中國人民大學出版社，第 1 頁）。

[3] 參閱羅斯・特里爾《毛澤東傳》，第 1 頁。

[4] 左舜生《近三十年見聞雜記》，《近代史中國史料叢刊》，第 49-50 輯，1967 年，臺北文海出版社，第 536 頁。

[5] 羅斯・特里爾《毛澤東傳》，第 163 頁。

[6] 林彪在 1967 年五一節專門寫道：「偉大的導師，偉大的領袖，偉大的統帥，偉大的舵手，毛主席萬歲！萬歲！萬萬歲！」（參閱《林副主席論毛澤東思想》，內部學習版，1968 年，第 1 頁）

[7] 參閱羅斯・特里爾《毛澤東傳》，第 99 頁。

高興從事醫生這一職業的，其精神與我在力圖履行皇帝這一職業時的
精神沒有原則上的區別。」[8]

　　但垂暮之年還是如期來到了毛澤東身上。就在這一年的 7 月 14
日，依照某種人所共知的自然規律，一代梟雄毛澤東不得不耷拉著腦
袋，比平常更加不拘小節，「像是不留心丟在那裏的一袋土豆，」[9]倚坐
在某張特製的沙發上，以紅衣主教的口吻，對他的夫人、上海灘前三
流演員、文革時期紅極一時的「文化旗手」、時任中共中央政治局委員
的江青，說過一番十分富有毛澤東特色的話：

> 黨的文藝政策應該調整一下，一年、兩年、三年，逐步逐步擴
> 大文藝節目。缺少詩歌，缺少小說，缺少散文，缺少文藝評論。
> 對於作家，要懲前毖後、治病救人，如果不是暗藏的有嚴重反
> 革命行為的反革命分子，就要幫助。
> 魯迅那時被攻擊，有胡適、創造社、太陽社、新月社、國民黨。
> 魯迅在的話，不會贊成把周揚這些人長期關起來。脫離群眾。
> 已經有了《紅樓夢》、《水滸》，發行了。不能急，一、兩年之內
> 逐步活躍起來，三年、四年、五年也好嘛。
> 我們怕什麼？1957 年右派倡狂進攻，我們把他們罵我們的話登
> 在報上，最後還是被我們打退了。
> 以前的《萬水千山》[10]沒有二、四方面軍，這不好。現在聽說改
> 好了。
> 文藝問題是思想問題，但是不能急，人民不看到材料，就無法
> 評論。

8　尤瑟納爾（M.Yourcenar）《哈德良回憶錄》，陳筱卿譯，東方出版社，2002
　　年，第 40 頁。
9　參閱尼克森《領袖們》，第 329 頁。
10　《萬水千山》是中國人民解放軍總政話劇團 1955 年首演的反映紅軍長征的
　　十幕話劇。毛澤東 1964 年觀看了演出，肯定當時演出本的一些情節和人物，
　　對如何表現好紅軍各方面軍團結戰鬥等問題提出了修改意見。後經反覆加工
　　修改，1974 年 10 月 1 日再次公演（參閱《毛澤東文集》第八卷，人民出版
　　社，1993 年，第 445 頁注釋 6）。

《反杜林論》出版後，柏林大學撤了杜林的職，恩格斯不高興了，爭論是爭論嘛，為什麼撤職？杜林這個人活了八十多歲，名譽不好。處分人要注意，動不動就要撤職，動不動就要關起來，表現是神經衰弱症。林彪不跑，我們也不會殺他，批是要批的。

蔣介石的時候，報紙、廣播、學校、電影都是他們的，他們蒙蔽人民。我們都是從那兒來的。我學孔夫子、資產階級的東西十三年，就是不知道馬列，十月革命後才學馬列，過去不知道。反動派沒有多少威力，靠剝削過生活，他的兵都是靠抓壯丁，所以我們不怕他們。怕死的是林彪，叫他打錦州，他不打，最後兩天他去了，俘虜十萬人。又消滅了廖耀湘。長春瀋陽解放。釋放俘虜放得好，國民黨怕得很[11]。

　　沒有必要細究毛澤東這番談話的微言大義（類似的任務將放在本書其後的部分），值得注意的是他的說話方式。臨近生命終點的毛澤東在對江青講話時，很有些詹姆斯·喬伊絲（J. Joyce）的意識流做派，「談吐隨便，言簡意約，常常省去不必要的字眼，」[12]幾乎是想到哪就說到哪，但欲言又止、惜墨如金，附帶著似有還無的懷舊語調，只是紅衣主教的口吻依然如故：輕鬆、平常、從容、隨意，「談笑間檣櫓灰飛煙滅」的氣派一如往昔。

　　很顯然，權力就是希臘人所謂的奇美拉，它僅僅帶來新的孤獨和惆悵[13]。像所有步入晚境的人一樣，暮年時分的毛澤東也非常喜歡懷舊。1975 年那個炎熱的夏日，他好像不是對江青，而是在對偉大的虛無回顧自己輝煌的往昔，那轟轟烈烈的革命生涯。但他還需要向那個

---

[11] 毛澤東《黨的文藝政策應當調整》，《人民日報》，1976 年 11 月 5 日。此文後來收入《毛澤東文集》（參閱《毛澤東文集》第八卷，人民出版社，1993 年，第 443-444 頁）。

[12] 尼克森《領袖們》，第 324 頁。

[13] 參閱彼得·沃森（Peter Watson）《20 世紀思想史》，朱進東等譯，譯文出版社，2006 年，第 206 頁。

無人不去、無物常駐的處所表白自己嗎？我們也無從知道，他在說這番話時，是否想起了 70 年前在湖南省湘潭縣韶山沖某個池塘邊，向父親單膝跪地磕頭以求和解的那個天氣陰霾、氣流黏稠的日子？

貳、教育理念或革命話語的誕生

一、八華里以內的反抗

　　毛澤東心中有數：他的平生功業，實在應該感謝那一年某一天以韶山沖某個池塘為中心發生的事情；正是那件不同凡響的事情，讓他獲得了一個教育家最初的教育理念。那一年正好是中國人民多災多難的 1906 年，毛澤東 13 歲，伴隨著個頭雨後春筍般節節攀升，蘊藏在心中的火氣與強力也在不斷拔高：那一年，他正處在與父親長期對抗的高潮階段，卻和佛洛伊德（Sigmund Freud）張冠李戴、誇大其詞的俄狄浦斯情結毫無瓜葛[14]。毛澤東的父親，經過艱苦拼搏成為富裕農民的毛順生，像他古往今來的所有同行一樣，幾十年來，一直在為積聚土地、糧食、錢財和兒女奔波勞碌。務實的毛順生和他的腦袋一道，完全被實用理性所控制，看不慣從小就喜歡讀書、不熱心農活的長子毛澤東。他對後者的「好逸惡勞」十分反感和窩火。農閒時分的毛順生由此意外地獲得了一個重大愛好，這個愛好實際上已經成為毛順生心中暗藏的娛樂，能夠幫助他解除田間勞作帶來的疲乏：毛順生熱衷於用言辭、拳頭和棍棒，攻擊長子的耳朵、面部、屁股和脊樑。這些讓人望而生畏的動作／行為意在改造毛澤東的靈魂，宛若多年後毛澤東對他的眾多學員實施的靈魂改造和再修補工程。毛順生雖然遭到過兒子零星、脆弱的反擊，但他的反應每每都是對後者施以更加嚴厲的彈壓；令他萬難想到的是，就在這一年的某個上午或下午，高潮來臨了。

　　按照發生學自以為是的絕對口吻，高潮並不是說來就來的：它需要預習和懵懵懂懂中完成的自修作為鋪墊。在此之前的第三個年頭，

---

[14] 參閱李銳在《早年毛澤東》（遼寧人民出版社，1993 年）一書中給出的相關解釋。

10 歲上下的毛澤東就已經有過類似的表演，一如今天的小資產階級津津樂道的前戲（pre-play）。用於前戲的對象是毛澤東的私塾教師。那位過於迂腐的先生和他古往今來的同行一樣態度粗暴，常常體罰學生，戒尺是最常用到的刑具。頑皮的毛澤東不幸是受害者之一。一般說來，大於肉體的真理在這個世界上確實很難存活，毛澤東因此開始了他的第一次翹課。自覺罪行深重的小逃犯不敢回家，因為家裏有一位和粗暴的私塾先生不相上下的人，便朝縣城湘潭的方向走去。從未出過韶山沖的毛澤東想當然地認為縣城（即湘潭）應該潛伏在就近的某個山谷裏；他以超出同齡人十倍以上的膽量在那個山谷中亂跑了 3 天，最後被心急如焚的家人捉拿歸案。他們為此歡欣鼓舞，毛澤東卻沮喪透頂：因為迷失方向，他只不過來回兜了幾個圈子；雖然奔波勞碌 3 天，離家卻不過區區八華里——這和他成年後的教育家生涯既相似又截然不同。但這場八華里以內的反抗卻收到了奇效，至少那位脾氣火爆的私塾先生再也不敢輕易動用戒尺修理他的手板心，毛順生對他也有了暫時的寬容[15]。3 年後的 1906 年，毛澤東決定一旦逮著機會，就要把得之於八華里以內的反抗經驗用在乃父身上。他一邊心急如焚地成長，一邊等候父親的動作／行為（它是事情的最小單位）中即將露出的破綻。

　　不知毛順生在事變結束後是否會為自己的冒失舉動感到後悔。他顯然低估了長子的個性和叛逆精神，令人遺憾地忽略了他長期實施的高壓政策即將生產出的強力反彈——牛頓第三定律用在這裏是滑稽的，也是靈驗的：那一天，毛順生確實不該當著眾多客人的面，責罵他的長子懶惰無用、好逸惡勞。13 歲上下的毛澤東被父親的粗暴、專斷和孟浪激怒了。作為回報，他口吐狂言，出語不遜；作為最高級別的抗議，憤然離家出走無疑是最好的選擇。家裏出了逆子，在封閉、保守、正統的韶山沖，自然是一件了不得的事情，何況當時還有那麼多客人在場[16]。毛順生依照儒家教義給予的指令，恰到好處地渾身抽

---

[15] 參閱愛德格・斯諾（Edgar Snow）《西行漫記》，董樂山譯，三聯書店，1979年，第 106 頁。
[16] 參閱愛德格・斯諾《西行漫記》，第 242 頁。

搐，頓感顏面無光。仰仗著神聖教義從潛意識深處給予的力量（即目的無意識），毛順生一邊咒罵，一邊邁開雙腿追趕那個狂奔的小逆賊。

　　貓捉老鼠的滑稽劇最終定格在毛澤東故居附近的一方池塘邊，結局卻恰如幾十年後席捲中國大陸的動畫片津津樂道的那樣，作為老鼠的天敵，貓反而成為耗子捉弄的最佳對象。少年毛澤東威脅身後因過度憤怒導致動作嚴重變形的追兵：如果再走近一步，他將毫不猶豫地捨身飼魚，反正他和母親一樣是信佛的，深知生死輪迴之貓膩[17]。被逼無奈之下，貓鼠之間展開了一場有趣的談判。那個無名的池塘有幸見證了這場喜劇：毛順生聲嘶力竭地堅持要長子磕頭認錯，以便在客人面前索回尊嚴；毛澤東則要求父親保證不攻擊他的肉體，他可以跪一條腿磕頭以示妥協和誠意，順帶給父親的心願一個鬆鬆垮垮的答覆。這個滑稽的提議絕好地體現了毛澤東身上的猴性：單膝跪地磕頭既是猴性的早期造型，也是毛澤東終身不移的實用主義的最早顯露[18]。讓多年後幾乎所有的中國人民慶倖的是，猴性最終取得了勝利：韶山的毛家事變以兒子的提議和平解決[19]。

　　差不多 30 年後，史無前例的長征剛剛結束，在陝西省保安縣的某座窯洞裏，基本上已經修煉為教育家、已成為中國革命修道院院長的毛澤東，那個當代摩西，對前來採訪的美國記者愛德格·斯諾總結過那場袖珍戰役，講述過那場戰役蘊涵的微言大義：「我從這件事認識到，我如果公開反抗，保衛自己的權利，我父親就軟了下來；可是我如果溫順馴服，他反而打罵我更厲害。」[20]「真正的出生地是人們第一次把理智的目光投向自己的地方。」[21]對於 13 歲的毛澤東，那無疑是一個鴻蒙初開的時刻，是他親自目擊自己再次出生的關鍵性瞬間：他幸運地目睹了那條狹長的產道、那條產道中滑行而出的新人，攜帶著他晦澀的粘液、濃烈的腥味和朦朦朧朧的希望。

---

[17] 參閱愛德格·斯諾《西行漫記》，第 109 頁。
[18] 參閱李澤厚在《中國現代思想史論》（東方出版社，1987 年）和彼得·弗拉基米洛夫在《延安日記》（呂文鏡等譯，東方出版社，2004 年）中的相關記錄。
[19] 參閱愛德格·斯諾《西行漫記》，第 108 頁。
[20] 愛德格·斯諾《西行漫記》，第 108 頁。
[21] 尤瑟納爾《哈德良回憶錄》，第 35 頁。

二、八華里以外

13 歲揚帆遠去，韶山已成為記憶，但八華里以內的反抗卻成為毛澤東隨身的行囊。其後的數十年間，他的足跡遍及長江南北、大河上下、長城內外以及秦嶺左右：他穿過長沙城門，在城內的某個高地目擊過辛亥革命的勝利，聆聽過禮讚「漢」字旗冉冉升起時劇烈的槍炮聲[22]；他在北京大學圖書館想和羅家倫、傅斯年等新文化運動的名流搭訕而不得——趾高氣揚的名流們不屑於理睬一個小小的圖書管理員[23]；在中國歷史上具有轉折意義的五四運動前夕，他離開北平和北京大學，參拜過他後來的專政對象孔子的陵墓，並在顏子的墳塚附近完成了一個愜意的長覺[24]；在上海和其他許多地方，他目睹了洋人——說各種鳥語的洋人——在異國他鄉的土地上飛揚跋扈、不可一世的神態，直到他 1921 年前往上海出席中國共產黨的成立大會，直到他率領紅軍殘部轉戰萬里到達陝北，直到他站在天安門城樓宣佈中華人民共和國成立和發動那場轟轟烈烈的文化大革命，直到 1975 年面對江青的那個炎熱的夏日⋯⋯

隨著毛澤東步履匆促的急行軍，風景在紛紛向後，事情在迎面撞來：它們大都在得之於八華里以內的反抗經驗中，得到過有效的克服、處理、消化、打磨和吸收。未來的教育家正在以驚人的速度邁向成熟，與他的教育理念一道。和最初的教育理念的獲得過程極為相似，毛澤東不斷成熟的教育理念得之於八華里以外的廣闊世界，尤其是那個世界上發生的眾多關鍵事情。理念從來都是對特定的事情的語言性消化，未來的教育家用自己的行動不斷證明著這個粗淺的觀點。事情的含義豐富得令人心驚肉跳，毛澤東貪婪地、毫無止歇地汲取著來自事情母體的汁液：在 1910 年早秋離開韶山之後的較長一段時間內，中國歷史上前無古人的教育家正處於自我教育的關鍵階段。他把武俠小說中大肆宣揚的閉關清修弄成了火爆熱鬧的戶外活動。

---

[22] 參閱愛德格・斯諾《西行漫記》，第 116 頁。

[23] 參閱愛德格・斯諾《西行漫記》，第 127 頁。

[24] 參閱愛德格・斯諾《西行漫記》，第 128 頁。

　　離開老家之後的第 14 個年頭，經過一連串紛紜複雜的事情的轉渡，毛澤東再一次來到異常亢奮、火爆和變態的上海。那是不可一世的洋人的天堂、洋人的大本營、「洋事情」的生產母機，但也是滋生民族主義的天然沃土。那時，前韶山沖少年農民毛澤東，正以共產黨員的身份在國民黨中央執行委員會工作。在此之前的第 5 個年頭（即 1919年），他把與他志同道合的朋友們送往了奔赴法國勤工儉學的輪船[25]。汽笛響起時，毛澤東卻站在岸邊，向輪船揮手告別。直覺告訴他：在充分瞭解自己的祖國之前，沒有必要急著到國外去[26]。中國的事情似乎更能給他提供營養，更適合他消化功能極強、滿帶著泥土氣息的腸胃。時光毋需聘禮就嫁風娶塵，流年不打招呼卻已暗中偷換，時間轉眼抵達 1924 年秋天的岸邊。那一年秋天的氣候像那一年中國的時局一樣複雜多變。某一個潮濕的陰天的午後，一位老同學輾轉千里前來上海看望毛澤東。此君曾在國外留學多年，穿著一身筆挺的西服，煞是刺人眼目，和一貫不修邊幅的毛澤東恰成比照。稍事寒暄，毛澤東就迫不及待地對他說，我看你還是換了這身行頭吧。熟知毛澤東脾性的老同學大惑不解。他想知道，數年不見，一向不問衣著的毛澤東怎麼關心起小小的衣服問題了？當年他可是對女人都沒興趣呀[27]。為說服自己的朋友，毛澤東把後者帶到一家公園門口，讓習慣於洋裝和西餐的老同學看看門口懸掛的招牌：「華人與狗不得入內。」[28]

　　梅毒往往能對變革起到重大作用，只因為它真的是梅毒。和那塊名頭極大的招牌類似的事情、比那塊招牌更為嚴重的事情，毛澤東在他的祖國早已司空見慣。在八華里以外的廣大國土上，在毛澤東離開韶山以後的十多年間，到處都是這樣的事情、到處都上演著這樣的事情。對付這些事情可否動用八華里以內的反抗經驗，既然這個經驗早就是他隨身的行囊？毛澤東很早就做過嘗試。他的嘗試一如既往地充

---

[25] 參閱李銳《早年毛澤東》，第 117 頁、第 182-183 頁。

[26] 參閱《新民學會資料》，人民出版社，1980 年，第 63 頁。

[27] 參閱愛德格‧斯諾《西行漫記》，第 123 頁。

[28] 參閱斯圖爾特‧施拉姆《毛澤東》，中共中央文獻室譯，紅旗出版社，1987年，第 50 頁。

滿了猴性。離開韶山不久，毛澤東幾經周折，在否棄過不少蠱惑人心的招生廣告後，幸運地進入長沙第一師範。當時的長沙有一所耶魯大學的預科學校名曰湘雅學校，專門招收和西方有親密關係的家庭的子弟。某一天，第一師範和湘雅學校進行籃球比賽。在一大堆觀看球賽、只把球賽當球賽的人群當中，突然出現了農民之子毛澤東充滿激情的身軀，一副來自偏僻鄉野的、包裹在鄉野衣著之內的高大骨架。他旁若無人地指著湘雅學校的運動員高聲叫喊：「打倒洋奴！」[29]

此後的嘗試就更多了，也更自信、更具有毛澤東特色：隨意、從容，有時還攜帶著突如其來的火氣。1936 年初，史無前例的長征正處於大收煞階段。不久前才手握中國共產黨軍事大權的毛澤東在陝北瓦窯堡召見周恩來和鄧小平。後兩者十年前曾在法國留學。正事完畢，毛澤東輕描淡寫地問他們：你們這些人在法國都學了些什麼？毛澤東的前上級周恩來對教育家的問話語氣報以沉默，矮個子鄧小平則一本正經地回答：在工廠做工，附帶學習革命教義——十多年前的法蘭西到處都是馬克思主義的修道院。毛澤東又問，聽說法國女人很漂亮，是那樣的嗎？借助蜀人慣常的幽默才能，鄧小平回答說，談不上多漂亮，女人都一樣，尤其在暗處。周恩來咧嘴一樂，毛澤東則大笑不已[30]。可他僅僅是覺得好玩麼？中華人民共和國成立之初，剛從山溝裏走出來的國家元首首次接受外國大使遞交國書。很不幸，那位從牛排和乳酪的腹部攫取養份的大使居然十分錯誤地長得又高又瘦。按照外交禮儀，毛澤東本該使用莊嚴的神態和言詞向後者致意，但他卻出人意料地驚呼一聲：「天啊，那麼高啊！」就像猝不及防之間，看見被達爾文的進化過程遺漏掉的那隻長臂猿[31]。1958 年，風風火火並兼具瘋癲特徵的大躍進正處於高潮階段。赫魯雪夫取道美國前來北京拜晤毛澤東。他希望後者能同意組建一支中蘇聯合艦隊並駐紮於中國的某個港口。毛澤東聞訊之下怒火萬丈，當即指斥赫魯雪夫，激動得差點把煙頭扔

---

[29] 參閱斯圖爾特・施拉姆《毛澤東》，第 50 頁。
[30] 參閱羅斯・特里爾《毛澤東傳》，第 165 頁。
[31] 參閱斯圖爾特・施拉姆《毛澤東》，第 243 頁。

在後者的臉上：你們蘇聯人想幹什麼？想控制我們的沿海，想封鎖我們嗎[32]？

　　滿是泥土氣息的民族主義既來自古老而宿命的血緣，更來自眼前鮮活的、致命的事情——「華人與狗不得入內」不過是這些事情的頭領之一罷了。作為一種至關重要的理念，民族主義大半來自特定人群對特定事情的語言性消化；在更多時候，它並不理會各種高貴的國際主義說教，對諸如此類的昂貴學說更是不屑一顧或陽奉陰違[33]。毛澤東出人意料又合乎情理地將八華里以內的反抗經驗，與八華里以外的事情成功地聯結起來了。種種跡象表明，這種聯結在毛澤東有生之年從未真資格地斷裂過，即使是幾十年後毛主義（Maoism）成為國際性潮流，成為世界革命的共同理論和理想，並豪情萬丈地發出「把地球管理起來」[34]的最高號召時，也未曾斷裂過：毛澤東把這件質地結實、性格堅韌的披風，幾乎完好無缺地保持到他和江青談話的那一天，他年屆 82 歲的那個炎熱的夏日。

三、土地閱讀法

　　儘管毛澤東把讀書當作世界上最容易的事情，並給讀書贈以高度地鄙夷，但教育家本人卻自相矛盾地從少年時代起就酷愛讀書[35]。或許毛澤東討厭的不是讀書，而是那些讓他大倒胃口的閱讀方法？作為一種全新的、若干年後將會更改中國歷史進程的讀書理念，毛澤東特有的閱讀方法從很早開始就處於醞釀和準備階段。

　　1910 年早秋至次年早秋，作為和父親戰鬥取得的重大成果，毛澤東就讀於和韶山僅僅一牆之隔的湘鄉縣立東山小學堂[36]。旅居海外多年、後來成為詩人的湘鄉土著蕭三是他的同班同學。某一個晚自習開

---

[32] 參閱熊向暉《我的情報與外交生涯》，中共黨史出版社，2006 年，第 349 頁。

[33] 參閱莫里斯・邁斯納（Maurice Meisner）《馬克思主義、毛澤東主義與烏托邦主義》，張寧等譯，2005 年，第 115 頁以下。

[34] 參閱張戎（Jung Chang）、喬・哈利戴（Jon Halliday）《毛澤東：鮮為人知的故事》，張戎譯，（香港）開放出版社，2006 年，第 421 頁。

[35] 參閱李銳《毛澤東早年的讀書生活》，萬卷出版公司，2005 年，第 1-13 頁。

[36] 參閱李銳《早年毛澤東》，第 13-14 頁。

始不久，韶山農民毛順生的兒子從湘鄉富家子弟蕭三那裏借到了一本書，名曰《世界英雄豪傑傳》。真該有一位高明的畫家臨摹出那個極富包孕性的時刻：那時，晚自習已經開始，夕陽正在消失，東山小學堂的學員們剛從運動場跑回教室，不少人滿臉泥污，衣衫破舊的毛澤東則從蕭三手中接過一本紙質粗劣的小書。在其後的兩天時間內，他滿懷驚訝地通讀了全書，並在描述拿破崙（Napoléon Bonaparte）、華盛頓（George Washington）、彼得大帝（Romanov Dynasty）、林肯（Abraham Lincoln）、盧梭（Jean-Jacques Rousseau）和孟德斯鳩（Montesquieu）的段落旁邊，用毛筆劃滿了圓圈和圓點。隨著毛澤東手腕的抖動，傳統中國式的批註符號趁機走向了世界，毛澤東和眾多洋名接上了頭，口令就是那些密匝匝的圓點和圓圈。那是他第一次和西洋的政治領袖、大獨裁者、民主鬥士、革命家和政治哲學家在紙上謀面。當幾天後毛澤東向蕭三還書時，才發現激動之餘在別人的書上亂做旁批該是何等魯莽[37]。40年過去了，蕭三還清楚地記得毛澤東當時的尷尬神情[38]。

　　早在八華里以內的反抗發生之後不久，毛澤東在韶山就讀到過「老派改良主義者」[39]鄭觀應風靡一時的《盛世危言》。通過這本慷慨激昂的典雅之作，和幾年後第一次會見洋人的名字相似，毛澤東第一次聽說了鐵路、電話、電報、輪船等古怪的名詞，對鄭觀應的看法——中國之所以受欺負，就是因為沒有那些古怪的玩意——更是似懂非懂[40]。差不多與此同時，毛澤東還從另一個鄉村知識份子那裏讀到過一本名為《列強瓜分之危險》的小冊子。那本書較為誇張地描述了安南、朝鮮、印度的亡國經過，和中國當時「遍地腥雲，滿街狼犬」[41]的情形極為相似。幾十年的時間嫁風隨風，嫁雲隨雲，毛澤東卻清楚地記得那本書開頭的那句話。1936年，他對前來陝北採訪的愛德格·斯諾背誦道：「嗚呼，中國其將亡矣！」[42]

37　參閱蕭三《毛澤東同志的青少年時代》，人民出版社，1951年，第28頁。
38　參閱蕭三《毛澤東同志的青少年時代》，人民出版社，1951年，第28頁。
39　毛澤東語，參閱愛德格·斯諾《西行漫記》，第109頁。
40　參閱愛德格·斯諾《西行漫記》，第109頁。
41　林覺民《與妻書》。
42　參閱李銳《毛澤東早年的讀書生活》，第70-71頁。

　　作為《世界英雄豪傑傳》接受史上最為有名的讀者，毛澤東在面對那本紙質粗陋、描敘簡略的小冊子時，肯定想起過《盛世危言》和《列強瓜分之危險》，並在情感上產生過極為複雜和劇烈的化學反應，否則，他不會受到如此強烈地震動。向蕭三還書時，毛澤東異常激動地說：「中國也需要這樣的偉人！」中國也需要富強起來，「才不致蹈安南、朝鮮、印度的覆轍！」[43]過度的激動和振奮讓他有些失態。對於剛過 17 歲的毛澤東來說，那無疑又是一個至關重要的時刻。就在還書的當口，他對一向看不起自己的同學，那些衣衫整潔的富家子弟，那些善於欺負外來人的湘鄉土著， 朗誦了和喬治‧華盛頓有關的一句話：「華盛頓經八年苦戰始獲勝利遂建國家。」[44]有誰能知道或預測，在書本和現實之中的事情撕扯不休的嚴重時刻，毛澤東的怪誕舉止究竟意味著什麼？多年以後，毛澤東還不斷地說，「《世界英雄豪傑傳》是他年輕時喜歡讀的一本書。他佩服著名的征服者、國王以及所有能在『人類金字塔』頂上得到牢固立足點的人。」[45]

　　農民之子毛澤東合乎情理地發明了一套特殊的閱讀方案。對此，作為他曾經的學生和後來的翹課者，我們實在無以名之，姑且僵硬地、甚至不通地稱之為土地閱讀法：一切閱讀必須以土地上生長出來的事情為出發點；事情與書本必須相互交接從而生產出有效的思想（即 discourse 的第三重涵義話語定式）。那是毛澤東在目睹「漢」字旗冉冉升起後的第二年，在湖南省立圖書館最初發明出來並初次定型的閱讀方法──在此之前有先兆（比如讀《盛世危言》等），在此之後有鞏固。當那個來自八華里以內的反抗者「像牛闖進菜園子」[46]一樣闖入省立圖書館後，立即驚得目瞪口呆。他在圖書館的一面大牆上看到了一幅《世界堪輿圖》，第一次知道中國並不是它吹噓的「中央之國」[47]。來自四

[43] 參閱蕭三《毛澤東同志的青少年時代》，第 28 頁；參閱羅斯‧特里爾《毛澤東傳》，第 20 頁。
[44] 參閱羅斯‧特里爾《毛澤東傳》，第 20 頁；參閱愛德格‧斯諾《西行漫記》，第 114 頁。
[45] 彼得‧弗拉基米洛夫《延安日記》，第 64 頁。
[46] 毛澤東致蕭三信中的話，參閱蕭三《毛澤東同志的青少年時代》，第 42 頁。
[47] 參閱羅斯‧特裏爾《毛澤東傳》，第 26 頁。

書、五經的神話頃刻間土崩瓦解。隨著泥土氣息和書香味更為濃烈地交織，毛澤東清楚地認識到：在曾經的中央之國的廣袤大地上，發生過和正在發生著太多屈辱性的事情、太多讓祖先和種族蒙羞的事情。在捏著燒餅當午餐的毛澤東面前，地圖上的中國無疑是血色的。隨著泥土氣息和書香味進一步融合，毛澤東成功地把土地和書本聯結在一起。這就是他終生倡導的閱讀方法：和書本相比，土地始終是第一位的，土地上生長出來的農民、耕作、對不公平的仇恨和深藏內心的反抗意識始終是第一位的[48]；土地必須而且始終和民族、民族主義相交織。

　　1919 年歲末，經過又一輪事情的擺渡，毛澤東再次來到北京。在那裏，他不期而遇地讀到了馬克思和恩格斯的《共產黨宣言》、考茨基（Karl Korsch）的《卡爾·馬克思的經濟學說》以及柯卡普（Thomas Kirkup）的《社會主義史》。這三本書的內容、論證方式，尤其是激昂的語調，至為深刻地銘記在他心中，很快就幫他建立起對於馬克思主義的信仰[49]。「我一旦接受了馬克思主義是對歷史的正確解釋以後，我對馬克思主義的信仰就沒有動搖過。」1936 年，毛澤東對前來保安採訪紅色中國的斯諾說，「1920 年夏天，在理論上，而且在某種程度的行動上，我已成為一個馬克思主義者了，而且從此我也認為自己是一個馬克思主義者了。」[50]不過，有一個祕密毛澤東始終沒有和盤托出：他沒有告訴斯諾，即使是在閱讀馬克思和馬克思主義的仲介人與批發商缺斤短兩的作品時，他也絲毫未曾放棄過土地閱讀法[51]；他更沒有告訴斯諾，作為土地閱讀法導致的最為重要的結果，卡爾·馬克思之靈從沾滿啤酒的德國上空迫降到中國的稻田，猶太人馬克思從此擁有或即將擁有一幅中國面孔：沾滿中國的泥土，散發著中國的泥腥味[52]。正是強行將馬克思拉到稻田，成功地造就了毛澤東的教育家身份：他的確是一位從

---

[48] 參閱斯圖爾特·施拉姆《毛澤東》，第 105-107 頁。

[49] 參閱李澤厚《中國現代思想史論》，第 144-155 頁。

[50] 愛德格·斯諾《西行漫記》，第 131 頁。

[51] 參閱斯圖爾特·施拉姆《毛澤東》，第 188-189 頁。

[52] 參閱白瑞琪（Marc Jeremy Blecher）《反潮流的中國》（劉建榮譯，中共中央黨校出版社，1999 年，第 38-41 頁）一書的相關描述。

「山溝裏走出的馬克思主義者」。但那些鄙夷和批判他的人從來沒有弄明白：只有瞭解山溝才能理解事情，只有瞭解事情才能理解中國，才能理解作為話語定式（即 discourse 的第三重涵義）的馬克思主義。

四、教育理念或革命話語的誕生

　　我們講述了毛澤東的幾個小故事。和教育家傳奇、威嚴、輝煌的革命生涯相比，這些故事顯然微不足道，充其量只是一些掌故。但諾瓦利斯（Novalis）拍著胸口向我們保證：歷史向來就是一個大掌故。諾瓦利斯的意思很明確，正是這些小故事才能證明：所有的理念（eidos）都來自事情對語言和人不懈地教誨，所有的理念都源於人對事情的語言性消化；任何一個希望自己擁有有效性的理念，都必須想方設法將事情的整體或片斷置入自身。是事情鼓勵了理念，鼓勵了理念的誕生。毛澤東機敏、迅捷、聰穎過人，但和我們一樣，他不是神仙，不是天才，不是孫悟空：他不可能生而知之，他有他其來有自的出處。和他反對過的父親、私塾先生幾乎完全相同，他要獲得任何一個特定的理念，必須仰仗對特定的事情進行特定地消化；消化過程越靠近事情的根部，得到的理念就越接近那個傳說中才存在的真實。

　　八華里以內的反抗作為一件事情並不重要，重要的是毛澤東對它的語言性消化；「華人與狗不得入內」也不重要，重要的是毛澤東對它的心理反應──心理反應無疑是一個語言事件[53]；至於打倒洋奴、嘲笑法國女人、對外國大使故意驚呼、向赫魯雪夫大光其火，不過是已經成型的理念（即話語定式，即 discourse 的第三層涵義）生產出的新一輪事情。從對前一件事情的消化中，毛澤東得到了一個至關重要的結果：改變受壓迫地位的唯一途徑是反抗和鬥爭；對後一件事情的反芻讓毛澤東有足夠的理由相信：扭轉落後挨打之局面的唯一通途是富國強民；對前後兩件事情共同打磨的答案是：只有通過反抗和鬥爭才能達到富國強民的目的，才能完成民族主義的構建。

---

[53] 參閱賴爾（Gilbert Ryle）《心的概念》，商務印書館，2005 年，第 350-390 頁。

　　和我們這些天生的渺小主義者一樣，毛澤東一出生就深陷於由某種特定的語言編織而成的天羅地網：早在他血乎乎地出生之前，各種觀點、理念、教義就以不同的姿勢、神色和態度在迎候他的到來。它們一直在等待它們需要的肉身凡胎，以便借助這些肉身和凡胎顯示自己的威風。「不是歷史隸屬於我們，而是我們隸屬於歷史；早在我們通過反思理解自己之前，我們已經在我們生活的家庭、社會成見和國家中理解著自己了。」[54]和我們完全相同，毛澤東也有兩對父母：其中的一對給他血肉之軀，他們分別叫毛順生和毛文氏；另一對則給他安身立命的全部家當，它們分別叫事情（父親）和書本（母親）。儘管每一本書都是對某些事情程度不同的打磨，但作為某些人的母親，書本必須受到父親（事情），那個熱愛或鄙夷自己母親的人的父親，來剪裁和修理。這對父母雖然和前一對父母一樣熱愛房中術，但也僅僅是生理性地熱愛而已——它們決不是和諧的夫妻：吵嘴、打架、彼此欲致對方於死地……才是它們的關係通常而經典的造型。作為一種特殊理念，土地閱讀法充當了毛澤東協調他的父母關係的絕佳工具：當父親（事情）與母親（書本）對抗時，他毫不猶豫地站在父親一邊，成為一個立場堅定的父權主義者，一個性慾沙文主義者，因此堅決反對各種型號的本本主義；當父親和母親同床共枕時，他為它們祝福，這種較為罕見的孝順態度至少讓他成為一個表面上堅定不移的馬克思主義者。但相信運動和動盪才是世界根本大法的毛澤東，那個從小就全身上下充滿猴性的註定的大人物，根本就不相信他的第二對父母真的會達到靈肉合一的至樂境界（像蘇格拉底曾經倡導的那樣），所以他下定決心，最終大幅度地修改了馬克思主義，以至於成為國際共運史上最偉大、最成功的修正主義者：他將馬克思主義從歐洲的城市拉到中國的山間、溝壑與鄉野；將民族主義塞進了馬克思主義的右腹腔[55]。「毛澤東施行的政策，是和共產國際的路線背道而馳的。但，是什麼思想指

---

[54] 參閱伽達默爾（H.Gadamer）《真理與方法》，洪漢鼎譯，上海譯文出版社，2004 年，第 357 頁。

[55] 參閱王明《中共 50 年》，東方出版社，2004 年，第 110-113 頁；參閱羅斯‧特里爾《毛澤東傳》，第 171 頁。

導他這樣做的呢？」[56]一位 20 世紀 40 年代初期插隊延安的蘇聯人弄不懂毛澤東的做派。但那僅僅是因為他不瞭解土地閱讀法的精髓，僅僅是因為他只知道機器的力量，不知道土地綿長的內力。

　　通過土地閱讀法的擺渡功能，毛澤東逐步完成了他的教育理念（即革命話語），其中至關重要的部分是：經過反抗和革命鬥爭達到富國強民的目的；反抗和革命鬥爭的理論依據是沾滿中國泥腥味的馬克思主義。教育理念一經形成，毛澤東就十分明白自己的地位和使命。從那以後，他將以革命導師和聖人的語氣向他的學員佈道。

參、教學過程舉隅

一、教學大綱簡述

　　教育理念的誕生為毛澤東的教學大綱提供了准生證，為中國革命修道院提供了修行目標；教學大綱則成為發生在那座修道院中的教學過程的標準模式。教學過程的目的，僅僅是為了生產出一批、一大批符合教育理念的新人；生產新人則是為了通過新人的四肢和腦袋，生產出一大堆符合教育理念的事情，新一輪的事情，最終讓教育理念獲得實現，使教育理念肉身化：事情就是教育理念或曰革命話語臨時寄居的肉體。作為土地閱讀法的發明者、受惠者、奉行者和積極推廣者，毛澤東十分清楚，為教育理念的最高果位計，必須從實際發生的教學過程中，生產出承前啟後的兩類新人：能為奪取政權效力的新人、能保證社會主義建設的新人。前者的任務是打敗民族之敵、階級之敵；後者的任務是打敗富強之敵，致貧窮、落後於死地。新人生產計畫是毛氏教學大綱的心臟，宛若石榴理所當然應該坐落在秋天的胸膛上。

　　中國革命修道院的教學大綱大致有如下四項基本原則：首先，要把鬥爭意識、反抗意識準確無誤地輸入到各級學員的腦海中，讓他們自覺生產出對各種敵人的仇恨──無論是階級敵人、民族敵人還是富國強民之路上的各種絆腳石；要在這個顯而易見的基礎上，大力加強民

---

[56] 彼得・弗拉基米洛夫《延安日記》，第 33 頁。

族主義意識和富國強民意識的教育；要將沾染了泥腥味的馬克思主義進一步通俗化，以便為各級學員順利掌握[57]。其次，為保證教育理念的完美實現，新式孝道必須成為所有新人的行為規範：新式孝道就是對毛澤東教育理念的絕對忠誠，它是對毛氏教育理念的無上恭維，是每個新人必備的道德準則，是保證革命話語能夠最終實現自身的最為有力的武器，也是新人生產計畫的重中之重。新式孝道堅決反對道德的私有化，它必須想方設法讓自己成為大於肉體的真理。第三，每一個新人都必須在靈魂深處鬧革命，必須狠鬥「私」字一閃念[58]。只有將自我（ego）排除在外，才可能做到絕對忠誠，才能使自己和教育理念達到一種類似於天人合一、劍在人在的和諧境界。忠誠就是忘我，但更是無我。最後，教學大綱還強調：為著一個偉大的革命目標，人人都有成為新人的義務，人人都必須成為新人；曾經的敵人、舊人，都必須得到改造，盡可能在這場蕩滌人心的教育運動中得到昇華和涅槃[59]。

　　中國革命修道院的入口處到處張貼著教學大綱熱情洋溢的基本戒律。它是每一個願意獻身民族解放運動和階級解放運動的人必須熟記的知識。只有隨身攜帶這些原則，才有資格穿過修道院的大門，進入新人生產計畫的內部。邁過修道院的大門，挺立在他們面前的，是一個容積無限的車間，一個掛滿紅旗的巨大教室；被無數面迎風飄揚的紅旗所包圍的，則是教育家的巨幅畫像。他用威嚴的目光注視著每一個邁過門檻的學員。他在殷切地等待他們登堂入室。

---

[57] 延安時期，毛澤東號召共產黨員發展當地的農業生產，說「遵照馬克思的教導，為了要生活和鬥爭，首先這裏必須吃進東西」——毛澤東指著他張開的嘴——「這裏必須拉出東西」——他準確地指了指他要指的地方（參閱彼得‧弗拉基米洛夫《延安日記》，第 94 頁）。

[58] 很多研究者都注意到了毛澤東的道德主義傾向，認為這是毛澤東教育理念的另一個核心（參閱李澤厚《中國現代思想史論》，第 123 頁；參閱羅斯‧特里爾《毛澤東傳》，第 311 頁）。同樣不應該忘記的是毛澤東從馬克思主義那裏獲得的一個信念：人的主觀能動性在生產對革命有利的事情方面的功能【參閱魏斐德（Frederic Wakeman，Jr）《歷史與意志：毛澤東思想的哲學透視》，李君如等譯，中國人民大學出版社，2005 年，第 210-211 頁】。

[59] 參閱毛澤東〈打退資產階級右派的進攻〉，《毛澤東選集》第五卷，人民出版社，1977 年，第 427 頁、第 449 頁。

　　教學大綱是教育理念派生出來的。它是一個仲介，一道橋樑，僅僅是為了教學過程有法可依、有法必依。重要的是教學過程。教學過程才是教育運動的最前哨。多少年過去了，我們這些不同程度的翹課症患者實在應該重新回到毛澤東的課堂上，一邊聽課，一邊記錄他生動的授課情景，以便追憶他的課堂教學帶來的卓越功效。

二、早期教學活動

　　毛澤東的教育家生涯開始得很早，基本上是現炒現賣，一邊自修一邊教學；和愛因斯坦不同，毛澤東不需要「等待」自己能夠說出「完整」的句子時才開口說話。1919 年底，北中國寒風凜冽，哈氣成冰。毛澤東為驅逐軍閥張敬堯在湖南的殘暴統治，憤然從潮濕的長沙來到乾燥的故都。這位滿頭長髮的「驅張請願團」團長帶著上百名請願者、一架油印機、一包書以及一些細碎銀兩，甫一進城，就迎頭撞上了乾燥的寒風。當獲知驅張請願已經沒什麼指望後，請願團團長索性在故宮附近的福佑寺住了下來。1919 年和 1920 年之交，正是北京一年中最冷的時刻。毛澤東伏在香案上，懷著驚訝的心情，第一次閱讀馬克思主義的書籍[60]。真可謂「千里姻緣一線牽」：他的母親（即書本，即過往的 discourse，尤其是 discourse 的第三層涵義話語定式）在那張香案上巧遇了他的父親（事情）。10 歲以來到而今的往事，在福佑寺得到再度消化：香案成為婚床；毛澤東則目睹了它們的交接。那實在是一個極富象徵意義的場面：香案、佛陀、寺廟、馬克思主義、油印機、剛過 26 歲生日的毛澤東以及他蓬亂的長髮……它們奇異地混雜在一起，極具喜劇色彩。真不知毛澤東在怎樣使用他的韶山方言和說德語或俄語的馬克思主義聊天，但這恰好是對幾年前剛剛成型的土地閱讀法一個絕妙運用和重新鍛造。毛澤東這一回毫不猶豫地站在母親一邊，以致於成為一個暫時的本本主義者：從它們歡悅的呼叫聲中，毛澤東愉快地接受了馬克思主義，建立起新信仰。感謝福佑寺提供的那個性質特殊的空間，讓毛澤東獲得了脫胎換骨

---

[60] 參閱羅斯‧特里爾《毛澤東傳》，第 52-53 頁。

的變化：舊有的理念得到更新，新的理念則趁機包容和吸納了舊有的理念。

　　初通馬克思主義的教育家從香案旁站起來後，很快就開始他別具特色的早期教學活動[61]。富有象徵意義的場面過去不足一年，他就第一次在政治上把工人組織起來了。毛澤東輾轉長沙的街角、小巷，猶如一個細心的歷史學家在故紙堆中發掘構成歷史的邊角廢料，他生吞活剝地向長沙的工人宣講他們的階級所具有的優越性，讓那些拉黃包車的、修鞋的、掃大街的、磨剪刀的、為人掏耳朵的頓時如夢方醒，熱血沸騰[62]；也就是這前後，在長沙某間陰暗潮濕的房間內，毛澤東向某位年輕的婦道人家兜售搞共產的祕笈和好處，把後者嚇了一跳，當即伶牙俐齒地驚呼：「搞共產，好是好，但要好多人掉腦殼。」對此等暫時愚頑不化的人，初生的教育家的授課詞卻充滿激情和耐心：「腦殼落地，砍腦殼，當然，當然，但是你要曉得共產主義有多好！那時國家不再干涉我們了，你們婦女自由了，婚姻問題也不再託連你們了。」[63]時間閃電般又過去了一年。1921 年的冬天行將結束前，中共「一大」代表毛澤東像個衣衫襤褸的傳教士，手帶破雨傘，腳著破布鞋，連續幾周穿梭於安源煤礦的工人之中[64]。在每個大霧彌天的清晨，他頂著嚴寒，徒步外出說服礦工皈依馬克思主義。他把充滿煤屑氣味的曠野徑直當作了教室，「向那些黑黝黝的面孔和疲憊無神的眼睛說：『你們的雙手創造了歷史。』」[65]活像是雙手按著《聖經》發誓。

　　時間在繼續前行，早期的教育活動行將結束。1927 年 5 月，震驚中外的「四‧一二政變」剛剛過去不數日，攜帶著從韶山以來發生的

---

[61] 毛澤東大量閱讀馬克思等馬克思主義經典作家的作品大約在 20 世紀 30 年代後期的延安時代（參閱羅斯‧特里爾《毛澤東傳》，第 202-203 頁；參閱斯圖爾特‧施拉姆《毛澤東》，第 179 頁）。

[62] 參閱愛德格‧斯諾《西行漫記》，第 131 頁。

[63] 參閱香港《文匯報》，1957 年 11 月 20 日，此處轉引自羅斯‧特里爾《毛澤東傳》，第 53 頁。

[64] 參閱劉春花《也談〈毛主席在安源〉的幕後風波與歷史真實》，《南方週末》2006 年 7 月 27 日。

[65] 參閱羅斯‧特里爾《毛澤東傳》，第 70 頁。

諸多事情中提取的精髓，逐漸成熟的教育家走向了容積更大的教室：
身為共產黨員的毛澤東出任國民黨第六屆廣州農民運動講習所的負責
人。毛澤東主政的這屆農講所將大本營設在廣州一座雅致的孔廟裏。
像在福佑寺進修馬克思主義一樣，在毛澤東的教育家生涯中，又一次
出現了一個極富象徵意義的場景：泥腿子、講德語或俄語的馬克思主
義、逐漸成熟的教育理念與教學大綱、鬚髮飄飄的孔子、共產黨、漢
語中習見的子曰詩云、西裝革履的國民黨……這些相互衝突的因素在
陰霾、血腥的 1927 年糾集在一起，究竟意味著什麼？或許教育家本人
在那時也不是十分清楚。

　　在那座典雅的孔廟內，毛澤東親自編寫教材，上陣授課[66]。「我那
時文章越寫越多。」1936 年秋冬之際，毛澤東對斯諾說，「根據我的研
究和我組織湖南農民的經驗，我寫了兩本小冊子，一本是《中國社
會各階級的分析》，另一本是《趙恆惕的階級基礎和我們當前的任
務》。」[67]很顯然，在廣州那座多年後將會迎來滅頂之災的孔廟裏，毛
澤東在利用對方的陣地兜售自己的教育理念。他像牧師一般向學員佈
道：如果沒有你們這些農民兄弟在農村打倒地主階級，軍閥和帝國主
義的勢力就不會倒塌，中華民族就沒有機會強盛起來；你們是革命的
階級，肩負著特殊的歷史使命[68]。土地閱讀法讓他的授課聽上去很有煽
動性，台下的聽眾當即群情激奮、摩拳擦掌，對民族之敵和階級之敵
頓時充滿了仇恨。

三、最重要的一堂課

　　作為中國共產黨的心臟或腦袋，邊城延安顯得過於狹窄、破敗、
凌亂。但表面的凌亂中卻蘊藏著自身的章法。「在古代，延安是敵人啃
不動的骨頭。這不僅有傳說為憑。這個城市隱蔽在難以攀越的群山之
中，坐落在一個十分陡峭的山谷裏，周圍築有堅固的城牆。通往城牆

---

[66] 據羅斯・特里爾考證，毛澤東親自上了 4 門課：「中國農民問題」、「農村教
　　育方法」、地理、衛生等（羅斯・特里爾《毛澤東傳》，第 91-92 頁）。
[67] 愛德格・斯諾《西行漫記》，第 135-136 頁。
[68] 參閱毛澤東《國民革命與農民運動》，《毛澤東文集》第一卷，第 39 頁。

的許多小路都被山澗切斷，城周圍地勢平坦。樹木稀少，只有以前屬於當地富戶的幾處有小果園。……中共領導的所在地楊家嶺，過去是延安附近的一個偏僻的村莊，現在村子的外貌依然如故。」[69]「毛在一九三七年元旦那天搬進延安，在這裏他將一住十年。搬家那天，延安宏偉的城門洞開，莊嚴而沉默地容納了一眼望不到尾的紅軍隊伍。古城名字的意思是『延伸安寧』，城卻由充滿軍旅氣息的城牆圍著，沿山而上。俯瞰延安城的還有一座千年九層寶塔，塔下依山建著大小廟宇跟佛像，好似從天外飛來。清涼山下是黃沙沉沉的延河。唐代詩聖杜甫據說曾來此欣賞過名產牡丹。……延安不僅見識過繁榮的文化活動，還曾是工商業要地。標準石油公司（Standard Oil）在此勘探石油時，修了好些住宅，如今正好由紅軍接管。紅軍還佔用了西班牙天主教士的房產，其中有一座大教堂，不少中共的重要會議將在這裏召開。許多當地人，特別是有錢人，聞『紅』而逃，留下了幾百幢空屋。毛選中了一所大而美的房子，位於城邊鳳凰村，進門迎面一堵氣派的照壁。長征以來，毛澤東第一次過上了舒適的日子。」[70]「長征後的頭幾年，毛澤東常在楊家嶺一帶露面，但現在他是深居簡出了。」[71]

但毛澤東從來都不是隱士[72]。從 1937 年初到陝北以後的很長一段時間內，他偷亮於油燈或借光於日頭，差不多天天伏案，按照教學大綱的要求精心編寫教案；一系列輝煌的文獻，伴隨著毛澤東的便祕、油燈、太陽和啟明星的照耀被編織出來，渾身上下鑲滿了理想主義和實用主義的瓷磚。延安時期是毛澤東成為偉大教育家最為關鍵的時段。為完成教學大綱規定的內容，他像十年前在井岡山打游擊一樣，靈活機動地使用多種教學手段，設置規模和性質極為不同的課堂，很快就引起一些人的警覺、詫異甚或不滿。

---

[69] 彼得・弗拉基米洛夫《延安日記》，第 81-82 頁。

[70] 張戎、喬・哈利戴《毛澤東：鮮為人知的故事》，第 161 頁。

[71] 彼得・弗拉基米洛夫《延安日記》，第 82 頁。

[72] 毛澤東全面建立起教育家的地位應該是在延安時期。對此問題的全面、詳細的描寫，請參閱高華《紅太陽是怎樣升起的：延安整風運動的來龍去脈》（香港中文大學出版社，2000 年）。

　　1942 年 5 月 11 日，共產國際派駐延安的聯絡員彼得・弗拉基米洛夫輾轉蘭州飛抵延安。作為共產國際分支機構的領導人，毛澤東出於禮貌和革命策略，親自到機場迎接，並以俄式禮節親了親前者的面頰。一周後，這個來自俄國、反應敏銳而又自以為是的傢伙，就對新人生產計畫充滿疑問：在同日本進行長期戰爭、中國正處於生死存亡的危機關頭，毛澤東卻在大談「整頓黨的作風」，是不是有些不合時宜[73]？毛澤東沒有理睬弗拉基米洛夫的不滿，也不屑於對後者做任何解釋：那時，他正按照教學大綱的規則有條不紊地鋪陳他的教學過程，沒有時間和這個半吊子聯絡員，號稱國際共產主義的代言人正面周旋。

　　和廣州農講所相比，如今，毛澤東的課堂無疑更為廣闊；借助延安這座邊地小城，他的教育理念在有計劃地向外大規模輻射：凡有中國共產黨人的地方，就有毛澤東的課堂──比如我們接下來的故事中將要講到的川東地區，那個江河密佈、地勢險要、天然適合暴動與騷亂的偏僻之地。但初到延安時，在那個巨大的新人生產車間裏，毛澤東並不是唯一的車工：許多人都在明目張膽地窺視、覬覦甚或搶奪車工的位置，何況有些人還大有來頭。在革命話語（即毛澤東的教育理念）中得到過高度恭維的鬥爭原則被毛澤東適時地派上了用場：教育家手握戒尺，敲打那些不認真聽講的學生，但首先將戒尺伸向了別的教育家和試圖成為車工的人。

　　王明在延安擁有十分特出的身份，因為他來自當時至高無上的共產國際，口含天憲，手持尚方寶劍，對毛澤東從土地閱讀法中獲得的教育理念（即山溝裏的馬克思主義）嗤之以鼻。和其他也想從事車工工作的人相比，王明顯然更有資格和毛澤東爭鬥。「土」、「洋」之間的長期征戰就此打響：秉承著被毛澤東多次批判過的教條主義精神，王明認為只有他才是唯一合法的、合格的車工，才有資格成為中國革命修道院的院長；毛澤東想獨享教育家的地位，王明的教育理念（它來自共產國際）必須被清除。清除過程可視作毛澤東對王明實施的特殊教育：在熱火朝天且不乏血腥味的大課堂之外，毛澤東為

---

[73] 彼得・弗拉基米洛夫《延安日記》，第 18 頁。

王明開了一個具有高度特殊化色彩的小灶，一個特權階級在教育上的小灶。

小灶從一個陰霾的日子開始。1941 年上半年某個霧濛濛的下午，在楊家嶺的一座窯洞內，教育家公開對被教育者說：「王明同志，我想建立毛澤東主義，你看怎麼樣？」

聞聽此言，王明嚇了一跳，他手中的尚方寶劍似乎也震顫了一下。王明帶著挑釁的語氣說：「那你有哪些著作可以作為『毛澤東主義』的基礎呢？」

「新民主主義也就是毛澤東主義。」教育家對王明的反問極為不屑。他粗獷豪邁地抽了一口煙。煙霧四散，他的臉龐在王明眼中有些模糊，包裹了韶山方言的聲音也顯得十分縹緲：「我的《新民主主義論》就是毛澤東主義的第一部基礎理論著作。1939 年我寫《新民主主義論》時就考慮到這一點了。不過在當時還不能公開講，現在可以了。」[74]

王明常常往來於中蘇之間，坐過很多次飛機。他的閱讀方法顯然是屬於天上的，是書呆子型的。這個習慣於飛行的人無視腳下的土地；與他剛好相反，毛澤東更講究教學規律，更懂得循循善誘。但要完全解除王明的威風並不是一件容易的事情，他的尚方寶劍在延安依然有著相當大的威力。土、洋之間的爭鬥愈演愈烈，兩種教育理念的較量一度達到白熱化的狀態。讓教育家高興的是，就在較量和爭鬥中，教學相長的效果卻非常明顯：「魔高一尺，道高一丈，」毛澤東一邊和王明爭論，一邊以王明的錯誤觀點為實例繼續編寫教材，從未忘記認真授課。即使是抵達毛澤東的教育理念早已大獲全勝的 1948 年年底，毛澤東仍然在同王明鬥爭，為的是盡可能防止後者的教育理念死灰復燃[75]。但發生在 1948 年 12 月 18 日的那場理念之爭，最後以一個有趣的插曲宣告結束。毛澤東從此失去了和王明再度爭論的興趣。

冬天的西柏坡乾燥、寒冷，陰風陣陣；新政權的成功奪取只是時間問題。那天臨近晚飯時分，兩個面紅耳赤的車工好像都沒有鳴鑼收

---

[74] 參閱王明《中共 50 年》，東方出版社，2004 年，第 15-17 頁。
[75] 參閱王明《中共 50 年》，第 72-78 頁。

兵的意思。王夫人孟慶樹循聲來到毛澤東和王明爭論的房間。看到丈夫後她抱怨說：「我找你到處都找遍了，原來你還在這裏爭吵。我們還是回家吃晚飯吧。」一直坐在角落旁聽爭吵的江青，未來的文化旗手，應聲站立起來：「孟同志，你來了，這太好了！這兩個老公雞真是厲害得不得了！一見面就鬥；一鬥起來就沒個完。你抓住你的，帶他吃晚飯吧，我也抓住我的去吃晚飯，免得他們再鬥下去。」[76]

　　從1941年上半年的延安到1948年12月的西柏坡，毛澤東仁慈而富有耐心地給了王明足夠長的學習時間。但王明顯然辜負了毛澤東的好意；後者為他單開的教育小灶也以倒灶告終。教育家本人似乎早就料到這一結局：他在延安的教學活動並沒有因為王明的干擾而有任何鬆懈的跡象。事實上，那場規模巨大的教學活動完全符合教學大綱的嚴格要求：一個和女學員在延安街頭談話的男學員受到了嚴厲批評，因為他被診斷出患有小資產階級思想綜合症；一個因為「臭美」而穿一件過往時代遺留下來的衣服的女學員，受到了更為嚴厲地斥責，因為她患的病更奇怪，叫做「資產階級民族主義」意識[77]。每個人都必須在靈魂深處鬧革命，每個人都必須被新式孝道所掌握、所控制，直至化作他們腦海深處的潛意識（即目的無意識），每個人都必須放棄舊我，以迎候新我（即無我之我）的大駕光臨。

　　早在西柏坡之爭6年前的1942年2月7日，出版於延安的《解放日報》發表了一篇署名張如心的文章，題作〈論毛澤東主義〉。從那以後不久，毛澤東的思想就成為新人生產計畫之車間中最主要的教材。在這場有史以來規模空前宏大的教學過程中，毛澤東從土地閱讀法那裏獲取的教育理念潮水般湧進工人、農民、軍人的頭腦，並為他們所掌握。奪取政權的一代新人被成功地生產出來。作為這次教育過程的尾聲，1949年10月1日，天安門廣場上的二十八響禮炮給了偉大的教育家以深深的鞠躬。

---

[76] 參閱王明《中共50年》，第79頁。
[77] 參閱彼得‧弗拉基米洛夫《延安日記》，第28頁。

四、繼續革命

　　二十八響禮炮成功地結束了一個規模宏大的教育時代，也開啟了另一個場面更為恢宏、氣勢更加磅礡的教育時代：培養社會主義建設的新人成為毛澤東的又一個重要任務。按照革命話語的總體設計，奪取政權只是萬里長征走完了第一步，接下來則是力爭完成教育理念的最高預設：富國強民。彷彿一眨眼之間，整個中國就變作了教室。這無疑是一間更為巨大的教室，也是更為動盪、更為熱鬧、更為複雜和充滿理想主義的教室。但是，「當毛澤東把政府的作用當作教育作用的一部分的時候，他並不具有斯派克（Spockian）的思想，讓學生自己完全自由地決定該學些什麼。」[78]二十八響禮炮剛剛過去，毛澤東就充滿熱情地親自編寫教材，親自授課，長時間活動在教學過程的第一線。在他的新人生產計畫中，新式孝道再一次理所當然地處於核心地位，優先重視道德領域的改造就是對那個核心地位的高聲喝彩。以雷鋒、王傑為代表的一系列光彩奪目的新人，成為新式孝道最為濃墨重彩的標本。他們是無我一代（a generation without men）的偶像，更是革命話語的經典產品，是純粹道德理想主義所能享用的最偉大的犧牲。

　　繼續革命是毛澤東的教育理念派生出來的一個至關重要的理念[79]。繼續革命承諾：在不斷地大變動中，保證一批又一批新人被源源不斷地生產出來——至少教育家本人對此十分迷信：只有天下大亂才能達到天下大治。1965 年夏日的某個午後，北京奇熱難當。在人民大會堂的某間大廳裏，毛澤東對率團來華的法國文化部部長安德列・馬爾羅（Andre Malraux）宣諭：「我們的革命不能只是簡單地鞏固已有的勝利。」[80]傾聽完畢，似懂非懂的法蘭西作家向毛澤東點頭致意。但點頭者很可能並不清楚，最晚從 1949 年 10 月 1 日起，教育家毛澤東就在他統領的那間碩大無朋的教室裏，以疾風暴雨般的節奏，開展了一連

---

[78] 斯圖爾特・施拉姆《毛澤東的思想》，第 109 頁。

[79] 關於繼續革命的緣起及其後果請參閱李澤厚《中國現代思想史論》，第 181-199 頁。

[80] 參閱羅斯・特里爾《毛澤東傳》，第 373 頁。

串令人目不暇接的學習運動：三反五反運動、反胡風運動、批《紅樓夢》研究中的主觀唯心主義運動、反右運動、大躍進運動、文化大革命運動、批林批孔運動、反擊右傾翻案風運動……運動的目的只有一個：快速培養出一大批社會主義建設的新人，在多、快、好、省的理想節奏中，迅速將中國建設成一個富裕強盛的現代化國家，一個被純粹道德理想主義掌握了頭腦的新式人民的國家。

教育家的故事理所當然地還在繼續。1958 年 5 月，中國共產黨八大二次會議隆重召開。在雷鳴般的掌聲中，毛澤東親自向與會學員講了一堂課。他用終生未改的韶山口音對他的忠實信徒們說：「我問我身邊的同志：我們是住在天上，還是住在地上？他們搖搖頭，說是住在地上。」毛澤東看到台下的學員像他身邊的同志一樣目瞪口呆，滿意地笑了：「我說不，我們是住在天上。如果別的星球有人，他們看見我們不是也是住在天上嗎？」教育家見台下密匝匝的學員似乎有些理解他的授課——與會者肯定以為毛澤東在為他們界定辯證法——，出人意料地突然加大馬力，「所以，我說，我們是住在地上，同時也是住在天上。」[81]他以這句確實帶有辯證法面孔的話作為結束語，再一次把自以為聽懂授課內容的學員們弄得手腳無措、六神無主[82]。

人間天堂是毛澤東的宏偉構想。在一定程度上，它也是富國強民觀念的自然延伸。很顯然，毛澤東十分痛恨「治療的虛無主義」（therapeutic nihilism），因為按照這種學說，社會之病無藥可救。但毛澤東的教學過程實在太過迅猛，以致於他的學員根本追不上他的思想節奏，聽不懂他的授課內容。他們跟在他身後，踉踉蹌蹌，既亢奮又直喘粗氣。針對這種局面，土地閱讀法的諳熟者迅速找到了解決方案：在每一次學習運動中淘汰一部分學員，只保留那些優秀的畢業生。這

---

[81] 參閱《毛澤東思想萬歲》，1958 年 5 月 8 日。

[82] 毛澤東說話之費解在整個世界上都是非常有名的，上述內容千萬不能僅僅從字面上去理解。對毛澤東的說話方式，基辛格（Henry Alfred Kissinger）有過十分準確的描述：「我慢慢捉摸到毛澤東的談話有好幾層意思……而他最後的那個意思只有在長時間思考以後才能從總體上把它抓住。」（基辛格《白宮歲月》，楊靜予等譯，第四冊，世界知識出版社，1980 年，第 13 頁）

種從表面上看十分殘酷的考試制度，完好地保證了毛澤東所需要的新人總是處於孕育和醞釀狀態，最終保證了教育家所認可的新人源源不斷地被製造出來。為拯救那些被淘汰的學員，另一個輔助性的教學方案很快就被發明出來：讓優秀學員幫助那些沒能及格但又有希望及格的同學。

　　20世紀60年代中期的某一天，毛澤東在他的書房裏給侄兒毛遠新開了一個小灶。授課內容集中在對先進的定義上。毛澤東對他的侄兒，時為哈爾濱軍事工程學院的學生說，所謂先進，就是要做落後分子的工作。毛澤東問毛遠新，聽懂了嗎[83]？後者很可能根本沒有聽懂大伯的授課，還是裝模作樣地點了點頭。很顯然，雖然幫教法派生於繼續革命，但它又有自己特定的目的：將更多的學員推進合格的新人群體。幫教法至為深刻地意味著：決不放過任何一個可以成為新人的人。「懲前毖後，治病救人」是幫教法派生出的又一個重要觀念：和教育理念內部發出的語調一樣，幫教法只有逗號，沒有句號和問號。

　　「華人與狗不得入內」給毛澤東的印象實在是至為深刻。這件事既誘發也加劇了毛澤東的猴性和急脾氣。伴隨著生理功能的不斷衰退，他有意加快了教學進度，有時還故意違反教學規律展開教學活動。新式孝道的具體內涵由此始終處於變更之中，革命話語因而具有高度的即興色彩：對毛澤東的教育理念的忠誠，直接演變為對毛澤東某堂課的教學內容的忠誠。這就是繼續革命最內在的口吻，即興色彩則是繼續革命的外部形象。毛澤東的教育家身份中因此逐漸摻雜了越來越濃厚的試驗師身份。兩重身份反覆交疊、化合，誘發和凸現了毛澤東身上固有的浪漫主義特徵。的確，個人主義者發現真理，普救論者體驗真理：很明顯，浪漫主義有時是一種特權。為了富國強民的至高目標，毛澤東獨掌浪漫主義之杖是應該的——至少他的學員對此持一致贊同的態度。他們用雷鳴般的掌聲和口號聲，一次又一次地表達了這種昂貴的態度。

---

[83] 參閱羅斯·特里爾《毛澤東傳》，第370頁。

　　1975 年，毛澤東年屆 82 歲，皮膚光潔，絕少皺紋。就在這一年的 7 月 14 日，他對夫人講過一番頗有些意識流做派的話，回憶了他集教育家、試驗師、浪漫主義者於一體的導師生涯中的幾個小片斷。他的自信依然如故，江青依然像剛脫去戲裝從上海初到延安那樣靜靜地聽他講話。那個「自信人生二百年，會當水擊三千里」的少年老了，那個來自山東諸城郊區姿色平常的少女也老了。作為中國無產階級革命修道院至高無上的院長，毛澤東仍然有充分的理由相信：在他幾十年如一日地辛勤教育下，他的人民沒有任何理由不按他的旨意辦事。

　　從毛澤東的課堂出來後，我們這些曾經的翹課症患者還是沒有弄明白：他在 1975 年 7 月 14 日對江青講話時，是不是真的相信他一生為之奮鬥的祖國真的已經富強起來，人間天堂的夢想是不是真的化為了現實？

事情是這樣的

第一章 　《挺進報》事件[1]

我們在一天天好起來，
敵人在一天天爛下去。

——毛澤東

壹、《挺進報》在重慶

一、《挺進報》的誕生

「天生的重慶，鐵打的瀘州。」這是老一輩四川人給他們那兩座心愛的城市的無上讚譽。瀘州和我們將要講述的故事沒有關係，粗獷豪邁的重慶確實算得上一座英雄城市：衛國戰爭（1937-1945）期間，它曾任勞任怨、盡職盡責地充任過國民政府的臨時首都，戰時首領蔣介石在這裏指揮他的千軍萬馬從各條戰線上奮力阻擊日軍，從華北到華南，從中國東部沿海到比鄰中國西部的印緬前線，中國軍民在臨時首都的指揮下，浴血奮戰，以血洗面，引來了日本飛機的瘋狂報復。炸彈像密集的蝗蟲一樣從天而降，霧都重慶死傷的軍民動輒數以萬計[2]。「1940 年 5 月，抗日戰爭到了緊急關頭。日本對戰時首都重慶加強了轟炸，山城成為世界上被炸得最厲害的城市。在六個月的時間裏，

---

[1] 《挺進報》的編者和領導都否認《挺進報》遭破壞一事為「《挺進報》事件」，理由是：《挺進報》從創刊到發行從來沒有出過問題，遭破壞完全是叛徒所致【參閱李維嘉〈關於重慶地下黨被破壞事件和《挺進報》〉（摘錄），文履平等編《挺進報》，群眾出版社，1997 年，第 6 頁；參閱劉鎔鑄〈《挺進報》回顧〉，文履平等編《挺進報》，第 28 頁】。本書姑從舊說。

[2] 關於日本飛機轟炸重慶，參閱周勇主編《重慶通史》下卷，重慶出版社，2002 年，第 905 頁。

重慶承受的炸彈噸位是整個太平洋戰爭中日本全國承受的炸彈的三分之一。一場空襲下來，成千上萬的平」民死去……」[3]但是，作為中華民族最後的「精神堡壘」[4]，重慶從來沒有想到過屈服：「當炸彈以令人驚恐的準確落下來時，重慶陷入了一種亢奮和狂熱的行動之中；」[5]8年來，頑強的民族主義和重慶本有的倔強性格噴射出了令人驚奇的力量。在陪都，老謀深算的蔣介石一邊為打敗日本人殫精竭慮，一邊為嚴防共產黨人在衛國戰爭期間趁機坐大嘔心瀝血[6]。

　　時光荏苒，細節難表。話說 1945 年 8 月 15 日中午，在經過緊張、痛苦的算計後，裕仁天皇宣佈日本無條件投降。但重慶早在 8 月 10 日傍晚就已經從駐紮陪都的盟軍總部和美國新聞處，得知日本外相宣佈接受波茨坦公告要求無條件投降的消息，當晚全城狂歡，次日再次狂歡：「八年深藏／啟封後的陳酒／浮著喜悅吐著清香。」(沈寶基〈勝利後〉)就在龍騰虎躍、笑意熱淚相雜呈的歡樂之海的岸邊，但有一人氣色陰霾、滿臉焦慮。他就是戰時領袖蔣介石。近日來，因抗戰勝利，聲望已臻至頂峰的蔣總統十分懊喪；作為「攘外必先安內」的一貫信奉者，蔣中正清醒地知道，令他最為擔心的事情終於冒出頭來：8 年的連天炮火非但沒有削弱共產黨的勢力，反而使之空前強大，歷史上第一次達到和國民政府相持不下的水準。忙於抗戰又篤愛曾文正公的委員長可能不是很明白：這一局面的來臨，大大半出自毛澤東堅持不懈地教育活動——後者早已將他得之於關鍵事情的革命話語輸入到各級學員的腦海深處。在教育家的策動下，奪取政權的新人（現在已經由民族解放的新人轉變為階級解放的新人）眨眼間佈滿華夏大地每一個可以想見的陰暗角落，更不用說那個「解放區的天是晴朗的天」了。

---

[3]　張戎、喬‧哈利戴《毛澤東：鮮為人知的故事》，第 186 頁。

[4]　衛國戰爭時叫「精神堡壘」(為開展「國民精神總動員」運動而設)，勝利後才建起「抗戰勝利紀功碑」。

[5]　顧彼得（Pote Gullart）《彝人首領》，和鑣宇譯，四川文藝出版社，2004 年，第 3 頁。

[6]　參閱凱普〈中國國民黨與大後方：戰時的四川〉，《中國現代史論集》，聯經事業出版公司，1985 年，第 221-230 頁。

　　1945 年 10 月 10 日，心照不宣的國共雙方在陪都重慶達成妥協與諒解，轉而一致呼籲和平。但缺乏根基的「雙十協定」很快就宣告破裂，各懷心事的國共雙方不約而同地撕下了蒙在自己臉上的面具，中國歷史上規模空前的內戰一觸即發。數以百萬計的軍人和平民即將充當炮灰，儘管昨天他們還沉浸在真資格的歡樂之中。經過一番難以描敘的明爭暗鬥、此消彼漲，將近兩年後的 1947 年 2 月 28 日，作為「雙十協定」破裂的遲到的後果之一，衛國戰爭期間中國共產黨設在重慶紅岩嘴的《新華日報》被國民政府正式查封，公開的中共四川省委被迫匆匆撤離，以備不虞之需的第二套班子卻並未組建，大批出自新人生產計畫之車間的奪取政權者群龍無首，各自為政，旋即潛入地下[7]。

　　這個世界上肯定存在著某種奇特的地理語法：重慶複雜的地形、高低不平的道路、迷宮般曲折的街道、大霧帶來的較低的能見度，天然適合暴動、騷亂以及幫會與地下活動的生存。「崇山峻嶺腰斬了這座城市的鴻篇巨製，將它分割為互不關懷的八塊。傳統中國應有的串聯品質及人情輕撫與這座城市完全絕緣，形成了另一種面目全非的中國生活：寂寞的自我囚徒、孤僻的怪人、狂熱的抒情志士、膽大妄為的夢想家、甚至希特勒崇拜者。」[8]但在 1947 年 2 月 28 日之後將近 3 年的時間裏（其下限是 1949 年 11 月 30 日重慶被解放軍全面佔領），在山城大霧彌天的底部，像精靈和金龜子一般快速游弋的，則是中國共產黨的信徒、毛澤東教育理念（即革命話語）的崇奉者。他們來無影、去無蹤，像傳說中的雷公和電母，但又幾乎無時無刻不和他的敵人擦肩而過，後者卻對他們視而不見，但在更多的情況下是難以分辨。

　　1947 年 6 月下旬的某一天，在重慶南岸野貓溪（現在屬於重慶市南岸區）一家機修廠的一個小房間內，20 掛零不久的劉鎔鑄、陳然、蔣一葦、吳子見等人，正在激動地商議他們即將出刊的祕密小報。過

---

[7]　參閱王明湘《中共南方局研究文集》，重慶出版社，2000 年，第 6-16 頁。
[8]　柏樺〈左邊——毛澤東時代的抒情詩人〉，第 3 卷，《西藏文學》，1996 年第 3 期。

分激動之餘，他們反而短暫地沉默起來。此時此刻，出於對重慶特殊地貌的正確呼應，他們理所當然是毛澤東的教育理念忠實而祕密的信奉者，是毛澤東的思想品牌的暗中傳輸者，也是毛氏教學大綱預設的第一類新人和新式孝道的嫻熟掌握者。這幾個剛及弱冠不久的年輕人在和談破裂、共產黨人橫遭驅逐、第三次國內戰爭如火如荼的當口，通過複雜、驚險的程式，終於和失散多時的地下黨組織[9]取得了聯繫；他們的上級，即中共地下黨重慶市委，要求他們創辦一份祕密油印小報，在重慶以及包括重慶在內的整個川東地區廣為散發，以便在黑暗中起到撩撥人心的作用，因為「《新華日報》被蔣介石反動派封閉，黨內外廣大群眾便再也聽不見、看不見黨的聲音和解放戰爭的消息了，每天接觸到的都是國民黨『中央通訊社』的欺騙宣傳。……人們渴望瞭解解放戰爭的真實情況」[10]。──在事情和書本（即既有的 discourse）的交接中生產出來的教育理念，現在就要生產新一輪的事情了。

　　報紙很快就被定名為挺進報。命名者是中共地下黨重慶市委委員彭詠梧──重慶市委隸屬於中國共產黨川東臨時工作委員會（簡稱川東臨委），一個規模更大的中共地下組織。在三江交彙的重慶，即使在地下黨同仁的心目中，彭詠梧也是一位神祕人物[11]。但他更是一個堅

---

[9]　1946 年 3 月，在中共中央南方局的領導下，成立了地下黨重慶市委，王璞擔任書記，劉國定任副書記，彭詠梧等任委員；1947 年 10 月，成立了中共川東地區臨時工作委員會，在廣安設立上川東地委，王璞兼書記；在萬縣設立下川東地委，塗孝文任書記，彭詠梧任副書記；同時改組重慶市委，劉國定任書記，冉益智任副書記，李維嘉、許建業任委員。1948 年 12 月，川東臨委解散。1949 年 1 月，中共在重慶又成立了「川東特委」，肖澤寬任書記，鄧照明任副書記，直到重慶解放（參閱厲華等《來自白公館、渣滓洞集中營的報告》，重慶出版社，2003 年，第 263-264 頁）。很顯然，劉鎔鑄等人當時聯繫上的地下黨組織是 1946 年 3 月成立的中共地下黨重慶市委。

[10]　吳子見《回憶彭詠梧領導期間的〈挺進報〉》，文履平等編《〈挺進報〉》，第45 頁。

[11]　據吳子見的回憶，在彭詠梧作為市委委員分管《挺進報》的幾個月間，從未和全體人員開過會或見過面，只和他們其中的人保持單線聯繫（參閱吳

定的共產黨人。他為新式孝道做出的最為輝煌的貢獻，是他的頭顱被國民黨當局掛在奉節縣竹園鎮的城頭上——十多年後，黨史小說《紅岩》將對那顆鮮血淋漓的腦袋致以熱烈的頌揚；再過二十年，那顆頭顱引發出更新一輪的事情將會得到更多的議論。1947 年 6 月，即彭詠梧的頭顱被掛在竹園鎮不足半年前，在為祕密小報命名時，市委委員給予這個名字的涵義竟然多達兩層：其一，紀念一年前「劉（伯承）鄧（小平）大軍」千里挺進大別山；其二，他們都是革命話語的堅決崇奉者，當此危急關頭，理當以新式孝道為武器挺胸昂頭，「任何人都休想阻止他們向前挺進的步伐。」[12]

坐落在野貓溪的機修廠只有一棟設備簡略、規模很小的兩層樓房。樓下是車間，稀稀落落安置著幾張機床，僅有的 8 個工人團結在機床周圍，但又不以機床為核心——國民經濟已經崩潰好幾年了，眾機床差不多處於半退休狀態；樓上則住著陳然一家。時年 24 歲的陳然是這家要死不活、腹腔空虛的廠子的管理員（據說相當於廠長）。作為《紅岩》的核心原型之一，陳然和他的母親、姐姐、姐夫和妹妹住在同一層樓上[13]。這棟異常簡易的小樓被隨隨便便擺放在地勢起伏的重慶，宛若美國詩人兼銀行家史蒂文思（Wallace Stevens）「把一只罈子放在田納西州」。它像大海中的一葉扁舟，很自然地構成了一個微型象徵：它確實適合密謀與地下活動。小樓周圍的環境比較單純，又是一個獨院，中共地下黨重慶市委應陳然的請求，決定把報紙的機關安設在這裏[14]。

1947 年 6 月的某一天，4 個激動不已的年輕人為剛才的激動沉默了一會之後，其中一個提出：我們的報紙雖說只是油印的，但也應該

子見〈回憶彭詠梧領導期間的《挺進報》〉，文履平等編《挺進報》，第 40 頁）。

[12] 參閱劉鎔鑄〈《挺進報》回顧〉，文履平等編《挺進報》，第 16 頁。

[13] 參閱冷善昌〈關於我營救內弟陳然烈士的情況〉，《重慶黨史研究資料》，1986年第 6 期。

[14] 參閱蔣一葦〈我知道的《挺進報》〉，《重慶文史資料選輯》，第 11 輯（1982年 6 月）。

有一個固定的報頭——固定的報頭象徵著革命話語要求的那種莊嚴、肅穆和穩固。這一提議理所當然得到了與會人員的一致贊同；自恃書法水平十分了得的吳子見用毛筆寫好隸書報頭後，隨即被蔣一葦警覺地藏在工作室的板壁縫裏——到翌年 4 月 22 日 19 時陳然被捕之前，這裏一直是《挺進報》的神經中樞[15]。

在其後 10 個月左右的時間裏[16]，遊動在這個工作間的主要有兩個人：陳然和蔣一葦。後者負責用老五號仿宋字刻寫蠟紙，作為主人的陳然負責印刷。在遠離野貓溪的重慶市內以開明圖書局門市部主任作掩護的劉鎔鑄，則負責籌措資金、購買紙張、油墨和蠟紙，並兼管發行；在《時事新報》擔任記者的吳子見負責聯絡[17]。幾個嫩得滴水的革命者早已分工妥當，既符合組織原則，又呼應了地理語法的嚴正要求。經過一陣緊張籌畫與冒險工作，《挺進報》在 1947 年 7 月初正式出刊[18]。秉承教育家的課堂講義，紅色號角克服了可以克服的一切困難後，順利地潛伏在國民黨當局的心臟底部；它像一個幽靈或一頭怪獸，註定會導致當局心律失調、肝脾腫大[19]。

二、深夜電波

夏日的重慶，即使深夜也不減其潮熱。這一名實相副的表現確實當得起「火爐」的美稱。差不多與野貓溪機修廠那棟小樓上的密謀同時，1947 年 6 月下旬的一個夜晚，重慶市民生南路韋家壩的入口處，

---

[15] 吳子見〈回憶《挺進報》及戰友們〉，《中國青年》，1962 年第 8 期。

[16] 參閱蔣一葦〈我知道的《挺進報》〉，《重慶文史資料選輯》，第 11 輯（1982年 6 月）。

[17] 分工問題以及關於老五號仿宋字的問題可參閱劉鎔鑄〈《挺進報》回顧〉，文履平等編《挺進報》，第 19-20 頁。

[18] 參閱蔣一葦〈我與《挺進報》〉，《縱橫》，2001 年第 7 期。

[19] 據劉鎔鑄回憶，從 1947 年 7 月到 1948 年 4 月被當局破壞，《挺進報》正式出刊 23 期，出版增刊 4 種，它們是：毛澤東〈目前的形勢和我們的任務〉、〈論大反攻〉、〈耕者有其田〉和〈被俘人物志〉等（參閱劉鎔鑄〈《挺進報》回顧〉，文履平等編《挺進報》，第 29-30 頁）。

一位懷抱嬰兒又繼續懷孕的婦女正在揮扇納涼[20]——那一年，避孕藥和避孕術根本就不配成為多子多福之觀念的敵手。腹部微凸的女人手持蒲扇，嘴哼催眠曲，眼睛卻機警地注視著前方。但及目所處，只有昏黃的街燈和不請自來的熱浪；在她身後那座名叫「思園」的三層小樓上，她的丈夫像個幽靈，正對著一部功率僅僅 8 瓦的收發報機和一部短波收音機忙碌不休[21]。由於天氣炎熱，按照四川人粗獷的做法和來自身體的指令，影子一樣的男人幾乎已經赤身裸體，渾身上下只剩遮羞的褲衩。但汗流還是像細密的泉水從毛孔中源源不斷地滲出。此時，這個男子已經顧不上炎熱，他被收音機裏傳出的、來自河北邯鄲新華社的好消息弄得渾身滾燙，以毒攻毒的效果反倒使他像是吃了冰淇淋一樣舒暢：他的同學，即毛澤東的學員們，已經在各個戰場上對國民黨軍隊取得節節勝利。只有一條褲衩的影子完全忘記了身體大地上婆娑的汗水，以及院壩入口處為他邊哺乳邊望風邊聆聽盆腔深處微微律動的妻子[22]。

這個男人叫成善謀，30 歲左右。到目前為止，他至少擁有兩幅面具：名義上是重慶雷電華電料行、建中機修廠經理，人稱成老闆[23]，實際上和陳然等人一樣，也是潛伏在重慶的共產黨人，新式孝道聖餐的領有者和享用者。重新集結起來的中共重慶地下黨組織給他的任務十分明確：在便衣林立的蔣管區，在電波被嚴重監視和干擾的昨日陪都，收聽新華社電訊，並將聲音轉化為文字，以便為《挺進報》轉載，鼓舞失去上級的、仍處於單獨飄零狀態的新人們[24]。只有成善謀最為清楚，要完成這項任務非常困難：除了必須忍受被抓捕的危險，因而

---

[20] 參閱林彥《〈挺進報〉與〈反攻〉紀事》，重慶出版社，1997 年，第 69 頁；參閱鄧照明《巴渝鴻爪——川東地下鬥爭回憶錄》，重慶出版社，1991 年，第 74-75 頁。

[21] 參閱程途〈回憶《挺進報》的情況〉，文履平等編《挺進報》，第 81-82 頁。

[22] 參閱林彥《〈挺進報〉與〈反攻〉紀事》，第 66 頁。

[23] 參閱程途〈回憶《挺進報》的情況〉，文履平等編《挺進報》，第 82 頁。

[24] 關於《挺進報》轉載的新華社電訊內容，可參閱重慶歌樂山革命烈士陵園業務檔案：文物 00856、文物 00776。

神經高度緊張外，還得為電訊信號被當局嚴重干擾勞神費心。但憑著
對新式孝道的無私恭維，成善謀差不多每一回都絕好地完成了任務：
通過他，來自河北邯鄲的電訊稿源源不斷地傳向重慶；解放軍製造出
的真實勝利，開始在當局有意製造對共產黨人的虛假勝利的重慶製造
出回聲。

　　《挺進報》的編輯、刻寫、印刷、發行人員，組成了中國共產黨
《挺進報》地下特別支部（簡稱《挺進報》特支），為《挺進報》提供
電訊稿的人員則組成電臺特支[25]。兩個特支絕無直接往來。這是祕密
工作的首要原則，和重慶彌天的大霧有著驚人的內在一致性：神祕、
隱蔽，迫使他們的眼睛習慣於較低的能見度。《挺進報》特支的市委分
管人員一開始是市委委員彭詠梧，1947 年 10 月地下重慶市委經中共
上海局（其前身是曾經駐紮於重慶紅岩嘴的中共南方局）改組後，則
是市委常委李維嘉；特支書記是劉鎔鑄，1948 年 3 月劉熔鑄因身份暴
露轉出重慶後則是陳然，《紅岩》主人公成崗的原型。電臺特支的市委
分管人員是市委書記劉國定，特支書記是程途──一個 20 出頭的小夥
子，似乎還說不上是毛澤東的資深學員。電訊稿一般由劉國定從電臺
特支直接領取，然後交給彭詠梧（後來是李維嘉），後者轉交劉鎔鑄，
劉鎔鑄再轉交陳然和蔣一葦[26]。整個過程全靠單線聯繫。在白得刺眼
的恐怖中，這些擁有多重面具的人物正在完成一件極為重大的事情；
這件事情及其眾多變體，不多不少，恰好是對毛澤東教育理念的肉身
化，是革命話語階段性寄居的肉體，更是新式孝道和奪取政權的新人
的外在標誌。

　　成善謀只知道電訊稿順利到達《挺進報》特支，卻不清楚到了何
人手中；陳然等人只知道有一個採摘電訊稿的機構，但不明白電訊稿

---

[25] 1947 年 6 月至次年 4 月，電臺特支的組成人員是程途、成善謀、張永昌、
　　朱可辛。程途是特支書記（參閱程途〈回憶《挺進報》的情況〉，文履平等
　　編《挺進報》，第 80 頁）。

[26] 參閱李維嘉〈關於重慶地下黨被破壞事件和《挺進報》〉（摘錄），文履平等
　　編《挺進報》，第 3-8 頁。

來自何方、是何人所為。毛澤東的學員們不僅不允許敵人知情，也不允許事情生產之前線的同志們互相知情。但有一般就有例外。1947年10月的某一天，重慶持續的高溫終於有所回落，伴隨著陣陣涼意，成善謀意外地收到了劉國定帶給他的一張未署名的字條，說是《挺進報》特支轉過來的，上面昂然寫著：「致以革命的敬禮！」成善謀十分激動，那些緊張的長夜因為這張條子似乎得到了回報——很顯然，新式孝道的認領者並沒有完全做到無我與忘情。因為讀到過《挺進報》，所以成善謀也很佩服自己的同學，於是寫了一張回執似的、同樣未署名的條子以示謝意：「緊緊地握住你的手！」以劉國定等人為仲介，陳然很快就收到來自電臺特支的回執[27]。但成善謀和陳然根本不知道對方是誰，也無從知道對方是誰——知情權是革命話語在特殊情況下絕對禁止的，何況是在風聲鶴唳的昨日陪都，國民黨經營多年的老巢。

激發陳然向成善謀敬禮的起因是：陳然和蔣一葦同住在位於野貓溪的機修廠，有機會在第一時間內看到電訊稿；電訊稿上經常夾雜著「剛才外面有人，不便收錄，故斷」、「日期脫漏」一類表徵神經緊張的字樣[28]，讓陳然聯想到電訊抄收者的認真與執著，不禁肅然起敬，並大起知音之感——他在印刷《挺進報》時也忍受過無算的緊張，享受過認真與執著帶來的廣泛快感。

陳然和成善謀早在1946年元旦就已經互相認識。因為籌辦《彷徨》和《科學與生活》雜誌，他們在重慶棗子堙76號蔣一葦的家中碰過很多次頭——蔣一葦和兩種雜誌都有編務關係，成善謀和陳然與那些雜誌也略有些交道。但從河北流落到內地的陳然對土著成善謀並沒有好印象。成善謀「性格直率、開朗、詼諧，個子不高，略微顯胖，見人就侃侃而談。只是他穿著一身筆挺的西裝，表現出闊綽的樣子，給了陳然一種稍感不快的感覺。有一次，陳然和（蔣）一葦一道去成善謀

---

[27] 參閱蔣一葦等《陳然烈士傳略》，重慶出版社，1983年，第57-58頁。

[28] 參閱蔣一葦〈我知道的《挺進報》〉，《重慶文史資料選輯》，第11輯（1982年6月）。

家，只見室內床上的被褥、蚊帳，都十分破舊，凌亂不堪。成善謀殷勤地苦留他們吃飯，他的妻子卻滿面愁容，顯出難色，半天沒有動靜。他們只得趕快告辭。陳然一路走，一路想，成善謀家這般情景，與他那身穿著毫不相稱。看來，這是一個只顧自己在外花天酒地，不管妻室兒女生活的浪蕩子。從這個簡單的印象出發，他對這個『成老闆』就有了距離，越來越少接觸了。」[29]這是互不知情的學員們在互不知情間，依照革命話語的指令在革命的低潮階段生產出的戲劇性誤會。1949 年 10 月 28 日，這個誤會將在重慶大坪附近的刑場上煙消雲散：陳然和成善謀因同樣的罪名在同時同地被當局處決；槍響之前，遵照革命話語的旨意，他們喊出了幾乎完全相同的口號[30]。

三、攻心戰略

　　作為一個看似普通的辭彙，「通過」的語義無疑是隱祕而恢宏的：「它欲在存在中既找到原初的東西，也要找到永恆的東西。它主宰著季節和歷史。在自然界中，它在我們的身心之中、身心之外，產生出萌芽。」[31]但在一個異常特殊的年代，應和著重慶粗獷、豪放和陰霾的外形，通過一詞最主要的任務，是幫助一些人找到他們的敵人或同類：通過成善謀的耳朵，通過蔣一葦和陳然的雙手，通過劉國定、彭詠梧、李維嘉、劉鎔鑄的雙腿，來自河北邯鄲的消息被祕密接管，並在重慶及其周邊地區廣為擴散[32]，在那些早已被各種事情打磨過的閱讀者心中產生出萌芽，讓他們知道在一個輿論一體化的歲月裏不該知道的東西；附帶著讓他們的父親（即事情）在意識的床沿邊迎頭碰上

---

[29] 林彥《〈挺進報〉與〈反攻〉紀事》，第 65 頁。

[30] 陳然和成善謀遇難的時間參閱〈川康奸匪地下組織全部摧毀九重要匪首定今槍決〉，《中央日報》1949 年 10 月 28 日。

[31] 加斯東・巴什拉（G.Bachelard）《水與夢——論物質的想像》，顧嘉琛譯，岳麓書社，2005 年，第 1 頁。

[32] 《挺進報》甫一出版，很快就出現了翻刻本（參閱林彥〈《挺進報》在北碚〉，文履平等編《挺進報》，第 120-125 頁）。

他們的母親（即《挺進報》）。但那些渾身散發著油墨香味的母親能引起父親的興趣嗎？它們能歡快地摟抱在一起嗎？它們的親密舉止能生產出新人嗎？那些成績不一的新人能生產出新一輪的事情嗎？那些新一輪的事情是否能讓革命話語得到一個豐滿、碩大、渾身發燙的肉身？

「通過」對此似乎成竹在胸。它擯棄一切疑問，只按自己的本性忙碌：「1947 年春季開始，從東北到關內，從陝北到山東，各條戰線紛紛傳來捷報，通過新華社廣播電臺傳向全國。《挺進報》只是一個油印小報，容量有限，同時在祕密狀態下也不可能將電訊全部收錄齊全。但經過電臺工作人員的努力，所收錄到的電訊，也就非常鼓舞人心了。……山東戰場的孟良崮戰役，全殲敵精銳部隊、整編 74 美械師 3 萬 3 千人，並擊斃其師長張靈甫，陝北戰場的蟠龍戰役、榆林戰役、沙家店戰役、黃龍戰役，東北戰場歷時近兩個月的秋季攻勢等各戰役和重大勝利，在《挺進報》上都有反映。」[33]「通過」打敗了蔣總統的報紙蓄意製造出的、意在挑逗山城人民的假勝利、假繁榮。就像教育家毛澤東多年後鄙夷過的那樣：「蔣介石的時候，報紙、廣播、學校、電影都是他們的，他們蒙蔽人民。」[34]《挺進報》在盡最大努力，試圖打開山城人民的眼睛，以便讓他們看清真相。

1948 年初，革命話語的即興色彩（或稱浪漫主義色彩、試驗色彩）經由通過一詞開始發揮作用：通過中共重慶地下市委的指令，《挺進報》特支領受了新任務——《挺進報》不僅需要在共產黨人和同情共產黨人的讀者那裏產生影響，還需要直接與敵對分子打照面，以便讓他們的繼母能夠勾引他們的親生父親，達到分化、瓦解和迷亂敵人心智的目的。這一黑虎掏心般的大膽招術，被深諳革命話語之即興色彩的地下組織命名為對敵攻心，被照面的對象則被稱作特殊讀者[35]。其後的事情很快就會證明，攻心戰略構成了「《挺進報》事件」的原始由頭，

---

[33] 吳子見〈回憶彭詠梧領導期間的《挺進報》〉，文履平等編《挺進報》，第 45 頁。

[34] 毛澤東〈黨的文藝政策應當調整〉，《人民日報》1976 年 11 月 5 日。

[35] 參閱劉鎔鑄〈《挺進報》回顧〉，文履平等編《挺進報》，第 24 頁。

也為十餘年後黨史小說的粉墨登場埋下了伏筆[36]:《紅岩》及其所有衍生物必須感謝革命話語即興色彩突如其來的對敵攻心,必須感謝特殊讀者對此產生的快速反應[37]。

　　早在通過一詞正式發揮作用之前,陳然就在這麼幹了,而且還幹得相當漂亮。「一次,他故意利用一些官僚資本開設的大商號的信封,就在商店附近投郵。這些報紙很快就被守候著的特務發現,他們根據這些線索,對這幾家商號進行搜查,嚇得目瞪口呆的大老闆們,乖乖接受了搜查人的敲詐勒索。一次,他在幾所被三青團分子把持、一貫壓制進步同學的學校附近,故意集中投寄了一批《挺進報》,這就引起特務懷疑,對學校當局作了一番徹底的清查。還有一次,陳然找到了幾個美國新聞處的信封,他仿照這家單位寄贈『新聞資料』的辦法,列印上鉛字的姓名和位址,就在其單位所在的兩路口附近投郵。這些報紙果然通行無阻,甚至連重慶市長楊森都接收到了一份。楊森氣得暴跳如雷,責罵他的那些鷹犬無能,責成他們限期破案。」[38]

　　陳然的頑皮做法無疑啟發過《挺進報》特支。為呼應攻心戰略的基本涵義,特支的 4 位成員廣泛收集在渝各機關、公司、商號的各式

---

[36] 鑑於「《挺進報》案」對中共在四川的地下組織打擊之大,所以其後許多人對攻心戰略有很多非議。作為一個知情者,1949 年 1 月至同年 11 月底擔任中共川東地下特委副書記的鄧照明有過詳細敘說,而且,他還把川東地下黨組織被破壞的程度稱作中共地下黨歷史上罕見的事情(參閱鄧照明《巴渝鴻爪──川東地下鬥爭回憶錄》,第 108-109 頁)。

[37] 對敵攻心產生了極為惡劣的影響,以致於成為重慶及整個川東地下黨被破壞的先兆。羅廣斌在《關於重慶組織破壞經過和獄中情形的報告》之「獄中意見」專門提到過輕視敵人帶來的惡果:我們「沒有認識敵人是有若干年統治經驗的反動政權;對於特務,存著『是什麼東西?』的看法,沒有知道特務機構是統治的核心,是最強大的敵人。……敵人是在暗處,我們是在明處,處處出事。後來程謙謀說:『我們把敵人估計得太低了。』」此文是羅廣斌在 1949 年「11．27 大屠殺」之夜幸運逃出白公館後一個月內寫成的。十分蹊蹺的是,此文至今沒有全文發表。此處以及其後對此報告的引文,都是筆者從一位擁有部分原件複印件的朋友那裏抄來的。

[38] 文履平〈記陳然〉,文履平等編《挺進報》,第 76 頁。

各樣的信封，以此為掩護，極為方便、成功地躲過郵件檢查[39]，徑直將《挺進報》寄給敵方的大小頭目。西南綏靖公署（後改名為國民政府西南軍政長官公署）主任朱紹良、重慶市市長楊森等頭面人物，都有幸被通過一詞任命為特殊讀者[40]。為配合具有高度即興色彩的攻心戰略，《挺進報》有意刊載了許多離間國民黨人的文章：「打到南京去，活捉蔣介石！（晉冀魯豫 20 日消息）在西安事變中親手活捉蔣介石的張中林排長，於今年 7 月在晉南戰役中被解放，現已志願參加解放軍。他說，現在我要隨同志們打到南京去，第二次活捉蔣介石！」[41]當面對「蔣管區官兵們！不要替貪污土劣打仗」、「蔣區人民武裝起來，抗丁抗糧，分田廢債」和「蔣軍士兵好消息！——放下武器，可分田地」的電訊消息時[42]，列位特殊讀者的心中大約會跳起踢踏舞。

攻心戰略更為輝煌、更為滑稽的一幕，出現在 1948 年 3 月下旬[43]。早春的重慶寒冷、潮濕，似乎有下雨的跡象，十分符合春寒料峭一詞的內在語義：那顯然是一個適合祕密工作的日子。平時蓄有鬍子的劉鎔鑄經過一番精心化妝，徑直來到西南軍政長官公署門口，摒住緊張的心情，故意大搖大擺地對傳達人員說：「我要見你們的長官朱紹良。」儘管閱人無數的傳達人員早已修煉為人精，但見此人不賤不貴、不卑不亢，只好較為內斂地如實撒謊：我們長官不在。劉鎔鑄心頭暗喜，緊張的心跳頓時落回胸腔，知道自己的冒險至少成功了一半，裝作喪氣地告訴傳達：「那好吧，先把這封信呈給你們長官，鄙人改日再來拜

---

[39] 所謂郵件檢查是這樣的：二處的一幫人常在各郵政支局營業室門前注視交信的可疑人員，凡是他們認為可疑的人員交的信，就叫支局的工作人員開箱揀出拆閱，然後封好，在信角做個記號，投進郵箱，以便找到寄信人和收信人（參閱楊開榮等〈《挺進報》從郵局裏發出〉，文履平等編《挺進報》，第 97-104 頁）。

[40] 參閱蔣一葦〈我知道的《挺進報》〉，《重慶文史資料選輯》，第 11 輯（1982 年 6 月）。

[41] 《挺進報》總第 14 期。

[42] 參閱《挺進報》總第 16 期。

[43] 參閱重慶歌樂山烈士陵園業務檔案 B139。

訪。」後者收下了那封信。假裝離去的劉鎔鑄稍事丹田下沉運動，又故作思索狀地走了回來：「麻煩你打個收條，日後好作憑證。」先輸一招的傳達此時更不知遇見了何方神聖，只好照辦不誤；為顯示慎重，還在收條上加蓋了公章[44]。

　　通過一詞的語義至此達到前所未有的豐腴狀態：通過劉鎔鑄的大腿、雙手、化妝後的衣著以及必要的巧舌，朱紹良成功地收到了那封「親啟」信。自詡儒將的軍政長官甫一拆信，頓時面如豬肝：作為大西南地區的最高官員，他也不免於被戲弄的命運。朱紹良手中的那份報紙，是出版於 1948 年 3 月 22 日的第 18 期《挺進報》。搞清楚這張報紙航行至此的傳奇旅行後，朱紹良有理由怒不可遏；細讀報紙的內容，他的火氣就更為盛大：「第一版上的報頭左邊是『識時務者為俊傑，棄暗投明是英雄。』右邊是『准許將功折罪，讓人悔過自新。』頭條標題是『中共中央電賀洛陽、四平大捷。』配發『解放洛陽』和『解放四平街』的新聞報導。」[45]「朱（紹良）看後氣憤萬分。他是這一地區的最高軍政負責人，也是反共的大頭頭。這種報紙居然直接送到他手中，這不僅是嚴重的政治問題，說明他統治的地方共產黨能公開活動，而且把這種刊物直接寄與他，更是對他的莫大污辱，是直接向他挑戰。」[46]

　　曾經率領大批國軍圍剿過江西蘇區的朱紹良再也顧不上保持得一貫得體的儒雅風度，盛怒之下，馬上打電話招來他的耳報神，國民政府西南軍政長官公署二處（即情報處）處長、不久以後因成功破獲「《挺進報》案」兼任國防部保密局西南特區區長的徐遠舉。

---

[44] 文履平等人在編輯《挺進報》時，在收有劉鎔鑄的文章中加了一則編者按，此按的具體內容是：「這封親啟信，實際是劉鎔鑄同志直接送到行轅的收發處去的。」（文履平等編《挺進報》，第 29 頁）此處的敘述不敢掠美，僅僅是改編了林彥先生的大作（參閱林彥《〈挺進報〉與〈反攻〉紀事》，第 29 頁）。

[45] 劉鎔鑄〈《挺進報》回顧〉，文履平等編《挺進報》，第 29 頁。

[46] 沈醉〈我與大特務徐遠舉〉，《沈醉回憶作品全集》，第 1 卷，九州圖書出版社，1998 年，第 619 頁。

貳、「又不知道哪股水發了？」[47]

一、徐遠舉的憂慮

中華民國西南軍政長官公署（在此之前叫西南綏靖公署，本書統一為長官公署）第二處，是個一處三管的機構，它同時擁有一個婆家和兩個娘家：「在公開形式和行政系統上，第二處屬於西南長官公署，人事、經費、業務也都屬於西南長官公署的建制範圍，按特務機關的術語，這叫掩護機關。實質上第二處則受國防部第二廳和保密局掌握領導。……各地軍政長官公署和綏靖公署第二處處長的任免，必須經過國防部第二廳和保密局，當地長官不能過問。」[48]作為這家特殊機構的最高負責人，湖北人徐遠舉出道很早，17 歲就加入戴笠創辦的軍統，仕途更是一帆風順：1948 年，他不過 34 歲，卻早已擁有少將軍銜的頂戴花翎。接到朱紹良的電話，徐遠舉馬上風風火火來到西南軍政長官公署。朱紹良正端坐在寬大的椅子上發楞，心跳過速，臉色十分難看。徐處長不知道發生了什麼大事，請安問好過後，只得坐等對方開口——反正這些年發生的大事已經車載斗量，徐遠舉早就是名聞遐邇的救火大隊長[49]。沉默片刻，十幾年前曾率部圍剿過江西瑞金的軍政長官應和著心跳的節奏，將那封「親啟」信丟給徐遠舉。後者只瞄了一眼，馬上就明白事態的嚴重性：作為情報處長，他難逃失職之過[50]。找到發洩對象後，向來對徐遠舉有所禮讓的軍政長官終於開始

---

[47] 這句當年的俗語（現在也流行於巴蜀地區）出自曾在川東和重慶做過長期地下工作的鄧照明（參閱鄧照明《巴渝鴻爪——川東地下鬥爭回憶錄》，第118 頁）。

[48] 參閱公安部檔案館編《血手染紅岩——徐遠舉罪行實錄》，群眾出版社，1997年，第33 頁。此書雖為公安部檔案館編修並加了一個別致的書名，但確實是 1964 年 10 月徐遠舉在戰犯管理所關押期間寫成，甚至連書中的小標題都未改動，因此，此書基本上可以算作徐遠舉的著作（參閱《血手染紅岩——徐遠舉罪行實錄》「編注者的話」）。

[49] 參閱公安部檔案館編《血手染紅岩——徐遠舉罪行實錄》，第 8-10 頁。

[50] 參閱沈醉《我與大特務徐遠舉》，《沈醉回憶作品全集》，第 1 卷，第 620 頁。

發作:「現在還未到時候,共產黨就搞到我頭上來了,在重慶這樣囂張還了得!這個火種非撲滅不可!」[51]盛怒之下,朱紹良提筆寫了一張手諭,嚴令徐遠舉限期破案。和蔣總統一樣,朱紹良也沒有弄明白,那些在他的想像中應該蓬頭垢面、土裏土氣、無法無天、熱衷於「共產共妻」的「共匪」,為什麼就是斬不盡、殺不絕;沒過多少年頭,他們竟然跑到重慶撒野,而且是通過這種匪夷所思的方式。但朱紹良好歹還算保持住難得的清醒,幾天後,他又以嚴厲的口吻告誡徐遠舉及其同仁:「不要以為中共代表團和《新華日報》撤走了,就平安無事了!」[52]

　　徐遠舉的老巢位於重慶市區老街 32 號,石砌的院門上題有「慈居」二字,一個深諳儒家教義之精髓的名號,聽上去像是擁有一張孔子般慈祥的面容,其結構也深諳地理語法之風姿。「『慈居』是二處的辦公地。一進門是一間堂屋,堂屋左側是一間 20 多平方米的房間,就是特務的偵訊室;堂屋後面是樓梯,二、三樓是徐遠舉等特務的辦公地。樓梯左側外面是天井,天井南側是一間四、五平方米的小拘留室和一坡石梯坎,石梯坎下左側地下室是監獄,用於羈押剛逮捕來和從渣滓洞看守所提押來此審訊的政治犯,人們稱之為二處看守所,由二處警衛組人員負責看押。後門有一條小路,路邊有一個防空洞,小路可通重慶行轅(即長官公署-引者注)。」[53]從朱紹良的辦公室一回到這個結構複雜、形跡詭祕的老巢,徐遠舉馬上就招來保密局重慶站副站長呂世琨、西南軍政長官公署二處課長、組長陸堅如、雷天元、季縷等人,研究破案線索。饒是這些情報老手閱歷過人、見多識廣,此時全都一籌莫展。這是因為毛澤東的學員們遵照教育家「隱蔽精幹、長期埋伏、積蓄力量、以待時機」的指示,在重慶這個黑龍潭潛伏得既深且久,以致於徐遠舉及其手下只得臨淵羨魚,根本沒有機會退而結網。七嘴八舌不得要領之後,還是老到的徐遠舉拿出了一個算不上方案的

---

[51] 重慶歌樂山革命烈士陵園業務檔案 B145。

[52] 參閱公安部檔案館編《血手染紅岩──徐遠舉罪行實錄》,第 6-7 頁。

[53] 參閱孫曙《公安緝凶揭密──「3‧31」慘案到「11‧27」大屠殺劊子手末日》,重慶出版社,2003 年,第 168-169 頁。

方案，類似於醫學上的保守療法：「以重慶市為中心，擴散到江津、合川、璧山、永川、涪陵、長壽、墊江、大竹、鄰水、廣安、南川一帶，以及下川東萬縣、雲陽、巫溪各縣，都加派了特務，進行偵察搜捕。還特派了兩個軍事諜報組，前往華鎣山區，配合清剿（華鎣山起義的國軍）部隊搜捕中共地下黨組織……以期發現線索。」[54]呂世琨等人一聽就明白，向來以精明強悍、直奔主題著稱的徐處長這一回走的是廣種薄收的路子。

保守療法總是管用的，因為它順應了一切動作／行為都會按部就班的自然法則，儘管一開始並不能取得它臆想中的療效。命令既出，二處統領下的各路人馬紛紛開足馬力，晝夜不停地工作著；應和著保守療法的一般精神，他們紛紛向「慈居」密報，在自己的轄區內發現了共產黨的地下組織，好像後者是坐等他們前去收割的麥子。但在朱紹良手諭下達之後的最初幾天裏也有例外：在下川東濱臨長江的偏僻小縣雲陽，一個執行小組祕密逮捕了一個名叫盛超群的中年男子，聲稱此人是「共黨要犯」。任務緊迫，二處課長陸堅如迫不及待地主持了審訊。斷斷續續拷打了三天，盛超群終於吞吞吐吐地承認，他確實是雲陽縣中共地下黨負責人，被捕之前正在當地籌畫武裝暴動，暴動時間預定在不久後某個懷春的日子。很顯然，這樣的交代已經頗為靠譜；又一陣拷打後，盛超群索性完全放棄抵抗，遣詞造句更為流暢。他供出了雲陽縣中共地下黨組織的計畫以及開會情況，提交了涉案人員的名單。為朱紹良的手諭著想，陸堅如馬上將審訊結果彙報給徐遠舉。看到自己設計的方案幾天內就開始生效，徐遠舉大為興奮，命令呂世琨、雷天元赴雲陽照單抓藥[55]。

徐遠舉事後才知道這是一個天大的誤會。12 名「共黨要犯」經長江航道祕密押赴重慶後，徐遠舉很快就弄清了，這夥人都是他的黨國同志，與那些至今還看不見影子的「共匪」一點關係都沒有：他們有

---

[54] 參閱公安部檔案館編《血手染紅岩——徐遠舉罪行實錄》，第 17 頁。

[55] 參閱公安部檔案館編《血手染紅岩——徐遠舉罪行實錄》，第 17 頁。

的是雲陽縣的警察局局長，有的是財政委員會委員長，有的是參議員；總之，都是雲陽的頭面人物[56]，在魚肉鄉民、貪污腐化方面頗有心得。毛澤東的教育活動實在是威力驚人：僅僅旁聽過他幾節課的非正式學員盛超群，這位真實身份為雲陽縣參議員的中年漢子，仰仗道聽塗說而來的教育理念，就成功地戲弄了他的施刑者，頗有些類似於耶穌戲弄彼拉多[57]。這是才智驚人的徐遠舉在處理《挺進報》一案上的首次撲空；其後短短幾天的日子裏，還有兩次性質迥異、但結局完全相同的撲空在不遠處迎候他[58]：三次撲空聯合起來，共同宣告了保守療法的失敗，就像那只傳說中運道奇差的風箏，剛放飛就碰上老天垂淚──來自上天的淚水，正好打濕了實施處女飛的風箏脆弱的翅膀。

　　朱紹良不斷催問案情的進展，限期破案的手諭像尖刀一樣懸在徐遠舉頭頂[59]。與此同時，就在徐遠舉看不見的某個地方，那些精怪一樣的人依然在風風火火地忙碌著；遵照通過一詞汁液飽滿的語義，《挺進報》每期的印刷量越來越多，特殊讀者的數量也在成倍增加：從未有過油印經驗的陳然經過多次試驗，印刷技術已經得到空前提高，每張蠟紙能讓油墨肆意輾過 2,500 次而不壞[60]──這是油印時代的奇蹟。這夥人當然不會顧及徐遠舉沮喪之極的情緒；他緊鎖的眉頭無疑是對《挺進報》的額外獎賞和言不由衷的恭維。

---

[56] 參閱公安部檔案館編《血手染紅岩──徐遠舉罪行實錄》，第 17-18 頁。

[57] 參閱厲華等編著《紅岩小說與重慶軍統集中營》，群眾出版社，1997 年，第頁 84-87；參閱孫淳〈要留清白在人間：追思盛超群烈士〉，鍾修文等主編《鐵窗風雲》（上），群眾出版社，1997 年，第 136-147 頁。

[58] 參閱公安部檔案館編《血手染紅岩──徐遠舉罪行實錄》，第 18-19 頁。

[59] 「挺進報案」由朱紹良密電南京毛人鳳後，毛深感問題重大，不敢隱瞞，又密報蔣介石，蔣十分震怒，嚴令必須限期破案（參閱沈醉《軍統頭目及其他》，《沈醉回憶作品全集》第 1 卷，第 621 頁）。

[60] 劉鎔鑄在回憶《挺進報》的增刊時專門說到過這件事：在印毛澤東的《目前的形勢和我們的任務》時，一張蠟紙印了 2500 份，字跡清晰，封面還有教育家本人的套色頭像（參閱劉鎔鑄〈《挺進報》回顧，文履平等編《挺進報》，第 29-30 頁〉。

二、紅旗特務

　　國防部保密局重慶站重慶組組長李克昌，近些日子顯得格外亢奮。自軍統（後更名為保密局）隨政府從南京內遷陪都以來，他一直是他的重慶同行中最為優秀的種子選手，深受徐遠舉器重。李克昌反應敏銳，尤其以嗅覺見長，特別擅於以群眾的身份深入群眾；按照國共兩黨在顏色上的自覺認同，他被同行和敵對人士共同稱作紅旗特務——這個有趣的名號將會隨著《紅岩》對本事的吸納廣為人知。作為一個兢兢業業的反共老手，另一種性質迥異的土地閱讀法的信奉者，李克昌和中國人民偉大的教育家一樣清楚，凡有群眾的地方就有事情，凡有事情的地方就是最容易收穫成績的處所。他在重慶每一個自認為有可能隱藏「共匪」的陰暗角落，都安插了不少人手；他的手下以工人或同情共產黨人的身份四處活動，讓他掌握了許多對付共產黨地下組織的第一手資料。李克昌「在重慶的歷史很長，渝站『工運』工作都在他手上。他曾運用一個叫況國華的『紅旗特務』，在民營工廠活動很出色。有一兩次，呂世琨找我安置被民營工廠開除的工人，到兵工廠去工作。這些人都是李克昌的『畫皮』，去兵工廠是『工運』的佈置」[61]。1964 年 10 月，在北京戰犯管理所關押期間，徐遠舉在交代材料中如是說起過他當年的下級。當偵破《挺進報》的任務幾天前飛馬下達後，李克昌預感到，他不次超遷的機會或許就在眼前；「《挺進報》事件發生以後，李克昌的內線佈置，更為活躍，更為重要。」[62]

　　紅旗特務的運道實在好得出奇，深入群眾的優良品質得到的豐厚答謝也來得十分及時。早在朱紹良的手令下達之前，憑著良好的嗅覺，李克昌就奇蹟般地預先盯上了《挺進報》。看起來，機會確實不會辜負有準備的人。李克昌很快就接到一個名叫姚仿桓的利用員（即情報員、眼線）的報告，後者聲稱，他在民生路勝利大廈側面的文成書店一個叫陳柏林的店員那裏，偶然看到過一張《挺進報》；從陳柏林乍暖還寒

---

[61] 公安部檔案館編《血手染紅岩——徐遠舉罪行實錄》，第 20 頁。
[62] 公安部檔案館編《血手染紅岩——徐遠舉罪行實錄》，第 20 頁。

的緊張神情中，他願意冒險推斷，文成書店很可能就是《挺進報》的祕密發行據點[63]。儘管密報有誤，也有過度闡釋之嫌（事實上，陳柏林只是一個普通的黨內讀者），但仰仗著好得出奇的嗅覺，再加上無巧不成書的偶然性在暗中襄助，李克昌立即意識到：這是一個極為有用的線索。他馬上派經驗更為豐富的曾紀綱，去取代因跛腳而行動不便的姚仿桓——當此緊要關頭，跛腳就意味著蹩腳，有礙偵破工作的順利進行。通過姚仿桓的介紹，另一個在顏色認同上和李克昌十分類似的紅旗特務曾紀綱，以失業人員的身份迅速結識了陳柏林。

陳柏林是一位年僅 18 歲的小青年，來自川北的山區小縣蒼溪，初通地下工作之皮毛，對革命話語或毛澤東的教育理念一知半解。經驗至為豐富的曾紀綱表演十分精彩，陳柏林很快就被他渾身上下閃耀的赤色光輝給弄迷糊了[64]。在一次通宵長談中，曾紀綱有意把試探性地訴說搞成真切的告白。曾紀綱向陳柏林傾訴：雖然在餓肚子的歲月裏他就已經自學過毛澤東的講義，但仍然以沒有機會成為毛澤東的正式學員而遺憾。眾所周知，浪漫主義作為一種特權，僅屬於教育家毛澤東。不幸的是，年輕幼稚的陳柏林無意間冒犯了這一戒律，儘管他的初衷完全符合教學大綱之精髓：他認為自己有義務擴大地下黨的力量，將曾紀綱介紹到組織中來。1948 年 3 月 28 日，通過一詞達到前所未有的豐腴狀態之後沒幾天，亦即第 18 期《挺進報》出版後僅僅 6 個晝夜，陳柏林趁工作之便，向他的直接上級老顧反映了曾紀綱的情況；儘管經驗豐富的老顧告誡他不要輕信任何人，尤其是在霧靄重重的日子裏，但陳柏林堅持要求老顧親自考察曾紀綱，以便當面驗證後

---

[63] 參閱公安部檔案館編《血手染紅岩——徐遠舉罪行實錄》，第 20 頁；參閱李維嘉〈關於重慶地下黨被破壞事件和《挺進報》〉（摘錄），文履平等編《挺進報》，第 6 頁。

[64] 陳柏林，18 歲，蒼溪人。在重慶時一直搞書店，1948 年 4 月 1 日被捕。「受刑很重，沒有承認身份，未交人；獄中努力學習英文，希望以後獲得自由時辦一個書店。」但他最後死於 1949 年 11 月 27 日的大屠殺之夜（重慶歌樂山烈士陵園烈士檔案 A81）。

者的革命成色。架不住被偷竊而來的浪漫主義煥發出的革命力量，老顧答應陳柏林，約定 4 月 1 日下午 3 點在位於重慶一隅的紅球壩和准新人見面[65]。

陳柏林興沖沖地將老顧的決定告訴了曾紀綱，紅旗特務立即把這條至關重要的消息報告給另一個型號更大的紅旗特務李克昌。事情緊迫，急於立功的李克昌馬上報告呂世琨；後者則直接將這條消息遞給了徐遠舉。正在「慈居」做愁眉苦臉狀的情報處長，黨史小說主人公徐鵬飛的原型徐遠舉，當即意識到，若干天來的多次撲空之後，真正的時刻業已來臨。他命令呂世琨迅速帶領二處警衛組的大批成員守候在紅球壩，坐等目標自行暴露。

對於十幾年後出版的《紅岩》，1948 年 4 月 1 日無疑是個至關重要的日子。應命運之邀，陳柏林和曾紀綱在約定的時刻，準時出現在呂世琨等人的視野。但呂世琨不能馬上實施抓捕：他需要陳柏林的幫助才能認出老顧——後者才是他們臆想中的重要人物。這也是一條原則，絕不僅僅出於視覺方面的考慮。秉承著幫教法的基本精神，在通往紅球壩的路上，陳柏林給偽自學者免費上了一課：他告訴曾紀綱，見到老顧時該怎樣按照規定做自我介紹；該如何依照教學大綱的要求回答上級的課堂提問，儘管那只是個因陋就簡的臨時課堂，就像毛澤東把曠野當作教室一樣。很遺憾，作為革命新手，陳柏林不認識曾紀綱嘴角冒出的那幾絲暗笑。當看到一個接近於中年的男子經驗老到地走向陳柏林時，曾紀綱向不遠處的呂世琨略施眼色，後者隨即大手一揮，蹲點守候的警衛組成員立即蜂擁而上：陳柏林和老顧當場成為刀俎下的魚肉。大事已定，偽自學者用滿臉嘲笑，恭送他的革命引領者走上刑車[66]。

手諭空懸，時間緊迫，徐遠舉會同二處偵防課課長陸堅如首先審訊陳柏林。他們滿以為後者僅僅是個雀毛初綻的孩子，又來自地老天

---

[65] 參閱屬華等《來自白公館、渣滓洞集中營的報告》，第 278-279 頁。
[66] 參閱公安部檔案館編《血手染紅岩——徐遠舉罪行實錄》，第 21 頁。

荒、山巒重重的川北小縣，其意志肯定很容易被粉碎。但任憑毒打火烙，自覺有罪的陳柏林死不開口。他對新式孝道的忠誠大大超過對肉體的恭維，還下定決心自願嫁給叮噹作響的鐐銬。閱人無數的徐遠舉驚訝之餘，只得暫時放過陳柏林，轉而寄厚望於老顧的嘴巴。

　　僅僅幾個小時前，老顧還是民盟機關報（即《民主報》）的印刷工人，真名叫任達哉。聽上去，這是個古色古香的名字。有一陣子，失業的任達哉還做過李克昌的利用員；因為工作不力，很快被李克昌所疏遠。1947 年，他隱瞞歷史，竟然鬼使神差加入了中國共產黨的地下組織，幹起了工運工作（即工人運動工作）[67]；利用革命的間歇，他和自己的工作對象，一個名叫皮曉雲的青年女工搞起了對象──這是地下工作的額外收穫，非李克昌所能給予，任達哉對此十分滿意。1948年 4 月 1 日下午 3 點前，民盟機關報印刷工人任達哉還算得上一名合格的共產黨人；剛進入刑訊室，他的表現也堪稱完美：一天一夜的拷打並沒有讓他就範。任達哉的悲劇在於：他最終還是無可奈何地發現，儘管他已經成為毛澤東的正式學員，對肉體卻依然有著更為本能的迷信。他在肉體的疼痛和新式孝道之間忍痛放棄了後者，交出了他所知道的全部祕密[68]。無論是從肉體經濟學的角度說，還是從「政治」「經濟學」的角度看，任達哉都做了一樁賠本的買賣：沒過多久，因為油水慘遭榨乾，他很快就收到徐遠舉贈送給他的帶子彈的死亡[69]。

三、楊清的悔恨

　　在任達哉的所有供詞中，徐遠舉最感興趣的內容是：他的直接上級名叫楊清；後者經常約任達哉在保安路一個十分隱蔽的茶館見面，

---

[67] 參閱鄧照明《巴渝鴻爪──川東地下鬥爭回憶錄》，第 109 頁；參閱重慶歌樂山革命烈士陵園業務檔案 B121。

[68] 參閱公安部檔案館編《血手染紅岩──徐遠舉罪行實錄》，第 23 頁。

[69] 參閱孫曙《公安緝凶揭密──「3.31」慘案到「11.27」大屠殺劊子手末日》，第 170 頁。

在那裏給他佈置任務，以便給當局製造更多的麻煩和難堪[70]。徐遠舉大喜過望，預感到成功就在眼前，立即派出得力部下，一個名叫季縷的年輕後生，帶上任達哉在那個茶館附近隨處轉悠。4 月 4 日下午，目標終於出現：在保安路升平電影院東鄰的嘉陽茶館[71]，楊清被成功抓獲[72]。其後的事情將會準確無誤地證明，楊清被抓無疑是「《挺進報》案」最為關鍵的轉捩點：它不僅為眾多人的命運埋下了伏筆，也為 8 年後（即 1956 年[73]）開始草創的黨史小說提供了最為直接的素材和機會。作為一部離開本事就毫無想像力的小說，《紅岩》必須感謝楊清被抓這件事情；作為轉捩點，這件事情引出了一連串戲劇性的事變，遠非《紅岩》所能編造[74]。

　　面對徐遠舉和陸堅如，「氣宇軒昂」（徐遠舉語）的楊清拒不承認自己的身份；忍受過各種毒刑拷打後，作為肉體疼痛的緩衝，楊清只承認自己是四川鄰水人，暫住重慶過街樓某旅館，和傳說中的共產黨人根本沒有往來。作為一個講故事的人，我願意抓住故事的空檔趕緊申說一句：時年 28 歲的楊清在此犯了一個大錯，面對刑訊，要麼什麼也不說，要麼什麼都說，就是不能編造謊言，因為說謊者必須為上一個謊言編織更多的謊言。很明顯，徐遠舉的刑具不會給他編織更多謊

---

[70] 參閱公安部檔案館編《血手染紅岩——徐遠舉罪行實錄》，第 23 頁。

[71] 參閱李維嘉〈關於重慶地下黨被破壞事件和《挺進報》〉（摘錄），文履平等編《挺進報》，第 6 頁；參閱鄧照明《巴渝鴻爪——川東地下鬥爭回憶錄》，第 106 頁。

[72] 楊清的真名叫許建業，是當時重慶市委的 4 個委員之一。按照劉渝明的回憶，他在 1948 年 4 月 4 日下午在重慶較場口街碰見過許建業，但後者沒有看見他，後者正和另外兩個人一道匆匆趕路，因此未打招呼，事後才知道許那時已經被捕（參閱劉渝明〈回憶和許建業同志相處的日子〉，《四川青年報》1959 年 7 月 25 日）。

[73] 說《紅岩》的草創時間是 1956 年，可以參閱此書的責任編輯張羽先生的回憶（張羽〈我與《紅岩》〉，《新文學史料》，1987 年第 4 期）。

[74] 《紅岩》另一個未署名的作者劉德彬也說過：「《紅岩》又何嘗擺脫了烈士的真人真事？沒有真人真事，也就沒有《紅岩》。」【劉德彬《我要說的話》（1993 年 9 月 14 日），手稿複印件】

言必需的腦力、體力和時間。果然，情報處長不費吹灰之力就調查得十分清楚：過街樓根本就沒有那家子虛烏有的旅館。楊清欲蓋彌彰的供詞讓徐處座益發相信：前者是他迄今為止最重要的線索（或許還是唯一的線索），決不能將之拷打致死。徐遠舉停止施刑，下令將楊清關押起來，嚴令手下嚴加看守，並注意後者的每一個舉動[75]。

和重慶霧靄重重的多變氣候以及地理語法相吻合，任達哉並不知道上級的真實姓名，甚至連頂頭上司的公開職業都不知道。楊清的真名叫許建業，確實是鄰水人。他是 1947 年 10 月改組後的中共地下黨重慶市委委員，負責工人運動，明面上的職業是志成公司（即重慶電力公司的子公司）的會計。在「慈居」的關押處，遍體鱗傷的許建業開始忍痛一點一滴地積聚精力，以便為分析局勢與事態所用。他實在不明白究竟是哪個地方出了紕漏，以致有今日之結局；作為一個經驗豐富的地下工作者，他反覆檢討自己近來的工作中可能存在的失誤，以解釋目前的局面。心念一起，他不禁冒出一身冷汗；像心情一樣冷熱交加的汗水滲進傷口，痛得他打了一個哆嗦。必須感謝這個及時到來的哆嗦，它令許建業想起了一個祕密，也讓《紅岩》獲得了寫作的必要素材：在他的住處，即中正路 97 號[76]的床下有一個小箱子，裏面藏著十幾份工人積極分子的入黨申請書和黨內文件——前者正是他最近幾個月冒險工作的主要成績。受刑時鎮靜自若的許建業突然變得焦躁不安。他甚至掙扎著站了起來。

許建業的異常反應被看守人員盡收眼底。他生命中一個極為重要的人物適時出現：西南軍政長官公署二處警衛組上士看守陳遠德以關切的神情向他走了過去。由於耳濡目染，這個小小的看守在謀劃生計方面很有一套：他利用三寸來長的職權，常常主動接近各類「人犯」，公開表示願意為他們向外送信或向內傳遞衣物，以便從中收取好處，

---

[75] 參閱公安部檔案館編《血手染紅岩——徐遠舉罪行實錄》，第 23 頁；參閱重慶歌樂山革命烈士陵園業務檔案 B136。

[76] 參閱鄧照明《巴渝鴻爪——川東地下鬥爭回憶錄》，第 103 頁。

聊補薪水之屢弱——對這種行徑，善解人意的中國人民向來心領神會，上士看守因此屢屢得手。一般說來，陳遠德還是比較守信用，他也僅僅是將這類活動當作純粹的生意來做。1948 年 4 月 5 日早晨，陳遠德走向許建業，關切地問他是不是有信要送。面對遍體鱗傷的「人犯」，年輕的上士設身處地地說，在這種情況下，一般都需要家人知道自己身在何處，你呢？後者繼續在犯錯誤：架不住冷汗帶來的警醒，他頭昏腦脹地想了想，終於提筆寫了一封信，要他的朋友將那些檔盡數焚毀。楊清答應陳遠德，只要信一送到，他的朋友會以 4,000 萬法幣作為酬謝[77]。

　　陳遠德這一回沒有像以前那樣守信用。他被巨額酬謝弄懵了；從上司的舉動中，他似乎猜出這個叫楊清的很可能是個重要人物。一旦受賄送信之事敗露，他說不定會吃槍子，起碼也要到白公館看守所去體驗生活——這是軍統的老傳統了[78]。思慮再三，上士看守陳遠德終於把那封信交了上去。這個看似渺小的決定差不多決定了一百多人的命運，決定了包括重慶在內的整個川東地區地下黨組織的未來[79]。多米骨牌遊戲就此展開：徐遠舉得到這封意料之外的信件後欣喜若狂，連忙派重兵包圍位於新華路的志成公司，「所有來往的人，只准進不准出。」[80]與此同時，二處的人很快就找到藏在許建業床下的入黨申請書和黨內文件；兵貴神速，徐遠舉急令手下：立即按入黨申請書上提供的資訊深入各工廠捕人。就在許建業被捕的第二天，也就是任達哉落網的第五天，即將成為毛氏正式學員的余祖勝、蔡夢慰、牛小吾等

---

[77] 參閱公安部檔案館編《血手染紅岩——徐遠舉罪行實錄》，第 24 頁；參閱李維嘉〈關於重慶地下黨被破壞事件和《挺進報》〉（摘錄），文履平等編《挺進報》，第 6 頁；參閱屬華等《來自白公館、渣滓洞集中營的報告》，第 282 頁。

[78] 軍統人員辦事不力，甚至是小有工作失誤，都有可能被投進監獄，白公館是最主要的去處（參閱沈醉〈我與徐遠舉〉，陳新華等主編《〈紅岩〉中的徐鵬飛》，中國文史出版社，1993 年，第 66 頁）。

[79] 「《挺進報》案」偵破結束，整個四川、重慶和川東共有 133 名共產黨員被抓捕【參閱李維嘉〈關於重慶地下黨被破壞事件和《挺進報》〉（摘錄），文履平等編《挺進報》，第 8 頁】。

[80] 參閱公安部檔案館編《血手染紅岩——徐遠舉罪行實錄》，第 24 頁。

十餘人被祕密逮捕──任達哉趁工作之便為自己發掘出的未婚妻皮曉雲也名列其間。

但出於對地理語法的正確呼應，許建業並不領導《挺進報》的工作，情報處長沒能在他身上找到任何直接有用的線索：到目前為止，「《挺進報》案」的偵破工作仍然處於「尿道阻塞的叢林中」【沃爾科特（Derek Walcott）語】，似乎看不到像樣的希望。徐遠舉緊鎖的眉頭沒有任何理由鬆弛下來，但他又無疑通過自己的聰明才智為即將到來的勝利贏得了轉機。

四、劉矮子

徐遠舉實在沒有必要過於憂慮，他最需要的人物馬上就會出現。4月6日上午，一個個子矮小的人出現在志成公司的門口：中共地下黨重慶市委書記劉國定按慣常約定，來找許建業商談工運工作。依照幾個月前中共上海局的指示，工運工作始終是重慶地下黨的重點。因妻子生病住院，劉書記一路上心事重重；一到目的地，毫無防範的市委書記就被蹲點守候的二處人員當場拿下。到底是市委書記，見過一些世面，劉國定故作鎮靜地對扣留他的人說，他是南岸牛奶場的總務主任劉仲逸，找許建業只是正常的業務往來。幾經周折之後，志成公司的職員告訴二處的人，這個矮個子確實多次找過許建業，但每回都自稱姓黃，好像從來沒有姓過劉；這幾天是不是重新改姓，非他們所能知曉。口含天憲的二處人員打發走志成公司的心直口快者後，將皮球再次傳到劉國定的腳下。為儘快過關走人，劉書記思索再三，決定退而求其次：他承認自己是許建業剛剛介紹入黨的普通黨員，除順道為後者送過一封信到南岸永生錢莊交給余天和李忠良外，還來不及參加共黨的其他活動。劉國定的如意算盤由於他的愚蠢滿盤皆輸：徐遠舉的人非但沒有因為他是個冒牌的小人物放他走人，反而當天就把他關進「慈居」，很快就轉至位於歌樂山上的渣滓洞看守所[81]。

---

[81] 參閱厲華等《來自白公館、渣滓洞集中營的報告》，第 284-285 頁。

余天和李忠良是我們將要講述的第二次川東起義（1948 年 2 月 10 日至 3 月初）的骨幹分子，失敗後經臨近重慶的川東地下黨組織安排到霧都避難。余天的真名叫鄧興豐，是第二次川東起義的首領之一，目前正處在通緝階段[82]；李忠良則是永生錢莊莊主之子。劉國定的如意算盤是：他以為在重慶市委的安排下，余、李二人早已離開了那個並不安全的永生錢莊，他的供認不會為階級解放大業帶去任何傷害。但倉促之間自以為是的劉書記完全失算了。4 月 8 日晚，徐遠舉派雷天元率領一彪人馬，強迫劉國定親自帶路，逮捕了尚未離開錢莊的李忠良和鄧興豐。甫一照面，李、鄧和劉矮子都吃了一驚。劉國定頓時有了不祥之感。

重刑之下，鄧興豐堅貞不屈；但和那個做過賠本買賣的任達哉一樣，李忠良卻銘心刻骨地發現，肉體才是比新式孝道容積更大的真理，好死不如賴活是更值得遵從的訓誡。4 月 9 日下午，永生錢莊莊主之子李忠良很快就成為向新式孝道反戈一擊的先鋒戰士。他成了這場多米骨牌遊戲中又一個極為重要的環節；大刑伺候之下，他供出了徐遠舉為偵破「《挺進報》案」得以繼續抓人的重要線索：潛伏在重慶某銀行的余永安[83]。不過，作為一個生意人的後代，深諳革命買賣之要道的李忠良還是留了一手：他並沒有指認劉國定的確切身份，以備不虞之需。但余永安因為他的招供很快就被祕密逮捕。經過短期刑訊，精通錢幣運動的銀行職員迅速交出了他的關係人老張[84]。

---

[82] 參閱〈鄧興豐〉，《達縣文史資料》總第 7 輯。

[83] 「李忠良被捕後，拒不承認自己是共產黨員，4 月 9 日下午一時，經劉國定對質，李忠良的身份無法再隱瞞。徐遠舉用了鴨兒浮水、老虎凳等刑後，李忠良的思想防線徹底崩潰，盤算著我家富裕，有 30 多石租子，城內有百多方丈地皮，有吃有穿，何必受此苦頭，便寫下了《自白書》，出賣了組織和余永安等人。」（重慶歌樂山革命烈士陵園業務檔案 B34）

[84] 余永安並不是共產黨員，作為一個銀行工作人員，他只不過和地下共產黨人老張有些交往而已，他也只是覺得老張是個普通的共產黨人；解放後，余永安並沒有被當作變節分子予以懲處（參閱孫曙《公安緝凶揭密——「3‧31」慘案到「11‧27」大屠殺劊子手末日》，第 173 頁）。

　　老張那幾天正有事待在北碚。作為黨的重要領導人，老張顯然知道許建業和劉國定被捕的消息，所以行動極為小心，也至為詭秘[85]。在余永安的親自帶領下，雖然頗費周折，二處的工作人員還是在北碚公共體育場附近張開口袋，成功地捕獲了老張──多年以後，此人將成為《紅岩》及其衍生物重點追逐的對象。老張被捉的那一天，正是1948年4月17日，距離李忠良變節長達八、九天之久。讓人掃興的是，還沒怎麼動用大刑，老張就較為率直地承認，他是中共地下黨重慶市委副書記冉益智，並指認早他10天被捕的劉仲逸是他一塊兒搭班子的夥計，重慶市委書記劉國定[86]。

　　轉了一圈，皮球又落到自稱劉仲逸的那個人腳下。在二處的刑訊室裏，專門從南京趕來協助破案的保密局行動處處長葉翔之親自審訊劉國定。審訊一開幕，劉國定還故作鎮靜：他確信身份沒有暴露，否則，不會一連10天都沒人理睬。他甚至相信自己很快就會被保釋出去──重慶市委和它的上級川東臨時工作委員會不會對他坐視不管。但當故意沉默良久的葉翔之突然喊出「市委書記劉國定」時，深知地下工作程式的劉矮子馬上明白：他被人供了；而且供他的，決不是一般的人。多日來精心修建的心理防線轉眼間土崩瓦解，像那個法國人自以為堅固無比的馬其諾防線一樣；皮鞭還沒怎麼落到身上，他就以實際行動玷污了毛澤東的新人生產計畫，迅速交代了徐遠舉最想知道的《挺進報》的印刷及發行據點[87]。當劉矮子3年後走上共產黨人專

---

[85] 老張是重慶市委副書記冉益智的化名。4月11日，冉曾到重慶百子巷80號找過時任豐都、涪陵兩縣特支書記的劉渝明，並告訴劉渝明劉國定被捕了，提醒後者要格外小心（參閱劉渝明《紅岩憶舊》，成都科技大學出版社，1997年，第66頁）。

[86] 參閱厲華等《來自白公館、渣滓洞集中營的報告》，第285頁。張德明（冉益智）很快就寫了自白書，自白書還登載於《中央日報》（參閱〈渝共匪學運領導人張德明自白書：共匪學運之陰謀及其活動〉，《中央日報》1948年7月29-30日）。

[87] 參閱公安部檔案館編《血手染紅岩──徐遠舉罪行實錄》，第25頁；參閱重慶市歌樂山革命烈士陵園業務檔案A49。

門為他準備的刑場時[88]，很可能還回想得起來：「市委書記劉國定」竟然是那場審訊的第一句問話。

五、江水暴漲

　　1948 年 4 月 18 日，也就是冉益智草草變節後的第二天，心事重重的中共重慶市委常委李維嘉（化名黎紀初）正匆匆趕路回家。他感到肚子有點餓。但眼下比饑餓更難忍受的是：這幾天，他老有一種不祥的預感在心頭浮現。作為一名經驗老道的共產黨員、重慶市區的長期周旋者、地理語法的利用者，他從種種跡象和不祥的預感中推知，一場大變很可能即將來臨。預感往往值得信賴。李維嘉一邊走路，一邊思索；快到目的地時，一個熟人向他打招呼，悄聲告訴他，你家出事了。猛醒過來的李維嘉轉身躲了起來；就在閃身躲避的間隙，他看見冉益智和跟在冉副書記身後的那幾個人。

　　李維嘉不敢回家，當晚就躲到他的交通員家裏。平靜下來後，他猛然想起，前不久已經和陳然約好，過兩天要在某個地方見面，現在看來是不可能的了，因為他的行蹤已經暴露，按照地下工作的 ABC，他必須馬上轉移[89]；陳然的處境也非常兇險。李維嘉十分清楚，情報處長讓冉益智變節之後第二天就帶人來抓他，不過因為他是中共地下重慶市委目前最大的人物，4 個市委成員中唯一未被捕的要員。他推測，二處接下來肯定要抓陳然等人，因為劉國定和冉益智都知道《挺進報》的機構設在何處。心念一起，他連忙給陳然寫了一封短信，用語極為晦澀，和重慶複雜的地形相當吻合：「近日江水暴漲，聞君欲買舟東下，謹祝一帆風順，沿途平安。」但李維嘉不敢署名：信件萬一落在對方手中，他們的線索就更多了；如果陳然被抓，「李維嘉」或「黎紀初」三個字就是致陳然於絕境的證據。思前想後，他署了彭詠梧時年僅僅兩歲半的兒子彭雲的名字[90]——孩子的父親兩個月前已經為新式孝道獻上了頭顱。

---

[88] 參閱厲華等《來自白公館、渣滓洞集中營的報告》，第 289 頁。

[89] 參閱劉鎔鑄《〈挺進報〉回顧》，文履平等編《挺進報》，第 27 頁。

[90] 蔣真《〈挺進報〉二三事》，文履平等編《挺進報》，第 64-65 頁。蔣真是蔣

　　李維嘉無疑具有高超的地下工作技巧。10 天前，當他得知劉國定被捕後，就趕緊為《挺進報》安排後路，讓暴露身份的劉熔鑄有驚無險地撤離重慶；4 月初，許建業被捕後，他就通知蔣一葦先行撤離，暫到距離市區較遠的北碚躲幾天。告別時，李維嘉吩咐蔣一葦，在最為危急的時刻，自然有人通知陳然到北碚找他，然後他們一併撤退；如果一周後陳然不去北碚，說明形勢還沒有達到不可收拾的地步，蔣一葦必須在第 8 天趕回野貓溪，繼續為《挺進報》工作，以便讓當局的肝脾繼續腫大[91]。

　　4 月 19 日，感謝郵件檢查工作的疏忽，陳然收到了李維嘉的來信。讓李維嘉深感遺憾的是，陳然不知道信是誰寫來的，因為他不認識李維嘉的筆跡，後者也從未說過要和他書信聯繫，「彭雲」二字更讓他百思不得其解。但信件的涵義陳然是清楚的：危險是目前離他最近的事物。但黨史小說的核心原型之一仍然決定，在與李維嘉見面之前，還需要再等等、再等等。他要的是上級領導的明確指示，何況新一期《挺進報》還沒有付印。等他 3 天之後明白過來時，抓他的人已經來到機修廠的樓下。

　　4 月 22 日傍晚 7 時許，陳然剛剛印完第 23 期《挺進報》，突然聽見樓下有人叫嚷著要查他家的戶口。電光石火之間，他靈感突發，陡然意識到：最後的時刻終於來臨了。他打算翻窗逃走。但一切舉動都是徒勞的：在當地員警的帶領下，蜂擁而上的二處工作人員將他逮了個正著。油墨未乾的報紙、油墨、油印機和鋼板很快被就地搜羅出來[92]。總之，從被任人打扮的法律的角度說，算是人贓俱獲。二處的人確信他們又一次逮到了一條大魚，賞金是完全可以期待的，個個印堂發紅，強忍歡顏。面對突如其來的事變，陳然的態度非常沉著，「嫻靜得像個大姑娘一樣。」[93]

　　一葦的親妹妹，1948 年曾在重慶中國工礦公司門市部工作。

[91] 參閱蔣一葦〈我知道的《挺進報》〉，《重慶文史資料選輯》，第 11 輯（1982 年 6 月）。

[92] 參閱陳佩瑤〈回憶我的小哥陳然〉，《重慶南岸文史資料》，第 7 輯（1991 年 10 月）。

[93] 參閱公安部檔案館編《血手染紅岩──徐遠舉罪行實錄》，第 25 頁。

　　……按照李維嘉的指示，在北碚躲了一周的蔣一葦沒見陳然跑去與他匯合，就以為不過是虛驚一場；他在第 8 天乘船過江準時到達野貓溪。蔣一葦抵達那座扁舟一樣的小樓時，已經是 4 月 22 日晚上 9 點。就在兩個小時前，陳然被捕；就在陳然家裏，還有一個特務在守株待兔。蔣一葦能夠幸運脫逃幾乎無從理解，只能解釋為命運的安排；二處的人沒能捉住蔣一葦，但扣押了他的妻子，並在他家守候了整整一個星期。5 月間，東躲西藏一段時日的蔣一葦前往香港，向搬遷到那裏的中共上海局報告重慶的劇變[94]。

　　成善謀即將得到陳然一樣的待遇。「1949 年 3、4 月間，劉矮子幾乎每兩、三天就要來成善謀家一次；或者通過自動電話聯繫，指定碰頭地方。有一次，他還格外吩咐說：『如果我劉矮子 5 天，最遲一周沒有來的話，那就是出事了，你們要迅速離開。』幾天以後，果然沒見劉矮子來，也沒有得到過他的電話。顯然，這是反常情況。」[95]聯想到劉國定幽默之中的嚴肅告誡，電臺特支書記程途趕緊和成善謀一道，燒毀了文件和電訊記錄稿；那部拼裝出來的收發報機，也從落地式收音機內取出來拆散、砸毀。

　　看起來劉國定是在最後關頭才出賣了電臺特支，因為電臺特支是他的直接下屬，卻在最後時刻才遭到破壞。陳然被捕 6 天後的 4 月 28 日晚上，在民生南路韋家院壩那座名叫「思園」的小樓上，剛從電影院回來的成善謀正在燙腳。突然失去危險的祕密工作，他還有些不適應；眼下唯一的任務，就是要把令他奇癢難當的腳氣扼殺在襁褓狀態。但一陣急促的腳步聲提醒他：有好幾個人正在匆匆上樓——這更是一個反常的情況。前些日子隨時處於緊張狀態的成善謀十分機警，立即起身準備逃走。很遺憾，像 6 天前的陳然一樣，他也被候了個正著。讓他驚訝的是，這夥人不是抓他，而是來抓程途的。按照常規，程途

[94] 參閱蔣一葦〈我知道的《挺進報》〉，《重慶文史資料選輯》，第 11 輯（1982 年 6 月）。
[95] 林彥《〈挺進報〉與〈反攻〉紀事》，第 66-67 頁。

這個時刻應該來這裏了。或許他就在路上。本來準備反抗、拒捕的成善謀十分平靜地對來人說：「我就是程途。」[96]

程途躲過劫難，還得感謝成善謀善良的妻子、兩個年齡較大的女兒和為成善謀一家燒飯的工人。他們在程途來成善謀家必經的「七星崗一帶守候了一天一夜，終於在勝利大廈崗亭附近，攔截住了從南泉回來的小程，通知了消息，使他逃離了虎口」[97]。

徐遠舉完全有理由志得意滿：短短一個月時間內，他就完成了朱紹良限期破案的指令。在接受任務之初，限期破案幾乎是高不可攀的目標。他的才華受到了包括南京國防部在內的所有主管部門的表揚。1964年，被共產黨關押多時的少將處長徐遠舉對當年偵破「《挺進報》案」仍然心有餘悸：「中共的地下黨組織之所以遭到破壞，主要是叛徒經不起考驗，在臨危時喪失了革命的意志。否則特務們將一籌莫展，瞎碰一氣。」[98]對於我們即將講述的《紅岩》的故事來說，徐遠舉的誠實招供必須引起重視。然而，由《挺進報》引發的地震到成善謀被抓的那一天還遠遠沒有結束；地震的中心將從重慶市區迅速移師上川東和下川東地區。徐遠舉還有更多的事情要做；為了黨國大業，他任重而道遠。

---

[96] 參閱程途《回憶〈挺進報〉的情況》，文履平等編《挺進報》，第87頁。
[97] 林彥《〈挺進報〉與〈反攻〉紀事》，第70頁。
[98] 參閱公安部檔案館編《血手染紅岩──徐遠舉罪行實錄》，第24頁。

第二章　憤怒的川東

正像大自然並不創造具有普遍特徵的花朵和果實，也不創造普遍性的植物和動物，而只是創造特定種類的植物和動物。歷史的創造力量也是如此，只造就種種特定的人群。

——赫斯（Moses Hess）

壹、地動山搖的上、下川東

一、站直了，別爬下！

　　假如是在萬米高空，假如視力夠用，「人們就會發現，整個四川被群山環繞，河流縱橫交錯、星羅棋佈，崇山峻嶺在由四周向中間合圍的過程中，水到渠成、順水推舟並不乏半推半就地使地勢漸趨平緩，並留出中間一個巨大的平原：這裏古稱天府，是有名的溫柔富貴之鄉。」[1]與這種奇特到無以名之的地理語法相呼應，作為四川省的邊緣地帶，原四川東部地區理所當然應該是綿延起伏的崇山峻嶺；犬牙交錯的高山與星羅棋佈的江河相交織，使整個川東更呈雙倍險要的態勢。感謝我們的先祖發明出來的方位概念和地圖，讓我們有能力把崇山峻嶺與大江大河以近乎象徵主義的方式謄寫在紙張上，最終使我們有機會給山脈、河流與半推半就的地勢一幅想像中的面龐（map）[2]。遵照這一想像，老一輩四川人很早就把川東地區十分形象地劃分為兩個部分：上川東和下川東。前者以華鎣山為中心，包括合川、江北、岳池、廣安、渠縣、梁山、鄰水、大竹等縣；後者以萬縣為中心，包括雲陽、大寧

---

[1]　敬文東《指引與注視》，中國文史出版社，2001 年，第 26 頁。
[2]　參閱李零《中國方術續考》，中華書局，2006 年，第 206-215 頁。

（即巫山）、巫溪、奉節諸縣。川東地區宛若一個身材魁梧、氣質粗獷的大漢：它背負巍峨的大山和密佈的叢林，縱橫交錯的江河則趁機構成它渾身上下奔流不息的血管；出於對魁梧和粗獷的隱祕支撐，那些經年流淌的山泉無疑充當了它周流六虛的力比多。遵照古老的天人感應原則，川東地區有充足的理由，成為土地閱讀法最容易滋生成效的地方：多少年來，這裏閉塞、貧窮、民不聊生，但並不因此少受各級政府和大小衙門的嚴厲盤剝，反抗事件時有發生。「白蓮教」、「大刀會」、「山王會」等別具中國特色的民間反抗組織，像歲歲榮枯的野草，那些地方性的野草，剪不斷，理還亂[3]。

　　「大革命時期的 1926 年，劉伯承領導順慶、瀘州起義，（中國共產）黨在川東地區播下了革命火種……1932 年，賀龍率領紅軍經過巫山縣大昌鎮到湘鄂西開闢根據地，紅軍所到之處卷起了一股股革命的熱潮……1933 年，紅四方面軍解放了大巴山以南直到華鎣山以北的廣大地區，還建立了一個包括 20 多個縣的革命根據地。」[4]自這些極具啟發性的暴力事件發生後，閉塞、貧窮但民風剽悍的川東地區，開始了一波又一波的反抗活動[5]；這些活動的組織形式，再也不是「白蓮教」、「大刀會」、「山王會」一類自生自滅的原始形式──儘管它們很可能更為逼近土地的根部──，而是接受共產黨人或直接或間接地領導。這無疑是對革命話語和毛澤東教育理念的直接呼應，但也明確無誤地造就和催生了國民政府有苦難言的隱疾[6]。

　　1947 年早春，作為「雙十協定」破裂後的直接產物，中共南方局和公開的中共四川省委早已先後被迫撤離重慶，共產黨人在整個四川

3　參閱石香村居士《戡靖教匪述論》；參閱蘭移外史《靖逆記》卷五；參閱曾子謀〈徐天德起義的戰鬥號令〉，《達縣文史資料》總第 3 輯；參閱〈民主革命時期梁達邊區武裝革命鬥爭簡介〉，《達縣文史資料》總第 7 輯；參閱鄧照明《巴渝鴻爪──川東地下鬥爭回憶錄》，第 82 頁。

4　屬華等《來自白公館、渣滓洞集中營的報告》，第 335-336 頁。

5　參閱林雪等《真實的「雙槍老太婆」陳聯詩》，大眾文藝出版社，2002 年。

6　參閱屬華等《來自白公館、渣滓洞集中營的報告》，第 312-313 頁；參閱王明湘《中共南方局研究文集》，第 111-132 頁。

的一切活動旋即潛入地下。省委撤走後，並沒有留下第二套成型的領導機構，以備不虞之需。和上級失去聯繫但仍然留守重慶和整個川東地區的共產黨人，只得在同年 5 月和 9 月，相繼派劉矮子（即劉國定）和王璞去上海，找中共上海局（其前身為南方局）分管西南工作的錢瑛彙報情況，明確表達失去上級就等於失去親娘的痛苦。兩次彙報最終促進和生產了兩件事情。首先是《挺進報》在同年 7 月創刊，成為中共地下黨重慶市委的油印喉舌；其次，依照革命話語即興色彩的階段性指令，地下黨把工作重點從城市再度轉向農村，在川東一帶「開展武裝鬥爭，建立革命根據地，以開闢第二戰場」[7]、「以促進全國解放。」[8]這兩件一先一後被促成、被生產出來的事情，必須以嚴密的組織形式為保證：這是革命話語的堅決口吻，也是從土地閱讀法中滋生出來的重要結論。

1947 年 10 月，經過 30 餘天的輾轉，王璞終於從上海回到重慶，再一次帶回上海局的指示：滯留在重慶和川東的共產黨人立即成立川東臨時工作委員會，王璞任書記，涂孝文任副書記，蕭澤寬、劉國定、彭詠梧任委員；改組重慶市委，劉國定任書記，冉益智為副書記，李維嘉為常委，許建業為委員；建立上川東地工委，駐廣安，王璞兼任書記，駱安靖任委員，分管組織工作，曾霖分管軍事；建立下川東地工委，駐萬縣，涂孝文兼任書記，彭詠梧任副書記，楊虞常、唐虛谷任委員。作為分支機構，重慶市地工委和上、下川東地工委直接聽取川東臨時工作委員會的指示[9]。

和川東地區犬牙交錯的地理環境相呼應，被破壞、被疏忽因而一度被遺忘的黨組織再一次嚴密地組建起來。遵照中共上海局的指示，那些奪取政權的新人們，那些為階級解放奔走的新人們，很快就會把重慶和川東搞得地動山搖，連「解放區的歌兒都唱上街了」[10]。坐鎮

---

[7] 參閱鄧照明《巴渝鴻爪──川東地下鬥爭回憶錄》，第 77 頁。

[8] 參閱鄧照明《巴渝鴻爪──川東地下鬥爭回憶錄》，第 79 頁。

[9] 參閱厲華等《來自白公館、渣滓洞集中營的報告》，第 334 頁。

[10] 林雪等《真實的「雙槍老太婆」陳聯詩》，第 527 頁。

重慶的西南軍政長官朱紹良感到了莫名的焦慮，雖然在 1947 年 10 月，他還比較樂觀，深信擁有美式裝備的蔣介石有足夠的力量，打敗由「小米加步槍」武裝起來的共產黨[11]。很顯然，這個正確緊跟領袖的人愚蠢地估計了形勢：他誤將日落認作了黎明。

二、彭詠梧的頭顱

　　地理語法在相當大的程度上決定著革命語法的走勢。或者說，革命語法靈機一動，因勢利導地借用和誘拐了地理語法：山野是革命的，房屋和平原總是傾向於保守，除非在房屋和平整的地面之下鑿出暗道。雲陽、奉節、巫山（即大寧）、巫溪四縣被認作下川東暴動的首選部位，被推舉為川東地區第一次武裝起義的容納器[12]，顯然符合地理語法和革命語法之間的辯證關係：它們「位於川、陝、鄂三省交界處，橫跨夔門巫峽和大巴山東南段，山高谷深，關雄道險，確實是游擊英雄用武之地。」[13]

　　1947 年 10 月，正是霧都重慶一年中難得的好辰光；遵照來自中共上海局的人事安排，彭詠梧將《挺進報》的組織關係移交給李維嘉；在處理過其他一些工作上的事情和幾件私事後[14]，旋即於 11 月底率第二任夫人江竹筠和部屬吳子見（他曾是《挺進報》的工作人員），從重慶乘船去萬縣──那是下川東的腦袋和心臟。雖然是順風順水，但船

---

[11] 參閱公安部檔案館編《血手染紅岩──徐遠舉罪行實錄》，第 3-4 頁。

[12] 自新的川東臨時工作委員會於 1947 年 10 月成立後，從 1948 年 1 月起，在川東地區一共發生過 3 次起義：1948 年 1 月 8 日的雲陽起義（由彭詠梧等人領導），1948 年 2 月 10 日的梁山、達縣起義（由鄧照明等人領導），1948 年 8 月 10 日-9 月 20 日的華鎣山起義（由王璞等人領導）（參閱重慶市歌樂山革命紀念館編《再塑紅岩魂》，重慶出版社，2003 年，第 70 頁）。

[13] 盧光特等《江竹筠傳》，重慶出版社，1982 年，第 64 頁。盧光特是彭詠梧領導的第一次下川東暴動的骨幹，和江竹筠十分很熟悉。

[14] 所謂私人事情主要是指彭詠梧和江竹筠不到兩歲的兒子彭雲的安置問題（參閱盧光特等《江竹筠傳》，第 64 頁；林彥《〈挺進報〉與〈反攻〉紀事》，第 20-23 頁）。

依然走得很慢，途經涪陵，已是第二天的薄暮時分。看到夕陽中那座破敗的城市，彭詠梧若有所思。迎著江風，躊躇滿志的彭詠梧對吳子見和江竹筠朗誦杜子美的名句：「出師未捷身先死，長使英雄淚滿襟。」幾秒鐘的內心感歎結束，他悄聲反問船舷邊的聽眾，我們這次去川東，會不會壯志未酬身先死呢[15]？吳子見不敢答話，這樣的感慨對於即將動刀動槍的人，未免太不吉利了。

　　基於革命史上眾多事情的教誨，革命話語傾向於不相信直線，它更願意信賴邁著八字步的螺旋式上升。彭詠梧詭秘的行跡生產出的呈蛇行狀的事情，預示著川東地區第一次武裝起義即將爆發，也預示著這次起義很可能凶多吉少。那一年，彭詠梧 32 歲，比他潛在的對手徐遠舉晚兩年看見陽光和人世間的災難。彭詠梧是土生土長的雲陽人，對當地的情況比較瞭解，儘管作為職業革命家，他離開故里業已多年。長江邊光屁股的童年時常出現在他的記憶和睡夢當中。秉承著革命話語對行進步伐的嚴厲指令，彭詠梧時而扮作收桐油的，時而扮作收生鐵的，上山過河，四處收集多年來中共地下黨組織撒播在當地的火種。

　　下川東地工委副書記彭詠梧的詭秘行跡迅速產生了成效：川東民主聯軍下川東縱隊很快組建而成，下轄三個支隊。彭詠梧的直接上級，川東臨時工作委員會副書記兼下川東地工委書記涂孝文自動讓權，讓彭詠梧親自出任縱隊政治委員，並兼任三個支隊中規模最大的「奉（節）大（寧）巫（溪）支隊」的政委[16]。經過一番不必在此詳述的籌畫，彭詠梧決定在 1948 年 1 月 25 日（即農曆 1947 年 12 月 15 日），三個支隊分別在奉節、巫溪和巫山同時起事，用槍聲回應革命話語及其即興色彩的階段性指令。君不密則失其國，臣不密則失其身，這真是萬載不移的真理：民主聯軍因慮事不周，致使風雲突變，暴動時間被迫提前到 1948 年 1 月 7 日（即農曆 1947 年 11 月 28 日）[17]。臨陣換期，

---

[15] 參閱史紅軍《巴山英魂》，解放軍出版社，1987 年，第 143 頁。

[16] 「川東民主聯軍下川東縱隊」的支隊、中隊的建制及負責人，可參閱屬華　　等《來自白公館、渣滓洞集中營的報告》，第 344、346 頁。

[17] 參閱杜之祥〈萬州革命烈士陵園巡禮〉，《萬州文史資料》，總第 6 輯。

顯然不是一個吉祥的信號；像是有預感似的，遠在雲陽縣董家壩彭詠梧外婆家等候起義結果的江竹筠，禁不住暗中打了一個哆嗦。

起事的初期階段，民主聯軍雖然付出了必要的代價，總體說來還是成功的：倉促之間，通過幾次小規模的戰鬥，彭詠梧的部隊有效地襲擊了國民政府留守在當地的武裝力量，也撈到了一些槍枝彈藥──和糧食一樣，那是起義軍最為匱乏的東西。奉（節）大（寧）巫（溪）三縣的保安部隊受到重創；起義動作轟動了整個川東。在國民黨盤踞和經營多年的老巢內居然有這等事情發生，遠在重慶的朱紹良和更遠處的南京政府自然驚愕不已。雖說彭詠梧的袖珍起義只是癬疥之癢，但它和割肉之痛的區別就在於：你弄不清那個「癢」最終將導致何種絕症。很快地，作為應對工具，三個團的國軍正規部隊迅速進駐雲陽、奉節和巫溪，試圖前來止癢殺痛[18]。面對兵力十倍於己的敵人，本想放手一搏的彭詠梧只能默認：撤退才是唯一的良策。在叢林密佈的奉節縣一個叫老寨子的地方，經由彭詠梧籌畫，奉大巫支隊被分為兩組：吳子見、盧光特（三十餘年後他將為彭詠梧的夫人江竹筠撰寫傳記）帶領第二組先行一步；彭詠梧親自率領第一組殿後，晚吳子見、盧光特一天突圍。奔騰著的長江隔山遠眺，目睹了這次袖珍會議。但見慣風雲突變的長江對這等小事已經完全無動於衷。

慘劇發生在 1 月 16 日清晨。那一天距離中國人民熱愛的春節只有二十個晝夜，距離《挺進報》特支實施攻心戰略卻早了整整兩個多月。冬天的奉節縣鞍子山寒氣逼人，潮濕的空氣更憑添了寒冷的指數。從大寨子趕到鞍子山的游擊隊員又冷又餓。正當隊員們生火做飯時，國軍第 581 團恰在悄悄靠近──很顯然，沒什麼軍事經驗的彭詠梧低估了對手的嗅覺，何況炊煙還恰到好處地給了對方以實施火力的準確部位。不用再羞羞答答的槍聲突然大作時，彭詠梧才恍然大悟：他的部隊已慘遭包圍。依仗著幾分鐘前架好的機槍和鋼炮，蔣介石的學員們把敵人的吶喊（call of enemy）成功地轉換為對敵人的吶喊（call to

---

[18] 參閱劉建華〈尋找彭詠梧烈士遺骸軼聞〉，《紅岩春秋》，2006 年第 2 期。

enemy）：在不到半個小時的時間裏，彭詠梧和他的十七名戰士被當場打死，四十餘人慘遭生擒，只有部分戰士衝出了包圍圈[19]。

彭詠梧胸部中了一彈。他自知生還無望；咽氣前唯一能做的，是將身上揣著的一張紙條咬爛、吞沒——那張條子上寫有他在雲陽的接頭關係[20]。與其說他用支離破碎的動作／行為完成了對新式孝道的恭維，還不如說新式孝道通過他的手和嘴生產出了一件嶄新的事情。圍攻上來的國軍戰士看見彭詠梧的裝束很特別——身著皮袍、腕戴手錶——估計是條大魚，就將他的頭割了下來，準備到上司那裏請賞。割頭者和那個引誘許建業的上士看守陳遠德一樣聰明，有了那玩意，他們的上司決不會吝嗇法幣。可憐的彭詠梧，就這樣結束了長達 8 天的袖珍起義，附帶著還給他船過涪陵時的疑問以極為肯定的答案，給革命話語的即興色彩以悲壯的祭獻：「地下黨經過長期隱蔽，沒有工作和鬥爭，而整個革命事業隨著渡河進入高潮時，根據指示，四川東黨發動了下鄉運動，亟力想準備地下武力，發動民變鬥爭。在執行這一任務時，發生了和原來的過右作風相反的過左的盲動作風。彭詠梧到雲陽立刻批准作戰，沒有仔細研究、調查和加以全面計畫，違反了『不得打無準備的戰』的原則作戰。他的犧牲，自己應負較多的責任。」[21]因此，在獻出腦袋之後的幾十年間，彭詠梧並沒有得到革命話語的善待和信任[22]。

彭詠梧對新式孝道的恭維在死後仍在繼續。在國共雙方看來，死亡並不是使命的結束，僅僅是生命的末路；而生命，按照它的定義，在中國總是傾向於渺小。作為國軍輝煌成就的最高物證，彭詠梧血糊糊的腦袋先後被掛在奉節縣竹園鎮的城樓和下拱橋邊的麻柳

[19] 參閱屬華等《來自白公館、渣滓洞集中營的報告》，第 352-353 頁。

[20] 盧光特等《江竹筠傳》，第 67-68 頁；參閱史紅軍《巴山英魂》，第 197 頁。

[21] 參閱羅廣斌《關於重慶組織破壞經過和獄中情形的報告》之「獄中意見」，手稿複印件。

[22] 彭詠梧獻上頭顱後，卻在 40 年後才被追認為烈士（參閱陳啟兵〈彭詠梧烈士稱號事件〉，《黨史博覽》，2003 年第 11 期）。

樹上[23]。像資本家追求利潤的最大化，彭詠梧的腦袋在國軍那裏也必須被反覆利用，以便榨取更多的剩餘價值。在古老而貧窮的竹園鎮，國軍的瘋狂舉動除了達到打擊共產黨人的既定目的外，無意間還強化了一門古老的學科：腦袋經濟學。在西方，戰爭是外科醫生的天然學校[24]，但在中國，它更是腦袋經濟學的加固車間。革命話語理所當然地仇恨腦袋經濟學；但是，從辯證的立場上，它有時也歡迎這種經濟學[25]──黨史小說《紅岩》將會十分合理地利用這種經濟學，因為只有它才能最大限度地顯示新式孝道的威風：後者確實是一種大於肉體的真理。

三、鄧照明怎麼也想不到

上川東顯然是川東臨時工作委員會重點經營的地方，否則，作為川東臨時工作委員會的一號人物，王璞不會親自兼任上川東地工委書記。作為我們故事中的另一個重要角色，鄧照明是上川東地工委統領的 7 個縣級工委書記之一。他領導的第一工委的轄區，大致包括大竹、達縣、梁山、墊江一帶。從 7 個縣級工委的排序中就可以看出，第一工委管轄的範圍是上川東的重點工作地區：它是重點中的重點[26]。

鄧照明來歷頗為不凡：他原是四川大學物理系學生，1939 年，被黨組織委派去往延安；衛國戰爭期間，他在山西寧武擔任過縣委書記兼游擊隊政委，1946 年參加過「七大」後被上級組織從延安派回四川從事地下活動。1947 年，王璞認為他精通軍事，人才難得，特命

---

[23] 參閱史紅軍《巴山英魂》，第 197 頁。

[24] 參閱彼得・沃森《20 世紀思想史》，第 165 頁；參閱布魯斯・林肯（Bruce Lincoln）《死亡、戰爭與獻祭》，晏可佳譯，上海人民出版社，第 296-310 頁。

[25] 多年以後，《紅岩》的作者之一、曾參加過下川東起義的劉德彬對這次失敗有過一番檢討（參閱劉德彬《歌樂山作證》，遼寧少兒出版社，1997 年，第 20-21 頁）。劉德彬的反思落在了對冒進和對群眾的組織不力上。他認為這才是起義失敗的關鍵因素。

[26] 參閱中國共產黨達縣委員會黨史研究室編《中國共產黨達縣歷史大事記（1919-2000）》，內部發行，2003 年，第 40 頁。

他領導和指揮川東地區第二次武裝起義[27]，以打擊幾個月後即將被加固的腦袋經濟學帶來的惡劣影響。在此之前的大半年，鄧照明在長江邊的酉陽、秀山一帶，做過一段時間不算成功的地下工作；失敗後潛回重慶，正等上級組織安排工作[28]。王璞對他的任命正可謂恰逢其時。

取道水路、公路、山路和仰仗雙腿，鄧照明到達上川東重鎮達縣南嶽鄉的確切時間是 1947 年 10 月 29 日。就在那一天，達縣南嶽鄉鄉長、當地較為富有的鄉紳、大學肄業生、暗中的共產黨員、翌年 4 月 8 日將在重慶永生錢莊被捕的鄧興豐，借 30 歲生日的機會，大擺酒席、廣宴賓客；在把盞換杯、酒氣酗酗之間，趁機接待、安置了鄧照明和川東臨時工作委員會派來的三十餘名幹部[29]。那次瞞天過海的行動極為成功，幾乎沒有留下任何破綻和把柄。三十餘名幹部迅即如鹽撒入水中一樣，深入到一工委領導下的每一個關鍵部位，隨時準備在那裏發酵、裂變，以期生產出對國民政府更為有害的炎症。

鄧照明等初到達縣時，彭詠梧尚在重慶和李維嘉一起辦理組織移交手續，第一次川東武裝起義還來不及展開和失敗，《挺進報》只在黨員中傳看，尚未實施攻心戰略、尋找特殊讀者，國民黨統治的重慶及川東地區看起來歌舞昇平、一團和氣，朱紹良「有時陪著如僵屍般的花夫人抽幾口鴉片煙，有時為他如花似玉的幾位小姐的浪漫行為慪點閒氣，有時找四川地方軍人政客聊點閒天，」有時也找他的耳報神徐遠舉點綴性地問點情況：總之，朱長官的日子過得很愜意，甚至有機會「豪飲名貴的白蘭地和威士卡」，直到「醺醺大醉」[30]。

到底是從延安來的人，離毛澤東的教育理念更近，鄧照明在上川東一帶的工作因此十分出色，也非常精彩：在他的領導下，一工委的轄區內很快就一改舊顏，差不多變成了解放區[31]；被發動起來的農民

[27] 參閱鄧照明《巴渝鴻爪——川東地下鬥爭回憶錄》，第 80 頁。
[28] 參閱鄧照明《巴渝鴻爪——川東地下鬥爭回憶錄》，第 19-71 頁。
[29] 參閱賀正華《達縣黨史人物傳》第一集，成都科技大學出版社，1992 年，第 187 頁；參閱屬華等《來自白公館、渣滓洞集中營的報告》，第 357 頁。
[30] 參閱公安部檔案館編《血手染紅岩——徐遠舉罪行實錄》，第 3 頁。
[31] 鄧照明〈解放戰爭時期川東地下黨組織的幾次重要工作部署〉，中共重慶市

積極分子和武裝人員高唱解放區的歌曲，頗令鄉民側目。「花兒遍地開，解放軍就要來；窮苦百姓大翻身，『蔣該死』快垮臺！」陌生、大膽的音符和唱詞使鄉親們耳膜奇癢難當[32]。幾十年後，鄧照明對此有過極為平靜地描述：「我們在開展群眾工作和建立武裝的過程中，聲勢越來越大。抗丁，拒不向國民政府交壯丁。抗糧，不交糧食。將糧食留下，由武裝部隊與幹部食用。抗稅，不上交稅款。把征得的稅款供我們自己用。」在一工委的轄區內，「實際上形成了革命割據。」[33]遵照毛澤東的課堂講義，一工委還順勢開展教育活動。幫教法在一工委的轄區內迅速起到了作用，它帶來的重大成果之一是：成功收編了當地兩支綠林武裝——綠林武裝正好是對地理語法的正確呼應——，還辦起了小型軍械廠、子彈廠，甚至半公開培訓武裝人員，並錘煉射擊技術。短短三個月後，到得 1948 年初，一工委已經擁有黨員 328 人，長短槍130 枝，各級革命幹部近百名[34]。起義條件看起來已經相當成熟。

　　這一嚴重的事態引起了重慶方面和南京方面的高度警覺[35]。作為回報，1948 年初，隸屬於國民革命軍第 79 師的兩個團，被朱紹良調到一工委的轄區。在川東地區第一次武裝起義失敗半個月之後，鑒於79 師來勢洶洶，一工委開會決定，「與其坐以待斃，不如起而立行，立即（把隊伍）拖上山」[36]。會議約定，1948 年 2 月 10 日，即家家戶戶燃放煙花爆竹慶祝新年的農曆正月初一，開始舉事。但願那個充滿喜氣的日子保佑起義能夠獲得勝利。

　　饒是如此，在梁山縣虎城鄉、達縣南岳鄉和大樹鄉開始的「虎南大」起義，很快就遭到重創，革命話語的即興色彩甫一亮相，就遭到

委黨史工委編《川東地下黨的鬥爭》，1984 年，內部發行，第 208 頁。

[32] 參閱賀正華《達縣黨史人物傳》第一集，第 183 頁。

[33] 鄧照明《巴渝鴻爪——川東地下鬥爭回憶錄》，第 95 頁。

[34] 參閱屬華等《來自白公館、渣滓洞集中營的報告》，第 357、361 頁。

[35] 參閱重慶歌樂山烈士陵園檔案 A143。

[36] 《南岳鄉志‧人物篇》「鄧興豐傳」，內部發行；參閱〈鄧照明〉，《達縣文史資料》，總第 7 編。

了迎頭痛擊；主力部隊迅即被國軍趕到臨近的深山裏[37]。後者畢竟是正規軍，面對尚在四川以外的解放軍或許不是對手，對付它眼中的小股「毛賊」似乎還綽綽有餘。在其後一個月左右的時間裏，地理語法幫助了毛澤東的學員：起義部隊和來自 79 師的正規軍玩起了貓捉老鼠的遊戲，和他們的教主當年玩過的遊戲既相似又截然不同。起義軍深諳地理語法的精髓，所以往往能成功地戲弄國軍，並趁機打出一套套旨在反擊的組合拳。後者同樣精通地理語法之貓膩，所以他們雖不敢貿然上山，但很快就找到了解決問題的後續方案：仰仗人多勢眾，仰仗政府給予的合法性，將山上的百姓全部趕走，切斷起義軍和群眾的聯繫，讓他們斷炊；依憑同樣的力量，絕對禁止任何鄉民上山，借此掐斷起義軍的情報傳輸線路[38]。中場受阻，前鋒自然就喪失了作為：很快，起義軍陷入絕境，零星的槍聲只能算作虛張聲勢，頂多起到為自己壯膽的作用。

　　和不久前死於非命的彭詠梧比起來，曾在山西寧武領導過游擊隊的鄧照明更富有軍事經驗[39]。面對險境，他知道，撤退的時刻到了。保護有生力量比什麼都重要，雞蛋碰石頭頂多只能證明雞蛋具有高度的英雄主義豪情。好在 79 師的軍人不僅精通地理語法的涵義，也深通黑夜語法之貓膩，因而不敢輕易露面。借助於這雙重精通，鄧照明的部隊才能過橋下坎，趁黑冒險摸出了包圍圈。脫險的游擊隊員被迅速分散到幾十里外的農協會員家裏，冒充他們的親戚或長工，以躲避追捕。幾天後，他們中的大多數人被安全轉移到重慶市區。在這些轉移者中，就有余天（鄧興豐）和李忠良。

---

[37] 參閱中國共產黨達縣委員會黨史研究室編《中國共產黨達縣歷史大事記（1919-2000）》，內部發行，第 41-42 頁。

[38] 參閱鄧照明《巴渝鴻爪——川東地下鬥爭回憶錄》，第 97 頁。

[39] 依照鄧照明事後回憶，他根本上是反對起義的，他認為起義的時機尚不成熟，只是因為以王璞為代表的川東臨時工作委員會的意見，起義才勉強進行（參閱鄧照明《巴渝鴻爪——川東地下鬥爭回憶錄》，第 87 頁；參閱鄧照明〈解放戰爭時期對川東地下鬥爭的簡要回顧〉，中共重慶市委黨史工委編《川東地下黨的鬥爭》，第 210-215 頁；參閱重慶歌樂山烈士陵園檔案 B245）；華鎣山起義第四支隊司令員陳伯純多年後也有類似的檢討（參閱陳伯純〈陳伯純同志談華鎣山武裝鬥爭〉，《永川地方黨史資料》，內部發行，1983 年）。

　　1948 年 3 月 27 日，這個日子越來越靠近「《挺進報》案」被破獲的那一天。就在這天下午，經過一系列事情的擺渡，遵照革命話語暗中服膺的曲線法則，鄧照明有驚無險地來到重慶。當天他就碰上了八個晝夜後即將被捕的許建業；因為無地可去，他在後者的住處借宿了三個晚上；就在他睡覺的床下的一個小箱子裏，藏有十幾份工人積極分子的入黨申請書和黨的機密文件。當聽說自己的大多數部下已經得到重慶市委較為妥善地安置後，鄧照明多日來的沮喪心情得到了安慰，他甚至抽空與許建業喝起了小酒[40]。

　　但作為一個領導人，他得首先去安慰自己的部下。在迷宮一般的重慶，鄧照明頂著初春的霧氣，花費了幾天時間，走街穿巷，提心吊膽，四處實施安慰活動。在他看望過的所有部下中，包括躲藏在永生錢莊的鄧興豐和李忠良。安慰完畢，在重慶南岸海棠溪一個叫曬皮崗的地方，鄧照明趁著夜色與他們告別[41]。他怎麼都想不到，鄧興豐和李忠良幾天後也會被捕，從此牽連出一大堆始料未及卻終將贏得《紅岩》無限感激的事情。一切都來得太快了：在命運的鼓動下，革命、暴動、腦袋經濟學、失敗以及新式孝道在某些人那裏的極度脆弱，一切都來得太快了。

四、那顆意外的子彈

　　華鎣山是一座從東北向西南綿延起伏的山脈，全長一百多公里，巍峨挺拔，令人敬畏。渠縣、合川、江北、岳池、廣安、鄰水、大竹諸縣緊密團結在它周圍，並天然地以它為核心。在中國共產黨的革命鬥爭史上，華鎣山實在稱得上一座英雄的山脈。革命話語落戶於此的時間，最晚可以追溯到 1926 年[42]：那一年是暴亂，那一年是迷醉，那一年是狂歡，那一年是革命遍地開花，那一年是革命話語「一夜千金

---

[40] 參閱鄧照明《巴渝鴻爪──川東地下鬥爭回憶錄》，第 98-99 頁。

[41] 參閱鄧照明《巴渝鴻爪──川東地下鬥爭回憶錄》，第 98-105 頁。

[42] 參閱林雪等《真實的「雙槍老太婆」陳聯詩》，第 1-10 頁。

散盡」（柏樺語）。就在那一年臨近收尾的時刻，劉伯承領導了順慶（今南充）、瀘州起義，革命火種從此撒落在華鎣山的崇山峻嶺之中，從未被任何反對者真正撲滅過：它忍辱負重，但等有人前來收集[43]。光陰荏苒，細節難表，伴隨著無數血染的事情，二十年「如白駒之過隙，忽然而已」。1948 年 7 月初[44]，距離第二次川東起義失敗接近半年後，王璞告別已有身孕的妻子左紹英，在岳池縣羅渡鄉主持召開緊急會議；會議的主要議題（也可以稱作唯一議題），是確定華鎣山起義即第三次川東起義的各項事宜。

　　按照王璞兩個月前擬定的計畫，川東地下黨本該在 1948 年的「8、9、10 三個月中積極準備武裝鬥爭，11 月搞武裝鬥爭的試點，12 月搞全川東的武裝大起義。」[45]因為徐遠舉在重慶取得的成就越來越大，西南軍政長官公署第二處已經將十指並在的大手，伸向群山綿延、河流密佈的上下川東，不少從前隱蔽得很深的共產黨人紛紛暴露在光天化日之下，這一切，似乎都在逼迫王璞將起義計畫提前。遵照去年 9 月間來自中共上海局充滿高度即興色彩的指示（它由王璞親自帶回），在羅渡會議上，湖南人王璞宣佈：上川東各工委領導的地下武裝力量，馬上成立西南民主聯軍川東縱隊。和那個不幸的彭詠梧一樣，王璞親自擔任縱隊政委；從 8 月 10 日起，上川東各工委開始舉事，以打擊階級之敵的囂張氣焰，爭取將徐遠舉的成功帶給川東地下黨組織的災難降到最低程度。隨著王璞一聲令下，「華鎣山地區的廣安、合川、武勝、達縣、大竹、渠縣等縣的聯合大起義開始了。先後共有五處打響：8 月 12 日廣安代市、觀閣起義；8 月 17 日武勝三溪起義；8 月 22 日岳池伏龍起義；8 月 25 日武勝、合川邊境的真靜、金子起義；9 月 20 日渠縣龍潭起義。起義後建立起來的游擊隊有二千多人。」[46]

[43] 參閱厲華等《來自白公館、渣滓洞集中營的報告》第 366 頁。

[44] 按照鄧照明的回憶推算，開會的大致時間應該是 7 月 7 日前後，但誤差不會超過兩天（參閱鄧照明《巴渝鴻爪——川東地下鬥爭回憶錄》，第 129 頁）。

[45] 參閱鄧照明《巴渝鴻爪——川東地下鬥爭回憶錄》，第 116 頁。

[46] 厲華等《來自白公館、渣滓洞集中營的報告》，第 372 頁。

　　多虧王璞的苦心經營，自 1926 年以來華鎣地區規模最大的起義才得以發生，毛澤東的教育理念才能在窮山惡水之間再一次生產出轟轟烈烈的事情。這些石破天驚的事情立刻震動了國民黨當局[47]。在那年 8 月於成都舉行的省參議會上，「省主席王陵基當即指令，不能使華鎣山變成了『四川的盲腸』」；「成渝各報也紛紛披露：『共匪此舉在於建立游擊武裝，發動農民運動，響應外匪入川』。」[48]圍剿部隊因此迅速開赴華鎣山區。擔任主力的，是國民政府內政部第二員警縱隊（簡稱內二警）。這支軍隊名為員警部隊，實為原川軍的一個師；投靠國民黨中央政府後，被改編為頗有野戰能力的正規軍。協助內二警進剿的，還有羅廣文控制的四川保安部隊——此人是本書的主角之一、《紅岩》的領銜作家羅廣斌的胞兄。在這支氣勢洶洶的混成隊伍中，一個改頭換面的小角色走進了我們的視野。4 個月前，曾在「慈居」的刑訊室做過賠本買賣的李忠良，那個錢莊莊主的兒子，這一次試圖收回本錢：他以國軍上尉的身份充任進剿部隊的嚮導[49]。

　　這次震驚全國的起義從 8 月 10 日開始，至同年 9 月 20 日渠縣龍潭起義一打響就轉移作為結束，歷時四十二天；中間經過大小不等的許多戰鬥和型號不一、質量參差不齊的勝利，最後仍以失敗而告終[50]。革命話語的即興色彩再一次遭到了較為沉重的打擊。在象徵的層面上，渠縣龍潭起義的旋起旋落、方生方死並不是這次武裝起義的失敗標誌。失敗標誌的真正貢獻者，是這場聯合大起義的總設計師，在革命間歇也從未忘記讓妻子懷孕的縱隊政委王璞。

　　在 1948 年 8 月上半段的最初幾天中，王璞成功地發動了廣安代市、觀閣起義和武勝三溪起義。為擴大事態，折騰出更大的動靜，8 月 22 日，王璞風塵僕僕趕到武勝與合川交界的金子鄉，親自部署接下

[47] 「華鎣山之戰一發生，四川地方政府與重慶綏署才著了慌，才認識到共軍侵川的嚴重性。」（參閱〈華鎣山之戰〉，《觀察》，1948 年第 9 期）

[48] 林雪等《真實的「雙槍老太婆」陳聯詩》，第 519 頁。

[49] 參閱鄧照明《巴渝鴻爪——川東地下鬥爭回憶錄》，第 132-133 頁。

[50] 參閱林雪等《真實的「雙槍老太婆」陳聯詩》，第 519 頁。

來的起義事宜。在他的安排下，三天後，趁著臨近的真靜鄉趕集，當著密匝匝的趕集者的面，民主聯軍豎起大旗，震驚了衣衫襤褸的趕集者。他們迅速拿下鄉公所，在街上散發傳單，並開倉放糧；同一天，王璞的部下差不多以同樣的手法，又兵不血刃，一舉端下附近的金子鄉。在糧食和反抗帶來的快感的誘拐下，許多打著赤腳的鄉民自動走向起義大旗，游擊隊伍迅速擴大到 1,000 人[51]。在短短十天內，王璞率領這支部隊打了許多勝仗，終於在 9 月 3 日，遇上了包括內二警在內的二千多名進剿追兵。雙方很快就交上了火。戰鬥進行到次日晚，趁著下雨和黑夜，王璞帶領他的隊伍衝出包圍圈。面對武器精良的對手，他們且戰且退，於 9 月 7 日轉移到武勝縣石盤鄉木瓜寨：一個背靠山崖、可攻可守的好地方。下午 3 點，借助白晝給予的膽量，追兵再一次趕了上來[52]。添酒回燈重開宴，戰鬥於是繼續進行。就在天快黑的時候，失敗的標誌說來就來了。

　　川東 9 月的黃昏依然有些悶熱；因為下過雨，悶熱中還夾雜著潮濕，更使悶熱當即上綱上線，徑直翻了兩番。當著百米外和自己僵持不下的追兵的面，王璞正在和另外幾個起義首領商量對策。而在離他不遠的地方，他的警衛員趁著戰鬥空隙正在整修槍枝。冒失的警衛員無意間碰到了開關，那個無以名之的命運的樞紐。槍響了，像今天所說的天外來客一樣，一顆意外的子彈射進王璞的下腹。沉悶的槍響把僵持著的雙方嚇了一跳。王璞的部下想衝出重圍，以便送他去重慶療傷，但數次強突都被密集的火力打回原形——內二警的士兵們終於找到了正確射擊的感覺，一時間無比亢奮。伴隨著槍聲的，是他們的怪叫。不到深夜，王璞就停止了呼吸。而在幾十公里以外，他的妻子

---

[51] 當然事情的還有另一面。據羅廣斌越獄後寫給黨組織的彙報中，就有如下字樣：「聽說在武勝，一支民變武裝，打開了鄉公所的穀倉，叫農民去分米，農民不去後來挑來放在農民大門口，農民也不敢收。這說明鄉村的基礎是怎樣的了。」（羅廣斌《關於重慶組織破壞經過和獄中情形的報告》之「獄中意見」，手稿複印件）

[52] 參閱厲華等《來自白公館、渣滓洞集中營的報告》，第 379-382 頁。

左紹英正挺著大肚子等候勝利消息；戰士們則以忐忑不安的心情掩埋了他。接下來，在黑夜語法的幫助下，他的部下灑淚撤離了現場[53]。

　　和在長江上吟誦杜子美的彭詠梧驚人地相似，1948 年 7 月 2 日，在王璞的安排下，上川東地工委委員駱安靖正要去外地為即將到來的起義做準備工作。臨告別時，王璞和他開了一句帶有新式孝道性質的革命玩笑：「這該不是我們最後的見面吧。」[54]很顯然，王璞鬼使神差地觸到了命運的開關。從那以後，他和彭詠梧的相似之處越來越多，真不知究竟是誰抄襲了誰的命運。9 月 8 日早晨，天剛露出魚肚白，守候一夜的追兵終於歡呼著攻進人去樓空的木瓜寨。不過，進剿追兵也不是一無所獲：他們刨弄不多時，就找到了王璞的屍體；大約是因為搬運屍體太費精力，懶惰的士兵乾脆從屍體上割下了一個長有毛髮的橢圓形球體。仿照竹園鎮的做法，王璞的頭顱被掛在石盤場的某棵楊槐樹上[55]。他緊閉的雙眼嚇壞了行人。在地形複雜的川東地區，腦袋經濟學在短短 9 個月內，迎來了第二次加固自身的機會。

貳、涂遠舉又來了

一、江竹筠

　　具有高度敬業精神的徐遠舉從來都沒有閒著，為黨國效勞的理想使他經常夜以繼日復兼怒火四射──他無能的手下太讓他生氣，敵人卻又狡猾之極，致使他剛蕩平前一波，後一波立即接踵而至。

　　1948 年 4 月 17 日，第一、二次川東起義早已水落石出，第三次尚在樂觀地醞釀之中。前兩次起義的骨幹分子紛紛撤到重慶，但還有更多的游擊戰士留在了起義區，等候進剿部隊前去緊急修理[56]。就在

---

[53] 參閱鄧照明《巴渝鴻爪──川東地下鬥爭回憶錄》，第 135 頁。
[54] 參閱屬華等《來自白公館、渣滓洞集中營的報告》，第 371 頁；參閱楊文濤〈一個中學生經歷的華鎣風暴〉，《紅岩春秋》2005 年第 3 期。
[55] 參閱屬華等《來自白公館、渣滓洞集中營的報告》，第 383 頁。
[56] 參閱公安部檔案館編《血手染紅岩──徐遠舉罪行實錄》，第 49 頁。

這個要命的時刻，化名張德明的重慶市委副書記冉益智在余永安的指認下，不幸在北碚落網。幾分鐘後，他被拖進附近的一家小旅館，名曰大西南茶旅社[57]——一個虛張聲勢的名字，和性喜幽默的四川人的癖性剛好吻合。徐遠舉的手下很有想像力：因為怕拷打引起其他旅客不必要的注意，一進旅社，就將冉益智放倒在床，用被子將他捂了個嚴嚴實實。徐遠舉必須要感謝冉益智容量狹小的肺活量：後者因為呼吸不暢，情急之下，馬上就招了。堅硬的新式孝道敵不過軟綿綿的被子，這是革命話語從前很少遇到的情形。

冉益智的落網是「《挺進報》案」又一個極為關鍵的轉捩點，黨史小說應該像感謝許建業一樣感謝冉益智，儘管冉益智在投靠當局一年半以後就遭到革命話語的堅決鎮壓。冉副書記曾在下川東潛伏過，對那裏的情況很熟悉。在他的所有供詞中，最有價值的，無疑是川東臨時工作委員會副書記兼下川東地工委書記涂孝文的下落[58]。射人先射馬，擒賊先擒王，難怪熟知這一射殺程式的徐遠舉得知招供的內容後會大喜過望。1948 年 6 月 11 日，正是中國人民喜愛的端午時節，川東地區第二次武裝起義已被撲滅，鄧照明正準備前往廣安約見王璞，「《挺進報》案」早已塵埃落定。徐遠舉終於騰出手來了：在冉益智的親自率領下，6 月 11 日下午兩點左右，毫無防範的涂孝文在萬縣楊家街口被捕[59]。作為濱江城市的一個小器官，楊家街口剛好臨近碼頭，擠滿了觀看賽龍舟的市民——他們正在為一個兩千多年前的忠勇之士舉辦狂歡節，涂孝文被捕時，竟然沒有引起他們太多的注意。看起來人民群眾並沒有被教育家的教育理念全部掌握，他們的眼睛離雪亮還

---

[57] 參閱孫曙《公安緝凶揭密——「3・31」慘案到「11・27」大屠殺劊子手末日》，第 173 頁。

[58] 參閱公安部檔案館編《血手染紅岩——徐遠舉罪行實錄》，第 27 頁。

[59] 和江竹筠在 1948 年 6 月 14 日這一天在不同地點同時被捕的劉德彬（《紅岩》的作者之一）在多年後給《紅岩》的責任編輯張羽的信中，準確地說出了涂孝文被捕的時間地點，萬縣地下黨遭到大破壞的情況也出自該信【參閱劉德彬致張羽信（1996 年 9 月 11 日），手稿】。

有極為遙遠的航程。就在成功捕獲涂孝文的當天，冉益智十分主動地做他的上級的思想工作，就像教育家本人經常做的那樣：冉益智希望後者不要硬扛，一切都不過那麼回事，千萬不要像有的人那樣，到頭來盡做虧本生意。拼命硬撐過一天後，涂孝文十分痛苦地表示，他願意與當局合作，重新回到政府的正確懷抱[60]。

我們的故事需要在這裏安放一面後視鏡，以便重新打量已經發生過的事情。1948 年 1 月 28 日（農曆 1947 年 12 月 18 日），彭詠梧的頭顱掛在竹園鎮已經過去十多個日子，作為下川東地工委和川東臨時工作委員會之間上傳下達的聯絡員，江竹筠在雲陽縣董家壩彭詠梧的外婆家，已經足不出戶地整整待了八天。她在焦急地等候第一次川東起義的消息。和地理語法帶來的資訊不暢相適應，她無從知道自己的丈夫在崇山峻嶺之間命運為何如，但她想起了三個月前船過涪陵時彭詠梧那句不祥的感慨。就在這一天，從老寨子先行一天突圍的吳子見下得山來，會同劉德彬、盧光特，聲淚俱下地對江竹筠講述了彭詠梧腦袋的去向[61]。江竹筠穩住心神，沒有在她的同志們面前失態，只把淚水和嗚咽留給了午夜[62]。其後，她祕密潛回重慶，直接向王璞報告事變；1948 年春節的第一天，亦即第二次川東起義起事的那一日，江竹筠前往棗子埡 76 號蔣一葦家，看望寄放在那裏的兒子彭雲，並灑淚痛哭一場，甚至引起蔣一葦的母親的不快[63]。有些迷信的蔣老太太認為大年初一有人來家痛哭，絕對是一件讓來年倒楣的事情。緊接著，江竹筠謝絕上級組織的好意，執意要重回下川東工作，那是她丈夫把頭顱弄丟的地方[64]。在彭詠梧的下級，中共地下黨萬縣縣委書記雷震的安排下，她在萬縣法院找到了一個職位並暫住雷家；她不得不在時

[60] 參閱厲華等《來自白公館、渣滓洞集中營的報告》，第 288 頁。

[61] 參閱劉德彬致張羽信（1996 年 11 月 7 日），手稿複印件。

[62] 參閱盧光特等《江竹筠傳》，第 71 頁。

[63] 參閱林彥《〈挺進報〉與〈反攻〉紀事》，第 20-23 頁；參閱何理立（江竹筠的好朋友）〈生活中的江竹筠〉，《傳記文學》，1994 年第 6 期。

[64] 參閱王維玲《話說〈紅岩〉》，花山文藝出版社，2000 年，第 109 頁。

機尚未成熟的時刻隱蔽起來，和熱愛城市生活的劉國定、冉益智絕然相反，把她嚮往的農村工作暫時放在一邊[65]。

1948 年 6 月 14 日，即冉益智在楊家街口指認涂孝文的第 3 天，吃過早飯，對昨晚雷震沒能回家睡覺已有不詳預感的江竹筠四下看了看（雷震 6 月 13 日已經被捕），覺得沒什麼異樣，便「緩步下完法院街的石梯路，踏上一馬路，沒走幾步，被叛徒冉益智夥同兩個穿便衣的特務從兩側夾來，『請』她走了。」[66]早有預感的江竹筠似乎沒有太多的驚慌。她被祕密押解到位於環城路的弗蘭西旅館；幾個小時後，被轉送中統設在萬縣的派出機構。就在同一天晚些時候，她在萬縣的許多同志被紛紛送到此處。倉促之間的變故，讓她感到萬分驚訝，不知道哪股水又發了。當黃玉清出現在中統派出機關的門口時，她突然明白：這一回是涂孝文反水了。因為黃玉清的活動情況，按照嚴格的地下工作紀律，只有她和涂孝文知道，冉益智毫不知情[67]。

涂孝文的供認極富成效。兩、三天內，在萬縣隱藏得十分成功的十一名共產黨人相繼落網；並由萬縣始發，一直波及雲陽、開縣，直到與萬縣接壤的湖北宜昌。短短幾天內，劉德彬、黃玉清、楊虞裳、陶敬之、李青林、雷震等 20 餘人相繼被捕[68]。在江竹筠被抓的第二天，連同涂孝文在內的 12 名共產黨人經水路被先行運往重慶——多年後將成為《紅岩》匿名作者的劉德彬也棲身於這支囚犯大軍之中。一路上，江竹筠大罵涂孝文，有意要引起船上其他乘客的注意。大批共產黨人在萬縣被捕的消息很快就傳了出去。江竹筠下船的那一刻，正好被一位留渝工作的地下黨人看見，他很快就把這一消息報告給第一次川東起義的游擊首領之一盧光特，後者馬上向第二次川東起義失敗後潛回重慶的鄧照明作了彙報，以便讓重慶方面有所準備[69]。船到千廝

---

[65] 參閱盧光特等《江竹筠傳》，第 76-80 頁。

[66] 盧光特等《江竹筠傳》，第 80 頁。

[67] 盧光特等《江竹筠傳》，第 81 頁。

[68] 參閱胡崇俊〈我認識的劉德彬〉，《墊江縣文史資料》總第 4 輯（1995 年）；參閱劉德彬致張羽信【（1996 年 11 月 7 日），手稿複印件】

[69] 參閱鄧照明《巴渝鴻爪——川東地下鬥爭回憶錄》，第 107 頁。

門碼頭時，剛好是 6 月 17 日中午，距離冉益智在北碚被捕已經整整兩個月，「《挺進報》案」早已水落石出──看起來，徐遠舉也是好不容易才騰出手來對付下川東的共產黨地下組織。

　　和任達哉、李忠良和余永安一樣，涂孝文也做了一樁賠本的買賣。作為一個革命的生意人，他拒不交代第一次川東起義的倖存者的去向──他把那一切全推給身首異地的彭詠梧，謊稱自己毫不知情。一年後的 1949 年 10 月 28 日，涂孝文和陳然等人在重慶大坪附近的刑場上被公開槍決。被他出賣，並和他同坐一條船去重慶的中共地下黨萬縣縣委書記雷震，也在同時同地和他共赴黃泉。在陰間，他阻擋得住來自後者的唾棄和拳頭嗎？何況江竹筠在受刑時早就撕心裂肺地叫喊過，即使變做厲鬼，也要找他算帳[70]。

　　萬縣縣委副書記李青林和江竹筠在被捕的當天，就在萬縣受過重刑。因為涂孝文的指認，徐遠舉的手下知道江竹筠就是彭詠梧的夫人。出於對最大利潤和效益的嚮往，他們想在最短的時間內弄清起義倖存者的去向，以便就地抓捕，省得再來一趟萬縣；秉承著來自效益話語和利潤話語的內部指令，二處的大男人對一個弱小的女子動了大刑。但江竹筠沒有讓他們如意。船到千廝門碼頭，當看到早已等候在那裏的囚車時，江竹筠非常清楚，3 天前在萬縣的刑訊和即將到來的刑訊相比，絕不可同日而語。她暗暗提了提神，死盯一眼同行的涂孝文，艱難地走上了囚車。

二、劉國鋕和曾紫霞

　　劉國鋕出身富豪家庭[71]，但很早就走上革命道路。這個從表面上看怪異之極的人生選擇曾經引起過徐遠舉極大的好奇[72]。1948 年，劉國鋕年屆 27 歲。這一年初春的劉國鋕顯然是幸福的：作為中共地下黨

---

[70] 參閱盧光特等《江竹筠傳》，第 88 頁。
[71] 參閱劉以治〈真理的追求者劉國鋕〉，鍾修文等主編《鐵窗風雲》（上），第 74 頁。案：劉以治是劉國鋕的侄子。
[72] 參閱公安部檔案館編《血手染紅岩──徐遠舉罪行實錄》，第 31-32 頁。

重慶市沙磁區區委書記，劉國鋕從《挺進報》上得知解放軍不斷勝利的消息[73]，他和他的同學們為之共同奮鬥的事業（即奪取政權、階級解放）眼看就要成功；與此同時，他還處於熱戀狀態，戀愛對象就是他的下屬，小他 7 歲的重慶大學學生曾紫霞。趁工作之便，他也為自己發掘了一個戀人，就像賠盡人生本錢的任達哉一樣。前不久，曾紫霞經劉國鋕介紹剛剛入黨，宣誓儀式的主持人就是市委副書記冉益智（化名張德明）。遵照祕密工作鐵打的紀律，曾紫霞並不知道他的戀人在黨內的真實身份，更不知道張德明的真實身份，只尊稱他老張[74]。

1948 年 4 月 8 日，第二次川東起義失敗後撤回重慶的倖存者之一李忠良在永生錢莊被捕，在供出余永安的同時，也供出了他從前的上級劉國鋕——作為重慶某大學的學生，李忠良是通過負責學運（學生運動）工作的劉國鋕，才得以從重慶奔赴上川東一工委鄧照明處，參加「虎南大」起義。儘管李忠良不知道劉國鋕在黨內的真實身份，但他去過後者的住處：四川省建設廳廳長何北衡設在重慶的公館。何北衡的大女兒嫁給了劉國鋕的哥哥，是那個年頭官商聯姻的常例；單身一人的劉國鋕就借住在何公館。何家人對他的身份毫不知情，見他天天會客，有時又夜不歸宿，以為他不過是個比較討人喜歡的紈絝子弟而已。在被李忠良供認之前沒幾天，在緊張的工作間隙，劉國鋕還曾對曾紫霞開過玩笑：「這個時候真能去坐幾個月的牢，休息一下，再好好讀幾本書，倒是很安逸的事情。」[75]

劉國鋕的話很快就得到應驗：他沒有想到自己的玩笑當真會一語成讖。遵照徐遠舉的命令，4 月 10 日一大早，徐遠舉的得力部下季縷帶人包圍了何公館。由於何太太出面阻止（她確實不知道劉國鋕是共

---

[73] 劉國鋕也是《挺進報》的工作人員，他的任務是籌集經費，提供稿件，負責部分發行工作【參閱屬華等《來自白公館、渣滓洞集中營的報告》，第 301 頁；參閱劉以治〈真理的追求者劉國鋕〉，鍾修文等主編《鐵窗風雲》（上），第 80-81 頁】。

[74] 參閱曾紫霞《劉國鋕》，重慶出版社，1983 年，第 53-55 頁。

[75] 曾紫霞《劉國鋕》，第 58 頁。

產黨員），為劉國鋕贏得了寶貴的時間，後者才有驚無險地成功脫逃[76]。虎口餘生的劉國鋕馬上找到曾紫霞，要自己的情人趕快通知和他有聯繫的人不要再找他，必須馬上轉移；他還要求曾紫霞立即向張德明（冉益智）彙報情況，他本人則將迅速趕往位於榮昌縣大東街159號的大姐夫家，暫行躲避；如果組織上對他有指示和安排，就到榮昌找他。

　　就在劉國鋕虎口脫險的第一時間內，何太太打電話給遠在成都的廳長丈夫，報告家中的劇變。何北衡怒氣衝衝地從省城「打長途電話到西南長官公署，質問蕭毅肅（重慶警備司令－引者注）：為什麼到他家中抓人？為什麼包圍他的公館？⋯⋯暴躁如雷的蕭毅肅一聽就冒火了，兩個人在電話上頂撞起來。蕭（毅肅）要何北衡即時到重慶來抵案。朱紹良也電話告蔣介石和行政院院長張群，檢舉何北衡包庇放縱共產黨」[77]。神仙打仗，凡人自然就得遭殃，何況徐遠舉本來就是事情中人，因此弄得他幾面不討好。少將處長徐遠舉當時面對的尷尬無疑是：「劉國鋕逃跑了，沙磁區學運組織線索斷了，（破案）未能如願以償；」他「執行任務不力，惹起一場風波，在行政上是瀆職。朱紹良對何北衡的檢舉」必然涉及到他；而他「是接近張群的人，張群在四川的文武二將何北衡、蕭毅肅一鬧起來」必然對他不利[78]。徐遠舉因此十分痛恨劉國鋕，發誓要將他捉拿歸案。

　　重慶從表面上看一切照舊，但暗中的烏雲卻早已集合完畢；正當成渝兩地狗咬狗地鬧得不可收拾之時，4月11日下午3點，曾紫霞按照約定，在牛角沱「海上居」茶館見到張德明，向他彙報了情況；張德明命令她馬上通知另外一些人趕緊轉移。3天後的14日上午9點左右，在李子壩武漢療養院，曾紫霞按約定又同張德明見了面。這一回，張德明很嚴肅地告訴曾紫霞，你的處境也十分危險，應該立即去榮昌

---

[76] 參閱曾紫霞《劉國鋕》，第63-64頁；參閱《沈醉回憶作品全集》第2卷，九州圖書出版社，1998年，第252-254頁。

[77] 公安部檔案館編《血手染紅岩──徐遠舉罪行實錄》，第29頁。

[78] 公安部檔案館編《血手染紅岩──徐遠舉罪行實錄》，第29-30頁。

與劉國鋕匯合。曾紫霞怕她和劉國鋕與上級組織再次失去聯繫，再三請求張德明要趕緊派人與他們聯繫；當張德明準確地複述出「榮昌縣大東街 159 號」時，曾紫霞才滿意地離開[79]。她根本沒有設想過 1948 年 4 月 18 日的到來，她無法預見到，在那一天，冉益智會輸給自己狹小的肺活量。

在受「《挺進報》事件」牽連而被捕的所有人當中，劉國鋕的情況非常特殊：短短十天內，他連續兩次遭到出賣。一次來自他的下級，一次來自他的上級。因為經不起來自被子的溫柔閃擊，冉益智在被捕的當天，就供出了劉國鋕和曾紫霞在榮昌的住處。大東街 159 號迅速成為徐遠舉射擊的靶心。正在為一周前失敗的抓捕大發雷霆的少將情報處長得知這一消息，隨即終止與遠在成都的何北衡的電話爭吵，命令漆玉麟帶領三個嘍囉，會同榮昌縣政府和縣黨部，就地祕密抓捕劉國鋕[80]。徐遠舉給漆玉麟的臨別贈言是：只許成功，不許失敗；否則，白公館看守所正為爾等而設。

曾紫霞大約是 4 月 16 日或者 17 日一路闖關冒險到達榮昌，與劉國鋕就地匯合。那一天距離彭詠梧的腦袋被掛在竹園鎮已經過去了整整三個月。這對小戀人瞞著毫不知情的姐姐、姐夫，決定在這裏最多再待兩天，然後就向姐姐、姐夫撒謊說去鄉下玩耍，劉國鋕藉故留在鄉下，曾紫霞則返回縣城，觀察動靜，探聽風聲，以決定回不回重慶，何時回重慶。就在他們這麼籌畫的時候，漆玉麟匆匆的腳步，已經扣響了大東街 159 號那座宅院前的青色石板。

30 多年後，在最後關頭被保釋出獄、幸未遇難的曾紫霞回憶道：「4 月 19 日臨晨四、五點鐘，天還是漆黑的，國鋕已經發覺特務包圍了住處，立即跑出郭家（即劉國鋕大姐夫家－引者注）後花園，到了城牆的缺口處，試圖再次逃脫。但特務們已是層層包圍……我躺在床上……只盼望國鋕能跑掉，我是跑不掉、也不想跑了。特務庚即闖進

---

[79] 參閱曾紫霞《劉國鋕》，第 65-66 頁。

[80] 參閱公安部檔案館編《血手染紅岩——徐遠舉罪行實錄》，第 29-30 頁。

我的臥室，掀開蚊帳，喝令我起床。……特務將我押進榮昌縣政府，我聽見國鋕的聲音：『你們憑什麼抓人？』進入一間屋子時，我看見國鋕已先到這裏，手上戴著手銬。」[81]劉國鋕、曾紫霞落網的當天晚上就被關進「慈居」，第二天上午轉押渣滓洞看守所。從此以後，一對熱戀之中的年輕人將在一個特殊的地方，繼續展開或毀滅他們的愛情。

三、徐遠舉乘勝追擊

　　該怎樣最大限度利用叛徒的價值、榨乾他們身上的油水，徐遠舉很有一套心得。他在處理過「《挺進報》案」和下川東的事情後，懷揣著激動不已的心臟，又馬不停蹄地著手解決上川東的「共匪」。1948年7月4日，根據劉國定的供認，正在為第三次川東起義努力工作的上川東地工委委員駱安靖於廣安縣大倉溝落網[82]。以鄉村教師身份作掩護的駱委員在被捕的那一刻，大約十分痛恨兩天前王璞給他的臨別贈言：「這該不是我們最後的見面吧。」但再次加固過腦袋經濟學的王書記在陰曹地府更可能痛恨駱委員：正是後者的被捕直接性地迫使王璞將起義計畫提前，以至於一連串的意外讓自己失去了腦袋──作為上川東地工委委員，駱安靖知道的祕密實在是太多了，王書記對他不得不有所防範。

　　被捕後的最初一段時間，任憑毒打火烙、灌辣椒水，駱安靖依然成功地護住了必須護住的貞潔。拘留廣安漫長的24天時間裏，作為緩衝和換氣，駱安靖僅僅表示悔過自新是可以的，出賣組織萬萬不能。7月28日，本想就地解決中共上川東地下黨組織問題的漆玉麟，眼見計畫落空，只得取道渠河、嘉陵江，將駱安靖押回重慶，再做計議。駱安靖被抓後，黨史小說中雙槍老太婆的原型之一，正在華鎣山附近領導另一支游擊隊的陳聯詩曾試圖營救。但因情報不確，兩次撲空後，

---

[81] 曾紫霞《劉國鋕》，第68-69頁。

[82] 參閱孫曙《公安緝凶揭密──「3‧31」慘案到「11‧27」大屠殺劊子手末日》，第178頁。

宣告失敗[83]；王璞經過周密考慮，終於決定在駱安靖被押往重慶的途中設伏，但因二處工作人員機警地改走水路而落空。十餘年後，這件事情將被黨史小說採用情節嫁接術，安放在以江竹筠為原型的江雪琴身上。

駱安靖最後甘願獻出本來保存得十分完好的貞操，除了熱愛嬌妻幼子之外，劉國定對他的那番開導起了相當大的作用[84]。同年 8 月中旬，第三次川東起義正式打響後沒幾天，在歌樂山戴公祠，徐遠舉命令劉國定當說客，務必勸降駱安靖，以打開上川東的缺口，為撲滅第三次武裝起義的熊熊烈火找到鎮靜劑。一般說來，榜樣的力量總是傾向於無窮。面對自己已經叛變的領導，駱安靖思前想後，終於把自己挺身獻了出去。他供出了歸自己領導的多名上川東地下黨員，很快，毛澤東的學員又減少了 7 人[85]。

作為一個具有高度敬業精神的情報處長，徐遠舉顯然不會就此善罷干休：當此關鍵時刻，他必須趁機擴大戰果，給蔣委員長一個清潔的大後方。根據劉國定的交代，他們很快就發現剛從酉陽、秀山一帶撤回成都的羅廣斌的蹤跡。和劉國鋕一樣，羅廣斌也不是一般人：他出身富豪家庭，其胞兄羅廣文還是四川握有軍事大權的鐵碗人物。為黨國利益著想，二處的人不管不顧，還是馬不停蹄地來到成都，會同保密局成都站共同處理此事。很顯然，徐遠舉並不想大動干戈，以免傷及羅廣文的面子[86]。在成都站站長周迅予的建議下，一個很有想像力的誘捕方案迅速出臺。

1948 年 9 月 15 日上午，一個身著藍布長衫的中年人拿著一封信，來到位於成都市柿子巷 7 號的羅公館，聲稱是來拜訪「老伯父和老伯母」的；當得知兩個老人都不在時，來人說，既然伯父伯母不在，那

---

[83] 參閱林雪等《真實的「雙槍老太婆」陳聯詩》，第 508-509 頁。

[84] 參閱楊文濤〈一個中學生經歷的華鎣風暴〉，《紅岩春秋》2005 年第 3 期。

[85] 參閱孫曙《公安緝凶揭密──「3‧31」慘案到「11‧27」大屠殺劊子手末日》，第 178-179 頁。

[86] 參閱石化〈說不盡的羅廣斌〉，《紅岩春秋》，2001 年第 1 期。

就將這封信交給他們的兒子羅廣斌，由他轉呈令尊、令堂大人。羅廣斌以為藍布長衫是上級組織派來的聯絡員，就走出公館，伸出雙手，熱情迎接上級組織派來的特使[87]。

　　……採用諸如此類的方法，徐遠舉從 1948 年 4 月 1 日抓捕任達哉開始，直到第二年年初中共川康特別委員會負責人蒲華輔被捕（後叛變），在各類叛徒的鼎力襄助下，幾乎徹底摧毀了重慶和上下川東的中共地下黨組織，總共抓獲地下黨員 133 人，成功地製造出又一輪的白色恐怖，超額完成了 1948 年 3 月下旬朱紹良給予他的任務。在朱紹良那裏，這個案子一開始不過是《挺進報》的問題；他萬萬沒有想到，自己的下屬竟然如此能幹[88]。

　　1948 年 9 月前後，川東地區的三次武裝起義大勢已去，新的恐怖正在迅速滋生。就在這個時候，有人在重慶和平隧道附近看見過劉國定。得知這一消息後，仍然留守重慶相機收拾殘局的鄧照明當即決定：從上川東起義失敗的人馬中，調幾個槍手來重慶，暗殺劉國定和冉益智——血債要用血來還，這是革命話語的基本語義。正當地下黨想進一步摸清他們的活動規律時，兩個叛徒消失了行蹤[89]。在此要命的時刻，深諳地下工作之要義的劉國定、冉益智當然不會停止自己的行動：只有搞出更大的動靜，才能有效地保證自己的安全。「1948 年 10 月，劉國定以偵防處專員名義駐成都，居成都玉龍街 44 號，與保密局蓉

---

[87] 劉德彬〈生當做人傑——記羅廣斌在「中美合作所」〉，劉德彬編《〈紅岩〉·羅廣斌·中美合作所》，重慶出版社，1988 年，第 33-34 頁；參閱馬識途〈公子·革命者·作家——回憶羅廣斌〉，劉德彬編《〈紅岩〉·羅廣斌·中美合作所》，第 117-118 頁；參閱重慶歌樂山革命烈士陵園業務檔案 M99。

[88] 其他被捕而與《紅岩》有關的人員尚有中共重慶城區區委書記李文祥及其夫人（1947 年 4 月 17 日被捕）、藍蒂裕（1948 年 12 月 10 日被捕）、唐虛穀（1948 年 6 月 17 日被捕）、丁地平（1949 年 5 月 21 日被捕）、何敬平（1948 年 4 月被捕）等（參閱公安部檔案館編《血手染紅岩——徐遠舉罪行實錄》，第 26 頁）。

[89] 參閱鄧照明《巴渝鴻爪——川東地下鬥爭回憶錄》，第 137 頁；參閱林雪等《真實的「雙槍老太婆」陳聯詩》，第 530 頁。

站、二處諜報組聯絡。為了破壞川康特委，1949 年 1 月 2 日，徐遠舉成立『川西特偵組』，由劉國定任組長，偵防處一科科長雷天元任副組長，駱安靖任書記，專程到成都破壞川西地下黨組織，由二處諜報組和保密局蓉站配合。在成都春熙路街上，經劉國定指認，特務逮捕了由重慶轉移到成都的北區工委書記齊亮、馬秀英夫婦。」[90]冉益智也沒有休息，只是和劉矮子相比，成就稍微遜色一些。「1948 年 8 月 16 日，冉益智從楊家山優待室放出，住進二處祕密據點民生路導明印刷廠，受工運組組長、副經理王仁德管理，一個月後到老街 32 號偵防處辦公，當了少校專員。……解放前夕，冉回北碚黃桷鎮中山路 82 號匿居。」[91]他們的行動既讓鄧照明的復仇計畫十分難堪，也讓他們得以繼續與徐遠舉合作，有機會、有時間為自己的罪惡添磚加瓦，以便贏得革命話語不久以後對他們實施堅定報復的更多理由[92]。

---

[90] 孫曙《公安緝凶揭密——「3・31」慘案到「11・27」大屠殺劊子手末日》，第 172 頁。

[91] 孫曙《公安緝凶揭密——「3・31」慘案到「11・27」大屠殺劊子手末日》，第 175 頁。

[92] 劉國定、冉益智於 1951 年 1 月 19 日被最高人民法院西南分院判處死刑，2 月 4 日在重慶執行死刑（參閱孫曙《公安緝凶揭密——「3・31」慘案到「11・27」大屠殺劊子手末日》，第 172、176 頁）。

第三章　歌樂山傳奇

　　無根樹，花正幽，貪戀榮華誰肯休？
　　浮生事，苦海舟，蕩去漂來不自由。
　　無岸無邊難泊繫，常在魚龍險處遊。
　　肯回首，是岸頭，莫待風波壞了舟。

──張三豐

壹、刑罰及其他

一、歌樂山速寫

　　並不是只有共產黨人，那些號稱從土地閱讀法的薰陶中滋生出來的共產黨人，才懂得地理語法的妙處；那些衣著考究、必要的時候不惜沐猴而冠的國民黨人，同樣深諳箇中三昧：在戴笠的授意下，歌樂山抗戰伊始就被軍統局強行佔用[1]，正是國民黨人對地理語法的一個絕妙呼應、一個準確的解讀。

　　歌樂山地處重慶西北郊，「翠藹濃深，遇風雨則萬籟齊鳴，叢林清響」，古人會意，「稱之為歌樂山。」[2]「歌樂山是一片丘陵地帶，它分成約六多公里寬、十公里深的三個盆地。一眼看上去，那是個『可愛的地方』，一個松樹覆蓋的山巒下田園詩般的所在。三個峽谷與主要的山脈形成直角，每個峽谷中小小的農莊之間有潺潺流水相連。『從重慶歌樂山到沙磁區，毗連起伏的丘陵，廣闊的山谷地帶，長達十三華里，

---

[1]　參閱《沈醉自述》（沈美娟整理），北京十月文藝出版社，1997 年，第 134-146 頁。

[2]　厲華《紅岩魂：來自歌樂山的報告》，重慶出版社，1999 年，第 1 頁。

縱橫二十餘里，包括渣滓洞、梅園、楊家山、造時場、松林坡、白公館、五靈觀、紅爐廠、王家院子、熊家院子、小楊公橋、朱公館、步雲橋、嵐埡等地，都屬於中美合作所的特區。』這個祕密隱藏的營地周圍有電網環繞，武裝巡邏守衛，對擅入者格殺毋論。『從步雲橋到歌樂山的村落，全被封鎖，不讓老百姓通行。五靈觀等地的居民，均被強行趕出。在特區範圍內，除了持有特別通行證的美蔣特務外，一律不許進出。誤入者便被抓起來殺掉。』……戴笠的人在美國物資和資金的援助下，把梯田改造成了一片具有八百幢房屋的基地。整個基地包括兵營、操練場、兵工廠、靶場、教室、警犬房、鴿棚、無線電通訊室、一個監獄和審訊設施。這三個平行的山谷中以最南面的為最大。那裏有戴笠的一些住所，它們是峽谷上面山坡松樹林中的地中海式別墅。旁邊是軍統特務訓練營。中間的盆地駐紮了美國人，他們有自己乾淨的食堂、西式的廁所設備、禮堂和舞廳，戴笠在那裏舉行由『漂亮而衣著時髦的中國女郎』主持的宴會。最後，北面也就是最小的山谷中設有一個『嚴酷的監獄，關於它有很多不幸的故事』。自然，這就是在《紅岩》裏描述的集中營和酷刑室『白公館』。」[3]

　　和我們的故事相比，歌樂山的面積顯得過於龐大，大到超過了一個故事的容量。出於同樣的道理，和我們的故事相比，歌樂山又顯得過於狹窄，狹窄到只能充當我們的故事的尿道。雖然我們的故事和整座山脈的每一個細節都有關，但最為相關的只有兩個地方：白公館和渣滓洞。白公館原是四川一位名不見經傳的小軍閥白駒的郊外別墅。這個讀書不多，卻喜歡附庸風雅的地方軍閥自認為是白居易的後人，

[3]　魏斐德（Frederic Wakeman，Jr）《間諜王：戴笠與中國特工》，梁禾譯，團結出版社，2004 年，第 293-294 頁。需要說明的是，本人是為了偷懶才在此處直接「偷竊」魏斐德先生的文字，因為魏氏這段文字參考了太多的資料，包含了大量的資訊，已經為我提供了方便。他在這段文字中，至少引用了如下著述：Caldwell，「A Secret War」；Miles，「A Different Kind of War」；章微寒《戴笠與「軍統局」》；天聲輯《美帝直接指揮的「中美合作所」》；黃康永《我所知道的戴笠》；Deane，「Good Deeds and Gunboats」。

甚至知道白居易的雅號，遂將自己的度假之地取名為香山別墅，還在大門兩側掛了一幅文縐縐的對聯：「洛社風光閒適處；巴江雲樹望中收。」[4]真不知這個見慣鮮血和死屍的小附庸風雅者，是否清楚這兩句話究竟是個什麼意思。

「香山別墅位於楊家山下一座山腰上，四周環境秀麗幽靜，景色迷人。這幢依山而建的二層樓的別墅十分奇特，房後和左側都緊靠山崖，而房前和右側則均臨一條深深的山澗。下雨天，山澗裏常常有一股山泉像瀑布一樣淙淙而下。門前，只有一條緊靠山崖順山勢向下延伸的石板小路。從山下看去，它就像是深山翠林中孤零零聳立的一座寺院，只有走近了，你才能看出這是一幢有錢人家的別墅。……進院門，有一片五十平米左右的院子，右側是廚房和地窖，房子建在一米多高的石基上。兩層樓的結構佈局完全一樣，四周是用圓柱形木欄杆圍起的甬道，中間有一凹進去的堂屋，堂屋兩邊和後面才是住人的廂房。」[5]1939 年秋，隨著重慶在上一年突然升格為戰時首都，白公館以三十兩黃金的價格被收購為軍統的看守所[6]。除 1943 年盛夏至 1946 年仲秋被中美合作所（Sino-Amarcan Cooperation Organization）的美方人員當作住處外[7]，從 1939 年秋至 1949 年秋，「白公館一直是關人」的地方[8]。因為前生是一座別墅，所以作為來世，充任看守所的白公館就顯得有些名不符實：它的胃口實在太小，頂多只能關押一些重要人犯[9]，何況軍統對它的改造本來就十分有限，僅僅是在「高大的院牆上和房屋的四周加上了一圈鐵絲網，把廂房作為牢房，把堂屋和甬道作

4　參閱厲華《中美合作所集中營史實研究與保護利用》，重慶出版社，2002 年，第 18 頁。

5　《沈醉自述》（沈美娟整理），第 134-135 頁。

6　參閱軍統局編《十年大事紀》「民國二十八年四月」條；參閱《沈醉回憶作品全集》第 3 卷，九州圖書出版社，1998 年，第 484 頁。

7　參閱厲華等《來自白公館、渣滓洞集中營的報告》，第 37-38 頁。

8　重慶歌樂山烈士陵園業務檔案 B130。

9　參閱厲華等《來自白公館、渣滓洞集中營的報告》，第 10-11 頁。

為犯人放風的地方，而過去的地窖和廚房就成了關押重要犯人的地牢。」[10]

　　和看守所本應具有的功能所要求的建築語法相呼應，經年累月處於袖珍狀態和隱祕狀態的白公館，「整日鐵門緊閉，只右側院牆上開了個小門。小門外面，山岩邊有一個刑訊洞……只要洞口的鐵門一閉，無論在裏面施用什麼酷刑，洞外一點聲音也聽不見。」[11]光陰飛逝，到得 1948 年 6 月，「《挺進報》案」早已水落石出，這個看慣人世滄桑的小小看守所關押的現役人犯竟然超過 50 名[12]。很顯然，這等好成績的到來，大大半出自徐遠舉的個人才華和超乎常人的敬業精神[13]──雖然從白公館看守所的歷史沿革看，徐遠舉也僅僅是碰巧站在了巨人的肩膀上[14]。

　　和白公館距離不遠的是規模較大的渣滓洞看守所[15]。這兩個看守所無論是在功能上還是在地理位置上，都互為補充，並遙相呼應，恰成犄角之勢。渣滓洞原本是重慶小資本家程爾昌開辦的一個小煤窯；和小資本家在那個災難年月的不幸遭遇相對稱，小煤窯出土的寶物中不幸煤少渣多，故曰渣滓洞。和地理語法的內在腔調一致，渣滓洞

---

[10]　《沈醉自述》（沈美娟整理），第 135 頁。

[11]　楊益言《紅岩逸聞》，重慶出版社，1996 年，第 9 頁。

[12]　參閱厲華等《來自白公館、渣滓洞集中營的報告》，第 39 頁。到 1949 年 11 月 27 日大屠殺（史稱「11·27 大屠殺」）前夜，白公館看守所共關押現役人犯 54 人：其中革命志士 18 人（另小孩 2 人），軍統違紀人員 6 人，叛徒 2 人，嫌疑犯 3 人，渣滓洞寄押在此的 25 人（另小孩 2 人）（參閱孫曙《公安緝凶揭密──「3·31」慘案到「11·27」大屠殺劊子手末日》，第 45-48 頁）。

[13]　參閱沈醉〈我與徐遠舉〉，陳新華等主編《〈紅岩〉中的「徐鵬飛」》，中國文史出版社，1993 年，第 54-55 頁。

[14]　白公館看守所在「《挺進報》案」破獲前已關入大量重點罪犯（參閱厲華等《來自白公館、渣滓洞集中營的報告》，第 39 頁）。

[15]　白公館看守所在 1946 年重新開張後隸屬於保密局，渣滓洞看守所則隸屬於西南軍政長官公署二處。但因為二處是個一處三管的特殊機構（參閱公安部檔案館編《血手染紅岩──徐遠舉罪行實錄》，第 33 頁），所以兩個看守所在關押人犯的性質上並無嚴格的區分。

無疑是一個非常適合充當看守所的地方。它「三面環山，一面臨谷。這裏的山峰險峻陡峭，雲霧繚繞，高不見頂，遠遠望去宛如一幅清淡、素雅的水墨畫。……這個地方做監獄是再理想不過的了，只要把這塊平地用高牆電網一圍，犯人就是插翅也難逃出這個山坳，因為三面的山峰陡峭高險，人很難攀登，前面的山谷也很陡，只有一條通往瓷器口的羊腸小路。小路右側沿山崖有一條一米多寬的碎石路，這是煤礦為了用牛車往外拉煤而修的。只要在這條路的山崖上修一個崗樓，派一兩個士兵把守，就有『一夫當關，萬夫莫開』之勢」[16]。有這等好風水，軍統自然要收購渣滓洞；這一強盜行徑既顯示出軍統對地理語法的精通，也讓走投無路的程爾昌悲憤欲絕，有冤難伸[17]。

　　渣滓洞分內外兩院。外院是辦公室、刑訊室和醫務室；內院由牢房和放風壩組成。放風壩西側有 3 間平房，其中一間是看守人員的辦公室，緊鄰的兩間為女牢。在面積不大的內院裏，「循放風壩拾級而上，一幢木結構的兩層樓房，為男牢，樓上被編為『和』字 1-8 號，樓下被編為『平』字 1-8 號，共 16 間。」[18]外院的牆上寫有警示看守人員的訓詞，頗有煽動力：「長官看不到、想不到、聽不到、做不到的，我們要替長官看到、想到、聽到、做到；」「命令重於生命，工作崗位就是家庭。」內院的牆上，則寫有主要是和新式孝道直接對抗的訓詞：「青春一去不復返，還需細細想想，認明此時與此地，且莫執迷；」「政府痛惜你們背道而去，極望你們轉頭歸來。」[19]在毫不謹嚴的對仗中，充滿了威脅，也飽含著極不工整的期待。

　　時光點點滴滴，落在烏鴉或喜鵲的翅膀上轉眼就消融殆盡，或者被它們馱到了某個烏有之地。到重慶徹底被毛澤東的學員們佔領前（即

---

[16] 《沈醉自述》（沈美娟整理），第 136 頁。

[17] 參閱《沈醉自述》（沈美娟整理），第 139 頁；參閱何俊華根據徐遠舉 1953 年所寫交代材料整理的文章〈中美合作所美蔣特務暴行一般〉，潘嘉釗等編《戴笠、梅樂斯與中美合作所》，群眾出版社，1994 年，第 118 頁；參閱王慶華〈渣滓洞煤窯主程爾昌為學捐軀〉，《紅岩春秋》2005 年第 4 期。

[18] 參閱厲華等《來自白公館、渣滓洞集中營的報告》，第 41 頁。

[19] 參閱厲華《中美合作所集中營史實研究與保護利用》，第 24-25 頁。

1949 年 11 月 30 日），在渣滓洞的 18 間牢房內，在徐遠舉的個人成就達到巔峰的時刻，關押的各類現役人犯竟然多達三百餘名[20]。這麼多人關在一起，情形之糟糕完全可以想見：「渣滓洞非常狹窄，設備簡陋，下雨潮濕大，牢房關的人多。每天只放風十幾分鐘⋯⋯伙食很壞⋯⋯二十歲的青年人頭髮變白，中年人變成了老年人，」[21]老年人則變成了死人或者活死人。

二、刑訊

　　懲罰同類的肉體無疑是人類最古老的發明之一，雖然我們不知道它究竟起始於何時。該發明基於一個最為直接的觀察：只有肉體的痛苦才是一件最具私人性質的事情，無法被當事人之外的任何人所分擔，懲罰肉體也就最能達到懲罰者的目的，並讓後者如其所願地屈服[22]。在歌樂山，用於肉體懲罰的刑具簡直五花八門：「從最古老的刑具到最新式的美國刑具，應有盡有。這些刑具有的是封建王朝遺留下來的，有的是從德、日、英、法租界巡捕房學來的，有的是美國特務親自傳授的。⋯⋯二處的行刑特務，多係在中美特警班受過刑警訓練的。美國供給的所謂科學刑事試驗設備，有手銬腳鐐、測謊儀、答錄機、電鞭、光室以及麻醉藥品等等。⋯⋯當時二處對革命人士使用的主要有老虎凳、水葫蘆、踩槓子、吊桿子、竹籤子種種毒刑。」[23]在二處的領導下，刑具的使用深諳「中學為體、西學為用」的精髓；用於修理肉體的方式也非常適合中國人的身體結構。刑訊人員個個都是優秀的生理學家，他們「深知身體的底細，對於每一根骨骼、經絡的物理屬性瞭若指掌，刑具也因此能夠對身體進行妥貼的照顧。刑具是身體的附屬物，它的結構完全從身體的結構中派生而出，但它與身體

---

[20]　參閱厲華等《來自白公館、渣滓洞集中營的報告》，第 46 頁。
[21]　公安部檔案館編《血手染紅岩──徐遠舉罪行實錄》，第 66 頁。
[22]　參閱魏斐德《間諜王：戴笠與中國特工》，第 157-159 頁。
[23]　公安部檔案館編《血手染紅岩──徐遠舉罪行實錄》，第 22 頁。

貌合神離，它企圖成為身體的控制者，成為發號施令的國王，並將這種控制，由物理層面，上升到精神領域。」[24]

除精通生理學外，二處的掌門人還是一位出色的精神分析專家，他對付共產黨人大致有 3 種手法：重刑、訛詐和誘降：「利用他們不堪酷刑的拷打，利用他們貪生的心理，利用他們的家庭觀念，用他們身體上的弱點，用各種威脅利誘和欺騙訛詐手段來誘惑，以動搖他們的革命意志。」[25]3 種手法時而靈驗，時而又非常失敗。但無論成敗，在歌樂山，從 1948 年 4 月 4 日許建業被捕以來，新式孝道即將遇上更為嚴峻的考驗；那些號稱能夠奪取政權、追求階級解放的新人，在已經承受過神經的高度緊張後（比如成善謀），還將承受肉體上的考驗──這是更陰險、更歹毒的考驗。

作為「《挺進報》案」序幕的主要組成部分，許建業理所當然是最先遭到刑訊的人物之一。鑒於在任達哉身上已經有過的成功嘗試，徐遠舉深信：只要施刑得當，只要專揀對方的軟肋下手，招供是遲早的事情。依他的經驗，他傾向於否認這個世上有大於肉體的真理存在的任何可能性[26]，個把硬骨頭的出現完全不足為訓，頂多只是跟大規律唱唱反調而已。1948 年 4 月 4 日，為「《挺進報》案」的急迫性所威懾，為朱紹良的手論著想，許建業被抓的當天就受到二處刑訊人員的嚴厲拷打；當徐遠舉利用許建業的失誤獲知後者的真實身份後，拷打就更為嚴厲。面對各種酷刑，新式孝道再一次顯出真面目：它確實有可能是一種大於肉體的真理，和十幾天後冉益智、劉國定對它的堅決否棄截然相反。無論二處的人用吊刑還是老虎凳（這是完全中國化的刑具），許建業都未曾有過屈服的念頭。施刑者威逼他說：「我有四十八套刑罰，你受得了？」面對這種規模空前的威脅，許建業的回答顯

---

[24] 祝勇〈疼痛在閱讀中的作用──反閱讀：《紅岩》篇〉，民刊《今朝》，2006 年第 2 期。

[25] 公安部檔案館編《血手染紅岩──徐遠舉罪行實錄》，第 22-23 頁。

[26] 參閱魏斐德《間諜王：戴笠與中國特工》，第 158-159 頁。

然是帶血的:「管你 48 套,84 套,怕了不算共產黨員!」[27]作為黨史小說的主角許雲峰的主要原型,許建業慷慨激昂的回答將成為繼續革命年代中最振奮人心的口號之一。隨後,許建業被二處的人抬進了渣滓洞看守所的「和 8 室」(即《紅岩》中的「樓 8 室」)。從「慈居」到歌樂山,一路上他都在流血。和兩個月後的情形完全不同,那時徐遠舉剛剛找到破案線索,收穫不大,抓人也不多,虛位以待的渣滓洞可以讓許建業獨享一間牢房。渣滓洞先到的客人們第二天一大早就聽見「和 8 室」中傳出的「國際歌」:聲音高亢、沉著,明顯帶有重傷後的菜色,一聽就知道其中攜有示威鼓勁的成分[28]。

　　作為《紅岩》最重要的原型之一,許建業的故事不可能到此結束。當他得知因自己的失誤導致余祖勝、蔡夢慰、牛小吾、皮曉雲等十餘人被捕時,不再等待一年後即將逃離重慶的徐遠舉前來拷打,而是主動為自己施刑:連續三次,他在牢房裏以頭撞牆,企圖自殺,以便緩解內心的罪惡意識。但每一次撞牆除賺得滿臉鮮血外,想念中的死神始終杳無音訊。為此,他對即將和他見面的死神充滿了仇恨。許建業以主動給自己施刑為方式,表達了對新式孝道深深的歉意,儘管這種昂貴的孝道的信奉者,渣滓洞中那些因他而遭難的戰友們早已原諒了他[29]。

　　和許建業一樣,劉國鋕在 4 月 19 日被捕的當晚就享用過常人難以忍受的重刑。因為他在何公館居然虎口餘生過一次,徐遠舉等人為此還吃了不少苦頭[30],所以沒有人顧及他的家庭背景和顯赫的社會關係,該用的刑一一照用不誤。當徐遠舉好奇地問他,像你這種富豪家庭的後代為什麼要參加共產黨、你要「共」誰的「產」時,他給出的答案同樣鮮血淋漓:「我是從哲學裏研究出來的!」[31]和許建業一樣,

---

[27] 參閱重慶歌樂山烈士陵園業務檔案 A178。

[28] 參閱楊益言《紅岩逸聞》,第 25-27 頁。

[29] 參閱曾紫霞〈戰鬥在女牢〉,鍾修文等主編《鐵窗風雲》(下),群眾出版社,1997 年,第 27 頁;參閱《沈醉自述》(沈美娟整理),第 290-292 頁。

[30] 參閱公安部檔案館編《血手染紅岩──徐遠舉罪行實錄》,第 29-30 頁。

[31] 參閱中央革命博物館籌備處編《美蔣重慶集中營罪行實錄》「劉國鋕烈士」

劉國鋕從來就沒有打算在任何刑具面前屈服；即使是他的家人託各種關係，通各種門子，只要答應在被人代寫的悔過書上簽一個名字就可以放出去的情況下，也沒有動過一絲傷害新式孝道的念頭。讓革命話語十分欣慰的是，劉國鋕關在渣滓洞時，每天都帶著腳鐐手銬；但他居然故作輕鬆，甚至還和女牢中的曾紫霞對歌傳情[32]。這些在繼續革命年代即將被認做頗具小資產階級情調的事情，搞得渣滓洞的看守人員不知道他究竟是用什麼特殊材料製成的，竟然具有如此頑強的抗打擊能力，如此堅定的心性。作為黨史小說中劉思揚的主要原型，劉國鋕的小資產階級情調在《紅岩》裏得到過精心地描寫，為黨史小說在繼續革命年代的遭遇預先埋下了伏筆。

接下來的刑訊自然該輪到陳然和成善謀來享用，尤其是前者，因為他是《挺進報》的核心成員，在野貓溪被捕時還膽敢辱罵秉公執法的二處工作人員。「陳然被捕後，承認《挺進報》是他辦的，其他的事情，任何方面都沒談出來，他表示，《挺進報》是進步報紙，沒有任何政治作用，堅不承認有中共組織關係，談不到領導人。態度非常自然，意志非常堅定。」[33]儘管冉益智、劉國定已經敞開胸懷，倒盡了內心的幾乎所有祕密，但他們畢竟也有盲區，尤其是在彎彎曲曲近乎迷宮的重慶。徐遠舉因此極想儘快撬開陳然的嘴巴，以便徹底偵破「《挺進報》案」，對後者的刑訊當然也就更重了，在陳然被抓後的 10 天時間內竟然被提審 3 次，每次都受到極為嚴酷的拷打。徐遠舉「認為在陳然身上可以搞出更多收穫」，「（便）採用各種方法追問陳然，而陳然始終不渝，他的組織的關係一點也未損害。後來陳然送到渣滓洞看守所之後，有一次晚上，徐遠舉、陸堅如和犯人（即二處情報課偵訊股長張界—引者注）等三人到渣滓洞看守所，分別問話，徐遠舉專問陳然

條，大眾書店印行，1950 年。
[32] 參閱曾紫霞《劉國鋕》，第 77-90 頁；參閱重慶大學校史辦編《重慶大學校史》，內部發行，1984 年，第 135-207 頁。
[33] 西南長官公署二處情報課偵訊股長張界解放後的交代材料，筆者 2005 年 4 月 8 日抄自重慶歌樂山白公館展廳。

一人，陳然仍是不屈不撓。徐遠舉惱羞成怒，用了老虎凳來刑訊，陳然在死去活來的嚴刑之下，仍然毫不動搖，流氓的徐遠舉還掌擊陳然一耳光，歷時有一小時之久才把陳然放下來，這時，當然陳然兩腳不能落地，因為徐遠舉個性極惡劣，他用刑就動了感情，就不顧別人的死活，所以陳然在他督誘（？）施用刑具之下，兩腿受到損害極大……」[34]但是，和那個不討他喜歡的「成老闆」（即成善謀）完全相同，陳然沒有動過任何投降招供的念頭[35]。當 8 歲的「老」犯人宋振中（即《紅岩》中小蘿蔔頭的原型）看到他渾身傷痕仍然樂觀堅強時，禁不住哭出聲來[36]。這些意志堅強的重量級犯人，很快就從渣滓洞的難友眼中消失──他們被送往了看守級別更高的白公館[37]。

　　江竹筠在千廝門碼頭臨上囚車前那一瞬間的預感極為準確。她在渣滓洞受刑之重是常人難以想像的。江竹筠在萬縣被捕時，正值徐遠舉為川東起義的事情大發其愁。因為涂孝文指認她是彭詠梧的枕邊人，已經升任保密局西南特區區長的情報處長因此對她格外器重。我們的故事有必要在這裏引入一個小插曲：江竹筠在重慶領受第一次刑訊的頭一天，剛好是時任保密局雲南站站長的沈醉少將受局長毛人鳳委託從雲南專程來重慶，為徐遠舉及其同僚周養浩調解矛盾得以成功的那一天[38]。在象徵和解的三人酒宴上，喝得醉醺醺的徐遠舉對周養

---

[34] 西南長官公署二處情報課偵訊股長張界解放後的交代材料，抄件。

[35] 參閱蔣一葦等《陳然烈士傳略》，第 80-82 頁。

[36] 參閱張華勤〈「小蘿蔔頭」及親人的風雨歲月〉，《人民公安》，2003 年第 7 期。

[37] 駱安靖解放後有過這樣的交代，「1948 年 8 月初，我從被特務關押在中美合作所集中營白公館為時三天住樓下的一間牢房進大門，靠左邊，在房內聽人（不知名）說樓上住的有陳然、王樸、劉國鋕，問題很嚴重，都戴著鐐銬，每天看守的人要帶他們下來洗澡，叮叮噹噹的。但這幾天我一直沒有機會看見他們，也沒有聽到叮叮噹噹的聲音。」（筆者 2005 年 4 月 8 日抄自重慶歌樂山白公館展廳）

[38] 周養浩和徐遠舉的矛盾來源於《挺進報》案破獲後分功不均【參閱《沈醉自述》（沈美娟整理），第 288-293 頁；參閱公安部檔案館編《血手染紅岩──徐遠舉罪行實錄》，第 40 頁】。

浩和沈醉誇口：「我這次在萬縣抓了個重要人物——江竹筠。你們別看她只是普通的共產黨員，她可是我們偵破暴動地區和華鎣山游擊隊地下黨組織的突破口。……她丈夫就是領導過奉節起義的那個彭詠梧！……我準備明天親自審訊她。」[39]徐遠舉得意洋洋，邀請沈醉明日一同審訊江竹筠。

　　徐遠舉還是老一套。他首先採用訛詐和誘降的方式。大意是，你的上級已經把你賣了，你再堅持又有何用？你的事情我們都知道，你自己講出來，可以得到政府的寬大處理。讓徐遠舉驚訝的是，面對一個身材不高、體質羸弱的女人，這些金光燦燦、通常情況下極為管用的手段竟然未能奏效，於是威脅說要扒光江竹筠，讓在座的列位野獸就近觀察一下女裸猿究竟是副什麼模樣，卻遭到後者的破口大罵，也受到沈醉的勸阻；被逼無奈，徐遠舉終於開始動用酷刑[40]。考慮到她是個女人，刑訊人員便有意使用了一種很秀氣的刑具：一把特備的四楞新筷子。這是專為夾手指使用的器具。但四楞新筷子並不因它表面上的秀氣而減少疼痛。死去活來的江竹筠並沒有屈服。在其後不長的幾天時間裏，這樣的刑罰江竹筠獨自享用過好幾次[41]：因為第三次川東起義正處於緊鑼密鼓的醞釀狀態，嗅覺敏銳的徐遠舉已經預先聞出了一些味道。眼下的任務是：他必須儘快撬開江竹筠看起來溫柔秀氣的嘴巴，讓那些神祕消息一件一件從那個小洞裏自動飄出。

　　江竹筠也被投進渣滓洞看守所。在女牢待了不足一星期，徐遠舉得到看守所所長李磊（即《紅岩》中猩猩的原型）的報告後，著實高興過一回。情況大致是這樣的：江竹筠一進入牢房，「不但自己不和一般女難友一樣蓬頭垢面，而是盡可能弄得整潔一點，並勸其他難友也把頭髮梳梳，臉洗乾淨，衣服穿好。按照一般看法，（徐遠舉）以為這是（江竹筠）想『活下去』的一種表現。……立即派人前去提審，結

---

[39] 《沈醉自述》（沈美娟整理），第 294 頁。

[40] 參閱《沈醉自述》（沈美娟整理），第 295 頁。

[41] 參閱盧光特等《江竹筠傳》，第 87 頁。

果是乘興而去，敗興而回，再次使徐遠舉失望了。」[42]對毛澤東的教育理念一無所知的徐遠舉根本就沒有弄明白，江竹筠的上述舉動僅僅是為了給新式孝道一個清潔、完美的造型，而不是懷有活著出去的任何打算。

三、涂孝文，李文祥

在受「《挺進報》案」牽連的所有人中，川東臨時工作委員會副書記兼下川東地工委書記涂孝文很可能是最為揹運的角色。他雖然在萬縣楊家街口被捕後就不無痛苦地供出過很多人，但徐遠舉及其下屬仍然認為他身上還有未被榨乾的油水，還有可供提取的剩餘價值，壓根兒不念他的功勞，仍然將他投進渣滓洞，讓他天天面對從前的同學仇恨和鄙夷皆備的目光。雖然他聽從諸位難友的勸誡，下決心不再繼續供人，對刑訊人員來說，他依然具有其他人無法替代的用處。很顯然，這就是叛徒一詞最為內在的語義。在對江竹筠於渣滓洞比較靠後的一次審訊中，垂頭喪氣、無計可施的審訊人員再一次想到前叛徒涂孝文，要求後者與江竹筠對質，以證明她就是腦袋經濟學的加固者的枕邊人，因而必然知道起義倖存者藏在哪個洞穴裏。但倉皇趕到現場的涂孝文看到鮮血淋漓的場面後十分慚愧，幾乎不敢和江竹筠的目光對接。看守所面積不大，刑訊又發生在晚上，整個渣滓洞的難友都異常清楚地聽見江竹筠的痛罵聲：「你這個瘋狗……我變鬼也要找你算帳！」[43]

涂孝文的運氣實在是差得令人同情：1948 年 6 月下旬的短短幾天內，他將再一次面對這樣的尷尬場景。被他出賣、並和江竹筠在同一天被捕的萬縣縣委副書記李青林，在腿被打斷的情況下也拒不招供川東起義倖存者的去向，倒楣且涂孝文又一次被喊來對質，以便證明李青林縣委副書記的黨內身份，以此打開缺口，乘腎（勝）追擊。這一

---

[42] 參閱沈醉〈她仍然活在人們心中──敬懷江姐〉，《為了孩子》，1984 年第 6 期。
[43] 盧光特等《江竹筠傳》，第 88 頁。

回，全渣滓洞的人又聽見李青林更富想像力的斥責聲。李青林對「審」斷她一條腿的人說：「他是個下流東西！有一次他強迫和我接吻，我打了他的耳光，因此懷恨在心，現在借你們來報復我。」始終堅持自己是教師而不是共產黨人的李青林指著前上級大喊：「涂孝文，你說是不是這樣！」[44]儘管李青林說的不是事實，涂孝文仍然一句話也說不出：他被李青林的慘狀和倔強的神色打懵了。

涂孝文先叛變，後經同獄難友勸說，沒有繼續告密，硬生生拖到了最後，直至 1949 年 10 月 28 日和他的前同學一道被公開槍決；與他相反，被劉國定出賣的中共重慶城區區委書記李文祥則是先硬後軟。1948 年 4 月 10 日，李文祥和妻子熊詠暉一道落網[45]；被捕後的最初幾個月裏，他受盡折磨，死不吐口；即使是戴著腳鐐手銬關在白公館，也未曾有過動搖，甚至還能當面羞辱前來勸降的劉國定。他和妻子互相勉勵，發誓要把國民黨的牢底坐穿。必須要承認，在天亮之前死去是一種更為殘酷的刑罰。「我會化為烏有！這個我，對於我來說就是一切！」[46]出於對這種刑罰的恐懼，幾個月後，李文祥的內心終於產生了嚴重地搖擺。心臟跳起踢踏舞，當然不是一件好受的事情。他哭哭泣泣地對同居一室的陳然講出了鬱結在心的一個兩難選擇：「當書記負責地下黨工作，苦了這麼多年，好不容易盼到革命快要勝利了，但自己被捕入獄，還連累老婆一起被關……不談情況，不交代，說不定哪一天就會被拉出去給殺了！要是交代了組織情況就成了革命的叛徒……現實為什麼對我這樣殘酷呀！」[47]李文祥痛哭流涕的另一個理由不好意思對陳然說：他「強調性生活的重要」，被捕後難以忍受來自生理方面的饑渴；不久前，當二處的專任法官張界威脅他說，這是他

---

[44] 向遠青〈女牢鬥爭的領導人——李青林〉，鍾修文等主編《鐵窗風雲》（上），第 71 頁。

[45] 參閱孫曙《公安緝凶揭密——「3‧31」慘案到「11‧27」大屠殺劊子手末日》，第 179 頁。

[46] 《歌德文集》第 10 卷，人民文學出版社，1999 年，第 1 頁。

[47] 重慶歌樂山革命烈士陵園業務檔案 B187。

與太太最後一次見面時，李文祥居然「特別送（了）一條貼身內褲給熊」[48]。

新式孝道不喜歡眼淚，因為眼淚時而代表膽怯，時而代表小資產階級情緒；也不允許它的任何掌控者斗膽思考這樣的兩難問題，因為思考這樣的問題註定會消解革命意志——就更不用說性生活與變態的內褲了。深諳此道的陳然對李文祥十分厭惡。出於對革命話語的忠誠，陳然忍著噁心，很嚴肅地告訴後者，如果你去坦白，我就跳樓自殺，以警示白公館中和你有同樣想法的人。李文祥對毛澤東許諾的新政權懷有絕對的信心。面對陳然的警告，他十分沉著，轉而安慰後者：「別擔心，幾個叛徒不會影響中國革命的勝利。」[49]在坐牢八個月後的 1948 年 12 月 22 日[50]，趁白公館放風，李文祥跑到看守所辦公室要求坦白情況，甚至還為關押在渣滓洞女牢之中的妻子熊詠暉代寫了一份自白書[51]。李文祥迅速供出與他有染的十六名共產黨人，致使其中的三個人遭到逮捕（比如程謙謀）。由於薄有功勞，李文祥被徐遠舉授予上尉軍銜——前革命志士背叛革命話語後，往往只能得到降級使用，這是國民政府的基本原則[52]。

和任達哉、李忠良等人相比，李文祥做了一樁更為賠本的買賣。新式孝道非常強調睚眥必報，一貫提倡「血債要用血來還」。李文祥很快就遭到來自新式孝道的正義報復：「（重慶）市人民法院 1951 年以法字第 17 號判決書判決李文祥死刑，並於（同年）2 月 5 日執行。」[53]我

---

[48] 參閱羅廣斌《關於重慶組織破壞經過和獄中情形的報告》之「獄中情形」，手稿複印件。

[49] 參閱厲華等《來自白公館、渣滓洞集中營的報告》，第 291 頁；參閱沉石〈陳然烈士的氣節〉，鍾修文等主編《鐵窗風雲》（上），第 86-87 頁。

[50] 參閱孫曙《公安緝凶揭密——「3‧31」慘案到「11‧27」大屠殺劊子手末日》，第 180 頁。

[51] 參閱重慶歌樂山革命烈士陵園業務檔案 B385。

[52] 參閱《沈醉回憶作品全集》第 1 卷，九州圖書出版公司，1998 年，第 337 頁。

[53] 參閱孫曙《公安緝凶揭密——「3‧31」慘案到「11‧27」大屠殺劊子手末日》，第 180 頁。

們這些曾經的翹課症患者，在此只能祝福李文祥在陰間牢記他用生命換來的那個昂貴的教訓：在任何時候，都不能做賠本買賣，因為陰間的生意絕不比人間少，何況在那個陰風怒號的世界，他還要和徐遠舉、劉國定、江竹筠以及因他而被捕的人再度謀面。

四、獄中插曲

實際上，革命者並沒有放棄性生活，只因為革命需要後繼有人。即使他們的工作再忙碌，這一戒條都必須得到尊重——事實上也得到了尊重。就在彭詠梧發動的第一次川東起義失敗不久，鄧照明等人發動的第二次川東起義正在進行之中的那幾天，川東臨時工作委員會的一號人物王璞化悲憤和期望為生猛，又讓他的妻子左紹英身懷有孕——在此之前，經過他們的共同努力已經孕育過兩個孩子。到王璞和那顆意外的子彈相遇時，左紹英差不多已經抵達生產的臨界點[54]。當噩耗傳來，為躲避追捕，她來到位於合川鄉下的堂兄家裏；後者是個準酒鬼，因為酒後失言，不幸暴露了左紹英的行蹤。就在王璞被掛在槐樹上的頭顱被一些好心人埋在槐樹下沒幾天，左紹英慘遭逮捕[55]。1948 年 9 月的某一天，渣滓洞看守所和先到的客人們迎來了一個大腹便便、氣色不佳、面目憨厚的中年婦女。

作為兩個孩子的母親，左紹英早已掌握了非常豐富的生育經驗；1948 年 10 月，在渣滓洞的女牢中，一個只有五、六隻拳頭大的女嬰順利落草到這個醜陋的世界。感謝王璞的悲憤和期望，感謝左紹英的堂兄的酒後失言，十幾年後出版的黨史小說才有能力塑造一個名叫「監獄之花」的小精靈。孩子在順利地哭啼，營養補給卻成為一個十分嚴重的問題。多虧了各位難友，他們大都知道左紹英的真實身份，

---

[54] 按照曾紫霞（她在渣滓洞的女牢內目睹了左紹英生產的全過程）的記載，左紹英是 1948 年 10 月早產的【參閱曾紫霞〈戰鬥在女牢〉，鍾修文等主編《鐵窗風雲》（下），第 25 頁】，第一次川東起義的時間是 1948 年 1 月 8 日～16 日，第二次起義是 1948 年 2 月 10 日～3 月初，因此本書才有此敘述。

[55] 參閱厲華等《來自白公館、渣滓洞集中營的報告》，第 132 頁。

就將獄外捎來的數量有限的營養品，盡可能多地送給左紹英母女，才幫她們渡過了難關。懵懵懂懂之中，嬰兒在順利成長，靜候著 1949 年 11 月 27 日那個恐怖之夜（即「11‧27 大屠殺」）的來臨。

　　女牢中的各位阿姨為孩子取名卓婭[56]。卓婭是一位蘇聯女英雄的名字，多年來，一直在毛澤東的學員心中竄紅飆升。土裏土氣的母親居然毫不猶豫地認可這個洋氣的名號，涵義自然顯而易見。但卓婭的出生卻給了渣滓洞的看守人員一件意外的武器：他們想以母女兩的被釋放為條件，誘使左紹英交出丈夫的下落──徐遠舉及其手下的列位悍將始終沒有搞清楚，掛在石盤場某棵楊槐樹上的頭顱究竟屬於誰的軀體。但左紹英毫不猶豫地拒絕了看守所的提議。她寧願放棄自己和孩子的性命，也不願意交代丈夫的下落：王璞不僅是她的男人，更是她的上級，儘管憨厚的家庭婦女面容讓二處的人以為她就是個家庭婦女，因而她原本是有機會出去的[57]。

　　設在歌樂山的看守所中不僅有新生的嬰兒，有性生活[58]，也有嬰兒囚徒。宋振中就是一個典型案例。宋振中的父親宋綺雲、母親徐林俠都是共產黨員，也是楊虎城將軍的部下。隨著「西安事變」後楊虎城入獄，宋振中的父母也未能倖免。宋振中隨父母入獄時，僅僅 8 個月。直到 9 歲時與他的父母一道被祕密屠殺（1949 年 9 月 6 日，歌樂山松林坡），幾乎從來沒有離開過四方天。他短暫的一生至少輾轉過 3 家看守所[59]，但數他在白公館看守所的經歷最具神采。從 1946 年 7 月起直到 3 年後被秘殺，宋振中為白公館的難友提供了難得的歡樂：作為一個經驗豐富的「老」犯人，宋振中將天真和老練結合在一起，明顯和年齡不相匹配的動作／行為，經常讓看守人員和眾囚徒捧腹不

---

[56] 參閱曾紫霞〈戰鬥在女牢〉，鍾修文等主編《鐵窗風雲》（下），第 25 頁。

[57] 參閱曾紫霞〈戰鬥在女牢〉，鍾修文等主編《鐵窗風雲》（下），第 26 頁。

[58] 託派分子王振華和黎潔霜在 1940 年先後被捕後，在看守所結婚，並生了兩個孩子，一家四口於 1949 年 11 月 27 日在白公館附近的松林坡同時遇害（參閱歌樂山革命烈士陵園業務檔案 A52）。

[59] 參閱宋振平等《「小蘿蔔頭」宋振中》，群眾出版社，1997 年。

已[60]。很顯然，那是一種被迫的歡樂，其中包含著數不盡的殘忍、悲傷和經由闡釋而來的控訴。宋振中是個孩子，可以隨意在看守所中走動，所以，他還為白公館中的各位難友起到了傳遞資訊的作用：他就是一條能夠走動的資訊傳輸線路。但和左紹英一樣，宋振中的父母也不惜自己和兒子的性命。或許是宋振中給難友們留下的印象實在太深刻，重慶解放後，他被革命話語追認為烈士，而且是迄今為止中共歷史上最為年輕的烈士[61]。

看守所裏還有愛情。這並不奇怪，因為愛情是一個無孔不入、至柔至剛的事物。腳蹬鐵鐐手戴銬的劉國鋕和曾紫霞對歌傳情，為人類愛情史增添了光彩奪目的一頁，但也有一些不盡如人意、太不如人意的愛情存在於歌樂山。皮曉雲是一個 22 歲的青年女工，樸實、天真，是革命話語和事情交接中產下的新人。1948 年 4 月 5 日，因為許建業的好心犯大錯，她被二處的工作人員擄進了渣滓洞[62]。在此之前，皮曉雲早就愛上了任達哉。作為任達哉趁工作之便為自己發掘的重大財富，皮曉雲心目中的戀人簡直就是新式孝道的活標本：這決不僅僅是因為任達哉的表演十分出色，而是新式孝道附身於任達哉，借助新式孝道之魂魄，從而讓他極具魅力。當自殺未遂的許建業趁放風的機會，將任達哉叛變的消息告訴皮曉雲時，後者頓時覺得天轉地旋，很快就病倒了。和劉國鋕與曾紫霞的愛情完全相反，皮曉雲的愛情無疑是黑色的。那個男人不僅欺騙了她的心跳——在和那個男人擁抱時，她確實心跳過速——，還讓她覺得自己對不起新式孝道，不配再做新人[63]。

比皮曉雲更為不幸的是熊詠暉。作為一個信念堅定的共產黨人，自 1948 年 4 月初被捕以來，熊詠暉一直為丈夫和自己的表現深感驕

---

[60] 參閱張華勤〈「小蘿蔔頭」及親人的風雨歲月〉，《人民公安》，2003 年第 7 期；參閱重慶歌樂山革命烈士陵園業務檔案 A221。

[61] 參閱戚雷〈重慶「中美合作所」暨軍統集中營歷年死難人數考〉，《紅岩春秋》，1989 年特刊。

[62] 參閱公安部檔案館編《血手染紅岩——徐遠舉罪行實錄》，第 27 頁。

[63] 參閱曾紫霞〈戰鬥在女牢〉，鍾修文等主編《鐵窗風雲》（下），第 28-29 頁。

傲：任憑皮鞭、火烙，他們從不退縮。但 8 個月後，從白公館傳來了李文祥叛變的消息。熊詠暉悲憤之餘，決定抽刀斷水，和李文祥來他個一刀兩斷，並將這一決定知會渣滓洞中的每一位難友[64]。這一異常決絕的舉措雖然贏得了難友的讚揚，還意外地得到過一首後來十分有名的詩歌的讚頌（即《紅岩》中的《靈魂頌》）[65]，卻並沒有讓她免於一生都要背負陰影，免於來自這道陰影的懲罰：她是叛徒的女人，她的身體上曾經帶有叛徒的體溫[66]。

　　嬰兒、孩子、女人，是看守所這個最為堅硬、最為黑暗的大世界中最脆弱的事物，發生在歌樂山上的若干事情早已表明：最脆弱的事物或許才最堅強。但是愛情，那個有史以來被認為最美麗的事物，在大多數情況下，卻被證明為脆弱之極：因為「最美麗的也最容易破碎」。（歐陽江河《玻璃工廠》）

貳、革命話語的歌樂山之旅

一、先到的客人

　　白公館和渣滓洞不是專門為「《挺進報》案」設置的──後者不過是兩家看守所渴望的眾多食物中的一種，最多只是很可口的那一種而

---

[64] 參閱楊祖之（楊益言）〈我從集中營出來──磁器口集中營生活回憶〉，《國民公報》1949 年 12 月 9 日。

[65] 這首詩是難友們聽到熊向暉的決定後紛紛寫字條向她表示慰問時由一個現在已經不知道的人所寫，詩題名為〈靈魂頌〉，全詩如下：「你是丹娘的化身／你是蘇菲亞的精靈／不，不／你就是你／你是中華革命兒女的典型！」【楊祖之（楊益言）〈我從集中營出來──磁器口集中營生活回憶〉，《國民公報》1949 年 12 月 9 日】

[66] 參閱曾紫霞〈戰鬥在女牢〉，鍾修文等主編《鐵窗風雲》（下），第 30-31 頁。羅廣斌也說到過這件事情：「（1949 年）新年以前，聽說李文祥叛變，各室開了檢討會，又大量寫出慰問函件、詩、文給李妻熊詠暉，鼓勵她、支持她。後來她明確表示不會叛變，而且以後要和李離婚。一方面熊的堅持，另一方面，集體打氣，也起了不小的作用。」（羅廣斌《關於重慶組織破壞經過和獄中情形的報告》之「獄中情形」，手稿複印件）

已。早在「《挺進報》案」偵破前，白公館和渣滓洞就關押了不少人，只是沒有後來那麼誇張。作為軍統的「中學」和後來的「大學」[67]，到得 1946 年年底，白公館關押的大多是些積年的老案子：這倒是充分顯示出軍統超人的辦事能力、見人皆為敵的職業品性。在先到的客人中，和我們接下來將要講述的故事有關的是如下一些人：「1934 年在北平被捕的地下黨員韓子棟；1939 年被捕的東北軍抗日愛國將領黃顯聲；1940 年被捕的川東特委、青委委員許曉軒……1941 年被捕的《西北文化日報》社總編、共產黨員宋綺雲及妻子徐林俠和幼子宋振中（即小蘿蔔頭）；」1940 年 3 月在成都被捕的中共四川省委書記羅世文、中共川西特委軍委委員車耀先，以及軍統違紀人員宣灝、韋德福[68]。渣滓洞關押的，則有在湖北被俘、後輾轉押至此處的新四軍戰士龍光章和他的 5 位戰友，比如楊志純[69]。他們中的有些人等到了 1948 年 4 月初許建業等人的到來（比如許曉軒、龍光章），也有一些人過早地、永遠地喪失了這樣的機會（比如羅世文、車耀先）。

　　1947 年，在那些先到的客人的祕密操持下，白公館看守所又一次祕密成立了中共獄中臨時黨支部。已有 7 年牢獄經驗的許曉軒擔任書記，坐牢時間更長的韓子棟、譚沈明擔任委員[70]。在看守們看來，這是一個驚人之舉，但對毛澤東的學員，又實在是稀鬆平常。早在 1946 年 8 月 18 日羅世文、車耀先被槍殺於歌樂山松林坡之前[71]，這個黨支部就已經存在；羅世文就是那屆黨支部的頭領。現在，把革命話語帶

---

[67] 在軍統內部，監獄被稱作學校，並根據它們的規模和關押政治犯案情的性質，又分為小學、中學和大學。1946 年以前，白公館只是軍統中學，但在 1946 年白公館重新開張後，隨即升格為大學（參閱屬華等《來自白公館、渣滓洞集中營的報告》，第 10-11 頁）。

[68] 參閱屬華等《來自白公館、渣滓洞集中營的報告》，第 39 頁。

[69] 參閱屬華等《來自白公館、渣滓洞集中營的報告》，第 44 頁。

[70] 參閱屬華等《來自白公館、渣滓洞集中營的報告》，第 71 頁。

[71] 參閱根據原軍統川康區區長張嚴佛 1961、1962、1963 年多次所寫的材料整理出來的文件《借搶米風潮屠殺進步人士，羅世文、車耀先血灑紅岩》，公安部檔案館編《血手染紅岩——徐遠舉罪行實錄》，第 113-114 頁。

入最黑暗角落的重任，落在許曉軒等人身上。作為《紅岩》將會大書特書的人物，許曉軒領導的這屆獄中支部沒有辜負羅世文、車耀先的重托，它成功地開展了對敵鬥爭，把反抗和鬥爭發揮到了能夠發揮的最高程度，但它做出的最為耀眼的一件事，還要算韓子棟的越獄。那也是白公館歷史上迄今為止唯一一次成功地越獄。

　　按照許曉軒的主張──也是羅世文的遺願[72]──，越獄的總原則是看準機會，跑掉一個算一個。在白公館關押的所有共產黨人當中，看起來只有韓子棟最有希望。韓子棟是 30 年代前期打入「藍衣社」（軍統的前身）的共產黨員，被捕時的罪名是藍衣社「嚴重違紀人員」，共產黨員的身份一直未曾暴露；到 1947 年，他已經在各類看守所待了十三年。韓子棟看上去老實本分，由於關押時間太長，為隱藏身份又故意裝瘋賣傻，整天瘋瘋癲癲，和各位看守早已熟絡：這些顯眼的症候讓看守們完全喪失了對革命話語本應具有的警惕，以致於韓子棟有時還能挑著擔子，跟在看守的屁股後邊，到歌樂山下的瓷器口為白公館買東西──很顯然，他充任的是看守所不花錢的苦力。

　　1947 年 8 月 18 日，《挺進報》剛剛創刊兩個月，這一天註定是韓子棟一生中最為重要的日子之一。這天下午，白公館上尉看守員盧兆春又一次帶韓子棟去瓷器口的小店鋪買一些日常用品。在步行回白公館的路上，盧兆春遇見白公館的醫官王電。因為《挺進報》特支的攻心戰略尚未展開，以致於還沒幾個人有機會前來白公館報到，白公館羈押的人非常少，無所事事的王電就約盧兆春去另一個同樣無所事事的同事家打麻將。賭博暗合人的投機天性，何況是在一個兵荒馬亂、看不見任何希望的年頭。盧兆春很爽快地答應了王電的提議，韓子棟則心中竊喜。事隔多年，盧兆春還清楚地記得那天發生的事情的幾乎每一個細節：「我們打了兩圈（麻將），韓子棟自動外出小便，也沒有告訴我。又打了兩圈，王電說：『怎麼韓子棟還不回來？』我說：『他小便去了。』又開始打了四圈，約（晚上）八點鐘，天將晚了，韓還

---

[72] 參閱厲華《紅岩魂：來自歌樂山的報告》，第 93 頁。

未回來，……我想到自己的責任，便停止打牌。我和王電同到河邊巡看，又到瓷器口新街車站找，仍未尋到，便轉來向丁敏之（所長）報告。我謊說：『是在瓷器口協大茶館，他出去小便溜走的。』丁敏之大罵一通，說我通共作弊，訓斥後即把我押進白公館九號樓上牢房……」[73]從此和許曉軒等人為鄰，緊接著是和劉國鋕、陳然等人在同一個屋簷下吞食糙米，直到 1949 年 3 月被開釋[74]。

作為一個先到的客人，韓子棟能夠成功脫逃，獄中支部起了很大的作用：後者曾經領導過眾囚徒和看守所抗爭以改善伙食的質量。對韓子棟即將邁動的雙腿來說，伙食得以改善是一項至關重要的成就，否則，很難設想一個長期營養不良的人，在覓得機會後能夠「一口氣跑了六個多小時」[75]才敢停下來休息。韓子棟經過兩個多月的長途跋涉，終於在河南滑縣找到了解放軍，重新回到革命話語的懷抱，並於同年 11 月擔任新職務，直接為奪取政權盡心盡力[76]。作為黨史小說中華子良的原型，韓子棟的傳奇故事將得到《紅岩》的廣泛渲染。

想越獄的當然不只韓子棟，因為那幾乎是所有囚徒最龐大的渴望，但成功的只有韓子棟。作為一個反面教材，韋德福就是一個失敗得鮮血淋漓的典型，雖然從表面上看，他差一點就能成功。韋德福本來是軍統的職員，但在諸多事情的教誨下，他終於學會了仇恨國民黨，並於 1947 年 1 月參加過重慶大中學生組織的示威遊行，最後以軍統違紀分子的罪名被抓捕，關進了白公館。韋德福被抓後情緒激烈，在看守所內竟然膽敢公開辱罵國民黨，還喪心病狂地將後者直接比作禽獸，很快就被投進地牢。在老鼠的指引下，他非常偶然地發現：地牢的牆是用石塊壘成的；順著老鼠洞的既有線路，他憑著一雙肉手，以

---

[73] 重慶歌樂山革命烈士陵園業務檔案 B179。

[74] 參閱重慶歌樂山革命烈士陵園業務檔案 B179。

[75] 厲華《紅岩魂：來自歌樂山的報告》，第 93 頁。

[76] 韓子棟之所以能在十三年後重新得到黨組織的信任，是因為他帶出了羅世文被槍殺前寫給黨組織的一封信，這封信是羅世文親手交給韓子棟的（參閱厲華等《來自白公館、渣滓洞集中營的報告》，第 67-68 頁。）

驚人的毅力，竟然奇蹟般地鬆開了一塊石頭。當他幾經努力，最終挖出一個可以容身的洞子時，出於對自由的極度渴望，他幾乎是毫不猶豫地跳了出去——以摔斷雙腿為代價。他輝煌而血腥的越獄幾個小時後就宣告失敗：看守們在警犬的帶領下，迅速找到了艱難爬行的韋德福；當著眾多難友的面，他遭到了更為嚴酷的鞭打[77]。

韋德福的遭遇更凸顯出韓子棟的幸運，也證明了革命話語一個至關重要的推論：任何單槍匹馬的鬥爭都是很難成功的，除非有共產黨的領導。而那些無法走出看守所一步的先到的客人們，只好坐等他們的新同伴在 1948 年 4 月以後大規模地到來。

二、《挺進報》「白宮」版

陳然被捕後，先是關在渣滓洞，很快就和劉國鋕等人一道，轉入「重犯禁地」、軍統的大學白公館。因為他受刑很重，還得到過宋振中的眼淚的恭維，很快就得到先來的客人們的信任，他也因而有機會得知白公館裏有一個地下黨支部，許曉軒就是這個支部的領導人，還知道大半年前韓子棟製造的傳奇故事。因為陳然是辦《挺進報》被抓進來的，支部指示他，要儘量想辦法將山外的消息祕密告知看守所內的人，以便讓他們瞭解毛澤東的學員現在已經取得了怎樣驚人的成就。陳然本來就隨身攜帶著他的職業積習，獄中支部的指示與他的積習剛好一拍即合。

在先到的客人中，住在樓 2 室的黃顯聲是受到特別優待的囚犯。他原是東北軍的一位副軍長，曾反對蔣介石放棄東北的主張，堅持在東北抗擊日軍；追隨張學良發動「西安事變」後，因為同情延安，並偷偷摸摸向紅色首都輸送槍枝彈藥，在武漢被軍統誘捕[78]。在白公館，他擁有一間單人牢房，而且允許看報。黃顯聲因此一舉成為白宮版《挺

---

[77] 參閱中央革命博物館籌備處編《美蔣重慶集中營罪行實錄》「韋德福烈士」，大眾書店印行，1950 年。

[78] 參閱重慶歌樂山革命烈士陵園業務檔案 A89。

進報》的資訊中心和通訊社；除此之外，他還是宋振中的老師，負責後者識字念書——小蘿蔔頭的母親為避免身份暴露，一直冒充家庭婦女，不便教授自己的兒子[79]。

「白宮（指白公館－引者注）原來是關特務的，後來把政治犯也關在一起了。書較多，什麼都有。看書要登記，以檢查思想。……在白宮樓上，和談（1949 年 4 月－引者注）以前就已經可以通過黃顯聲將軍祕密看報，那時樓上住的（有）陳然、鄧興豐。我們三人（另一人即此處引文的作者羅廣斌－引者注）便抄發消息，出版了《挺進報》白公館版，經常在看守人員不注意時給樓下角落裏住的王振華夫婦，轉給王樸、劉國鋕，再轉給許（曉軒）、譚（沈明）及各位難友。」[80]通常情況下，白宮版《挺進報》都是從國民黨的報紙（比如《中央日報》）中搜集蛛絲馬跡，用以判斷解放軍的成就。這是一種非常特殊的中國式讀報法：許多消息都必須從反面去尋找，才能獲得正確答案。反向讀報法是對欺騙性宣傳的本能反應。在中國，自盤古王開天闢地到而今，它都不失為一種行之有效的應對招式。

白宮版《挺進報》所需要的物質材料來自劉國鋕的家人：劉國鋕入獄不久，他的家人就送東西來了。「在一條香煙的一個盒子裏裝了半截鉛筆頭，這半截鉛筆頭巧妙地轉到了陳然手裏，成了書寫通訊消息的好工具。香煙盒裏錫箔上的許多塊小方白紙便成了紙張的來源。另外還有削鉛筆的罐頭鐵皮小刀片。只要有了這三樣東西，刻寫消息就不會成問題了。」[81]《挺進報》白宮版是在絕對嚴密的情形下被傳看的。但獄中支部還是做好了有可能出事的應對準備。的確，久走夜路必要撞鬼，出事看起來只是遲早的事情。因為和許曉軒的牢房距離很近，軍統違紀人員宣灝也經常讀到過寫在香煙盒上的《挺進報》。引發

---

[79] 參閱韓子棟〈回憶我的老戰友「小蘿蔔頭」〉，宋振平等《「小蘿蔔頭」宋振中》，第 161-165 頁。

[80] 羅廣斌《關於重慶組織破壞經過和獄中情形的報告》之「獄中情形」。

[81] 傅伯雍等〈《挺進報》白公館版〉，《獄中鬥爭紀實》，重慶出版社，1984 年，第 136 頁。

事故的那期《挺進報》的主要內容，是中共七屆二中全會的宣言節略[82]。就是這個缺少地下工作經驗的人，讓祕密閱讀的白宮版《挺進報》浮現在看守的眼前：正在讀報的宣灝被看守逮了個正著。

　　看守所早就懷疑有一個暗藏的獄中地下黨組織，只是苦於沒辦法找到它的蛛絲馬跡。這一次，他們確信擁有了堅強有力的證據，急切地想以宣灝為突破口，嚴厲追查字條的來歷，以便達到一網打盡的目的，進而根除囚徒們動不動就膽敢向獄方獻疑貢恨的企圖。追查的形式是通常的，絲毫沒有創意：看守人員在白公館放風壩，用皮鞭當眾毒打他們曾經的同志。疼痛難當的宣灝鮮血淋漓地一口認定：字條是他寫的。這當然是一個經不起推敲的答覆。到此為止，事態已經變得十分嚴重，「極可能因而槍斃一兩個人，而且牽連起來，整個監獄都有關係。」[83]本來陳然想去承認字條是他寫的，但他住在樓上，和黃顯聲是近鄰，宣灝住在樓下，如果承認，無異於自動暴露白宮版《挺進報》的祕密傳輸線路和消息來源[84]。正在這個危急關頭，許曉軒挺身而出。他站在囚房門口對看守說，字條是他寫的，不關宣灝的事。當對方問他消息來自何處時，他很坦然地回答說：「是從棄報（垃圾中的）上抄來的。」[85]接下來是對筆跡。許曉軒用老五號仿宋字很流利地寫了一段話。很顯然，筆跡沒有任何問題。「於是（許曉軒被）釘上十幾斤的重鐐，關重禁閉，餓三天飯再罰苦工。老許的沉著、英勇那一次充分表現出來了。」他其後的被害，「不能不說是革命陣營的嚴重損失。」[86]

---

[82] 參閱羅廣斌《關於重慶組織破壞經過和獄中情形的報告》之「獄中情形」，手稿複印件。

[83] 羅廣斌《關於重慶組織破壞經過和獄中情形的報告》之「獄中情形」，手稿複印件。

[84] 參閱厲華等《紅岩小說與重慶軍統集中營》，群眾出版社，1997 年，第34 頁。

[85] 羅廣斌《關於重慶組織破壞經過和獄中情形的報告》之「獄中情形」，手稿複印件。

[86] 羅廣斌《關於重慶組織破壞經過和獄中情形的報告》之「獄中情形」，手稿複印件。

被關進地牢的許書記反而顯得很高興。至少，獄中支部得到了保存，沒有人再受牽連，白宮版《挺進報》仍處在進行狀態之中，只是更為隱蔽。在伸手不見五指的地牢裏，在被韋德福挖開又被看守所重新堵死的缺口旁邊，許曉軒肯定會為自己的先見之明感到欣慰：他早就指示陳然等人必須用老五號仿宋字進行書寫，而他在暗中，早就把這一手藝練得爛熟，以致於一碰就散架。

三、追悼會，聯歡會

1948 年 12 月 15 日晚，原新四軍被俘戰士龍光章因為不堪酷刑，更兼長期營養不良，滿懷階級仇恨地病死在渣滓洞看守所內院的平 5 室（即一層 5 號）。這件事當即就成為一個突破口，一個突然迫降到囚徒們頭上的悲慘的精神六合彩。難友們覺得有必要動用這筆款子做點特別的事情：為排遣怒火，憤怒至極的囚徒強烈要求為龍光章召開追悼會。但看守所所長李磊、管理組組長徐貴林（即《紅岩》中貓頭鷹的原型）堅決不答應。他們的理由說起來還算十分完備：在監獄（哪怕名義上的看守所）中為囚徒召開追悼會，無論如何都算得上一件曠古未聞的新鮮事，他們因此不敢為天下先[87]。監獄的古老傳統看起來早已給看守們製造了一整套內心的官僚體系，讓他們難以越雷池半步。但鑒於憤怒的火力過於強大，看守所還是買了一口薄棺材，準備就地掩埋龍光章。僅僅從看守所的職能看，這樣做已經對得起膚淺的人道主義精神了。但和龍光章同時被俘、關在同一間牢房的新四軍戰士楊志純等人，堅決不同意看守所的草率和殘忍；面對氣勢洶洶的李磊和徐貴林，他們坐在龍光章的遺體旁，讓收屍人在狹窄的牢房內根本無從下手。與此同時，整個渣滓洞充滿了囚徒的吶喊聲。儘管由於營養不良，喊聲帶有明顯的菜色，但憤怒本身還是被準確無誤地表達出來了。眼看著事態將要擴大，李磊只得答應和囚徒代表進行談判[88]。

---

[87] 參閱楊益言《紅岩逸聞》，第 49 頁。
[88] 重慶歌樂山革命烈士陵園業務檔案 A139。

　　楊志純等三人代表眾難友提出了三個條件，差不多平均一人一條：埋一個大棺材；燒紙、放鞭炮、開追悼會；埋的地方要向陽[89]。毫無疑問，比起一天前的提議，這是一個更為苛刻的條件──居然還要求有聲有色；作為看守所的最高長官，李磊當然不會答應這些苛刻到近乎無理的條件。又一次強來不成後，看守所在李磊的授意下，只得買了一口上好的棺材，以示讓步。但龍光章的新四軍戰友依然將對方的妥協視若無物，敵對雙方很快就陷入僵局。在中共渣滓洞看守所地下黨組織的暗中策劃下，全體囚徒拿出了令任何一座監獄管理者都十分頭痛的招術：集體絕食。作為另一種內心的官僚體系，新式孝道再一次顯示出它的無上威風：數天時間裏，竟然沒有一個囚徒吃一口飯，哪怕是面對作為誘餌的回鍋肉[90]。勾引唾液廣泛分泌的回鍋肉攻勢宣告失敗後，李磊和徐貴林才徹底著了慌，「終於認識了這種力量」的強大，最後下定決心答應眾囚徒的條件：「買了棺木，放火炮，正式開追悼會。由所長（李磊）主持，全體難友陪祭……難友們寫出了許多用草紙做的輓聯，還有黑紗、紙花，充分表現了靈活的創造性，和團結的鬥爭精神。『是七尺男兒生能捨己，作千秋鬼雄死不還家』，就是那次的輓聯之一。」[91]在兩種內心的官僚體系的角力中，無論在道義上還是在實質上，後一種都取得了絕對的勝利：精神六合彩走上了最為正確、最為有效的道路，它將在情節嫁接術和動作化妝術的幫助下，在黨史小說中得到規模宏大的恭維。

　　悲慘的事情和來之不易的勝利轉瞬即逝，接下來理應出現歡樂的場面。這個場面終於在一個多月之後閃亮登場。多少年來，農曆正月初一向來是中國人最為盛大的節日的開端；而開端尤其值得重視。1949年的正月初一自然也不例外，哪怕是在看守所裏：看守所看得住肉體，

---

[89] 另兩人是蕭中鼎、楊××（參閱屬華等《來自白公館、渣滓洞集中營的報告》，第 148 頁）。

[90] 參閱楊益言《紅岩逸聞》，第 50 頁。

[91] 羅廣斌《關於重慶組織破壞經過和獄中情形的報告》之「獄中情形」，手稿複印件。

但看不住節日──後者顯然比看守所更有力量，何況它還與時間結伴，借著時間的聖旨說話。否則，江竹筠在一年前的同一天抱著彭雲痛哭流泣，也就不會引起蔣一葦的母親抱怨有加。

1949 年正月初一，正是渣滓洞看守所看守員黃茂才值班的日子；應和著來自節日的嚴厲命令，所長李磊、管理組組長徐貴林早已進城陪家人過節去了。上尉看守黃茂才眨眼間成為渣滓洞的最高長官。好心的黃茂才想到這個日子和中國人的心理有著至為親密的聯繫，有意破壞看守所的放風規定，在早飯前就打開牢門，讓一干囚徒到內院散步，提前和節日擁抱。牢門打開後，和黃茂才早已熟絡的曾紫霞對上尉看守員說，今天是大年初一，我們想搞一個聯歡會，你同不同意？黃茂才想了想，又想了想，終於答應了《紅岩》中孫明霞的原型的請求[92]。作為補救措施，更為嚴密的崗哨在黃茂才的哨聲中各就各位；充當崗哨的警衛個個荷槍實彈，隨時準備向春節和大年初一開火，如果列位「人犯」有過分的舉動的話[93]。

黃茂才的擔心是多餘的。就在他的哨聲中，從各個牢房裏走出了早有準備的囚徒。很顯然，他們僅僅是為了歡樂：一干囚徒先唱〈國際歌〉，把「起來，饑寒交迫的奴隸……」喊得震山響，然後是貼春聯，緊接著扭起了令黃茂才十分陌生的秧歌舞[94]；即將以「不服管教、違犯所規」[95]的罪名被轉押至白公館的羅廣斌[96]，則帶著鐐銬跳起了腳鐐舞，但見「他扭動身軀，一前一後，一左一右，清脆的鐵鐐聲合著有

---

[92] 參閱厲華等《來自白公館、渣滓洞集中營的報告》，第 152-153 頁。

[93] 參閱宮曙光〈沉寂五十年的紅岩功臣〉，《民主與法制畫報》，1999 年 11 月 11 日。

[94] 參閱從「11‧27 大屠殺」之夜奇蹟般脫險的傅伯庸的回憶文章〈春節聯歡會〉【鍾修文等主編《鐵窗風雲》（下），第 58-62 頁】；參閱羅廣斌《關於重慶組織破壞經過和獄中情形的報告》之「獄中情形」，手稿複印件。

[95] 參閱公安部檔案館編《血手染紅岩──徐遠舉罪行實錄》，第 66 頁。

[96] 羅廣斌是 1949 年 2 月 5 日轉押白公館的（參閱參閱重慶歌樂山革命烈士陵園業務檔案 M99）。

節拍的腳步，時而歡快，時而雄渾，疾徐交錯，層次分明……鐵鏈嘩啦一聲，一出奇特的舞蹈結束了。大家報以雷鳴般的掌聲」[97]。

這一曠古未聞的事情驚呆了一干手持槍枝的警衛，也震驚了好心腸的黃茂才──他們弄不明白，這夥不知明天是死是生的囚徒，究竟哪來的好心情。但這只是開始，因為女人們還沒有出場。順理成章的是，這種場合當然少不了女人，她們不僅是生命的孕育者，也是製造歡樂的機器，甚至就是歡樂本身：「隨著歡快的歌聲，踏著輕盈的步履，一群女難友，濃妝淡抹，翩翩起舞。絲光被面的彩裙，姹紫焉紅，使人眼花繚亂，」因受刑而跛足的李青林踏著有節奏的舞步，江竹筠蒼白的臉上佈滿紅雲，曾紫霞頭上的蝴蝶像結像一團烈火，而王璞的遺腹女，那個只有兩個多月大的還沒有學會嘻笑的卓婭，也被女牢的阿姨抱到放風壩，向各位叔叔、伯伯拜年。左紹英在一旁傻乎乎地笑著，滿面悲憫地看著這個命運奇差的女兒……[98]

四、繡紅旗，宣灝

洞外方一載，洞中已十年。勝利來得實在太快：作為一個必要的儀式，1949 年 10 月 1 日，天安門廣場上的二十八聲禮炮震驚了全世界，但更是對毛澤東的教育理念取得重大勝利的高度恭維。對於距離首都北京幾千里之遙的歌樂山來說，這個令人振奮的消息還是來得太遲：群山與溝壑阻礙了好消息的行程。「山排斥偉大的歷史，排斥由它帶來的好處和壞處。或者，山只是勉強地接受這些東西。」[99]開國大典結束後一個星期的 1949 年 10 月 7 日，前東北軍副軍長黃顯聲通過反向讀報法，推知中華人民共和國成立了，他曾經同情的延安獲得了最後勝利。趁放風間歇，他將這一消息轉告給羅廣斌[100]。早已移至樓

---

[97] 劉德彬〈生當作人傑〉，劉德彬編《〈紅岩〉‧羅廣斌‧中美合作所》，重慶出版社，1988 年，第 43-44 頁。

[98] 參閱傅伯庸〈春節聯歡會〉，鍾修文等主編《鐵窗風雲》（下），第 62 頁。

[99] 費爾南‧布羅代爾（Fernand Braudel）《菲力浦二世時代的地中海和地中海世界》，卷 1，唐家龍譯，商務印書館，1996 年，第 39 頁。

[100] 參閱厲華等《來自白公館、渣滓洞集中營的報告》，第 103 頁。

下牢房的羅廣斌將這一消息告訴了同室的劉國鋕、陳然等人。激動之餘，羅廣斌突然提出，白公館也應該有一面紅旗，萬一有機會出獄，就一定要打著紅旗出去，以示對新式孝道的尊敬，還可以借機向眾人表明：他們是戰鬥在另一個戰場上的革命志士，是毛澤東的忠實學員。

和羅廣斌關在同一間牢房的毛曉初在奇蹟般脫險後，對此有過回憶：面對羅廣斌的提議，「大家馬上舉雙手贊成。老羅就扯下他的紅花被面（他被捕時帶進監獄的），那時我們還不知五星圖案是如何排列的，大家悄悄議論，認為應放在旗中央，形成圓圈。我們沒有剪刀，也無針線，完全靠一把鐵片磨成的小雕刀，將草紙刻成五顆五角星，用剩飯粘在紅綢上。經過通宵奮戰，我們終於製成一面五星紅旗了。我們把紅旗平整整地放在囚房中間，圍著紅旗，低聲歡呼，有的輕輕哼著〈義勇軍進行曲〉，有的則又是跳，又是互相擁抱。」[101]一通近乎於巫術般的迷狂活動結束之後，「難友們把牢房的樓板撬開一小塊，將紅旗疊起來，小心地藏進地板下面，期望等到解放那天，高舉紅旗衝出去。」[102]但是，可以打出紅旗的那一天又在哪裡？

這一天也許明天到來，也許永遠不會到來。對於關押在白公館的軍統違紀分子宣灝來說，這樣的說法真是再合適不過。當他不久前從皮鞭下被許曉軒拯救出來後，就對許曉軒甘願自己受罰也不拖累他人的行為感到極度震驚，也充滿了敬仰之情。經過複雜的情感化學反應，曾經對國民黨倒行逆施的自發憤慨就此達到極致，但還有更多的事情在迫使他放棄原先的內心的官僚體系，無限靠近革命話語的心臟。

開國大典之後，深感大勢已去的看守所開始分批屠殺囚徒；11月14日，江竹筠、李青林、鄧興豐等三十人被槍殺在歌樂山電臺嵐埡。沉悶的槍聲令各位難友不禁站起身來憑窗遠眺，雖然他們再怎樣努力

---

[101] 重慶歌樂山革命烈士陵園業務檔案 B82。
[102] 厲華等《來自白公館、渣滓洞集中營的報告》，第 105 頁。

也無法看到屠殺的場面。宣灝既為他們傷心，也為他們驕傲。他很容易就能猜到，自己恐怕會認領同樣的命運，儘管他還在盼望可以生還的那個明天。抑制不住內心的激動和悲憤，他用兩個晚上的時間，偷偷摸摸給羅廣斌寫了一封長信。他和許多難友都相信，羅廣斌可能會被釋放，畢竟他是羅廣文的弟弟，官官相衛又不是國民黨發明出來的理念[103]。

在那封長信中，宣灝回顧了自己短暫、糊塗的一生；在那封信的尾巴上，他如是寫道：「雖然不是黨員，但我對共產主義和人民的黨的誠信，也像你們一樣，（是）用行動來保證了的。在九年多監禁期中，我不斷地讀書和磨練自己的文筆；我鄭重地發過誓：只要能踏出牢房，我仍舊要逃向那個有著我自己的隊伍中去！……我相信革命黨人對死難朋友的忠誠，一定會滿足我上述的希望，使我含笑九泉的！」[104]落款是「弟灝上，十一月十五日」。

看起來革命話語即使是在最黑暗的角落也會發生作用，只因為執政的一方太墮落、太殘忍、太有傷天良，何況黑暗和土地的語義十分接近：豐腴、厚重，適合某些事情的生長。宣灝曾對毛曉初說：「起初，我只管叫打東洋鬼子叫革命，關起來後，老譚（即譚沈明）老許（即許曉軒）給我許多教育幫助，才懂得一齊革命，所以我就說革命講起來也不是易事。……現在我明白，不管能不能出去，跟著共產黨，跟著老譚老許他們幹就是了，出去了，不用說更要跟著共產黨幹革命了！」[105]令我們這些講故事的人至為遺憾的是，毛澤東的編外學員，侯補新人，和那些正式學員與新人一道，慘死在十餘天之後發生的「11‧27 大屠殺」，那個離我們的故事的核心越來越近的重大事件，那個令人不寒而慄的夜晚。

---

[103] 羅廣斌解放後將為此吃盡苦頭。關於他的出獄在十幾年間曾反反覆覆不斷接受審查（參閱石化〈說不盡的羅廣斌〉，《紅岩春秋》，2000 年第 1 期）。

[104] 參閱陳全編《血淚的囑託》，重慶出版社，1996 年，第 74 頁。

[105] 參閱重慶歌樂山革命烈士陵園業務檔案 B82。

五、策反

無論新式孝道是多麼巨大、多麼強硬的真理，對它的掌握者來說，求生依然是他們的本能，但更是潛藏於新式孝道內心深處的力比多：新式孝道必須為自己保存更多的有生力量，以便更進一步完成對自身的建設。但想要從地勢險要的渣滓洞和白公館越獄而出，根本就是一件匪夷所思的事情：地理語法可以被某些人利用，但也可能成為另外一些人的災難。很自然地，在白公館和渣滓洞的共產黨人幾乎同時開展了策反活動：看起來，幫教法在最黑暗的地方也抑止不住自己的衝動。

必須要相信土地閱讀法的威力，因為它對那些從土地上生長出來的人非常有效：出身寒微的渣滓洞上尉看守黃茂才，在諸多活生生的事情以及在曾紫霞、江竹筠等人的革命話語的灌溉下，逐漸變成了另外一個人[106]。恭喜他又一次幸運地找到了自己的第二對父母，轉而同情他從前的敵人，竟然祕密地把沾染著過多革命話語的情報送出歌樂山，交給重新被歸置起來的地下黨組織，也將地下黨組織給眾囚徒的指示帶回渣滓洞——那些指示無疑打上了革命話語及其即興色彩的烙印[107]。有了這條祕密的情報傳輸線路，忍耐已久的囚犯們覺得通過裏應外合，越獄的機會並不是絕對不存在——哪怕嚴酷的地理語法始終在阻撓他們的希望。

和渣滓洞比鄰而居的白公館的策反也很成功。從 1949 年春天起，「對特務的教育、爭取工作就開始了，這中間陳然是付了很大的勞力的。到十一月，六個看守員中有五個都接了頭的，其中楊欽典、安文方，是由陳然、馮鴻珊和我（即羅廣斌－引者注）負主要的教育責任；

---

[106] 對黃茂才的策反工作主要得力於曾紫霞，因為他們是半個老鄉；為了和黃茂才套近乎，甚至在看守中還有過黃茂才和曾紫霞談戀愛的傳聞【參閱曹德權《紅岩大揭密》，中國文聯出版社，1999 年，第 132-139 頁；參閱黃茂才解放後所寫的材料（屬華等《來自白公館、渣滓洞集中營的報告》，第 187-190 頁）】。

[107] 參閱曹德權《紅岩大揭密》，第 139 頁。

劉國鋕對付宋惠寬、王子民；王振華對付王發桂。除了王子民外，其餘四個都收到了很大的效果。」[108]這 4 個人中尤為重要的是楊欽典。白公館看守員楊欽典是河南人，和陳然算起來是大同鄉（陳然是河北人），後者經常抽空給他灌輸革命教義，楊欽典很快就有了轉變，儘量給囚犯的日常生活提供方便。很快我們就會看到，最大的方便出現在「11‧27 大屠殺」之夜[109]，那個令人毛骨悚然的恐怖之夜，也是我們這些講故事的人的「痛苦的豐收夜」（柏樺〈鍾斯敦〉）。

---

[108] 羅廣斌《關於重慶組織破壞經過和獄中情形的報告》之「獄中情形」。

[109] 參閱楊欽典的口述回憶，即閻書華執筆完成的《我在白公館當警衛的前前後後》，《河南文史資料》，2001 年第 4 輯；參閱吳家華〈陳然與白公館監獄的一次成功策反〉，《黨史縱覽》，1999 年第 5 期。

第四章　血紅的歌樂山

他們睡著了，但他們某一天會醒來；在他們蘇醒之前，承蒙殿
下惠予的這些石碑上刻有感人和象徵意義的赦令，以某種方式
讓我們深愛的逝者在精神上獲得飛躍……他們從紀念碑的高處
望著我們，注視我們，與我們交談。

——卡斯特特爾諾（Castelnau）

壹、先期屠殺

一、許建業

　　屠殺是通向死神最便捷的橋樑，這早就是個眾所周知的事實。在
我們的故事中，1948 年 7 月 21 日是一個和死神有關的日子：在悔恨
中三度盼望死神光顧的許建業，終於迎來他命中註定的神靈。十餘年
後將通過黨史小說大紅大紫的許建業即將獲得解脫，反正「組成人類
的死人多於活人」[1]，何況還有他的大批同學將緊追他的步伐：這都是
他意料之中的事情。許建業從極端主義的角度，徹底完成了新人身份
的構建：作為「《挺進報》案」的樞紐人物，他當仁不讓地成為該案中
最早被處決的「人犯」。在此之前，為加快破案的力度與進程，朱紹良
曾親切會見過許建業；後者去意已決，絲毫不為朱長官許諾的美好前
景而心神動盪。面對西南軍政長官公署掌門人禮賢下士的慈祥表情，
許建業只不過用殘損的手掌按了按自己佈滿鞭痕的胸腔[2]。

---

[1] 蜜雪兒・拉貢《地下幽深處——幽冥國度的追問》，劉和平譯，作家出版社，
2005 年，第 17 頁。
[2] 重慶革命烈士陵園業務檔案 A178。

　　儘管徐遠舉從理智上知道，殺人並不解決任何一個像樣的問題，尤其是面對許建業這種早已抱定「有死而已」之決心的人；但作為一個特例，許建業又非殺不可。對於這個看起來十分難纏的兩難選擇，徐遠舉的考慮很簡單，也很現實：「一、許建業是一條硬漢，根本無誘降的餘地；二、不殺許建業就不能施展瓦解中共地下黨組織、軟化地下黨員的狠毒陰謀；三、怕許建業在監獄中起作用，發生影響。」[3]1964年，小說《紅岩》早已名滿大江南北，在戰犯集中營，面對孤燈、明月、紙張和鋼筆，徐遠舉承認，當年決定屠殺許建業不過是為了「借人頭」：他希望腦袋經濟學在又一次被加固的過程中，能起到殺一儆百或一石三鳥的作用。

　　公開槍殺的地點設在重慶南岸的大坪刑場，距離野貓溪機修廠沒多少腳程，距離永生錢莊也不遠。這無疑是一個具有象徵意義的好地方，雖然對於二處的行刑者而言僅僅是個再平凡不過的處所。和許建業一同罹難的，是一個名叫李大鏞的純種農民。無論從任何角度說，李大鏞都是個冤大頭：1947 年 12 月，作為即將爆發的三次川東武裝起義的前戲，梁山農民武裝起義在李大鏞的兒子李生俊的領導下提前打響；作為前戲的結果，梁山農民武裝起義在下川東引起了較為廣泛的騷亂，也為彭詠梧即將引發的袖珍起義做了上好的鋪墊。作為又一輪滅火隊員，二處的工作人員日夜兼程，風塵僕僕趕往梁山，卻未能抓捕李生俊；盛怒之下，便把剛放下鋤頭在家吸煙的李大鏞抓來頂缸，希望能起到「就著紅娘來解饞」的輔助性作用[4]。和對付冉益智迥然不同，徐遠舉的手下這一回顯然失算了，他們勞神費心一場，非但沒有見到崔鶯鶯的臉蛋，連紅娘的小手也未摸著：李大鏞為了兒子的安危，根本就不是一盞省油的燈。質樸的老農民堅決不願意提供李生俊的任何線索，任憑威逼利誘，毒刑逼供，一概敬謝不敏──頂多聽憑肉體的指令在刑訊時叫喊幾聲。可能是怕許建業黃泉路上太孤單，也可能

3　公安部檔案館編《血手染紅岩──徐遠舉罪行實錄》，第 41 頁。
4　公安部檔案館編《血手染紅岩──徐遠舉罪行實錄》，第 41 頁注釋 2。

是想將腦袋經濟學的功能進一步擴大，更有可能是徐遠舉一不留神間擁有了詩人品性，和許建業八竿子也打不著的李大鏞只好匆匆獻上自己的頭顱。他由此一舉成為新式孝道的編外恭維者、業餘陶醉者。

從渣滓洞押往大坪刑場的路上，許建業一直在高唱〈國際歌〉，在高呼「中國共產黨萬歲」——和我們這些講故事的人在多年後的紅色電影裏看到的場面如出一轍。許建業十分清楚，這是他此生能為新式孝道所做的最後一件事情。《紅岩》的主要原型之一許建業的英勇舉動既讓李大鏞深感詫異，以致於他也跟著喊了起來，更讓行人為之唏噓、震動。兩個人犯的動作／行為讓徐遠舉借人頭的目的最終化作泡影。當徐遠舉的一個朋友第二天對他感歎「這些人真英武啊」，少將情報處長心緒惡劣，倍感「黯然和悵惘」[5]。

二、倒在天亮之前

1949 年 9 月 6 日，正是中華人民共和國開國大典的前夜。就在這一天的前後不久，國民政府正在齊心協力、萬眾一心地退至臺灣：那麼多的金銀財寶、軍隊、祕密檔案和心思需要運出大陸；就在這一天，幾乎是同時，小蘿蔔頭宋振中及其父母以及西安事變的主要發動者楊虎城在松林坡慘遭殺害。楊虎城與我們的故事關係不大，宋振中卻值得格外申說：他在中刀後驚叫了一聲「好痛啊」，旋即死去[6]。小蘿蔔頭的離去，帶走了看守所的大半快樂，另一小半則被囚徒們強行扣留，比如苦中作樂的繡紅旗。人們還來不及為宋振中貢獻更多的悲憤，時間轉眼就到了 1949 年 10 月 28 日，開國大典已經過去，距離羅廣斌、陳然、劉國鋕在白公館繡紅旗僅僅十七天。此時的重慶更處在慌亂之中，眼見大廈將傾的二處工作人員個個驚惶失措：中國人民解放軍第二野戰軍【俗稱劉（伯承）鄧（小平）大軍】以席捲之勢正在向整個

---

[5] 公安部檔案館編《血手染紅岩——徐遠舉罪行實錄》，第 42 頁。

[6] 徐遠舉〈楊虎城將軍及其家屬被殺害的經過〉，公安部檔案館編《血手染紅岩——徐遠舉罪行實錄》，第 85-92 頁。

四川合圍，重慶落入共產黨人之手，看起來只是個時間問題。這年 8
月，蔣介石偕國防部保密局局長毛人鳳親臨重慶，佈置黨國「轉進」
臺灣後重慶的善後工作：他們決心要將迷宮般的山城變作屠場和廢
墟，以便為共產黨人貢獻一個具有幸災樂禍性質的爛攤子。毛人鳳向
在渝的各位黨國大員傳達了蔣總統的憤怒：「過去因為殺人太少，以致
造成整個失敗的局面；」「對共產黨人一分寬容，就是對自己一分殘
酷。」毛人鳳轉述的話聽上去大有悔恨之意，附帶著咬牙切齒的決心。
接下來，保密局長特別吩咐徐遠舉，可以將逮捕而來的共產分子，「擇
其重要者先殺掉一批。」[7]

　　陳然等十人很快就成為蔣委員長和毛人鳳再度造訪重慶的首批犧
牲品。和處決許建業有些相似，徐遠舉鬼使神差，又把這次行動弄成
了一場轟轟烈烈的滑稽劇。1949 年 10 月 28 日，陳然、雷震、成善謀
等人首先被押往重慶警備司令部，傾聽法庭代表死神向他們發出的殷
切邀請。結果當然是既定的：10 位囚徒全部判處死刑，立即公開執行。
但宣判過程完全是一場鬧劇。桀驁不馴的陳然對宣判他死刑的法官張
界（即《紅岩》中朱介的原型）說：「今天你可以槍斃我們，但是你們
還能活幾天？」成善謀瞧了一眼曾經看不起他的陳然，大笑著沖到張
介面前，向後者發出毛骨悚然的邀請：「五年後再見，因為你最多只活
五年，隨便你跑到什麼地方！」[8]令審判人員大感不解的一幕出現在審
判快要結束的當口：當陳然通過張界的判詞知道成老闆（即成善謀）
的罪名居然是「《挺進報》電訊負責人」時，猛然醒悟過來，不顧衛兵
的阻攔和法庭的尊嚴，衝上去緊緊握住成善謀的手，將兩年前傳遞的
紙條裏的宣言變成了行動[9]。臨死之前，在一個特殊的地方，他們終於
鬼使神差地獲得了知情權。這一典故般的行為，搞得張界莫名其妙──
他完全被打懵了，他將在共產黨專門為他和他的同類設置的牢房內為
此再三思慮。

7　公安部檔案館編《血手染紅岩──徐遠舉罪行實錄》，第 66 頁。
8　厲華等《來自白公館、渣滓洞集中營的報告》，第 309 頁。
9　參閱蔣一葦等《陳然烈士傳略》，第 86 頁。

　　鬧劇結束，悲劇旋即閃亮登場——自古以來，這都是人間通則。很快，十名囚徒被押往位於重慶南岸的大坪刑場，那是幾個月前徐遠舉揪住許建業借人頭的地方；作為借人頭失敗的後果之一，陳然和他的戰友們大大方方地來了——雖然衣衫襤褸，面帶菜色。當刑車呼叫著路過民生南路的韋家壩時，成善謀站在囚車上大喊大叫，命令司機開快點，也不管後者是否能聽見他的號令。成善謀的意思很簡單：「別讓我老婆看見哭哭啼啼的。」[10] 更讓人難以忘懷的一幕發生在大坪刑場：就像成老闆命令司機一樣，陳然命令行刑人員必須從前面開槍——這顯然是一個違背行刑準則的指令，但它居然從死刑犯的嘴中異常清晰地飄然而出。令陳然遺憾的是，行刑人員並不具有他在惡意中希望他們具有的那種膽量，何況後者並不想給將死之人留下自己就是死神之代用品的惡劣印象，便強扭著陳然從背後接受槍子。黨史小說的絕對主角成崗的原型中彈後，並沒有馬上倒下；他決心要給新式孝道一個不倒的造型。多年後，一位目擊者回憶說：「這真是一條漢子，打了那麼多槍都不倒下，還站著呼口號，敵人的手都發抖了，最後還是用機槍打的……」[11]

　　和陳然、成善謀一道赴難的，還有兩個做了賠本生意的叛徒，其中一個就是涂孝文。被涂孝文出賣的萬縣縣委書記、江竹筠的收留者、堅貞不屈的雷震也在此列[12]。儘管涂孝文等人早已停止出賣同志，臨刑前還和其他人一起呼口號，高唱〈國際歌〉，但作為一個講故事的人，

---

[10] 厲華等《來自白公館、渣滓洞集中營的報告》，第 309 頁。
[11] 厲華等《來自白公館、渣滓洞集中營的報告》，第 298 頁。
[12] 當時的《大公報》有這樣的報導：「【本市訊】警備部消息：奸匪蒲華輔、樓閣強、袁儒傑、塗孝文、蘭蒂裕、王樸、陳然、雷震、華健、成善謀等十人都係蜀匪黨首要，抗戰期間即經匪黨密派赴川東、川南、川北川西及寧雅兩（？）等地，建立組織，政協會議後，更積極活動，互通聲氣，以重慶為連絡中心，並在重慶設置祕密電臺，辦理地下活動報紙，企圖待機大舉叛亂，策應匪軍入川，幸經我有關當局防範周密，將匪方電臺及報社破獲後，各地奸匪地下組織，亦隨即全部推毀，並將以上各匪徒，在各地先後捕獲，均經證明為實，依法判處死刑，定今日執行槍決，以昭炯戒。」（〈蒲華輔等十人今日執行槍決〉，《大公報》，1949 年 10 月 28 日）

我沒有把握講清楚的是：在子彈飛臨身體的那一瞬，不知涂孝文究竟有沒有「既知今日，何必當初」的悔恨。

三、電臺嵐埡的槍聲

　　時間越來越接近國民政府全面撤離祖國大陸的日子，也越來越接近我們故事的核心：那個令人不寒而慄的夜晚即將來臨。作為那個黑色的夜晚的過門，1949 年 11 月 14 日是一個陰霾、慘澹的日子。冬天的歌樂山霧氣繚繞，烏鴉叫個不休——在中國人心中，渾身漆黑、叫聲淒厲的烏鴉是一種只報憂不報喜的惡鳥。在我們的故事中，這一天是江竹筠、李青林、唐虛谷、齊亮、鄧興豐等 32 名共產黨人集體上路的辰光[13]，距離陳然、雷震上路不過區區數日。早在 3 個月前毛人鳳陪同蔣介石來重慶時，他們就已經被列入死亡名單。當陳然等人首發出場之後不久，作為替補隊員，他們被迅速推上前臺。這天早上 9 點左右，當女牢中的江竹筠聽見全副武裝的行刑人員喊她轉移時[14]，她知道，最後的時刻就要來臨。江竹筠脫去囚衣，換上旗袍，扶著瘸腿的李青林，向渣滓洞的十八間牢房揮手告別——她要給新式孝道一個完美的造型[15]。這個優美的造型通過黨史小說的廣為傳播，深深地印在我們這些講故事的人的心中。那時，我們年輕幼稚，集體性地營養不良，就為這個造型，我們愛上了江姐。她是我們那一代人的夢中情人，一個偉大到令人無法超越的永遠年輕的大姐。

　　分別來自白公館和渣滓洞的三十餘名即將赴死的囚徒，首先被押往原「中美合作所」的禮堂，接受死亡之前的必要訓練；「傍晚又分批押赴電臺嵐埡。該處原為『中美合作所』內的軍統電臺，1946 年電臺

---

[13] 公安部檔案館編《血手染紅岩——徐遠舉罪行實錄》，第 69 頁。

[14] 轉移是二處為祕密屠殺的安全設置的一個謊子。在一份當時的檔案中，有這樣的記載：「執行步驟，擬以新設立第三看守所的名義將第二看守所（即渣滓洞看守所－引者注）移解三所藉以掩護，免在押犯人騷動。」（重慶歌樂山革命烈士陵園業務檔案 B10）。

[15] 參閱盧光特等《江竹筠傳》，第 100 頁。

遷移，剩下幾幢土牆平房，大部分已經坍塌，僅餘殘壁，道路亦荒草叢生。特務已先在那廢墟上挖了大坑，以備毀屍滅跡。」[16]和公開槍殺許建業、陳然等人不同，這一次因為是祕密屠殺，二處的準備工作做得非常細緻，行刑人員分別被編入挖坑組、執行組、攝影組（即槍殺後給屍體拍照以驗明正身），隨時待命[17]。負責執行祕密屠殺任務的是二處二科科長雷天元、警衛組組長漆玉麟、渣滓洞看守所所長李磊、保密局西南特區行動組組長熊祥——都是些心狠手辣、聞慣了血腥味的精悍之徒[18]。

因行刑人員數量有限，三十餘名共產黨人分三批押赴刑場，刑場週邊由西南長官公署警衛連嚴密警戒；作為長官公署的優質棋子，熊祥、徐貴林、王少山等七、八人，負責用卡賓槍將三批人員分別射殺[19]。黨史小說將會大書特書的主角即將上場：「江竹筠等在被押步行途中，走上一條人跡罕至的荒涼小徑，完全明白這是他們為革命獻身的時候了。她想演說，然而沒有聽眾，她把千言萬語凝結為兩句響亮的口號：『中國共產黨萬歲！』『打倒反動派！』同行的難友們一齊高呼口號，一兩裏路的居民都能聽見。劊子手們被嚇慌了，還未到達刑場，就射出了罪惡的子彈。」[20]

劊子手的血腥行為以及他們發自肺腑的膽怯，引發了兩件事情的順利出生：第一，加重了挖坑組的同事們的勞動強度[21]；第二，宣灝在這一天深夜開始起草給羅廣斌的長信，這封通過黨史小說被反覆傳頌的長信於第二天晚上結束。這當然是後話，一個不需重複的後話。

---

[16] 盧光特等《江竹筠傳》，第 100 頁。

[17] 重慶歌樂山革命烈士陵園業務檔案 B10。

[18] 重慶歌樂山革命烈士陵園業務檔案 B10；重慶歌樂山革命烈士陵園業務檔案 B144。

[19] 重慶歌樂山革命烈士陵園業務檔案 B144；公安部檔案館編《血手染紅岩——徐遠舉罪行實錄》，第 69-70 頁。

[20] 盧光特等《江竹筠傳》，第 100-101 頁。

[21] 二處在向保密局的請賞報告中，有這樣的字樣：「挖坑掩埋軍士十名（在刑場工作四天）。」（重慶歌樂山革命烈士陵園業務檔案 B10）

四、流產的營救

　　1949 年 1 月，川東臨時工作委員會隨著幾個月前王璞的死難早已煙消雲散；作為替代性的機構，中共川東特別委員會（簡稱川東特委）成立，蕭澤寬任書記，鄧照明任副書記[22]。伴隨著革命話語即興色彩的來來往往，這一屆特委有一個重要任務：抓住任何可能出現的機會，不惜一切代價營救關押在歌樂山上的共產黨人。第一次營救經過周密的計畫，也取得過相當可觀的成績：打進歌樂山的共產黨人甚至已經把歌樂山的佈防情況詳盡地繪在了圖紙上。但由於能夠動用的武裝力量太弱，不足以和歌樂山的警戒部隊以及複雜的地形相抗衡，到 1949 年 11 月初，亦即大屠殺之夜正式來臨的數天前，劫獄計畫望眼欲穿，卻又不得不自行終止[23]。

　　現在，必須要讓我們的故事的後視鏡上場獻藝。1948 年 4 月 10 日一大早，劉國鋕在何北衡夫人的掩護下逃出何公館；幾個小時後前來何公館同劉國鋕商量工作的女共產黨員胡其芬不幸被繼續守候在那裏的二處人員一舉抓獲，緊接著被投進了渣滓洞；江竹筠等三十餘人被槍殺一周之後，即 1949 年 11 月 21 日，胡其芬化名吉祥，給川東特委寫了一封信，較為詳細地報告了渣滓洞的佈防情況，附帶著表達了希望得到營救的焦急心情[24]。作為策反的重要成果之一，上尉看守黃茂才將這封信帶出了看守所（這是黃茂才帶出的最後一封信），信件很快就轉到中共沙磁區工作組負責人劉康的手中。作為對這封信遲到的回應，多年後，劉康有過較為詳細回憶：「為了營救中美合作所關押的這批政治犯，當時我們進行了緊張的活動，決定單獨組織武裝力量進行搶救，並給被搶救出來的人設想了兩條去處：其一是經過中梁山撤到北碚，這就需要盧子英提供掩護和物質支援。其二趁天黑從瓷器口

---

[22]　參閱鄧照明《巴渝鴻爪──川東地下鬥爭回憶錄》，第 165 頁。

[23]　參閱林雪等《真實的雙槍老太婆──陳聯詩》，第 532-543 頁；參閱畢洪〈兩次營救〉，鍾修文等主編《鐵窗風雲》（下），第 74-79 頁。

[24]　參閱胡其芬〈在獄中給黨組織的報告〉，陳全編《血淚的囑託》，第 82-83 頁。

石馬河一帶過嘉陵江撤往江北區第十區，因為十區偽鄉長陳秉國是我們已經很有把握的策反對象。劉康叫王烈馬上到北碚儘快與盧子英談判，同時還通知江北十區做策反工作的黨員陳曉東將組織關係由重慶大學的陳武英轉給當時分工負責武裝力量的楊學明同志，要楊到江北掌握十區的起義問題，看有沒有可靠的人員可以作為部分營救力量，如果人員不能利用，也要盡可能搞到槍枝彈藥，並在石馬河一帶準備接應的船隻。」[25]

　　讓革命話語至為遺憾的是，留給劉康的時間實在是太短了——他甚至無法向當時的川東特委詳細彙報：從胡其芬寫信告急到令人恐怖的「11·27」大屠殺之夜僅僅 7 天。要在這麼有限的時間裏，在地勢複雜、風聲鶴唳的重慶完成這樣一件重大的事情，差不多比登天還難；儘管劉康經過緊張奔波，籌集到相應的武裝人員和槍枝彈藥，甚至還籌集了 50 兩黃金作為劫獄經費，但終因時間倉促，在計畫尚未實施之前，大屠殺就猝然開始[26]。胡其芬，這位在看守所內從未暴露身份的共產黨員，最終慘死於「11·27 大屠殺」[27]；在大屠殺的進行過程中，她還在寫「第二批」、「第三批」等文字，直到最後輪到她那一批[28]。

貳、「11·27 大屠殺」或《紅岩》三作者的不同境遇

一、劉德彬衝出渣滓洞

　　當時年二十七歲的劉德彬渾身是血、驚魂未定地站在嘉陵江畔大口喘氣時，正是 1949 年 11 月 28 日凌晨[29]，距發生於歌樂山噩夢般的

---

[25] 重慶歌樂山革命烈士陵園業務檔案 B66。

[26] 厲華等《來自白公館、渣滓洞集中營的報告》，第 516 頁。

[27] 胡其芬的真實身份是中共重慶市委婦女書記，被捕前有較長一段時間在周恩來的領導下工作，後來又到南方局工作過，1946 年下半年被委派到重慶工作，掩護身份是何北衡的女兒的家庭教師，雖經劉國定指認，但始終沒有承認共產黨員的身份（參閱重慶歌樂山革命烈士陵園業務檔案 M99）。

[28] 參閱陳全編《血淚的囑託》，第 82 頁。

[29] 參閱何蜀〈劉德彬：被時代推上文學崗位的作家〉（上），《社會科學論壇》，

「11·27 大屠殺」[30]僅僅數小時。和渣滓洞看守所「手掌般大的一塊地壩，籬笆般大的一塊天」[31]相比，嘉陵江畔無疑有足夠美好的景致：天高野闊，晨曦乍露，眾鳥鳴唱……離太陽和早晨最近的生靈們，並沒有被時下時停了一夜的雨水打濕歌喉。但劉德彬顯然無暇欣賞鳥類的自由鳴唱，只因為他剛從渣滓洞看守所拼死逃出，僥倖撿得一命。

1949 年 11 月 28 日早晨，在越來越清晰的晨曦中，充滿槍聲和死亡氣息的危險看起來已經過去了；順著歌樂山縱橫交錯的溝壑狂奔多時的劉德彬，頓時感到不久前被湯姆生機關槍擊中的右臂疼痛難當。但他深知現在決不是計較傷痛的時候，小小的手臂的創痛和統治全身各個器官的性命相比，孰重孰輕，未來的黨史小說的作者肯定心知肚明：他必須咬緊牙關，在鮮血流盡之前趕到距離市中區不遠處的重慶大學。在那裏，住著兩周前已經死難的雷震的一位親戚，他們或許可以幫他渡過難關……[32]

就在劉德彬在嘉陵江畔喘氣之前二十個小時左右的 11 月 27 日上午，徐遠舉遵照毛人鳳的旨意，在「慈居」的辦公室裏，倉皇下達了屠殺渣滓洞和白公館中三百餘名革命志士的密令[33]。在我們的故事中，這次血腥之極、史稱「11·27 大屠殺」的起因十分簡單：經過國、共兩黨長達三年之久的生死較量，奪取政權的新人已經佔領了華夏大

2004 年第 2 期。

[30] 大屠殺準確的死亡人數是：死於白公館看守所 27 人，死於渣滓洞看守所 180 人（參閱戚雷〈重慶「中美合作所」暨軍統集中營歷年死難人數考〉，《紅岩春秋》，1989 年特刊）；幸運逃脫屠殺的準確人數是：白公館 20 人（其中小孩 2 人）；渣滓洞 15 人【參閱凌天亮〈屠殺之夜的突圍〉，鍾修文等主編《鐵窗風雲》（下），第 102 頁。】

[31] 這是死於「11·27」渣滓洞大屠殺中的蔡夢慰烈士的長詩〈黑牢詩篇〉的開頭兩句（重慶歌樂山紀念館整理《鐵窗下的心歌》，解放軍文藝出版社，2001 年，第 94 頁）。

[32] 據何蜀考證，雷震的親戚確實收留了劉德彬，並讓後者在兩天後（即 11 月 30 日）迎來了重慶的解放【參閱何蜀〈劉德彬：被時代推上文學崗位的作家〉（上），《社會科學論壇》，2004 年第 2 期】。

[33] 參閱公安部檔案館編《血手染紅岩──徐遠舉罪行實錄》，第 70-71 頁。

地的大半河山，中華人民共和國一個多月前在北京宣告成立，解放軍的先頭部隊業已抵達重慶郊區南泉，槍炮聲時有所聞[34]；深感大勢已去的國民黨的幾乎所有軍政要員，早已倉皇逃至臺灣、香港甚或有「親戚」之稱的美國[35]。被關押在渣滓洞和白公館的政治犯必須迅速處決。

　　早在這年 8 月某個殺氣騰騰的一天，新登保密局局長寶座不久的毛人鳳，就曾向徐遠舉等人轉達過總座蔣介石的口諭，要求對所有在押的政治犯務求斬盡殺絕，即便是嬰兒也不能放過——設在歌樂山的兩個看守所中的某些囚徒並未放棄性生活，革命志士在緊張的工作之餘，也會化悲憤和希望為生猛，以致於讓他們的配偶身懷六甲來到魔窟。「11．27 大屠殺」的前夜，有人良心發現，曾請求將兩個無辜嬰兒留下，卻碰了一鼻子灰[36]。毛人鳳聞此奏議非常震怒：「留下來誰來撫養呀？養大了叫他們來報仇嗎？！」[37]他的理由不可謂不充足。徐遠舉十分清楚大屠殺對毛人鳳的個人前途，以及黨國命運的深遠意義[38]。11 月 27 日上午，下定決心不放走一人的徐遠舉在他的辦公室與屬下商定：為避免槍聲引起不必要的麻煩，大屠殺必須採用絞死或勒死的方法[39]。對於數量不多的行刑者來說，這個倉促的決定，幾乎演變成屠殺任務能夠順利完成的不可逾越的障礙。

---

[34] 參閱厲華《來自歌樂山的報告》，第 4 頁；《沈醉自述》（沈美娟整理），第 322-333 頁。

[35] 應該說，作為元首的蔣介石還是很「英勇」的：他直到 11 月 29 日深夜才從重慶白市驛機場起飛到達成都，此時距離重慶全面解放僅僅數小時（參閱徐遠舉〈重慶大屠殺大破壞自述〉，陳新華等主編《〈紅岩〉中的徐鵬飛》，第 49-50 頁）。

[36] 據徐遠舉的交代材料稱，兩個嬰兒中的一個系王璞之妻左紹英在渣滓洞所生，被害時剛過一歲不久。另一個嬰兒的情況不詳（參閱公安部檔案館編《血手染紅岩——徐遠舉罪行實錄》，第 72 頁編者注）。

[37] 公安部檔案館編《血手染紅岩——徐遠舉罪行實錄》，第 72 頁。

[38] 參閱沈醉《軍統內幕》，文史資料出版社，1984 年，第 270 頁以下。

[39] 參閱公安部檔案館編《血手染紅岩——徐遠舉罪行實錄》，第 71 頁；參閱歌樂山革命烈士陵園業務檔案 B6；參閱徐遠舉〈重慶大屠殺大破壞自述〉，陳新華等主編《〈紅岩〉中的徐鵬飛》，第 47 頁。

　　11 月 27 日晚上 7 時，震驚中外的渣滓洞大屠殺開始了[40]。鑒於三個小時前開始的白公館大屠殺由於分批祕裁、耗時太多因而成效不大的教訓[41]，上午決議的勒死或絞死一律改為槍殺。因為徐遠舉遠在「慈居」坐鎮指揮，具體領導屠殺的幾個頭目，即保密局西南特區行動科科長雷天元、西南軍政長官公署二處情報科科長龍學淵、渣滓洞看守所所長李磊以及保密局西南特區行動組組長熊祥、組員王少山等[42]，稍加商議，旋即決定：由李磊帶人將二百多名囚犯分別集中在樓下的八間囚室內，然後由徐貴林帶領前來執行任務的衛兵連中的十餘人，在一位段姓排長的鳴哨指揮下，用湯姆生機關槍從窗口向室內猛烈掃射[43]。星星眨巴了一下眼睛，發自段排長嘴巴中的哨聲也隨即墜落。密集的槍聲和志士們激越的口號聲不得不趨於寂靜。片刻之後，徐貴林生怕還有漏網之魚，厲聲命令部下打開囚房，喝令衛兵對凡是可能存有一線生機的囚徒通通補槍擊斃[44]。隨後，按照預先議定的方針，衛兵們七手八腳縱火焚燒了所有牢房以及看守的工作室，伴隨著解放軍先頭部隊越來越清晰的槍炮聲迅即撤離[45]。

　　剛過周歲的卓婭並未因有人向毛人鳳求情倖免於難。槍聲響起時，面色憨厚的左紹英拼死將卓婭護在身下。遵照出自人性深處的理由，母親用血肉之軀擋住了瘋狂的子彈。在左紹英的保護下，卓婭安然無恙。牢門打開後，走進了補槍的衛兵。恰在此時，剛過周歲不足

---

[40] 渣滓洞大屠殺和白公館大屠殺的準確時間的權威提供者是徐遠舉，因為他才是本次大屠殺的最高指揮者（參閱公安部檔案館編《血手染紅岩——徐遠舉罪行實錄》，第 71-73 頁）。

[41] 參閱屬華等《來自白公館、渣滓洞集中營的報告》，第 504 頁。

[42] 此名單采自徐遠舉。參閱公安部檔案館編《血手染紅岩——徐遠舉罪行實錄》，第 71 頁。

[43] 參閱徐貴林解放後的交代材料，轉引自屬華《來自歌樂山的報告》，第 4 頁；參閱歌樂山革命烈士陵園業務檔案 B6。

[44] 參閱公安部檔案館編《血手染紅岩——徐遠舉罪行實錄》，第 71 頁。

[45] 參閱屬華《來自歌樂山的報告》，第 4 頁；參閱歌樂山革命烈士陵園業務檔案 B6。

兩月的卓婭站起來，哭叫著要找媽媽。已經身受重傷的一個難友冒死將卓婭拉到自己的身邊，但衛兵還是向她們扣動了板機[46]，實現了毛人鳳斬草除根的訓示。

1949 年 11 月 27 日深夜，劉德彬所在的平 5 室差不多集中了近三十位囚徒，幾乎是平常時刻的兩倍。槍響時，劉德彬正坐在床上，靜候命運裁決——自他和江竹筠同船從萬縣押往重慶那天起，他就做好了死的準備。因為門口堵塞的人較多，加上輾轉在視窗的機關槍使用起來不那麼靈活、方便，他幸未飲彈。在機槍掃射的間歇（這是因為可用於掃射的視窗實在太小），劉德彬趁勢從床上滾下地來，橫臥在牢房中央[47]。在電光石火之間，伴隨著同室囚犯紛紛殞命，劉德彬在密集的火力中右上臂終於中彈。伴隨著疼痛和失血較多，他很快就處於昏迷狀態，讓他在補槍時幸運地躲過劫難。補完槍的衛兵在確定所有人都已命歸黃泉時，仍然例行公事般將囚門鎖上，為的是能夠按照上午議定的方針毀屍滅跡[48]。在關門前，出於職業習慣，某個克盡職守的衛兵還是不放心，故意大叫：「還有活的沒有，要放火燒了！」[49]但死的活的沒有一個人答應——因為幾分鐘前已經有了陳作儀（《紅岩》中雙槍老太婆的原型之一陳聯詩的女婿的妹夫）的前車之鑒。

陳作儀和劉德彬一起關在平 5 室。由於他的位置居於大門後的死角，所以在機槍掃射時沒有受傷。補槍的衛兵進來之前，他倒在地上

---

[46] 參閱「11・27 大屠殺」的倖存者盛國玉女士 1999 年 1 月 12 日對厲華的談話（厲華《來自歌樂山的報告》，第 123 頁）。

[47] 參閱劉德彬《歌樂山作證》，第 50-53 頁。

[48] 參閱公安部檔案館編《血手染紅岩——徐遠舉罪行實錄》，第 72 頁；關於毀屍滅跡的具體情況，當年出版的《大公報》有過令人震驚的報導：「記者們親眼看見一屋一屋的焦屍，這慘痛的情景，叫記者怎能下筆，怎麼能形容得出來呢！在監獄圍牆的缺口處和燒毀了的屋後，以及廁所內，另有二十多具屍體躺在那裏……」（〈蔣匪滅絕人性屠殺革命志士〉，《大公報》1949 年 12 月 1 日）

[49] 參閱盛國玉女士 1999 年 1 月 12 日對厲華的談話（厲華《來自歌樂山的報告》，第 123 頁）。

裝死。衛兵的射擊技術顯然有失水準，補槍時居然補在陳作儀的腳上。
後者慘叫一聲站將起來，以四川人特有的幽默大聲指責衛兵：怎麼打
腳啊，有本事打老子的頭！在他的提醒下，衛兵馬上醒悟過來，果然
很聽話地向他開了一槍[50]。

　　當劉德彬從短暫的休克狀態中清醒過來後，牢房已經著火。他的
第一個念頭是：這回真的完了。就在高度恐慌之時，劉德彬驚喜地發
現，與他同樣大難不死的居然還有四個人──儘管其中一位名叫黃紹
輝的眼睛已經被打瞎[51]。眾難友趁大火還未燒過來，忍痛向牢門衝去。
讓他們大失所望的是，牢門鎖閉了，大火的先頭部隊像蛇信子一樣向
他們舔將過來。情急之下，劉德彬等人還是找到了一線生機和希望：
木板門下方靠近石制的門檻處有一道縫隙。就是利用這個可以容納五
指和手掌的救命通道，他們齊心協力，在漫長的幾分鐘之內，在火苗
大面積蔓延過來之前，終於幸運地將木門板從中間搬斷[52]。出得門來，
四個大難未死的人（黃紹輝因眼睛全瞎無法逃走，後死難）迅速奔向
幾個月前垮掉一丈多寬、還來不及完全修復的院牆[53]。跨出院牆，就
是蒼翠碧綠的歌樂山縱橫棋布的溝渠──即使在冬天它也是如此蒼
翠。劉德彬似乎完全忘記了瞬間前的傷痛和悲憤，一路狂奔，在晨曦
初現時分逃到了嘉陵江畔。

---

[50] 林雪《真實的「雙槍老太婆」陳聯詩》，第 546 頁。

[51] 參閱何蜀〈劉德彬：被時代推上文學崗位的作家〉（上），《社會科學論壇》，
　　 2004 年第 2 期。

[52] 劉德彬對此有過較為詳細的回憶：「……後來房子著火了，這時我爬了起
　　 來，接著另外受傷未死的鍾林、楊培基、還有一個貴州人，我們一起衝到
　　 門口，但牢門被鎖了，衝不出去。這時我發現門的下面有縫隙，於是我們
　　 幾個人就把木門扳開了，衝了出去。」（轉引自厲華《來自歌樂山的報告》，
　　 第 104 頁）

[53] 參閱大屠殺時與劉德彬同囚室的倖存者楊培基的回憶，此處轉引自厲華《來
　　 自歌樂山的報告》，第 128 頁；不過，據凌天亮介紹，圍牆垮掉應該是 7 個
　　 月前的 4 月份的某一個暴雨天【參閱凌天亮〈屠殺之夜的突圍〉，鍾修文等
　　 主編《鐵窗風雲》（下），第 101-102 頁】

二、羅廣斌衝出白公館

　　早在渣滓洞大屠殺開始之前三個小時，即 1949 年 11 月 27 日下午 4 時，白公館看守所也開始了大屠殺。這次屠殺由看守所正副所長陸景清、謝旭東以及看守長楊進興連袂主持——他們中的兩位將會以變形的方式出現在黨史小說之內。「劊子手由所內看守擔任，內外警衛由交警大隊嚴密佈置，分兩地進行。……他們先將黃顯聲……騙至步雲橋附近，予以槍殺。」殺害黎潔霜時，黎女士「曾懇求楊進興免其小孩一死，楊進興不但不理，反而先橫砍一刀，將小孩殺死，然後又殺了黎潔霜」。在分批處置的人中，還有正處於戀愛之中的劉國鋕以及無愛可戀的許曉軒、宣灝等人[54]。

　　面對突如其來的變故，一直在暗中為越獄做準備的羅廣斌驚得目瞪口呆。他萬沒想到大屠殺會在今天開始。就在這天早上，羅廣斌等人的工作對象之一，白公館看守所炊食員李育生趁送飯之機告訴羅廣斌，前幾天有大群特務在白公館附近挖坑；李育生聽他們說起過，那些坑是用來埋人的[55]。前「公子哥兒」[56]羅廣斌頓時有了不祥之兆。當幾個小時後的下午 4 點悄然蒞臨時，羅廣斌已近乎於完全絕望：那麼多戰友開始了奔赴「地下幽深處」的黑色之旅。讓他至為遺憾的是，如果大屠殺晚來幾天，按照他們坐井觀天而又暗合教育理念的策反行動，越獄並不是完全不可能。

　　與三個小時後才開始的渣滓洞大屠殺大為不同，白公館看守所因為面積較小關押的人犯不多，聽天由命的囚徒們基本上是按照上午在徐遠舉的辦公室中的商議結果被分批秘裁，每批二至三人，屠殺因此進行得較為緩慢。——即使對於劊子手來說，那也是個費時費力的手

<hr>

[54] 參閱公安部檔案館編《血手染紅岩——徐遠舉罪行實錄》，第 72-73 頁。

[55] 參閱楊欽典的口述回憶、閻書華執筆完成的〈我在白公館當警衛的前前後後〉,《河南文史資料》，2001 年第 4 輯。

[56] 因為羅廣斌系當時四川握有軍事大權的羅廣文的胞弟，家境十分富裕，許多人開玩笑似的這樣稱呼他（參閱馬識途〈公子・革命者・作家——回憶羅廣斌〉，劉德彬編《〈紅岩〉・羅廣斌・中美合作所》，第 80-88 頁）。

工活，極需要精雕細琢，容不得半點虛假。等屠殺完一號牢房，該到羅廣斌等人所在二號牢房時，時辰已近午夜。按照中國人的傳統記時觀念，那剛好是陰陽交界、人鬼區分的時刻。就在此時，還有多名囚犯尚未處決的渣滓洞看守所請求緊急支援，準備屠殺二號牢房的劊子手火速奔向了渣滓洞。真是無巧不成書：白公館最後只剩下兩個看守人員——楊欽典和李育生[57]。

　　增援渣滓洞的劊子手剛走出白公館的大門，袍哥出身的李育生就扯斷了看守所的電話線，楊欽典則火速奔向 2 號牢房，一五一十告訴羅廣斌等人剛才發生的事情的真實情況[58]。羅廣斌似乎看出此人的心思，電光石火之間，他意識到唯一的生機或許就在眼前，就有些冒失地向楊欽典提出要槍。1949 年 11 月 27 日深夜，楊欽典在國共兩黨的槍聲中經過短暫的猶豫，終於接受了羅廣斌的提議。雖然楊欽典最終沒能弄到槍枝與彈藥，但他給了羅廣斌等人兩件至為寶貴的禮物：一把斧頭和二號牢房的鑰匙。緊接著，在解放軍的槍聲中已經完全清醒過來的楊欽典和羅廣斌商定：他到樓上望風，一旦時機成熟，他將負責打開大門，並在樓上踏腳三聲為號，羅廣斌則負責在信號發出的十

---

[57] 參閱劉德彬〈生當作人傑——記羅廣斌在「中美合作所」〉，劉德彬編《〈紅岩〉‧羅廣斌‧中美合作所》，第 53-57 頁；參閱穆一歌〈羅廣斌傳略〉，劉德彬編《〈紅岩〉‧羅廣斌‧中美合作所》，第 62 頁；參閱白公館「11‧27 大屠殺」的倖存者杜文博的回憶（厲華《來自歌樂山的報告》，第 83 頁）。但也有另外的說法。據幫助羅廣斌等人成功出逃的白公館看守所看守員楊欽典回憶，羅廣斌等人是西南長官公署二處寄押在白公館的，白公館無權屠殺他們（參閱厲華 1998 年 6 月 11 日對楊欽典的採訪，厲華《來自歌樂山的報告》，第 7 頁）。另外，據徐遠舉在 1964 年 10 月的回憶，在「11‧27 大屠殺」時，他是準備釋放羅廣斌的，因為羅廣斌是四川境內手握軍事大權的羅廣文的胞弟。但因為屠殺太過倉促，這個計畫並沒有實施（參閱公安部檔案館編《血手染紅岩——徐遠舉罪行實錄》，第 32-33 頁）。正是這一點，導致了我們其後將要講述的羅廣斌的悲劇。

[58] 參閱楊欽典的口述回憶、閻書華執筆完成的〈我在白公館當警衛的前前後後〉，《河南文史資料》，2001 年第 4 輯。

分鐘後帶領十八位難友越獄，其中包括白公館看守所現役囚徒郭德賢女士以及她的兩個孩子[59]。

……時間在漫長的一分一秒當中迅速消失。凌晨兩點左右[60]，樓上終於傳來三響踏腳聲。聞聽之下，等待已久的難友們一齊衝了出去。剛出大門，就碰見匆匆趕來的白公館訓導員白恕宏——一個克盡職守、時時欺負各位難友的傢伙。羅廣斌舉起斧頭就要砍向這個倒楣蛋，可能是陣仗弄得大了些，郭德賢女士的一個孩子頓時哭將起來。難友們怕耽誤時間，阻止了羅廣斌的暴力行徑。在李育生等人的協助下，「他們把白恕宏關進了特務辦公室，反扣了房門。白恕宏無力反抗，束手就擒。他們經過步雲橋時，」聽見坡下有人喝問：「什麼人？」急迫之中，有人慌忙回答：「二處的！」但被問及口令時，卻沒有一個人能夠給出正確答案。稍一遲疑，疏密相間的子彈便射了過來[61]。十九位難友很快被就地打散，只好聽天由命，各自奪路而逃[62]。當羅廣斌氣喘吁吁、心跳過速地爬上歌樂山的半山腰，準備繼續逃難的一瞬間，他看見了渣滓洞正在燃燒的熊熊烈火[63]。

三、楊益言被保釋出渣滓洞

1949 年 4 月的某一天，一場傾盆大雨兜頭潑向蒼翠、碧綠的歌樂山，樹木在暴雨中彎下腰肢，剛剛走進少年時代的草本植物則在狂風中擺出了狂風需要它們擺出的姿勢：自古以來，這在以潮濕、陰霾著稱的巴山大地都是十分常見的事情，即便是在「春雨貴如油」的季節。

---

[59] 參閱李亞民〈虎口餘生的母親〉，《天津日報》，1996 年 12 月 27 日；參閱重慶歌樂山革命烈士陵園業務檔案 M99。

[60] 參閱白公館「11‧27 大屠殺」的脫險者郭德賢女士的回憶（轉引自屬華《來自歌樂山的報告》，第 47 頁）。

[61] 石化〈說不盡的羅廣斌〉，《紅岩春秋》，2001 年第 1 期。

[62] 參閱凌天亮〈屠殺之夜的突圍〉，鍾修文等主編《鐵窗風雲》（下），第99-101 頁。

[63] 參閱劉德彬〈生當作人傑——記羅廣斌在「中美合作所」〉，劉德彬編《〈紅岩〉‧羅廣斌‧中美合作所》，第 53-58 頁。

那場暴雨引發了山洪，山洪引發了山體的小規模滑坡——渣滓洞看守所的圍牆被衝垮了，大約有一丈見長[64]。見此情景，無論是先到的客人還是 1948 年 4 月以後才上山的囚徒，臉上都掛著一絲幸災樂禍卻不易被察覺的笑意，看守人員不認識它，就像陳柏林不認識紅旗特務曾紀綱嘴角冒出的那幾絲暗笑。就在看守人員強迫難友們搶修圍牆時，頭年夏秋之際被投進渣滓洞、時年 24 歲的楊益言被營救出了看守所。那一天，當他走出渣滓洞的大門時，肯定沒有想到，他幸運地躲過了七個月後才來臨的大屠殺[65]。

　　1949 年初，毛澤東的教育理念大顯神威，奪取政權的新人們已經在軍事上對國民黨取得了絕對優勢，政治上的優勢更是一目了然、湯清水白；內憂外困的前抗戰領袖蔣介石被逼無奈，創紀錄地第 3 次宣告下野，與他面和心不和的桂系首領李宗仁代行總統之職。就在渣滓洞看守所的圍牆被衝垮的前後不幾日，和幾年前心照不宣地簽訂雙十協定時大為不同，國共兩黨在北平重啟和談，再次商量中國往何處去。大約是為了給和談做樣子，西南軍政長官公署關押的一批政治犯獲得釋放；雖說楊益言也是在這個期間被開釋的，但並不在釋放的名單之列[66]——因為他根本就不是政治犯[67]。楊益言被開釋的方式及程式在國民黨執政期間純屬稀鬆平常之事：先由楊的家人出錢，再通過楊在重慶市警察局任局員的堂兄花錢通門子，最後楊終於得以順利釋放[68]。

---

[64] 參閱凌天亮〈屠殺之夜的突圍〉，鍾修文等主編《鐵窗風雲》（下），第 101-102 頁。

[65] 關於楊益言的出獄情形，可以參閱楊祖之（楊益言）〈我從集中營出來〉，重慶《國民公報》，1949 年 12 月 5 日～16 日。

[66] 參閱孫曙〈是「見到的」還是編造的——評楊益言〈我見到的「中美合作所」〉〉，《書屋》，2003 年第 11 期。

[67] 楊祖之（楊益言）《我從集中營出來》中有一節的小標題就是「我也成了政治犯」。通過上下文，可以看出楊益言在 1949 年 12 月沒有承認自己是政治犯；但幾十年後，他卻將自己當作了政治犯（參閱楊益言〈我見到的「中美合作所」〉，《中華兒女》，2003 年第 5 期）。

[68] 參閱孫曙〈是「見到的」還是編造的——評楊益言〈我見到的「中美合作所」〉〉，《書屋》，2003 年第 11 期。

這是那個時代特有的「三部曲」或「三段論」。之所以有此等性質的稀鬆平常之事發生，端賴於國民黨當局經常張冠李戴地把非政治犯當作政治犯。

楊益言被抓進渣滓洞看守所從頭到尾都是一場誤會，也是那年頭常見的笑話或鬧劇。1948 年 4 月下旬，時為同濟大學電機系學生的楊益言從上海輾轉臺灣回到重慶。他因為四處郵寄同學通訊錄，引起了正在為「《挺進報》案」焦頭爛額的郵件檢查人員的注意，後者以為楊某，《紅岩》的作者之一，我們的故事的另一個主角，是在寄發地下出版物，便將他作為嫌疑犯逮捕歸案。1948 年 4 月初，任達哉、許建業、李忠良、余永安等人相繼被捕，「《挺進報》案」在徐遠舉的艱苦努力下，已經獲得初步性的進展，負責郵件檢查的工作人員更是加班加點地工作，希望能從郵件中找到更多有用的線索；楊益言四處投寄同學通訊錄被郵檢人員誤會，繼而被當局捉拿歸案，並不是一件荒唐的事情。

楊益言在寄發通訊錄時，使用過重慶菜園壩一家鉛筆廠的公用信封；在筆跡鑒定技術的高度恭維下，毫無地下工作經驗的楊益言很快敞開了自己的行蹤（很可能在他的意識裏根本無所謂行蹤）。1948 年 8 月 4 日，四名便衣在那家工廠順利地找到楊益言，將他擁上一輛「軍警憲巡邏車」，押進「慈居」的一間小辦公室——那個深諳地理語法的處所——五天後被轉投渣滓洞[69]。在看守所內，楊益言的編號是258[70]，那是一個犯人的正式名字。不過，看守所的管理人員很快就明白，抓捕楊益言是那個年頭常見的誤會，他因此並沒有受到任何像樣的皮肉之苦[71]，與江竹筠、陳然、成善謀獲得的待遇截然不同——這些人才是真正的黨國要犯，威脅著黨國的安全。

---

[69] 此處關於楊益言的被捕經過，使用的是楊祖之《我從集中營出來》中提供的資料。其後楊益言還有不同的說法（參閱楊益言《紅岩逸聞》，第 2-4 頁），但本書認為前文寫於他剛出獄不久，應該更為可信。

[70] 參閱楊益言〈我見到的「中美合作所」〉，《中華兒女》，2003 年第 5 期。

[71] 關於獄中的生活，「楊益言只記得坐過老虎凳，人坐在長條凳上，膝蓋處

　　從 1948 年 8 月 4 日被抓，到 1949 年 4 月被家人重金贖出，楊益言令人啼笑皆非地被當局錯誤地關押了八個月左右。我們其後的故事將會表明，這八個月無疑是楊益言一生最大的財富。回首來路，他應該為自己的關押生活感到慶倖：他是在一種無法預見、無法把握的力量的脅持下，錯誤地邁出了關鍵的那一步、關鍵性地邁出了那看似錯誤的一步。就是在渣滓洞的八個月裏，楊益言親眼目睹了許多或悲壯、或卑微、或慘絕人寰、或令人肅然起敬的事情，親耳聆聽了許多烈士傳說、叛徒逸聞、志士往事，還間接結識了幾年後將和他一起正式創作黨史小說的另外兩位作者──羅廣斌和劉德彬[72]。

　　1949 年 4 月的某一天，渣滓洞的圍牆垮了。就在這前後不多日，懷著恐懼和慶倖心理匆匆離開人間魔窟的楊益言，肯定沒有想到財富不財富的問題。出得看守所大門，他甚至連頭都沒有回過，與幾個月後羅廣斌目睹渣滓洞的熊熊烈火大異其趣。

綁著，兩手的大拇指分別跟腳拇指捆在一起。有人用小棒不停地敲腳踝，不停地問，『說不說，你說不說？』不說，便在腳後跟處墊磚頭，一塊一塊慢慢地加，加到四塊，人的膝蓋骨便會粉碎，渣滓洞裏就有這樣的人。」（陳潔〈楊益言與渣滓洞的老虎凳〉，《中華讀書報》，2004 年 9 月 25 日）但「當時與楊同囚一室的淩春波（重慶大學地下黨支部書記）就證實楊當時並無坐老虎凳之事」。【參閱高顯哲致重慶市委領導信（1996 年 12 月 10 日，複印件）】

[72] 參閱劉德彬〈生當作人傑──記羅廣斌在「中美合作所」〉，劉德彬編《〈紅岩〉‧羅廣斌‧中美合作所》，第 43 頁；參閱楊益言〈他，還活在我們中間〉，劉德彬編《〈紅岩〉‧羅廣斌‧中美合作所》，第 132 頁。

下　卷

事情正在起變化

第五章　《紅岩》的誕生

> 我心裏想要說的是形相如何變成新物體的事。天神啊，這些變
> 化原是你們所促成的，所以請你們啟發我去說，讓我把這隻歌
> 兒綿綿不斷從開天闢地一直唱到今天。
>
> ——奧維德（Publius Ovidius Naso）

壹、紅色說書藝人

一、大屠殺之後或烈士追悼會

伴隨著重慶凜冽、潮濕和蕭殺的寒風，大屠殺迅速成為令人廣泛側目的悲劇；短短幾天之後，作為大悲劇的對稱物，五星紅旗迅速插遍「精神堡壘」（即今天的重慶市解放碑）及其周圍的大街小巷；霧都重慶繁複的地理語法頗識時務地一改積習，像從潑婦變為賢淑的媳婦一樣，歡迎從土地閱讀法內部滋生出來的列位新人，迷宮般的重慶因此住滿了紀律嚴明的軍隊——1949 年 11 月 30 日，勢如破竹的劉（伯承）鄧（小平）大軍以迅雷不及掩耳之勢宣告重慶易幟，幾乎沒有遇到任何像樣的抵抗；曾在文革時期身居高位的謝富治，成為第一個前往歌樂山探視慘景的解放軍將領，面對地理語法嚴格管轄的歌樂山，他說過一句意味深長的話：這樣險峻的地形，「根本不可能跑出一個人來。」[1]大屠殺的直接製造者徐遠舉，在奪取政權的新人全面進佔重慶市區兩個小時之前拋棄「慈居」，倉皇飛抵昆明，幾天後便在那個四季如春的城市橫遭逮捕；作為後話，他在一年後被押往他曾經的領地白

---

[1] 參閱《汪曾祺自述》，大象出版社，2002 年，第 170 頁。

公館繼續看押[2]──一貫具有偶然性的歷史似乎有意要和他開一個飽具幽默感的玩笑。

　　就在徐遠舉倉皇出逃之後沒幾日，我們正在講述的這個故事的主角之一劉德彬經過仔細觀望，自覺形勢於己有利，便拖著受傷的胳膊，衣衫襤褸，面帶菜色，從重慶大學雷震的親戚家，趕往設在臨江門介中公寓的「脫險同志聯絡處」──一個臨時搭建起來的革命機構。在這裏，他一邊登記註冊，一邊尋訪難友，一邊靜候上級組織重新分配革命工作[3]。到了這步田地，劉德彬才敢相信：和連續 3 次失敗的川東起義確實不同，他和他的同學們這一回真的勝利了。

　　作為兩年前的中共下川東湯溪特別支部委員，第一次川東起義的目擊者，在雲陽縣董家壩會同盧光特向江竹筠描述腦袋經濟學之具體情形的講述者[4]，劉德彬在聯絡處先是巧遇了時年半百的陳聯詩，前東南大學學生，業餘畫家，土地革命戰爭時期（1927-1937）華鎣山區叱吒風雲的女英雄；當著陳聯詩的女婿林向北的妹妹林梅俠的面，向他們報告了林梅俠的夫婿陳作儀在大屠殺之夜痛罵補槍者槍法不精、飲彈殞命的慘烈事件，隨後陪同悲憤欲絕的陳聯詩一家，前往早已成為廢墟的渣滓洞，認領陳作儀燒得焦黑的屍體──劉德彬是陳作儀死難準確地點的 4 個知情人之一。面對慘境，聯想到陳作儀在渣滓洞平 5 室的勇敢、幽默和悖運，劉德彬情不自禁地陪著他們痛哭起來[5]。

　　遵循臨江門這個地名的原始語義，儘管是在枯水期，不遠處日夜奔湧的江水還是目睹了眼下的一切；嘈雜的聯絡處人來人往，眼淚、笑聲、擁抱和悲憤不絕如縷。陳作儀的遺體安置妥當後，在臨江門介中公寓，劉德彬和我們故事的另一個更為重要的主角──羅廣斌──再度相逢。那個一年前曾在渣滓洞大跳腳鐐舞的富家子弟，毫不猶豫就背叛

<hr />

2　參閱《沈醉回憶作品全集》，第 1 卷，第 632-640 頁。
3　參閱何蜀〈劉德彬：被時代推上文學崗位的作家〉（上），《社會科學論壇》，2004 年第 2 期。
4　參閱劉德彬致張羽信（1996 年 11 月 7 日），手稿複印件。
5　參閱林雪等《真實的「雙槍老太婆」──陳聯詩》，第 545-546 頁。

了富貴的年輕人，眼下受眾難友委託，正致力於寫作《關於重慶組織破壞經過和獄中情形的報告》。劫後重逢，兩個20餘歲的小夥子自然唏噓不已。在再次確認對方四肢齊全、性命尚存之後，他們才放心地談起渣滓洞、白公館大屠殺的情況以及各位難友的下落——即便是隔著幾十年難以穿透的光陰之壁，他們的激動也能被我們的故事所窺見。

　　作為從死屍堆裏僥倖覓得性命的人，劉德彬、羅廣斌自然深得聯絡處的信任，很快就被委以重任，不像接下來的十餘年，總要為自己奇蹟般的死裏逃生接受沒完沒了的審查——革命話語不願意輕易相信在敵人的客棧中生活過的同志，哪怕那個客棧叫監獄，何況那個客棧就叫監獄[6]。大屠殺正式成為令人側目的碩大悲劇半個月之後的12月中旬，作為信任他們的體現，劉德彬、羅廣斌被「指派到設於城內新民街3號的『重慶市各界追悼楊虎城將軍暨被難烈士追悼會』組織部協助工作，參加整理烈士傳略，提供給烈士資格審查委員會評審烈士時參考。」[7]就在這時，我們的故事需要的那種「無巧不成書」恰到好處地探出頭來：正當羅廣斌、劉德彬夜以繼日、悲喜交加地埋首於各項材料之際，很偶然地讀到署名楊祖之的文章〈我從集中營出來〉。不需要花費多少周折，他們就得知作者是楊益言；雖然都強迫性地在渣滓洞充當過很不情願的客人，羅廣斌和後者卻並不相識。但我們的故事沒有任何理由擔心，因為「無巧不成書」即將再次發揮作用：劉德彬與楊益言的胞兄楊本泉是中學同學，很早就認識楊益言，便設法將後者介紹給羅廣斌[8]。作為我們的故事接下來的主角，三個人其後縱橫交錯、長達大半生的命運自此正式聯繫到一起。

　　喜氣洋洋中的時間總是傾向於疾速、迅捷和轉瞬即逝，這算得上千古通例。一個月後，伴隨著口號聲和招展的紅旗發出的歡呼聲，作

---

[6] 到1964年前，羅廣斌一共接受過4次審查，審查結論一次比一次差（石化〈說不盡的羅廣斌〉，《紅岩春秋》，2001年第1期）。

[7] 參閱何蜀〈劉德彬：被時代推上文學崗位的作家〉（上），《社會科學論壇》，2004年第2期。

[8] 何蜀〈劉德彬：被時代推上文學崗位的作家〉（上），《社會科學論壇》，2004年第2期。

為對國民黨的仇恨的高潮，烈士追悼會勝利結束。這次集悲憤和喜悅於一體的會議算得上一個型號不大的象徵性時刻：奪取政權的新人的使命已經基本結束，接下來該輪到社會主義建設的新人粉墨登場，並負責為我們的故事繼續提供素材。作為擁有新身份、猝然之間就攜帶新內涵的共產黨員，羅廣斌、劉德彬必須在追悼會後，將有關材料彙編為大會特刊即《如此中美特種技術合作所──蔣美特務重慶大屠殺之血錄》，以便存檔備案。羅廣斌在白公館待的時間較長，協助陳然籌辦過白宮版《挺進報》，還拿出自己的被面繡過紅旗，就為特刊撰寫了〈血染白公館〉；出於幾乎完全相似的原因，劉德彬寫有〈火燒渣滓洞〉。交《國民公報》下廠付印時，因革命初成，人手嚴重匱乏，羅廣斌、劉德彬便設法將楊益言找來幫忙校對文稿──8 個月前被保釋出獄的進步青年楊益言其時已準備回老家武勝縣謀職[9]。楊益言無意間從渣滓洞帶出的終身財富就此被啟動，被催化。就在這一年的 7 月 1 日，著名的《大眾文藝》雜誌首次發表了 3 人合著的《聖潔的血花──獻給九十七個永生的共產黨員》；4 個月後，新華書店華南總分店為這篇文章出版了單行本。這是他們 3 個人第一次合作出版作品[10]。很顯然，

---

[9]　何蜀〈劉德彬：被時代推上文學崗位的作家〉（上），《社會科學論壇》，2004 年第 2 期。楊益言對此另有說法：「1949 年 12 月至 1950 年 2 月，重慶成立『楊虎城將軍暨被難烈士追悼會籌備委員會』期間，我參加了追悼會會刊和特刊《如此中美特種技術合作所》的編寫工作。……在特刊上，（有）幾篇未署名的文字：〈血腥的記憶〉（楊益言寫）、〈血染白公館〉、〈楊虎城將軍之死〉（羅廣斌寫）、〈火燒渣滓洞〉（劉德彬寫）、〈編後記〉（楊本泉寫）。」（楊益言《紅岩逸聞》，第 116 頁）另據楊益言回憶，他早在渣滓洞關押期間就已經認識羅廣斌，時在 1948 年秋天（參閱楊益言《他，還活在我們中間》，劉德彬編《〈紅岩〉‧羅廣斌‧中美合作所》，第 132 頁）。但根據劉德彬的自述，何蜀所說應該更為可信（參閱劉德彬《還歷史真面目》，手稿複印件）。據渣滓洞脫險者傅伯雍回憶，劉德彬當時是帶著緞帶出來工作的，因為事情緊迫，「宣傳無人，才找到楊氏兄弟。」（參閱張羽《〈紅岩〉日記》，手稿複印件，1996 年 5 月 26 日）

[10]　據楊益言回憶，〈聖潔的血花〉是他一個人寫的，而且是為《大眾文藝》的徵文「連夜寫出來」的，後經其兄楊本泉「稍加潤色」，並由後者添上題目（原文無題目），「署名羅、劉、楊，就交稿了。」（楊益言《紅岩逸聞》，

這也是一個象徵——對於 3 個人其後縱橫交錯的命運而言，這個結論更是正確無比。

二、說書始末

不需要借助過多的仲介，我們的故事就十分清楚，接下來將羅廣斌、劉德彬、楊益言後半生的命運緊密聯繫在一起的，首先是他們在社會主義建設時期擁有的一個共同身份：紅色說書藝人。與盲人荷馬（Homeros）在希臘各城邦的吟唱較為相似，在中國，說書也是一項古老的職業，它負責為大字不識而酷愛故事的人提供服務；相較於廁身茶樓瓦肆的說書糊口者，無論是在色澤還是在其他絕大多數性狀上，紅色說書藝人都迥然有別，特點和立場更是至為鮮明。但作為一種祖傳的口技，說書的一個基本指標始終恒定不變：面對聽眾，必須採用滔滔不絕的語言洪流進行鼓動、煽情，以便達到群情激昂、嗷嗷怪叫、入人至深的效果。——紅色說書藝人有必要借助語言洪流製造出一種攝人心魄的神祕場域，把聽眾的心智引往別處，引往一個更高邁的地方；在那裏，挺立著的，始終是革命話語的威嚴形象。

自 1950 年起的很長一段時間內，羅廣斌、劉德彬、楊益言都是共青團重慶市委的專職幹部[11]；作為社會主義建設的新人，他們理應回應團中央在青年中進行階級教育和革命傳統教育的號召，有義務聽從

第 116 頁）。但楊益言沒有交代為什麼要署上另外兩個人的名字，更沒有說明為什麼他的名字反而排在最後。何蜀對楊本泉做責任編輯、出版於 1997 年的《紅岩逸聞》提出的這個看法感到十分懷疑，並參考大量文獻寫文章予以反駁（參閱何蜀《〈我的「自白書」〉的真正作者》，《青年思想家》，2005 年第 3 期）。1993 年，當劉德彬和楊益言關於《紅岩》的署名案進入白熱化狀態時，楊益言給出了他當年那樣做的理由：「1、當時材料來源是 3 個人的。2、他需要另二個的名字，（以求得）政治上的支持。不然，他無法寫越獄。他一個人還走不遠。劉德彬是他的入黨介紹人。3、他當時的思想還是積極向上的，還未成名。」（張羽《〈紅岩〉日記》，手稿複印件，1993 年 2 月 26 日）

[11] 劉德彬在 1954 年調重慶市工會工作（參閱楊益言《紅岩逸聞》，第 116 頁）。

來自幫教法內部發出的指令，為社會主義建設打造更多合格的新人——這是革命話語發自肺腑的要求而不僅僅是期待，更不是某個矯情的「成名人士」（李陀語）[12]所謂的「殷殷企盼」。很顯然，那些為奪取政權和階級解放流血犧牲的仁人志士，自然是上好的材料；紅色說書藝人是其中部分事情和條件性動作的目擊者，因此一舉贏得了親自實施幫教法的合法資格。

我們的故事必須要慶倖：恰在此時，曾廣泛出沒於中華錦繡河山的美國人非常幸運地成為中國人民的頭號仇人，成為革命話語即將嚴厲打擊的對象——「11・27 大屠殺」硝煙剛盡的 1950 年，朝鮮戰爭頗識時務也恰到好處地爆發，為我們的故事再一次贏得了生機。為革命話語的即興色彩著想，羅廣斌、劉德彬、楊益言每天出沒於工廠、學校、機關，為的是向聽眾揭露美蔣特務在中美合作所犯下的滔天罪行，宣揚革命先烈的英勇事蹟。「每次報告少則千人，多則上萬人，不論是在飯廳、禮堂或廣場，大家都肅穆靜聽。」[13]個頭矮小的羅廣斌顯然是位多血質性格的認領者；我們也被當年的目擊者所告知，他在激動中，常常用純正的四川話朗誦羅世文趕赴刑場時口占的〈春望〉，常常描述許建業面對酷刑的凜然正氣、江竹筠至死不屈的英雄氣概、陳然就義時巍然不倒的高大形象……那些聽眾則一邊聽報告，一邊流眼淚；當羅廣斌講到美蔣特務的暴行時，聽眾無不義憤填膺，作為對這種情緒的正確宣洩，「給烈士們報仇！」的口號席捲了整個會場[14]。

革命。紅彤彤的 50 年代。五星紅旗。鐮刀、鐵錘。地理語法。巴山蜀水……在語言洪流製造出的神祕場域中，「群情」被迅速「激昂」起來，革命話語及其即興色彩趁機獲得了在群眾的腦海中安家落戶的

---

[12] 李陀說的成名人士具體指的是餘秋雨（參閱李陀《另一個八十年代》，《讀書》，2006 年第 10 期）。

[13] 參閱廖伯康《憶羅廣斌》，劉德彬編《〈紅岩〉・羅廣斌・中美合作所》，第 75 頁。

[14] 參閱廖伯康《憶羅廣斌》，劉德彬編《〈紅岩〉・羅廣斌・中美合作所》，第 76 頁。

便利。有充分的跡象表明，在 3 個人紅色說書藝人當中，「羅廣斌作的報告最受歡迎，其次是劉德彬，再次是楊益言。這些，都為他們以後寫作《在烈火中永生》（即說書底本或稱革命報告文學—引者注）、《錮禁的世界》（即黨史小說的最早底本－引者注）和《紅岩》奠下了基礎。」[15] 6 年中三百多場報告，讓三個說書藝人為黨史小說的最後成型「產生了系統的口頭文學」[16]。《紅岩》必須感謝口技，感謝美帝國主義和美蔣特務，就像它應該感謝冉益智的肺活量、許建業的低級錯誤一樣。

儘管紅色說書藝人在「聲調和技巧方面都掌握得很好」[17]，作為講故事的人，我還是不得不說，他們的操作技術非常程式化：他們必須按照革命話語內部運作的第二重循環，從後者那裏為完成性動作（即說）取得授權，以便給新一輪話語生產爭得合法性，為新一輪的價值贏得符合革命話語之要求的意義傾向性——說始終需要來自更高處的正確目光。在這個顯而易見、眾所周知的過程中，革命話語的即興色彩開始閃亮登場：革命話語必須依靠即興色彩獲得延續性命的口糧，只因為「政策和策略是黨的生命」[18]。

必須要讚美革命話語目的無意識的無窮威力：在大屠殺成為悲劇之後的數年內，在紅形形的 20 世紀 50 年代，隨著時光和紅色說書藝人的步伐的共同流逝，羅廣斌、劉德彬、楊益言「只是為教育青少年

---

[15] 這是何蜀引用羅廣斌在共青團重慶市委的同事兼領導廖伯康的回憶【參閱何蜀〈劉德彬：被時代推上文學崗位的作家〉（上），《社會科學論壇》，2004年第 2 期】。當年聆聽過羅廣斌演講的重慶農校學生胡永壽多年後對此有過述說：「那是在 1958 年初夏的一個下午⋯⋯羅廣斌三個多小時的報告，把聽眾的心緊緊抓住⋯⋯羅的報告⋯⋯在我一生所聽的報告中，是最具有震憾力和感染力的。」（胡永壽〈從聽羅廣斌報告到「紅岩」情思〉，http://zzcc.xiloo.com/WANGSHI.htm，2006 年 10 月 11 日訪問）。

[16] 劉德彬《還歷史真面目》，手稿複印件，未刊稿。

[17] 胡永壽〈從聽羅廣斌報告到「紅岩」情思〉，參閱 http://zzcc.xiloo.com/WANGSHI.htm。

[18] 參閱毛澤東〈關於情況的通報〉，《毛澤東選集》第 2 版，第 4 卷，第 1298 頁。

進行政治性的宣傳鼓動，不是做嚴肅的歷史研究」，3 個活力四射、精神抖擻的年輕人在重慶，在自貢，在長壽，在瀘州，在廣場，在教室或者在食堂，「並未拘泥於歷史細節的真實……他們在講演中陸續加進一些虛構的、誇張的內容。……江姐（即江竹筠－引者注）受刑本來是（夾）竹筷子，卻把它改成了（釘）竹簽子；……江竹筠並未見到她丈夫的人頭，而把她說成見到了。」[19]──條件性動作在被轉換為價值的當口得到了善意地扭曲；革命話語在新人生產計畫的車間內為說定製了統一的口型，為的是讓所有嘴巴發出同一種聲音。有了前面的成功鋪墊，紅色說書藝人乾脆故意顛倒時日，將渣滓洞和白公館繼續認做中美合作所（這個聯合情報機構早在抗戰結束時就已撤銷[20]），將西南軍政長官公署第二處中的純種中國人故意認做美蔣特務（一開始是蔣美特務[21]），為的是同當時在外交上全面倒向蘇聯的革命策略相吻合。──在話語生產中，不存在中性的價值，只因為完成性動作的PH 值從來就不等於 7。很顯然，說表徵著一種普遍的暴力[22]。

　　時光就像人們常說的那樣隨風飄逝，空留下大堆陳跡；繞過這些土旮旯，我們的故事即將進入下一個環節，因為革命話語即興色彩的頑皮和靈感突發再一次成功地掌握了群眾。話說 20 世紀 50 年代中期的某一天，3 個紅色說書藝人再次來到江城瀘州做報告。在慷慨陳詞的間歇，3 個紅色說書藝人收到了群情激昂的聽眾中某個有心人遞來

[19] 何蜀〈劉德彬：被時代推上文學崗位的作家〉（上），《社會科學論壇》，2004年第 2 期；參閱劉德彬《還歷史本來面目》，手稿複印件，未刊稿。

[20] 參閱潘嘉釗等〈從唐縱日記看中美合作所史實梗概〉，潘嘉釗等編《戴笠、梅樂斯與中美合作所》，群眾出版社，1994 年，第 23-26 頁。

[21] 何蜀這樣寫道：「為宣傳需要，大會（即「重慶市各界追悼楊虎城將軍暨被難烈士追悼會」－引者注）特刊定名為《如此中美特種技術合作所──蔣美特務重慶大屠殺之血錄》，以後隨著反美宣傳的升級，『蔣美特務』的提法又演變為『美蔣特務』。」【何蜀〈劉德彬：被時代推上文學崗位的作家〉（上），《社會科學論壇》，2004 年第 2 期】從這個名稱的變化中，最能看出革命話語的即興色彩，也能看出革命話語的即興色彩的涵義。

[22] 參閱保羅・利科（Paul Ricoeur）《歷史與真理》，薑志輝譯，上海譯文出版社，2004 年，第 224 頁。

的一張條子：「你們為什麼只用口講？為什麼就不能用筆把這些寫出來呀？」[23]

那張條子無疑是一個通俗易懂的提示，並不僅僅是看中寫比說更具有流傳久遠的功能——就像德里達（Jacques Derrida）為了將文字從語言的統治中拯救出來時所做的那樣[24]；隨著那張條子飄然飛上講臺，隨著它引發出說書藝人內心的燥熱，說的使命即將告一段落[25]，接下來，理所當然該輪到另一種完成性動作向寄放在歌樂山上下的事情脫帽鞠躬，向條件性動作實施抓捕和綁架——宛若七、八年前，徐遠舉的部下在保安路升平電影院東鄰的嘉陽茶館成功捕獲重慶市地工委委員，那個名叫楊清的中年漢子；更像十年餘後，繼續革命年頭力比多空前過剩的造反派在重慶市文聯，將羅廣斌綁架到設在馬家堡的後勤軍事工程學院。

貳、累積式寫作

一、《銅禁的世界》

就在紅色說書藝人在濱江小城收到那張條子之後不久，1957 年 4 月，作為中國青年出版社的下屬單位，《紅旗飄飄》雜誌社收到了一封來自四川省長壽縣的「讀者來信」。作為紅色說書藝人的忠實聽眾，比鄰重慶市區的長壽讀者趙山林，希望專事革命教育的《紅旗飄飄》編輯部知會中國青年出版社，將說書藝人的講述內容「通過寫小說的形式出版發

---

[23] 參閱楊益言〈他，還活在我們中間〉，劉德彬編《〈紅岩〉‧羅廣斌‧中美合作所》，第 135 頁。

[24] 參閱德里達《論文字學》，汪堂家譯，上海譯文出版社，1999 年。

[25] 實際上，紅色說書藝人在展示自己的口技時，也抽空寫出了展示口技的底本，這就是 1958 年 2 月發表在中國青年出版社《紅旗飄飄》第六集上的〈在烈火中得到永生〉；後來經過擴充，又寫出了更為詳細的底本，這就是中國青年出版社 1959 年出版的《在烈火中永生》。署名都是羅廣斌、劉德彬、楊益言（參閱張羽《我與〈紅岩〉》，《新文學史料》，1987 年第 4 期）。

行」，進一步揭露「美帝國主義」和「蔣匪幫」的反動行徑[26]。實在有必要稱頌趙山林頗具政治眼光的一時衝動，他在潛意識中，無疑摸到了革命話語的脈搏、革命話語及其即興色彩對寫的嚴正要求的心臟和祕訣。

　　作為中共長壽縣委的一個小幹部，繼續革命鼓勵下的肉體版本的螺絲釘，自稱讀者的趙山林完全有理由把他火熱的心跳，放回自己早就裝有保險鎖的胸腔──心靈保險鎖是那個年頭必備的東西。但趙山林肯定不知道，早在他致信《紅旗飄飄》雜誌社的半年前，出於對來自江城瀘州那張條子的預先回應，三個紅色說書藝人就決定寫一部和歌樂山有關的長篇小說：以寫為仲介，將寄放在歌樂山上下的條件性動作吸納到敘事性談論之中；以新一輪的話語生產為形式，將擁有另一幅面孔的新式孝道呈獻在革命話語的御座前[27]。

　　出於對那張條子的正面答覆，在 1956 年秋一個十分吉祥的日子裏，羅廣斌、劉德彬、楊益言聯名向中共重慶市委書記處寫報告，請示給創作假。本著革命話語及其派生物──幫教法──的基本脾性，市委慷慨大度地准假 3 個月。有黨委撐腰，前說書藝人便借計劃經濟之便，不花錢地進駐重慶近郊著名的風景區南溫泉公園，開始緊張的創作：「羅廣斌寫陳然、『小蘿蔔頭』，劉德彬寫江姐、老大哥（即唐虛谷－引者）、雲霧山、『黑牢詩人』蔡夢慰、流浪兒蒲小路，楊益言寫龍光章和『水的鬥爭』，分頭寫好後再討論，互相補充，進行修改。」[28]

　　南溫泉的美好景致給前紅色說書藝人帶去了好運氣和高效率：到得這年的尾巴處，「羅廣斌、劉德彬、楊益言共同創作的長篇（約四五十萬字）《錮禁的世界》（後又名《禁錮的世界》）初稿完成，油印分送有關部門徵求意見。」[29]我們的故事將會表明，油印本《錮禁的世界》

---

[26] 趙山林致中國青年出版社信（1957 年 4 月 11 日），手稿複印件。

[27] 參閱劉德彬《還歷史真面目》，手稿複印件，未刊稿。

[28] 何蜀〈劉德彬：被時代推上文學崗位的作家〉（上），《社會科學論壇》，2004年第 2 期。

[29] 何蜀〈劉德彬：被時代推上文學崗位的作家〉（上），《社會科學論壇》，2004年第 2 期。

就是 5 年後更名為《紅岩》的長篇黨史小說的最早底本[30]。歌樂山上下和整個川東地區遵照革命話語生產出的本事，在《錮禁的世界》中得到了完成性動作的初步性理解－解釋，價值和它遵循第二重循環所獲得的意義傾向性已經基本成型。

二、獻禮

打印本《錮禁的世界》的部分篇目在接下來的兩年間陸續得到發表之後[31]，中國人民緊接著迎來了 1958 年：繼續革命邁著螺旋步已經「不以人的意志為轉移」地來到它的大躍進階段。那一年是鋼鐵史上的奇蹟，那一年是樹木慘遭屠殺的歲月，那一年是隱居山野的猛獸的末日，那一年是中國人民的狂歡節，是革命話語即興色彩眉飛色舞的春天——「鋼鐵紅似火，／能把太陽鎖，／霞光沖上天，／頂住日不落。」[32]秉承著大躍進帶來的引人注目的亢奮，為迎接建國十周年在翌年的到來，中國作家協會，那個中國歷史上最大的官辦文人機構，成立了「文學作品出版獻禮規劃領導小組」（簡稱獻禮小組）；作為呼應，各省、市作協也紛紛組建相應的機構[33]。納入獻禮規劃的主要是新創作的長篇小說：伴隨著新文學運動的潮起潮落，古老的詩文傳統早已消失殆盡，幾十年前還不入流的「小說家言」迅速成為文學的正宗。和鋼鐵必須大躍進相呼應，創作也要大躍進：「取下一個鉛字，／像摘下一顆星星。／星星只能給夜行人照路，／鉛字卻照亮人們的心靈。」[34]這是文學對革命話語尤其是對革命話語即興色彩必須奉獻的

---

[30] 楊益言後來對此拒不承認，他認為打印本《錮禁的世界》只是一些素材的羅列，根本談不上創作（參閱楊益言《紅岩逸聞》，第 120-123 頁）。

[31] 〈雲霧山〉發表於 1957 年 2 月 28 日至 3 月 3 日的《重慶日報》；〈江竹筠〉發表於《重慶日報》1957 年 4 月 4 日至 6 日；〈小蘿蔔頭〉發表於《中國青年報》1957 年 4 月 5 日；〈江姐在獄中〉發表於《中國青年報》1957 年 7 月 1 日。

[32] 湖北大冶民歌〈頂住日不落〉，郭沫若、周揚編《紅旗歌謠》，紅旗雜誌社，1959 年 9 月第一版，第 293 頁。

[33] 在重慶，獻禮辦公室的主要成員有楊山（辦公室組織組組長）、羅湘浦（辦公室秘書）等（參閱劉德彬《還歷史真面目》，手稿複印件，未刊稿）。

[34] 陝西民歌《摘星》，郭沫若、周揚編《紅旗歌謠》，第 327 頁。

忠誠。──那一年，中國人普遍相信：全民皆李白的文學共產主義社會的到來指日可待。

我們的故事需要的材料緊隨著大躍進的步伐接踵而至：1958 年 7 月中旬的某一天，中國青年出版社二編室（即文學編輯室）主任江曉天，在中國作協某間炎熱難當的辦公室裏，從獻禮小組的一份簡報上很偶然地發現，在四川的獻禮小組報來的材料中，有羅廣斌、劉德彬、楊益言共同創作的長篇小說《錮禁的世界》。偶然性是洞明一切的神仙，只因為它叫偶然性。必須感謝這個不期而至的神靈，因為一瞄眼它就看見，正在為有分量的選題勞神費心的江主任興奮得差點跳了起來；再一瞄眼又看見，當江曉天通過二編室副主任吳小武（即作家蕭也牧）向紅色說書藝人寫信詢問，得知《錮禁的世界》不是說書底本而是長篇小說時，馬上將它列入了中國青年出版社的獻禮規劃[35]。在中國作協那間奇熱難當的辦公室，那個不期而至的偶然性十分清楚，江主任在作協辦公室製造出的興奮自有根據：在此之前，原汁原味的說書底本《在烈火中得到永生》已經發表於《紅旗飄飄》，單行本《在烈火中永生》在中國青年出版社第五編輯室正處於最後成型的階段，責任編輯張羽，我們的故事的另一個主角，正忙著文字潤色和排印圖片。江曉天很清楚這個頗具時尚的選題對於獻禮的重要性──無論如何，獻禮的核心仍然要落實在新式孝道上；憑直覺，江主任認定，《錮禁的世界》能夠完好地體現革命話語內部運作的第二重循環的基本涵義。

獻禮是革命話語即興色彩的掌握者無法阻攔的事物；中共重慶市委因此再度慷慨給予前紅色說書藝人以創作假，好讓後者專心致志修改打印本《錮禁的世界》，以便像鋼鐵大躍進一樣使文學達到躍進的目的，給革命話語即興色彩一個上好的交代。接下來發生的事情十分善解人意，只因為它願意為我們其後的故事預先埋下伏筆：這一回，劉德彬沒能參加修改工作，因為他在「1957 年的鳴放中說過『錯話』，1958 年整風補課時，說他犯了『工團主義』錯誤，剛受到留黨察看的

---

35 參閱江曉天《江曉天近作選》，大眾文藝出版社，1999 年，第 99 頁。

處分，馬上准他創作假不合適」[36]。就像口型被統一一樣，革命話語也給予了手型以統一的長勢；在熱熱鬧鬧的 1958 年，劉德彬的手被認為是不合格的產品。作為新式孝道的自覺恭維者，劉德彬雖然被排除在黨史小說的修改之外，但依然不時觀望寫作的進展，繼續為黨史小說出謀劃策。作為一名老黨員，劉德彬認為自己有觀望的義務，何況他對自己的手型是否合格始終將信將疑[37]。

就在劉德彬手搭涼棚實施觀望的途中，對打印本《錮禁的世界》的修改從 1959 年 2 月正式開始[38]。歷時六、七個月，直到同年秋天才宣告結束。因為複雜的出版程式從中作梗，修改後的《錮禁的世界》「作為國慶十周年獻禮的長篇小說出版已經來不及了」；不過，憑著極好的眼力和對革命話語的深刻理解，中國青年出版社仍然將它列為重點書目，並出資二千元——那個年頭的巨額資金，在重慶發排了一百冊鉛印本。鉛印本《錮禁的世界》中的一部分由作者就地分送出去徵求意見，另一部分，則由中國青年出版社負責分送社內外的相關同仁徵集反響[39]。

三、成功分娩

隨著太陽一個呵欠、月亮一個翻身或地球一次打嗝，時間很快就過去了將近一年：時間也得聽從革命話語的即興色彩發出的指令開啟

---

[36] 江曉天《江曉天近作選》，第 99-100 頁。但楊益言後來回憶說，除政治原因外，重慶市委不相信劉德彬的寫作能力（參閱楊益言《紅岩逸聞》，第 120 頁）；多年後劉德彬致信張羽，在回憶當年為何把他排出在寫作班子之外，其解釋和江曉天完全一樣【劉德彬致張羽信（1987 年 1 月 24 日），手稿複印件】。據張羽《〈紅岩〉日記》1992 年 6 月 23 日記載，就在這天他到江曉天家去，後者告訴他，如果《紅岩》出版時他沒有因政治問題被強行調離二編室主任的崗位的話，一定「要署劉的名字」。

[37] 參閱劉德彬《還歷史本來面目》，油印稿。

[38] 參閱楊益言《紅岩逸聞》，第 120 頁。

[39] 參閱江曉天《江曉天近作選》，第 100 頁。但江曉天不記得鉛印本的具體數目了，一百冊的說法來自劉德彬的回憶（參閱劉德彬《還歷史真面目》，油印稿，未刊稿）。

它的大躍進階段。就在 1960 年 9 月初,《紅岩》出版與流布史上一個十分重要的角色開始進入故事的視野:說書底本的責任編輯張羽從《紅旗飄飄》編輯部(隸屬於中國青年出版社第五編輯室)調回二編室,正式擔任《銅禁的世界》的責任編輯。作為 1938 年就已加入中國共產黨的資深出版人,張羽的編輯工作始於《銅禁的世界》第三稿。鉛印本在四川和北京送出去後,羅廣斌、楊益言得到過很多反饋意見。重慶市委第一書記任白戈代表黨委,給予了作者再次修改的總方針;前紅色說書藝人決定在鉛印本的基礎上繼續修改,直到將寫的目的性和權威性發揮到極致。時光和大躍進一樣疾速、亢奮和激昂。到得寒冷的 1961 年 1 月初,在那個被特殊的地理語法所統轄的山城重慶,《銅禁的世界》第三稿已經基本竣工;第三稿分四次寄給張羽,由後者審讀。審讀工作從 1 月中旬開始直到 3 月初方告結束[40]。

　　作為故事的展開部,1961 年 3 月 7 日晚,受中國青年出版社邀請,羅廣斌、楊益言取道漢口,仰仗輪渡與火車的腳力,興沖沖地來到北京修改《銅禁的世界》第三稿[41]:他們隨時準備聽取寫的內部向他們發出的指令,讓被凝結的價值始終走在革命話語及其即興色彩開出的線路上,走在革命話語內部運作的雙重循環預定的大道上。真不知道心情愉快的羅廣斌、楊益言是否清楚,革命話語需要他們的興沖沖,需要他們的腳力──儘管腳力只是借用的。

　　《銅禁的世界》第四稿修改得異常艱苦,因為前紅色說書藝人根本不會寫小說。經過一百多個晝夜的辛勤勞作,到 1961 年 6 月 19 日,第四稿終於大功告成[42]。就在這次修改的途中,出現過一個令我們的故事異常欣慰的插曲:重新給小說取一個名字。因為「銅禁的世界」太陰沉,沒有直接暴露革命話語「翹向青天的兩瓣肥沃的後臀尖」[43],

[40] 參閱張羽〈我與《紅岩》〉,《新文學史料》,1987 年第 4 期。

[41] 參閱楊益言《紅岩逸聞》,第 122 頁。

[42] 參閱張羽〈我與《紅岩》〉未刪稿,手稿複印件。所謂未刪稿,是指發表在《新文學史料》1987 年第 4 期上的同名文章的原始檔案。《新文學史料》在發表這篇文章時,刪去了很多細節。本書對這篇文章的兩個版本交替使用。

[43] 此為詩人宋煒〈土主紀事〉(未刊稿,2003 年,重慶)一詩中的句子。

也未曾將寫的目的性赤身裸體地展現出來，大有「坐在渣滓洞寫渣滓洞之嫌」[44]。有充足的跡象表明：無論是革命話語還是它的即興色彩，都十分痛恨陰沉與黑暗——儘管它們都是土地的顏色；革命話語及其即興色彩強烈要求完成性動作在色澤上和黨旗保持一致，以便黨史小說凝結的價值認領它面色潮紅的臉孔。

1961 年 3 月 28 日，正是修改者辛苦勞作的間歇；就在這天上午，在中國青年出版社一間小會議室裏，二編室的幾乎所有工作人員和作者一道，即將對小說的命名問題展開談論。出於對地理語法的尊敬或反對，羅廣斌、楊益言從重慶帶來的名字和編輯室臨時提出的名字總共有十幾個，都是些黨旗顏色的好名號，和旗幟迎風招展的姿勢有相同的口吻：《地下長城》、《紅岩朝霞》、《紅岩巨浪》、《紅岩破曉》、《萬山紅遍》、《激流》、《地下的烈火》、《嘉陵怒濤》。「其中與紅岩有關的就有好幾個，可見眾望所歸。最後一致商定，取名《紅岩》。因為重慶的紅岩村（或叫紅岩嘴），曾經是黨中央代表團住過的地方，是中共南方局所在地。毛主席在重慶談判時，就住在這裏。它無疑是我黨中央設在國民黨統治區的一座燈塔。取名《紅岩》，就意味著：本書的主題是揭示在中國共產黨的領導下，大後方人民和美蔣反動派展開的一場錯綜複雜的殊死鬥爭。黨的光輝指引著人民，在各種困難條件下，艱苦奮鬥，奪取勝利，而犧牲的烈士，就是他們的光榮代表。」[45]

作為另一種普遍的暴力，寫的威力和目的性被普遍認為在「紅岩」這個名號中得到了完好地體現，價值被認為走上了更為正確的意義之旅：「小說定名《紅岩》，從宏觀上說，對全稿起了高屋建瓴、畫龍點睛的作用。」[46]毫無疑問，《銷禁的世界》第四稿就是《紅岩》的第一稿，雖然只是從靠近第四稿的腰部動手的。

---

[44] 這話是沙汀說的（參閱楊益言〈關於小說《紅岩》的創作〉，《新文學史料》，1980 年第 2 期）。

[45] 張羽〈我與《紅岩》〉未刪稿，手稿複印件。

[46] 張羽〈我與《紅岩》〉，《新文學史料》，1987 年第 4 期。

　　1961 年 6 月 27 日，夏天已經來臨，地球開始冒汗——汗水早已「把地球管理起來」。就在這一天，羅廣斌、楊益言滿懷著勝利的戰士才配懷有的那種喜悅，帶著《紅岩》第一稿的清樣回到四川，準備順道「聽取（重慶）市委、各方面和老作家沙汀、馬識途等人的意見」[47]，但尤其需要重慶市委第一書記任白戈代表黨委嚴格把關[48]。伴隨著大躍進的狂熱，兩、三個月的時間立刻風馳電掣；攜帶著四川方面給《紅岩》第一稿提出的意見和建議，1961 年 9 月中旬，正是首都北京秋高氣爽的好時日，羅廣斌、楊益言再次連袂來京，住在中國青年出版社，以求為黨史小說吸納寄放在歌樂山上下的條件性動作，做最後一搏，為價值獲得準確的意義傾向性做最後的鬥爭。

　　搭幫了張羽劫後餘生的日記，才讓他對最後一搏、最後的鬥爭能夠作出極為精確地回憶：「（1961 年）10 月 8 日正式開始動筆修改《紅岩》。兩位作者被安排在我的宿舍隔壁的一間大空屋裏，同我比鄰而居。當時，我還是個單身漢，為工作方便，到修改進入緊張階段時，乾脆就搬到了他們住的那間大房間裏去……我們三人，三床，三桌，依次擺開，進行流水作業。每天晚上，是最緊張的時刻。三盞臺燈，照著三張桌面上鋪開的稿紙，三個人悄然無聲，埋頭爬格子。一般情況是楊益言先改出第一遍稿，交給羅廣斌修改，羅把兩人的改定稿，再交我加工處理，我對稿件作過推敲、訂正、刪削或潤飾後，再給他倆傳閱。三人都認可後，即作為定稿，等待發稿、付排。」[49]

　　1961 年 12 月 12 日，天降瑞雪，雪光印著紅日，更顯江山嫵媚多嬌——在這種好景致的感召下，古往今來或繼往開來的許多梟雄都傾向於拔劍而歌、我主沉浮。就在這個十分吉祥的日子裏，《紅岩》第二稿正式完成並發排出版——這就是幾代中國讀者即將親眼目擊的黨史小說[50]。

---

[47] 參閱楊益言《紅岩逸聞》，第 122 頁。
[48] 參閱張羽〈我與《紅岩》〉未刪稿，手稿複印件。
[49] 張羽〈我與《紅岩》〉未刪稿，手稿複印件。
[50] 參閱張羽〈我與《紅岩》〉未刪稿，手稿複印件。

我們的故事在此十分願意分享它的後視鏡的觀察所得：《紅岩》的創作是一個漫長、持久的系統工程。早在 1948 年羅廣斌、劉德彬分別被冉益智、劉國定出賣，早在當年的進步青年楊益言鬼使神差被抓進渣滓洞，早在渣滓洞的圍牆垮掉那前後不久，《紅岩》的創作就已經開始了[51]。從《如此中美特種技術合作所》到《聖潔的血花》，中經說書底本《在烈火中得到永生》、《在烈火中永生》，再到三個半稿本的《錮禁的世界》，直至《紅岩》的第二個稿本，整個寫作才宣告結束——寒來暑往，季節輪迴，差不多經歷了整整十三個春秋，而人間卻早已天翻地覆，海立山飛，許多昨天熟悉的事物今天已經變得至為陌生。沒有任何理由懷疑，完成性動作在累積式寫作過程中起到過至關重要的作用。說與寫始終是革命話語及其即興色彩的忠實傍肩，只因為它懂得怎樣迎合革命話語的歡心，該怎樣為價值賦予意義傾向性，以體現革命話語內部運作中存在的第二重循環。

……《紅岩》雖然沒有趕上為國慶十周年獻禮，但趕上了為建黨四十周年獻禮，並且是在元旦的鐘聲敲響之前。這都是革命話語享用者的苦心孤詣，是新式孝道對它的享用者的必然要求，決不僅僅是出於機緣與巧合。

參、黨委掌舵或對寫的監控

一、序曲

請原諒：我們的故事有必要在這裏搬弄一點抽象和玄奧的小是非：

寫要想在目的無意識給定的方向上，吸納條件性動作，以形成自身的價值，進而進行言之有物的話語生產（相對於已經成型的革命話

---

[51] 羅廣斌曾多次對楊益言說過，《紅岩》的作者不是他們，「而是無數犧牲在中美合作所集中營裏的無產階級戰士，是他們用自己的生命和鮮血寫出來的。」（參閱楊益言〈他，還活在我們中間……〉，劉德彬編《〈紅岩〉‧羅廣斌‧中美合作所》，第 147 頁）

語,《紅岩》就是新一輪的話語生產),必須同時具備兩個條件:寫的操持者被某種目的無意識完好地掌握;寫的操持者和寫始終處於某種話語定式或意識形態的嚴密監控之下。前者是寫的目的性獲得實現的基本保證,後者不僅為寫的目的性保駕護航,而且是監控性地保駕護航。作為革命話語的直接體現者,保駕護航的任務最終將由黨委來承擔;出於對工作方便和「革命的分工不同」的雙重考慮,黨委又將這個光榮任務逐級分解,最終下放到責任編輯等人身上[52]。──被搬弄的小是非到此結束。

　　此刻,為照顧關於話語理論的故事的情緒,我們的故事和前面已經講述的故事在時序上必須處於平行的位置,只因為我們需要搬弄別的是非。話說《錮禁的世界》被列為獻禮計畫三個月後的 1958 年 10 月,團中央常委、中國青年出版社社長朱語今帶領他的祕書王維玲前往四川調查訪問。作為衛國戰爭時期的大後方,四川是朱語今曾經戰鬥過的「老家」,寄放著他火熱的青春與激情。一路上,主僕二人風塵僕僕,鞍馬勞頓,又不乏情趣、詩意和革命情操──至少剛剛二十出頭的王維玲對此十分滿意[53]。他們先是在成都拜晤了朱語今的老朋友沙汀──一位成名於 20 世紀 30 年代的大作家──,在後者長滿葡萄藤的庭院裏享用過大躍進年頭十分珍貴的糖果,還聆聽了大作家對《錮禁的世界》的熱情推介;幾天後的 11 月初,朱語今一行專程前往比鄰重慶的長壽湖農場,約見羅廣斌、劉德彬和楊益言(前兩人下放在長壽湖農場勞動,楊益言仍然在團市委工作)[54]。

　　那年頭還沒有誰聽說過環境污染,11 月的長壽湖因此星光閃爍,涼風習習,牛郎織女各安其寢,暫時不做非分之想,只把熱情、激動

---

[52] 參閱列寧《黨的組織和黨的出版物》,中譯本,《紅旗》,1982 年第 22 期。

[53] 參閱王維玲《話說〈紅岩〉》,第 4-15 頁。

[54] 劉德彬下放在此是因為他是右派;羅廣斌是因為他當年率眾越獄的事情總有一些人懷疑,但羅廣斌的境遇要比劉德彬好得多【參閱《羅廣斌問題調查報告》,北京地質學院東方紅公社等,《紅岩戰報》第二期(1967 年 6 月 5 日),第 6-7 頁】。

和對思念的消解寄放在來年七夕。在星之下、暗之上，面對上級組織的直接約稿，三個前紅色說書藝人雖然激動萬分，卻沒有馬上接受寫作任務：他們怕自己能力有限，又沒有受過專門訓練，倉促應卯會辜負黨的重托。秉承著幫教法的旨意，朱語今以領導的身份教育他們：「你們都是共產黨員，都是團的幹部，天天教育青年要響應毛主席的號召『破除迷信，解放思想』，你們就不能帶頭實行？！」[55]

面對來自團中央的領導滿懷期待的疾言厲色，一想到兩年前完成的打印本《錮禁的世界》，三個人心中頓時有了底，也樂得借驢打滾，愉快地將黨的重托放置在自己身上：「黨需要我們寫，我們就寫。」[56]他們向朱語今保證：爭取動用一切可以動用的努力，一定做到讓黨滿意。面對這塊難啃的骨頭，他們彷彿又回到了十年前的渣滓洞和白公館，回到了那個名叫「慈居」的魔窟。接下來，當著朱語今的面，重慶市委第一書記任白戈代表革命話語，向他的寫作戰士下達了必須成功的死命令[57]。面對黨委對完成性動作的指示，前紅色說書藝人心領神會——就像十年前在歌樂山一樣，他們再次做好了接受考驗的準備。

長壽湖之夜過去將近半年後的 1959 年 4 月 11 日，正當羅廣斌、楊益言緊鑼密鼓為鉛印本《錮禁的世界》努力工作時，幾個月後即將正式調任黨史小說責任編輯的張羽為《紅旗飄飄》組織稿件（張羽其時還是《紅旗飄飄》的責編），途經整個大西南迂迴來到重慶，那個天然適合暴動、騷亂以及幫會與地下活動的城市。他受二編室主任江曉天所託，想順道瞭解一下小說的修改進度，看能不能趕上為國慶十周年獻禮。到達重慶的翌日清晨，張羽起了個大早，徑直來到羅廣斌和楊益言設在團市委的工作間；手搭涼棚的劉德彬還在長壽湖農場勞動，沒有機會見到幾十年後《紅岩》署名案達到白熱化狀態時為他打抱不平的張羽。賓主稍事寒暄，便直奔主題。說到正在修改的稿子時，

---

[55] 楊益言《紅岩逸聞》，第 119 頁。

[56] 王維玲《話說〈紅岩〉》，第 15 頁。

[57] 王維玲《話說〈紅岩〉》，第 16 頁。

羅廣斌謙虛地說：「我們本來不會寫小說。可是想起死難烈士的遺言『只要這裏能有一個人活著出去，就一定要把這座人間地獄的真實情況告訴全國人民！告訴人們，我們是怎樣和美蔣反動派進行鬥爭的。』我們的心就不能平靜。……我們是倖存者，有責任完成他們的委託。」[58]

　　聞聽此言，張羽大為興奮。作為一個資深出版人，他非常清楚，尚未定名為「紅岩」的長篇獻禮之作急需一個保駕護航的責任編輯：不僅要監控寫的目的性的順利實施，還得在寫作技術上做一些必要的指導──畢竟前紅色說書藝人是黨員不是作家，此番又是奉旨寫作。

二、批發商、連鎖店和零售者

　　作為被搬弄的小是非，關於話語理論的故事在此必須預先指出：黨委是革命話語的直接承載者，是革命話語及其即興色彩的批發商，不同級別的黨委則是它規模不等的連鎖店；至於責任編輯、編務等人，頂多只是它的零售者而已。但那些專事零售的特殊角色卻擁有很大的權力，只因為他直接進貨於各級黨委，批發於各家連鎖店，是革命話語及其即興色彩暫時的靈魂附體者，是紅色的巫覡，是革命話語最基層的祝融。接下來發生的事情剛好暗合我們的故事的一貫想法：1959年秋，當鉛印本《錮禁的世界》在四川和北京分送出去後，重慶市委和中國青年出版社對其中頗為陰沉的描寫十分不滿，更對寫的目的性蟄伏著的潛力沒有得到大規模釋放而發愁[59]。依照革命話語內部運作發出的特殊指令，解決的方案倒是十分容易地應運而生：經團中央安排，1960 年 6 月，由負責編務工作的王維玲陪同[60]，羅廣斌、楊益言到北京參觀即將向普通觀眾開放的軍事博物館和革命歷史博物館。

　　那年夏天的博物館之行讓羅廣斌、楊益言眼界大開；重慶霧靄重重的地理語法給他們的思維帶來的束縛很快被層層剝去。羅廣斌、楊

---

[58] 參閱張羽〈我與《紅岩》〉，《新文學史料》，1987 年第 4 期。

[59] 楊益言《紅岩逸聞》，第 121 頁。

[60] 參閱王維玲《話說〈紅岩〉》，第 37 頁；參閱楊益言《紅岩逸聞》，第 122 頁。

益言從教育家在解放戰爭時期（1946-1949）寫的文件、電報、文章的手稿中，「看到毛澤東同志洞觀全國形勢、指揮全國革命鬥爭的雄才大略，從而瞭解了這個急劇變化的年代的來龍去脈。」零距離拜謁教育理念的物證，使地理語法帶來的羈絆迅速土崩瓦解：很快，他們就找到了「重慶集中營的地位，也找到了自己的地位……心胸豁然開朗」。參觀途中，羅廣斌為有幸親眼目睹教育家的手跡激動萬分，「好像航行在迷霧裏的船隻忽然看見了燈塔。」[61]

博物館之行結束後，黨委緊接著安排前紅色說書藝人學習 1960 年 9 月出版的《毛澤東選集》第四卷。「從《目前的形勢和我們的任務》、《蔣介石政府正處在全民的包圍中》、《將革命進行到底》、《中國的軍事形勢起了變化》等著作中，（羅、楊二人）明白了在這個天翻地覆的年代裏，中國人民和國民黨反動派經過激烈的鬥爭後，敵我雙方的實力已發生了根本變化，一方由弱變強，一方由強變弱，敵人『正在迅速崩潰中』。」讓學習中的羅廣斌、楊益言十分高興的是，地理語法再次招來了它的滅頂之災：「從重慶集中營這一個點來看，是處在敵人包圍之中；但從全國範圍看，重慶以至整個蔣介石政權都處於全國人民的包圍之中。優勢和劣勢也是交錯的。重慶形勢、監獄形勢，是敵強我弱；而全國形勢，則是敵弱我強；重慶集中營這一個點的鬥爭和全國的鬥爭息息相關。……在毛澤東思想指導下，再來觀察和描寫獄中的人物，精神面貌就大不相同，敵人外強中乾、色屬內荏的面貌更加清楚了，而革命者的英雄氣概、必勝的信念、高超的鬥爭藝術、昂揚的革命意志就能得到充分的發揮。」[62]

親自拜謁過毛澤東的思想的輝煌物證後，途經較長時間的心靈發酵過程，作為地理語法慘遭滅頂之災的後果，被大幅度提升的革命境界旋即在《錮禁的世界》的修改過程中得到了最充分地展示。沒有人

---

[61] 本段中加引號的文字全部來自張羽（參閱張羽〈我與《紅岩》〉，《新文學史料》，1987 年第 4 期）。

[62] 本段中加引號的文字全部來自張羽（參閱張羽〈我與《紅岩》〉，《新文學史料》，1987 年第 4 期）。

比張羽更清楚：這是批發商、連鎖店和零售者連袂為完成性動作保駕護航的傑出範例。通過它們的共同勞作，寫的全部活力在那年秋天終於被激發出來，價值的意義傾向性始終處於革命話語目力所及的範圍之內[63]。

　　博物館之行和學習《毛澤東選集》很快就結出碩果：1961 年 7 月，《紅岩》第一稿正式結束；寫作戰士興沖沖地回到重慶，準備就近向黨委請旨。這一年的 7 月 7 日，羅廣斌、楊益言不顧鞍馬勞頓，一到重慶就前往市委組織部蕭澤寬的辦公室，親自拜謁黨委。後者看了出版社給他的信，十分高興；出於對革命話語共同誠服的原因，蕭澤寬完全同意出版社對即將展開的又一輪修改的時間安排。他馬上向任白戈作了彙報。在向任書記彙報前，蕭澤寬給兩個寫作戰士下達了明確的指示：由市委宣傳部、市委黨校、團市委、組織部組織人馬審閱第一稿的清樣，並於 7 月 20 日之前提出意見；等各方面意見彙集起來之後，將主要問題向任白戈彙報，請後者掌舵；在 7 月底以前紅色說書藝人必須前往成都，在老作家沙汀的指導下再次進行修改；修改之後，前往北京，由出版社再度指導直至最後定稿[64]。──指示的核心，始終放在元旦的鐘聲敲響之前就能拿出建黨四十周年的獻禮產品。

　　伴隨著「躍進精神」，時間很快到了黨史小說臨近大功告成的那一天。1961 年秋，《紅岩》第二稿正在中國青年出版社緊鑼密鼓地做最後潤飾。當此之際，張羽更為清楚的是，作為監控性地保駕護航者，他除了協助黨委從大處著眼監控寫的順利實施，還得從細節上嚴格把關，以便讓完成性動作處處符合革命話語的要求，讓它在吸納、凝結、消化歌樂山上下被生產出來的條件性動作時，使價值擁有正確的方向，保證新一輪話語生產始終走在革命話語內部運作的第二重循環指

---

[63] 參閱江曉天《江曉天近作選》，第 102-103 頁；參閱王維玲《話說〈紅岩〉》，第 102 頁。

[64] 1961 年 7 月 21 日，羅廣斌、楊益言致中國青年出版社信，轉引自張羽〈我與《紅岩》〉未刪稿，手稿複印件。

定的道路上，走在革命話語代表的願望上[65]。——這是我們的故事始終關注的焦點。

　　1961 年深冬，《紅岩》的修改已經進入最後、最關鍵的時刻。伴隨著北國的寒風，羅廣斌開始描繪那個令他終身恐怖、幾年後將給他帶來滅頂之災的大屠殺之夜。那一夜是羅廣斌獄中生活的親身經歷，因此寫得十分順手。黨史小說的責任編輯很可能完全不瞭解雙重循環現象的內情，但他對自己當年充當的角色的回憶，實在有點驚心動魄：「他（即羅廣斌－引者）描述越獄的情況，我又作了大量的補寫和潤色。他寫了『濃煙和火舌不斷捲著』，我給他補上『沖進鼻孔，燙著皮膚』。他寫了『一排子彈，穿透了丁長發的身體』，我又補上『丁長發踉蹌一下，咬著牙，一手捂著胸膛，一手舉起鐵鐐，朝特務的腦門，狠狠地（他又改成『奮力猛』）砸下去，哢嚓一響，特務悶叫一聲，腦花飛濺，像一隻布袋，軟綿綿地（他又寫上『倒在丁長發的腳下』）』。他寫了『余新江正想奪取特務丟下的衝鋒槍』，我給他補上：『在他前面，一隻敏捷、熟練的手，又把槍撿了起來，還沒有看見他的面孔，只見他把槍抱在懷裏，略一瞄準，就掃射起來。……子彈跟著敵人的屁股和後腦勺，發出清脆的音響。』」[66]屁股和腦勺是人體的極端部位，完成性動作對它們加以必要的重視無疑是正確的。

　　……在革命話語及其即興色彩的嚴格要求下，《紅岩》的作者、編輯以及一切相關人員對完成性動作理解得相當準確：寫是一種服務性行業[67]——一切從革命話語出發，再回到革命話語；一切從革命話語的即興色彩開始，再歸結於它的即興色彩。在羅廣斌等人的直接指揮下，丁長發不能僅僅中彈倒地，兩手空空去見馬克思；他必須幹掉那個美蔣特務，攜帶他始終與人民為敵的醜陋靈魂前往馬克思帳下應

[65] 參閱周奇〈編輯主體在審讀加工過程中的創造性作用〉，《出版科學》，2003年第 2 期。

[66] 參閱張羽〈我與《紅岩》〉，《新文學史料》，1987 年第 4 期。

[67] 參閱張羽寫於 1964 年的文章〈《紅岩》的誕生〉，手稿複印件。

卯。關於話語理論的故事可以代替革命話語的目的無意識坦白交代：丁長發最後的力氣來自革命話語，來自黨委的批發，來自責任編輯的直接零售。

第六章 《紅岩》寫法舉隅或故事的風景描寫

> ……不能想像的只是去年突降的颶風……
>
> ——姜濤

壹、胡浩，符號

一、晦澀的小引

《紅岩》中的每一個人物、每一個細節、每一片葉子甚至每一粒塵埃，幾乎都是對寄放在歌樂山上下的本來之事的直接模仿，是對條件性動作的招魂和對本事的直接挪用：黨史小說既是招魂的工具，又是條件性動作的容納器。無論是對「《挺進報》事件」的描寫，還是對3次川東起義的變形吸納，無論是對江竹筠生產出的條件性動作的照章吸納，還是對陳然的英勇事蹟的變形描寫……都莫不如此；頂多在完成性動作十分需要的時刻，應和著革命話語的嚴格要求和即興色彩的不斷頑皮、靈感大發，實施必要的情節嫁接術和動作化妝術——一個小小的語言拉郎配而已，一個動作／行為的整容術罷了[1]。

---

[1] 比如，厲華等人就能毫不費力地將作品中的人物和歌樂山上下的人物一一對應起來：江姐－江竹筠（前一個名字是《紅岩》中的人物，後一個是真實人物，下同）；彭松濤－彭詠梧；老石同志－王璞；成崗－陳然、成善謀等；齊曉軒－許曉軒；李青竹－李青林；余新江－余祖勝；胡浩－宣灝；陳松林－陳柏林；龍光華－龍光章；黃以聲－黃顯聲；小蘿蔔頭－宋振中；劉思揚－劉國鋕、成善謀等；華子良－韓子棟；雙槍老太婆－陳聯詩等；雲陽縣參議員－盛超群；甫志高－冉益智等；徐鵬飛－徐遠舉；許雲峰－許建業、車耀先、羅世文、韋德福等（參閱厲華等《紅岩小說與重慶軍統集中營》，群眾出版社，1997年）。除此之外，我們還可以舉出一些，比如：孫明霞－曾紫霞；嚴醉－沈醉；猩猩－李磊；貓頭鷹－徐貴林；鄭克昌－

我們的故事沿途所見，盡皆莊嚴美景：高山峭壁，青松挺立，時
而狂風大作，時而電閃雷鳴——鳶飛戾天者，望峰而不息心；經綸世
務者，窺谷卻從不忘返[2]。在完成性動作的驅使下，每一個條件性動作
在被凝結為價值的當口，不過是符號；歌樂山上下諸多本事的生產者
只能是符號，充其量是話語市場上用於交換的商品，無論他們頂著何
種美稱或惡名在談論運算式當中充任主語或賓語。依照雙重循環的懿
旨，被統一長勢的手處處散發出革命話語的嚴厲氣息：事情經過完成
性動作的擺渡進入到談論運算式之中時，都被賦予了特定的意義傾向
性，都被善意地扭曲了本來面目，都遭到了灌腸洗胃的待遇。完成性
動作像一架設計精良的膀胱鏡，能分辨出條件性動作身上每一個細緻
入微的部位的成色，恰似膀胱鏡精心對付那個盛滿黃色液體的肉皮囊。

二、胡浩是符號

1961 年深秋，羅廣斌在中國青年出版社那間擺有三桌、三椅、三
床的平房內，面對豐收季節和稿紙，一定回想得起來，他曾在十餘年
前的白公館，親眼目睹過前軍統違紀分子宣灝因為祕密閱讀白宮版《挺
進報》被看守當眾毒打，親眼目擊過中共獄中支部書記許曉軒主動向
看守所承認，報紙上的內容是他寫的，許支書很快就腳著重鐐被關進
地牢。在累積式寫作行將結束的這個秋天，宣灝的形象不斷閃現在多
血質的認領者羅廣斌的腦海之中。他肯定還記得，江竹筠等三十餘人
被槍殺的當晚，宣灝就開始偷偷摸摸給他寫信，熱情洋溢的長信直到
翌日晚才宣告結束。他記得宣灝將那封信交給到他手上的全部細節。
十餘年的時間早已灰飛煙滅，羅廣斌卻依然十分清楚：宣灝給他寫信，
不過像眾難友一樣認定他是能夠活著走出白公館的不二人選，只因為
他有一個手握軍事大權的哥哥羅廣文，狂傲的徐遠舉還不敢將他怎麼
樣——反正官官相衛又不是國民黨或徐遠舉發明的理念。時間在翩然

李克昌（參閱傅伯雍《倖存者的發言》，手稿複印件）。

[2] 參閱吳均《與朱元思書》。

流逝，對宣灝的懷念卻越來越深；幾經周折之後，羅廣斌決定將宣灝改作黨史小說中的胡浩；通過羅廣斌那雙被統一了長勢的手，胡浩在挨打時仍然像宣灝那樣堅貞不屈，同樣以「……我寫的……我……寫……的」為回答，拒不供認「白宮版」《挺進報》的祕密傳輸線路——看起來，直到 1961 年深秋，羅廣斌都不願意放棄他親眼目睹過的那個動人情節。

也就是在同一個秋天，羅廣斌和張羽、楊益言再三商量後，決定否認宣灝的軍統身份；仰仗情節嫁接術，他們將胡浩認作「《挺進報》案」發生之前誤入中美合作所禁地被抓捕的 4 名學生當中的一個[3]。截至 1961 年，伴隨著革命話語即興色彩不斷地靈感大發，羅廣斌為大屠殺之夜奇蹟般地死裏逃生已經接受過黨組織的三次審查，最近一次距離這一年的深秋沒多少日子[4]。比起前兩次，審查結論更不能讓他樂觀。為了抹去自己在黨史小說中的影子，免得有人說他在借機粉飾自己，羅廣斌決定：宣灝在十餘年前那個深夜寫給他的信，必須改為胡浩寫給成崗（原型是陳然）的函件[5]；伴隨著完成性動作的威猛力道，在 1961 年的深秋，在北京氣爽秋高的某一天，羅廣斌等人不費吹灰之力，就將宣灝訴說衷腸的信件趁勢弄成了胡浩的入黨申請書。

在那年秋天，儘管羅廣斌、楊益言為胡浩編造了一份熱情洋溢的申請書，但張羽對他們的文字還是不太滿意。監控人的不滿主要集中在申請書的結尾——革命話語賦予寫的要求是：結尾意味著高潮，需要讓人戰慄，需要不少於十秒鐘的銷魂體驗。羅廣斌以為結尾使用如下句子就行了：「我多麼羨慕生活在毛澤東光輝照耀下的青年和那些永遠比我年輕的未來的青年啊！他們的幸福，是那樣令人嚮往，我寧

---

[3] 參閱公安部檔案館編《血手染紅岩——徐遠舉罪行實錄》，第 61-62 頁。

[4] 石化〈說不盡的羅廣斌〉，《紅岩春秋》，2000 年第 1 期。

[5] 按照楊益言的回憶，羅廣斌和他當年有過約定，在寫作時不能把自己的影子帶進作品（參閱楊益言《紅岩逸聞》，第 164 頁）；但據張羽的記載，至少在塑造劉思揚這個形象時，羅廣斌帶入了自己的影子（參閱張羽〈我與《紅岩》〉未刪稿，手稿複印件）。

願用全部生命去換取在他們的時代裏生活一天，僅僅一天我也甘心情願！如果得到這樣的一天，我要珍惜地用來告訴年輕朋友，不要放下你的武器，全世界反動派尚未消滅乾淨啊！」張羽在監控中做了較大的刪改：「如果我能夠衝出地獄，即使犧牲在跨出地獄的門檻上，我也要珍惜地利用看到光明的一刻。」伴隨著那一年秋天的陣陣西風，羅廣斌同意張羽的修改，但他也有新的想法：將「一刻」換成了「一瞬」。隨著羅廣斌手起筆落，張羽鼓掌叫好，稱讚羅廣斌的修改使入黨申請書更傳神、更有韻味，說明那一瞬更值得珍惜。「因為這一段已把原有的思想作了引申和發揮，下文的語氣也顯然有點失色了。老羅（即羅廣斌－引者注）針對胡浩提出入黨要求這個思想，又增加了下面一段文字：『成崗看完信，像接受一顆火熱的心那樣，確信無產階級戰士的行列裏，將增加新的一員。這樣的入黨申請書，他多麼願意向所有的戰友們宣讀，然而他不能這樣做，火熱的手終於把信箋折疊起來，暫時夾進書本。』」一通修改完畢，胡浩的形象頓時更為高大，羅廣斌、張羽不禁相視大笑[6]。

　　出於對前不久剛剛被應付過去的審查的天真回應，面對幾年前為解救宣灝自願下到地牢的許曉軒，羅廣斌顯得更為小心謹慎。在黨史小說始於 1961 年 10 月 8 日的最後一次修改的過程中[7]，羅廣斌對此始終懷著戰戰兢兢的心情。在中國青年出版社那間寬敞的平房內，在徵得張羽等人的同意後，楊益言無緣謀面的許曉軒變作了他現在已經十分熟悉的齊曉軒；羅廣斌參與創辦的那一期「白宮版」《挺進報》上的消息，本來來自看守所的棄報，卻被羅廣斌、楊益言在那個秋天，有意改寫成齊曉軒得之於看守長楊進興（小說中直接沿用這個名字，沿用這個職務）辦公室中的報紙。在《紅岩》即將結稿的那個深秋，讓羅廣斌高興的是，他熟悉的許曉軒被打進地牢，他和楊益言現在都認識的齊曉軒則皮毛未傷：借助於羅廣斌等人被統一了長勢的手，齊書

6　張羽〈我與《紅岩》〉未刪稿，手稿複印件。
7　參閱張羽〈我與《紅岩》〉未刪稿，手稿複印件。

記安然無恙地回到自己的囚室，繼續修煉革命之道，指揮越獄事宜。羅廣斌有理由更為高興：是他和張羽、楊益言一致同意讓齊曉軒把監獄當作了革命修道院。在 1961 年臨近結束的日子裏，羅廣斌為自己動用的情節嫁接術倍感驕傲：他不僅將自己打在白宮版《挺進報》上的烙印成功地排除在黨史小說之外，還提升了《紅岩》的品味，令後者的心臟直接和革命話語的心臟在同一個振幅上跳動。

　　基本上照相於本來之事，是《紅岩》缺乏想像力的顯明證據[8]；那一年的秋天開始以後，羅廣斌、楊益言比以往任何時候都更為明白：強行扭曲條件性動作的真面目，堅定地為價值賦予質地特殊的意義傾向性，恰好是完成性動作在被監控中為《紅岩》作出的巨大貢獻，革命話語及其即興色彩才能理直氣壯地走進價值的心臟部位，雙重循環像摩西面前的主的光芒，才會再一次在話語生產中靈光乍現。彼時彼刻，羅廣斌等人一定回想得起來，自 1956 年金秋到 1961 年殘冬，在重慶南溫泉公園的紅樓上，在團市委一間小小的工作室，在中國青年出版社那間寬敞的平房中，寒來暑往，他們始終正確地聽命於革命話語的目的無意識假借其經紀人（即完成性動作）發出的嚴正號令，很快就「找到了作品的立足點和前進的出發點。……不是客觀地『寫真實』，而應該抒發戰鬥的『紅岩精神』……去汲取生活中積極的、崇高的、向上的內容，塑造出英雄人物的形象，從而激勵人們去戰鬥」[9]。羅廣斌在《紅岩》出版之後，在身遭滅頂之災之前，無論是在重慶還是在北京，在深秋還是仲春，幾乎逢人就講幫教法的精髓：「材料多少，都是量的變化；而思想高低，才起了質的變化。」[10]

　　1961 年的秋天性質十分特殊，大躍進已經進入尾聲，遍地饑饉卻沒有得到徹底清除。作為前紅色說書藝人，羅廣斌等人有義務假借寫

---

[8]　1961 年 3 月 8 日，在中國青年出版社為《鋼禁的世界》第三稿召開的意見會上，羅廣斌明確地說過他們寫這部書的根本動因是：「真實的材料（題材）決定了我們的主題選擇：通過小說，揭露敵人，歌頌先烈。」（參閱張羽〈我與《紅岩》〉，《新文學史料》，1987 年第 4 期）

[9]　張羽〈我與《紅岩》〉，《新文學史料》，1987 年第 4 期。

[10]　轉引自張羽〈我與《紅岩》〉，《新文學史料》，1987 年第 4 期。

作鼓舞食不裹腹的人民群眾，希望他們能夠認識到，這是富國強民的必要代價。他們將胡浩有意認作誤入中美合作所禁地的學生，除了應付來自黨組織對自己三番五次的審查，更是為了起到揭露蔣匪幫和美帝國主義的目的；將訴說衷腸的信件處理成入黨申請書，則是為了證明革命話語的無限正確；把齊曉軒說成全身而退，空留下楊進興和他的上司即看守所所長陸清（原型是白公館看守所所長陸景清）在一邊驚恐莫名，不過是為了凸顯共產黨人陽光燦爛的大無畏精神。我們的故事在搬弄過那些小是非之後十分清楚：之所以有這等情節嫁接術、動作化妝術的翩然出現，「不過是作為被吸納、被消化的一方，條件性動作的目的性始終要受制於、讓位於完成性動作的目的性。即使完成性動作偶爾不扭曲條件性動作，也不能理解為完成性動作具有菩薩心腸，而要理解為秉承目的無意識之教誨的完成性動作此時此刻的目的性，與條件性動作的目的性正好重合——但這種情況如果不是沒有，起碼也是極為罕見。」[11]

　　1961 年的秋天已經過去，按傳統，時令應該進入冬藏之日；羅廣斌的個人疑慮也行將結束。這一年 11 月的某一日，黨史小說的最後定稿工作正在緊張有序地進行，勝利的曙光開始初步顯露。在中國青年出版社擺有三桌、三椅、三床的某間平房裏，傾聽著陣陣北風，羅廣斌和張羽對視一眼，似乎若有所思[12]。多日來的協同作戰，使他們的心中早已共同擁有了一個一點就通的靈犀。此時，他們已經修改到第 28 章，距離小說結尾只有數天的腳程。這一章有一部分文字與胡浩和他的入黨申請書有關。羅廣斌放下鋼筆，穿過時光隧道，又一次看見宣灝佝僂著脊樑，向他傾吐內心的苦悶。他搓了搓右手的虎口和食指，那是最近幾個月來渾身上下最為勞累的部位——完成性動作必須經由這兩個部位出面維持；它們代替肉體，趁機篡黨奪權，接管了維持會

---

[11] 敬文東《隨貝格爾號出遊》，未刊稿，2004 年，北京。

[12] 依照張羽的回憶，大約在這年的 10 月份，楊益言因有其他事情已經先回重慶了（張羽〈我與《紅岩》〉，《新文學史料》，1987 年第 4 期）；但楊益言的回憶錄和王維玲關於《紅岩》的回憶都沒有提到這件事情。此處姑從張說。

會長的職務。羅廣斌趁勢站了起來，邊走邊搓邊聽風聲：可能又要下雪了。北國的寒風和四川的寒風風格迥異，似乎更接近階級解放需要的那種疾速、狂暴和迅猛。這令多血質的羅廣斌大為振奮。他很有感慨地對張羽說，我們故意將宣灝和那幾個不幸的學生混淆起來，並為之取名胡浩，就是要把他當作一個符號。北方人張羽對此有些不解。羅廣斌向張羽笑了笑，對後者解釋說，在我們四川人的嘴巴中，胡浩與符號的讀音完全相同，沒有一絲差異。寫他的目的，就是要將他當作獄中受教育者的標本，看他在我們的語言編織過程中，怎樣一步步成長起來[13]。胡浩只是一個符號。作為完成性動作的全程監控者，革命話語的零售商，張羽聞聽此言，不由得會心一笑。

貳、誠實注射劑

一、成崗

最晚從 1961 年春修改《錮禁的世界》第三稿開始，羅廣斌等人實施的符號化工程就從來沒有停止過。

有革命話語及其即興色彩公開撐腰，羅廣斌、楊益言、張羽自然不允許越來越聰穎的完成性動作放棄陳然這樣優秀的事情生產者。早在 1961 年春天開始以前，就沒有人比羅廣斌更清楚，在白公館和他同居一室的陳然為什麼有資格在《紅岩》中出任成崗這一角色。在十餘年前的白公館，羅廣斌就知道，無論是在野貓溪刻印《挺進報》，讓徐遠舉眉頭緊鎖，還是入獄之後籌措《挺進報》白宮版，陳然的表現都極為出色。那個稍稍年長於他的漢子給他留下的又何止是深刻印象。十餘年來，在羅廣斌和他的創作夥伴們實施的累積式寫作中，成崗（一開始當然是陳然）經受過大大小小若干次刑訊，每一次他都像抹去眼前的蛛網一樣將那些酷刑輕鬆地打發掉了。出於對陳然的尊敬和懷

---

[13] 參閱張羽〈我與《紅岩》〉，《新文學史料》，1987 年第 4 期。

念，羅廣斌等人讓成崗遇到的最大考驗，不是陳然遭遇到的純粹中國式的皮鞭和老虎凳，而是美帝國主義的最新科技成果：誠實注射劑。

　　作為前紅色說書藝人在想像中專門針對潛意識製造出的藥劑，誠實注射劑有一個極大的用途：被注射者在昏迷狀態能夠講出全部實情，進而出賣黨的機密——一切不可告人的內心黑暗都將屈服於誠實注射劑的超級功效。至少在 1961 年春天以前，羅廣斌為這個細節的出現倍感欣慰：誠實注射劑無疑是潛意識最大的敵人，只因為它居然能夠流利地說出單單屬於潛意識王國的母語。革命話語的目的無意識自此遇到了最為陰險的挑戰。這種被杜撰出來的製劑，剛好是美蔣特務的 48 種刑罰在面對成崗無計可施時，才隆重出場的——羅廣斌等人借用的動作化妝術十分合乎刑訊邏輯：誠實注射劑就是那只被統一了長勢的手生產出的輝煌產品，是革命話語的目的無意識孵出的英俊小雞。

　　羅廣斌來自杜撰誠實注射劑的欣慰即將面臨監控者們的質疑。1961 年 3 月 7 日是一個春光明媚的日子，萬物伸展著懶腰，舒活著筋骨，羅廣斌、楊益言則取道漢口，從重慶來到北京，直接與首都的春天碰面——那年頭，首都北京的每一個日子都被全國人民認作春天，只因為教育家和他的教育理念定居在這座城市。第二天，中國青年出版社二編室專門為《錮禁的世界》第三稿召開了一次討論會，以便集思廣益，達到對寫的高度監控。就是在那次煙霧繚繞的小型會議上，許多人建議刪去誠實注射劑。他們的理由很充足：這樣設計情節、杜撰刑具，會使小說顯得過於詭祕，有違革命話語清楚明白的優良品性，對那只統一了長勢的手似乎也有所冒犯。

　　羅廣斌在來京的路上從未想到會出現這樣的局面。一向對編輯部謙恭有加的羅廣斌對此拒不接受。面對來自監控者集團的疑問，他有意看了一眼一同前來的楊益言，一個瘦削、單薄的矮個子男人，胸有成竹地說，儘管他在歌樂山確實沒有聽說過這種製劑，也沒有見過一個貨真價實的美國鬼子，但「真實的材料決定了我們的主題選擇：通過小說，揭露敵人，歌頌先烈」，如果把這種製劑寫進去，他說，對突出全書的主題肯定大有幫助——依照革命話語即興色彩在眼下的運行

軌跡，美帝國主義目前正好是中國人民最大的仇家。面對滿屋子聽眾，羅廣斌繼續侃侃而談：「我們現在寫它，不是把它當成歷史反革命來寫，而是寫的現行反革命。美國在過去參與了反共活動，直至今天仍沒有放下屠刀。」他反問在場的列位監控者，情況難道不是這樣的嗎[14]？很顯然，為了給誠實注射劑辯護，羅廣斌故意使出殺手鐧，動用了革命話語的典型語氣和發聲方式；它的威力馬上就鎮住了所有的與會者。

看起來，羅廣斌的想法和張羽的觀點不謀而合。在那間煙霧繚繞的會議室，聽完羅廣斌的慷慨陳詞，張羽也有些激動。他自覺地站在了羅廣斌一邊，就像整整 6 年後，他將再次站到羅廣斌的亡靈一邊。張羽整理了一下思路，沿著後者未竟的話題繼續發揮。他也盯了一眼楊益言，然後才說，把這個情節保留下來，「可以反映所謂美國最現代化的特務手段，揭露敵人無所不用其極，甚至把所謂現代科學成就使用到無辜者身上，搬到政治鬥爭中去。」在那個還沒有沙塵暴的春天，張羽歇息了一下，或許是喝了一口水，或許是抽了一口煙，反正接下來是繼續辯護，「不管多麼先進的武器（或技術）都打不敗用先進思想武裝起來的人……藥物能給人帶來生理上的煩躁不安、心神恍惚、出現幻境，但它無法動搖戰士的意志和決心。有了這一條，也就是把隱藏在幕後的敵人——美國反動派，拖到前場來審判了。把這樣的情境淋漓盡致地寫出來，既是對敵人無情的暴露，也是對革命者最好的頌歌。」[15]

會議尚未結束，誠實注射劑就已經在張羽的辯護、羅廣斌假借革命話語的典型語氣和發聲方式中，得到了有效地保護；在實彈操作時，羅廣斌、楊益言似乎更為激進：他們不僅唆使藥物安然進入成崗的身體，後者不僅沒有在「最現代化的特務手段」面前屈服，還直接性地

---

[14] 羅廣斌在討論會上的發言，轉引自張羽〈我與《紅岩》〉，《新文學史料》，1987 年第 4 期。

[15] 張羽在討論會上的發言，轉引自張羽〈我與《紅岩》〉，《新文學史料》，1987 年第 4 期。

痛斥了陳然根本沒有見過的美國特務──經過前紅色說書藝人的雙手，美國特務化妝成一個長有一雙老鼠眼的醫生[16]，正代表美帝國主義前來歌樂山興風作浪，殘酷鎮壓革命話語的目的無意識。

　　不用等到 1961 年春天，熟悉地下工作程式的羅廣斌就知道，無論是在「慈居」的刑訊室還是在歌樂山的刑訊室，無論這兩個歹毒兇狠的地方怎樣想方設法投靠地理語法的基本旨意，陳然和許建業都沒有機會照面；按照 1948 年前後中共重慶市委的工作程式，陳然不歸許建業領導（陳然的上級一開始是彭詠梧，其後是李維嘉）。隨著累積式寫作的不斷加深，羅廣斌等人在吸納陳然和許建業生產出來的條件性動作時，像他們製造出的誠實注射劑一樣，合乎邏輯地讓受刑昏迷的成崗，見到了剛剛被捕就送至刑訊室的許雲峰（以許建業、羅世文、韋德福等人為原型）。我們的故事在這裏恰到好處地閃開了一個缺口：一見到老許（即許雲峰），正處於深度昏迷狀態的成崗像吸食還魂丹一樣，馬上就清醒過來，當著美蔣特務的面，兩人相互問候，相互勉勵；成崗還以遍體鱗傷之身，在美蔣特務的眼皮底下，奮筆疾書，寫了一首光彩奪目的詩篇〈我的「自白書」〉[17]，用以回答敵人的威逼利誘。在 1961 年的春天、秋天直到殘冬，羅廣斌等人不斷唆使如狼似虎的刑訊人員容忍成崗使用過於耗費時間的毛筆，寫出長達 12 行的詩篇來咒罵他們，令我們這些講故事的人十分佩服成崗遠超曹植的詩才，也異

---

[16] 參閱羅廣斌、楊益言《紅岩》，第 368-375 頁。

[17] 此詩全文如下：「任腳下響著沉重的鐵鐐，／任你把皮鞭舉得高高，／我不需要什麼『自白』，／哪怕胸口對著帶血的刺刀！／／人，不能低下高貴的頭，／只有怕死鬼才乞求『自由』；／毒刑拷打算得了什麼？／死亡也無法叫我開口！／／對著死亡我放聲大笑，／魔鬼的宮殿在笑聲中動搖；／這就是我──一個共產黨員的自白，／高唱凱歌埋葬蔣家王朝。」但它純屬說書底本和小說《紅岩》的杜撰，但該詩因為說書底本和《紅岩》的關係實在是流傳太廣，以致於被當作真的是陳然烈士之作，並被收入很多詩選當中（參閱蕭三主編《革命烈士詩抄》，中國青年出版社，1959 年等）；更有意思的是，有的文學史著作竟然將這首詩當作楊本泉的代表作（參閱呂進主編《20 世紀重慶新詩發展史》，重慶出版社，2004 年）。順便說一句，擔任呂著編審工作的是楊本泉（參閱呂著版權頁）。

常同情美蔣特務竟然出人意料地如此弱智、如此罕見地富有耐心。通過對陳然的懷念和追憶，前紅色說書藝人令完成性動作又一次迎來了它的高潮；黨史小說感到了渾身戰慄帶來的廣泛快感。

二、許雲峰的誕生

1949 年 12 月中旬，早在大屠殺之夜成為令人側目的悲劇之後沒幾天，正在寫作《關於重慶組織破壞經過和獄中情形的報告》的羅廣斌就非常清楚，許建業是歌樂山上下的所有本事生產者中最具樞紐性質的人物：如果沒有他在倉促之間犯下的低級錯誤，徐遠舉根本破獲不了「《挺進報》案」（徐遠舉對此也不得不承認[18]），《紅岩》將欲吸納的條件性動作絕不可能被那麼多人齊心協力地生產出來，被統一了口徑的嘴巴和統一了長勢的雙手所必需的原材料根本無從發掘，因為「沒有真人真事，也就沒有《紅岩》」[19]。但隨著累積式寫作的步步為營、重陣推進，作為一個閃光的符號，許雲峰不會被羅廣斌等人批准，去犯許建業曾經犯下的那種低級錯誤；這等錯誤的認領者，只能是陳柏林那樣的革命新手。1961 年深冬的羅廣斌，完全有理由為他們動用的情節嫁接術和動作化妝術產生的革命效果感到自豪：以陳柏林為原型的陳松林恰好是在老許睿智地提醒下，才在《紅岩》中幸運地躲過一劫，沒有被紅旗特務從思想上得以誘姦，也未曾被捕——遵照羅廣斌等人在 1961 年的安排，陳松林在 1948 年跑到工廠做工運工作去了。

我們的故事將再一次來到 1961 年 3 月 8 日，只因為它在累積式寫作的歷史上是一個富有象徵意義的日子。在中國青年出版社那間煙霧越來越大的小會議室裏，羅廣斌剛剛捍衛完「誠實注射劑」的尊嚴，又將馬不停蹄地為革命話語的批發商（即黨的領導人）辯護。他對滿屋子的監控者說：「如果是領導人物，就更要寫出他們的獨特風格、組

---

[18] 參閱公安部檔案館編《血手染紅岩——徐遠舉罪行實錄》，第 24 頁。
[19] 參閱劉德彬《我要說的話》（1993 年 9 月 14 日），手稿複印件。

織能力、領導水平、高度的洞察力。」[20]羅廣斌有意將革命話語的真相一語道破：後者不允許許雲峰三次撞牆，因為撞牆表徵著洞察力的嚴重喪失；許雲峰也不可能被徐鵬飛（原型是徐遠舉）認為毫無利用價值，被捕僅僅幾個月就以借人頭的方式被處死，這麼快就讓許雲峰去加固腦袋經濟學，顯然冒犯了革命話語賦予領導者頭上的光環。隨著羅廣斌的話音在空氣中消失不久，許建業在向新式孝道的懺悔中生產出來的帶血的條件性動作（比如三次撞牆），馬上就以完全被忽略的方式被完成性動作全面扭曲。前紅色說書藝人和他們的監控者彼此間心照不宣：忽略完好地為談論運算式生產出了更有意義傾向性的價值、更正確的價值[21]。

　　1961 年 3 月 8 日，羅廣斌在說出那番令革命話語十分滿意的話時，肯定能夠清楚地回想得起，幾年來他們為許雲峰究竟花費了多少心血。作為累積式寫作的具體實施者，他們從一開始就知道，許雲峰必須以許建業為主要原型，只因為他是「《挺進報》案」的樞紐，是《紅岩》必須依賴的本事的中轉站和發動機；當然，不用張羽監控，他們也會明白，黨史小說不能直接凝結許建業生產出來的條件性動作作為談論運算式的價值，只因為那樣做無異於為革命話語臉上抹黑：一個黨的重要領導人居然朝自家大門踢進了一粒烏龍球。這個疑難雜症長時間地壓迫著沒有多少寫作經驗的前紅色說書藝人。幾經周折，他們想出了一個幼稚的解決方案：1959 年，在重慶團市委那間工作室誕生的《錮禁的世界》第二稿中，許雲峰剛到第三章就被迫草草就義，只是就義前沒有忘記唱《國際歌》和呼口號[22]。很明顯，時隔多年後，倒是完成性動作的實施者製造了一記烏龍球。我們的故事需要的偶然性再一次恰到好處地探出頭來：在中國青年出版社那間寬敞的屋子裏，羅廣斌趁緊張工作的間歇閱讀《基督山伯爵》；當他讀到被人誣陷

---

[20] 參閱張羽〈我與《紅岩》〉，《新文學史料》，1987 年第 4 期。

[21] 參閱張羽〈我與《紅岩》〉未刪稿，手稿複印件。

[22] 參閱張羽《〈紅岩〉的誕生》，手稿複印件。

的伯爵大人關押在黝黑的牢房裏的情形時，頓時靈感大發，地牢和韋德福馬上來到羅廣斌的腦海──他終於為許雲峰找到了能夠繼續活下去的救命藥丸[23]。

羅廣斌的靈感突發產生的革命效果十分明顯：「在三稿到四稿裏所刻畫的許雲峰，吸取了其他烈士的大量材料，形象就豐滿多了。」「赴宴一節，基本上取材於四川省委書記羅世文和軍委書記車耀先對敵鬥爭的事蹟。書店遇險一節，原來的經理是李敬原，後來把李敬原推到更高層領導，改由許雲峰任經理。茶館被捕一節，由於李、許換位，就不再是上級保護下級，而成了下級掩護上級，下級（許雲峰）被捕，而上級（李敬原）仍在獄外活動，既表現了許雲峰的優秀品質，也使讀者感到獄外保存了更強大的力量，社會效果更好。收尾時，許雲峰在地牢的生活部分，則採自回憶錄《在烈火中永生》裏那個沒有留下姓名的『堅強的人』的事蹟。」[24]就在伯爵大人借機顯靈的同時，情節嫁接術也適時地發揮了作用，在猛藥的幫助下，許雲峰終於在地牢中頑強地活了下來。

羅廣斌、楊益言心中有數：有累積式寫作和監控者撐腰，許雲峰不可能再在第三章就倉促死去，他還有更多的事情要做。從 1961 年春天開始直到秋天悄然來臨，羅廣斌等人給許雲峰賦予的重任是：後者必須被關進地牢，像韋德福一樣遵照老鼠的指引，僅憑一雙肉手就挖開牆壁，但他又絕不能像韋德福那樣自私地一個人跳出去，暴露致命的機密；許雲峰必須憑著對新式孝道的遵從，將缺口掩藏起來，等待時機成熟，讓全體難友利用這個咽喉要道集體突圍。春去夏來，就在羅廣斌等人的善解人意中，作為一個大智大慧的領導人，許雲峰比許建業幸運得多：他留到了最後，他必須指揮獄中地下黨組織直到最後一刻，不像許建業只知道以頭撞牆，向死神殷殷致意；羅廣斌等人就

---

[23] 參閱張羽〈我與《紅岩》〉未刪稿，手稿複印件。

[24] 張羽〈我與《紅岩》〉，《新文學史料》，1987 年第 4 期。從本事推測，那個「堅強的人」就是本書上卷裏講述過的韋德福。

像手持生死權杖的無常，在他們的操持下，許雲峰死於天亮之前的第二十八章，而不是第三章（全書一共三十章）。不過，臨近 1961 年的夏天，羅廣斌已經十分清楚，到得第二十八章，許雲峰已經盡善盡美地完成了自己的使命，可以毫無愧色地和這個世界說再見。

像那個多年前數次撞牆、最後還必須加固腦袋經濟學的許建業一樣，許雲峰的故事並沒有因為 1961 年夏天的到來和離去而結束，只是和前者相比他要幸運得多。1961 年 10 月下旬的一個深夜，無疑是許雲峰的光輝形象邁向更高境界的歷史性時刻。這個「三年自然災害」最末一年的深夜，初看上去與往常沒什麼兩樣：街上行人稀少，人們躲在家裏，為的是節約已經降到最低供給限度的卡路里（calorie），大躍進帶來的蒼白的紅暈還沒有完全消失。那天晚上，張羽、羅廣斌、楊益言從北京西城區十條口的小攤上吃完夜宵，步行回不遠處的中國青年出版社，那裏，有一間三床、三桌、三椅的屋子和一堆手稿在等待他們挑燈夜戰。

連日來，一條爆炸性消息在中國共產黨人心中激起了巨大的波浪：作為革命話語多年來精心塑造出的神話人物，史達林的屍體居然被大逆不道的繼任者赫魯雪夫一火焚之。快到中國青年出版社一個街道的拐彎處，革命話語的零售者突發奇思，對兩位完成性動作的操持者說，我們不能聽任赫魯雪夫的大逆不道無所事事，應該對赫禿的反革命行徑有所作為，你們看，我們能不能通過許雲峰或《紅岩》中的其他代表人物之口，表達中國人民對史達林同志的無限熱愛？這個看似荒唐的提議，完全符合革命話語的即興色彩，也為累積式寫作和許雲峰提供了繼續生存下去的可能性。

那個街道拐彎處倉促過去後整整一周時間裏，心領神會的羅廣斌和楊益言著魔一般迷上了張羽的提議——向革命話語及其即興色彩表達忠心，恰在此時。北京的 10 月正是一年中最好的時日。有一天，趁著秋高氣爽，羅、楊二人在著名的北海公園散步；就在公園的某個拐彎處，他們終於明白該在許建業的《紅岩》之旅的哪個地方加塞了：他們悍然決定，就在徐鵬飛名為宴請實為招降許雲峰的那一段，塞進

中國人民對史達林同志的無限熱愛[25]。作為一個講故事的人，我有充分的責任把這段精彩的描寫抄錄下來。話說在徐鵬飛的家宴上，徐鵬飛的上司即保密局局長毛人鳳為勸降許雲峰專程出場了——

> 「開口階級鬥爭，閉口武裝暴動！」毛人鳳突然逼上前去，粗短的手臂全力揮動著：「你們那套馬列主義的階級鬥爭學說早已陳腐不堪，馬克思死了多少年了？列寧死了多少年了？……」「可是史達林還活著！」許雲峰突然打斷毛人鳳的話，「史達林繼承了馬克思列寧的事業，在全世界建成了第一個社會主義國家，你們聽了他的名字，都渾身發抖！」

即使是到了這步田地，在 1961 年深秋，羅廣斌等人依然不打算放過許雲峰。他們實施的完成性動作依靠動作化妝術，還在為許雲峰完美形象的最後定型添磚加瓦：臨近小說結末（即第 28 章），許雲峰被投進鏹水池而不是和純種農民李大鏞一起被公開槍決之前，徐鵬飛專程來到地牢，為許雲峰送行。徐鵬飛沒有發現掩藏得很好的那個缺口，他的本意也只是想嘲笑許雲峰：你一直努力想要撕破的天確實快要亮了，但你卻見不到它，倒在天亮之前，是不是太遺憾？和那個內心跳起踢踏舞的李文祥完全相反，許雲峰在完成性動作及其監控者的授意下，以義正詞嚴的痛斥給了令徐鵬飛極度驚恐的答覆[26]。很容易看出來，1961 年深冬，《紅岩》臨近最後定稿前，在凝結條件性動作形成價值時，羅廣斌等人並沒有忘記讓黨史小說順利來到這個世界的恩人：他們以許雲峰巍峨如泰山般的光輝形象，表達了對許建業的無上感激。

---

[25] 參閱張羽〈我與《紅岩》〉，《新文學史料》，1987 年第 4 期。1981 年春天的一個上午，張羽在出版社的「《紅岩》檔案」裏調出當年的《紅岩》手寫稿，為此，他在當日的日記中這樣寫道：「許雲峰鬥爭毛人鳳，講『還有史達林』一段，是針對赫禿而寫的。十一月裏的一個晚上，我和羅、楊在街上吃了夜宵後，回來的路上，我提出構思，通過敵我鬥爭，為史達林鳴冤叫屈。其他改寫部分多處，都留下了記錄。」（張羽《〈紅岩〉日記》，1981 年 3 月 29 日，未刊稿）

[26] 參閱羅廣斌、楊益言《紅岩》，第 553-555 頁。

三、龍光華，劉思揚

　　1948 年 12 月 15 日深夜，幾年前在湖北被俘的新四軍戰士龍光章病死於渣滓洞看守所。早在渣滓洞、白公館充當不情願的客人時，羅廣斌、劉德彬、楊益言就知道，龍光章一到看守所就是個病號；1950年，三個紅色說書藝人在撰寫《聖潔的血花》時，對龍光章的描寫不過區區兩百字[27]。早在渣滓洞跳腳鐐舞之前，羅廣斌就十分明白，在歌樂山上下的事情生產者當中，龍光章不過是個小角色，因為他一開始就是個病人，折騰不出多大的動靜。腳鐐舞過去十餘年後，羅廣斌卻不準備在他的完成性動作中輕易放過龍光章：因為後者是一場鬥爭運動的由頭，一張精神六合彩，可以讓羅廣斌等人用於購買打擊美蔣特務內心官僚體系的武器[28]。他們早已商量決定，不能讓龍光章毫無作為地輕易死去，就像他們未曾放過中彈的丁長髮一樣。

　　從 1961 年春天開始，隨著羅廣斌等人將他們的決定付諸實踐，我們的故事有機會目擊到如下事情：黨史小說中的龍光華不再是個病號，而是保衛囚徒們的水源被美蔣特務拷打致死的英雄；他最後一句話是「指導員……給我……一支槍」，最後一個動作是「獨自站在牢門口」，「一隻手緊抓住牢門，一隻手伸向前面……一雙永不瞑目的眼睛，凝望著遠方」。──那裏，是劉鄧大軍即將進入山城的方向[29]，文革中身居高位的謝富治率領解放軍正從那個方向匆匆趕來。在 1961 年那個值得紀念的秋天或冬天，經過羅廣斌、楊益言、張羽的精心操持，一個令人瞠目結舌的結果終於靈光乍現：在累積式寫作中，龍光華的境

---

[27] 參閱羅廣斌等著《聖潔的血花》，新華書店華南總分店出版，1950 年，第6-7 頁。

[28] 在說書底本《在烈火中得到永生》中，對龍光章的描寫已經十分仔細，雖然他仍然是一個病號，但作者追溯了他在新四軍裏的光榮歷程；臨死前，說書藝人們還通過囈語的方式，表現了龍光章對革命事業的忠誠（參閱羅廣斌、劉德彬、楊益言《在烈火中得到永生》，中國青年出版社，1959 年，第 34-37 頁）。

[29] 參閱羅廣斌、楊益言《紅岩》，第 225-231 頁。

界一次又一次地得到大幅度提高和昇華，完全符合革命話語即興色彩高度首肯的躍進精神：他「從一個『受人照拂的病友』，到一個『保衛難友利益的戰士』，最後成為一個搏擊敵人、死不倒下的英雄的動人形象。」完成性動作之所以要在這個小角色上花費那麼多精力，是因為羅廣斌等人想將龍光華當作「來自武裝鬥爭戰線、為人民利益犧牲一切的普通戰士的光榮代表」[30]。

　　黨史小說的作者在處理完較難處理的龍光章後，接下來處理龍光章之死引發的絕食、獄中追悼會，就容易多了。他們除了在個別細節上稍做修飾，基本工作就是對本事進行照章吸納。這一部分因此修改得十分順手[31]。羅廣斌等人很明白之所以順手的原因：絕食和獄中追悼會本來就是在革命話語的支配下被生產出來的，十餘年後，他們再度遵照革命話語的指令去凝結這些事情，進行新一輪的話語生產，除接受即興色彩的領導進行必要的昇華外大量採用實錄，幾乎沒有任何其他可能性——何況寫的監控者就在他們身邊，就在中國青年出版社那間寬敞的平房裏，更不用說他們的內心早就盤踞著一整套設備精良的官僚體系[32]。

　　我們的故事在此必須馬上聲明：在 1961 年臨近尾聲的北京，羅廣斌、楊益言等人在面對絕食和獄中追悼會時，並不是毫無作為，任由條件性動作牽著鼻子四下晃蕩——早在照章吸納獄中追悼會之初，他們就悍然決定將囚徒代表認作劉思揚，而不是龍光章的新四軍戰友楊志純。在中國青年出版社，部分依靠情節嫁接術，部分依靠動作化妝術，羅廣斌、楊益言將楊志純等人生產出的條件性動作幾乎是天衣無縫地安放或栽贓到劉思揚身上。沒有人比羅廣斌更清楚，劉思揚的主要原型就是曾在白公館和他同居一室的劉國鋕，那個 10 天內被自己的

---

[30] 本段文字中引號內的所有內容全部來自張羽（參閱〈我與《紅岩》〉，《新文學史料》，1987 年第 4 期）。

[31] 參閱張羽〈我與《紅岩》〉未刪稿，手稿複印件。

[32] 參閱羅廣斌、楊益言〈創作的過程，學習的過程——談談《紅岩》的寫作〉，《中國青年報》1963 年 5 月 11 日。

上級和部下兩次出賣的不幸人士。羅廣斌等人在面對劉思揚時顯然十分小心：和劉國鋕出身富豪家庭、與曾紫霞戀愛、拒不接受家人的營救、被叛徒出賣而抓捕一樣，劉思揚必須有類似經歷。在 1961 年深秋，出於將小心落到實處的考慮，羅廣斌等人必須為劉思揚動用情節嫁接術：後者不再是中共地下黨沙磁區區委書記，而是遵照完成性動作的鈞旨，取代成善謀成為《挺進報》電臺特支的成員，和未婚妻孫明霞（以曾紫霞為原型）而不是和成善謀善良的妻子一道，負責抄錄新華社的電訊稿；但他又必須和劉國鋕相反，在渣滓洞看守所不能受刑，他還必須得到假釋。除此之外，羅廣斌等人還唆使劉思揚和孫明霞對歌傳情──只是歌詞必須得到革命話語的高度首肯，用以體現革命浪漫主義和革命現實主義相結合的文學宗旨。羅廣斌等人十分清楚，該文學宗旨正好是革命話語即興色彩走到 1961 年的命定產物。

　　1961 年，正當劉思揚的形象越來越趨於完美時，羅廣斌、楊益言都知道，劉思揚之所以不能受刑和必須得到假釋，是因為按照他們的指示，劉思揚必須充任徐鵬飛釣到更多、更大的魚的釣餌，借此顯示徐鵬飛的陰險，進一步顯示革命者的堅剛不屈。作為釣餌或道具，劉思揚在《紅岩》中作用十分重大：他起著連接渣滓洞和白公館的任務，是整部黨史小說的「書眼」。羅廣斌們先命令他從渣滓洞獲得假釋，再命令徐鵬飛把他抓進白公館。「《紅岩》中很多鏡頭的轉換，都是通過劉思揚的眼睛傳遞給讀者的。由於劉思揚的進出和換監，人們的視線從渣滓洞轉移到白公館，又看到了一批老革命者更隱蔽、更艱巨、更曲折複雜的鬥爭。」[33]很顯然，羅廣斌們的一切設計都是為了展現革命話語內部運作的第二重循環。

　　到得 1961 年深冬，黨史小說專門為劉思揚安排了一出十分奇特的命運：和慘遭刑訊的劉國鋕在 1949 年 11 月 27 日下午 3 時被密裁於歌樂山松林坡不一樣，劉思揚必須有所作為之後才能奔赴黃泉。在完成性動作凝結價值的途中，劉思揚最後時刻的情況大致上是這樣的：許

---

[33] 張羽〈我與《紅岩》〉，《新文學史料》，1987 年第 4 期。

雲峰在地牢中挖出的那個缺口，在集體越獄時起到了至關重要的作用，槍聲響起時，白公館的各位難友從缺口處紛紛跳出監獄。很奇怪，他們並未像韋德福那樣摔斷雙腿；許多人消失在歌樂山蒼翠碧綠的密林裏，覓得了性命，劉思揚奪路奔逃時卻不幸中彈。臨死之前，在羅廣斌等人的授意下，劉思揚拼盡最後的力氣朗讀了一首自創的詩篇，為正在奔逃的戰友送行。革命激情壓倒了來自身體的創痛。劉思揚一共朗誦了八行，其中的兩句分別是：「人民解放了！」「我們——沒有玷污黨的榮譽！」在北京的深冬，羅廣斌、楊益言給臨死前的劉思揚賦予了帶驚嘆號的充沛中氣，附帶著讓敘事性談論運算式中的價值渾身佈滿了驚嘆號。

　　早在 1961 年 5、6 月間，《紅岩》第一稿（即《錮禁的世界》第四稿）正在緊張地修改之中，在中國青年出版社那間寬敞的屋子裏，羅廣斌就曾對監護人張羽說：「劉思揚不能活著出來。如果讓他活著，就會像《林海雪原》中的少劍波和作者曲波那樣，好事者都要出來找那個活著的人，那就不知道要帶來多少麻煩了。」因為在劉思揚身上，就有羅廣斌的影子[34]。聞聽此言，張羽氣色凝重，點頭稱是。他當然知道這是為什麼。因此，在 1961 年深冬，黨史小說臨近最後的勝利時，劉思揚必續認領他必死的命運。作為後話，這件事將會再次出現在我們其後的故事當中；過不了幾年，當繼續革命達到高潮時，羅廣斌的擔憂很快就化為了現實。

四、江雪琴

　　從 1950 年起，前紅色說書藝人就一直在著力打造江雪琴（即江姐；當然一開始是江竹筠）的光輝形象。早在 1950 年，作為彭詠梧曾經的部下，劉德彬就提前知道：十餘年後出版的黨史小說中的江雪琴的原型，就是他十分熟悉的江竹筠。從 1948 年 4 月中旬在萬縣被捕直到第二年 10 月江竹筠英勇殉難，劉德彬和江竹筠就沒有分離過——他

---

[34] 參閱張羽〈我與《紅岩》〉未刪稿，手稿複印件。

們同在渣滓洞看守所過著極不情願的客人生活。劉德彬目睹過江竹筠
的英勇表現，甚至親眼看見後者在被槍斃前也要把自己打扮得整整齊
齊。其後幾年，當羅廣斌等人為新一輪話語生產尋求價值的線性流程
中，江雪琴在中美合作所的表現除了在釘竹簽子、親眼目睹彭松濤的
腦袋、奔赴華鎣山游擊隊工作等處有有意的誇張和鋪排外，基本上就
是對本事的實錄──江竹筠在獄中的表現太完美，以至於黨史小說沒
有必要為江雪琴過多動用情節嫁接術和動作化妝術。

　　大約是在 1961 年春天，羅廣斌、楊益言才在張羽的建議下，將和
白公館看守所、渣滓洞看守所關係密切的 3 次川東起義濃縮在華鎣山
起義當中；華鎣山游擊隊隊長也被羅廣斌等人說成是一位女性，人稱
雙槍老太婆（而不是本事中的其他男人），政委則是江雪琴的丈夫彭
松濤（即本事中的彭詠梧，而不是王璞或鄧照明）。前紅色說書藝人
會同他們的監護人，令江雪琴從重慶前往華鎣山的途中，目睹了彭
松濤被示眾的頭顱，再令她強忍悲憤，見到雙槍老太婆後，堅決要
求在丈夫工作過的華鎣山游擊隊繼續工作。因此，江雪琴被捕的時
間，「比（江竹筠）實際被捕時間要晚些，這是為了讓她在根據地
的活動中有所表現。」[35]1961 年春，為更好地實施對寫的監控，張羽
甚至將他在訪問蘇區後「獲得的珍貴印象」即「留下孤兒寡婦也要
鬧革命」，免費安放在雙槍老太婆安慰江雪琴時一張一弛的嘴巴之
中[36]。

　　必須要承認：儘管幾年來花費了無算的精力，羅廣斌等人卻沒
有任何能力讓江雪琴在根據地真的有什麼驚天動地地表現，除一以
貫之的堅定，除賞給叛徒甫志高幾記響亮而清脆的耳光，除反覆表
示要在丈夫丟失頭顱的地方戰鬥下去，一切都稀鬆平常。為凝結正
確的價值，幾年過去了，江雪琴卻越來越有必要成為一個乾癟的符
號；這個符號幾年後將被文化旗手當作不成功的典型責怪黨史小說

---

[35] 張羽〈我與《紅岩》〉，《新文學史料》，1987 年第 4 期。
[36] 參閱張羽《〈紅岩〉日記》，1981 年 3 月 29 日，未刊稿。

的作者[37]；更多的歲月過去後，連江雪琴的主要炮製者劉德彬也不得不為這個符號的過於乾癟深感遺憾[38]。但這怪不得羅廣斌、劉德彬和楊益言，因為江雪琴只能成為一個符號。何況羅廣斌和他創作夥伴早就清楚：這不是一般的符號；一個人要想成為符號，必須經過誠實注射劑的嚴格檢驗。到得 1961 年，羅廣斌等人更為清楚的是，化名為監獄之花的卓婭、化名為小蘿蔔頭的宋振中這些次要角色，就更無關緊要。他們當然是符號，但他們只是襯托符號之所以是符號的那種符號。卓婭的母親左紹英根本就沒怎麼露面，監獄之花在《紅岩》中一出現差不多就是個孤兒，就更是符號希望的那種涵義：所謂符號，就是無人。

參、美蔣特務及其他

一、徐鵬飛

1961 年春天，正當羅廣斌等人在中國青年出版社為《紅岩》殫精竭慮的當口，徐遠舉正好在距離出版社不遠的北京戰犯管理所接受靈魂裝修工程的考驗；種種跡象表明，徐遠舉有望成為一個符號，只是他的脾氣太急躁[39]。羅廣斌等人必須感謝徐遠舉，只因為後者在歌樂山上下生產事情的非凡能力，為他們凝結價值提供了最大的礦藏。

---

[37] 文化旗手江青對此也有同樣的看法：「小說中江姐弱了，要重新創造一個。……江姐性格比較複雜、鮮明，塑造出的比較少。」【〈(江青) 對改編京劇《紅岩》時指示〉，新北大公社《文藝批判》編輯部編《江青同志關於文藝工作的指示彙編》，1967 年 10 月，第 29 頁】

[38] 1993 年夏，劉德彬致信張羽說：「鑒於江姐太單薄了，可以擬寫一批渣滓洞的難友，表現他們獄中的氣節，好進行傳統教育。」【劉德彬致張羽信（1993年 6 月 19 日），手稿複印件】至於說劉德斌是江姐的主要炮製者一事，請參閱劉德彬〈還歷史本來面目〉，手稿複印件，未刊稿。

[39] 參閱《沈醉回憶作品全集》，第 1 卷，第 632-640 頁。

　　1961 年 3 月 8 日，在中國青年出版社二編室的那個小會議室，面對《錮禁的世界》第三稿，正式監控完成性動作之施力方向的張羽，對前一天剛從重慶來到北京的羅廣斌和楊益言說：「從稿件現在的情況看，特務頭子徐鵬飛是個很有特色的人物，不只是外在的表像描寫，而且深入了他的內心世界。」[40]面對來自革命話語零售者的鼓勵，羅廣斌以四川人特有的誇張神色坦率地承認：那實在是因為徐遠舉頭上生瘡腳下流膿──壞透頂了。他的四川「椒鹽」普通話外加誇張的手勢，引來了眾人的笑聲；只是不知道距離中國青年出版社不遠處的徐遠舉是否感到耳根發燙。

　　累積式寫作走到 1961 年時，羅廣斌等人已不必為徐鵬飛花費太多的力氣；作為一部無需多少想像力的小說，《紅岩》在凝結條件性動作以構成談論運算式的價值時，基本上是按照革命話語的教誨，直接將徐遠舉生產出的本來之事夾帶進敘事脈絡當中；只需要在手工作坊的水平上，為徐鵬飛動用情節嫁接術、動作化妝術。在那一年緊張、漫長而短暫的幾個月裏，羅廣斌為徐遠舉做的事情，僅僅是將紅旗特務鄭克昌（以李克昌為原型）當作徐鵬飛的死對頭嚴醉（以沈醉為原型）的部下，用以突出美蔣特務陣營當中必然出現的狗咬狗局面，完全不似革命陣營內部從來都是團結一致奔赴同一個革命目標；僅僅是讓徐鵬飛在面對「雲陽縣參議員」（以盛超群為原型）對自己的戲弄時，明知對方的口供有假，也要派人前往雲陽縣照單抓人，為的是給自己緊鎖的眉頭爭取解鎖的時間──反正羅廣斌、劉德彬甚至楊益言早在十餘年前就對徐遠舉十分熟悉。

　　在那一年的春天至深冬，我們已經講述的故事中多次出現過的李磊、徐貴林等次要壞人，前紅色說書藝人能夠為他們做的事情比為徐遠舉做的還要少：除慷慨贈予他們猩猩和貓頭鷹的綽號外，把他們生產出來的條件性動作直接加在這兩個不祥的動物身上就足夠了──李磊、徐貴林本來就十分豐滿，猩猩和貓頭鷹反倒大大降低了他們的豐

滿程度，以至於渾身上下唯餘蠢笨、兇狠和外強中乾、色厲內荏，但這無疑合乎符號的基本語義。

二、甫志高

1961 年 7 月 7 日，隨著暑天的來臨，地球已經開始冒汗；羅廣斌、楊益言則帶著《紅岩》第一稿的清樣經成都回到重慶，專程拜見時任重慶市委組織部部長的蕭澤寬——此人在川東臨時工作委員會被徐遠舉徹底破壞後，擔任過重新組建起來的川東特委書記。諳熟當年事的蕭部長聽完兩個寫作戰士的報告後，特別指示他們，在對叛徒甫志高的塑造上一定要小心、再小心。蕭部長的意思顯然是：作為一個十分敏感的角色，甫志高搞不好會把兩個寫作戰士給套進去。在重慶市委一間儉樸的辦公室裏，蕭部長盯著他的兩位部下，給出了他下這個指示的理由：「不要直接寫組織的破壞，只限制在個人被捕上，這樣更有利於集中、概括，表現烈士們的事蹟和精神狀態，使小說塑造出來的人物更典型化。」[41]

早在這一年初，伴隨著料峭的春風，正式接任《紅岩》責任編輯的張羽在審讀完羅廣斌、楊益言從重慶寄來的《錮禁的世界》第三稿的前幾章後，很快就給他們回了一封信，專門對甫志高的修改問題提出過意見：「他的極端個人主義的思想根源，伏筆似乎還應點得重一些，給讀者以預感；」「他的欺騙手法、兩面作風、蒙蔽伎倆及其內心活動，應求更深刻些；」「應寫到黨是瞭解他的，並進行過教育，而未收到實效。稿中寫許雲峰說：因為初到一起工作，對他過去不瞭解。這樣來寫黨的工作，對細心的讀者來說，是不能滿足的。當然，不是要求增多描寫叛徒的篇幅，而是加強其精神面貌的刻畫。」[42]很顯然，張羽的意見和蕭部長的指示在小異中求得了大同，批發商和零售者準確地走在了同一條路上：黨總是能未卜先知，甫志高的叛變不

---

[41] 王維玲《話說〈紅岩〉》，第 27 頁。

[42] 張羽〈我與《紅岩》〉，《新文學史料》，1987 年第 4 期。

可能出乎它的預料。只是我們這些講故事的人搞不清楚，為什麼在接受了明察秋毫的黨的教育和提醒之後，甫志高最後還是叛變了。

遵照前川東特委書記的指示，羅廣斌、楊益言在那年秋天開始的最後一次修改過程中，移花接木，令川東地下黨組織遭到破壞的程度非常微弱，除了讓幾個職位不高的人（比如許雲峰、江竹筠）橫遭逮捕外，完全可以忽略不計（這無疑大大縮小了徐鵬飛及其代表的美蔣特務的罪惡）；遵照黨委的指示，羅、楊二人在甫志高身上動用了太多的情節嫁接術和動作化妝術：甫志高不再是重慶市委書記劉國定，也不是副書記冉益智，更不是比這兩個傢伙級別更高的涂孝文，僅僅是重慶市沙磁區的區委委員，許雲峰直接領導的下屬；在最後的修改階段，羅廣斌等人已經「會當臨絕頂」，甫志高的一切把戲早已盡收眼底：甫叛徒當然也不能是任達哉、李忠良、余永安這些小角色，因為這些人對黨的祕密知之甚少，拼死也出賣不了幾個人，將甫志高當作這等角色來處理，必將陷小說寫作於不利的尷尬境地。作為創作黨史小說的領銜人，那年秋天的羅廣斌比以往任何時候對此都要心知肚明。

幾十年後，讓我們這個跟話語理論有關的故事十分高興的是，那一年，羅廣斌等人在對甫志高下狠手時，特意動用了完成性動作特有的折中術：它把劉國定、冉益智、涂孝文甚至任達哉、李忠良生產出的一些本事，轉彎抹角、添油加醋地安插在甫志高身上，既讓他代替任達哉在某個茶館逮捕了許雲峰，又讓他代替冉益智或涂孝文在華鎣山周邊的某個縣城（而不是地處川東的萬縣）抓獲了江雪琴。折中術很好地完成了蕭部長賦予羅廣斌等人的任務：甫志高沒有能力出賣更多的同志，也不可能讓徐鵬飛徹底搗毀包括重慶在內的整個川東地區的共產黨組織。那一年，羅廣斌、楊益言留給甫志高登臺表演的機會少得可憐：遵照蕭部長代表黨委的指示，這個角色的使命本來就十分有限。果然，在江雪琴被捕之後沒幾天，在羅、楊二人的默許下，甫志高就被雙槍老太婆的兒子華為「代表人民和黨組織」給斃掉了。受羅廣斌等人在 1961 年秋的派遣，華為在 1948 年某一月某一天，和母

親一道率領華鎣山游擊隊營救江姐時，必須要遇見甫志高，必須要將他擊斃。那一年，除了甫志高，羅廣斌等人沒有讓《紅岩》出現第二個叛徒：甫志高是本事中所有叛徒的集合，劉矮子的叛變風度、冉益智的肺活量、駱安靖對王璞的臨別贈言的仇恨、任達哉享受過的酷刑、李忠良充任內二警進剿第三次川東起義的嚮導、李文祥的賠本生意、涂孝文兩次接受臭罵……全被完成性動作假借甫志高給抽象掉了——這顯然是典型化在那一年的命定結果，也是完成性動作的旨歸之所在。

三、必不可少的美蔣特務

我們的故事早就講到過，從 1959 年 2 月開始，黨史小說最後階段的幾個稿本都是在大躍進時期完成的，修改過程也充滿「躍進精神」（吳小武語）。短短幾年中，革命話語就迅速走到繼續革命的新階段，走到了它的即興色彩極為濃厚的時期：這幾年，美帝國主義一直是中國人民最大的仇家。歌樂山曾經是中美合作所的大本營，美蔣特務在黨史小說中的出現幾乎是必然的事情。作為社會主義建設的新人，在 1959 年後的兩年間，羅、楊二人在革命話語的批發商和零售商的直接監控下，唆使《紅岩》動用了一種可以被稱之為時間拉抻術的寫作方法：繼續將渣滓洞和白公館認作中美合作所，根本不顧它是否早在抗戰結束時就已經壽終正寢；走在時間拉抻術設置的鋼絲繩上的，則是美帝國主義派來的特別顧問。秉承著革命話語即興色彩的巧妙安排，這個角色當然得由長有高鼻樑、藍眼睛的美國人親自擔任——就是這個傢伙，帶來了刑訊方略和技術，帶來了陰險的誠實注射劑。從 1961 年春天到殘冬，羅廣斌、楊益言、張羽始終對此充滿了警惕，因為特別顧問聽命於羅、楊的旨意，在《紅岩》中的作用極為重大：他像一隻看不見的手，處處調控著由中國人擔任的美蔣特務的行動，包括徐鵬飛、嚴醉在內的所有美蔣特務，都成為特別顧問的影子，處處體現了美帝國主義亡我之心不死的狼子野心。

　　1961 年北京一個大雪初飄的白天或晚上，羅廣斌不顧右手食指和虎口的疲勞，在再次修改到描寫特別顧問的那幾個部分時，抑止不住內心的憤怒，慷慨激昂之下，竟然折斷了一根筆尖[43]。

肆、越獄

一、華子良，雙槍老太婆

　　1947 年 8 月 18 日，《挺進報》剛剛創刊一個半月，劉鎔鑄、蔣一葦、陳然、成善謀、程途、彭詠梧、吳子見、劉國定等人各就各位，工作緊張有序，成善謀的妻子正處於身懷有孕的狀態；王璞代表重慶和整個川東的共產黨留守人員前往上海尋找組織尚未歸來。就在這一天，曾在各類看守所關押長達 13 年之久的韓子棟，假裝小便，扔下聚精會神埋首於四方城遊戲的白公館看守盧兆春，從瓷器口一路狂奔，一舉成為白公館歷史上第一個成功的出逃者。經過長達幾個月的艱苦跋涉，韓子棟終於在河南滑縣找到了解放軍，重新回到黨的懷抱，並擔任了新職務。韓子棟沒有機會見到從第二年 4 月開始被大規模押進歌樂山的共產黨人……

　　自 1950 年以來，完成性動作的操持者在累積式寫作中越來越清楚──到 1961 年深冬就更為清楚──，華子良（以韓子棟為原型）必須要把他在白公館裝瘋賣傻的時間拖得更長一些，以便跟隨美蔣特務下山為看守所買東西時，代替本事中的黃茂才為地下黨組織傳遞情報，為越獄做準備：經過情節嫁接術的偷樑換柱，許雲峰在地牢挖出缺口的消息，就是華子良代替美蔣特務給許雲峰送飯時從地牢中帶出來的。仰仗著動作化妝術，華子良從獄中逃出後，並沒有像韓子棟那樣跑到河南去；秉承羅廣斌們的旨意，他順著龍光華臨死前久久注視的方向就近尋找解放軍。在前紅色說書藝人的安排下，比韓子棟更為

---

[43] 參閱張羽《〈紅岩〉的誕生》，手稿複印件。

幸運的是，華子良有妻有兒：他的夫人就是華鎣山游擊隊隊長即雙槍老太婆，兒子則是代表人民處決甫志高的華為。他們一家三口很快就會團圓；這一天的到來幾乎是指日可待。

　　寫應該以何種具體方式閃亮登場的偶然性，在《紅岩》的創作史上不止一次地出現過。話說 1959 年 4 月 12 日下午，時任中國青年出版社《紅旗飄飄》責任編輯的張羽為約稿抵達重慶文聯，訪問了女英雄陳聯詩。儘管早已被勒令退黨[44]，這位飽經風霜、面容憔悴的傳奇人物，還是把她 20 萬字的回憶錄交給了張羽，以便作為系列革命讀物中的一本，由中國青年出版社出版發行[45]。當天晚上，在重慶市團委一間小小的工作室裏，張羽和羅廣斌談起了陳聯詩的回憶錄，引起後者強烈的興趣。羅廣斌請求張羽遲半天將回憶錄寄往北京，讓他當晚先翻閱一下。這一翻閱真是非同小可。1961 年春，當張羽接任《紅岩》責任編輯之後不久，羅廣斌曾在一封討論《紅岩》的信中興沖沖地告訴過後者，陳聯詩就是雙槍老太婆的原型，《紅岩》中的華鎣山游擊隊的許多事情就取材於這本回憶錄[46]。這個偶然的機會拯救了進退維谷的修改工作。不用等到 1961 年羅廣斌就心知肚明：雙槍老太婆的出現，完好地統攝了 3 次川東起義，順便解除了「坐在渣滓洞寫渣滓洞」帶來的陰霾和沉悶，獄中獄外從此真資格地打成一片，也為另一個重要角色江雪琴的出場和形象更為光輝提供了幫助，更為其後的越獄埋下了伏筆[47]。

---

[44] 參閱何蜀〈《紅岩》作者羅廣斌在「文革中」〉，《文史精華》，2000 年第 8 期。

[45] 但這本書並未出版，其原因請參閱陳聯詩的女婿林向北的回憶（參閱林雪等《真實的「雙槍老太婆」陳聯詩》「後記」，第 550-553 頁）。

[46] 參閱羅廣斌 1962 年 5 月 14 日致張羽、王維玲信，手稿複印件。

[47] 關於雙槍老太婆劫獄一事，參閱羅廣斌、楊益言《紅岩》，第 480-489 頁。「文化旗手」江青也曾談起過雙槍老太婆這個角色的重要性：「群眾喜歡老太婆，因為她有武裝，大家高興。」（〈〈江青〉對改編京劇《紅岩》時指示〉，新北大公社《文藝批判》編輯部編《江青同志關於文藝工作的指示彙編》，1967 年 10 月，第 28 頁。）

二、「萬道光芒」

到得 1961 年年底，黨史小說臨近定稿之時，作為社會主義建設的新人，羅廣斌等人有義務給關押在歌樂山上的眾多革命志士杜撰一條活路，除了為展現革命意志必須視死如歸的江雪琴、許雲峰、成崗、劉思揚等人外，其他人必須盡可能成功地越獄──《紅岩》必須展示革命話語的強大，以便對人民群眾起到教育作用，何況作家這個名號早就被革命話語的即興色彩任命為「人類靈魂的工程師」。儘管在那個冬天羅廣斌十分不情願，但「11・27 大屠殺」必須不以人的意志為轉移地被黨史小說所流放──在凝結價值時，羅廣斌、楊益言有意放棄了充分揭露美帝國主義的大好機會。真可惜，那麼多的屍體，那麼密集的槍聲，那麼濃烈的煙霧，那麼多供過於求的電光石火，全部被放棄了。經過羅廣斌、楊益言，外加張羽等人的同意，在獄中地下黨組織的直接安排下，渣滓洞的革命者通過那道曾經垮掉的圍牆衝出重圍，白公館的革命者則通過許雲峰挖出的缺口衝向歌樂山。羅廣斌也許會惋惜：楊欽典、李育生等人必須退出《紅岩》，郭德賢女士和她的兩個孩子必須就地蒸發；還在長壽湖手搭涼棚觀望小說修改之進程的劉德彬有理由更為遺憾：陳作儀的幽默，小卓婭尋找母親的哭聲，統統消失在被統一了長勢的大手的旁邊……

在張羽的監控下，羅、楊二人在 1961 年的勞作讓我們的故事深感欣慰：兩股革命者逃出監獄後，隨即遇到美蔣特務的阻擊。在萬般無奈的關頭，在無巧不成書的戲劇化境地，羅廣斌等人馬上命令華子良帶著解放軍前來接應。看起來，黨史小說的現役炮製者十分「狡猾」，在 1961 年那個寒冷的冬天，他們還故意讓即將起來接應的另外兩股人馬潛伏在《紅岩》的字裏行間之下：一股是雙槍老太婆率領的華鎣山游擊隊；另一股比較複雜：它就是陳松林帶領的工人隊伍。那個聽信紅旗特務的表演充當過「《挺進報》案」最早線索的陳柏林，早就被羅廣斌等人的完成性動作更名為陳松林，因為許雲峰的機智幸未被捕。在革命志士冒死越獄時，陳松林遵照羅廣斌們的旨意，正在歌樂山下

從事工人運動。羅廣斌等人在那年冬天發明的時間拉抻術再一次顯靈：短短一年多時間，雀毛剛剛綻放的陳柏林就以大躍進的革命速度，迅速成長為老練的共產黨人陳松林；他領導的轟轟烈烈的工人運動，像在黨史小說中並未直接出場的華鎣山游擊隊一樣，從側面聲援了成功越獄的可能性：依照羅廣斌們而不是蔣介石們的精心安排，徐鵬飛在最後關頭，在只剩下不到 24 小時的慌慌張張的時間裏，必須分神去對付鬧事的工人[48]。

　　最後的時刻終於來臨：1961 年 12 月 12 日，時序已進入冬天；這天黎明，熹微的晨光照進那間擺有三桌、三椅、三床的平房，羅廣斌哈了一口氣，終於開始《紅岩》最後一段的改寫：「東方的地平線上，漸漸透出一派紅光，閃爍在碧綠的嘉陵江上；湛藍的天空，萬里無雲，絢麗的朝霞，放射出萬道光芒。」[49]

　　「萬道光芒」，革命的光，英雄的光，戰士的光，照耀社會主義建設的新人的光：它預示著革命者歷盡艱險，但最終必將取得早已側身埋伏在必然性中的勝利。不會有人比創造了這束強光的羅廣斌更為清楚，那些在本事中早已死去的人，將在「萬道光芒」中第二次死去，而在本事中死去的更多的人，將在「萬道光芒」中獲得紙面上的再生。也不會有人比黨史小說的作者和他們的監控者更明瞭：偉大的還魂丹來自革命話語，來自革命話語即興色彩的當下進程。

---

[48] 《紅岩》甫一出版，很多論者就對書中的越獄描寫有著極高的評價：「越獄的描寫不但變成讀者無可置疑的事件，而且通過它強有力地表現了共產黨人極大的勇敢和不怕犧牲的精神，以及極高的聰明智慧。」（閻綱《悲壯的〈紅岩〉》，上海文藝出版社，1963 年，第 80 頁）

[49] 參閱張羽〈我與《紅岩》〉未刪稿，手稿複印件。

第七章　《紅岩》的流播

他外出尋找父親的驢，卻得到了一個王國。

——歌德（J.W.von Goethe）

壹、歌劇《江姐》，電影《烈火中永生》

一、繼續吃「姐」

　　1961 年行將結束之際，作為革命話語即興色彩的當下運行模式，繼續革命仍在神情亢奮地向前滑行，步履飄逸、瀟灑，外帶一點很容易就被人察覺的凝重：又一輪的高潮過後稍顯疲態，憔悴的面容和乾瘦的身板令人憐惜。讓人稍感欣慰的是，高潮過後通常會有的不應期並沒有如期來臨，只因為繼續革命痛恨不應期：應和著革命話語即興色彩的當下頑皮，繼續革命仍在一如既往地企盼著下一個高潮──它可不管那些新人、舊人是否跟得上自己的頑皮步伐。在浪漫主義和實驗室氣息君臨天下的年月，除獨掌浪漫主義之杖的教育家，沒有人知道繼續革命的下一站將在何處，他們只能從經驗主義的角度推知：繼續革命肯定會有它的下一站；他們唯一能做的，僅僅是隨著它走進那個新天地。

　　小說《紅岩》經過數次、數年的寫作和修改，終於在一年將盡的尾巴處，趕上了向建黨 40 周年獻禮。這是一件值得黨和新式孝道的認領者皆大歡喜的事情。伴隨著清爽的音色，幾天後敲響的元旦鐘聲給了那種歡喜以金子般的成色：「小說一出，洛陽紙貴。北京所有的宣傳機構幾乎都不約而同地行動起來，紛紛著文介紹……《人民日報》文藝部李希凡、《文藝報》副主編侯金鏡及閻振綱，甚至曹靖華、華

羅庚」都先後致電青年出版社,「表示讚賞和祝賀。」[1]面對色澤鮮豔、步履堅定的黨史小說,早已被革命話語及其即興色彩掌握頭腦的普通讀者,已經預先擺好了讚美的架勢;從那些氣宇軒昂的架勢上,看不出大躍進帶來的身體上的不適,過多的感嘆號讓我們這些講故事的人觀察不到讚美者面孔上的菜色或蒼白[2]。

　　小說出版、走俏後不多時日,《紅岩》流布史上的重要人物,中國人民解放軍空軍政治部文工團上尉編劇閻肅,恰好和小他八歲的河北姑娘李文輝喜結良緣──對於我們這個和話語理論有關的故事,這不是一件小事。新娘子美麗、善良,單純得有如一潭清水;新郎倌則幽默、樂觀、活潑,渾身上下洋溢著那個年代特有的熱情[3]。伴隨著「三分人禍、七分天災」而來的三年自然災害漸行漸遠,比災害初歇後的大多數中國人都要幸運,閻肅的 1962 年好事連連:在收穫了一個漂亮的新娘不久,著名的《劇本》月刊就錦上添花,發表了他的獨幕歌劇《劉四姐》,還給了他近三百元的稿酬──那是那個年代的一筆鉅款[4];緊

---

[1]　張羽〈我與《紅岩》〉,未刪稿,手稿複印件。

[2]　《中國當代文學研究資料・〈紅岩〉專集》(瀋陽師範學院中文系現代文學教研室編,1980 年,內部發行)一書中,就收有小說剛剛出版後著名批評家侯金鏡、閻綱、王朝聞等人熱情洋溢的肯定性文章。閻綱甚至專門為《紅岩》寫了一個小冊子,取名為《悲壯的〈紅岩〉》(上海文藝出版社,1963年);1963 年 2 月,天津人民出版社編輯了一本名為《永葆革命青春──從〈紅岩〉中學習些什麼》的小冊子,內中撰文者有的是批評家,有的是《紅岩》主角的原型當年的戰友(比如吳子見)。所有的評論都圍繞著小說如何從革命話語的角度去吸納本事、塑造人物,最後又如何完好地展現革命話語的丰姿。只不過大多數論者並沒有完全站在革命話語的原教旨主義的立場立論,更多是站在繼續革命的立場上說事,十分符合革命話語的即興色彩的口吻。但即使是在好評如潮的時候也有不同意見。《紅岩》的清樣排出來之後,中國青年出版社將它送到最權威的《人民文學》,希望能在上面發表一兩個章節,但《人民文學》「瞧不起這部小說,說選不出可以發表的章節」。(參閱張羽〈不許污蔑《紅岩》〉,上海交通大學紅岩戰鬥隊編《〈紅岩〉與羅廣斌》第一集,1967 年 8 月,第 32 頁)

[3]　參閱雨哥《我和我的閻肅爸爸》,中國婦女出版社,2005 年,第 46 頁。

[4]　參閱王建柱〈藝術家永遠年輕〉,《中國文化報》2003 年 11 月 15 日。

接著，承領導美意，他又獲得二十天探親假，去河北涿州某航空學校，與在那裏工作的李文輝團聚[5]。臨去涿州前夕，閻肅被《劉四姐》一劇的作曲、導演、演員狠宰了一次。他們莊嚴聲稱：美事不能被一人占盡，閻肅必須請大家在東來順吃一頓涮羊肉，犒勞犒勞因「自然災害」油水嚴重不足的腸胃。熱氣騰騰的涮羊肉：繼續革命年頭最公開、最昂貴的烏托邦，但它被閻肅等人幸運地攻佔了。

酒過三巡，作為對烏托邦的回應，眾食客中的某一位拍拍肚皮，盯了一眼笑得瞇著眼睛的上尉編劇：「閻老肅，咱們別吃完這次就沒了呀！以後還得接著吃。」京片子的滑膩、順暢馬上就引出了我們的故事所需要的素材。另一個食客抹抹嘴角的幾絲殘酒，像在舞臺上演戲一般，配合得恰到好處：「對呀，劉四姐我們今天吃了，再寫個別的東西讓我們接著吃吧。」閻肅哈哈一笑，胸有成竹地說：「你們別著急，這裏還有一個『姐』等著我們吃。」同事們很驚訝，世上那來那麼多的「姐」呢，紛紛要他道個究竟。閻肅鄭重地告訴他們：「這個『姐』姓江，《紅岩》裏的人物，我把她寫成歌劇，一定很好吃。」[6]話音一落，天就逐漸暗了下去，吃得冒汗的藝人們驚訝得嘴都無法合上，只好在暫時的寂靜中，被動吸納不打自招就送上門來的夜色——後者在災害初歇後鬼火一樣的路燈下被剪得七零八落，恰似大卸八塊的烙餅[7]。

---

[5] 參閱雨哥《我和我的閻肅爸爸》，第 46-49 頁。

[6] 參閱雨哥《我和我的閻肅爸爸》，第 49-50 頁；參閱王建柱〈藝術家永遠年輕〉，《中國文化報》2003 年 11 月 15 日。本書所引的這兩處只有一個誤差：前者將吃飯的地方說成是當時著名的康樂酒家，後者則說成是東來順。因為這個問題不重要，所以隨便選取了一種說法。

[7] 《紅岩》出版後短短幾年內，在全國範圍內形成了改編的熱潮，除本章將要提及的影響巨大的改編外，至少可以舉出如下幾個有代表性的改編：趙萊靜等執筆的八場話劇《紅岩》（上海文藝出版社，1963 年）、仲繼奎等編劇的四幕十一場話劇《紅岩》（中國戲劇出版社，1965 年），甚至還改編成了連環畫（參閱吳稼〈文藝作品應該刻劃出活生生的人——《紅岩》連環畫編輯札記〉，《連環畫研究》，1980 年第 6 期）。不過，排演《江姐》或《紅

　　河北涿州註定要成為《紅岩》流布史上一個特別值得紀念的地方。在說完繼續吃「姐」那番如今已經十分有名的話後，閻肅馬不停蹄趕往妻子的工作單位。除陪伴李文輝必須花費的時間，再減去往返涿州和北京的光陰消費量，在剩下的十餘天裏，閻肅幾乎是一氣呵成，寫完了歌劇《江姐》的初稿[8]。他有大熱天洗過一次桑拿的舒暢感覺。雖然那時的涿州根本沒有這種資產階級的腐朽事物，但革命話語帶來的激情恰好具有類似於桑拿的功能；在某些特定的時刻，它就是一劑讓人汗流浹背的春藥。

　　1962 年 10 月，閻肅一身通泰，攜歌劇《江姐》的初稿興沖沖地回到北京。鑒於小說《紅岩》出版後迅速獲得的轟動效應，《江姐》初稿經層層上報，很快就送至空軍最高層。曾留學蘇聯軍事院校的空軍司令、前東北野戰軍幹將劉亞樓對此極為重視。劉司令要求它的炮製者必須精雕細琢；遵照來自黨委的指示[9]，閻肅和劇組人員反覆學習〈無產階級革命和赫魯雪夫修正主義〉、〈關於赫魯雪夫的假共產主義及其在世界歷史上的教訓〉等重量級文章後[10]，歌劇《江姐》經過其後兩年時間的修改和排練[11]——以期符合革命話語新一站所表徵的即興色彩——，才於 1964 年 9 月 10 日在北京兒童劇場首次公演。

岩》，早在小說《紅岩》出版之前，就已經在京城以外的其他地方——比如重慶——開始了（參閱何蜀整理《羅廣斌專案組筆記摘選‧一個川劇演員談楊益言》，未刊稿），劉亞樓重視《江姐》其實是大環境使然。

[8]　參閱雨哥《我和我的閻肅爸爸》，第 50 頁；參閱江蘇師範學院中文系整理《編劇閻肅同志談〈江姐〉的創作》，江蘇師範學院中文系《中國當代文學研究資料‧〈江姐〉專集》，1980 年，內部發行，第 3 頁。

[9]　先後參與指導劇本創作、修改的高層人士除了劉亞樓外，還有劉少奇、劉志堅、羅瑞卿等人。可見黨委對完成性動作的監控達到了何等高度（參閱雨哥《我和我的閻肅爸爸》，第 49-64 頁）。

[10]　文匯報通訊員文章〈高高舉起毛澤東思想偉大紅旗——歌劇《江姐》提供寶貴創作經驗〉，《文匯報》1964 年 12 月 26 日。

[11]　修改、排練的詳細過程請參閱雨哥《我和我的閻肅爸爸》，第 50-64 頁；參閱該劇的作曲羊鳴、姜春陽以及導演黃壽春的回憶文章（江蘇師範學院中文系《中國當代文學研究資料‧〈江姐〉專集》，第 127-137 頁）。

二、吃「姐」變奏曲

　　繼續革命的步伐越邁越快，風塵僕僕、聲勢浩大。就在閻肅開拔涿州前後不多天的 1962 年 9 月 24 日，中國共產黨八屆十中全會在北京拉開序幕。伴隨著秋老虎散發的陣陣餘熱，偉大的教育家在批判過《劉志丹》的作者李建彤「利用小說反黨，這是一大發明」之後[12]，用終生不改的韶山方言，向全體新人發出了「千萬不要忘記階級鬥爭」的偉大號召——好在在那個年月，全國人民都聽得懂沾染了過多泥腥味的韶山話。正在涿州埋首稿紙與妻子的閻肅聞訊後眼睛一亮；應和著革命話語即興色彩最新一輪的頑皮和靈感大發，《劉四姐》的作者十分清楚，他正在實施的完成性動作即將獲得新的授權，與羅廣斌等人曾經使用過的完成性動作獲得的授權在性質上稍有不同。

　　多虧了想像力的嚴重缺失，羅廣斌們大半年前在中國青年出版社進行最後階段的價值凝結時，才會緊隨本事，亦步亦趨：後者中凡是富有象徵涵義的條件性動作，都被納入到《紅岩》之內。恰在此時，我們的故事接到了那個曾經被搬弄過的小是非打來的長途電話：按照價值的本性，它深刻地意味著完成性動作對條件性動作已經作出了初步性理解－解釋；閻肅動用新一輪完成性動作在涿州奮力苦鬥，無疑鑄就了專屬於《江姐》的價值，意味著後者已經對《紅岩》吸納的條件性動作給出了符合《江姐》需要的第二度理解－解釋。1962 年秋，閻肅在河北涿州無疑獲得了精神、肉體上的雙豐收，伴隨著這個從表面上看僅僅屬於閻肅本人的雙豐收，新價值和第二度理解－解釋讓江雪琴力壓群雄，一舉成為《紅岩》吸納的本事中最知名的人物；讓我們這個和話語理論有關的故事非常高興的是：第二度理解－解釋（即歌劇《江姐》）打破了初步性理解－解釋（即小說《紅岩》）對本事的排列秩序，價值以及它的意義傾向性自此開始擁有較為微妙的變異。

---

[12] 有證據證明，「利用小說反黨，這是一大發明」是康生在毛澤東講話時遞給後者的一張條子上寫的話（參閱〈小說《劉志丹》冤案始末〉，《時代潮》，2001 年第 11 期）。

　　1962 年秋，閻肅的涿州之行算得上成果斐然：歌劇《江姐》以唱（它無疑是說的延伸）為凝結價值的形式，除了讓江雪琴繼續認領《紅岩》已經認領的江竹筠製造出的大半條件性動作外，仰仗情節嫁接術，還特意安排江雪琴出任武裝鬥爭的直接領導人──這無疑是革命話語即興色彩再度頑皮的結果。遵照來自河北涿州 1962 年的指示，越過十餘年的光陰，江雪琴在 1948 年只得匆匆領命，親率華鎣山游擊隊前往某個名氣不大的軍火庫劫持軍火，並與美蔣特務頭子沈養齋（原型是國防部保密局西南特區副區長、徐遠舉的對頭周養浩）迎面碰在一起；遵照閻肅的完成性動作對羅廣斌等人的完成性動作實施的輕微反駁，在那個軍火庫周圍，江雪琴和沈養齋摩擦出了兩個敵對階級必然要摩擦出的階級火化。

　　就在閻肅依依不捨地告別新婚妻子從涿州趕回北京不久，劉亞樓代表黨委已經將《江姐》的初稿審閱完畢。在眾多的不滿中，劉司令對閻肅為甫志高設計的唱詞尤其不滿。國家主席劉少奇、軍委總政治部副主任劉志堅和劉亞樓的看法幾乎完全相同：甫志高在川北某個房間裏勸降江雪琴的唱詞極具毒副作用，很容易在「千萬不要忘記階級鬥爭」的日子裏，在某些意志不堅的同志們心中，起到腐蝕革命話語及其即興色彩的作用──閻肅的完成性動作必須對此負責[13]。劉司令因此強烈要求閻肅火速修改。讓前者大為光火的是，面對黨委的化身，上尉編劇對自己的文學才能居然十分自負；更兼這段唱詞來源於新婚力比多和革命力比多的雙重鼓勵，上尉編劇對那段唱詞更感雙倍滿意，說什麼也不願意聽從來自空軍最高層的命令。

　　閻肅的完成性動作受到的打擊十分富有戲劇性。1962 年和 1963 年之交的某一天，震怒不已的劉亞樓不顧北京寒冷的冰雪天氣，派手

---

[13] 閻肅為甫志高設計的唱詞是：「多少年政治圈裏教短長，／到頭來為誰辛苦為誰忙？／看清這武裝革命是空流血，／才知道共產主義太渺茫。／常言道英雄豪傑識時務，／何苦再出生入死弄刀槍？／倒不如，拋開名利鎖，／逃出是非鄉，／醉裏乾坤大，／笑中歲月長，／莫管他成者王侯敗者寇，／再休為他人去做嫁衣裳！」（參閱雨哥《我和我的閻肅爸爸》，第 51-52 頁）

下將閻肅捉拿歸案，就像緊鎖眉頭的徐遠舉暴怒之下命人抓來了任達哉。後者一到，前者就開始咆哮，彷彿又回到十多年前炮火橫飛的東北戰場：「難道我們三個姓劉的（即劉少奇、劉志堅、劉亞樓—引者注）還頂不過你一個姓閻的？你是閻王？！」面對規模空前的質問，上尉編劇大氣都不敢喘，根本拿不出許建業面對 48 套刑罰的威脅所需要的那種勇氣，雙重力比多帶來的自信在黨委的化身面前當場虛脫。劉亞樓看他有服輸的跡象，有意降低嗓門，馬上又令上尉編劇感到了來自黨的溫暖：「今天我要在家裏關你的禁閉，你要改出來我才放你走！」[14]

關禁閉的結果自然毫無新意，因為它來自黨委的權威；閻肅重新修改完成性動作的施力方向、重新凝結價值是唯一可以想見的結局。作為一個質地特殊的階級敵人，甫志高的醜惡嘴臉在幾個小時的禁閉後再一次得到加強[15]，江雪琴則趁機從相反的方面廣為受益：她的形象比初步性理解—解釋中的那個人更為輝煌和高大。和少年毛澤東遇到的情形較為相似，牛頓第三定律在暗中又一次發揮了作用；或者，作為講故事的人，我們實在有必要從這件事情中再次總結和提煉出牛頓第三定律，才對得起黨委和閻肅的共同勞作。

上尉編劇在涿州動用的完成性動作受到的質疑還遠沒有結束。就在 1963 年 12 月，毛澤東意味深長地發表了這年初寫就的〈滿江紅·和郭沫若同志〉，該詞的精神無疑和一年前他發出的「千萬不要忘記階級鬥爭」的號召一脈相承：「一萬年太久，／只爭朝夕。／四海翻騰雲

---

[14] 參閱雨哥《我和我的閻肅爸爸》，第 52 頁。

[15] 修改後的甫志高的唱詞是：「你如今一葉扁舟過大江，／怎敵他風波險惡浪濤狂；／你如今深陷牢獄披枷鎖，／細思量何日才能出鐵窗。／常言說活著總比死了好，／何苦再寧死不屈逞剛強？／倒不如，激流猛轉舵，／懸崖緊勒韁，／干戈化玉帛，／委屈求安康，／人逢絕路當回首，／退後一步道路更寬廣！」（雨哥《我和我的閻肅爸爸》，第 52-53 頁。）羅學蓬曾經介紹過劉國定的兒子向他講述《紅岩》出版和《江姐》公演後他一家的遭際：隨著甫志高名氣越來越大，以致於嚴重影響了劉國定的遺孀和兒女的生活的安定【參閱羅學蓬《叛徒甫志高的兒子講出的奇特故事》（http://bbs.tiexue.net/post_1170465_1.html）】。

水怒，／五洲震盪風雷激。／要掃除一切害人蟲，／全無敵。」[16]毛
澤東那首氣勢磅礴的詩詞發表的當口，歌劇《江姐》正處於緊鑼密鼓
的修改和排練之中。出於對革命話語即興色彩的極端敏銳，劉亞樓當
即就從《江姐》的劇本中再一次窺出了問題。這一回，司令員準備撇
開閻肅，親自實施完成性動作。一通手術完畢，他才把閻肅叫到自己
的辦公室，對後者說，江雪琴犧牲前的唱詞氣勢不夠，基本上沒有表
現出她為革命話語奉獻新式孝道的堅定性——革命話語行進到新階
段，堅定性理所當然又有了不同的規定性。劉司令盯著閻肅：「你聽聽：
『東方紅，天亮了，／晨風吹，百鳥鳴，／嚴寒過去是春天，／前程
風光無限好。』這叫什麼唱詞？讓江雪琴臨死前這樣唱，太軟了吧。」
司令員連唱帶說一番剖析，閻肅當即心悅誠服，和上一次的抵制態度
幾乎完全相反；當劉亞樓拿出修改稿後，閻肅有理由佩服得五體投地。
他再三詠頌後者的定稿，佩服的心情當場翻了兩番：「雲水激，卷怒潮，
／風雷震，報春到；／狂飆一曲，牛鬼蛇神全壓倒，／紅旗滿天，五
洲人民齊歡笑！」[17]一通詠頌完畢，臨時改行操刀的司令員得意洋洋
地看著他的部下，兩人禁不住相視一笑。

　　……從 1962 年秋天的涿州到 1964 年初春的北京，初步性理解－
解釋和第二度理解－解釋已經有了微妙的差異，它們凝結的價值也面
孔迥異。我們的故事必須在這裏再次搬弄一點抽象和玄奧的小是非：
雖然促成兩種理解－解釋的完成性動作都從同一個革命話語那裏獲得
了授權，都自願接受黨委的監控與護航，但革命話語從成型的那一瞬
開始，即興色彩就具有頑皮特徵——有時相隔僅僅一天，它就可能擁
有另一幅迥然有別的面容。繼續革命的步伐攜帶著太多的浪漫主義色
彩和實驗室氣息：僅僅相去兩、三年，在《紅岩》凝結的價值和《江
姐》凝結的價值之間，在初步性理解－解釋和第二度理解－解釋之間，
開始出現命定的差價——這就是話語市場上剩餘價值的由來。剩餘價

---

[16] 參閱《毛主席詩詞》，人民文學出版社，1963 年。
[17] 參閱雨哥《我和我的閻肅爸爸》，第 63-64 頁。

值深刻地意味著：即使 1961 年秋的羅廣斌、1962 年秋天以後的閻肅
投靠的是同一個話語定式，出於即興色彩瞬息萬變、頑皮好動、恍惚
飄逸的原因，他們的完成性動作在對同一個條件性動作實施打磨、吸
納時註定會差異巨大。這一結局的由來，從表面上看，是讓初步性理
解－解釋獲得實現的完成性動作受到了第二度理解－解釋的質疑，但
從根本上看，首先是即興色彩的新一輪頑皮始終在虎視著前一個頑
皮，始終在對前一個頑皮抱以冷眼，儘管它們出自同一個子宮。

　　時間轉眼間過去了兩年，閻肅的勞作卻絲毫沒有白費，哪怕他動
用的完成性動作屢次遭到打擊：他終於成功地給圍繞著江竹筠組建起
來的條件性動作以廣泛的韻腳，只因為那是革命話語即興色彩在眼下
的嚴厲要求。差不多花了整整兩年時間，閻肅才精雕細刻，最終創造
出一種押韻的價值，和初步性理解－解釋中包納的價值極為不同。很
顯然，歌樂山上下在倉促之中被生產出來的本事從來就不押韻，閻肅
在「千萬不要忘記階級鬥爭」的年月裏對後者進行再度消化時卻必須
合轍，只因為列位新人已經奪得最後的勝利，有權在回溯中從容地讓
本事押韻：押韻的價值更有能力向革命話語的新一站鞠躬致敬。這是
第二度理解－解釋的天賦權力。真不知在 1962 年和 1963 年之交那個
風雪交加的日子裏，被關禁閉的閻肅究竟弄清楚這個問題沒有。

　　1964 年 9 月 10 日，距離涿州成為《紅岩》流布史上值得特別紀
念的地方差不多已經整整兩年；作為涿州之行的附產物，閻肅的女兒
此時已近一歲[18]，首都北京正處於秋高氣爽的狀態，歌劇《江姐》在
北京兒童劇院首次公演。舞臺上的江雪琴在面對敵人的廣泛淫威時，
她的扮演者萬馥香女士代替她深情地唱道：

> 春蠶到死絲不斷，留贈他人禦風寒，
> 風兒釀就百花蜜，只願香甜滿人間。
> 一顆紅星忠於黨，征途上從不怕火海刀山；

---

[18] 參閱雨哥《我和我的閻肅爸爸》，第 67 頁。

> 為勞苦大眾求解放，粉身碎骨心也甘！
> 為革命粉身碎骨心也甘！
> 啊！
> 誰不盼神州輝映新日月，誰不愛中華錦繡好河山；
> 正為了東風浩蕩人歡笑，面對著千重艱險不辭難；
> 正為了祖國解放紅日照大地，願將這滿腔熱血染山川！
> 粉碎你舊世界奴役的鎖鏈，為後代換來那幸福的明天。
> 我為祖國生，我為革命長，我為共產主義把青春貢獻！
> ……
> 赴湯蹈火自情願，早把生死置等閒，
> 一生戰鬥為革命，不覺辛苦只覺甜！

　　萬女士高昂、清脆的聲音讓觀眾如癡如醉，押韻的價值徹底征服了觀眾。這段名為「我為共產主義把青春貢獻」的唱詞極為清楚地表達了押韻的價值和韻腳的涵義，昭示了它和初步性理解－解釋之間的差價究竟居於何處。萬女士話音一落，在被秋高氣爽的好天氣包圍了的兒童劇院，頓時響起雷鳴般的掌聲。萬女士在演唱時必須做義正詞嚴狀，但她的內心卻感動得直想流淚：她被押韻的江姐而不是 16 年前正月初一抱著雲兒痛哭的江竹筠深深打動[19]，儘管她扮演的人物來自江竹筠，來自完成性動作在江竹筠和江雪琴之間實施的轉折親運動。剩餘價值將萬女士內心的祕密擺在了透明的狀態之中，卻正好被我們的故事一眼洞穿。

三、電影《紅岩》劇本的誕生

　　和空軍上尉編劇在涿州繼續吃「姐」差不多同時，作為中國電影的重鎮，北京電影製片廠也在籌備著將黨史小說搬上銀幕：以影像為方式，重新為寄放在歌樂山上下的條件性動作賦值（Evaluation）。在

---

[19] 參閱雨哥《我和我的閻肅爸爸》，第 59 頁。

黨史小說和電影之間最早充當牽線搭橋的人，是曾經負責《紅岩》編務工作的王維玲[20]。遵照包裹在韶山方言中的「千萬不要忘記階級鬥爭」的偉大號召，北京電影製片廠的著名導演張水華親自動手，在歌劇《江姐》初稿完成兩個月後的 1962 年底，寫出了電影《紅岩》劇本的第一稿[21]。

　　從 1962 年秋天開始，儘管張水華在編織電影劇本時和羅廣斌、楊益言、張羽至少交換過 5 次意見[22]，但張水華還是故意大幅度修改了小說的結構，打翻了一年前羅廣斌等人實施的完成性動作：將以許雲峰、成崗為主線改為以江雪琴為主線。僅僅一年剛過，電影劇本第一稿對本事所作的又一輪第二度理解－解釋，既與黨史小說對條件性動作的初步性理解－解釋不同，又和歌劇對本事作出的第二度理解－解釋有差異。出於第二度理解－解釋在理論上的永無休止性，對相同條件性動作的理解－解釋的差異在此開始較大規模地出現，剩餘價值網絡、理解－解釋網絡也趁機得以成型。剩餘價值網絡和理解－解釋網絡意味著對本事的消化是一個開放的過程，也意味著來自相同條件性動作的價值在理論上的無限多樣性。剩餘價值網絡和理解－解釋網絡之所以出現在革命話語的封閉空間之內，作為講故事的人，我們十分清楚：端賴於即興色彩的頑皮、多變和靈感突發，端賴於後一輪頑皮對前一輪頑皮的否定、包容或鄙棄。

---

[20] 籌畫將小說《紅岩》搬上銀幕的時間早在 1961 年小說尚未出版之時。張羽對此有過回憶：「1961 年我和二位作者還在日夜兼程修改小說的時候，王維玲忙著聯繫把小說改編電影的事。」（張羽〈我與《紅岩》〉未刪稿，手稿複印件）。

[21] 參閱于藍〈羅廣斌同志與電影《烈火中永生》的分歧〉，上海交通大學紅岩戰鬥隊編《〈紅岩〉與羅廣斌》第一集，1967 年 7 月，第 40 頁。

[22] 張羽有過這樣的記載：《紅岩》剛出版後沒多少時日的 1962 年 1 月上旬，「（北京電影製片廠導演）張水華的秘書取走《紅岩》一冊。」「（1962 年）10 月 10 日……下午陪羅、楊看（北京電影製片廠）水華、于藍、宋曰勳。先後和羅、楊與北影同志談電影五次。」（張羽〈我與《紅岩》〉未刪稿，手稿複印件）。

　　電影劇本第一稿因為「小資產階級情調太露骨」，很快就被黨委斷然拒絕[23]。張水華在那年冬天以女人為主線消化本事、凝結價值，一不留神就不幸滑入了小資產階級的泥潭──革命話語總是傾向於怒目金剛，女人的婆婆媽媽、異常發達的淚腺、對鮮豔服飾的偏愛正好顯示出她的陰柔。1962 年冬，再次對本事實施完成性動作的張水華很可能忘記了，雖然大資產階級早已絕跡，但作為革命話語從前的團結對象之一，小資產階級頓時成為腐蝕革命話語的先鋒隊：哭泣著的小情小調無疑妨礙了人民群眾對新式孝道專心致志地恭維，「千萬不要忘記階級鬥爭」的部分語義就專門為它而設。無奈之下，劇組只得通過文化部和重慶市委出面協調，將初步性理解－解釋的炮製者羅廣斌、劉德彬、楊益言從重慶拉到北京，準備重編電影劇本。

　　1963 年初，電影《紅岩》初稿被否棄不數日，黨史小說的三位作者駕臨首都。其時的北京正風雪飄飄，溫室效應還「處在尿道阻塞的叢林中」。在北京電影製片廠一間規模不大的會議室裏，羅廣斌代表炮製初步性理解－解釋的全體成員，和張水華就電影《紅岩》的改寫思路發生了爭論。與兩年前和張羽商量小說的修改大為不同，羅廣斌這一回似乎顯得更為鄭重、嚴肅，言談中大有一字一頓帶來的斬釘截鐵之效。他的底氣無疑來自即興色彩在新時期邁出的新步伐，他也自以為掌握了新步伐的行進要領。很顯然，新步伐帶來了新擦痕。出於對新擦痕的極端崇奉，羅廣斌對張水華說，要想減少小資產階級情調為革命話語帶來的威脅，「電影《紅岩》必須為政治服務，必須從反帝反修的要求出發。」[24]──只因為反帝、反修能最大限度地抑制小情小調異常發達的淚腺。1963 年，蘇聯早已變修，業已成為革命話語的重大敵人，這與紅色說書藝人廣泛動用嘴巴時遇到的情形大為不同──那時，中國人民的最大仇家只有美帝國主義。作為一個即將把

[23] 于藍〈羅廣斌同志與電影《烈火中永生》的分歧〉，上海交通大學紅岩戰鬥隊編《〈紅岩〉與羅廣斌》第一集，1967 年 7 月，第 40 頁。

[24] 羅廣斌、楊益言〈分歧何在？〉，上海交通大學紅岩戰鬥隊編《〈紅岩〉與羅廣斌》第二集，1967 年 7 月，第 21 頁。

文字變做圖像的黨的電影人，伴隨著窗外的北風，張水華對這些概念化的東西不感興趣，儘管他不敢冒犯這些概念；本著電影藝術的基本原則，他要的是細節，是動作[25]。

在北京電影製片廠那間規模不大的辦公室裏，張水華對羅廣斌的提議表示了輕微地反對：把美帝和蘇修拉進電影會沖淡以江雪琴為主線的革命主題，會分散觀眾的注意力，何況展示革命話語未必非得拷打美帝國主義和蘇修不可。真遺憾，時間總是傾向於此刻和現在，無法預先到達一個新辰光，否則，爭論的雙方會提前到達 1965 年，能提前傾聽文化旗手對他們發出的指示：「不能讓敵人喧賓奪主。（要）以我為主。美帝不出現不好，出現多了不利，不易寫好，可以考慮（他們）在狼狽逃跑時再出現一次。」[26]因此，1963 年的張水華只能斗膽提醒前紅色說書藝人：沒有多少理由認為江雪琴見到丈夫的頭顱感到悲痛就一定是小資情調；腦袋經濟學帶給江雪琴的天轉地旋正好可以展示革命話語的威嚴，能更好地讓新一輪第二度理解－解釋走在革命話語內部運作的第二重循環開出的線路上。

由於江青的指示還遠在兩年以後，羅廣斌有理由對張水華的反攻倒算表示輕蔑，因為後者顯然忘記了一個重要事實：革命話語向來就不同情眼淚，只因為眼淚悽楚、潮濕、陰柔，帶有過多的酸性物質，對革命話語極具毒副作用。在那間不大的屋子裏，羅廣斌的多血質說來就來了。他顯得更加激動，說了一句擲地有聲的話：「歌樂山就是美帝國主義設在中國的大本營！」在那間會議室裏，他很可能想起了自己的歌樂山之旅，想起了越獄給他在新中國的新生活帶來的老麻煩[27]，激動當場翻了一番：「必須要讓美帝國主義在電影中出場，要把美帝拉到幕前來打！」[28]

---

[25] 參閱羅廣斌、楊益言〈分歧何在？〉，上海交通大學紅岩戰鬥隊編《〈紅岩〉與羅廣斌》第二集，1967 年 7 月，第 21-23 頁。

[26] 〈（江青）對改編京劇《紅岩》時指示〉，新北大公社《文藝批判》編輯部編《江青同志關於文藝工作的指示彙編》，1967 年 10 月，第 28 頁。

[27] 自 1949 年大屠殺之夜到如今，羅廣斌已經反反覆覆接受過 4 次審查。在對

　　爭論就此僵持下來，前紅色說書藝人最後只得選擇妥協——畢竟張水華才是新一輪第二度理解－解釋的主人。黨史小說的炮製者聯名向上級組織表示，他們準備按照導演的意思來寫，但要上級組織注意的是，這不代表他們的觀點——他們此番前來北京，僅僅是幫助劇組完成任務，給革命話語即興色彩的新頑皮一個交代。咬緊牙關，三個初步性理解－解釋的炮製者很快就寫出電影劇本的第二稿，但張水華依然認為這一稿無法用於拍攝。把 3 個前紅色說書藝人草草打發回重慶後，張水華添酒回燈重開宴，儘量靠近革命話語的即興色彩，很快寫出了第三稿。但他對自己的作品不敢自專，特意請出電影大師、時任文化部副部長的夏衍前來幫忙；隨後，張水華和即將飾演江雪琴的著名女演員于藍陪同夏衍前往南方重寫劇本[29]。到得 1963 年的尾巴處，夏衍在第三稿的基礎上終於弄出了最後一稿。

　　第四稿甫一出爐，就被張水華寄給時在重慶的 3 位前紅色說書藝人，初步性理解－解釋的炮製者，希望他們提提意見。3 個人當時都在重慶下轄的某個鄉村「參加社會主義建設運動」，雖然工作緊張、急迫，但還是很快將劇本讀了一遍。出乎我們這些講故事的人的預料，他們對劇本感到十分滿意：「夏公神筆，又快又好，不愧老將出馬，水平畢竟不同。」[30]紅色說書藝人以最快的速度將劇本送至任白戈處，請他代表黨委對又一輪第二度理解－解釋嚴格把關。面對老朋友夏衍的作品，重慶市委第一書記儘管評價頗高，但也有不太滿意的地方。

　　他做結論時，評語一次比一次差。最近一次的結論就是在 1964 年做出的，匆匆忙忙做出的考語僅僅給了他一個「未叛黨」粗糙結論（參閱石化〈說不盡的羅廣斌〉，《紅岩春秋》，2000 年第 1 期）。

[28] 于藍〈羅廣斌同志與電影《烈火中永生》的分歧〉，上海交通大學紅岩戰鬥隊編《〈紅岩〉與羅廣斌》第一集，1967 年 7 月，第 40 頁。

[29] 參閱羅廣斌、楊益言、劉德彬致水華、于藍信（1963 年 12 月 28 日），手稿複印件。

[30] 參閱羅廣斌、楊益言、劉德彬致水華、于藍信（1963 年 12 月 28 日），手稿複印件。

他在辦公室裏沉吟再三，要求初步性理解－解釋的炮製者，轉告又一輪第二度理解－解釋的製作人，為凸現革命話語，電影中必須出現「一切反動派都是紙老虎」、「不能玷污黨的榮譽」之類的口號[31]。

電影劇本第四稿的故事還沒有結束。1964 年元旦前後，幾乎和劉亞樓親自動手修改《江姐》同時，重慶市文聯專門為它組織了一次討論會。鑒於新一輪第二度理解－解釋將江雪琴而不是劉國定或王璞認作「自上海回來傳達黨的指示」的人，參加討論的諸位人士一致認為，劇本必須在江姐的受刑問題上再作文章，只因為就劇本目前凝結的價值來看，江雪琴「有點為受刑而受刑」的嫌疑[32]。討論會委託 3 個前紅色說書藝人轉告劇組，「隨著（江姐）受刑，敵我鬥爭可以向前發展到最尖銳的程度……敵人的野心愈大，江姐就愈堅強，受刑可以成為強烈的高潮。」[33]作為牛頓第三定律的又一個實例，重慶方面的意見通過順暢的郵路很快就被張水華等人得知。

在這個反覆拉鋸的過程中，剩餘價值網絡、理解解釋網絡無疑在進一步擴大。但初步性理解－解釋的製造者對電影第四稿在大贊同中依然有不小的意見，炮製第二度理解－解釋和重新凝結價值的完成性動作再一次遭到羅廣斌等人的深度質疑。1964 年春，劇組前往重慶拍攝外景前，文化部領導陳荒煤指示劇組：如果前說書藝人對劇本仍然表示反對，那就應該嚴正地告訴他們，「劇本已經被中央批准了，沒有重大的政治問題，就不需要修改。」[34]說這句話時的陳荒煤實在是過於自信，他們給出的第二度理解－解釋很快就會被認為大有問題——這同樣緣於即興色彩的過於頑皮，行進的速度太快，攜帶著太多的恍惚性。

---

[31] 參閱劉德彬、楊益言、羅廣斌致水華、于藍信（1964 年 1 月 8 日），手稿複印件。

[32] 劉德彬、楊益言、羅廣斌致水華、于藍信（1964 年 1 月 8 日），手稿複印件。

[33] 劉德彬、楊益言、羅廣斌致水華、于藍信（1964 年 1 月 8 日），手稿複印件。

[34] 于藍〈羅廣斌同志與電影《烈火中永生》的分歧〉，上海交通大學紅岩戰鬥隊編《紅岩》與羅廣斌》第一集，1967 年 7 月，第 40-41 頁。

四、電影《紅岩》的誕生

1964 年 4 月，春光明媚，大地回暖，大部分中國人終於度過劫波，重新擁有較多的糧食作為生存的保障。姑娘們的臉上開始重現紅暈。這時節正是江南鶯飛草長的黃金辰光，在舊中國有影帝之稱的趙丹從設在上海的家中啟程開拔，來到闊別 19 年的山城重慶，準備和于藍一起出任電影《紅岩》的男女主角──趙丹飾許雲峰，于藍飾演「從上海領回黨的指示」的江雪琴。

趙丹一到賓館，江姐的扮演者就送來攝製組的工作安排日程表，還盛情邀請前者參觀白公館和渣滓洞，說是可以為電影找找感覺。面對于藍的盛情，趙丹卻出人意料地給出了否定的回答，因為他多年前曾坐過國民黨的牢，對監獄中那一套很熟悉，對國民政府的把戲也十分瞭解。趙丹的態度令于藍很難堪。後經羅廣斌遊說，趙丹才答應在羅廣斌的陪同下全面參觀歌樂山。

很快，趙丹就被歌樂山上發生的那些本事打懵了：見多識廣的阿丹沒有想到美蔣特務還有生產這等事情的才能，更沒有想到革命話語的歌樂山之旅竟然如此輝煌。那次參觀為他接下來飾演許雲峰提供了極大的幫助，劇組幾乎所有成員，都高度讚揚阿丹在演出中，依據本事所做的即興發揮[35]：他用肢體和言語對本事做出了更新一輪的第二度理解－解釋。用不著寒來暑往，依靠尚未過時的躍進精神，到得 1964 年秋，劇組終於完成電影《紅岩》的初步拍攝。但距離正式上映還有許多來自革命話語的必經程式。

和小說、歌劇相比，電影對條件性動作進行了大幅度地重新打磨和吸納，凝結了專屬於電影才配擁有的新價值。它對本事再一次給出了第二度理解－解釋，也給生產小說和歌劇的完成性動作以必要的質疑──毫無疑問，剩餘價值所體現的價值差價來自各個完成性動作之間的差異，但最終來自革命話語各次頑皮之間的相互矛盾、相互否定。為了以江雪琴為電影的結構主線，便捷體現共產黨人對黨的忠誠，初

---

[35] 參閱尼土《趙丹傳》，第 457-465 頁。

步性理解－解釋中的重要角色成崗、劉思揚在電影中必須消失。1964
年 4 月，正是山城重慶春暖花開的日子。在受制於地理語法的某一條
山路上，羅廣斌向趙丹如數家珍般重點介紹成崗的原型陳然和以劉
國鋕為原型的劉思揚；到得緊要關頭，羅廣斌禁不住潸然淚下。他懷
念在黑暗的日子裏用被面繡織紅旗的那些快樂辰光，不像今天，雖然
陽光明媚，卻必須時時向上級組織交代當年在獄中的表現──上級組
織直到今天仍然對羅廣斌奇蹟般的越獄將信將疑。

　　有羅廣斌的介紹作底，趙丹對成崗等人在電影中的有意消失深感
不滿。在一次拍攝中途，趙丹退出鏡頭就近坐了下來；作為一個優秀
的演員，他有能力迅速從電影回到垷實。他對前來幫忙說戲的劉德彬
等人抱怨：「你們說，什麼叫電影藝術？……這個鏡頭這麼拍，還像電
影？這不是，不是……」必須要原諒舊影帝的遲鈍，作為一個從舊中
國過來的藝術家，他對革命話語對肢體和情感的規約深感陌生；他可
能不知道，只有這樣的鏡頭才能讓即興色彩滿意。為表達對鏡頭的不
滿，阿丹一邊試著表演，一邊用純粹電影藝術家才有的做派講了起來：
「你們說嘛！這部影片為什麼就不能要成崗？為什麼就裝不下成
崗？！……要是有成崗，要是有許雲峰和成崗在刑訊室的場景，讓許
雲峰把心愛的戰友，血肉模糊的成崗抱在懷裏，這在銀幕上該有多大
力量！」[36]

　　反應遲鈍的趙丹的抱怨還在繼續。就在那前後不久，他還對劉德
彬感慨過，當時已經很有表演潛力的青年演員王心剛非常適合飾演成
崗。可惜的是，王心剛認領的是另一種性格的劉思揚。但等到「影片
完成之後再幾經修改，王心剛的這一配角不但沒有『成活』，而且成為
沒有任何特點的無名難友之一了」[37]。劉思揚、成崗在又一輪的第二度
理解－解釋中被就地蒸發：只因為在繼續革命的年代，他們被認為沒有
活在電影中的必要，只能在早已隨風而逝的本事裏尋找活命的口糧。

---

[36] 楊益言、劉德彬〈「烈火又燒雲峰」──憶人民電影藝術家趙丹〉，《戲劇與
　　 電影》，1981 年第 1 期。

[37] 劉澍《銀幕內外的電影藝術家》，中國友誼出版公司，2003 年，第 121 頁。

　　如果你正在觀看夏衍編劇、張水華執導的那部來自小說《紅岩》的電影，你肯定會看出，仰仗情節嫁接術，小蘿蔔頭沒有關在白公館，而是關在渣滓洞，他不是握著受刑重傷的陳然或成崗的手流下熱淚，而是握著江雪琴看起來很性感的右手露出了崇敬的眼神；華子良也從白公館換防至渣滓洞，為難友傳送情報──從獄中到獄外──，他壓根沒有逃跑，而是聽從夏衍和張水華在 1964 年的旨意，堅持戰鬥到越獄成功的那一刻；龍光華是給受刑的江雪琴送水而不是保衛眾難友的水源被特務當場槍殺[38]；紅旗特務鄭克昌（以李克昌為原型）一如既往地成為徐鵬飛和嚴醉之間狗咬狗的重要砝碼，王璞、鄧照明、駱安靖、涂孝文更不見蹤影，彭詠梧全身上下只剩一顆頭顱，甫志高比他在小說和歌劇中還要無能和可笑，也死得更早、更沒有風度，他西裝革履、衣冠楚楚，但鬼鬼祟祟、酷似癩三，剛一出場人民群眾就斷定他即將叛變……獄中追悼會和春節聯歡會倒是得到了大幅度地渲染，只因為它們最能體現革命者的才能和反動派的無能，能夠炮製又一輪第二度理解－解釋的完成性動作自然不會放過這等好機會。只是羅廣斌大半年前在北京電影製片廠那間小型會議室中的擔憂終於化為了現實：美帝國主義沒有像在小說中那樣直接出場，只有一個名叫卡爾遜的中校軍人躲在暗處指指戳戳，並沒有被拉到銀幕前面讓革命話語狠狠拷打，「千萬不要忘記階級鬥爭」的偉大指示無疑受到了嚴重削弱。

　　即使是在革命話語一統天下的年月，由於它的即興色彩始終處於靈感突發的癲狂狀態，在價值和價值之間，在初步性理解－解釋和眾多的第二度理解－解釋之間，在諸多不同的第二度理解－解釋之間，依然有著不小的差異。價值網絡、剩餘價值網絡、理解－解釋網絡在話語市場上的規模不斷擴大。「所謂話語市場，就是人仰仗語言

---

[38] 連江青對這個匪夷所思的情節都表示不滿。江青說：「龍光華送水也不好。小說是龍光華為了大家保衛水，還是好的。特務用槍打死龍光華，沒道理。小說比較合理，是受刑後死的。」【〈（江青）審查影片《烈火中永生》時的指示〉，新北大公社《文藝批判》編輯部編《江青同志關於文藝工作的指示彙編》，1967 年 10 月，第 24 頁】

能力生產出各種各樣的 discourse，並將這些面貌迥異、但彼此之間又不無聯繫的 discourse 用於相互交流的那個巨大場域。」「話語市場的目的，就是以交換動作尤其是交換對動作的看法為方式交換理解－解釋。在這個市場上，始終挺立著剩餘價值網絡和理解－解釋網絡。」[39]它們像兩座紀念碑或兩個主人，從撥開烏雲看見青天以遠，一直在虎視我們這些天生的渺小主義分子。我們始終在接受它們的調控，除了按照它們的本性講述關於它們的故事，我們身無長物，也一無所能。

五、毛澤東對文藝界的兩個批示

剩餘價值網絡、理解－解釋網絡註定有機會不斷加肥自己的腰身，因為時間在加速向前，風景在紛紛向後，即興色彩依然在快速邁動自己寬大的步伐——只因為後者有一個繼續革命的美稱，只因為它完美地集浪漫主義氣質和實驗室氣息於一身。

1963 年和 1964 年之交，歌劇《江姐》正在緊鑼密鼓地邊彩排邊修改，電影《紅岩》正籌備著去重慶拍攝外景，北京的時令正好進入深冬。那時還沒有誰聽說過溫室效應，在遠離地球的高空中，臭氧層還未遭到大規模地破壞，北中國因此一如既往地哈氣成冰。像往常一樣，1963 年 12 月 12 日是一個特別寒冷的日子。那天深夜，毛澤東正在翻看中宣部 3 天前編印的《文藝情況彙報》。作為一個傑出的詩人和偉大的散文家，毛澤東對文藝方面的事情極為關注。至遲從延安時期開始，他就有晚睡晚起的習慣；進入 60 年代，這一情形更是變本加厲：當全國各地的廣播電臺都以「東方紅，太陽升，中國出了個毛澤東」的雄壯歌聲宣告新一天的來臨時，歌聲所詠頌的主人公正準備上床歇息，開啟他每天必須經歷的黑暗旅程。他是不是始終致力於從事物的反面發現規律，從黑暗的最深處中開啟最耀眼的光明？1963 年 12 月 12 日深夜，臺燈的光線映在毛澤東看不見顴骨的面龐上，他的「臉

---

[39] 參閱敬文東《隨貝格爾號出遊》，未刊稿，2004 年，北京。

的上半部顯示他是一個知識份子：寬額，慧眼，長髮。下半部則表明他是一個感覺論者：厚唇，隆鼻，稚童般的圓潤下頜」[40]。

　　那天晚上，當毛澤東翻看到〈柯慶施同志抓曲藝工作〉一文時，深有感觸，於是滅掉煙頭，奮筆疾書。他痛心疾首於目前的文藝界「死人」太多，「社會主義改造在許多部門中，至今收效甚微，」[41]資產階級卻在蠢蠢欲動。當此嚴重關頭，他不得不疾言厲色，點一點那些活死人。毛澤東痛感社會主義建設的新人在新人生產車間並沒有按照他的標準大規模鑄造出來，他本來寄厚望於文藝部門能起到模範帶頭作用，以高尚的作品，幫助那些尚未成為社會主義建設新人的落後分子、游弋分子。毛澤東為自己的願望落空深感沮喪。

　　這個嚴厲的批示飛馬下達後，文化部在 1964 年 3 月，即電影《紅岩》即將在重慶拍攝外景之前，開始展開緊鑼密鼓的整風運動。不多日，整風的果實就瓜熟蒂落，其中的一項重大成果是揪出了夏衍。作為整風運動的戰利品，他被文化部宣佈停職審查[42]，從此失去了在仕途上東山再起的機會。繼續革命的新一站對於正在開拍的電影《紅岩》和即將公演的《江姐》，肯定不是一個好兆頭；革命話語即興色彩的頑皮和靈感突發，決不是一般的完成性動作輕易就能跟上趟的。這一昂貴的特徵註定會導致話語市場上剩餘價值網絡和理解－解釋網絡的不斷生成，不斷擴大自己的規模。它們的印堂發亮，它們的運道奇佳，它們是有福之物。

　　兩個月後，在中宣部部長陸定一的主持下，《關於全國文聯和各協會整風情況的報告》被送至中共最高層。讓陸定一失望的是，這個報告傳達的整風資訊未能令教育家滿意。毛澤東十分痛惜他的老學員們的死腦筋，埋怨他們沒有領悟教育理念的精髓，跟不上革命話語即

---

[40] 特里爾《毛澤東傳》，第 1 頁。

[41] 轉引自高教部《北京公社》教育革命辦公室、南開大學八・一六紅色造反團教育革命兵團編《反革命修正主義分子周揚在高等學校文科方面的黑話集》，1967 年 9 月，第 131 頁。

[42] 參閱陳堅等《世紀行吟——夏衍傳》，浙江人民出版社，2005 年，第 232 頁。

興色彩的亢奮步伐。1964 年 6 月 27 日，電影《紅岩》正在重慶緊張拍攝，阿丹已經開始抱怨，歌劇《江姐》在北京的彩排已經進入尾聲。夏天的首都十分炎熱，晚上卻涼風習習。但毛澤東的火氣似乎並沒有因習習涼風而有所減弱。這個習慣於夜間辦公的偉人在中宣部的報告上奮筆疾書，又做了一個批示，火熱程度和教育家此時此刻的火氣恰成比照：「這些協會和他們所掌握的刊物的大多數（據說有少數幾個好的），十五年來，基本上（不是一切人）不執行黨的政策，做官老爺，不去接近工農兵，不去反映社會主義的革命和建設。最近幾年，竟然跌到了修正主義的邊緣。如不認真改造，勢必在將來的某一天，要變成匈牙利裴多菲俱樂部那樣的團體。」[43]

　　美帝、蘇修很好理解，它們是對美國和蘇聯的惡稱，是毛澤東慷慨贈予這兩個敵人的謚號；但毛澤東的學員中哪些人可以被認作美帝走狗和修正主義分子，卻是一件太難理解的事情，教育家本人似乎也沒有拿出一個嚴格的標準、一個明確的錄取標杆或 PH 試紙，用於判斷和測定美帝走狗和修正主義分子以及他們的成色。讓我們的故事感激涕零的是，這剛好是革命話語即興色彩最為內在的語義，與毛澤東的浪漫主義氣質與實驗師身份正相吻合，註定會擴大剩餘價值網絡和理解－解釋網絡的規模。

六、歌劇《江姐》隆重出臺

　　好戲一台連著一台：1964 年 9 月 10 日，伴隨著革命話語即興色彩的高開高走，秋高氣爽的北京終於迎來歌劇《江姐》的正式上演。這部在各級黨組織的直接領導下排練近兩年的歌劇甫一上演，就獲得了極大的成功：慷慨激昂的歌詞，雄壯的旋律[44]，革命先烈殺身成仁的英勇事蹟，像排炮一樣撞擊著觀眾的心扉——根本不需要「（帶）

---

[43] 轉引自陳堅等《世紀行吟——夏衍傳》，第 233 頁。

[44] 許多論者幾乎是一致認為，《江姐》一劇在音樂上是極為成功的（參閱張銳等《歌劇〈江姐〉在音樂上的成就》，《新華日報》1964 年 10 月 26 日）。

領鼓（掌）」的托兒們故技重施[45]。儘管《江姐》對黨史小說吸納的條件性動作，做出了第二度理解－解釋，重新為小說吸納的價值賦予了稍顯不同的意義傾向性，卻並沒有讓已經對小說情節十分熟悉的觀眾感到絲毫陌生。從隆重的首演至 1965 年 10 月在江青的干預下黯然停擺，歌劇《江姐》一共演出了 257 場，許多地方劇團還因地制宜紛紛排演，「在中國歌劇史上創造了奇蹟。」[46]

　　萬馥香女士在內心悄然哭泣之後的第三天，亦即 1964 年 9 月 13 日，毛澤東等中共最高領導人接受空軍方面的邀請，親臨人民大會堂觀看《江姐》。因為是專門給黨和國家領導人演出，飾演江雪琴的萬馥香顯得十分緊張。她一邊致力於表演，一邊分神偷眼觀望台下的反應。當她和各位搭檔看到毛主席不斷鼓掌時，像是吃了興奮劑一樣，頓時信心百倍，表演越來越出彩。那天晚上，萬女士心中像是過了蜜：她對毛主席的歌頌讓被歌頌者親耳聆聽到了；後者的掌聲表明，他對押韻的價值深感滿意。一個多小時的演出很快結束，作為革命話語及其即興色彩的直接化身，毛澤東率領他的政治搭檔走上舞臺；作為革命話語即興色彩之當下運行軌跡的正確體現者，全體演職人員留在臺上，等候毛澤東等人前來與他們合影留念。趁著閃光燈眨眼的間歇，毛澤東鼓勵全體劇組人員：「你們的歌劇打響了，可以走遍全國嘛。」作為繼續吃「姐」的空前成功者，閻肅在合影時緊挨著毛澤東，站在教育家的身後，露出一臉幸福的笑容[47]。看起來，他又得請同事們去東來順吃涮羊肉；實際上，那個繼續革命年頭昂貴的烏托邦早已對他們翹首以盼。

　　小說《紅岩》的流布史上又一個極為重要的角色馬上就要粉墨登場：半個月後的 10 月 21 日，從外地風塵僕僕趕回北京的江青早已風

---

[45] 據說，以前每逢演出，總政文工團總會安排一些工作人員，坐在觀眾席上，到得關鍵時刻帶頭鼓掌，俗稱「領鼓」，但在《江姐》演出時，這些「領鼓」人員完全不起作用，因為觀眾的掌聲太熱烈（參閱雨哥《我和我的閻肅爸爸》，第 56 頁）。

[46] 參閱雨哥《我和我的閻肅爸爸》，第 58 頁。

[47] 參閱雨哥《我和我的閻肅爸爸》，第 56-57 頁。

閟歌劇的成功上演。甫一回京，她就向總政歌舞團要去了《江姐》的劇本。前上海灘三流演員目前正在一步步成為未來的文化旗手。仔細閱讀過劇本後，江青覺得，閻肅繼續吃的那個「姐」在劇中雖然「很突出，不過（形象還是）太單薄了」。神經經常處於亢奮狀態的未來的文化旗手，對閻肅實施的完成性動作深感疑慮。很顯然，她有自己的價值凝結方式，有對完成性動作的特殊規定。十天後，江青向總政歌舞團建議，那位「詞寫得相當不錯」、又「很有才華」的作者，「如果願意，可以鼓勵他再搞一個，那個就叫《紅岩》。」[48]看起來，江青對歌樂山上下生產出來的條件性動作有特殊的第二度理解——解釋，她將給出一整套賦了價值以意義傾向性的方案。只因為毛澤東剛剛觀看過，江青似乎還不敢對歌劇橫加指責。成竹在胸的中國第一夫人決定，將自己的理解——解釋的實施稍稍延遲一段時間[49]；她相信，革命話語的即興色彩很快就會把機會送到她面前。

毛澤東無疑具有詩人品性，擁有花不完的浪漫主義情懷和實驗師秉性。看過《江姐》後，他久久無法忘懷江雪琴的革命情操，無法忘記歌劇中對他的深度讚美。很顯然，押韻的價值十分符合教育家對文藝界的兩個批示的基本精神。從江雪琴身上，毛澤東看到了他的學員們應該具備的革命素質。11 月初，江青正在開動她的革命小腦筋，歌劇還在熱演，毛澤東突然決定召見上尉編劇。那天晚上，天降大雪，

---

[48] 空軍政治部歌劇團整理供給〈江青企圖扼殺歌劇《江姐》的言行〉（1977 年 4 月 1 日），江蘇師範學院中文系《中國當代文學研究資料‧〈江姐〉專集》，1980 年，內部發行，第 125 頁。

[49] 事實上，在 1965 年春，江青就開始挑剔《江姐》：「劇本問題很大，江姐婆婆媽媽，很多地方不合理……音樂軟綿綿、靡靡之音。」【空軍政治部歌劇團整理供給〈江青企圖扼殺歌劇《江姐》的言行〉（1977 年 4 月 1 日），江蘇師範學院中文系《中國當代文學研究資料‧〈江姐〉專集》，第 126 頁】不過，對歌劇《江姐》的完成性動作進行如此這般置疑的並不是江青一個人。《江姐》上演後的第二天，一篇署名葉林的文章雖然對歌劇進行了高度評價，但同樣認為該劇的主要缺點就是江姐表達個人感情的成分太多了（參閱葉林〈把革命英雄形象搬上新歌劇的舞臺——看空政文工團演出歌劇《江姐》〉，《人民日報》1964 年 9 月 12 日）

閻肅是在深一腳淺一腳往家走的路上，被尋找他多時的空軍領導突然發現而拉上車的，連衣服都來不及換。汽車很快就開進新華門。在中南海一間寬大溫暖的書房裏，毛澤東對來不及為領袖召見專門修一下邊幅的閻肅說，小夥子幹得不錯，我要送你一套書，但你還要繼續努力。女主人江青把閻肅拉到一旁，在一套精裝本的《毛澤東選集》的扉頁上，代替革命導師寫下了熱情的贈言[50]。

在毫無準備的情況下猝然得睹天顏，閻肅激動得話都說不出來。就在他像當年的李文祥一樣內心跳起踢踏舞時，毛澤東很有感慨地對他說：「江姐那麼好的人，死了多可惜呀，應該把他救出來。」[51]毛澤東毫不猶豫地說出了他對本事的第二度理解－解釋。這是他最近一些日子始終揮之不去、無法釋懷的念頭。閻肅可能還不知道，早在一個月前的 1964 年 10 月 14 日，毛澤東在會見空政歌劇團有關人員時就說過：「要把沈養齋抓住，沈醉在北京嘛，大特務分子，我們早已抓住了，沈醉的檢查我都看到了嘛。……就讓雙槍老太婆帶兵把沈醉包圍，不要跑掉了，要抓住嘛。」[52]看起來，革命導師對閻肅的完成性動作在大滿意中也有小意見，毛主席對江姐的愛和對沈養齋的恨十分對稱。其後出現的眾多完成性動作都旨在表明：毛澤東的第二度理解－解釋很符合人民群眾的想法，因為「貧下中農也希望讓江姐能夠看到勝利」[53]。出於對土地閱讀法的信奉，「毛主席最瞭解人民的願望，他總是和人民想在一起，說出群眾的心裏話。」[54]《江姐》劇組很快就獲知毛澤東

---

[50] 參閱雨哥《我和我的閻肅爸爸》，第 64-66 頁。

[51] 參閱空軍政治歌舞劇團〈關懷暖如春，教誨永不忘〉，《解放軍文藝》，1977年第 9 期。

[52] 空軍政治部歌劇團整理供給〈偉大領袖和導師毛主席對歌劇《江姐》的指示〉（1977 年 4 月 1 日），江蘇師範學院中文系《中國當代文學研究資料·〈江姐〉專集》，第 21 頁。

[53] 參閱空軍政治歌舞劇團〈關懷暖如春，教誨永不忘〉，《解放軍文藝》，1977年第 9 期。

[54] 參閱空軍政治歌舞劇團〈關懷暖如春，教誨永不忘〉，《解放軍文藝》，1977年第 9 期。

的修改意見，聞聽之後，他們「當場立下誓言，（要）堅決落實毛主席的指示，把《江姐》改好演好」[55]。

　　作為我們這個故事的後話，有一件事情必須在此提前招供。秉承著革命話語即興色彩過於頑皮的指示，文革即將開始之前，《江姐》即被禁演，直到 1977 年才恢復演出；重新上演的《江姐》有一段時間確實按照毛澤東的指示修改了結尾：江雪琴在殉難之前被游擊隊員救出；幸運出獄後，她懷著強烈的階級仇，親率華鎣山游擊隊前往歌樂山劫獄，救出了幾乎所有的革命志士，順利地讓「11・27 大屠殺」再次就地蒸發。1977 年秋天，當修改本《江姐》在重慶上演時，一位當年的華鎣山游擊隊老戰士拉著閻肅的手，激動萬分地說：「太感謝你們了，我們當年沒有做到的事，你們替我們完成了！」[56]

　　一個優秀的共產黨員是不應該輕易死去的，雖然在大多數情況下只有死去才配得上優秀：「他們身上所具有的虔誠品質，常常是當他們死的時候才顯露出來。」[57]江雪琴活了下來，在談論運算式中被重新分配價值，必須要歸功於毛澤東對她作出的又一輪的第二度理解－解釋。很顯然，毛澤東的理解－解釋的力量，大大超過了試圖劫獄卻因地勢險要而不成的川東特委。毛澤東用一句話，就戰勝了歌樂山一夫當關、萬夫莫開的天賦險峻，打敗了看上去無法戰勝的地理語法。託毛主席的福，就在這個過程中，話語市場上的剩餘價值網絡和理解－解釋網絡得到了同步性地擴大。

七、電影《紅岩》一波三折

　　文藝界的整風在運行時間上，和電影《紅岩》的開機到攝製完畢恰相平行。北京的事態對遠在重慶攝製的電影《紅岩》肯定不是好兆頭。隨著夏衍在 1964 年 5 月被停職審查，《紅岩》劇組的全體人員莫

---

[55] 參閱空軍政治歌舞劇團〈關懷暖如春，教誨永不忘〉，《解放軍文藝》，1977 年第 9 期。

[56] 參閱雨哥《我和我的閻肅爸爸》，第 66 頁。

[57] 尤瑟納爾《哈德良回憶錄》，第 46 頁。

不處於驚惶之中，已經拍竣的電影因此有更多問題需要處理：它得想方設法使自己的第二度理解－解釋趕上整風運動的高邁步伐，因為後者正代表著即興色彩更新一輪的頑皮。黨委將再次必然性地發揮作用：這年 11 月初，中宣部通知羅廣斌、楊益言馬上從重慶前往北京，參加已攝製完畢的電影《紅岩》的修改工作[58]。

　　實際上，羅廣斌等人一直處於整裝待發的亢奮狀態。早在毛澤東關於文藝界的第一個批示飛馬下達之後不久，隨著《早春二月》被定名為「壞電影」[59]，應和著毛澤東半年後作出的第二個批示，羅廣斌、劉德彬、楊益言很快就對兩個批示做出了反應：他們聯名發表了一篇批判《早春二月》的文章，殺氣騰騰地將幾年前發明出來的修正主義帽子，戴在修正主義出現之前就已拍竣的《早春二月》的頭上[60]。羅廣斌、楊益言此番奉召進京，自認為完全理解了毛澤東的批示，準備親自動手，對已經拍竣的《紅岩》大動手術，將後者拉回到符合革命話語即興色彩之當下要求的第二度理解－解釋之中。

　　進京後首先要做的事情，是觀看草草剪輯而成的樣片。觀賞完畢，羅廣斌就向飾演江姐的于藍反映，影片的「政治觀點和革命精神都比小說削弱了，比較嚴重的是許雲峰的形象，（完全）是修正主義的形象」[61]。面對電影作出的第二度理解－解釋，羅、楊重新給出的意見，甚至和小說凝結的價值及其意義傾向性都有區別，只因為即興色彩已經進入到另一個全新的階段。攜帶著批判《早春二月》的餘威，1964 年 11月 24 日，羅、楊聯名致信中宣部文藝處處長蘇靈揚，聲稱電影《紅岩》熱衷於在個人命運的小圈子中周旋、找戲，除犯有修正主義錯誤外，還不幸感染上了小資產階級的餘毒。他們給出的具體例證是：江雪琴

---

[58] 參閱楊益言《紅岩逸聞》，第 146 頁。

[59] 參閱陳堅等《夏衍傳》，北京十月文藝出版社，1998 年，第 549 頁。

[60] 參閱羅廣斌、楊益言、劉德彬〈《早春二月》必須批判〉，《重慶日報》1964年 9 月 24 日。

[61] 于藍〈羅廣斌同志與電影《烈火中永生》的分歧〉，上海交通大學紅岩戰鬥隊編《〈紅岩〉與羅廣斌》第一集，1967 年 7 月，第 41 頁。

在渣滓洞受刑後，許雲峰為安慰她，竟然沒有從革命話語的立場出發，僅僅是透信給她說，「濤兒（雲兒）無恙，可釋念」；江雪琴臨刑前還「念念不忘濤兒」──兩個主角都忘記了自己的身份：他們本來應該成為無我一代（a generation without men）的典範和標本，成為幫教法的經典形象。前紅色說書藝人向文藝處處長保證，修正主義錯誤和小資產階級餘毒導致的結果，必然是嚴重忽略對毛澤東思想的宣傳，致使「革命旗幟不夠鮮明，革命氣勢不夠高昂」，「無產階級思想表達得不飽滿、不徹底和不正確。」[62]電影《紅岩》遭到了初步性理解－解釋者較為徹底地否定，兩種理解－解釋之間的價值差價顯而易見。

羅、楊二人到京後短短幾天就針對電影《紅岩》四處放炮，引起了北京電影製片廠《紅岩》劇組的嚴重不安──迫於即興色彩的威風以及夏衍的應聲倒地，他們早就是驚弓之鳥了。出於自保方面的考慮，劇組還是斗膽提出，他們之所以對條件性動作做這等理解－解釋是有原因的：過分強調政治會讓影片顯得太硬，電影還是有必要尊重一下藝術和人情。針對這樣的謬論，本著毛澤東的批示的基本要義，羅廣斌、楊益言在致信蘇靈揚的第二天，就向愚頑不化的北京電影製片產遞交了一封措詞強硬、充滿革命鬥爭之火氣的長信，一共列舉了他們和電影《紅岩》的二十條分歧，幾乎涵蓋即興色彩在它的新階段對影片在各個方面的責難[63]。毫無疑問，理解－解釋網絡和剩餘價值網絡再一次擴大化了：在革命話語及其即興色彩的鼓勵下，它們不斷擴展自己的腰身，開拓自己的地盤。

---

[62] 參閱上海交通大學紅岩戰鬥隊編《〈紅岩〉與羅廣斌》第一集「附錄」，1967年7月，第43-44頁。

[63] 羅廣斌、楊益言〈分歧何在？〉，上海交通大學紅岩戰鬥隊編《〈紅岩〉與羅廣斌》第二集，1967年7月，第21-32頁。種種跡象表明，羅、楊二人對電影的態度其實是複雜的。一開始，他們對夏衍的劇本十分滿意，並且還認為體現了導演水華的許多設想【參閱羅廣斌、楊益言、劉德彬致水華、于藍信（1963年12月28日、1964年1月18日），手稿複印件】；所謂的分歧是在其後不久革命話語即興色彩走到新階段之後的產物。在這件事情上，羅廣斌等人確實有投機主義的嫌疑（參閱重慶紅衛兵革命造反司令部等〈羅廣斌是周揚反黨黑線的走狗〉，《山城紅衛兵》，第16期，1967年3月1日）

　　北京的天氣非常寒冷，但羅廣斌、楊益言因為鬥爭意志過於堅決反而顯得渾身燥熱。和在中國青年出版社修改小說一樣，他們又一次聽見了北國的冬天凜冽的寒風：嚴厲、精力充沛，擁有革命需要的那種疾速和不留情面的特性。羅廣斌、楊益言一邊和已經滑向修正主義邊緣的對手戰鬥，一邊動手修改劇本，他們希望電影在再次剪輯時能回到正確的革命道路，回到他們重新給出的第二度理解─解釋當中。12 月中旬，雖然價值的最初凝結者按照兩個批示的精神完成了劇本的修改工作，但已經無力回天：因為影片經過一番折騰，在修改了 80 多個鏡頭後已經報上級部門審查，羅、楊二人已經無權過問。「中宣部部長陸定一審看後，提出『這片子不能代表《紅岩》，改個名字放映，還是有教育意義的』。於是影片先被改為《江姐》，後被定名為《烈火中永生》……作為『一般影片』於 1965 年夏正式上映。」[64]努力一番之後，羅廣斌、楊益言的劇本最終未能派上用場。他們依據兩個批示的精髓所做的又一輪第二度理解─解釋算是徹底泡湯了。

　　電影《紅岩》的故事還沒有結束。實際上，它曲折的傳奇生涯才剛剛開始。1964 年 12 月 27 日，漸漸浮出中國政壇之水面的江青來到北京電影製片廠的一個小放映室，調看《烈火中永生》的樣片。小放映室外北風凜冽；在放映室內，陪伴江青的人卻緊張得渾身發熱，少數自覺責任重大的人甚至額頭冒汗。放映前，江青先給張水華、于藍等人上了一課：「過去，很多片子拍完要想改好，很困難，這樣對國家是很大的浪費。主席對這也很有意見。」[65]教育家躲在暗處，難怪親自操刀修改過 80 多個鏡頭的張水華額頭滲出了細汗。一個多小時的放映時間內，江青一直在嘮嘮叨叨，不是指責鏡頭有問題，就是指斥某個情節不正確，違背了革命話語（特別是其即興色彩的當下頑皮）對

---

[64] 何蜀〈《紅岩》作者羅廣斌在「文革」中〉，《文史精華》，2000 年第 8 期。
[65] 〈（江青）審查影片《烈火中永生》時的指示〉，新北大公社《文藝批判》編輯部編《江青同志關於文藝工作的指示彙編》，1967 年 10 月，第 24 頁。本節接下來所引用的江青的話都來自這篇文章，不再一一做注。

條件性動作的要求和吸納，甚至不惜以自己當年在上海灘和敵人做英勇鬥爭的光榮事蹟現身說法[66]。

就在江青神經質的絮絮叨叨中，電影終於放映完畢。她盯著幕布一錘定音：「這個戲真糟糕！」平息了幾秒鐘，她以意猶未盡的口氣說：「趙丹的氣質不合適（飾演許雲峰）。」江青對那些鎮壓革命志士的特務在電影裏不知所終感到尤為不滿。她摹仿不久前毛主席說的話來質問張水華：「特務為什麼不抓住？實際上是都抓住了。我看過沈醉寫的材料。都抓住了，你們為什麼不抓？」看起來，她是把張水華當作我英勇的公安戰士了。未來的文化旗手完全否定了電影對條件性動作的吸納，否認了寄居在電影畫面中的價值及其意義傾向性。作為一個講述跟話語理論有關的故事的人，我必須感謝江青同志：她讓剩餘價值網絡和理解－解釋網絡再一次走上了擴大化的正確道路，以致於給我們的故事提供了繼續存活的機會。

《烈火中永生》是黑白片，江青對此十分不滿——她看不起張水華所謂黑白片在藝術上更有利於表達革命話語的說教——，決定「將來再拍部彩色的」，不過到時候只「得另外編劇了」。讓張水華大鬆一口長氣的是，這部片子終於可以上映，因為江青在責罵過影片後又補償性地給他吃了一顆定心丸：「不改上映，也是個辦法。」

貳、流產的樣板戲

一、江青的指示

早在江青觀看《烈火中永生》之前，北京京劇院就已經是「江青同志的試驗田」了[67]。作為試圖從文藝陣地入手奠定自己政治地位的人，江青早就想把小說《紅岩》改編為革命現代京劇，以一種具有純粹道德理想主義性質的第二度理解－解釋為方式，去教育全國人民，

---

[66] 參閱陳徒手《人有病，天知否》，人民文學出版社，2000 年，第 344 頁。
[67] 參閱《汪曾祺自述》，大象出版社，2002 年，第 165 頁。

讓繼續革命的新一站擁有它需要的無我一代，亦即「地火風雷全然無懼，七情六欲一概沒有的絕對理想，也絕對虛假的人物」[68]。依照革命話語對新式孝道的廣泛索取，樣板戲[69]中的英雄人物正可以充當幫教法的主角，去教育後進分子，鼓舞已經獲得先進身份的人：社會主義建設的新人必須接受樣板戲的深刻薰蒸。江青在調看過歌劇《江姐》的劇本和影片《烈火中永生》之後，對前者有所隱忍，對後者則直抒胸臆。有了前邊「失敗」的改編打底，未來的文化旗手更加胸有成竹。

　　我們的故事在此必須睜大眼睛，因為江青將依據即興色彩的新頑皮和新靈感，再次擴大話語市場上理解－解釋網絡和剩餘價值網絡的規模——因為「江青同志一貫堅持和保衛毛主席的文藝革命路線。她是打頭陣的。這幾年，她用最大的努力，在戲劇、音樂、舞蹈各個方面，做了一系列革命的樣板。把牛鬼蛇神趕下文藝的舞臺，樹立了工農兵群眾的英雄形象」[70]。由此，我們的故事將來到 1964 年底一個異常寒冷的晚上。就在那天深夜，江青在中南海頤年堂毛澤東的書房外，接見她指定的京劇《紅岩》的改編班子。改編班子的人員組成十分豪華：汪曾祺、閻肅、北京京劇院黨委書記薛恩厚以及中宣部副部長林默涵，是這個班子最核心的部分[71]。汪曾祺、閻肅是江青欽點的執筆人[72]，專門負責寫作技巧——從某種意義上說，他們不過是掌握了文字技藝的機器人；薛恩厚、林默涵則代表黨委監控兩位機器人對寫作

---

[68] 《汪曾祺自述》，第 193 頁。

[69] 樣板戲是江青在 1965 年 4 月中旬審定《沙家浜》後定為「樣板」時才傳開的（參閱《汪曾祺自述》，第 165 頁）。

[70] 這是 1967 年 5 月 23 日，在首都紀念毛澤東《在延安文藝座談會上的講話》發表 25 周年時，中央文革小組成員陳伯達發表講話時專門表揚江青的贊詞（〈陳伯達同志說〉，新北大公社《文藝批判》編輯部編《江青同志關於文藝工作的指示彙編》，1967 年 10 月，第 24 頁。）

[71] 閻肅致何蜀信，轉引自何蜀〈「樣板戲」《紅岩》夭折記〉，《南方週末》2003 年 9 月 25 日。

[72] 參閱 1978 年汪曾祺《關於〈山城旭日〉、〈新三字經〉、〈決裂〉》，手稿複印件。

技巧的正確實施。薛書記、林副部長非常清楚，他們僅僅是批發商，監控的旨意最終來自江青，那個離革命話語的發明者最近的人。

　　早在四年前，汪曾祺已經被摘去戴在頭上長達兩年的右派帽子，從勞動改造地（即張家口農科所）調進北京京劇院擔任編劇[73]；來到毛澤東的書房外的那間屋子之前，他一直在參與改編另一個革命樣板戲《沙家浜》（前身是滬劇《蘆蕩火種》），到得 1964 年底，打磨多時的《沙家浜》仍待字閨中，僅僅處於彩排階段[74]，因為「在江青的領導下，所謂樣板戲就是瞎折騰」。閻肅在參與寫作某個樣板戲時，「附近剛好開始蓋小樓，等人家樓都蓋好了，他們的劇本仍然沒有弄好，後來，新樓裏搬進了新人，等人家結婚娶了老婆，都生孩子了，他們的劇本還沒有通過。」[75]毫無疑問，江青選中汪曾祺和閻肅做革命現代京劇《紅岩》的編劇，顯示出她在藝術鑒賞方面的高超眼光。但江青對汪曾祺卻不是很放心。早在她決定搞京劇《紅岩》之時，就對她曾經代表教育家贈以贈言的閻肅說，「和你搭檔的那個人不是同志，而是右派，對他要控制使用。」[76]很顯然，控制必須落實到又一輪即將實施的完成性動作上。

　　座談會基本上是個務虛會，但它將是又一輪第二度理解－解釋的源頭和圭臬。那天晚上，差不多是江青一個人在拉拉雜雜地發表演講，其他人只得仔細傾聽和記錄：他們必須以江青的理解－解釋為準的，以江青的主張為即將實施的完成性動作賦予方向。這倒不僅僅是因為江青離革命話語的即興色彩最近，更是因為江青的神經質隨時可能帶給他們意想不到的打擊。就在江青絮絮叨叨的間歇，出現了一個讓受召見者終身難忘的插曲：偉大領袖毛主席從書房裏走了出來，似乎是想找什麼東西。在座人等趕緊站起來，準備就近向革命話語致敬。但

---

[73] 參閱陳徒手《人有病，天知否》，第 331 頁。
[74] 參閱陳徒手《人有病，天知否》，第 332-334 頁。
[75] 參閱雨哥《我和我的閻肅爸爸》，第 79 頁。
[76] 參閱陳徒手《人有病，天知否》，第 336 頁；參閱雨哥《我和我的閻肅爸爸》，第 78 頁。

毛主席似乎對江青沒有興趣，只是很和藹地向站起來的人揮揮手：「你們談，你們談。」[77]激動人心的插曲結束後，會議繼續進行。這次照例要開到半夜的務虛會只是大體上確定了改編原則，規定了完成性動作凝結條件性動作的行進線路。恭喜京劇《紅岩》的價值的意義傾向性，它自此擁有了誕生的原則和機會。

　　看起來江青對這件事十分上心[78]。十多天後的 1965 年 1 月中旬的一個晚上，江青在人民大會堂再度召見改編班子，參加討論的除頤年堂的原班人馬外，還增加了黨史小說的兩個作者[79]。──那時節，羅廣斌、楊益言正在北京為修改電影《紅岩》而奔忙。作為被召見者，所有人等早已守候在人民大會堂某個溫暖的大廳裏，「江青進會場時穿著一身灰色軍裝，頭上戴著一頂灰布軍帽。帽子向後翹起，額前鼓起一把頭髮。她說是毛主席要她出來搞文藝調查，搞京劇革命的。」[80]軍裝、革命、京劇、毛主席，都是革命話語內部運作中無比神聖的事物和至為光輝的字眼，難怪在場的所有人都摒住了呼吸。接下來，江青用頗具意識流風度的說法方式，對即將改編的京劇《紅岩》做了很多指示。簡單的開場白過後，她便直奔主題：京劇《紅岩》要「敢於革命，打破框框……要氣勢磅礴，鬥爭尖銳複雜，一定要比生活高。運用一切藝術手段，為塑造英雄形象和思想高度服務」。為了將純粹的道德理想主義落在實處，江青稍事歇息，緊接著給出了改編的注意

---

[77] 陸建華《汪曾祺傳》，江蘇文藝出版社，1997 年 7 月，第 179 頁；汪朗《老頭兒汪曾祺──我們眼中的父親》，中國人民大學出版社，2000 年，第 109 頁。

[78] 1965 年 3 月，江青向錢浩梁寫的信件可以為我們的看法作證，其中有這樣的段落：「我曾經打掉了你的一部壞戲──《伐子都》，心裏一直不安，總想讓你搞點好的戲給你演。你知道我讓你看《紅岩》的原因嗎？不單是為了你塑造正面人物形象，也因為我抓（京劇）《紅岩》的創作四、五個月了，目前初稿可能已經完成。」（原件在紅衛兵展覽會展出，此係張羽先生的抄件）。

[79] 參閱閻肅致何蜀函，轉引自何蜀〈「樣板戲」《紅岩》夭折記〉，未刪稿複印件。

[80] 楊益言《紅岩逸聞》，第 147 頁。

事項：京劇《紅岩》絕對不能寫「小資產階級的思想感情，個人命運，骨肉之情，小零碎，小玩意等低級庸俗的東西」[81]。說這番話時，江青很可能想起了不久前在北京電影製片廠看到的江雪琴臨刑前對兒子的牽掛。

看到她的聽眾都在忙於記錄，看到聽眾中偶爾遞過來的略帶疑問的眼神，江青既得意又有些惱火。她預感到這幫人要將她對本事的第二度理解－解釋完好地化作現實，肯定有較大的難度：那是即興色彩的又一輪頑皮及時地貢獻了這個難度。夜邁著貓步越走越深。在人民大會堂溫暖的大廳裏，江青同志終於有點困了。用正襟危坐對付圍繞在身體周邊的困倦顯然不是最佳辦法，前上海灘三流演員的做派再一次大駕光臨：她摘掉軍帽，看起來好像放鬆了一些，就像她臉上的皺紋一樣既舒展自如，又顯示出它的高深莫測。有了舒服的坐姿，江青接下來對京劇《紅岩》的結構和情節又講了一些指示性的話；在說到許雲峰的形象應該怎樣塑造時，附帶著將她當年在上海的朋友趙丹損了一次：「許雲峰的形象趙丹演得不好。」[82]

那天晚上，江青說得最多的還是江姐的形象塑造問題。當談到江雪琴時，在座的所有人都提起精神：關鍵性的指示終於來臨了。毫無疑問，在那天深夜，江青的意識流談話方式發揮了重大作用：她一忽而說小說在處理江雪琴時凝結的價值極為庸俗，一忽而又說江雪琴在歌劇中哭哭泣泣，簡直就是小資產階級，搞得羅廣斌、楊益言、閻肅十分難堪。他們不約而同地垂下頭顱。江青的話音一落，3 個人就立即意識到，他們潛心製造的初步性理解－解釋和第二度理解－解釋距離江青的又一輪第二度理解－解釋，尚有漫長的距離。看起來，江青是要矢志不渝地將話語市場上的剩餘價值網絡和理解－解釋網絡再度擴大化。再次歇息後，江青又說，必須把江雪琴放在當時的革命整體

---

[81] 〈（江青）對改編京劇《紅岩》的指示〉，新北大公社《文藝批判》編輯部編《江青同志關於文藝工作的指示彙編》，1967 年 10 月，第 28 頁。

[82] 〈（江青）對改編京劇《紅岩》的指示〉，新北大公社《文藝批判》編輯部編《江青同志關於文藝工作的指示彙編》，1967 年 10 月，第 29 頁。

上來看待，必須寫出她身在四川但胸懷全國，只有這樣，這個形象才站得住腳[83]。不愧是教育家身邊的人，所有的指示都符合革命話語，深諳革命話語即興色彩之精髓[84]。

　　夜色越來越深，江青的指示也越來越進入指示的潛意識深處。她向她的寫作班子發佈了一條重要命令：江雪琴必須活下去。望著目瞪口呆的聽眾，江青為她的聽眾繼續指點迷津：為保證江雪琴的生命安全，必要的情節嫁接術和動作化妝術是可以動有的，甚至可以考慮不讓江雪琴入獄，但又必須和監獄有聯繫，聯繫的方式就是讓江雪琴率領華鎣山游擊隊前往歌樂山劫獄。「重慶都要解放了，還死那麼多人，這是給我們黨抹黑。」[85]傾聽完畢，中宣部副部長林默涵自覺是在座者中除江青外唯一一個高級官員，便認為自己還是有必要斗膽表達一個不同意見：「把她寫活了，群眾恐怕不會接受……」聞訊之下，江青一下子來了勁；她迅速坐直身子，「啪」的一巴掌猛拍在茶几上，盯著林副部長厲聲喝道：「你要允許我試驗！允許我失敗！」[86]

　　很顯然，江青同志的火氣很大。但她沒有給出為什麼要允許她失敗的原因，也沒有告訴在座諸位她可以失敗的特權來自何方。隨著深

---

[83]　〈（江青）對改編京劇《紅岩》的指示〉，新北大公社《文藝批判》編輯部編《江青同志關於文藝工作的指示彙編》，1967 年 10 月，第 29-30 頁。

[84]　但江青的談話重點還是體現在她的改編應該遵循的總的原則上。這個總的原則一共有 6 條：「一、敢於革命，打破框框；敢於標新立異（標社會主義之新，立無產階級之異），一切通過試驗，不怕犯錯誤。但是，不能搞主觀主義，脫離生活；二、要氣勢磅礡，一定要比生活高。運用一切藝術手段，為塑造英雄形象和思想高度服務；三、把敵人寫夠，是為了突出我們的人，以我為主，但敵人不能弱了，不能簡單化；四、反對寫小資產階級的思想感情，個人命運，骨肉之情，小零碎、小玩意等等低級、庸俗的東西；五、古為今用，西為中用，一切為革命服務，好作品要反覆修改、磨練；六、深入生活，廣泛收集材料。」【〈（江青）對改編京劇《紅岩》的指示〉，新北大公社《文藝批判》編輯部編《江青同志關於文藝工作的指示彙編》，1967 年 10 月，第 28 頁】

[85]　參閱陳徒手《人有病，天知否》，第 344 頁。

[86]　楊益言《紅岩逸聞》，第 148 頁。

夜的進一步加深，越來越疲倦的江青火氣暫熄，總結性地對羅廣斌、楊益言說：「將來劇本寫成了，小說也可以按照戲來改。」[87]江青莫名其妙的言詞顯然是在責備初步性理解－解釋，羅廣斌、楊益言不由得坐直了身子。未來文化旗手的話既讓前紅色說書藝人十分費解，又似乎讓他們明白了幾分[88]。再一次開到深夜的會議意味著，迫於完成性動作懷柔遠人的一貫作風，歌樂山上下寄存的條件性動作即將遭遇新的劫持、綁架和扭曲。

二、摹擬本事

未來的中國人將會知道，1965 年是繼續革命大步向前邁進的關鍵性年頭，儘管繼續革命時期的每一年都是關鍵年頭。這一年的 3 月 2 日，中共中央書記處在北京召開會議。在那次會議上，被毛澤東贊為綿裏藏針的鄧小平忿忿不平地說：現在有人不敢寫文章了，新華社每天只收到兩篇稿子，戲臺上只演兵，只演打仗的，電影哪有那麼完善？這個不讓演，那個不讓演。這樣做怎麼行？必須佩服鄧小平的膽量和睿智；在說完那些抱怨之辭後，他直指核心：那些「革命派」想靠批判別人出名，踩著別人的肩膀上臺。在 1965 年早春，鄧小平顯然錯誤地估計了形勢，他的意見根本不可能發生效力。緊接著的 4 月 12 日，中共中央發出關於加強備戰工作的指示：鑒於美帝國主義正在越南採取擴大侵略的步驟，直接侵犯越南民主共和國，嚴重威脅我國的安全，全國人民應加強備戰，盡一切可能支持越南人民的抗美救國鬥爭。1965 年的好戲還在繼續：一年將盡的 11 月 10 日，上海《文匯報》發表了後來被尊稱為「文痞」的姚文元的大作——〈評新編歷史劇《海瑞

---

[87] 《汪曾祺自述》，第 164 頁。

[88] 1965 年 11 月 19 日，羅廣斌、楊益言、劉德彬向重慶市文聯黨組並市委宣傳部寫出 1966～1968 年創作計畫書面報告，其中說：「尤其使我們永遠激動不能忘懷的，是江青同志今年春一再教育我們努力學習主席思想，敢打敢拼，為黨爭氣，鼓勵我們把《紅岩》改好，使它流傳下去。」（參閱何蜀〈「樣板戲」《紅岩》夭折記〉，未刪稿複印件）

罷官》〉，揭開了「文化大革命」的序幕。我們的故事就要迎來它的高潮。

人民大會堂的座談會結束後不久，汪曾祺、閻肅就住進北京六國飯店，炮製京劇《紅岩》的劇本。正式動手前，他們詳細研究了江青的批示，嚴格尋找歌劇《江姐》和電影《烈火中永生》的嚴重錯誤，說服自己一定要相信那些錯誤的確是錯誤，要求自己必須幫助江青提高話語市場上剩餘價值網絡和理解－解釋網絡的規模。就像當年搞地下工作一樣，不多日，閻肅、汪曾祺很快又轉至頤和園藻鑒堂。六國飯店人多眼雜，藻鑒堂沾皇家園林的光，顯得十分僻靜，與此時此刻革命話語即興色彩的嚴格要求恰相吻合：轟轟烈烈的革命運動需要一個靜謐的前奏，因為胎兒在母腹中總是傾向於安靜。

每當改編勞累時，十餘年後將因為小說創作享譽中國文壇的汪曾祺都會在視窗小站一會兒，眺望窗外結冰的昆明湖——幾十年前，絕望的國學大師王國維曾在這裏沉湖自盡。慘澹的陽光照在冰面上，反射出來的光線十分動人，有效地沖淡了汪曾祺心中的憂慮[89]。改編工作十分累人，因為江青實在是反覆無常。她對劇本寫作的監控通過各種渠道彙集藻鑒堂，弄得汪曾祺和閻肅無所適從[90]。在藻鑒堂，他們的小心謹慎表現出來的樣態非常有趣，充分顯示出繼續革命年代特有的寫作方式：有時是汪曾祺寫第一稿，被閻肅改得一塌糊塗；有時是閻肅寫第一稿，被汪曾祺弄得面目全非。兩人都是一根繩子上的螞蚱，但求安全過關，從不認為對方是在藐視自己的寫作才能[91]。——革命話語即興色彩的頑皮威力十分巨大，即使是在共同實施第二度理解－解釋，第二度理解－解釋的內部也會發生紛爭。

上海灘前三流演員似乎比大多數人更懂得藝術來源於生活的深刻道理，更懂得藝術必須高於生活。她怕她欽點的劇組人員不熟悉當年的革命情形，應和著即興色彩的頑皮特性，一時間詩興大發，命令劇

---

[89] 參閱《汪曾祺自述》，第 164 頁。
[90] 參閱雨哥《我和我的閻肅爸爸》，第 79 頁。
[91] 參閱陳徒手《人有病，天知否》，第 343 頁。

組人員到重慶體驗生活[92]——在繼續革命年代，生活一向被認為只存在於人民群眾身上，藝術家不配成為生活的認領者，頂多只掌握了一些吸納生活的小零碎。1965 年 2 月 27 日[93]，京劇《紅岩》劇組的 43 人浩浩蕩蕩開赴山城重慶尋找生活。尋訪大軍做的第一件事，是到渣滓洞親自坐牢，重新生產當年革命烈士生產出的本事——但更像是一場對本事的剽竊運動。細皮嫩肉的劇組人員被集體關進渣滓洞長達一個星期。十幾個人睡在稻草上，不准說話，不准抽煙，嚴禁竊竊私語，比當年的渣滓洞看守所還要嚴格。大約是為了讓劇本更有表現力，更精確地落實江青對本事所做的又一輪第二度理解－解釋，歌劇《江姐》的作者像當年的劉國鋕一樣被反銬著，「馬上感覺到失去自由的滋味。」[94]——京劇《紅岩》的炮製人之一閻肅立即知道該怎樣在劇本中體現江青的指示。

在地理語法嚴厲管轄下的歌樂山，剽竊運動還在繼續進行。在羅廣斌、楊益言的指揮下，受刑、開追悼大會，都搞得很逼真。前看守所的樓下不時有遊人參觀，他們奇怪怎麼樓上還有人坐牢，那些鎮壓革命志士的美蔣特務不是早就被人民政府抓起來了嗎？尋找生活的人像抹去臉上的蜘蛛網一樣將群眾的疑問輕輕抹去了，因為緊接著他們還有更多的事情要做：即將在京劇《紅岩》中扮演許雲峰的著名表演藝術家馬長禮，在為龍光華舉行的追悼會上念完悼詞後說了一句：「同志們，高唱《國際歌》……」結果聽錯了，尋訪大軍於是唱起了《國歌》[95]。在我們早已講述過的故事中，當著李磊、徐貴林的面，獄中追悼會不可能放肆到集體高唱《國際歌》的地步，但這剛好是摹擬本事必須要做的：新一輪事情在革命話語即興色彩的頑皮中，被再一次滑稽地生產出來。

---

[92] 參閱《汪曾祺自述》，第 165 頁。

[93] 關於這個準確時間的來歷請參閱何蜀〈「樣板戲」《紅岩》夭折記〉，未刪稿複印件。

[94] 參閱陳徒手《人有病，天知否》，第 345 頁。

[95] 參閱陳徒手《人有病，天知否》，第 345 頁。

在渣滓洞，全體生活尋訪人員都被戴上手銬，天天晚上拉到刑訊室進行「審訊」。每人每天只供應兩個窩窩頭，一碗白開水和一碗白菜湯。革命話語即興色製造出的幽默很快就達到高潮：它把《沙家浜》的編劇之一楊毓瑉和北京京劇院黨委書記薛恩厚拖出去槍斃，負責行刑的解放軍戰士把領章摘下，冒充西南軍政長官公署第二處的美蔣特務；槍聲一響，楊毓瑉馬上就找到革命烈士犧牲前的感覺，趕緊大喊一聲：「毛主席萬歲！」關在牢房中的劇組人員緊跟著高呼：「共產黨萬歲！」這夥人集體沉浸在摹擬本事製造出的氛圍中，忍不住痛哭流涕，頓時回到李磊、徐貴林統治下的渣滓洞。幽默帶來的高潮仍在繼續：正當劇組人員還在痛哭中繼續體驗革命烈士的崇高生活時，被拖出去槍斃的楊毓瑉和薛恩厚已經坐著小車回臨近的招待所睡覺去了[96]。

剽竊運動或摹擬過程還沒有結束。監獄生活體驗完畢，全體劇組人員又趕到當年舉行川東起義的地方體驗戰爭生活。地點被選在名聲顯赫的華鎣山。在此之前，通過黨史小說和歌劇《江姐》，眾藝術家早已風聞華鎣山的大名，直到現在才親眼目睹它的巍峨、挺拔和令人敬畏的真容。體驗戰爭生活的方式極為簡單：像當年的游擊隊隊員一樣在華鎣山深夜行軍。初春的華鎣山的夜晚又冷又黑，伸手不見五指，牛郎織女早已收起非分之想，各自安睡；藝人們則後一個人緊抓前一個人的衣服，一步一步向山上挺進。讓他們感到慚愧的是，如果當年的陳聯詩等人以這樣的行軍速度向前開進，革命火種恐怕早就熄滅了，根本不可能等待川東臨時工作委員會的一號人物王璞代表革命話語的即興色彩前去收集。更讓他們自慚形穢的是，第二天黎明，面對光亮中的華鎣山，他們驚得目瞪口呆：回首來路，儘是萬丈深淵，劇組人員只得在心中暗自慶幸昨晚自己的命真大[97]。

夜行軍後緊接著是就地體驗革命暴動的全過程。他們真刀真槍，在山上打槍、放炮、吶喊，點燃象徵革命暴動的篝火，在摹擬中再一

---

[96] 參閱陳徒手《人有病，天知否》，第346頁。
[97] 參閱陳徒手《人有病，天知否》，第346頁。

次重現當年的情景。轟轟烈烈之中也有令人掃興的事情發生。趙燕俠是江青欽點的飾演江雪琴的演員。這個即將扮演大智大勇的江雪琴的人卻膽子奇小，甚至不敢正面面對華鎣山的巍峨險峻，只得像一個小資產階級分子一樣坐吉普車上山。更讓革命話語不滿的是，此人對不值一提的貓十分畏懼，就像一隻沒出息的老鼠。上得山來，天降小雨；在一戶農家避雨時，怕貓的趙燕俠果然發現農家家裏還真有一隻貓，頓時魂飛魄散，怪叫著飛跑而去[98]，逕直把文化旗手對江雪琴的飾演方針弄了個底朝天[99]。

一通折騰終於完畢，劇組人員在摹擬中體察到革命先烈對新式孝道的高度恭維後各自走開；汪曾祺和閻肅則留在重慶北溫泉數帆樓，繼續修改京劇《紅岩》已經寫成的部分。1965 年 4 月中旬，也就是鄧小平不識時務地發表講話的前後不幾天，「抓（京劇）《紅岩》的創作已經四五個月」，估計「目前初稿可能已經完成」[100]的江青，命令汪、閻二人連袂前往上海，向住在那裏繼續狠抓樣板戲實驗工作的江青彙報劇本；大約是為了讓他們就近吸取京劇的精髓，從上海返回北京後，汪曾祺、閻肅被安排在梅蘭芳故居繼續修改劇作——不出我們的故事所料，鄧小平對「革命派」的批評完全沒有作用。

三、繼續折騰

應和著革命話語「一萬年太久，只爭朝夕」般的疾速，時間在緊鑼密鼓中又走過了一年。中國歷史上一個開天闢地的新紀元就要到來。1966 年 2 月 6 日，這一天距離春節還有 48 小時，距離京劇《紅岩》劇本的完成只差最後一場戲。汪曾祺、閻肅感到十分高興。按照他們現在已經駕熟就輕的寫作進度，最後一場戲的初稿肯定能在 48

---

[98] 參閱陳徒手《人有病，天知否》，第 345 頁。

[99] 據說，有一次在談到飾演江雪琴的女演員的扮相和表演，江青說，她長得很文秀，但眉宇間應該有一股英氣（參閱陳徒手《人有病，天知否》，第 344 頁）。

[100] 1965 年 3 月江青向錢浩梁信（原件在紅衛兵展覽會展出，此係張羽先生的抄件）

小時之內基本敲定，他們因此可以回家休息休息，順便好好過一個春節——那時他們盼望已久的事情。就在這一天，距離文化旗手地位僅僅一步之遙的江青從上海打電話，指示北京市委宣傳部部長李琪，要後者親自帶領兩位編劇馬上趕往上海，接受她的當面訓示。看起來反覆無常的江青對歌樂山上下發生的本事又有新的第二度理解－解釋——一年多來，江青已經無數次給出過第二度理解－解釋。汪曾祺、閻肅沮喪地對李琪說，戲只差一場，寫完再去不行嗎？那時節的李琪很有點瞧不起江青，儘管他很快會嘗到後者的厲害，就把編劇的意思如實報告給遠在上海的江青。沒想到第一夫人的口氣十分強硬：「不要寫了，馬上來！」第二天，李琪只得忍住怒氣帶領薛恩厚、汪曾祺、閻肅直飛滬上[101]。

從 4 天前的 1966 年 2 月 2 日起，江青一直在做一件即將影響中國歷史進程的大事；20 天後，在軍方的幫助下，她搞出了著名的《林彪同志委託江青同志召開的部隊文藝工作座談會紀要》。利用座談會的間歇，江青見縫插針，在錦江飯店接見李琪一行。落座前，她先向李琪等人道歉：耽誤你們過春節了，但叫你們來是革命工作的需要。簡單的開場白過後，江青說了一番讓在場的每個人都感到震驚的話：「上次你們到四川去，我本來也想去。因為飛機要經過一個山，我不能適應。有一次飛過的時候，幾乎出問題，幸虧總理叫來氧氣，我才緩過來。」江青故意拿自己的逸聞賣關子，停頓片刻，才將謎底說了出來：「你們去，有許多情況，他們不會告訴你們。我萬萬沒有想到：那個時候（指江竹筠被捕前－引者注），四川黨還有王明路線！」[102]作為講故事的人，我無法弄明白，江青是不是忘記了 1948 西柏坡村有兩隻公雞曾經忘我戰鬥，致使兩隻母雞無法吃飯的情形？

聞聽此言，京劇《紅岩》的編劇預感到他們的工作成果即將泡湯，因為他們按照江青給出的第二度理解－解釋凝結出的價值現在被認為

---

101 參閱《汪曾祺自述》，第 165 頁。
102 參閱《汪曾祺自述》，第 165-166 頁。

犯了路線錯誤。革命話語即興色彩的頑皮性再一次得到確認：「江青顯然已經大致聽說了當年四川的有關情況，發現背景複雜，不好處理。……她要抓的戲是『樣板』，自然不能讓自己的『樣板』也留下這方面的問題而授人以柄。」[103]看起來，即興色彩的頑皮在某些時候還有個人安全和聲譽方面的來源。這很可能是革命話語即興色彩最大的祕密和隱私。

　　汪曾祺和閻肅的預感當場就得到確認。江青向目瞪口呆的李琪等人說，為純潔樣板戲的政治性，她決定，京劇《紅岩》不搞了，要另外搞一個戲。江青似乎不想讓自己這幾年的心血全部付之東流，當即決定，新戲的背景依然放在山城重慶。本著即興色彩的頑皮，借助於它的靈感，江青口授了一個大致的提綱：由軍隊黨派一個女幹部（她甚至可以叫江雪琴），不通過當時的重慶地下黨，不找被王明路線控制的川東臨委或川東特委，直接找一個社會關係，打進兵工廠，發動重慶的工人保衛自己的領地，把蔣介石將重慶變為廢墟的計畫打回原形，以迎接解放[104]。江青大膽過頭的新一輪理解－解釋，給負責編劇的人提了一個大難題。回到設在東湖賓館的住處後，閻肅偷偷摸摸對汪曾祺發牢騷：「找這樣的材料，我們上哪兒調查去？」[105]但「革命不是請客吃飯」，在其後的兩天時間裏，已經具有豐富樣板戲經驗的編劇還是拿出了故事大綱。新劇作定名為《山城旭日》。很明顯，這是一個更為火爆的名號。

　　繼續革命的風聲越來越緊，距離 1966 年 5 月 16 日這個劃時代的日子愈來愈近。除教育家本人和他身邊的少數幾個同志，沒有人明白那個日子究竟意味著什麼。汪曾祺、閻肅編完故事大綱後，思索再三，還是決定先向仍然滯留在上海的李琪彙報。作為一個主管意識形態的黨的高級幹部，李琪似乎已經預感到一場大變即將來臨，就像 1948

---

[103]　何蜀〈「樣板戲」《紅岩》夭折記〉，未刪稿複印件。
[104]　參閱《汪曾祺自述》，第 166 頁；參閱陳徒手《人有病，天知否》，第 344 頁。
[105]　陳徒手《人有病，天知否》，第 344 頁。

年 4 月 18 日李維嘉在回家路上的準確預感一樣。早在幾個月前，姚文元的宏文已經發表，引發的震盪有目共睹。聽完兩位編劇的彙報，李琪意味深長地對已經被折騰得面無人色的汪、閻二人說：「看來，沒有生活也是可以搞創作的哦？」[106]

李琪的嘲諷沒有絲毫意義，因為江青看過提綱後居然十分滿意。面對汪曾祺「你還有什麼意見」的提問，江青很高興地說：「就按這個寫吧。」停歇了幾秒鐘，她很得意地宣佈：「這回我們不是改編，我們是搞了一個創作。」[107]汪曾祺一聽就明白，江青要徹底抹去她的樣板戲中殘存的那幾絲王明路線。

臆想中的美好春節泡湯了。汪曾祺、閻肅從上海回到北京時，春節差不多已經臨近尾聲。迫於革命話語所要求的那種急速和蠻霸，他們必須馬上投身於《山城旭日》的捏造工作。這是一次更為兇險的寫作，兩位編劇隱隱約約看出了即興色彩的私人來由，對江青給出的又一輪第二度理解－解釋更加難得要領。但江青對《山城旭日》無疑十分上心，僅僅一個月後的 1966 年 3 月中旬，她靈感突發，又從上海打電話把兩位編劇叫去，說是要商談新劇作的寫作規劃。「但是這一次江青對《山城旭日》的劇本並沒有談多少意見，她這次實際上是和李琪、薛恩厚談『試驗田』的事。他們談了些什麼，汪曾祺和閻肅都沒有注意。大概是她提了一些要求，李琪沒有爽快地同意，只見她站了起來，一邊來回踱步，一邊說：『叫老子在這裏試驗，老子就在這裏試驗！不叫老子在這裏試驗，老子到別處去試驗！』聲音不很大，但是語氣份量很重。」回到東湖飯店，李琪在客廳裏坐著，沉著臉，半天沒有說話。薛恩厚坐在一邊，汗流不止。自覺無話好說的汪曾祺和閻肅回到自己的住處後，後者像是自言自語一般說：「一個女同志，『老子』、『老子』的！唉。」[108]

[106] 參閱《汪曾祺自述》，第 166 頁。

[107] 陳徒手《人有病，天知否》，第 344 頁。

[108] 何蜀〈「樣板戲」《紅岩》夭折記〉，未刪稿複印件

……經過反覆修改、排演，正當《山城旭日》即將以「樣板」身份登臨文藝舞臺時，伴隨著革命話語又一個新一站的到來，文化大革命恰到好處地爆發了——這為我們的故事提供了更多的由頭。作為文革爆發的後果之一，「北京京劇團一時陷入動亂之中。汪曾祺因為『右派』歷史和編劇中的問題，被革命群眾揪出來了。《山城旭日》的女主角趙燕俠也因為得罪江青而被打成反革命。」[109]即興色彩的靈感和頑皮從此擁有最為寬廣的舞臺。

《紅岩》改名《山城旭日》後，「劇情大致未動，但人名全改了，而且江姐改為二野部隊派到四川領導游擊隊，劇中也不叫江姐，所有劇中人名字全改了，大概是江青想徹底否定川東地下黨，很怕當年的地下黨同志來『樣板戲』裏『沾光』。……但後來總覺得很彆扭，《紅岩》和《林海雪原》一樣，影響面很廣，這樣亂改人名，大事件又維持原樣，自然很可笑。似乎江青也感到這點，於是，和《智取威虎山》（根據《林海雪原》改編的京劇－引者注）一樣，又都改回來了。還是叫江姐、許雲峰，劇名還是《紅岩》。」[110]江青的第二度理解－解釋反覆無常，但她的努力卻成功地推動了話語市場的擴大，發動了剩餘價值網絡和理解－解釋網絡大規模的圈地運動。

在第二度理解－解釋上做出重大調整後，江青並沒有放棄她傾注過好幾年心血的京劇《紅岩》或《山城旭日》。1967 年 4 月 27 日晚，她親自到北京京劇團觀看《山城旭日》的最後一次彩排，準備在這一年的五一節推出這部反覆折騰達 3 年之久的樣板戲。觀摩過演出後，馬上進行座談，這無疑意味著列位座談人士必須忍受江青的嘮叨。參與座談的人限制得很嚴格。除劇作者，只有楊成武、謝富治、陳亞丁等高級官員。文化旗手落座後的第一句話是對兩位編劇說的：「你們開幕的天幕上寫的是『向大西南進軍』（這個戲開幕後是大紅的天幕，上寫六個白色大字『向大西南進軍』），我們這兩天正在研究向大西南進

---

[109] 何蜀〈「樣板戲」《紅岩》夭折記〉，未刪稿複印件。

[110] 閻肅致何蜀信，轉引自何蜀〈「樣板戲」《紅岩》夭折記〉，未刪稿複印件。

軍。」[111]那時節，大西南的黨政機關因為文化大革命的疾風暴雨幾乎處於癱瘓狀態，各個武裝派別正打得不可開交；在迷宮一般的重慶，當年彭詠梧、鄧照明、王璞發動武裝起義時眼饞不已的機槍、手榴彈早已派上用場。管制重慶的地理語法像個洞明世事的老人，毫不驚訝地冷眼旁觀，哪怕槍彈已經落在它的身上。

　　說完「向大西南進軍」那句話，江青迅速將樣板戲放在一邊，大談文革開始一年來的偉大成果；如坐針氈的汪曾祺和閣肅只得假裝什麼也沒聽見。那天的座談會照例又要開到深夜兩點，王曾祺和閣肅回家要坐的公共汽車在那時早已停擺。會議臨近結束時，作為當年解放重慶的高級軍官，謝富治突然發言說，十七年前打下重慶後，他是第一個跑去歌樂山的人，依他對地形的判斷，「根本不可能跑出一個人來。」[112]這把正在擔心公共汽車是否已經停擺的汪曾祺嚇了一跳：謝富治的意思是不是當年從歌樂山突圍出來的人都是叛徒？就在謝富治說這句話時，我們的故事的主角羅廣斌，在文革的派性鬥爭中慘死已經將近兩個多月，罪名之一就是叛徒[113]。

　　隨著謝富治那句話的結束，折騰了將近3年的《山城旭日》（或《紅岩》）終於未能上演就壽終正寢。1967年6月24日，羅廣斌屍骨已寒，重慶市文藝界革命造反司令部的機關刊物公開聲稱：中央之所以決定拋棄《山城旭日》，是因為「原著《紅岩》沒有反映歷史真實，在重慶解放時，地下黨近於沒有」；是因為《山城旭日》「沒有反映以武裝的

111　參閱《汪曾祺自述》，第169頁。何蜀認為，「江青所說的『這兩天正在研究向大西南進軍』，是指當時按照毛澤東的指示，由周恩來主持，從4月初開始連續召開的中央解決四川、重慶問題的兩個會議。……在這兩個會議上，『無產階級司令部』肯定了造反派提出的『打倒李井泉，解放大西南』的口號，並將西南局、四川省委、重慶市委的負責人李井泉、廖志高、任白戈等定為走資派，宣佈打倒。」（何蜀〈「樣板戲」《紅岩》夭折記〉，未刪稿複印件）

112　參閱《汪曾祺自述》，第170頁。

113　關於羅廣斌的問題，本書接下來的一章將有詳細敘述（參閱本書第八章〈《紅岩》與羅廣斌悲劇〉）。

革命反對武裝的反革命」[114]。很顯然，這並不是《山城旭日》被拋棄的真正原因：「說重慶解放時地下黨近於沒有，《山城旭日》已改成了由部隊派人去發動工人；說沒有反映以武裝的革命反對武裝的反革命，也不對，《山城旭日》寫的就是部隊派人去發動武裝鬥爭」[115]。

也許只有江青才清楚這中間的隱情：《山城旭日》的女主角被認作是「二野」派去的，第二野戰軍的領導人之一恰好是鄧小平[116]；不久前，作為中國共產黨內二號「走資派」以及「資產階級司令部」中的二號人物，四川人鄧小平已經被打翻在地。革命話語即興色彩對完成性動作的調控真是令人驚心動魄：把《紅岩》改為《山城旭日》為的是避開王明路線；將《山城旭日》就地蒸發，是為了避開劉（少奇）鄧（小平）資產階級路線。但令我們的故事異常高興的是，革命話語即興色彩對完成性動作的調控餵養了話語市場，再次發動了剩餘價值網絡和理解－解釋網絡的圈地運動。

---

[114] 《魯迅戰報》，第 5 期「簡訊」。

[115] 何蜀〈「樣板戲」《紅岩》夭折記〉，未刪稿複印件。

[116] 這個原因採自何蜀（何蜀〈「樣板戲」《紅岩》夭折記〉，未刪稿複印件）。在同一篇文章中，何蜀還推測性地給出了另一個原因：「當時重慶八一五派對羅廣斌和小說《紅岩》的批判已經進入高潮，關於羅廣斌是叛徒和畏罪自殺的說法鋪天蓋地而來，連『砸派』內部為此也出現了分歧，參加解決四川、重慶問題會議的『砸派』代表中，一些人要求把羅廣斌之死作為重點提出來，另一些則堅決反對，擔心羅廣斌的『歷史問題』會給自己造成被動。重慶兩大派分別得到了首都紅代會『天派』、『地派』的支持，雙方都向中央文革小組大量遞送材料。因此江青對這方面的問題不會不瞭解。羅廣斌——《紅岩》——《山城旭日》的關係盡人皆知，萬一羅廣斌真有什麼問題，《山城旭日》豈不受到牽連？為避免麻煩，當然最好是放棄這個戲。」

第八章 《紅岩》與羅廣斌的悲劇

秋高馬肥，正好作戰消遣。

——孫傳芳

壹、二次革命

一、革命前奏

　　1966 年是稍微有點記憶力的中國人永遠無法釋懷的年份。無論從任何角度看，它都「屬於那種加了著重號的、可以從事實和時間中脫離出來單獨存在的象徵性時間。」[1]那一年發生了太多的事情，給無數人提供了太多的機遇——無論是正面的還是負面的。和這一年 5 月 16 日以後的火爆絕然相反，這一年的 2 月十分寒冷，即將成為文化旗手的江青受林彪委託，邀請軍界要人劉志堅等人，在上海就部隊文藝工作的若干問題進行座談。和寒冷的氣候完全不同，座談會進行得十分熱烈。上海無疑給江青留下過太多難以磨滅的記憶，她的青春年代曾在這裏較為耀眼地焚燒，附帶著滿城風雨的緋聞，以至於幾十年後她特別喜歡把許多重大的事情放在上海進行。江青臨去上海的前一天，林彪，一個瘦弱得只能撐起自身思維的人，一個怕風、怕光、只能生活在恆溫狀態的神祕人物，在林辦機要秘書的幫助下，向時任中央軍委總政治部副主任的劉志堅發出了指示性的電文：「江青同志昨天和我談了話。她對文藝工作方面在政治上很強，在藝術上也是內行，她有很多寶貴的意見，你們要很好重視，並且要把江青同志的意見在思想

---

[1] 歐陽江河《站在虛構這邊》，三聯書店，2001 年，第 49 頁。

上、組織上認真落實。今後部隊關於文藝方面的文件，要送給她看，有什麼消息，隨時可以同她聯繫，使她瞭解部隊文藝工作情況，徵求她的意見，使部隊文藝工作能夠有所改進。部隊文藝工作無論是在思想性和藝術性方面都不要滿足現狀，都要更加提高。」[2]不愧是名將，言簡意賅，但勁道十足，耐人尋味。

　　1966 年，中共最高層正在醞釀一場驚心動魄的政治風暴，毛澤東痛感資產階級已經開始反攻倒算，正在尋找機會向他欽定的接班人、「走資派」的現役總司令劉少奇攤牌。作為教育家從井岡山開始到而今的政治盟友，林彪向劉志堅暗示了太多的東西，後者對此自然心領神會。時間跳入 1966 年後，革命話語的即興色彩又開始它的新一輪頑皮，它的新靈感將綻放出更為火爆的花蕾。本著林彪老謀深算的指示，2 月 20 日，在潮濕、陰霾和寒冷的上海召開過多次座談會後，江青在軍界的幫助下，終於拿出了一份具有無窮威力的紀要。這份紀要即將成為一個新的阿基米德點，仰仗它的幫助，只需要少許力氣，就能推動中國革命的歷史進程。1966 年 4 月 10 日，經過毛澤東親筆潤色修訂後，中共中央以文件為方式，向全黨轉發了這個精心編織的紀要。江青肯定十分得意，因為紀要的核心內容很符合她眼下的需要：文藝界在建國 15 年來，一直「被一條與毛主席思想相對立的反黨反社會主義的黑線專了我們的政」，「在這股資產階級、現代修正主義文藝思想逆流的影響或控制下，十幾年來，真歌頌工農兵的英雄人物，為工農兵服務的好的或者基本上好的作品也有，但是不多；不少是中間狀態的作品；還有一批是反社會主義的毒草。我們一定要根據黨中央的指示，堅決進行一場文化戰線上的社會主義大革命，徹底搞掉這條黑線。」[3]一聽就知道，這是毛澤東兩、三年前那兩個批示的翻版，是它們在即興色彩的新一站向革命話語發出的高亢和聲。

---

[2]　《林彪同志委託江青同志召開的部隊文藝工作座談會紀要》，內部發行，1966 年，第 1-2 頁。

[3]　《林彪同志委託江青同志召開的部隊文藝工作座談會紀要》，內部發行，1966 年，第 5-6 頁。

作為紀要夥同其他眾多行為集體催生出來的產物，中共中央在這一年的 5 月 16 日正式發出在全國範圍內進行無產階級文化大革命（1966-1976）的通知（簡稱 5・16 通知）。通知以高昂的革命熱情，強烈要求全國人民「高舉無產階級文化革命的大旗，徹底揭露那批反黨反社會主義的所謂『學術權威』的資產階級反動立場，徹底批判學術界、教育界、新聞界、文藝界、出版界的資產階級反動思想，奪取在這些文化領域中的領導權。而要做到這一點，必須同時批判混進黨裏、政府裏、軍隊裏和文化領域的各界裏的資產階級代表人物，清洗這些人，有些則要調動他們的職務。尤其不能任用這些人去做領導文化革命的工作」，因為在新的歷史時期他們完全跟不上革命話語即興色彩的頑皮步伐，已經成功地墮落為「反革命的修正主義分子，一旦時機成熟，他們就會要奪取政權，由無產階級專政變為資產階級專政」。作為社會主義建設的新人，「我們對他們的鬥爭也只能是一場你死我活的鬥爭，我們對他們的關係絕對不是什麼平等關係，而是一個階級壓迫另一個階級的關係，即無產階級對資產階級實行獨裁或專政的關係。」時間轉過一圈之後又回到起點，曾經被認為已經消滅掉的資產階級看起來又得到了還魂丹，覓回了自己的性命。現在，他們已經威脅到無產階級專政的偉大前程，富國強民的革命目標有被毀掉的危險。我們的故事即將認領和享用這場殊死搏鬥顯露出來的若干特徵。

話說《紅岩》出版後不到半年，羅廣斌便和他的兩個搭檔一同調入重慶市文聯，成為專職作家。儘管有很多不滿意，但對於新工作羅廣斌還是持樂觀態度：「這件事又好，又不好。好處是：時間屬於自己；行動完全自由；和文藝界接近，便於提高。不好之處是『脫離』了鬥爭，」有可能陷寫作於不利的危險[4]。作為一個在黨委領導下的創作小組，自調入文聯後，3 個人的主要任務是為《紅岩》的續篇四處搜集資料；出於對「『脫離』了鬥爭」帶來的不良後果的堅決抵制，到

---

[4] 羅廣斌致張羽信，1962 年 5 月 14 日，手稿複印件。

得 1966 年，他們共計積累了超過千萬字的筆記和對多位革命志士的採訪記錄。

　　對於三位前紅色說書藝人，有著爆炒腰花般油膩、烏紅面孔的 1966 年顯然來勢不善：早在前一年秋天，在江青的直接干預下，歌劇《江姐》已經全面停擺[5]；1966 年 5 月，電影《烈火中永生》受到江青的點名批判後隨即禁止上演。根據革命話語的新頑皮，江青給電影找出了一大堆病灶，它們在江青的意識流說話方式中，個個都顯得十分要命，和一年半以前在北京電影製片廠找出的病灶又有了新變化：「嚴重的問題是為重慶市委書記（叛徒）翻案。小說裏的許雲峰是工委書記，而在影片裏成了市委書記，這是根本不同的。歪曲白區工作……地下辦《挺進報》是盲動主義。把華鎣山游擊隊寫成是重慶市委領導的，而重慶市委又受上海局領導，是城市領導農村鬥爭。既違背主席思想，又不符合歷史事實。當時不是上海局，而是黨中央直接領導的。許雲峰、江姐兩個形象不好，許像舊知識份子，江有些嬌氣，華子良為瘋子……」[6]雖然江青將矛頭對準的是眾多的第二度理解－解釋，但所有被封殺的，都來自前紅色說書藝人製造出的初步性理解－解釋和最初凝結的價值以及它的意義傾向性。不祥的兆頭使羅廣斌等人在山雨欲來之前的滿樓狂風中，感到了陣陣涼意。

　　在 1966 年蕩滌人心的最初幾個月裏，小說《紅岩》似乎還沒有太大的問題。就在此時，中國青年出版社還決定再版這部影響日益深廣的長篇小說。這年 6 月下旬，亦即宣告文革正式爆發的「5・16」通知發出一個月後，張羽受出版社委託，致信羅廣斌等人，詢問他們在新的革命形勢下，黨史小說重版時是否會做適當修改，以求跟上繼續革

5　參閱空軍政治部歌劇團整理供給〈江青企圖扼殺歌劇《江姐》的言行〉（1977年 4 月 1 日），江蘇師範學院中文系《中國當代文學研究資料・〈江姐〉專集》，1980 年，內部發行，第 126 頁；參閱耿耿〈江青插手歌劇《江姐》內幕〉，《人物傳記》，1999 年第 2 期。

6　〈（江青）關於電影問題的談話〉，新北大公社《文藝批判》編輯部編《江青同志關於文藝工作的指示彙編》，1967 年 10 月，第 43 頁。

命越來越豪邁的步伐。寫信的時候，張羽還不知道，在此之前兩個月，羅廣斌已經揭開了他一生中第二次革命的序幕[7]。1966 年 7 月 1 日，黨的生日那天，羅廣斌、楊益言在百忙中終於騰出手來，致信張羽。他們聲稱，和地理語法的嚴厲要求相吻合，重慶的文化大革命正處於高潮狀態，儘管小說肯定需要繼續打磨，但因為革命工作千頭萬緒，只有「等這裏的鬥爭任務基本結束以後，（才能）花些時間修改」[8]。寫那封信時，羅廣斌肯定還記得，早在 1965 年 1 月人民大會堂那個寒冷的深夜，江青就向他們發出過指示，小說必須按照將來完成的革命樣板戲定下的調子進行大規模地修改，以求凝結新的價值，走入正確的第二度理解－解釋所要求的那個更為高邁的境界。對於江青的指示，紅色說書藝人自然不敢有半點違抗。

回信的當天，已經深陷於二次革命的羅廣斌肯定不曾想到，他今生不會有任何機會親手修訂他心愛的《紅岩》了。5・16 通知飛馬傳出之後不久，疾風暴雨般的無產階級文化大革命很快就在四川收穫了它的首批重要成果：馬識途（中共西南局宣傳部副部長）、李亞群（中共四川省委宣傳部副部長、四川文聯黨組書記）和著名作家沙汀被打成四川的「三家村」（一種反動小組織的別稱），中共西南局書記處書記、重慶市委第一書記兼市長任白戈被冊封為「周揚黑線的追隨者」[9]。我們的故事早已講過，馬識途是羅廣斌走上革命道路的引領人；和任白戈一樣，他還是《紅岩》的堅定支持者[10]。馬識途、李亞群和沙汀

---

[7] 參閱楊益言〈揭穿謀殺羅廣斌同志的陰謀〉，《紅岩戰報》第 1 期（1967 年 4 月 15 日）。

[8] 參閱張羽〈我與《紅岩》〉未刪稿，手稿複印件。

[9] 參閱穆欣〈「國防文學」是王明機會主義的口號〉，《光明日報》1966 年 7 月 7 日。在這篇文章的注釋中，有「任白戈是『大黑幫』周揚的『另一個追隨者』」的字樣。

[10] 1962 年 4 月 16 日，羅廣斌在致馬識途的信（手稿複印件）中，讚揚馬識途：在《紅岩》的寫作過程中，「不僅有你的心血，設計和構思，還有著你多年的關切、擔心、喜悅、焦慮……沒有你的指點，我們不可能站在較高的角度處理這個龐大的題材。」

在繼續革命的步伐前率先倒地不起，讓羅廣斌感到十分驚恐。「他的煙抽得更厲害了。」[11]

差不多在同一時間內，伴隨著革命話語即興色彩更新一站大張旗鼓地蒞臨，羅廣斌開始了他忍耐已久的行動。1966 年 4 月，他「認真學習了《林彪同志委託江青同志召開的部隊文藝工作座談會紀要》和 4 月 18 日的《解放軍報》社論，認為這是貫徹執行毛主席革命文藝路線和黨的文藝方針、政策的綱領性寶貴文獻，必須堅決貫徹執行。他根據文件的精神，聯繫本機關的實際，就勇敢地起來造反了」[12]。1966 年 4 月下旬的某一天，在重慶市文聯機關的一次會議上，秉承紀要和社論的基本精神，羅廣斌慷慨激昂地對與會人員高呼：「重慶文聯爛了，是資產階級專政！」這個個頭勉強攀升至 160 釐米的漢子無疑扔出了一顆重磅炸彈，會場頓時炸開了鍋。文聯秘書長、即市委宣傳部文藝處處長王覺有點聽不下去，站起來大聲呵斥羅廣斌：「乾脆，你說我反黨反社會主義好了！」羅廣斌毫不示弱，大聲回以顏色：「是黑線專政，必然是反黨反社會主義！」[13]說這句話時，羅廣斌大約不會想到，過不了多少時日，同樣的言詞將原封不動地安置在他的頭上。

1966 年 5 月 16 日以後，革命話語即興色彩的頑皮特性在繼續革命的深化階段導致了一個令人驚訝的事實：作為一種不斷變更自身外延的話語定式，它能同時為敵對雙方所借用，作為互相打擊的理論依據[14]。話語市場上一件更為令人矚目的事情緊隨其後，趁機冒出頭來：

---

[11] 何蜀〈《紅岩》作者羅廣斌在「文革」中〉，《文史精華》，2000 年第 8 期。

[12] 參閱「軍工井岡山」等〈毛主席革命路線的忠誠衛士──二評山城羅廣斌事件〉，《軍工井岡山》，1968 年第 1 期。

[13] 楊益言〈揭穿謀殺羅廣斌同志的陰謀〉，上海交通大學紅岩戰鬥隊編《〈紅岩〉與羅廣斌》第一集，1967 年 8 月，第 20-21 頁。

[14] 對照一下中共西南局第一書記李井泉和西南局書記處書記、重慶市委第一書記兼市長任白戈在敵對兩派中的形象就很說明問題。保羅廣斌的一派認為李井泉和任白戈在迫害羅廣斌，反羅廣斌的一派則認為他們在保羅廣斌，都異口同聲地說李井泉和任白戈違背了毛澤東思想，所以才會迫害或

遵照同一個即興色彩的內部口令，敵對雙方對同一件事完全可以給出至少兩種截然不同的第二度理解－解釋；依靠敵對雙方的努力，同一個即興色彩能讓剩餘價值網絡和理解－解釋網絡不斷擴大[15]。就在羅廣斌將矛頭指向市委的同時，作為反擊的一方，後者的手段顯然更為高明、迅捷和有力。他們很快就找到突破口：翻《紅岩》的案，認定小說是修正主義作品，是按照周揚黑線的文藝思想來寫的——紀要發表後，這樣的口實太容易找到，它幾乎就在尋找者的手邊或眼前。沒過多少日子，重慶市委就派出工作組，要求羅廣斌如實交代黨史小說在創造過程中與「黑線人物」的關係[16]。談話是在重慶市文聯一間辦公室裏進行的，距離羅廣斌設在文聯大院的家僅僅咫尺之遙。他的夫人胡蜀興感到陣陣涼意；面對咄咄逼人的追問，羅廣斌怒火四射，十幾年忍氣吞聲滋生出的反抗念頭更為強烈。

在二次革命的前夜，羅廣斌看似突兀的火氣其實來得一點都不突然。自 1949 年大屠殺之夜到如今，他已經反反覆覆接受過上級組織的四次審查。審查的核心每一回都集中在為何他能從大屠殺之夜皮毛未傷地安全出獄？這是不是和他的反動哥哥羅廣文有關？他是不是以出賣組織得來的鈔票才購得了自己的性命？在對他作審查結論時，評語一次比一次差。最近一次的結論是在 1964 年作出的。在那次匆匆忙忙作出的考語中，對他當年在看守所的表現視而不見，對他在大屠殺之夜率眾越獄深表懷疑，僅僅勉強給了他一個「未叛

保護羅廣斌（參閱文革時期重慶出版的革命小報《橫掃》、《815 戰報》、《紅岩村》等）

[15] 其實，連當時中共最高層的許多人都不能準確理解革命話語即興色彩的新涵義。1966 年 7 月 29 日，中共北京市委召開大專院校和中等學校師生文化大革命積極分子大會，資產階級司令部的二號人物鄧小平在講話中說這是「老革命遇到了新問題」。頭號人物劉少奇「在講話中更是惡毒地攻擊毛主席的新路線：至於怎樣進行無產階級文化大革命，你們不大清楚，不大知道，你們問我們，我老實回答你們，我也不曉得。」（參閱〈堅決將資產階級司令部打進地獄〉，《紅岩村》第 3 期，1968 年 4 月）

[16] 參閱「軍工井岡山」等〈評山城羅廣斌事件〉，《軍工井岡山》，1968 年第 1 期。

黨」的粗糙結論[17]。有很長一段時間，他只得下放在遠離重慶市區的長壽湖漁場做場長。「1963 年，羅的名氣已如日中天，共青團中央提議推選羅廣斌為全國青聯訪日代表，被『歷史問題有個別疑點』一句話便輕易否決。1964 年共青團召開第九次全國代表大會，又擬安排羅廣斌為團中央委員候選人，亦遭同樣原因否決。日共邀請羅渡海東訪，再次被有關方面婉辭，羅終未能越雷池半步。廣闊社會的顯赫名聲和小局部的重重懷疑、不信任和壓抑，結合得如此完美：20 世紀 60 年代偏居西南一隅的大作家就生活在這種困境中。應該寫出偉大作品的筆，只能畏畏縮縮地寫檢討書。應該被尊敬、鮮花和崇拜簇擁的一代才子，卻只能被『下放』到遠離城市的漁場，做相當於『弼馬溫』的『場長』。長壽湖漁場的霧靄是沉重而寂寥的，羅廣斌就在那兒消磨著才華橫溢的日子。」[18]屈指算來，1966 年發生在重慶文聯辦公室的那次審查，已經是上級組織對他進行的第五番折騰。

　　真不知在文聯那間儉樸的辦公室裏羅廣斌究竟搞清楚了沒有，市委對他的反擊同樣依據他不久前依據的「5‧16」通知。1967 年 7 月，在羅廣斌抵抗專門為他而設的工作組有過一段時日後，中共西南局決定迅速找到突破口，掃清西南地區尤其是重慶地區的不穩定因素，畢竟《紅岩》帶給羅廣斌的名頭實在太大，他在一般的革命群眾那裏有著無可比擬的感召力。7 月中上旬的某一天，西南局以批判周揚黑線為藉口，聯繫本地的實際情況，迂迴曲折了一番之後，徑直指名道姓地聲稱，小說《紅岩》是修正主義作品[19]，具體證據如下：歪曲歷史（即以江青的言論為準的，指責《紅岩》歌頌執行王明路線的川東地下黨負責人—引者注），與馬識途、蕭澤寬等牛鬼蛇神合謀，是反黨黑幫集團集體炮製的產品；以劉思揚為名美化富豪出身的羅廣斌[20]；歌

[17] 石化〈說不盡的羅廣斌〉，《紅岩春秋》，2000 年第 1 期。
[18] 周孜仁《紅衛兵小報主編自述》，（美國）溪流出版社，2005 年，第 30 頁。順便說一句，周孜仁是重慶著名的 815 戰鬥團機關報《815 戰報》的主要編輯。
[19] 參閱「軍工井岡山」等〈評山城羅廣斌事件〉，《軍工井岡山》，1968 年第 1 期。
[20] 參閱重慶紅衛兵革命造反司令部等〈羅廣斌是周揚反黨黑線的走狗〉，《山

頌頭號走資派劉少奇[21]。「《紅岩》這部書的出籠難道是為了歌頌紅岩
村嗎？是為了反映以紅岩村為代表的毛主席革命路線的勝利嗎？不
是，不是，完全不是，絕對不是！這部書是為了謳歌 1948 年到解放前
夕地下黨重慶市委的『正確領導』而創作的。是為了這個地下黨市委
正、副書記（叛徒）翻案而作創作的。是為了給《挺進報》和川東起
義、川北起義的錯誤作辯護，為了給推行叛徒哲學的所謂『獄中鬥爭』，
作粉飾而創作的。是為了給劉少奇樹碑立傳而創作的。根據這部黑書
炮製者的描述：1948 年時的地下黨重慶市委一貫正確得很。至於組織
的破壞又怎麼樣呢？據小說的概括，那是由於黨組織中有人讀了《目
前的形勢和我們的任務》後所造成的惡果。小說在這裏揮曲筆，惡毒
攻擊毛澤東思想之後，接著就極力描繪了一個有著斑白的髮絲的『黨
的負責人』，說是靠他收拾局面，一切才又化險為夷。至於這個『有著
斑白髮絲』的能人是誰呢？如果你沒有從小說中讀懂的話，小說作者
羅廣斌、楊益言就直接地告訴你了，原來這裏寫的他們『心目中正確
路線的代表──劉少奇同志。』……彷彿重慶根本就沒有過紅岩村的
存在……反革命修正主義分子劉少奇就是紅岩的代表……小蟊賊羅廣
斌伸出的扒手，大強盜劉少奇斑白的狼尾，都被英雄的紅衛兵小將一
個一個揪住了……為了毛主席的革命路線徹底勝利，我們不惜拋頭
顱，灑熱血，一定要把顛倒了的歷史再顛倒過來，把《紅岩》這部反

城紅衛兵》，第 16 期，1967 年 3 月 1 日。

[21] 說小說歌頌劉少奇倒也不完全是無中生有。1966 年 7 月 15 日，距離劉少奇
被打倒的時間只能按天來計算了。就在這一天，羅廣斌、楊益言寫出了揭
發蕭澤寬的材料，其中有言：「《紅岩》的寫作，是在我們 1956 年向市委書
記處書面報告，並經批准後才開始的。」為澄清有關《紅岩》中的李敬原
是寫蕭澤寬的問題，他們特別說明：「小說中沒犧牲的人物篇幅寫得少，多
是完全虛構，如對李敬原的描寫，他有『斑白的髮絲』，等等，歷史上便沒
有這樣的人（在我們的心目中，倒是想按著少奇同志這樣白區工作的正確
代表寫的，儘管我們並不知道更多情況）。」（1967 年 6 月 24 日重慶文藝界
革命造反司令部《魯迅戰報》刊載原件照片，此處引自何蜀〈在創作《紅
岩》的前前後後──羅廣斌、劉德彬、楊益言大事年表〉，未刊稿）

黨小說批倒批臭！」[22]毫無疑問，初步性理解－解釋在革命話語即興色彩的新階段遭到了徹底否定，小說《紅岩》在黨委指導下曾經凝結出的正確價值，也被認為犯有極為嚴重的路線錯誤，擁有完全錯誤的意義傾向性：完成性動作被認為在生產《紅岩》時自擺烏龍。很顯然，伴隨著革命話語即興色彩的靈感突發，圍繞著歌樂山上下的本事組建起來的剩餘價值網絡和理解－解釋網絡進一步擴大，話語市場趁機拓展自己的疆界，展開了新一輪的圈地運動。和羅廣斌對此的反感與憤怒絕然相反，我們的故事必須對此持絕對感激的態度。

　　面對重慶市委的種種刁難，羅廣斌十分震怒；有革命話語即興色彩撐腰、做主，他決定這一回拒絕沉默，必須起而行動。令他沒有想到的是，市委的反擊更為有力，既遵循又大幅度地違背了牛頓第三定律：就在羅廣斌致信張羽的第 22 天，亦即 1966 年 7 月 22 日，派駐文聯領導革命運動的市委工作組動員羅廣斌、劉德彬、楊益言，交出他們近 4 年來為《紅岩》續篇搜集的資料，由市委工作組代管，以免失密[23]；看羅廣斌依然沒有投降的明顯跡象，半個月後的 8 月 3 日，市委在一天內連發三份《對羅廣斌被捕的幾個問題開展調查的報告》，量體裁衣，十分明確地給羅廣斌扣上了叛徒的帽子；為了和紀要中承載的最新型號的即興色彩相吻合，還把羅廣斌綁在馬識途所代表的文藝黑線的戰車上，指責《紅岩》是文藝黑線的正出產品，通過馬識途進而和已經被打倒的前文藝總管、羅廣斌並不十分熟悉的周揚聯繫在一

---

[22] 引自只有半張複印件的重慶紅衛兵小報，報紙和作者以及本文的題目均不可考。

[23] 對此何蜀有較為詳細的交代：「（1966 年）7 月 22 日深夜，牛文找羅廣斌談話，簡單地說了兩點：一是羅等三人揭發沙汀、馬識途、蕭澤寬等人的材料和羅等與他們的接觸不相稱。二是羅等 1964 年到南京檔案館等抄錄敵特材料的記錄本，為防在文革期間失密，暫交工作組代為保管。談話之後，羅、劉分別上交了筆記本，楊益言上交筆記本時問：我還有記錄江青同志講話的本子交不交？工作組答：你覺得該交就交。楊遂將筆記本上交。」（何蜀〈在創作《紅岩》的前前後後──羅廣斌、劉德彬、楊益言大事年表〉，未刊稿）

起——後者不久前被迫搖身一變，從前紅色文藝總管躍遷為文藝黑線的現役總舵主[24]。

必須要承認，剛剛爆發的文革為羅廣斌提供了前所未有的反擊機會，革命話語即興色彩的新靈感也給他批量供應了必要的底氣：他堅信自己的所作所為才算真正符合通知的精神，堅信自己是站在毛澤東的思想的旗幟下實施反修防修鬥爭。文革正式開始後不久，多年不被信任的怨氣使他向全市發表公開信並成立戰鬥小組，率先奪取了市文聯的領導權。《對羅廣斌被捕的幾個問題開展調查的報告》發表二十餘天之後的 1966 年 8 月底，對修正主義分子已經忍無可忍的羅廣斌決定把事態進一步擴大。當市文聯的炊事員郭青等人發起成立造反派組織「紅衛兵戰鬥小組」時，羅廣斌當即表示堅決支持。他對拉起旗桿招兵買馬的郭青等人說：「怕什麼，最多是坐牢、掉腦袋，全家打成反革命！」[25]和多年前不幸一語成讖的彭詠梧、王璞、劉國鋕極為相似，羅廣斌也鬼使神差地摸到了自己命運的開關。隨著這句話消失在空氣中，羅廣斌距離他的悲劇的最後完成僅僅需要 4 個月；他無法知道，他已經走上了一條不歸路，不會再有「11・27 大屠殺」之夜的幸運，這一回他遇到的不是歌樂山、白公館和它的看守長楊進興，而是力量更為巨大的革命話語，是革命話語無比頑皮的即興色彩——在它們的胸腔內，不會有楊欽典、李育生的存身之地。

就在羅廣斌準備二次革命的當口，一個多月前給他寫信的張羽也揭開了他十餘年不幸生涯的序幕：隨著電影《烈火中永生》遭到點名批判，張羽被勒令在家閉門思過，沒有資格參加轟轟烈烈的大革命。昔日完成性動作的監控者，現在成了革命話語即興色彩又一輪頑皮中的被監控者。

---

[24] 參閱《軍工井岡山》編輯部等〈評山城羅廣斌事件〉，紅岩村編輯部〈批《紅岩》擬叛徒資料之五〉，1968 年 7 月，第 5-10 頁。

[25] 參閱向東〈羅廣斌悲劇發生前後〉，《重慶晚報》2005 年 5 月 29 日；參閱楊向東 1993 年 6 月 29 日致張羽的信件，手稿複印件。

二、二次革命終於開始

　　和已經過去的數千年相比，1966 年無疑擁有一個質地特殊的秋天，在中國歷史上，只有極少數傑出的秋天以它們非凡的肅殺或豐收才可以和它相提並論。這一年的蒼天依然像往常那樣俯視人間，對各色人等漠然相向：它對人間的滄海橫流、英雄本色已經熟視無睹，人世間沒有任何事情能夠引起它的驚奇──何況這些年「與天鬥其樂無窮」的莽撞行徑已經讓它徹底膩味。作為進入秋天這個盛大宴席的過門，1966 年 8 月 5 日，毛澤東發表了他的第一張也是最後一張大字報，名曰「炮打司令部」，不點名地將矛頭指向他曾經內定的接班人，資產階級設在共產黨內的頭號代表人物劉少奇[26]──作為對那張大字報的酬謝，後者從此運交華蓋，在河南某監獄內令人惋惜地匆匆丟掉了性命；沒過多少時日，應和著第一張大字報帶來的革命效應，毛澤東身著軍裝，和他的親密戰友林彪一道，在天安門城樓上揮手致意，第一次檢閱來自全國各地的紅衛兵，從此，紅衛兵運動像從前的革命火種一樣星火燎原、全面開花；10 月 8 日至 25 日，伴隨著陣陣秋風，毛澤東親自主持中央工作會議，正式清算劉少奇的「資產階級反動路線」──大資產階級被消滅數年後，竟然在共產黨內死灰復燃，這無疑是令革命話語及其掌控者目瞪口呆的事情。

　　適合密謀、地下幫會與反叛活動的霧都重慶，擁有特殊地理語法的山城渝州，像它在衛國戰爭期間充任臨時首都一樣，這一回又走在繼續革命的最前沿，深為靈感大發的即興色彩所肯定和表彰，只因為它正處於即興色彩所需要的那種迷狂狀態。「山城重慶，祖國大西南的重要工業城市，劉（少奇）鄧（小平）黑司令部復辟資本主義的戰略後方的重要基地，李（井泉）家王朝的川東重鎮。在無產階級文化大革命中，這裏是兩個階級、兩條道路、兩個司令部大決戰的烽火連天的戰場，因其鬥爭特別激烈殘酷，特別曲折複雜而全國矚目。」[27]──

---

[26] 毛澤東〈炮打司令部──我的第一張大字報〉,《人民日報》1966 年 8 月 5 日。
[27] 《軍工井岡山》編輯部等〈評山城羅廣斌事件〉，紅岩村編輯部〈批《紅岩》

地理語法和革命話語的即興色彩一拍即合。自進入那個質地優異的秋天以來，我們的故事的主角羅廣斌在他所做的一系列事情中最引人注目的一件事情，是參加並發動了「11·27 大屠殺」17 周年的紀念活動[28]。

聲勢浩大的紀念活動開始前，伴隨著毛澤東在北京親自主持中央工作會議，羅廣斌為規模浩大的紀念活動早有準備和預演。10 月 23 日，他和楊益言寫出大字報《致重慶市文聯機關全體革命同志的信》，公開亮出造反立場；兩天後，重慶市文聯由他和楊益言連袂主持，進行「巴黎公社」式的民主選舉；郭清、羅廣斌、楊益言、劉德彬等人被選為文革籌備小組成員，組長是炊事員郭清，但籌備小組實際上由羅廣斌、楊益言控制。10 月 26 日，重慶市文聯文革小組正式行使領導文聯機關進行文革運動的權力。時間越來越接近紀念大會到來的那個日子，羅廣斌等人的動作也更為疾速、有力：11 月 8 日晚，羅廣斌、楊益言將市委駐文聯工作組組長牛文拉到市中心解放碑進行辯論，進一步擴大對市委的反抗態勢[29]。「解放碑下人山人海，看《紅岩》作者亮相造反。」[30]黨史小說的作者在重慶敞開自己的立場，對重慶的各個造反派組織無疑起到了極大的鼓勵作用。

揪叛徒資料之五〉，1968 年 7 月，第 2 頁。

[28] 1966 年 9 月以來，羅廣斌一直在聯合紅衛兵造「黑市委」的反，「羅等三人背著工作組拉攏勤雜人員於九月二日成立了紅衛兵，張貼了決心書，羅（廣斌）、劉（德彬）、楊（益言）等人野心勃勃……力圖對市委發動一個有計劃、有組織的進攻。」（上述引文是當時尚未被打倒的重慶市委對羅廣斌的祕密跟蹤報告，轉引自「軍工井岡山」等〈毛主席革命路線的忠誠衛士——二評山城羅廣斌事件〉，《軍工井岡山》，1968 年第 1 期）差不多與此同時，「黑市委」派出調查組到北京某監獄提審了徐遠舉，要後者證明羅廣斌當年在白公館的叛變表現。由於徐遠舉堅持己見，調查組未能如願（參閱「軍工井岡山」等〈關於羅廣斌同志的歷史——三評山城羅廣斌事件〉，《軍工井岡山》，1968 年第 1 期）。

[29] 參閱何蜀〈在創作《紅岩》的前前後後——羅廣斌、劉德彬、楊益言大事年表〉，未刊稿。

[30] 何蜀整理〈口舌人生中的一段插曲〉，未刊稿

　　時令已經進入重慶的初冬，潮濕的寒風緩緩伸出舌頭，舔舐著市民的全身，但重點是臉頰和裸露的脖子；和時令相反，作為即興色彩的物質體現，文化大革命正在向如火如荼的新階段高歌猛進，全國各地的紅衛兵造反組織紛紛來到重慶或在霧都建立聯絡站。1966 年 11 月 27 日，重慶大田灣體育場舉行的紀念大會顯得十分熱烈，來自全國各地的紅衛兵參加了這次盛會。隨著毛澤東「炮打司令部」的一聲令下，隨著劉鄧資產階級司令部的應聲倒地，紅衛兵堅信自己才是革命烈士的嫡出子孫，一貫執行劉鄧路線的重慶黑市委無權染指這個偉大的紀念活動。出於對紅衛兵的高度支持和認同，我們的主角馬上就要出場，讓中共西南局擔憂的事情終於來臨：「羅廣斌是乘坐敞棚吉普車進入體育場的，並且繞場一周接受崇拜者們瘋狂的敬意。那情景，很容易讓人想起毛澤東接受紅衛兵朝覲的場面。在全中國只允許一個權威，而且是絕對權威存在的年代，羅廣斌在少不更事的紅衛兵娃娃中煽起的偶像崇拜，實在有點離譜。」[31]儘管那些娃娃們並不知道，羅廣斌的冒失舉動完全出於無奈：他在拉肚子，為趕時間，臨時搭乘了一輛敞棚吉普車，機緣巧合地剽竊了唯一一個教育家才該有的做派[32]。但毫無疑問，是小說《紅岩》和電影《烈火中永生》給他帶來的巨大榮譽，才造就了離譜的事情的發生。

　　羅廣斌是在他家的世交馬識途的帶領下，在西南聯大附中參加學生運動並從此走向革命道路的。1966 年 11 月 27 日，他顯然是「把他在西南聯大搞學生運動的方法搬到文革中來了」[33]。但羅廣斌揭竿而起的目的是為了捍衛毛澤東的思想，就像當年在秀山、在白公館是為了聽從毛澤東的教育理念、向教育理念奉獻新式孝道一樣。他認定他的對立面重慶市委以及重慶市委的上級領導（比如西南局第一書記李井泉），已經完全陷入資本主義和修正主義的泥潭，作為黨史小說的

---

[31] 周孜仁《紅衛兵小報主編自述》，第 53 頁。

[32] 參閱周孜仁《紅衛兵小報主編自述》，第 55 頁。

[33] 何蜀〈《紅岩》作者羅廣斌在「文革」中〉，《文史精華》，2000 年第 8 期。

主要作者，他自認為比其他人更有義務參與到打倒當權派的造反運動中去。這是對即興色彩的靈感大發發出的堅定和聲，也是對小說《紅岩》中凝結的價值的意義傾向性的無限放大。

轟轟烈烈、聲勢浩大的紀念活動勝利結束後的第二天，遵照同一個革命話語的教誨，基本上是站在市委一邊的 4 個群眾組織（即所謂的保皇四軍[34]）試圖向造反派反撲。在山城迷宮般的大街小巷，保皇四軍的戰士們像今天的假藥販子和偽文憑兜售者一樣四處散發傳單，揚言要在 1966 年 12 月 4 日，在羅廣斌乘坐敞棚吉普車繞場一周的大田灣體育場，召開「高舉毛澤東思想偉大紅旗，深入揭發批判西南局、省市委所執行的資產階級反動路線誓師大會」[35]。「消息既出，重慶造反派和外地赴渝的紅衛兵便認定大會是『陰謀』，是『假批判、真包庇』，決定堅決對其造反。」[36]所有的造反派都依據革命話語的即興色彩，所有的造反派都認為只有自己才是正確的，這無疑是人類闡釋學歷史上較少遇見的極端時刻，但在中國歷史上卻屢見不鮮。

那個註定會將羅廣斌拖入更深悲劇的日子終於來臨。12 月 4 日上午，大田灣體育場人山人海。被霧氣遮蔽的太陽投下了潮濕、陰霾的光線，兩派之間的衝突趁太陽眨眼的間歇已經全面展開。羅廣斌的盟友、以重慶大學學生為主的造反派 815 派率先攻上保皇四軍的主席臺；815 派的頭目強行要求發言，卻遭到保皇四軍主持人的堅決拒絕。幾經推搡，815 派的頭目被保皇四軍的糾察人員推到台下[37]。準備前來搗亂，早已先期進入會場的 815 成員趁機搖動旗幡，說保皇四軍動用

[34] 這四個組織包括 3 個學生組織：「毛澤東思想紅衛兵」、「毛澤東思想紅小兵」、「赤衛軍」；1 個工人組織：「工人糾察隊」。這 4 個組織被羅廣斌們稱為「保皇四軍」，只因為他們大體上站在市委一邊（參閱周孜仁《紅衛兵小報主編自述》，第 45 頁）。
[35] 參閱首都大專院校赴渝戰鬥兵團代表發言〈妖霧彌漫壓山城：向首都革命群眾彙報重慶地區資本主義復辟情況〉，《紅岩戰報》第一期，第 3 頁。
[36] 周孜仁《紅衛兵小報主編自述》，第 68 頁。
[37] 815 戰鬥團主要由重慶大學的學生組成，攻上保皇四軍主席臺的 815 頭目叫周家喻（參閱周孜仁《紅衛兵小報主編自述》，第 83 頁。）

武力，反對革命派造反。「主席臺上的衝突一開始，被阻隔在場外的
造反派大隊人馬，便如狂潮急浪一般向水洩不通的體育場發起拼死衝
擊：混戰就此開始。臺上台下數萬群眾，開始是喊叫、謾罵、吐口水，
馬上升級為推搡、為扭扯，為撕打。拳頭不夠，旗杆、標語牌、脫出
的鞋子、地上的磚頭，統統成了武器，於是滿場喧囂，滿場哭喊，滿
場血腥。……接著雙方始而辯論，接著就『暴徒』、『土匪』、『滾
出去』地罵開了。」[38]作為反動堡壘的主席臺很快被 815 派全面佔領；
司令部被端，保皇四軍頓時潰不成軍，丟下一地狼藉的斷旗杆、碎紅
旗、標語牌、鞋子、帽子，倉皇逃竄。造反派迅速佔領會場，繼而很
快把整個城市都佔領了——比當年第二野戰軍解放重慶還要乾淨、簡
單和利索。在這次衝突中，作為勝利的必要代價，以 815 為代表的造
反派一方受傷人數達二百餘人[39]。到這天晚上，另一個重大消息接踵
而至：造反派中有數人被保皇四軍送上奈何橋，此刻他們正在慘澹的
橋上傾聽狂風發出的淒厲呼聲[40]。

　　儘管這一天羅廣斌並沒有親臨現場，但有證據表明，他一直在幕
後指揮。這一天過去後，他即將再次走到前臺，只因為「12·4」慘案
是一個可以充分利用的藉口，活學活用革命話語即興色彩的羅廣斌以
及他的造反派同仁必須死死揪住這個昂貴的由頭，把戰火引向更高邁
的境界。機會總會得到珍惜，只因為它確實是機會，除非有人不認識
它。第二天，815 戰鬥團在事發地大田灣體育場召開了一次異常隆重
的追悼大會和控訴大會，到場的人數竟然超過 30 萬[41]。真不知那個小
小的體育場怎麼裝得下那麼多肉身凡胎。或許進入那個地方的人突然

---

[38] 周孜仁《紅衛兵小報主編自述》，第 67 頁。

[39] 參閱何蜀〈重慶一二·四事件〉，《中共黨史資料》，1999 年第 12 期（總
　　第 72 輯）。

[40] 參閱楊益言〈揭穿謀殺羅廣斌同志的陰謀〉，上海交通大學紅岩戰鬥隊編
　　《〈紅岩〉與羅廣斌》第一集，1967 年 8 月，第 22 頁。

[41] 參閱楊益言〈揭穿謀殺羅廣斌同志的陰謀〉，上海交通大學紅岩戰鬥隊編
　　《〈紅岩〉與羅廣斌》第一集，1967 年 8 月，第 22 頁。

間都無師自通地學會了武俠小說中才存在的縮骨功。反正追悼會剛宣佈開幕，815 戰鬥團的成員就用旗桿舉著長長的輓聯入場了，輓聯上赫然寫著當年渣滓洞追悼會上的悼詞，十分具有煽動功效：「是七尺男兒生能捨己，作千秋雄鬼死不還家」；「碧血濺山城，喜紅岩史詩又添新頁，風暴掃迷霧，看文化革命誰敢阻擋。」參加大會的人一邊含淚鼓掌，一邊歡快地為他們閃出一條通行的道路。「人們自覺地從各地來到大田灣，一朵朵白花、一個個花環、一幅幅輓聯，為烈士堆成了一座小山。羅廣斌等人在會上作了煽動性發言，稱西南局、省市委中一小撮走資派陰謀策劃其御用工具，『赤膊上陣，拳打足踢，揮戈揚矛，大打出手。他們用鋼千、木棍、鐵錘、鐵矛、旗桿、主席語錄牌……等等，打死打傷 815 派 200 餘人，造成世所罕見的流血慘案。』」[42]面對群情激昂的造反派，前紅色說書藝人精神抖擻，又恢復了當年的本色，對著高音喇叭狂吼濫叫：「一個星期以前，我們在這兒追悼犧牲在中美合作所裏的革命先烈，一個星期以後的今天，我們又在這兒追悼犧牲在重慶體育場的無產階級革命造反英雄。」聞聽此言，台下馬上響起表徵悲憤的掌聲：像十幾年前一樣，群情又一次激昂起來。羅廣斌緊接著發佈了這次講話中最為重要的口號：「打倒反動的重慶市委！解放山城重慶！」[43]

應和著繼續革命的節奏，嚴肅、真誠到極點的鬧劇還在繼續進行。早在 12 月 5 日大田灣的追悼大會上，當仁不讓、奮力爭得大會執行主席寶座的羅廣斌就堅決主張抬屍遊行。他呼籲和提醒 815 的各位同仁：「火葬場有十四具屍體，拿出來抬屍遊行。」為此，他還動用了必要的革命陽謀並繼續鼓動他的同盟軍：「不是打死的也不要緊，反正有打死的。抬出來我陪著遊。不要怕搶，有我在，屍體就在。」[44]追悼

---

[42] 周孜仁《紅衛兵小報主編自述》，第 78 頁。

[43] 〈《紅岩》作者羅廣斌同志在 12‧4 慘案追悼會上的發言〉，《815 戰報》1966年 12 月 9 日。

[44] 參閱何蜀〈在創作《紅岩》的前前後後——羅廣斌、劉德彬、楊益言大事年表〉，未刊稿。

會一結束，羅廣斌就趕到臨江門第二附屬醫院看望傷員；這天晚上，羅廣斌指責追悼會開得太右傾，再次主張「把屍體拿出來」，抬屍遊行[45]。儘管羅廣斌的 815 盟友沒有同意這個太有想像力的提議，但後者還是迅速做出了折中處理：在羅廣斌的一再堅持下，12 月 7 日下午，意猶未盡的造反派在大田灣體育場搞了一出陳放 5 具屍體的「烈士遺體展」。作為預展的必要手段，前來重慶造反的「北大學生起草了經楊益言修改的〈為什麼要進行屍展〉、〈屍展陳列公報〉等。北大、華中師院、哈軍工等學生擔任糾察。北大女生廣播。市歌舞團還編出了追悼烈士的歌曲《親愛的戰友你在哪裡》，滿城教唱」[46]。昂貴的由頭進一步大規模地激發出造反派的革命鬥志，前往悼念的群眾超過數萬人。具有喜劇色彩的是，五具屍體中有四具是從火葬場強行弄來的，另外一具來自剛剛因心臟病死於重慶第一工人醫院的某校學生李天敏[47]。

　　事情到了這步田地，對於倉皇脫逃的保皇四軍，是否真的死人已經不重要。因為「『死人』給了造反派一個克敵制勝的武器，事實上也把對方打得落花流水，討論這武器到底是核彈還是銀樣蠟槍頭，就沒有什麼實際意義了。保守派（即所謂的保皇四軍－引者注）曾試圖以『屍體』問題打開缺口，作最後一逞。他們在驚魂甫定後貼出的第一批大字報，主題就一個：你們『親愛的戰友在哪裡？在火葬場！』但畢竟大勢已去，反擊已經完全徒勞。」[48]

　　仰仗偽造的死人血案，羅廣斌和他的戰友們取得了針對重慶黑市委的初步勝利。善於在黨委領導下動用情節嫁接術和動作化妝術的羅

---

[45] 何蜀整理〈羅廣斌專案組筆記摘選‧羅廣斌、楊益言在「一二‧四」事件前後〉，未刊稿。

[46] 何蜀〈在創作《紅岩》的前前後後──羅廣斌、劉德彬、楊益言大事年表〉，未刊稿。

[47] 何蜀〈在創作《紅岩》的前前後後──羅廣斌、劉德彬、楊益言大事年表〉，未刊稿。

[48] 周孜仁《紅衛兵小報主編自述》，第 101 頁。

廣斌，卻沉浸在真實的仇恨中：他在革命話語即興色彩更新一輪靈感的慫恿下，把他曾經的戰友當作了階級之敵。那些人在繼續革命的年頭顯然已經徹底墮落，和風細雨的幫教法用在他們身上不會產生絲毫療效；必須採取疾風暴雨式的革命行動，才能將他們對革命話語的破壞降到最低程度。

發出「解放山城重慶」的革命號召後第 4 天，即 1966 年 12 月 9 日，羅廣斌加入到由造反派組成的「12‧4」慘案赴京控告團」的行列，啟程北上。作為眾多造反隊員共同景仰的領袖，羅廣斌掏腰包為控告團的十幾名成員購買了全部車票[49]。

三、最後一次北京之行

1966 年歲末，繼續革命的風暴愈演愈烈。「12‧4 慘案赴京控告團」到達首都後，正是哈氣成冰的深冬時分。而遠在幾千里外的重慶，《紅岩》被當作修正主義作品和大毒草正在接受猛烈批判，重慶的不少大學紛紛將它從圖書館撤除或封存。僅僅 3、4 個月之後，《紅岩》再一次獲得了五大罪行，差不多平均一個月增加了一條。在重慶，這些罪行是以疑問的語氣表達出來的，深得革命話語在語調上的一貫追求：「為什麼不寫工農兵群眾的鬥爭故事？」「為什麼避開黨內兩條路線的鬥爭？」「為什麼把敵人描寫得那樣強大，似乎是勝利者？」「為什麼把革命者寫得那麼無力？江姐、成崗、許雲峰……等全都犧牲，難道這反映了 1948、1949 年毛主席領導的革命戰爭的勝利形勢嗎？」「為什麼羅廣斌『拉大旗作為虎皮』到處招搖，說江青同志如何肯定《紅岩》？」[50]連珠炮一般的疑問語調預示著革命話語即興色彩又有了新變化，話語市場上的剩餘價值網絡和理解－解釋網絡的規模還將繼續擴大。

---

[49] 何蜀〈《紅岩》作者羅廣斌在「文革」中〉，《文史精華》，2000 年第 8 期。
[50] 〈撕開羅廣斌的畫皮〉，四川工農兵業餘文藝革命造反兵團重慶團等的油印傳單（1967 年 2 月 4 日翻印，原作時間在此之前 3 個月）。

　　和重慶的惡劣氣候相比，首都街頭則旌幡飛舞，紅色的海洋有效
地抵消了冬天給市民帶來的廣泛寒意，也給羅廣斌憑添了許多希望。5
前年的這個時候，《紅岩》剛剛面世，他正躊躇滿志地從北京趕回重
慶[51]；這兩次方向相反的旅行，正預示著革命話語即興色彩自身的遺
傳與變異。抵京的當晚，中央文革領導小組就派聯絡員前往《紅旗》
雜誌社聽取他們的彙報，被杜撰出來的「12‧4 慘案」震驚了中央文
革的領導人[52]。沒過幾天，「12‧4 慘案赴京控告團」就趕上了首都紅
衛兵發起的「全國在京革命派為捍衛毛主席的革命路線，奪取新的偉
大勝利誓師大會」。大會的一個重要議程，是向全國各地為無產階級
文化大革命殉難的戰友致敬；按照即興色彩的內部語義，致敬的最
好方式被認為是發揚痛打落水狗的精神，將這場革命堅定不移地進
行到底。

　　北京的 1966 年 12 月 17 日滴水成冰，寒風凜冽。太陽孤獨地行走
在天上，對地面的寒冷完全無濟於事，活像一個紅彤彤的反諷。工人
體育場紅旗飄揚，戰鼓震天，進一步加固了太陽的反諷地位──這都
是革命話語帶來的命定結果：它戰勝了一直在無償哺育我們的太陽。
在漫無邊際的口號聲和歡呼聲中，周恩來、陳伯達、江青、謝富治、
張春橋、王力、關鋒、姚文元、汪東興等中央領導人和中央文革小組
的成員相繼走上主席臺──很顯然，誓師大會是一次規格極高的群眾
集會[53]。作為發言者中唯一一名外省造反派代表，羅廣斌被指定為第
二個發言人。有備而來的羅廣斌講話長達 40 分鐘。開講前，他先「將
五個屍體的照片交給了周總理」[54]。就在他唾沫橫飛的途中，周恩來、
陳伯達、江青等人起身到後臺處理其他緊急事務，餘下的領導人繼續

---

[51] 參閱張羽〈我與《紅岩》〉未刪稿，手稿複印件。

[52] 參閱「軍工井岡山」等〈毛主席革命路線的忠誠衛士──二評山城羅廣斌
　　事件〉，《軍工井岡山》，1968 年第 1 期。

[53] 何蜀〈《紅岩》作者羅廣斌在「文革」中〉，《文史精華》，2000 年第 8 期。

[54] 何蜀整理〈羅廣斌專案組筆記摘選‧羅廣斌、楊益言在「一二‧四」事件
　　前後〉，未刊稿。

留在主席臺上，直到所有代表控訴和誓師完畢，周恩來等人才重回主席臺發表重要指示[55]——革命形勢變化得實在太快，總理的時間必須以分秒來計算和分割。羅廣斌發揮前紅色說書藝人的口才，為黨史小說實施堅定地辯護，再次肯定他們將會按照江青同志的指示修改小說，要責無旁貸地將話語市場上的剩餘價值網絡和理解－解釋網絡繼續擴大。緊接著，羅廣斌話鋒一轉，義正詞嚴地大肆撻伐重慶保皇四軍的滔天罪行，強烈要求血債血還；在慷慨激昂的發言中，他再一次發出和十幾天前完全相同的號召：解散保皇四軍！打倒反動的重慶市委！解放重慶山城[56]！

有線廣播和宣傳車是繼續革命必須仰仗的兩件法寶，因為只有它們才能把革命的聲音傳到更遠的地方：前者固定在每個家庭的屋簷下或街道的電線桿上，後者則流竄於每一個它願意去的地方。通過協作，它們共同構成了那個年代最重要的景觀之一。出於對這個景觀的正確回應，羅廣斌的發言錄音被迅速送回重慶。通過對固定的聲音和流竄的聲音的雙倍傾聽，霧都的造反派進一步加強了革命鬥志；作為批發聲音的固定地點，大田灣體育場播放講話錄音長達整整一個星期[57]。憑藉著來自北京的四川「椒鹽普通話」，重慶的保皇黨人內心愈來愈冷：他們的冬天看起來是真的來臨了[58]。

無論多麼嚴肅、板正的革命，也無法徹底拒絕具有幽默感的插曲或花絮，只因為後者是為革命奉獻的小禮品。革命海納百川，對任何

[55] 羅廣斌死後，所謂的「黑市委」抓住這一點大做文章，「竟胡說羅廣斌一發言，總理、伯達、江青等首長就馬上退場，等羅把話一講完，首長才出來等待。你看，竟把謠言造到中央首長那裏去了！」（「軍工井岡山」等〈毛主席革命路線的忠誠衛士——二評山城羅廣斌事件〉，《軍工井岡山》，1968年第1期）

[56] 參閱《首都紅衛兵報》（1966年12月31日）對這次大會的新聞報導。

[57] 參閱「軍工井岡山」等〈毛主席革命路線的忠誠衛士——二評山城羅廣斌事件〉，《軍工井岡山》，1968年第1期。

[58] 參閱楊向東致張羽信（1993年6月29日，手稿複印件）。楊向東在文革中和羅廣斌等人同屬一派，是二次革命的目擊者。

禮品都採取笑納的方式：禮品不多不少，不偏不倚，剛好是新式孝道的特殊物證。正當羅廣斌像一顆明星在北京的政治天空冉冉上升時，遠在重慶的 815 戰鬥團對內部悄然出現的反對勢力頗感厭煩。從名號上就可以看出，這個名叫「12・4 聯合指揮部」的反對派顯然支持「12・4 慘案赴京控告團」。有四處播放的發言錄音撐腰，聯合指揮部認定，只有羅廣斌才能代表山城造反運動的正確方向──毫無疑問，《紅岩》帶來的名聲暗中加固了這一信念；聯合指揮部相信，作為一個向量（而不是標量），革命話語即興色彩的方向在山城重慶只有羅廣斌才能準確地掌握和辨識。所有的問題都來自革命勝利後的第二天。遵循這一鐵打的原則，在共同的敵人偃旗息鼓之後，「12・4 聯合指揮部」豪情萬丈，竟然想竊取 815 戰鬥團的領導核心。但早已成為核心的那些人當然不會答應。後者稍施內力，就將勢力弱小的指揮部收拾得乾乾淨淨。

　　插曲和花絮正好出現在這個當口。就在羅廣斌還逗留北京繼續革命的某一天，815 戰鬥團在重慶大學松林坡禮堂召開群眾大會。快結束時，815 戰鬥團一個名叫趙雲生的教工領袖突然站起來，將一隻手臂高高舉起，直指天空：「我說一個問題！我就說一個問題！」趙雲生身材清瘦，永遠穿一件黑色的燈芯絨，小鬍子，小眼睛，但革命精力卻極為粗壯，使得他的每句話都斬釘截鐵，讓人感到極具份量：「關於『12・4 聯合指揮部』，我的意見是：『框爛！』」紅衛兵運動興起後，「砸爛」早已成為革命話語派生出來的關鍵字，幾乎可以和每一個名詞對接（比如砸爛×××的狗頭！）；趙雲生同志身為重慶大學的教師，公然把司空見慣的「砸」讀成「框」，頓時引來滿堂大笑。面對笑聲，趙同志不知道出了什麼事，把高舉的手臂揮了又揮，再次重複：「對！就是要徹底框爛！」當時參與滿堂大笑的列位造反隊員很可能誰也不知道「聯合指揮部」是幹什麼的，但羅廣斌顯然知道，只是他遠在北京，無法想像他的支持者將會怎樣被「框爛」[59]。偉大

---

[59] 參閱周孜仁《紅衛兵小報主編自述》，第 89 頁；參閱何蜀〈羅廣斌專案組

的繼續革命中這個偶然出現的小花絮結束之後不久，聯合指揮部隨即就被「砸爛」。造反派的內部爭鬥和羅廣斌的個人厄運，註定幸運地暫時延期了。

自來北京後，羅廣斌一直沒有閒著。他四處串連，心臟發燙，渾身上下有的是用不完的革命鬥志。他認定自己即將獲得二次革命的勝利，他和他心愛的《紅岩》所凝結的價值終將得到一個清白的身板，初步性理解－解釋，一定會挫敗來自眾多第二度理解－解釋對它的質疑和惡意否定。1966 年 12 月 28 日黃昏，羅廣斌無意間竟然故地重遊，來到 5 年前那間擺有三床、三桌、三椅的房子的附近。必須要感謝「無巧不成書」的暗中襄助，羅廣斌才得以邂逅正準備卜班回家的張羽，那個半年前向他寫信詢問《紅岩》再版事宜的責任編輯。好幾年沒見面了，兩人都禁不住一陣驚喜。但早已開始繼續革命的出版社附近顯然不是可以開懷談心的地方，他們只好對視一眼，算是打了招呼；然後隨著人流，朝胡同西口走去。出胡同口後折向南邊，一直步行到東安市場——那是閻肅準備繼續吃「姐」前請同事們吃涮羊肉的處所——，找了個小飯鋪坐下，暢敘半年來各自的遭遇和目前的革命形勢。

作為心有靈犀的朋友，不需要太多的言語，兩人很快就明白對方的處境和現狀。面對張羽，羅廣斌很為自己這些年來不被信任的命運而難過，但他還是拿出十幾天前在工人體育場的豪情，安慰為自己擔心的好朋友：「回想起民主革命時期，每個真正的革命者，要隨時準備著為黨的事業獻出自己的生命。現在社會主義時期，文化大革命中，鬥爭還是這樣激烈。從種種跡象看，一點也不能麻痹大意，得有充分思想準備，權當 17 年前沒有從集中營活著出來，權當又多活了 17 年！為了黨和毛主席，我準備掉腦袋！」[60]和彭詠梧、王璞和劉國鋕一樣，在短短半年內，羅廣斌竟然第二次摸到了專屬於他本人的那個

筆記摘選・揭發批判「羅氏三家村」大會發言〉，未刊稿。
[60] 參閱張羽〈我與《紅岩》〉未刪稿，手稿複印件。

命運開關。他生命中最後一天的到來，離這個黃昏中的小飯鋪僅僅 50
天之遙。在東安市場一天將盡的那個時辰，他可能沒有想到，遠在數
千裏外的重慶，以 815 為首的造反派正在羅織他的罪行：他不僅有完
全違背革命話語即興色彩的大毒草（即黨史小說），還有想當重慶市
委書記的狼子野心；在迷宮一樣的重慶街頭，「打倒羅廣斌」的傳單
和大字報開始大規模地出現[61]。

四、羅廣斌之死

1967 年 1 月 11 日，伴隨著春節前的傳統寒風，羅廣斌結束北上
之行，率領他的控告團從首都回到重慶。他時而相信此番進京取得了
勝利，時而又懷疑勝利的果實。一路上，他左右搖擺，心神不定。在
開往重慶的列車上，同行的戰友勸他回去後不要住在文聯機關大院，
以防黑市委打擊報復。心緒不定的羅廣斌把這個好心的建議當作蛛網
一樣從耳邊輕輕抹去了。東安市場的小食鋪轉眼逝去後僅僅十餘天，
他又一次說了一句摸到命運開關的話：「如果我能對山城文化大革命
有所貢獻的話，就是死了也心甘情願！」[62]作為對這個誓言的回報，
羅廣斌一下火車，當即就在文聯召開大會，向列位無產階級革命戰士
報告上京告狀的基本情況以及首都文革的大好形勢。在報告會上，羅
廣斌代表文聯文革小組宣佈實行「紅色恐怖」，並將「黑幫」及其「爪
牙」抓來下跪請罪[63]。

多虧烈士遺體展和羅廣斌在工人體育場的口若懸河，依靠有線廣
播和宣傳車組成的奇特景觀，在羅廣斌返回重慶前，保皇四軍已經兵
敗如山倒，戰鬥在造反派內部重新打響——革命話語即興色彩的新一

---

[61] 參閱「軍工井岡山」等〈毛主席革命路線的忠誠衛士——二評山城羅廣斌
    事件〉,《軍工井岡山》,1968 年第 1 期。
[62] 參閱「軍工井岡山」等〈毛主席革命路線的忠誠衛士——二評山城羅廣斌
    事件〉,《軍工井岡山》,1968 年第 1 期。
[63] 何蜀〈在創作《紅岩》的前前後後——羅廣斌、劉德彬、楊益言大事年表〉,
    電子版，未刊稿。

輪頑皮給了造反派內部各色人等以全新的力量。很快，堅定的造反派分裂為兩大陣營——但都以效忠毛主席為口號，都聲稱自己在正確執行教育家的革命路線。讓初回重慶的羅廣斌感到極為震驚和尷尬的是，815戰鬥團明確拒絕他這位政治明星的加盟：「12‧4聯合指揮部」看起來弄巧成拙，壞了羅廣斌的大事。好在楊益言早有準備，在他的張羅下，羅廣斌又找到了新盟友：他和設在北碚的西南師範學院 831戰鬥縱隊的筆桿子楊向東接上了關係[64]。羅廣斌剛從北京回來，西南師範學院中文系青年教師楊向東馬上前去拜見[65]。

在位於文聯機關大院的羅家，楊向東和羅廣斌稍事寒暄、道過仰慕之情後，就對後者說：「你在北京的講話錄音對保守勢力打擊很大，你說死了十幾個造反派戰士，有沒有鋼鞭（即過硬的證據—引者注）？」深知內情的羅廣斌哈哈一笑：「我們走得匆忙，當時又很混亂，說死了多少人，是各組織彙報材料時統計的，當時無法核實。」[66]說完這些已經顯得不太重要的話後，羅廣斌連忙詢問楊向東，他離開重慶的這些日子裏，山城的革命形勢究竟為何如。楊向東盡其所能，一一做了介紹。時間像革命形勢一樣過得很快。臨告別時，楊向東答應，他會儘快將羅廣斌介紹給西師 831戰鬥縱隊，以便和羅廣斌統領的文聯

---

[64] 關於羅廣斌和西南師範學院造反派以及其他造反派的關係，楊向東有過較為詳細交代：大田灣 12‧4事件發生，楊向東被派往 815派聯合調查團工作。「同年 12月，小說《紅岩》作者之一楊益言派人與他聯繫，他在市文聯認識楊益言，不久羅廣斌從北京回渝，羅、楊邀他去文聯做客。羅、楊通過他密切了與西師 831總部司令岳朝亮等的關係。1967年 1月初羅、楊乘文聯小車前去北碚西師活動，他同往。羅廣斌先後在北碚、西師作報告。此後，重慶 815派因『1‧24奪權』分裂，一方是以重大 815為首的奪權派，另一方是以西師 831、工人造反軍為首的聯絡站。由於羅廣斌、楊益言參加過反奪權會議，造反軍頭目又是黃廉，所以當時奪權派戲稱為『廉羅站』（注：1967年 2、3月因『反革聯』會被稱為砸派，入夏以來統稱為反到底派）。」（楊向東〈血寫的歷史——被囚禁於武鬥集中營的 65天〉，未刊稿）

[65] 參閱何蜀〈羅廣斌專案組筆記摘選‧一個西師學生的「揭發材料」〉，未刊稿。

[66] 向東等〈羅廣斌悲劇發生前後〉，《重慶晚報》2005年 5月 29日。

造反派結成同盟，共同向黑市委開火。羅廣斌感到大為欣慰，815 戰鬥團對他的拒絕帶來的不快得到了緩解；他的文聯造反團和 831 相比在規模上只能算小股游擊隊，如果有人多勢眾的 831 輔佐，革命形勢肯定會向更高邁的境界滑翔。在楊向東的操持下，不幾天工夫，羅廣斌就成為西師 831 的座上賓。

　　正當羅廣斌日理萬機埋首於繼續革命之時，1967 年 1 月 22 日，《人民日報》發表了一篇充滿高度革命樂觀精神的社論。該社論以那個年頭特有的高八度語調堅定不移地聲稱，自下而上奪取黨內走資派的大權，是「文化大革命一個新的飛躍」，「是國際共產主義運動中極其偉大的創舉」，更「是毛主席對馬列主義的重大發展」[67]。這篇象徵著即興色彩新靈感、新頑皮的社論一經發表，全國上下馬上群情激奮，早已被逼入死胡同的列位資產階級大爺更加惶惶不可終日。仰仗社論的無窮威力，重慶的造反派以 815 戰鬥團為骨幹，在其後短短的 3、4 天內，迅速完成對重慶市委的奪權運動，「重慶市無產階級革命造反聯合委員會（簡稱革聯會）籌備會」迅速組成，宣佈即將奪取重慶市黨政機關的一切權力。

　　1967 年 1 月 29 日，是羅廣斌從北京返回重慶的第 18 天，他巧遇張羽已經過去整整一個月。在這一天，他肯定不曾想到，隨著二次革命的不斷深入，將會附帶著給遠在北京的張羽帶去僅次於滅頂之災的那種災難。就在這一天，重慶 30 餘萬 815 派戰士和人民群眾，在大田灣體育場舉行「無產階級革命派大聯合、大奪權、抓革命、促生產誓師大會」，宣佈他們已經成功奪取重慶市黨政機關的一切權力[68]。眼看對立方搞得熱火朝天，羅廣斌坐不住了：他不能眼睜睜看著革聯會將山城人民帶向資本主義和修正主義的死胡同，將富國強民的教育理念領上一條不歸路。革聯會正式成立前 3 天的 1 月 26 日，羅廣斌就預

---

[67] 〈無產階級革命派大聯合，奪走資本主義道路當權派的權〉，《人民日報》1967 年 1 月 22 日。

[68] 參閱周孜仁《紅衛兵小報主編自述》，第 87 頁。

感到革聯會將有大的舉動，便邀請站在自己一邊的各造反組織的大小頭目，在文聯機關大院召開會議。羅廣斌端出剛從天子腳下回來的架勢，號召參與二次革命的同志們說：「我們搞不起大聯合，就先搞小聯合。真正的革命就從今天開始。」[69]他的口吻聽上去有點像十幾年後到來的實證主義時代和實惠主義時代中的某個牙刷廣告。這個廣告宣稱：「美好生活從今天開始。」

　　和二次革命中的其他人相比，羅廣斌無疑具有更為豐富的革命經驗。就在革聯會宣佈正式成立的第二天即 1967 年 1 月 30 日，羅廣斌對此迅速做出了反應：他召集重慶工人造反軍、西師 831 戰鬥縱隊及北京一些造反派的駐渝聯絡站等 40 餘個造反組織，在重慶市人民小學正式集會，宣佈成立反革聯會的聯絡站。又一個無法被嚴肅的革命徹底拒絕的插曲和花絮出現了：因為羅廣斌姓羅，工人造反軍司令姓黃名廉，這個組織因此被 815 戲稱為「廉羅棧」[70]。在人民小學的飛行集會上，經羅廣斌授意，起草了一份發往中央文革的加急電，聲稱重慶已經完成的奪權是「假奪權」、「非法奪權」，是「黑市委的陰謀」，要求中央宣佈奪權無效，重新實行大聯合：「以重大 815 戰鬥團周家喻為首的一些群眾性組織的領導人，執行了一條右傾機會主義和右傾投降主義路線，他們完全違背了毛主席關於大聯合大奪權的指示，完全違背了毛主席的群眾路線，客觀上迎合了黑市委的需要，於（1967）1 月 24 日，以重慶 12 所大專院校學生為主體，以重大 815 為核心，排斥了所有的工人革命造反組織，單方面的接管了黑市委和重慶市的全部市一級黨政領導機關的大權，為了使這種非法接管合法化，他們於 1 月 26 日拼湊了一個『重慶市無產階級革命派大聯合大奪權，抓革命促生產誓師大會籌備處』，這個處……結黨營私，拉攏一批工人組織的領導人，排斥大多數工人革命造反組織，拉攏一些追隨右傾路線

[69]「山城戰報」通訊員〈二月黑風從何而來〉，《山城戰報》，第 2 期，1967年 3 月 18 日。

[70] 參閱周孜仁《紅衛兵小報主編自述》，第 90 頁。

的外地學生，排斥與之作鬥爭的來渝串連革命師生。1 月 29 日這個誓師大會發表的緊急通告，竟宣佈由大會主席團組成重慶無產階級革命造反派聯絡總站，這個由 815 一手炮製的、排斥了大多數工人革命造反組織的、根本違反巴黎公社原則的聯絡總站，接管市委市人委的一切領導權。這一系列行為，激起了全市廣大工人革命群眾的強烈不滿和堅決抵制。我們認為，這不是真正的奪權，而是假奪權，這不是真正的大聯合，而是在搞分裂。其實質是欺騙群眾，使黑市委竊據的各種大權名亡實存，使我市文化大革命流產。」[71]革命當然得有口號，這是每一個低段位的革命愛好者都清楚的事情。「廉羅棧」的中心口號是「砸爛革聯會」；「廉羅棧」因此又自稱「砸派」（後改名「反到底」）——漢語的肉感給了這個名稱以無邊無際的想像力和幽默感。

「廉羅棧」成立的消息很快就被它的對立面所知曉。毛澤東繼續革命課堂上的新學員，那些既住在天上又住在地面的熱血青年，對此很快就有了新的應對措施。1 月 31 日，他們四處散發傳單，張貼大字報，聲稱羅廣斌的「歷史有問題」、羅廣斌「是周揚黑線上的人物」、是「山城頭號政治大扒手」、「埋在山城革命造反派內部的一顆定時炸彈」、「《紅岩》是絕對的大毒草」。一時間鬧得沸沸揚揚；羅廣斌的妻子胡蜀興更有理由驚恐交加。但事情遠沒有到此結束：2 月 2 日，重慶紅衛兵革命造反司令部正式發出通令：就地抓捕他們曾經的盟友羅廣斌[72]。

面對大字報和傳單，早已親眼目睹過無數大世面的前紅色說書藝人不屑一顧。通緝令發出的第二天上午，他按部就班，依舊在人民小學主持會議，和他的戰友們一起商議二次革命的下一步舉措。商議的結果是繼續等待中央指示。商議完畢，以蜀人天生的幽默，831 戰鬥縱隊的筆桿子楊向東對羅廣斌開玩笑：「老羅，有人說你是埋在造反派內部的定時炸彈，你準備什麼時候爆炸？」羅廣斌哈哈大笑：「黔

---

[71]　《首都紅衛兵》重慶版創刊號，1967 年 2 月 9 日。

[72]　參閱周孜仁《紅衛兵小報主編自述》，第 98 頁。

驢技窮,不屑一顧!」楊向東決定把玩笑繼續開下去:「人家說你野心很大,想當市委書記。」羅廣斌並沒有察覺到災難就在他身邊,後者邁著貓步已經悄悄包抄過來。那一天,羅廣斌對革命形勢依舊持樂觀態度,他想都沒想就把楊向東的玩笑打回了原形:「聽他們瞎說吧,我還嫌市委書記太小呢。」[73]

事情的急劇變化證明羅廣斌的樂觀毫無根據。無論他現在是定居天國還是身在地獄,1967 年 2 月 5 日肯定是他難以忘懷的日子。這天下午,重慶建築工程學院 815 派的紅衛兵秉承司令部的命令,將羅廣斌從市文聯的家中綁架,當天就把黨史小說的領銜作家囚禁在位於馬家堡附近的中國人民解放軍後勤工程學院的一棟小樓上——這棟小樓將是羅廣斌最後的棲息之地[74]。面對前來劫持他的紅衛兵,羅廣斌的做派事後被他的同道們稱讚為風度翩翩、大義凜然,根本沒有將綁架當作一回事就跟後者上路,並把許雲峰臨死前對徐鵬飛說的那句話對綁架者復述了一遍:「前面帶路,我隨你去!」[75]

領袖被抓,砸派當然不會善罷甘休。就在羅廣斌被綁架的第二天,西師 831 戰鬥縱隊決定和 815 戰鬥團分別代表砸派和革聯派,在重慶市中心的解放碑舉行辯論會。「其日春雨霏霏,寒意猶濃,解放碑四周的街道上卻人山人海,氣氛空前火爆,連樓房上都全是人頭攢動。……辯論至一半,周圍大樓的窗口便陸續掛出大標語:『砸派毫無道理!』『革聯會好得很!』『815 好得很!』繼而聽眾開始向砸派辯手起哄。這類辯論是不需要評論員和仲裁人的,聽眾山呼海嘯般的喊叫宣佈大會以革聯派大獲全勝而告終。」[76]接下來的事情朝著羅廣斌的悲劇加速發展就順理成章:2 月 8 日,「新生紅色政權」即重

---

[73] 向東等〈羅廣斌悲劇發生前後〉,《重慶晚報》2005 年 5 月 29 日。

[74] 參閱楊益言〈揭穿謀殺羅廣斌同志的陰謀〉,上海交通大學紅岩戰鬥隊編《〈紅岩〉與羅廣斌》第一集,1967 年 8 月,第 22 頁。

[75] 參閱「軍工井岡山」等〈毛主席革命路線的忠誠衛士——二評山城羅廣斌事件〉,《軍工井岡山》,1968 年第 1 期。

[76] 參閱周孜仁《紅衛兵小報主編自述》,第 99 頁。

慶市革聯會宣告正式成立；同一天，屬於革聯會一派的重慶建築工程學院 818 戰鬥團發表長篇批判文章〈評大毒草《紅岩》〉，借徹底否定初步性理解－解釋和最初凝結的價值為工具，配合羅廣斌的被綁架[77]──他以《紅岩》成名，看起來也必須以《紅岩》謝幕。理解－解釋網絡和剩餘價值網絡的進一步擴大，即將終結羅廣斌在人世間的旅程。

　　羅廣斌看起來只有死路一條了；將近一個月前在北京回重慶的車上說過的話即將一語成讖。被抓走的當天，羅廣斌寫信給胡蜀興，要求後者送一些生活用品；第三天，即 2 月 7 日，又給後者寫信，要求再送一些生活用品──他似乎已經做好了打持久戰的準備。兩次信件都由看管他的人帶出，他需要的東西也由看管者帶入──但那個人和當年的上士看守陳遠德只有表面上的相似性，他和許建業則幾乎毫無相似性。在羅廣斌平生發出的最後兩封信中，每一封都要求妻子和兒女必須跟著毛主席繼續幹革命[78]。2 月 9 日，關押羅廣斌的那所軍事院校再一次廣播了羅廣斌的「罪惡歷史」。據目擊者回憶，多血質的認領者羅廣斌情緒極為糟糕。就在這天，他終於準備寫書面檢查；當寫到解放前夕率眾越獄的情節時，他決定不再往下寫了。當晚 12 點後他上床睡覺，整夜翻來覆去，毫無睡意，假寐數時，天已放亮。

　　1967 年 2 月 10 日是農曆 1967 年正月初二。和十七年前那個春節一樣，羅廣斌也處於關押狀態。很顯然，這是兩種性質完全不同的關押。和十七年前在渣滓洞興高采烈地大跳鐵鐐舞迥然有別，這天早上 8 點，通宵未眠的羅廣斌來到 3 樓衛生間洗臉，順帶排洩穢物──看起來他想走得乾淨一些。看守他的張姓學生來自重慶建築工程學院。前者如廁時，張同學在外面守候。長時間不見前者出來，他預感到事情不妙，回頭看時，羅廣斌已趁機爬上窗臺。張看守急忙用四川話喊

---

[77] 參閱何蜀〈《紅岩》作者羅廣斌在「文革」中〉，《文史精華》，2000 年第 8 期。

[78] 胡蜀興〈羅廣斌同志是被敵人謀殺的！〉，上海交通大學紅岩戰鬥隊編《〈紅岩〉與羅廣斌》第一集，1967 年 8 月，第 27-28 頁。

了一聲：「你要做啥子？」羅廣斌回望一眼，高喊一聲「毛主席萬歲」，就從視窗跳了下去——「他太性急了。連撲向死神的懷抱也那麼急急匆匆。」[79]

三樓離地接近十一米。遵循自由落體在下落時需要遵循的那種規律，墜樓的羅廣斌頭先觸地。他以變形的方式再一次加固了腦袋經濟學：他的「頭顱從鼻樑起向上，正好裂為兩瓣，很像美國科幻電影裏機器人被砸開的頭殼，碎腦犖犖可辨。朝上的半個臉，大眼猶諤然圓睜，蹦之欲出，另一隻眼則閉著，半個臉亂血縱橫，腦漿、頭髮、碎皮……像機器頭顱裏崩出的散碎零件，綻得滿階滿地，其狀恐怖萬端」[80]。

羅廣斌，一個熱情似火的人，帶著無盡的遺憾離開了人世。「他想重登彼岸，卻被一腳踹進了沒頂的驚濤駭浪。他是一隻撲燈蛾。他一次一次撲向光明……卻被無情的火焰整個兒燒毀：這就是羅廣斌的故事。」[81]但羅廣斌的故事遠沒有因為變形的腦袋經濟學的到來宣告結束，甚至連他的死是自殺還是他殺都成為懸案[82]。但毫無疑問，他犧牲於革命話語即興色彩的新一輪頑皮；他本來想借助新一輪頑皮表達自己的新式孝道，但這一回他無可挽回地失敗了。他沒有機會再次幸運地遇上楊欽典。和他心愛的《紅岩》命運相似，他成為叛徒，前者則趁機成為叛徒文學或毒草。他以自己的肉身完成了又一輪的第二度理解－解釋，貢獻了新的剩餘價值，為我們的話語市場拓展了篇幅，

---

[79] 參閱周孜仁《紅衛兵小報主編自述》，第 102 頁。

[80] 參閱周孜仁《紅衛兵小報主編自述》，第 107 頁。

[81] 周孜仁《紅衛兵小報主編自述》，第 108 頁。

[82] 胡蜀興始終認為羅廣斌是被謀殺而不是自殺（參閱胡蜀興〈羅廣斌同志是被敵人謀殺的！〉，《紅岩戰報》第一期，1967 年 4 月 15 日，第 10-12 頁）；何蜀則認為無論是自殺說還是他殺說都缺乏足夠的證據（參閱何蜀〈《紅岩》作者羅廣斌在「文革」中〉，《文史精華》，2000 年第 8 期）。周孜仁先生在幾十年後十分誠懇地說：「我不知道文革史家們對羅廣斌之死有什麼新的考證。但我更願意相信他是自殺的。這不再是出於幾十年前的派性偏見，不是的。而是：我以為，他的自殺更符合文化革命的悲劇性邏輯。」（周孜仁《紅衛兵小報主編自述》，第 108 頁）

增加了疆域。我要代表我正在講述的故事向他致以真誠的感謝，祝願
他在另一個幽暗的世界得到安息。

貳、劫後餘波

一、進京告狀

　　羅廣斌被綁架後，他的戰友，砸派的重要成員劉德彬，「聞訊後立
即寫了大字報〈羅廣斌是個好同志〉。」同一天，楊益言由中央美術學
院附中前來山城造反的學生余綱勇等人護送，乘吉普車逃離重慶前往
貴陽[83]，住在華子良的原型韓子棟家[84]——因為《紅岩》的關係，3 個
前紅色說書藝人和時任貴陽市委副書記的韓子棟很熟悉。第二天，劉
德彬前往涪陵，面見時任專區副專員、曾和羅廣斌一同越獄的楊其昌，
「調查羅當年與楊一起從白公館出逃情況。2 月 9 日，劉德彬回到重
慶，不敢回文聯機關，住進市總工會工人造反軍總部，當晚造反軍總
部被 815 派砸抄，劉（德彬）逃出，乘火車去貴陽。2 月 10 日……劉
德彬乘火車到達貴陽韓子棟家中，與先期到達的楊益言等人會合。」[85]
正當他們在韓家整理材料、準備為羅廣斌鳴冤時，從重慶方面傳來羅
廣斌死難的噩耗。得到消息的當天，劉德彬在韓子棟的秘書的帶領下，
去市委機關給中央文革打長途電話彙報重慶的劇變。幾天過去了，中
央的指示並沒有下達；劉德彬、楊益言非常清楚，再這樣等下去，就
會像 1948 年鄧照明領導第二次川東起義時遇到的那種情形一樣，無異
於坐以待斃，便動身北上，到首都繼續告狀。
　　與劉德彬、楊益言死裏逃生去往貴陽、北京幾乎同時，革聯會再
次將矛頭對準《紅岩》。這無疑是一個完美的革命策略：羅廣斌之所

---

[83] 參閱何蜀整理〈在創作《紅岩》的前前後後——羅廣斌、劉德彬、楊益言
　　 大事年表〉，未刊稿。
[84] 參閱余綱勇〈懷念張羽〉，手稿複印件。
[85] 何蜀整理〈在創作《紅岩》的前前後後——羅廣斌、劉德彬、楊益言大事
　　 年表〉，未刊稿。

以有底氣如此囂張，完全得力於《紅岩》；將《紅岩》批倒、批臭，對羅廣斌無異於釜底抽薪。僅僅給羅廣斌饋贈一頂「叛徒」、「隱藏下來的美蔣特務」的帽子，肯定和他自絕於黨、自絕於人民的輝煌罪行無法匹配；配合帽子的威力，再把《紅岩》打成毒草，不多不少，正和他的死難帶來的分量恰相吻合。「批判大毒草《紅岩》」的專刊、特刊在重慶於是遍地開花；名曰為〈批判大毒草《紅岩》告全國紅衛兵書〉的檄文走出群山環抱的巴蜀大地，突破地理語法的領導，飛馬奔向五湖四海[86]。隨著革命話語即興色彩在新階段的又一次頑皮（它的頑皮到現在為止還看不出止境將在何處），1967 年 2 月以後的《紅岩》和 1966 年 7 月間的《紅岩》具有較為不同的毒性。除了歌頌劉鄧路線這滴寶貴的毒液必須保留外，其他被搜索出來的新毒汁被認為具有如下毒性：小說上沒有一句毛主席的話；小說將江雪琴學毛著的細節砍掉了；小說絲毫不批判知識份子出身的劉思揚，反而處處讚賞；小說包庇、讚揚叛徒甫志高。所有毒液加起來，構成了頂級毒品：它是反對「毛澤東思想的大陰謀」[87]。伴隨著即興色彩更新一輪的頑皮，炮製初步性理解－解釋的完成性動作遭到了更新一輪的質疑，當年凝結的價值受到更為激烈的否定；毫無疑問，剩餘價值網絡和理解－解釋網絡在話語市場上，以矢志不渝的精神在進一步擴大。

　　1967 年 2 月 23 日，羅廣斌死難已近半月，北京依然十分寒冷，慘澹的太陽繼續在為自己制造反諷。就在那一天，隸屬於中國青年出版社的青年印刷廠的工人們冒著嚴寒，懷揣著一顆火熱的革命之心，前來出版社向劉鄧資本主義路線的代理人奪權。編輯人員當即就和工

---

[86] 參閱「軍工井岡山」等〈關於小說《紅岩》——四評山城羅廣斌事件〉，《軍工井岡山》，1968 年第 1 期。

[87] 轉引自「軍工井岡山」等〈關於小說《紅岩》——四評山城羅廣斌事件〉，《軍工井岡山》，1968 年第 1 期；參閱〈評大毒草《紅岩》〉，重慶建工學院《八·一八戰報》「批判大毒草《紅岩》專輯」（1967 年 10 月 15 日）。這裏所說的叛徒具體指的是肖澤寬，當年的川東特委書記（參閱何蜀〈羅廣斌專案組筆記摘選·揭發批判「羅氏三家村」大會發言〉，未刊稿。）

人在出版社的小院裏展開辯論──作為「四大」之一，大辯論是那個年代最常見的景觀，深為革命話語所支持和鼓勵[88]。已經被勒令閉門思過的張羽也夾雜其間──作為一個被要求閉門思過的人，他顯然是來看熱鬧的。正當辯論到緊張激烈的時刻，一個捂著大口罩的人一言不發，走到張羽面前。陡見來人，張羽不禁大吃一驚，但他很快就認出來人是楊益言。後者慌慌忙忙將張羽拉到設在小院一隅的廚房裏，趁辯論雙方不注意，取下口罩，露出一整張蒼白的面龐。身材瘦削、矮小的楊益言要仰視才能看到張羽的額頭。他悄聲對後者說：「此處說話不便，我給你一個位址，你晚上來找我。」這種完全屬於地下鬥爭年代的接頭方式，令張羽十分蹊蹺。晚飯後，他按圖索驥，前往中央美術學院附中的學生宿舍，見到了為躲避重慶革聯會追捕，由美院附中學生護送逃至北京的楊益言和劉德彬。

　　劉德彬緩緩說出了一個令張羽十分驚訝的消息：「老羅在本月10號被整死了。」連日來不詳的預感終於得到證實，張羽很可能想起了東安市場那個慘澹的黃昏，那句目前看來早已一語成讖的不祥言詞。聽劉德彬歷述羅廣斌被綁架到慘死的經過後，張羽不由得滾下了熱淚：那個四川小個子實在太可愛了。劉德彬接著告訴張羽：「他們造老羅的謠言，主要是三個方面：一是說他歷史上是叛徒；二是說他文革中是『政治扒手』；三是說《紅岩》不是他寫的，是重慶一個右派分子寫的。歷史上的事、文革中的事，重慶同志清楚。關於《紅岩》的寫作問題，出版社最清楚，你們應該站出來說話，幫助澄清。」[89]《紅岩》被認為是極右分子寫的，無疑從一個極為隱祕的角度體現了革命話語即興色彩的新頑皮：黨史小說是極右分子炮製出來的，當然是壞作品，因為完成性動作一開始就從反革命的意識形態那裏獲得了極為陰險的授權，價值的意義傾向性肯定從一開始就邁錯了步子[90]。毫無

88　所謂「四大」，即大鳴、大放、大辯論、大字報。

89　參閱張羽〈我與《紅岩》〉未刪稿，手稿複印件。

90　說《紅岩》是重慶一個極右分子寫的這個謠傳由來以久。這個極右分子被認為是楊益言的胞兄楊本泉（參閱重慶紅衛兵革命造反司令部等〈羅廣斌

疑問，這和劉德彬那隻長勢不合格的手在 1959 年遇到的情形有異曲同工之妙。

　　此時，張羽的境況也好不到哪裡去。從 1966 年 5 月江青點名批判電影《烈火中永生》開始，他就在中國青年出版社內部受到了猛烈批判——幾個月前在東安市場的小飯鋪上，張羽曾把這些情況一五一十告訴過羅廣斌，引起了後者的同情和憤怒[91]。從那時起，《紅岩》的責任編輯就被誣為「文藝黑線人物」、「裴多菲俱樂部成員」，還歷數他夥同張水華、于藍炮製大毒草《烈火中永生》，篡改《紅岩》革命精神的重大罪行——感謝革命話語即興色彩的腳力不足，那時的調子基本上還是保小說批電影。但現在的革命形勢已經極為不同：小說已經部分性地成為毒草。聽完劉德彬的陳述，張羽立即意識到，他的處境和命運已經和《紅岩》及其作者的命運，甚至和電影導演、演員的命運緊密聯結在一起。既出於自保也出於友情，他幾乎是毫不猶豫地對劉德彬和楊益言說：「老羅的事就是我的事。小說《紅岩》是我陪著他們完成的。我有責任說清楚，絕不允許他們造謠。」[92]臨告別前，張羽答應劉、楊二人的請求：趕緊寫個證明材料，由後者上報中央，為羅廣斌和《紅岩》鳴冤，力圖扳回初步性理解－解釋的尊嚴，重新樹立最初凝結出的價值的權威性。

　　一回到出版社，張羽馬上趕到原二編室副主任蕭也牧（即吳小武）家，把羅廣斌慘死的事告訴了後者。中青社不大，消息一傳開，聞訊而來的還有周振甫、陳斯庸、嚴紹端、施竹筠等中國青年出版社文學編輯室的一些資深編輯。討論片刻，他們一致認為應該為《紅岩》凝結的價值正名，為羅廣斌昭雪。張羽對幾位老編輯說：「羅廣斌的歷史情況、文革中的全部表現，我們無權發言。但小說是我們親眼看著他們寫的，作為編輯，我們應該秉筆直書，仗義執言，絕不允許顛倒

　　是周揚反黨黑線的走狗〉，《山城紅衛兵》，第 16 期，1967 年 3 月 1 日）

[91] 參閱張羽《紅岩日記》，1983 年 11 月 15 日，手稿複印件。

[92] 參閱張羽〈我與《紅岩》〉未刪稿，手稿複印件。

黑白！」[93]其後發生的事情很快就會證明，這夥戴眼鏡的知識份子實在太天真了，他們肯定不知道，接下來他們必須為自己的天真付出高昂的代價。

因為寫過一篇名叫〈我們夫婦之間〉的倍受批判的短篇小說，二編室副主任蕭也牧早在十多年前就是隻死老虎。多年來，他一直按照革命話語及其即興色彩的指示在「夾著尾巴做人」，凡事都不敢張揚──革命鐵拳的滋味他已經充分領教；那確實不是滿漢全席的味道。但聽到羅廣斌慘死的消息後，他對滿屋子的來人說：「羅廣斌如果活著，也不稀罕我這號人去支持他。可是他死了，死得很冤，死得很慘。連這樣的人也被整死了，我們還怕什麼呢？」[94]接下來的事情讓繼續存活下來的兩個前紅色說書藝人十分滿意：張羽等人以一批老編輯的名義，草擬了一紙關於羅廣斌在中國青年出版社寫作《紅岩》的真實情況的證明，交給了劉德彬和楊益言[95]。

1967 年 3、4 月間，楊益言、劉德彬前往新華社，找到從巴西歸國後曾到重慶作報告、並由他們陪同參觀過歌樂山的王唯真，請他援之以手。王唯真告訴他們，中央目前很忙，若有材料，特別是羅廣斌怎樣死的材料，可由他轉交。張羽等人起草的證明材料和劉德彬、楊益言已經準備好的其他材料，很快由王唯真轉送中央文革[96]。江青不發話，捍衛《紅岩》和打擊《紅岩》的戲劇就將無休止地上演下去。但在 1968 年 3 月 15 日這個關鍵的日子到來之前，江青一直拒絕出聲，只在前紅色說書藝人送來的材料上寫下了幾個無關痛癢的字：「請（戚）本禹同志酌處。」[97]比羅廣斌和《紅岩》更為重大的革命工作在等待

---

[93] 參閱張羽〈我與《紅岩》〉未刪稿，手稿複印件。

[94] 張羽〈蕭也牧之死〉，手稿複印件。

[95] 參閱張羽〈我與《紅岩》〉未刪稿，手稿複印件。

[96] 參閱何蜀整理〈在創作《紅岩》的前前後後──羅廣斌、劉德彬、楊益言大事年表〉，未刊稿。

[97] 參閱何蜀整理〈羅廣斌專案組筆記摘選‧江青對羅廣斌妻及楊益言等告狀材料的指示〉，未刊稿。

江青，她無暇顧及繼續革命浪潮中這個小小的事故——那不過是一次感冒或一聲咳嗽。劉德彬、楊益言為羅廣斌洗刷冤屈的革命行動仍將繼續進行。他們無法預見其後的變故，只有懷揣一份為自己壯膽的必勝信念，酷似當年鄧照明的游擊隊被困深山時開槍壯膽。

二、演講與調查

1967 年 2 月 10 日下午二時，羅廣斌製造出變形的腦袋經濟學已經過去整整六個小時。一位姓陳的 815 戰鬥團成員突然跑到重慶市文聯，對滿面愁容的胡蜀興說：「找你去辦一件事，辦好馬上就回來。」聯想到 5 天前羅廣斌的被綁架，胡蜀興渾身上下充滿了革命警惕，對姓陳的惟有怒目而視，當場就拒絕了他的邀請。當胡蜀興聽來人說是讓她去和羅廣斌見一面時，頓時有了不祥的預感[98]。

預感往往值得信賴，雖然我們至今未能偵聽出它值得信賴的複雜機制；胡蜀興被帶到馬家堡解放軍後勤工程學院一間會議室後，預感立即就化為了現實：一位自稱公安幹部的人向她宣佈，她的特務丈夫、大毒草的主要炮製者，今天早上 8 點鐘左右已經自絕於人民、自絕於黨了。胡蜀興聞言之後頓時天轉地旋；但對方沒有給她像樣的機會供她的悲傷所使用，就應她的要求，將她押往出事現場，緊接著帶她去火葬場觀看遺體，但不允許她零距離觀看；接下來又將她押往重慶市第五十中學，令她代替羅廣斌交代後者的叛變歷史和毒草《紅岩》的出籠經過。因為拒絕按 815 戰鬥團的旨意行事，在其後的九天內，胡蜀興先後被關押在重慶第五十中學和市文聯。2 月 19 日凌晨，胡蜀興的兒子，年僅十四歲的羅加，從文聯禁閉室的天窗裏將母親解救出來，使她有機會「越過圍牆，衝出白色恐怖籠罩著的山城，在革命造反派同志們幫助下，經過貴陽，來到首都，來到毛主席的身邊」[99]！

---

[98] 胡蜀興〈羅廣斌同志是被敵人謀殺的！〉，《紅岩戰報》第一期，1967 年 4 月 15 日，第 12 頁。

[99] 胡蜀興〈羅廣斌同志是被敵人謀殺的！〉，《紅岩戰報》第一期，1967 年 4 月 15 日，第 12 頁。

　　胡蜀興帶著韓子棟寫的條子來京後，住在華子良的原型的親家周振科（音）處；自身難保的張羽見到好友的遺孀大約是在 3 月 10 前後[100]。儘管革命形勢還在翻手為雲、覆手為雨地不斷變化，砸派卻並沒有因為領袖的陣亡，劉德彬、楊益言、胡蜀興的倉皇潛逃完全喪失革命陣地：重慶的砸派還在戰鬥[101]，首都的革命造反組織中支持砸派的也為數眾多──他們不相信能寫出《紅岩》的人真的會是特務，真的會反對毛主席的教育理念，不相信擁有如此成色的初步性理解─解釋真的帶有劇毒。從 1967 年 3 月 25 日開始，北京的部分造反組織紛紛召開大會，控訴「西南重慶黨內一小撮走資本主義道路的當權派殺害羅廣斌同志的罪行」。楊益言、胡蜀興、張羽應邀紛紛登臺進行控訴[102]。「每次集會，楊益言、劉德彬及後來逃離重慶的羅廣斌夫人胡蜀興都應邀發言，揭露、控訴對羅廣斌的迫害。作為《紅岩》的責任編輯，張羽也一次次在集會上講話。……他講到羅廣斌、楊益言從解放後作的聲討美蔣特務罪行、緬懷革命先烈的報告到寫作革命回憶錄《在烈火中永生》，及歷經數年艱苦努力、幾易其稿、完成小說《紅岩》的創作過程。他高度評價《紅岩》的思想性、藝術性，介紹小說出版後在全國掀起的《紅岩》熱，在世界十幾個國家出版發行的盛況。」多年以後，前中央美術學院附中的學生余綱勇還至為深刻地回想得起來，他和「張羽乘一輛三輪摩托車到各個院校參加集會，疾馳中大風將張羽的帽子吹掉的有趣一幕」[103]。

　　1967 年 4 月 1 日是西方的愚人節。這一天，勞累一年的西方人可以合法地撒謊騙人，從中收穫樂趣，以解一年來賺得的身心疲乏。這

---

[100] 參閱張羽文革期間的交代材料之「關於胡蜀興的材料」（1969 年 3 月 26 日），手稿複印件。

[101] 參閱楊向東《血寫的歷史──被囚禁於武鬥集中營的 65 天》，未刊稿。

[102] 本報訊〈憤怒的控訴！〉，《紅岩戰報》第一期，1967 年 4 月 15 日，第 1 頁；參閱何蜀整理《羅廣斌專案組筆記摘選·1967 年 4 月重慶的動盪局勢》，未刊稿。

[103] 余綱勇〈懷念張羽〉，手稿複印件。

天下午二時，在團中央禮堂，「共青團中央機關及其直屬單位革命造反派組織聯合召開揭發劉、鄧資產階級反動路線大會」；作為會議的一項特定內容，「西南重慶黨內一小撮走資本主義道路的當權派殺害羅廣斌同志的滔天罪行」得到再次揭發[104]。楊益言、胡蜀興、張羽等人陸續發言，為羅廣斌辯護。在繼續革命的日子裏，他們重新組建了一個紅色說書藝人小組。他們的說書至少從表面上看盛況空前，效果不錯。在愚人節之前的一段時日裏，說書藝人小組已經在北京的許多地方發表過講話，這天下午他們駕熟就輕，又把重慶革聯會反黨、反毛主席的醜惡行徑揭發了一遍，大力控訴重慶的反動組織將《紅岩》視為文藝黑線產品的反革命行徑。對於後一個問題，責任編輯張羽做了堅定不移地辯護。在他的語言洪流中，四川三家村的成員之一馬識途算不得和黨史小說有關係的人，他最多不過是給《紅岩》出了一些歪主意；《紅岩》的命名者根本就不是已經被打倒的任白戈；《紅岩》在寫作過程中和周揚黑線進行過針鋒相對的鬥爭，羅廣斌始終在奮不顧身地和中國的赫魯雪夫劉少奇搏鬥，證據之一就是在塑造許雲峰時塞進了「史達林還活著」，證據之二則是周揚控制下的《人民文學》「瞧不起這部小說，說選不出可以發表的章節」[105]。在團中央小禮堂，面對上千聽眾，張羽宣佈，小說自始至終都是毛主席著作武裝思想後的產物，它凝結的價值得到過毛澤東教育理念的量體裁衣，人民群眾對它的高度首肯意味著它得到了教育家的首肯，因為毛主席總是站在人民群眾一邊[106]。張羽對《紅岩》的辯護，很快就會讓他贏得更為嚴重的人生打擊，他即將被正式宣佈為黑幫以及叛徒文學的協作者[107]。

---

[104] 本報訊〈憤怒的控訴！〉，《紅岩戰報》第一期，1967 年 4 月 15 日，第 1-2 頁。

[105] 參閱張羽〈不許污蔑《紅岩》〉，上海交通大學紅岩戰鬥隊編《〈紅岩〉與羅廣斌》第一集，1967 年 8 月，第 32 頁。

[106] 參閱張羽〈不許污蔑《紅岩》〉，上海交通大學紅岩戰鬥隊編《〈紅岩〉與羅廣斌》第一集，1967 年 8 月，第 30-38 頁。

[107] 參閱〈小說《紅岩》與反黨黑幫、文藝黑線的關係——兼駁張羽〉，《魯迅戰報》，第六期（1967 年 5 月 10 日）。

　　除奔波演講外，同情羅廣斌的首都造反組織還到處調查，寫成了
洋洋萬言的《羅廣斌歷史問題的調查報告》，準備投書中央文革領導
小組。為讓這篇報告具有頑強的說服力，還提審過正在北京秦城戰犯
管理所服刑的徐遠舉──依據革命話語即興色彩的頑皮特性，那時節
的造反組織可以代替專政機關，提審任何一個人民的敵人[108]。徐遠舉
的個人命運至此跌到了人生的最低谷，三番五次地提審和殺威棒讓他
悲憤欲絕、痛不欲生；面對殺氣騰騰的造反派，前西南軍政長官公署
情報處長、保密局西南特區區長徐遠舉的態度倒是十分堅決。他給出
了應對這些痛苦之事的基本原則：「第一，要重歷史，不能在共產黨
臉上抹黑；第二，不能無中生有地冤枉好人；第三，不能胡編亂造誇
大自己的罪行。」[109]他們「這樣搞，只能生死由之，反正我只能用一
條命來頂住，不能聽別人指鹿為馬地順竿子爬」[110]。讓調查組高興的
是，說話算數的徐遠舉最終給了他們十分滿意的答覆[111]。在中國青年
出版社的小院內，余綱勇等人用了兩天兩夜時間終於完成了「調查報
告」；「調查報告」即將在張羽等人籌畫的《紅岩戰報》上發排付印
之前，「青年出版社一批有經驗、有修養的老編輯蕭也牧、葉至善、
周振甫、覃必陶、陳斯庸、金近、孫培鏡、黃伊等都來字斟句酌，幫

---

[108] 〈羅廣斌問題調查報告（歷史部分）〉，《紅岩戰報》第二期，1967 年 6
　　　月 5 日，第 6 頁。據余綱勇回憶，事情大致上是這樣的：「我們經過數月
　　　的縝密調查，發出許多調查函，訪問過一些知情人，甚至到秦城戰犯管理
　　　所提審過戰犯徐遠舉（即《紅岩》中的徐鵬飛原型）。我們的調查全盤否
　　　定了『羅廣斌是叛徒』、『《紅岩》是大毒草』的政治誣陷……這也是張羽
　　　和我們為羅廣斌昭雪、為告慰死者作的一點力所能及的事情。」（余綱勇
　　　〈懷念張羽〉，手稿複印件）還可參閱鄭業瑞〈白公館中的羅廣斌同志〉，
　　　《東方紅報》，1967 年 5 月 30 日。

[109] 文強〈徐遠舉其人及與我的交情〉，陳新華等主編《〈紅岩〉中的徐鵬飛》，
　　　中國文史出版社，1993 年，第 93 頁。

[110] 文強〈徐遠舉其人及與我的交情〉，陳新華等主編《〈紅岩〉中的徐鵬飛》，
　　　第 93 頁。

[111] 參閱「軍工井岡山」等〈關於羅廣斌同志的歷史──三評山城羅廣斌事件〉，
　　　《軍工井岡山》1968 年第 1 期。

助定稿。」[112]這夥戴眼鏡的知識份子到了這一刻還不知道，他們即將為自己的魯莽行徑付出高昂的代價。

劉德彬等人就這樣長住北京，他們要等待滿意的結果。這不僅關係到《紅岩》和羅廣斌，也關係到他們自身的安危。張羽等人還在繼續執迷不悟：他們張羅著把羅廣斌的家屬、子女以及劉德彬、楊益言先後接到青年出版社保護起來。事隔多年，大地終於回暖，歷盡劫波的張羽回憶道：「他們逃出重慶時殘冬未盡，均著冬衣，很快到春夏時節，無法換季，我們就向同等身材的同志借來衣服給他們穿；錢糧不夠，也由同志們借錢助糧，幫助他們度過艱難歲月。直至年底，因中央動員外地人回原籍『就地鬧革命』，他們才先後離開中國青年出版社。」張羽說，這樣做，他和他的朋友們從未後悔過[113]。

三、江青的 3 · 15 講話和張羽的故事

最重大的時刻終於來臨：1968 年 3 月 15 日晚上 8 點至 16 日零時30 分，是決定《紅岩》命運的關鍵時辰。就在這幾個小時內，在人民大會堂河北廳，周恩來、陳伯達、康生、江青、姚文元、謝富治、吳法憲、葉群、汪東興等中央領導，就熱火朝天的四川問題，向四川來的方面大員瞭解情況，面授機宜。一切與我們的故事關係不大的事情都將被我們的故事所省略。話說江青在典型的意識流一般的發言中，突然說到他曾經接見和倚重過的羅廣斌：「現在有人在給羅廣斌翻案，我們不理他！」「川東地下黨沒有一個好人」，「華鎣山游擊隊裏叛徒、特務多得很」。多虧江青記憶有問題，才讓她成功地忘記了幾年前為京劇《紅岩》，在渣滓洞和華鎣山搞的那些瞎折騰。最後江青一錘定音：原四川地下黨同志「反動得很」，「要專政」[114]。

---

[112] 參閱張羽〈我與《紅岩》〉未刪稿，手稿複印件。

[113] 參閱張羽〈我與《紅岩》〉未刪稿，手稿複印件。

[114] 參閱《中央首長接見四川省革籌小組領導成員的指示》，「中共中央辦毛澤東思想學習班四川班」1968 年 3 月 19 日印發，內部發行；四川省革命委員會籌備小組政工組、中國人民解放軍成都部隊政治部 1966 年 3 月 20 日

　　和將近一年前在北京京劇團對《山城旭日》的否定有所不同，這一回，江青是從羅廣斌的身份的角度徹底否定了《紅岩》。這個奇特的邏輯遵循如下簡單、質樸的推導：作為「沒有一個好人」的「川東地下黨」集團的一員，羅廣斌是混跡於革命隊伍之中的壞人；他對其他壞人生產出的條件性動作實施的完成性動作肯定值得懷疑，《紅岩》凝結的價值的意義傾向性自然全盤錯誤。在江青出爾反爾不斷做出的第二度理解－解釋中，剩餘價值網絡和理解－解釋網絡在進一步矢志不渝地擴大自身的規模。出於江青的特殊地位，《紅岩》無疑處於更為不利的位置，攻擊《紅岩》的浪潮再一次高漲起來；在從此以後漫長的一段時間內，沒有人敢公開為《紅岩》辯護。它的毒性經江青威力巨大的 PH 試紙的檢測已完全坐實。

　　讓我們的故事把目光投向張羽，看看剩餘價值網絡和理解－解釋網絡在交互作用的過程中，將會促使哪些新生的事情圍繞著張羽組建起來。伴隨著江青的神經質和出爾反爾，「中國青年出版社圍攻張羽的大字報鋪天蓋地地貼了出來。接著，成立了追查《紅岩》事件及清查羅廣斌叛徒集團專案組，並把《紅岩》事件列為出版社第一號反革命案件來審查。」[115]曾經幫助過劉德彬、楊益言、胡蜀興的諸位老編輯，很快便享受到無產階級革命鐵拳的好滋味。那是一道大餐，但在那個特定的年月卻稀鬆平常得有如麵條和小米粥。他們被要求說清楚在蕭也牧家中所開的「黑會」的全部內容。伴隨著老編輯們的交代，針對張羽的大字報滿天飛舞。「叛徒張羽夥同叛徒羅廣斌炮製大毒草《紅岩》」、「張羽是專門炮製叛徒文學」、「為叛徒樹碑立傳的大叛徒」，是大字報最核心的內容，完全可以致張羽於死地[116]。很顯然，《紅岩》之所以成為叛徒文學，部分原因來自完成性動作當年的監控者是隱藏在革命話語內部的定時炸彈。

翻印，內部發行。
[115] 參閱張羽〈我與《紅岩》〉未刪稿，手稿複印件。
[116] 張羽〈上鄧力群、郁文、賀敬之同志書〉(1983 年 9 月 29 日)，油印件。

　　1968 年 5 月 1 日，專案組貼出通告，張羽被凍結工資，每月只能領取微薄的生活費[117]。除張羽外，支持過羅廣斌的一批老編輯「在專案組長的指揮下，被押到文學編輯室的大房間裏，徹夜批鬥。其他支持過《紅岩》的人，也以不同罪名被作為『牛鬼蛇神』，一起押進勞改隊伍。這支為數四十多人的勞改大軍（占青年出版社當時職工總人數的四分之一），流動在北新橋一帶的大街小巷，在青年出版社印刷廠，在後園恩寺，在東四北大街 420 號宿舍大院裏，打掃鍋爐房、燒鍋爐、掏廁所、掃煙囪、敲磚、運灰、挖白菜窖，接受各種各樣的懲罰性的勞動改造，又根據需要，到處遊鬥、陪鬥、彎腰、坐『噴氣式』、剃陰陽頭、挨打，被小孩子吐唾沫、扔石子、揚灰……」[118]

　　「紅岩事件」迅速成為中青社第一號反革命案件。感謝理解－解釋網絡和剩餘價值網絡矢志不渝的交互作用，凡是支持過羅廣斌和《紅岩》的老編輯都受到了關照。由於長期無休止地折磨，多年來飽受批判之苦的蕭也牧和從印度歸國的嚴紹端，在 1970 年深冬，前後相隔三天，分別橫死於潢川黃湖農場和北京家中[119]，張羽則在那之前的一次批鬥會上，「眼鏡被打飛，左肱骨被扭斷，透視證明後來寄給了周總理」[120]；在其後長達 9 年的幹校生活中，直落得妻離子散、家破人亡、孑然一身、形影相弔的悲慘下場……

四、悲劇的尾聲

　　時間嫁風娶塵，轉眼到了 1977 年。儘管這是充滿轉機的年月，江青去年 10 月間已經垮臺，張羽卻依然還在幹校勞動：白天幹體力活，晚上學習毛主席著作。就在這一年的 1 月 31 日，十餘年前《紅岩》編務工作的承擔者，現在已經進入中國青年出版社核心領導層的王維

---

[117] 《張羽文革日記》，手稿複印件。

[118] 張羽〈我與《紅岩》〉未刪稿，手稿複印件；張羽《〈紅岩〉日記》，手稿複印件。

[119] 張羽〈我與《紅岩》〉未刪稿，手稿複印件。

[120] 張羽《〈紅岩〉日記》，1983 年 11 月 15 日，未刊稿。

玲，收到了楊益言從重慶發來的信函。後者通過充滿期待的文字告訴王維玲，隨著天氣轉暖，大地回春，儘管被禁多年的《紅岩》已經有解凍的跡象，但要想重獲新生，矛盾主要集中在重慶市委。楊益言那句話的潛臺詞顯然是：羅廣斌的問題不得到解決，《紅岩》的再版就無任何希望[121]。而在重慶市委的現役人員中，有不少當年砸派的對頭；羅廣斌的問題要想徹底解決，不能指望畢其功於一役，也不能寄希望於馬到成功。

時間轉眼又過去了幾個月，《紅岩》的解凍和正在醞釀中的新生開始引起其他人的關注。1977 年 8 月 7 日，劉德彬的胞弟劉德欽，在北京三里屯北京第六機床廠第七職工宿舍樓一張簡陋的書桌前給張羽寫信。雖然文革早在一年前就已「勝利結束」，張羽卻仍然還在河北固安縣中央組織部下轄的五七幹校一邊修理地球，一邊被人修理靈魂[122]。受長兄所託，劉德欽向遠在河北固安的張羽報告：在過去的幾個月內，羅廣斌的歷史問題已經基本有了結論，但離最後宣佈還有一段較長的路要走；目前，文化部已經派人前往重慶再次審查被禁演十年的電影《烈火中永生》，並和重慶市委交涉。劉德欽繼續向張羽報告喜訊：為再次修訂《紅岩》，楊益言已於一周前的 7 月 31 日乘飛機抵達北京；修訂本《紅岩》計畫在這一年 9 月出版[123]。在幹校勞動的張羽得到這個消息一定會非常振奮：《烈火中永生》和《紅岩》都將解凍，他的問題自然就會迎刃而解。

王維玲收到楊益言的信函已經過去大半年，羅廣斌的問題依然沒有得到最後解決，張羽還得繼續滯留於河北固安。羅、楊本是一體，按照革命話語即興色彩新的衝動發射出的新光線，羅廣斌的問題得不到正面解決，《紅岩》要想出版就是不可能的。但中國青年出版社極想重新推出這本廣有影響的大著，重振國字號出版社的聲威；出於應

---

121 參閱王維玲《話說〈紅岩〉》，第 173 頁。
122 劉德欽的地址和張羽在五七幹校的地址來自劉德欽寫給張羽的信的信封上的落款（劉德欽致張羽信的信封是原件複印件）。
123 劉德欽致張羽信函（1977 年 8 月 7 日），手稿複印件。

對這個尷尬局面的考慮，出版社很快就發明了一個折中術：以已經獲得自由身的楊益言一個人的名義再版《紅岩》；出版方讓楊益言 7 月底飛抵北京，就是想借修訂之名促成此事。

多虧出版社的同事帶信，張羽在幹校很快就知道中國青年出版社的真實意圖。聞訊後他馬上致信楊益言：當羅廣斌「還未落實政策時，以你一個人的名義再版《紅岩》，會從一個側面證明羅確實有問題，這是對戰友的背叛」[124]。幾經思索，楊益言沒有遵從出版社的折中術，最終投靠了張羽的意見；《紅岩》經過規模極小的修訂[125]，再版時的署名仍然維持原貌。《紅岩》的再版無疑為羅廣斌案的最後解決從側面起到了推動作用。在革命話語的新階段，黨史小說以它的再度出山為形式，再一次被認為是符合革命語義的好作品。

文革結束後一年多，張羽向當時的中組部部長胡耀邦申訴冤情，經後者親筆指示，輾轉多時才於 1978 年 1 月 28 日重返北京。回京後，中青社安排張羽到行政科參加掃地之類的勞動，但後者拒絕了這個荒唐的提議。昔日溫暖的家（三里屯幸福一村 211 室的三間房）已不復存在，妻兒早就離他而去，母親在貧病悲憤中抵達了另一個幽冥的世界，臨終前也未能見上唯一的兒子一面。回京後的張羽孤身一人，先住中青社傳達室，2 月 5 日搬進老傳達楊永青住的 511 室，占了一間十二、三平方米的小房子，添了點舊傢俱，算是安了身[126]。直到 1981年 6 月，劫後餘生的張羽和楊桂鳳女士結合，重組家庭，才結束了「種種不幸而又不平靜的生活」[127]。

張羽從幹校返京十個月後的 1978 年 11 月 11 日，重慶市終於願意為羅廣斌舉行骨灰安放儀式。儀式搞得隆重、盛大：花圈遍地，輓聯

---

[124] 參閱〈就中國青年出版社「4‧6」函件《紅岩》責任編輯張羽鄭重聲明〉（1992 年 9 月 3 日），油印件。

[125] 《紅岩》再版本的後記中說：「基本上不作改動，只是個別地方順了一下，增加了從側面描寫敬愛的周總理對川東地下黨的關懷和領導的幾小段文字。」

[126] 參閱張羽《希望領導支持我完成寫作計畫》（1978 年 5 月 5 日），油印件。

[127] 劉德彬致張羽信函（1982 年 4 月 11 日），手稿複印件。

飄飛，淚水滂沱；當年為悼念龍光章的輓聯「是七尺男兒生能捨己，作千秋鬼雄死不還家」，時隔十餘年後在羅廣斌的追悼會上再次出現[128]。一個悲情紀念儀式應有的一切都親臨現場。在革命話語的又一個新階段，羅廣斌被再一次認作一位堅定的共產黨員，他的死是一個天大的誤會，是革命話語的頑皮特徵所致。革命話語以骨灰安放儀式為形式，為自己的即興色彩的魯莽行徑專門向羅廣斌致歉，向《紅岩》致歉。讓我們這些講故事的人十分高興的是，就在實施致歉的過程中，剩餘價值網絡和理解－解釋網絡的規模無疑得到了更進一步地擴大，話語市場的疆域也隨之水漲船高。

---

[128] 參閱劉德彬致劉德欽信（1978 年 11 月 16 日），手稿複印件。在這封信中，劉德彬對骨灰安放儀式有較為詳細的介紹。

第九章　在實證主義和實惠主義的時代

> 在一個充滿謊言的年代，我們只能向最低的真實致敬。
>
> ——佚名

壹、新時代大駕光臨

　　雖然時間對其自身毫無意義，但它無疑是我們正在講述的這個故事的目擊者：1976 年 9 月 9 日零時 10 分，中國人民偉大的教育家在向他的夫人說完那番頗有些詹姆斯‧喬伊絲（J. Joyce）做派的話後僅僅一年，留下未競的教育理念，不無遺憾地結束了人世間的輝煌旅程，戀戀不捨地乘龍升天[1]；毛澤東辭世後不數日，他最後一次欽定的接班人就宣佈第一次無產階級文化大革命勝利結束，革命話語即興色彩的頑皮方向再一次得到強行扭曲，江青及其同黨終於大難臨頭、鋃鐺入獄。更令人震驚的事情發生在一年之後：1977 年 7 月 16 日至 21 日召開的十屆三中全會，決定恢復前資產階級司令部二號人物鄧小平的領導職務，預示著新的轉機即將來臨；翌年 12 月 18 日至 22 日，十一屆三中全會作出了把全黨工作的著重點和全國人民的注意力轉移到社會主義現代化建設上來的戰略決策，「兩個凡是」被否決，「以階級鬥爭為綱」遭罷黜；兩年後的 1980 年 11 月 20 日至 1981 年 1 月 25 日，經過漫長的法庭舉證，最高人民法院特別法庭對林彪、江青反革命集團的 10 名主犯進行了公開審訊和判決；短暫的倒春寒過後，1981 年 6 月 27 日，後毛澤東時代的中國共產黨在北京舉行第十一屆中央委員會第六次全體會議，一致通過《關於建國以來黨的若干歷史問題的決

---

[1]　參閱張戎、喬‧哈利戴《毛澤東：鮮為人知的故事》，第 528 頁。

議》，正式宣佈無產階級文化大革命為中華民族歷史上一場規模空前的浩劫，「使黨、國家和人民遭到建國以來最嚴重的挫折和損失。⋯⋯文化大革命的歷史，證明毛澤東同志發動文化大革命的主要論點既不符合馬克思列寧主義，也不符合中國實際。這些論點對當時我國階級形勢以及黨和國家政治狀況的估計，是完全錯誤的。⋯⋯對於文化大革命這一全局性的、長時間的左傾嚴重錯誤，毛澤東同志負有主要責任。」[2]⋯⋯短短 5 年，事變像舞臺上的魔術一樣令人眼花繚亂；猝不及防之間，中國人民迎來了一個全新的、令人眩目的時代。

其後的十餘年以更快的速度心急如焚地嫁風娶塵；熱熱鬧鬧、激動人心和風風火火的 80 年代以一場疾風暴雨般的風波作為尾聲──一個高亢、充血的音符終結了一個朝氣蓬勃、異常生猛和長滿粉刺的年代。中國歷史上一百多年來最後一個全民理想主義時代在那年夏天壽終正寢。作為一種特殊的話語定式，革命話語在它的新一站陡然睜大了眼睛，有幾分驚詫，有幾分惘然，也有幾分亢奮。經過短暫的游弋、焦慮和茫然，1992 年春，已經辭去黨內一切職務的鄧小平在深圳發表了影響至為深遠的南巡講話，大張旗鼓倡導市場經濟──一件革命話語及其即興色彩曾經萬難容忍的事物，曾經被認作資產階級和修正主義的超級物證。出於對南巡講話的正確呼應，市場經濟在中國以前所未有的速度迅速呻吟、喘息和壯大；作為階級神話看似溫柔的替代物，金錢神話很快在中國人的生活中粉墨登場，初步顯示出它的威風與神力。人民群眾迅速領教了它的超強內功：從此，「錢成為衡量一切價值的終極尺度，『沒有錢是萬萬不能的』成為當代人生活中的『關鍵字』。」[3]

和教育家終生追求、畢生倡導的全民道德理想主義大為不同，具有濃厚反道德主義傾向的實證主義時代、實惠主義時代，在教育家逝世之後不多久就大面積迫降到他的國土，當年被他痛斥的資本主義和

---

[2]　《關於建國以來黨的若干歷史問題的決議》，人民出版社，1981 年，第 8 頁。

[3]　王岳川《中國鏡像：90 年代文化研究》，中央編譯出版社，2001 年，第 48-49 頁。

修正主義搖身一變，開始擁有合法的面孔。儘管無我一代仍然是革命話語步入新階段萬般倡導的事物，但這個時代最多只有少數幾個冒牌的無我之人，他們的腦袋和身影大規模地出沒於各種報刊和電視臺，卻只能招來大量言不由衷的驚奇和讚美——活像一個不大不小的反諷。階級鬥爭缺席隱退，革命話語以變形的方式走入它全新的一站。但毛澤東的遺產並沒有被全盤拋棄，只是完成富國強民的革命目標，重新被賦予了完全不同的行進線路，社會主義建設的新人開始擁有嶄新的面孔：一個講求論證和實惠的時代應運而生。

在中國歷史上這個前所未有的時代裏，一切事情都必須經過周密的策劃和部署，都要經過細緻的考證和試驗，以謀求利潤的最大化：「1＋1＝3 是正確的，1＋1＝2 就大錯特錯了——因為『2』裏邊沒有包含命定的利潤和利息。『3』就是強人時代真正的烏托邦，是建立在地上的上帝之城。」[4]這個時代強調一切事物都必須清楚明白，否則，必將傷及利潤柔軟的肌膚；這個時代強調經濟和金錢的絕對地位，其他一切都將以經濟和金錢為核心才能謀取合法的位置。「在這個全新的、異質的時代裏，理想主義迅速破產，迎來了極端的、私人性的現實主義、現『世』主義、現『時』主義和世俗主義。這個時代庸俗然而強大，勢利然而囂張。它表彰純粹的個人奮鬥與自我實現，公開叫囂私心的合理性，公開蔑視任何型號的烏托邦。這個時代容不得一丁點浪漫主義的成分，但它有自己的、重新定義過的浪漫主義。這種浪漫主義存在於迪廳、髮廊、咖啡屋、情人居、網上聊天以及『九百九十九朵玫瑰』……」[5]作為一個講故事的人，我必須感謝革命話語靈活機動的快速嬗變，因為它將以更大的熱情推動話語市場的規模，以火熱的激情慫恿剩餘價值網絡、理解－解釋網絡發動規模更大的圈地運動，鼓勵我們的故事向前邁進——它無疑是我們的故事得以繼續亢奮的一劑春藥：威猛、迅捷，容不得任何一個哪怕只是懷揣了一盎司錯誤的閃失。

---

[4]　敬文東《指引與注視》，第 184 頁。

[5]　敬文東《寫在學術邊上》，雲南人民出版社，2002 年，第 3 頁。

貳、署名之爭

一、推讓與進取

　　1978 年 1 月底，伴隨著料峭的寒風，張羽從長達 9 年的幹校生涯中終於像蛇一樣蛻皮而出，重新回到給他留下過太多痛苦記憶的北京；小說《紅岩》度過冰冷的寒冬後也迎來轉機。早在江青集團倒臺後不久，還在幹校修理地球的張羽就已經預感到一個講求實證的時代即將來臨，曾寫信給劉德彬，希望他提出申請，要求在即將解禁的《紅岩》的封面上署上自己的名字，因為後者確實參加過黨史小說的寫作，是任何人都無權剝奪其署名資格的作者——《紅岩》凝結的價值和它對本事的初步性理解－解釋的部分所有權屬於劉德彬，那個前「工團主義分子」，那個「面孔黝黑，神態散發出四川鄉土氣，予人以渾厚樸實之感」的人[6]。接到張羽的來函之後沒幾天，重慶普降瑞雪；上天以滿身的潔白，趁機恭維了不久前剛開始用喜色包裹起來的人心。1977 年 1 月 21 日，伴隨著「罕見的大雪」，劉德彬致信張羽，十分乾脆地謝絕了後者深得實證主義時代之精髓的提議。被諸多朋友稱作老實人[7]的劉德彬用於拒絕張羽的理由十分簡單：當初寫作《紅岩》本來就是一項政治任務，署不署名得聽黨的指示，價值和初步性理解－解釋的所有權應該由黨來分派或指定，何況羅廣斌早已魂歸西天，他不願意和亡靈過不去，目前最重要的事情是給羅廣斌平反昭雪，從根子上解決完成性動作和它所凝結的價值蒙受的冤屈[8]。另一個原因更容易得到理解，劉德彬「因接連挨整」，擔心提出所有權問題「會變成『同組織對抗』，因此不想再提了」[9]。

---

[6]　吳稼〈文藝作品應該刻畫出活生生的人——《紅岩》連環畫編輯札記〉，《連環畫研究》，1980 年第 12 期。

[7]　參閱厲華《來自歌樂山的報告》，第 101 頁。

[8]　參閱劉德彬 1977 年 1 月 21 日致張羽信，手稿複印件。

[9]　張羽〈是歷史問題更是現實問題——答艾石之兼答楊益言、王維玲〉，《紅岩春秋》，1993 年第 4 期。

　　和楊益言幾乎完全相反，被革命話語的目的無意識掌握頭腦的劉德彬，對即將來臨的新時代缺乏足夠的敏銳。他沒有察覺到這個時代的基本語義正在以合乎人性的迷人姿態嶄露頭角[10]；應和著新時代的嚴格要求，楊益言早已開始行動：就在劉德彬拒絕張羽大半年後的1977年10月底，楊益言發表了一篇文章，以《紅岩》代言人的身份，強烈控訴他曾經讚美過的江青[11]對黨史小說及其作者的迫害，卻沒有一處提到劉德彬，羅廣斌的名字也很少在文章中出現[12]。好在我們的故事從一開始就有意配備了一面後視鏡。通過這面鏡子，我們看見，楊益言對實惠主義時代的來臨很有先見之明：早在「羅廣斌去世幾年以後，楊益言就開始……把三人合寫的一些作品說成是他以三個人的名義發表的」，還四處聲稱，「劉德彬沒有（為《紅岩》）寫一個字，」羅廣斌不過是「曇花一現的人物」[13]；責任編輯張羽則完全是一個「不能交往」的角色[14]。

　　早在繼續革命的年頭，像大多數中國人一樣，楊益言就對實惠主義有所體認——但這不能責怪楊益言，畢竟實惠主義才是最能暗合人性的東西，它不可能因為革命話語通行天下而自動絕跡；楊益言因此算得上實惠主義時代一個小小的先行者。我們的故事在這裏無法拒絕一個有趣的插曲，就像再徹底的革命也無法拒絕偶然出現的花絮。話說1962年，《紅岩》的作者從出版社獲得了一筆巨額稿酬；作為平分稿費的形式之一，羅廣斌、劉德彬、楊益言每人得到了一件價格昂貴的皮大衣[15]。那時還沒有假貨，只因為革命話語痛恨一心鑽在錢眼裏

---

[10] 參閱楊向東致張羽信，1993年6月29日，手稿複印件。

[11] 楊向東在致張羽的一封信中說道過：「（1967年）他（即楊益言－引者注）在北京發表過吹捧江青的文章，此文章及報紙在我手中。」（楊向東致張羽信，1993年6月29日，手稿複印件）

[12] 楊益言〈叛徒江青為什麼扼殺《紅岩》〉，《人民日報》1977年10月29日。

[13] 劉德彬〈還歷史本來面目〉，油印稿。

[14] 參閱楊向東致張羽信（1993年6月29日，手稿複印件）。

[15] 從白公館在11・27大屠殺之夜隨羅廣斌越獄的郭德賢女士說，這件事在重慶幾乎眾所周知（參閱張羽《〈紅岩〉日記》，手稿複印件，1993年8月26

的資本主義，直到幾年後羅廣斌罹難，皮大衣看上去還完好如初。1967
年 2 月 5 日，正是寒冬時節，楊益言穿著皮衣倉皇逃往貴陽，住在韓
子棟家。臨上京前，楊益言覺得穿著皮制大衣前往首都告狀不像個砸
派戰士的裝束，就拿皮衣換了和他身材差不多的韓子棟的棉襖。1967
年 10 月 2 日，劉德彬、楊益言告狀未遂從北京返回四川時，已是中秋
前後──那是巴蜀大地一年中最美的季節──，潮濕而面帶中庸主義
色彩的微風提醒楊益言棉襖和皮大衣的價格問題。他馬上將棉襖洗淨
寄給韓子棟，要求換回他的皮大衣[16]。

　　有趣的插曲結束數年後，作為一個偉大時代小小的先行者，楊益
言在實惠主義和實證主義時代尚未徹底來臨的年月裏，應和著革命話
語即興色彩在繼續革命年頭的超級指令，並沒有想到「獨霸《紅岩》」
（劉德彬語）。「1972 年 9 月 21 日，四川省人民藝術劇院編劇胡元從
成都回重慶探親，在七星崗盲人按摩診所門前碰到劉德彬、楊益言、
楊本泉，談話中，胡元說：一切正常後，《紅岩》應署上劉德彬的名字。
楊本泉、楊益言兄弟二人均答：『當然要解決！當然要署上！』胡元又
說，如果那時還有政治壓力，起碼也要在前言、後記中把劉德彬參與
寫作的情況說一說，不能讓他受委屈。劉德彬轉身一邊作了回避。楊
益言斬釘截鐵說：『不，就是要解決，就是要正式署上名字！』」[17]

　　更早一些時候的 1967 年無疑是比 1972 年更為火爆的歲月，無疑
更加痛恨一心鑽在錢眼裏的資本主義。為羅廣斌死難一事進京告狀的
楊益言身著韓子棟的棉衣，遇上了他在團市委的老領導廖伯康──後
者是為自己的冤案來京上訴；在彼此傾吐悲情的間歇，廖伯康對楊益
言說：「劉德彬由於受了『左』的錯誤的影響，未能在《紅岩》出書時
把他的名字署上，這個問題今後還得解決一下。」面對虎死不倒威的
領導口氣，楊益言的回答十分乾脆，沒有絲毫不快：「這件事情好辦，

　日）。
[16] 參閱張羽《〈紅岩〉日記》，手稿複印件，1993 年 8 月 26 日。
[17] 何蜀整理〈在創作《紅岩》的前前後後──羅廣斌、劉德彬、楊益言大事
　　年表〉，未刊稿。

以後再版時，把劉德彬的名字署上，然後在後記中把劉德彬的名字未能在《紅岩》初版時署名的原因加以說明即可。」事隔多年後，實證主義和實惠主義的時代已經全面來臨，廖伯康對楊益言當年轉讓部分所有權的表態十分感慨：「這次談話給我印象很深，因為楊益言所提的辦法簡易可行，可使一件長期不合理的事情得到比較好的解決。」[18]

　　插曲或花絮結束後，我們要將故事的目光再一次投放在張羽身上，只因為他在我們正在講述的故事中起著起承轉合的作用。1978年4月，張羽從幹校回京已近3個月，但仍然借住於中國青年出版社一個老傳達的宿舍，一間只有十二、三平米的小屋子。由於拒絕到行政科掃地、幹雜活，他的工作依然沒有著落，何況他「已經不適合做意識形態工作了」[19]。萬般無奈之下，他斗膽給《人民日報》寫了一封申訴信——作為中國共產黨面向全體民眾的最為重要的喉舌，《人民日報》還負責編印紅頭內參，供高層傳閱。信剛成，《王若飛在獄中》的作者之一楊植霖攜夫人來中國青年出版社那間小小的屋子看望他從前的責任編輯。在繼續革命的年代，《王若飛在獄中》被指認為毒草，作者和責任編輯都受到過非人的折磨[20]。張羽給楊植霖看了那封信，後者表示堅決支持[21]。在申訴信中，張羽訴說了自己多年來為《紅岩》經歷過的種種磨難。與我們的故事相關的是：申訴信第一次提到在編輯《紅岩》的過程中，張羽重寫的部分有十萬字左右，還首次披露了黨史小說當年的編務王維玲，在文革中就《紅岩》一案所扮演的不光彩的角色[22]。

[18] 何蜀整理〈在創作《紅岩》的前前後後——羅廣斌、劉德彬、楊益言大事年表〉，未刊稿。

[19] 按張羽的說法，此系王維玲語（參閱張羽〈學習著作權法，執行著作權法〉，《文化參考報》1992年11月30日）。

[20] 參閱張羽《〈紅岩〉與我——張羽編輯手記》，未刊稿。

[21] 參閱張羽〈學習著作權法，執行著作權法〉，《文化參考報》1992年11月30日。

[22] 此信刊於人民日報社編印的《情況彙編》第224期（1978年5月5日），此處參考的是張羽當年的油印稿。

作為對內參的回報，楊益言很快就在剛創刊不久的《新文學史料》上發表了一篇文章，詳細敘述了《紅岩》的創作過程，除繼續將劉德彬排除在作者圈子之外，只將王維玲認作唯一一個責任編輯[23]；王維玲也遙相呼應，連續發表文章，稱讚羅廣斌、楊益言在創作《紅岩》時沒有任何人代過筆[24]。王維玲、楊益言的「目的非常明確：既抹煞了未署名作者劉德彬的貢獻，又貶低了責任編輯張羽在書稿中耗費的心血」[25]。由於張羽、楊益言、王維玲筆耕不輟，一場爭奪價值和初步性理解－解釋的所有權的戰役即將打響；種種跡象表明：這場袖珍戰役將從側面攻入話語市場，從側面為剩餘價值網絡和理解－解釋網絡的不斷擴大提供營養。

時間轉眼到了1980年，實惠主義和實證主義早已在中國大地上安家落戶，並迅速取得了合法身份；楊益言獨自創作的長篇小說《大後方》也進入殺青階段，《紅岩》早已再版，再一次風靡大江南北，革命話語開始公開承認稿費是對作者的勞動的回報，劉德彬的名字卻並沒有出現在《紅岩》的封面、扉頁和封底的任何一個位置。這一事態引起了許多自稱知情人的嚴重不滿。前四川三家村的成員之一馬識途規勸過楊益言：「《紅岩》重印，沒有補上劉德彬的名字，是一個缺陷，你現在出版的《大後方》，我知道素材是你們三個人共同準備的，劉德彬雖然沒有參加寫作，你是否可以列上他的名字，加以補救呢？」楊益言對此答應得相當爽快；1984年《大後方》出版以後，他還慷慨大方地給劉德彬分了一些稿費[26]。沒有任何跡象能夠表明後者拒絕過來自楊益言的饋贈。我們的故事的後視鏡將再次給我們帶來新的畫面：早在1962年3月，《紅岩》剛剛出版不久，沙汀到北京參加全國人代會，碰上了周揚，談到剛出版的《紅岩》時，周揚問沙汀：「聽說

---

[23] 參閱楊益言〈關於小說《紅岩》的寫作〉，《新文學史料》，1980年第2期。

[24] 參閱王維玲〈成名之作源於勤奮〉，《文譚》，1982年第7期。

[25] 參閱張羽〈學習著作權法，執行著作權法〉，《文化參考報》1992年11月30日。

[26] 參閱馬識途〈我只得站出來說話了〉，《文藝報》1993年8月28日。

還有一個叫劉德彬的也參加了創作，怎麼沒有他的名字？」沙汀大致介紹了一下劉德彬的情況，周揚聽了之後說：「還是添上劉德彬的名字比較好。」當天回到旅館，沙汀將周揚的意思轉告給了重慶市監委書記廖蘇華，希望問題能夠得到儘快解決[27]。

　　儘管所有的故事都傾向於對戲劇性情節的熱衷，但接下來發生的事情所具有的戲劇性，令我們的故事都始料不及。因為《紅岩》在繼續革命年代中的奇特命運，再版後的黨史小說又一次引起讀者的廣泛興趣。素來喜歡尋找新聞猛料的媒體開始關注早已隱藏起來的劉德彬。1982 年初夏，《文匯報》發表了一篇短文，稱讚劉德彬雖然「沒有動手參加《紅岩》以後幾稿的寫作和修改，但他熱情地支持這一創作工作」[28]，暗示劉德彬應當享有部分所有權。緊接著，伴隨著革命話語即興色彩又一輪靈感大發和頑皮，中國青年出版社迎來聲勢浩大的整黨運動，張羽上書領導整黨的中央高層，以十分激烈的口吻，揭發他現在的頂頭上司王維玲在文革期間的所作所為，再一次牽扯到《紅岩》的署名問題[29]。我們的故事需要的好戲還在繼續進行：1984 年秋，權威的《中國青年報》發表文章，毫不含糊地指稱劉德彬為《紅岩》作者，並為他多年來的被遺忘鳴不平[30]。這篇文章不僅將劉德彬認作《紅岩》未署名的作者，還將他錯誤地認作當年川東地下黨的主要領導。在歷次政治運動中早已成為驚弓之鳥的劉德彬惶恐之餘，連忙寫了一紙聲明，否認自己是《紅岩》的作者[31]。聲明寫成後，還專門徵求過楊益言、楊本泉的意見。後者對劉德彬的舉動深感滿意，稱讚他「顧全大局」[32]，《大後方》的稿費也分了一份給他。多年後，劉德

---

[27] 參閱《沙汀日記》，《新文學史料》，1988 年第 2 期。

[28] 方斜〈劉德彬的風格〉，《文匯報》1982 年 5 月 15 日。

[29] 張羽〈上鄧力群、郁文、賀敬之同志書〉（1983 年 9 月 29 日），油印稿。

[30] 參閱曲保力等〈不署名的《紅岩》作者〉，《中國青年報》1984 年 8 月 19 日。

[31] 參閱劉德彬〈我的幾點更正〉，《中國青年報》1984 年 9 月 9 日。

[32] 參閱胡俊民、盧若冰〈劉德彬訴楊益言侵犯著作權案的代理詞〉（1995 年 5 月 19 日，打印件）。

彬解釋過他為什麼要那樣做：「我當時想，要是讀者知道這些情況，
豈不有損《紅岩》的純潔性和作者的形象？」[33]「如把我的名字補上
去，不僅對羅廣斌而且對楊益言均不利，老實說，楊益言在重慶市文
聯很孤立，當時有人就此事告他的狀，我為了顧全大局，才發表了上
述聲明。」[34]很明顯，直到 1984 年，劉德彬都不為各位朋友的勸告所
動，甘願放棄所有權，維護黨史小說凝結的價值和它對本事所做的初
步性理解－解釋的聲譽。他當時肯定沒有想到，那個聲明將在幾年後，
成為他不是《紅岩》作者的鋼鞭證據[35]。

　　中青社的整黨還在繼續──既然是整黨，當然就不可能一蹴而
就、畢其功於一役。1985 年春，幾經周折，關於《紅岩》責任編輯的
結論終於出來了：團中央派駐中青社的整黨聯絡員曹錦春代表他的頂
頭上司，認定只有張羽一人才能稱作責任編輯，王維玲表示以後不再
斤斤於責編的名分[36]。張羽當即表態，他對對方的態度比較滿意；但
他還是對曹錦春表示：「王在報刊散佈的言論，他說到哪裡，我駁到
哪裡。」[37]時間轉眼到得 1987 年元旦。新年的鐘聲敲響之後不多日，
鑒於對方的響動有擴大的趨勢，張羽致信劉德彬，責怪後者兩年前的
「聲明」表態太急，「又跟著楊益言的調子唱了一回。」信件的炮製
者告訴劉德彬，對於他在署名問題上的一味回避、過分退讓，連當年
二編室的主任，《紅岩》的熱心發起人江曉天都看不下去了。應和著
實證主義時代的基本精神，張羽告誡劉德彬，為了讓真相浮出水面，
他決定把事情公開，附帶著勸告劉德彬不要干預此事，以免造成不必
要的干擾[38]。

---

[33] 劉德彬〈還歷史本來面目〉，油印稿。

[34] 劉德彬致中國作家協會作家權益保障委員會並中國作家協會黨組信，1992
　　年 11 月 20 日，打印件。

[35] 參閱張羽《〈紅岩〉日記》，手稿複印件，1993 年 3 月 31 日。

[36] 參閱張羽致劉德彬信（1987 年 1 月 3 日，手稿複印件）。

[37] 張羽《〈紅岩〉日記》，1985 年 6 月 12 日，未刊稿。

[38] 參閱張羽致劉德彬信（1987 年 1 月 3 日，手稿複印件）。

接到張羽來信半年後的 1987 年 7 月，劉德彬離休。多年來，他的健康狀態不容樂觀，全身上下竟然奇蹟般地集中了高血壓、冠心病、腦溢血等數種疾病——都是些肉身凡胎難以對付的硬骨頭。拖著病體殘軀，劉德彬致信張羽，他不想介入署名紛爭，也不想引起紛爭，何況重慶還有個別人「想借此以挑撥」他「和黨的關係」，但他「是不會答應的」[39]。

看起來劉德彬到 1987 年還緊守革命話語的原始語義，新式孝道是他必須奉獻的貢品，區區幾兩碎散銀子和世人眼中著作家的名聲，根本就算不了什麼。但張羽似乎不願意顧及他的態度，為了「爭一口氣」[40]，在這年夏天發表了一篇長文，名曰〈我與《紅岩》〉，依據《紅岩》的出版檔案和自己的日記，詳細敘述了黨史小說的成書經過以及劉德彬在這中間應該享有的地位[41]。出於對張羽的回應，「楊（益言）又寫了告狀信，給作協、中宣部、全國作協……當然還可能給中青（即中國青年出版社的簡稱－引者注）」[42]。作為回應的回應，張羽並沒有善罷甘休：他向有關方面遞交了措詞強硬的《我的申訴書28 件》及〈我與《紅岩》〉，並對接待他的領導說：「我歡迎打惡仗，打大仗，這對我沒有壞處。」後者看著他，意味深長地回答：「反正都是無產階級。」[43]

所有權保衛戰的雙方都沒有閒著。還在 1987 年早春，年事已高的著名作家沙汀寫了一篇紀念羅廣斌罹難二十周年的文章，明確指出劉德彬是羅廣斌的創作夥伴[44]。文章發表後，楊益言十分不滿，馬上致信沙汀，告知後者缺乏事實根據，要求登報更正[45]。沙汀對文學後輩

---

[39] 參閱劉德彬致張羽信（1987 年 1 月 24 日，手稿複印件）。

[40] 張羽語，參閱張羽致劉德彬信，1987 年 1 月 3 日，手稿複印件。

[41] 參閱張羽〈我與《紅岩》〉，《新文學史料》，1987 年第 4 期。

[42] 張羽《〈紅岩〉日記》，1988 年 8 月 20 日，未刊稿。

[43] 張羽《〈紅岩〉日記》，1988 年 8 月 20 日，未刊稿。

[44] 參閱沙汀〈我的悼念〉，《重慶日報》1987 年 2 月 13 日。

[45] 幾年後，劉德彬將這件事告訴過張羽。張羽的日記有簡短的記載：「劉約沙汀寫文章，楊質問過沙汀。」（張羽《〈紅岩〉日記》1992 年 8 月 17 日）

的魯莽之舉嗤之以鼻[46]。1989 年，《紅岩》獲得一個國家級大獎，楊益言隻身前往北京領取他應該領取的榮譽。胡蜀興得知消息後，找到載譽歸來的楊益言，要求公開領獎經過。後者告訴胡蜀興，獎金是 2,000元，按規定，已經將其中的 300 元給了責任編輯。想到羅廣斌也是《紅岩》的作者，楊益言分了一些錢給胡蜀興。但羅廣斌的遺孀聽謠傳說獎金是 3000 元。「聽此消息時很感意外」的胡蜀興趁著「意外」感尚未消失，當即致信張羽，要求後者告知詳情[47]。但張羽根本不知道這件事，也沒有得到那個傳說中的 300 元，何況他對這個問題根本就沒有任何興趣[48]。

保衛戰距離消停熄火還需數年時間。1991 年初春，楊益言開始以「11‧27 大屠殺」之夜冒險突圍的形象走入媒體，進而走入公眾的視野[49]。他理所當然地收穫了許多人的讚美、驚歎和膜拜。毫無疑問，這是晚年楊益言最大的欣慰之一。「多年來，我曾經接待過無數熱情的中外朋友來訪，和他們進行過內容廣泛的談話，」楊益言說，這種談話給了他莫大的安慰[50]。1991 年春末夏初，楊益言接受《重慶日報》採訪，公開宣佈，1956 年，他先後以羅廣斌、劉德彬三個人的名義，「發表了〈江姐〉、〈小蘿蔔頭〉、〈挺進報〉等幾篇回憶錄，後來又寫了一個長篇回憶錄《在烈火中永生》。」[51]讓楊益言遺憾，但讓

---

[46] 參閱沙汀〈事實終歸是事實──關於《紅岩》〉，《文藝報》1993 年 6 月 26 日。

[47] 胡蜀興致張羽信（1990 年 10 月 30 日，手稿複印件）。

[48] 參閱張羽致胡蜀興信（1990 年 11 月 30 日，手稿複印件）。

[49] 比如，有一家報紙在報導中就公開說：「1949 年 11 月，敵人在獄中大屠殺，老楊與三十三位難友冒險突圍。」（〈歷史為他們作證──訪《紅岩》作者楊益言〉，《勞動報》1991 年 3 月 7 日）

[50] 參閱楊益言《紅岩的故事》，2000 年，花山文藝出版社，第 3 頁。

[51] 〈紅岩精神照千秋──訪著名作家重慶市文聯副主席楊益言〉，《重慶日報》1991 年 5 月 4 日。楊益言的記憶有誤。〈雲霧山〉發表於 1957 年 2 月 28 日至 3 月 3 日的《重慶日報》，編者按如下說法：「發表在這裏的〈雲霧山〉是三位作者所寫長篇《鋼禁的世界》中的兩個章。」署名是劉德彬、羅廣斌、楊益言；〈江竹筠〉發表於《重慶日報》1957 年 4 月 4 日至 6 日，署名

我們的故事高興的是，這些符合實惠主義基本精神的舉動卻激起了很多人的不滿[52]。這夥人更願意相信實證主義：儘管實證主義殘酷無比，但它總是傾向於以事實說話。

　　儘管革命話語即興色彩早已走到實證主義和實惠主義相混雜的新一站，但實證主義和實惠主義在相互需要的前提下始終在相互衝突。前者告誡後者「君子愛財取之有道」，後者則認為前者的呼籲純屬迂腐。教育家追求的道德理想主義眨眼間大廈已傾；無我一代幾乎消失殆盡。但毫無疑問，兩者之間的交鋒，恰好是革命話語行進到更新一站的題中應有之義。

二、衝突

　　《紅岩》解禁後短短幾個年頭，發行量就迅速達到數百萬冊，並沒有因為繼續革命的高開低走減緩黨史小說強勁的勢頭[53]，版稅自然也多了起來。1995 年 6 月 18 日，重慶市第一中級人民法院公開審理《紅岩》署名案，當當值法官問到版稅收入時，楊益言回答說，文革後一共是二百萬。審判長長出了一口氣，驚訝地說了一句：「200 萬呀！」[54]儘管劉德彬對署名一事從未公開做過任何舉動，站出來為劉德彬說話的人卻越來越多——看起來實證主義收穫了不少信徒。楊益言坐不住了，他決定動用實惠主義時代最為有力的殺手鐧：以收回版

是劉德彬、羅廣斌、楊益言；〈小蘿蔔頭〉發表於《中國青年報》1957 年 4
月 5 日，編者按說：「這裏發表的〈小蘿蔔頭〉」是「他們合寫的長篇小說
《鋼禁的世界》」中的一章，署名是羅廣斌、劉德彬、楊益言；〈江姐在獄
中〉發表於《中國青年報》1957 年 7 月 1 日，編者按還是說：「選自他們的
長篇小說《鋼禁的世界》。」

[52] 參閱劉德彬〈還歷史本來面目〉，油印稿。

[53] 參閱張羽〈我與《紅岩》〉，《新文學史料》，1987 年第 2 期。

[54] 參閱劉德彬致張羽信（1995 年 6 月 19 日，手稿複印件）；但劉德彬的說法
顯然有些誇大，據署名案判決書稱，「1980 年至 1996 年 2 月的稿酬為八萬
八千六百九十四元六角。」【重慶市第一中級人民法院民事判決書（1993）
重民初字第 1210 號】

權為要脅[55]，要求中國青年出版社在他和劉德彬之間進行選擇[56]。出於對金錢神話的尊敬，後者決定退讓，事情明顯開始朝著有利於楊益言的方向發展：1992 年 4 月 6 日，中國青年出版社向中共重慶市委宣傳部發出公函，正式認定劉德彬不是《紅岩》的作者，希望重慶市委宣傳部出面制止劉德彬的訴求；函件還挪用實證主義的武功招式借力打力：它引用了劉德彬 1984 年 9 月 9 日發表在《中國青年報》上的聲明，以證明劉德彬自己都不承認是《紅岩》的作者。「函件（對楊益言的要求）表示基本接受，（楊益言）隨即簽訂了《紅岩》由中青社繼續出版的授權書。」[57]那份在尾巴上寫有「抄報中央宣傳部、團中央書記處」的函件還特別指明，經有關領導同志找張羽核對，後者否認自己「重寫過的稿子，約占四分之一，計十萬字左右」的說法[58]。作為革命話語在新時代的兩張翅膀之一的實惠主義在此無疑得到了高度尊重；通過這一尊重，剩餘價值網絡和理解－解釋網絡又一次獲得了必須的補給品。

　　種種跡象表明，中國青年出版社在向重慶方面發函時有意避開了已經離休的張羽。1992 年 5 月 26 日，中共中央在北京召開《在延安文藝座談會上的講話》發表五十周年紀念活動。在紀念會上，作為重慶方面重要的與會代表，楊益言將中國青年出版社發出的公函給在場的許多人傳看，希望能將勝利的消息捅出去；幾經周折，函件一事終於傳到張羽耳中。6 月 30 日，《紅岩》的責任編輯才有機會親眼目睹

---

[55] 中國青年出版社分別在 1992 年 4 月 6 日和次年的 3 月 1 日，兩次向中共重慶市委宣傳部發去了公函。在後一次公函中，對此有明確地說法：「我社如不能維護作者權益，他（即楊益言－引者注）將收回版權，交其他出版社出版。」（中國青年出版社 1993 年 3 月 1 日致「中共重慶市委宣傳部並報四川省委宣傳部」函，油印稿。）艾石之〈在小說《紅岩》創作的幾個歷史問題〉（《紅岩春秋》1993 年第 3 期）中也有過明確說明。

[56] 參閱劉德彬〈我要說的話〉，手稿複印件。

[57] 艾石之〈在小說《紅岩》創作的幾個歷史問題〉，《紅岩春秋》1993 年第 3 期。

[58] 參閱中國青年出版社 1992 年 4 月 6 日致「中共重慶市委宣傳部並報四川省委宣傳部」函，油印稿。

那封公函，拜讀之下，當即怒不可遏，打電話質問出版社的頭目[59]；一個月後，張羽查閱日記、調用出版檔案，寫出了一篇長文，題曰「就中國青年出版社『4‧6』函件《紅岩》責任編輯張羽鄭重聲明」，在中國青年出版社內外廣為散發。經過征戰雙方的辛勤勞作，實證主義和實惠主義公開撕破臉皮，戰鬥的序幕就此正式拉開，謹守革命話語基本原則的劉德彬再也無法置身事外。為確保戰鬥的勝利，雙方都投入了重兵。張羽甚至誇張地說：「我以八千子弟兵，對付了楊（益言）的十二萬貔貅、王（維玲）的五萬雜牌軍。」[60]戰鬥雙方都聲稱自己是在保衛《紅岩》的純潔，在捍衛最初凝結而成的價值和初步性理解－解釋的清譽。

　　1992 年夏天的四川極為悶熱，群山環繞的霧都重慶更是持續高溫；由於地理語法出面幫助，高溫更憑添了不少火候，許多老人不堪炎熱的折磨，匆匆告別了這個火熱、嘈雜、似乎越來越糟糕的世界。肺部的老毛病再次襲向居家成都的老作家沙汀。肺病前腳剛到，沙汀後腳就邁進位於成都一條僻靜小街的四川省直屬機關第二醫院[61]。7 月21 日，無疑是《紅岩》署名案歷史上一個特別值得紀念的日子。就在這一天，大病初癒的劉德彬攜陳聯詩的女婿林向北、羅廣斌的遺孀胡蜀興到醫院探視沙汀。話題很快就聊到最近風聲越來越緊的「紅岩事件」。沙汀喘息著問劉德彬：「你參加《紅岩》創作的事情，現在有結果了沒有？」面對關心自己的文學前輩，劉德彬說，還沒有，好像問題越來越嚴重了。沙汀十分奇怪劉德彬在這件事情上的避讓態度，他一邊讓陪護他的人拉他坐起來，一邊指著劉德彬：你的右派帽子已經摘去十幾年，「有那麼多同志為你鳴不平，你為什麼一句話都不說，甚至還違心地否認參與《紅岩》創作的事實呢？」長輩垂詢，劉德彬只能實話實說：「過去領導上不讓我參加《紅岩》的加工、修改，不

---

[59] 參閱張羽〈學習著作權法，執行著作權法〉，《文化參考報》1992 年 11 月30 日；參閱張羽《〈紅岩〉日記》，1992 年 6 月 30 日，手稿複印件。

[60] 參閱張羽《〈紅岩〉日記》，1993 年 3 月 31 日，手稿複印件。

[61] 參閱沙汀〈事實終歸是事實——關於《紅岩》〉，《文藝報》1993 年 6 月 26 日。

讓署名，得服從組織決定。文革以後，一想到羅廣斌在文革中因《紅岩》被迫害至死，就很痛心，我又怎麼好為了在《紅岩》的作者中補上自己的名字，去爭，去鬧，讓老羅在九泉之下也不得安寧呢！羅廣斌生前說過，《紅岩》的真正作者，是那些在中美合作所為革命犧牲的許多先烈；是那些知名或不知名的無產階級戰士。如果沒有烈士的鬥爭，沒有黨和文藝（界）許多同志的領導，這本書是不會出現的。所以，既然事情已經過去，《紅岩》署不署我的名字，也就無關緊要了。」[62]直到 1992 年那個炎熱的夏日，劉德彬還在犯那個不該犯的錯誤：他想在一個實證主義和實惠主義相混雜的時代，在原教旨主義的立場上堅持革命話語及其即興色彩的基本精神，他以為這是捍衛黨史小說純潔性的最佳方式——他根本就沒有將革命話語目前的即興色彩拋棄它的前一站計算在內。劉德彬的行為註定會引起革命話語的歎息，但他也趁機把自己弄成了促進剩餘價值網絡和理解－解釋網絡不斷擴大的功臣。

出於對實證主義時代的效忠，沙汀對革命話語的新頑皮持熱烈歡迎的態度。以這個態度為依據，他鼓勵劉德彬，試圖將實證主義的精髓輸入到後者因腦溢血已經開始萎縮的大腦：「你不要顧慮那麼多，很多同志都瞭解事情的真相，你自己要主動站出來把事情搞清楚。」緊接著，沙汀在病床上向劉德彬佈道，「《紅岩》補不補上你的名字，不是你個人的榮辱得失問題，它關係到當代文學史上，一部在國內外產生過重大影響的作品，從創作到出版的歷史真相，廣大讀者有權瞭解這一點。……趁我們這些當事人還在，本著對歷史負責的態度，把事情搞清楚，恢復《紅岩》的歷史本來面目，不要給後人留下一筆糊塗帳。」[63]

沙汀的告誡引起了劉德彬的深思。從那一天起，他開始考慮以實證主義的方式向後人做一個交代——也許這才是捍衛《紅岩》純潔性

---

[62] 沙汀〈事實終歸是事實——關於《紅岩》〉，《文藝報》1993 年 6 月 26 日。
[63] 參閱沙汀〈事實終歸是事實——關於《紅岩》〉，《文藝報》1993 年 6 月 26 日。

和初步性理解－解釋之清譽的更好辦法。劉德彬一腳踏入一個新時代顯然應該從 1992 年 7 月 21 日算起。從沙汀的病房出來後不久，劉德彬到北京探親。一路上，他目睹了祖國的大好河山，深感當年在渣滓洞坐牢、手臂中了一彈是值得的……一到北京，一些關心《紅岩》署名案的朋友，就將幾個月前楊益言在紀念《講話》發表 50 周年的會場上散發的材料轉給劉德彬。面對中青社的公函，劉德彬深感驚訝。他開始意識到，楊益言確實比他更早進入這個時代，儘管他早就知道後者是這個偉大時代一個小小的先行者。作為一個象徵性的日子，1992 年 7 月 21 日頓時開始顯靈，致使劉德彬對北京的朋友說：「原來楊益言篡改歷史竟如此不擇手段！要是我再不講話，現代文學史上《紅岩》創作這段史實就會聽憑楊益言製造的混亂混淆視聽了。」[64]

　　實證主義和實惠主義相混雜的時代在劉德彬難得一見的怒氣中，收穫了它應該收穫的一件小禮品：1992 年 9 月 3 日，劉德彬向中國作家協會作家權益保障委員會正式提出申請，「要求調查署名羅廣斌、楊益言《紅岩》一書的寫作過程，希望尊重歷史事實，恢復劉德彬在《紅岩》一書的署名權。」[65]在眾多朋友的幫助下，劉德彬奮起直追，終於跟上了革命話語即興色彩更新一輪的頑皮。和 1992 年 7 月 21 日相比，這一年的 9 月 3 日是劉德彬生命史上一個更為重要的分界線：他決定不再冒犯新一輪頑皮的尊嚴。讓他深受鼓舞的是，兩個月後的 1992 年 11 月 30 日，南方的《文化參考報》發表了張羽 3 個月前草就和廣為散發的「鄭重聲明」[66]，正式將事情公諸媒體。戰鬥從此進入升級版狀態，在接下來的時間裏，我們的故事會知會列位看官，這個版本將會不斷得到升級。

---

[64] 劉德彬〈我要說的話〉，手稿複印件；參閱張羽《〈紅岩〉日記》，1992 年 8 月 17 日，手稿複印件。

[65] 參閱中國作家協會作家權益保障委員會呈送國家版權局的調查報告（1993 年 3 月 26 日，油印稿）。但筆者見到的劉德彬向作家權益保障委員會和中國作協黨組的正式申請是 1992 年 11 月 20 日（劉德彬申訴書，油印稿）。

[66] 但《文化參考報》在發表聲明時，用了一個新題目——〈學習著作權法，執行著作權法——就小說《紅岩》著作權和責任編輯署名問題的聲明〉。

　　1992 年 11 月，已經在省直機關第二醫院臥床近半年的沙汀，成名於 20 世紀 30 年代的著名作家，正在向他生命的最後時刻緩步邁進。早在一個月前，中國作協作家權益保障委員會已經著手調查《紅岩》的署名問題；自知沒有康復希望的沙汀對前來醫院探視的老朋友馬識途說：「《紅岩》這件事，你知道全過程，」儘管沙汀說話已經十分艱難，但他還是用力抓住馬識途的手，用典型的四川語調說：「你要站出來說話喲。」[67]饒是如此，深諳實證主義之精髓的沙汀還是不放心，怕自己一時疏忽，玷污了革命話語即興色彩新一輪頑皮的清白。1992 年 11 月 29 日，在秘書的幫助下，沙汀就《紅岩》的成書經過專門留下錄音，以被調查所用。半個月後，一代文學巨匠病逝於省直第二醫院[68]。與此同時，糾纏劉德彬多年的腦溢血再一次發作：他已經拖不起了[69]。

三、調查及其他

　　1992 年一年將盡之時，作為實證主義和實惠主義相混雜的時代匆匆搭建起來的機構，中國作協權益委員會正在為《紅岩》署名案展開廣泛、細緻的調查。戰鬥的雙方都沒有停止活動的任何跡象，但相比之下，似乎總有一方顯得格外急切。就在一年將盡的某個傍晚，楊益言幾經周折，來到張羽家的門外。借著樓道裏昏黃的燈光，他敲響了張羽的房門。停息片刻，見內中毫無反應，以為屋裏人沒有聽見，又敲了幾次。其時，張羽偕夫人已去三門峽開會，沒有在家[70]。見久無音訊，楊益言只得放棄統戰張羽的念頭，不無遺憾地走了。

---

[67] 馬識途〈問天赤膽終無愧──悼念沙汀同志〉，《四川文學》1993 年第 3 期。馬識途早在 1960 年就從羅廣斌致他的親筆信中得知劉德彬是《紅岩》的作者。在信中，羅廣斌專門提到周揚曾親自過問過劉德彬的問題（參閱〈死叛徒羅廣斌痛打造謠販──張羽〉，《魯迅戰報》，1967 年 7 月 9 日）。

[68] 沙汀去世後，楊益言很快就得知沙汀留下了講話錄音，並對此表示深深地遺憾（參閱楊益言〈遺憾……〉，《文學報》1993 年 5 月 20 日）。

[69] 參閱馬識途〈我只得站出來說話了〉，《文藝報》1993 年 8 月 28 日。

[70] 參閱張羽致《文化參考報》編輯南島及主編信（1993 年 1 月 31 日），手稿

　　儘管在廣州出版的《文化參考報》是一份規模很小、發行量十分有限的行業報，作為個中人士，楊益言不可能不知道這一年的 11 月 30 日，張羽已經通過那張報紙向外界扔出了重磅炸彈。從那以後，他再也沒有聯繫張羽。作為實證主義和實惠主義相混雜的時代一個小小的案例，《紅岩》署名案在張羽投下炸彈後很快就在圈內引起轟動，並迅速波及到圈外：權益委員會更為廣泛地在北京、重慶尋找知情人，諸多媒體也參和進來——媒體總是喜歡湊熱鬧。著名的《半月談》雜誌社派記者約見王維玲，請他就張羽的炸彈做出回應，但沒有任何跡象表明王維玲拿出過更具爆炸性的祕密武器[71]。

　　面對來自實證主義一方的過關斬將，戰鬥的另一方並沒有絲毫繳械的念頭。他們必須打贏這場利益攸關的遭遇戰，必須依據革命話語新一站的新指令，促使剩餘價值網絡和理解–解釋網絡更進一步地擴大。這不僅關係到《紅岩》的純潔性，也關乎個人利益，無論是金錢上的還是聲望上的。很顯然，金錢神話不需要脅迫人，沒有必要宣傳自己的教義，自有人願意主動做它的信徒。1993 年初，為確保戰鬥的勝利，楊益言又一次進京搜集材料：實惠主義有時確實需要實證主義充當馬弁；但他沒有再敲張羽的房門，只在中青社大院附近活動[72]。楊益言這次來京確實收穫匪淺：他「和中國青年出版社王維玲等二、三人查閱《紅岩》書稿檔案，於（1993 年）3 月搞出了一份『查證』材料」[73]，以艾石之的筆名寫成一篇題作〈小說《紅岩》創作的幾個歷史問題〉的文章，對劉德彬、張羽進行了熱情洋溢地反駁。筆仗的版本再次升級；雙方都沒有罷兵回營的念頭[74]。

複印件。

[71] 參閱張羽致《文化參考報》編輯南島及主編信（1993 年 1 月 31 日），手稿複印件。

[72] 參閱張羽《〈紅岩〉日記》，1993 年 2 月 24 日，手稿複印件。

[73] 張羽〈是歷史問題更是現實問題——答艾石之兼答楊益言、王維玲〉，《紅岩春秋》，1993 年第 4 期。

[74] 張羽的反駁文章〈是歷史問題更是現實問題——答艾石之兼答楊益言、王維玲〉發表於《紅岩春秋》1993 年第 4 期。

　　時間在實證主義的時代可能過得很慢，但在實惠主義時代則消失得極為迅疾，作為一句眾口相傳的名言，「時間就是金錢」透露了個中祕密。這是革命話語的新一站在時間方面特有的相對論。就在楊益言從北京回渝後不久，四川作協組織的西南筆會「三峽行」正式啟動。在輪船上，迎著還有幾絲涼意的春風，四川作協的領導馬識途對隨會同行的楊益言和劉德彬說，《紅岩》署名案已經在報紙上公開了，但這次筆會和你們的糾葛無關，不允許將《紅岩》的事情帶到會上。雙方都心照不宣，慨然允諾。馬識途的建議很符合實證主義的要求，也頗有幾分人情味：因為大家都是積年的老朋友，「有什麼意見或不同看法，盡可以把當年知情的朋友們找在一起來，或者還請省委宣傳部門和作家協會領導參加，當面鑼對面鼓地擺事實，講道理，把事情擺平，該怎麼辦就怎麼辦，也就是了。」[75]馬識途在大正確中依然蘊涵著小失察：他忘記了他做建議的年月還是一個實惠主義的時代，他的建議不符合這個時代的基本語義。金錢神話並不比階級神話更缺乏力道。

　　真得感謝劉德彬奮起直追，終於趕上了革命話語的新頑皮，剩餘價值網絡和理解－解釋網絡才能獲得更多的養分。從三峽回重慶後，劉德彬很快就因腦萎縮再次住進重慶第三人民醫院。但這一回他決定「小車不倒只管推」，一定要拿出曾經在渣滓洞坐過牢的人才特有的那種戰鬥精神：必須在生命的最後時刻為《紅岩》的純潔性做最後的戰鬥，為革命話語的新一站一個真誠的交代。在病床上，劉德彬用顫抖的手給張羽寫了一封短信並知會後者，楊益言想獨霸《紅岩》，意圖已經十分明確[76]。就在張羽接到劉德彬來函之前，和一年前相比，這一回的事情看起來在朝著有利於劉德彬的方向發展：1993 年 3 月 20 日，中國作協作家權益保障委員會經過歷時數月的調查，已經做出初步鑒定，認定劉德彬是《紅岩》的作者之一，應該恢復署名權，並將調查報告上報國家版權局，希望後者延請專家會診，「查明事實，核

---

[75] 參閱馬識途〈我只得站出來說話了〉，《文藝報》1993 年 8 月 28 日。
[76] 參閱劉德彬致張羽信（1993 年 6 月 1 日），手稿複印件。

實鑒定。確認《錮》（即《錮禁的世界》－引者注）的作者是不是長篇小說《紅》的作者。」[77]本著息事寧人的宗旨，權委會還建議國家版權局，儘管革命話語已經進入實證主義和實惠主義相混雜的新一站，但鑒於《紅岩》是一部極為特殊的作品，它的社會影響實在太大，應該「儘量採取調和、勸解的方式解決此案」[78]。讓權保會遺憾的是，遵照實惠主義時代的堅定指令，楊益言毫不猶豫就拒絕了它充滿善意的建議[79]。

作為反擊和補救方式，媒體是楊益言重點利用的陣地。在任何一個時代，輿論都是極為重要的。權保會的意見下來後，楊益言開始組織題名為〈追蹤《紅岩》傳說之謎〉的系列文章，以恭正為筆名，從1993 年 8 月起，在重慶的《聯合參考報》上進行連載。諸多跡象表明，發表在一家名不見經傳的小報上的文章，以極快的速度迅速「擴散到東京、曼谷、新加坡、墨爾本、香港、澳門等地。」[80]

到了這步境地，出於對實證主義時代的回應，劉德彬在眾多朋友的勸說下，只有拿起法律作為武器。1993 年 10 月，恭正的文章還在連載，劉德彬不顧體弱多病，在病床上委託重慶中柱律師事務所的律師胡俊民、重慶涉外律師事務所的盧若冰全權代理，向重慶市第一中級人民法院起訴楊益言，要求楊益言賠償經濟損失 15 萬元。在新時代，《紅岩》凝結的價值的意義傾向性是否正確，黨史小說對本事所做的初步性理解－解釋是否符合革命話語及其即興色彩的基本要求，是否走在第二重循環規定的線路上，已經不重要；重要的是，誰將擁有價值和初步性理解－解釋的所有權。出於對金錢神話的尊重，所有權是這個時代的關鍵字，它的語義就是這個時代的基本口吻。

---

[77] 中國作協作家權益保障委員會〈關於小說《紅岩》署名權案調查報告〉（1993 年 3 月），油印稿。

[78] 中國作協會作家權益保障委員會呈送國家版權局的調查報告（1993 年 3 月 26 日），油印稿。

[79] 參閱劉德彬〈還歷史本來面目〉，油印稿。

[80] 參閱劉德彬〈還歷史本來面目〉，油印稿；參閱林彥《三岔口上的一場混戰》（1994 年 1 月），油印稿。

四、判決

　　法律是實證主義時代的標誌性建築之一，它要求舉證準確、精當和說服力。求真是它的基本追求。但法律又是實惠主義的見證人、仲裁者甚至守護神。1995 年 5 月 18 日，拖延多時的《紅岩》署名案在重慶第一中級人民法院鳴鑼開庭。劉德彬因住院未能到場，引起了楊益言的當庭遺憾[81]。羅廣斌的遺孀胡蜀興、兒子羅加、女兒胡波作為法律規定的第三人參加答辯。審理過程沒有必要在此詳述，無非是法官、律師、原告和被告共同上演了一場活話劇；作為講故事的人，我樂於以感恩的心情承認：雙方的交火十分激烈，唇槍舌戰一共持續了近兩天，但三個第三人始終沒有發表意見──看起來他們是站在劉德彬一邊，冷眼旁觀這場嚴肅到極點的鬧劇。輪到楊益言答辯時，他在慷慨陳詞中說了一句意味深長的話：「沒想到在小說出版 30 年後的今天，在市場經濟浪潮洶湧中，引出了這一場訴訟，作為小說作者竟被置於被告席上，作此一番答辯，令我深感遺憾。」[82]不過，楊益言還是願意承認，為釐清《紅岩》凝結的價值和它對本事所做的初步性理解－解釋的所有權，他作為被告站在這裏是值得的。

　　第一次開庭於 5 月 19 日結束。法院建議調解，劉德彬的代理律師表示同意，因為調解是劉德彬的一貫主張；但楊益言堅決反對──和他在繼續革命的年代的表態截然相反，楊益言現在根本不承認價值和初步性理解－解釋還有第 3 個所有權的持有者。依照慣例，法庭不可能當庭給出判決[83]。「審判長於是宣佈休庭。何時進一步審理或作出判決，經過合議庭研究後再行決定。」[84]

---

[81] 楊益言〈對劉德彬對我提出的訴訟的答辯〉（1995 年 5 月 18 日），油印稿。

[82] 楊益言〈對劉德彬對我提出的訴訟的答辯〉1995 年 5 月 18 日），油印稿；
　　　參閱陳顯涪〈《紅岩》署名權的歷史之謎〉，《星期天》1995 年 9 月 15 日。

[83] 參閱巴渝〈《紅岩》著作權案在渝開庭──原告、被告各執一詞辯論激烈〉，
　　　《成都晚報》1995 年 5 月 27 日。

[84] 曉實〈《紅岩》作者有幾人〉，《中國青年報》1995 年 6 月 11 日。

再一次開庭需要等候國家版權局拿出最後的鑒定結果。最後的鑒定一拖再拖，直到 1996 年 4 月 22 日，中國人民大學版權研究會鑒定專業委員會才受國家版權局的委託，經過好一番周折，終於對《紅岩》署名案作出最後鑒定。中國作協作家權益保障委員會 3 年前的調查報告基本上被否決，最後的鑒定結果對劉德彬十分不利：鑒定聲稱，《紅岩》不過是對《錮禁的世界》的演繹，「劉德彬不應主張關於利用《錮禁的世界》再度創作《紅岩》的許可權，也不應享有利用《紅岩》再度創作的許可權」，但因為《紅岩》畢竟還算是《錮禁的世界》的演繹品，所以「劉德彬應當享有獲得報酬的權利」[85]。對於重病當中的劉德彬，這肯定不是好兆頭。

鑒定結果出來近半年後的 1996 年 9 月 26 日，重慶第一中級人民法院就著作權一案進行第二次開庭。這一回楊益言沒有到場，連他的代理律師也未出庭；「審判長只說，楊益言給法院院長寫了封信，未說下文。」[86]和第一次開庭截然相反，因腦溢血後遺症患有語言障礙症的劉德彬親自來到現場：他要親歷這一時刻。當當值法官宣讀完版權局給出的最終鑒定結果後，劉德彬表示，儘管鑒定意見「於事實、於法律均不能服人」，但他還是願意在「原則上同意鑒定意見」。面對滿面疑惑的法官和陪審人員，劉德彬隨即給出了這個自相矛盾的表態的真實原因：「之所以原則上同意，是基於目前正值弘揚紅岩精神之際，（我）不願做愧對先烈的事。（何況）中國之大，有識之士很多，知情人也不少，是與非自有人評說。」[87]看起來直到這一刻，劉德彬對打官司都沒有太大的興趣，對所有權也不是多麼熱衷：第二次開庭快結束時，他向法庭表示，如果楊益言有誠意，他仍然希望和解。無論如何，老朋友幾十年，何況他還是楊益言的入黨介紹人，在法庭

---

[85] 參閱〈版權研究會版權鑒定專業委員會對《紅岩》著作權的鑒定意見〉（1996 年 4 月 22 日），油印稿。

[86] 劉德彬致張羽信（1996 年 9 月 28 日），手稿複印件。

[87] 劉德彬〈我的意見〉（1996 年 9 月 26 日），手稿。

上兵戎相見總不是一椿令人愉快的事情[88]；這樣做不僅給《紅岩》臉上抹黑，還對黨史小說凝結的價值和它對本事所做的初步性理解－解釋多有冒犯。

　　即便是在一個實惠主義縱橫馳騁、八面威風的時代，人們依然願意將同情投放給受到委屈的一方。樂於為劉德彬作證的人越來越多。但第二次開庭仍然沒有結果。出於對實證主義的強烈支持，1996 年 12 月 10 日，亦即第二次開庭結束之後兩個月左右，曾和楊益言在團市委共過事的離休幹部高顯哲致信重慶市委，自稱和楊益言素來友好，但出於公意，仍然有必要揭發後者「編造歷史，將自己打扮成越獄英雄」的「不良行徑」[89]：「不意近段時間，楊的作為愈演愈烈，得意忘形到似乎『《紅岩》即我楊益言，我楊益言即《紅岩》』的地步。」[90]兩年後，為劉德彬的聲援更顯得陣容龐大、豪華：1998 年 12 月 31 日，曾在重慶團市委工作過的 35 名離休、退休幹部聯名致信重慶市委，要求公正處理劉德彬的署名權問題[91]。

　　實證主義和實惠主義還在相互爭吵，最後的判決於千呼萬喚中總算大駕光臨。1999 年 9 月 10 日，重慶市第一中級人民法院合議庭在合議過 4 年多以後，終於做出判決：劉德彬不是《紅岩》的作者；15 萬元的經濟損失被駁回；被告楊益言一次性付給原告使用《錮禁的世界》進行再創作的使用費共人民幣 10,000 元，3 個第三人一次性付給劉德彬 10,000 元；《紅岩》再版時應以「再版說明」的方式，載明《紅

---

[88] 參閱劉德彬致重慶市第一中級人民法院審判委員會信（1996 年 10 月 23 日），手稿複印件。

[89] 九年義務制初中 3 年級語文課本中，在《挺進報》一課的預習提示中赫然寫著羅廣斌、楊益言在「重慶解放前夕越獄脫險」（參閱《語文》初三第二冊，四川人民出版社，1995 年，第 10 頁）。

[90] 高顯哲致重慶市委領導信（1996 年 12 月 10 日），油印稿。

[91] 於克書等 35 人致重慶市委領導信（1998 年 12 月 31 日），油印稿。1962 年出任重慶市文聯辦公室業務組組長的楊世元也根據自己當時的所見所聞寫成長文上書有關部門（參閱楊世元〈大樹不是從腰部往上長的——《紅岩》著作權爭執之我見〉，手稿複印件）。

岩》是在羅廣斌、劉德彬、楊益言共同創作的《錮禁的世界》的基礎上，經羅廣斌、楊益言再創作而完成的作品，被告楊益言寫出的「再版說明」應交重慶第一中級人民法院審查、備案[92]。

判決是一個象徵性的事件，意味著戰鬥已經基本結束，所有權問題似乎塵埃落定，但戰鬥雙方都對判決不滿意。《重慶晨報》的見習記者馬拉在判決結束不久先後採訪過原告和被告。他在中山路一幢看得見嘉陵江奇異風光的老房子內——嘉陵江是 50 年前劉德彬逃命時歇氣的地方——，見到了怒氣衝衝的被告。個頭矮小、神情精悍的楊益言對記者說，他根本就不承認《紅岩》和《錮禁的世界》有什麼關係，理所當然不會支付賠償金，更不會寫「再版說明」。但他表示他將仍然尊重法律，尊重實證主義時代的標誌性建築。出於對這個值得讚賞的建築的效忠，楊益言告訴馬拉，並希望後者通過媒體知會關心他和《紅岩》純潔性的人民群眾，他還要上訴，爭取得到最合理的判決[93]。保衛所有權，就是保衛黨史小說的純潔，就是捍衛價值和初步性理解－解釋的權威性。

幾天後，馬拉來到重慶第三人民醫院，想採訪劉德彬，但被醫生擋駕，因為原告正在打吊針——幾年過去，腦血栓後遺症鬼使神差轉成了肺癌，真不知醫學該如何面對這個鬼使神差。劉夫人殷光秀在醫院的休息室接待了馬拉。面對來自記者的較為尖銳的提問，劉夫人很爽快：「我們打官司是被逼出來的。我們都老了，準備過安靜日子，聽聽音樂、看看書多好，哪個想打官司！」記者告訴她，楊益言還準備上訴，你們有什麼應對措施？劉夫人說：「那是他的自由，我們還沒有決定是否上訴。事實終歸是事實，我們對判決看得開，看得開。」[94]

---

[92] 參閱重慶市第一中級人民法院民事判決書【（1993）重民初字第 1210 號，1999 年 9 月 10 日】。

[93] 參閱馬拉〈「我還要上訴」——楊益言對一審判決不盡滿意〉，《重慶晨報》1999 年 9 月 20 日。楊益言不服一審判決，提出上訴的準確時間是 1999 年 9 月 29 日（參閱何蜀整理〈在創作《紅岩》的前前後後——羅廣斌、劉德彬、楊益言大事年表〉，未刊稿）。

[94] 參閱馬拉〈我們還沒決定是否上訴——劉德彬夫人對本案非正式表態〉，《重

參、黨史小說的實證主義時代之旅

一、何蜀的故事

　　所有權保衛戰的硝煙尚未完全散盡，應和著實證主義時代的嚴格要求，另一場旨在擴大話語市場之規模的新戰鬥即將打響：至遲從2000 年開始，文革史研究專家何蜀便有意動用新一輪完成性動作，駁斥《紅岩》以及它的各種衍生物對中美合作所的有意醜化。從我們的故事的後視鏡中，我們看到，1967 年 10 月 2 日，當劉德彬、楊益言從北京告狀未遂，回到成都繼續為羅廣斌的死難準備材料時，弱冠之年的何蜀認領了被解雇的臨時工的身份，因為在被解雇之前曾參與文革造反，此時正在成都為原來的造反戰友充任筆桿子，寫告狀材料之類東西。就是在那年的芙蓉花廣泛盛開的季節，他目睹了劉、楊緊張工作生產出的成果：「四評山城羅廣斌事件」。30 年過去後，當年的砸派同情者已經成為文革研究專家。作為那場民族浩劫的真誠檢討者，早已步入人生金秋辰光的何蜀對實證主義時代的來臨顯然持熱烈歡迎的態度，他動用的完成性動作願意聽命於實證主義的目的無意識。

　　在 2000 年以後的數次小規模戰鬥中，當何蜀面對「《紅岩》是小說自然擁有虛構的特權」的進攻時，作為阻擊的手段，他的完成性動作給出的回答是：《紅岩》從一開始就沒有被單純地當作小說來看待──革命話語及其即興色彩對此曾經有過嚴格的指令[95]。像個職業偵探一樣，何蜀翻扒文獻，搜羅資料，以實證作為勘探器，很快就發現：《紅岩》自 1962 年新年鐘聲敲響之前問世後不久，就被當年的中

慶晨報》1999 年 9 月 22 日。劉夫人說的很可能是實情。判決一個月後，四川作家高纓在致黃伊信中很好地申說了這一點：楊益言、楊本泉過於利用劉德彬的忠厚，後者忍無可忍才上告法院的。楊已經上訴，試圖讓劉徹底收回起訴書，否定一審判決【參閱高纓致黃伊信（1999 年 11 月 5 日），手稿複印件】。

[95] 參閱何蜀整理〈羅廣斌專案組筆記摘選・談羅廣斌、楊益言與中美合作所展覽館〉，未刊稿。

宣部副部長，曾被江青怒斥的林默涵譽之為黨史小說，「被當作革命人生觀的形象教科書而列為當時人們的必讀書，」[96]是「對廣大青年讀者有著深刻的思想教育意義的好書」[97]；直到今天，仍有不少人把《紅岩》視作昔日重慶及四川地下黨鬥爭的歷史紀實。美蔣特務對革命志士使用誠實注射劑的罪惡行徑，曾長期成為歌樂山革命烈士陵園的導遊向參觀者津津樂道的重點專案[98]；小說仰仗情節嫁接術，吸納本事中包含的條件性動作虛構出的許多細節，也被有意援引進歌樂山革命烈士陵園的展出之中。何蜀的勞作迅速收到了成效：和那個紅彤彤的年代相比，在革命話語的新一站，曾經生產過《紅岩》的完成性動作受到了聞所未聞的置疑；相對於所有權保衛戰，新一輪戰役無疑使話語市場上的剩餘價值網絡和理解－解釋網絡的規模得到了前所未有地擴大。

　　我們的故事早已講述過，作為一個重要的物象，中美合作所（Sino-Amarcan Cooperation Organization）是《紅岩》，甚至是《如此中美特種技術合作所》、《聖潔的血花》、《在烈火中永生》及根據《紅岩》改編的各種藝術品大書特書的罪惡組織。作為合乎革命話語及其即興色彩之脾性的罪惡象徵物，中美合作所長期以來一直被革命話語認作美蔣勾結的不二證據，它被說成是全心全意對付毛澤東的學員的工具，直接打擊教育理念身上可能存在著的軟肋；通過多日勞作，辛勤耕耘，身在重慶的何蜀詳盡羅列了《紅岩》及其兒孫輩有意醜化中美合作所的證據[99]。出於對實證主義效忠的考慮，何蜀埋首檔案材料，在 2002

[96] 任可〈徐遠舉與《紅岩》〉，《文史精華》，2001 年第 7 期。

[97] 瞿向東〈永保革命青春——從《紅岩》中學習些什麼・序言〉，天津人民出版社，1963 年，第 1 頁。

[98] 參閱魏斐德《間諜王——戴笠與中國特工》，第 229 頁。

[99] 以下是何蜀的勞作結果：在小說中，特務頭子徐鵬飛曾經威脅許雲峰：無論你是什麼特殊材料製成的，「你可受不了四十八套美國刑法！」電影《烈火中永生》將這句話改為徐鵬飛審訊江雪琴時所用，但「美國刑法」被有意改為「中美合作所的幾十套刑法」。電影中的徐鵬飛審訊江姐時還有這樣的臺詞：「你別忘了，這裏是中美合作所！」「真想嘗嘗中美合作所的幾十

夏天披露了一個因真實而令人倍感震驚的消息：美蔣合流建立中美合作所根本就不是為了對付共產黨；作為一個聯合情報機構，它的主要任務是搜集日本軍隊的資訊，為盟軍反擊日本效力[100]。在那個炎熱的夏天，在崎嶇而適合密謀的山城重慶某一棟樓房內，何蜀繼續向人民群眾發佈那些塵封多年的舊消息：儘管中美所的美方代表梅樂斯（Milton Miles）確實仇視共產黨，也的確有幫助國民黨消滅「共匪」的歹念[101]，但中美合作所卻沒有任何機會直接參與到鎮壓共產黨人的行動中去，因為它正式結束於 1946 年 9 月 30 日，那時的共產黨人還可以在重慶公開活動，渣滓洞、白公館也沒有大量關押共產黨人，《挺進報》連出刊的由頭都沒有，西南軍政長官公署第二處在 1948 年以後針對毛澤東的學員們的血腥活動，與中美合作所沒有任何直接關係[102]。

2000 年夏，儘管實惠主義早已得到前所未有的認可，但迫於實證主義時代的內部指令，埋首檔案的文革研究專家還是查漏補缺地注意

套刑法？」「老實告訴你，進了中美合作所，就是死屍。也得給我開口！」黨史小說還虛構了一個更為有趣的情節：共產黨員成崗被帶到「中美合作所特別醫院」接受審訊，眾多中國醫生在一個長著「黃麻似的捲髮」、「高高隆起的鼻樑」、「灰藍顏色」眼睛、「白皮膚」的「美國醫生」指揮下，給成崗注射麻醉劑後進行誘供……歌劇《江姐》更有意思。在第六場（場景說明：重慶「中美合作所」渣滓洞集中營審訊室）中，特務頭子沈養齋對渣滓洞監獄政治犯鬧事發牢騷說：「……這幾個月來，他們絕食、抗議、鬥爭，搞得我們手足無措！試問堂堂中美合作所，如今鬧成了個什麼樣子！？」看守魏吉伯也對江雪琴說：「你，你要知道，這是中美合作所，進來了就別想出去！」沈養齋還向江姐唱了一曲（劇中第三十七曲）：「這是中美合作所，歌樂山前黑鐵牢，美式刑法四十八套，渣滓洞白骨比天高！」（參閱何蜀〈在文藝中與在歷史上的中美合作所〉，《書屋》，2000 年第 7 期）。

[100] 何蜀引用的主要文獻來自《戴笠、梅樂斯與中美合作所》（群眾出版社，1994 年）。這本書的材料主要來自軍統和中美所的骨幹在 1949 年以後寫的交代材料或者當年的日記，原稿存於公安部檔案館（參閱何蜀〈在文藝中與在歷史上的中美合作所〉，2002 年 7 月《書屋》）。

[101] 參閱《沈醉回憶作品全集》，第 1 卷，九州圖書出版社，1998 年，第 193-236 頁。

[102] 參閱何蜀〈中美合作所的本來面目〉，《炎黃春秋》，2002 年第 10 期；參閱孫曙〈黨史小說《紅岩》中的史實訛誤〉，《炎黃春秋》，2004 年第 1 期。

到了另外一個事實：「中美合作所確實曾經部署過騷擾日軍後方的行動，並為美國海軍的登陸作了準備。但中美合作所的弊端在於，當 1945 年國共內戰爆發時，它把美援全部用在了國民黨一邊。這就在客觀上意味著美國『過早地』正式加入了反對中共的活動。這為中國共產黨所深惡痛絕，並完全有正當理由把它看作是美帝國主義的不義行為。」[103] 何蜀在那個夏天斷言：革命話語即興色彩在其後的無數次頑皮中，把這個理由無限誇大了；現在，已經到了正本清源的時刻。

實證主義的目的，就是要將加諸中美合作所身上的不實之詞盡可能去除乾淨。但何蜀的辛勤勞作卻遭到了革命話語的當代守護者的斥責。他們以維護紅岩精神為己任，對何蜀展開了一場規模很小而且是明顯遲到的反擊[104]。但反擊者的慷慨激昂並沒有像以往那樣嚇倒他的對手。在實證主義和實惠主義相混雜的時代，在 2000 年以後的日子裏，革命話語早已學會了寬容，願意修正自己曾經容不得一粒沙子的眼睛的性質和容量。作為講故事的人，出於職業方面的考慮，我必須感謝這場關於《紅岩》的袖珍戰役，因為理解－解釋網絡和剩餘價值網絡在交戰中得到進一步擴大。

我們的故事需要的好戲並沒有就此謝幕，以何蜀為代表的實證主義信徒（比如孫曙）絲毫沒有就地收兵的意思：他們在向實證主義奉獻矢志不渝的孝道，只因為實證主義十分強調細節的真實。革命話語相當清楚，作為它在新時期的兩張翅膀之一，實證主義的目的並不僅僅是為實惠主義保駕護航：對於黨史小說當年凝結的價值，實證主義不是一個好消息；對於黨史小說對本事所做的初步性理解－解釋，實證主義更是不受歡迎的壞兆頭。通過一詞的語義像 1948 年春天在重慶

---

[103] 《費正清對華回憶錄》，知識出版社，1991 年，第 256 頁。

[104] 參閱王安禮〈請勿褻瀆紅岩精神〉，《中華魂》，2005 年第 1 期。在何蜀給筆者的電子郵件中還有一個有趣的插曲：「楊益言為此向宣傳部告狀。但宣傳部得知我不是中共黨員後不了了之，只是由所在單位負責人給我打了個招呼，說有老同志有意見，我說哪個老同志，是不是楊？答是。我說他不是老同志。答是。但還是希望我少惹事（即別給他們添麻煩）。」

那樣又一次發揮了作用：通過穿梭於晨昏之間的完成性動作（它無疑從實證主義那裏獲得了授權）的辛勤勞作，通過從實證主義那裏獲得的必要的營養補給，何蜀、孫曙又一次找出了《紅岩》在吸納本事時的嚴重失誤。和短短幾年前相比，他們樂於這樣做的理由沒有絲毫變化：小說可以虛構，唯獨黨史小說不可以虛構，只因為它是「黨史」小說。何蜀向他的戰鬥對手保證：尋找《紅岩》細節失真的行為並不變態，端賴於它是實證主義的基本要求[105]。

　　但何蜀等人不準備就此罷手：「宜將剩勇追窮寇」原本就是教育家的指示。在我們已經講過的本事中，《靈魂頌》是渣滓洞的難友獻給李文祥的太太熊詠暉的讚美詩：李文祥在白公館經不起內心踢踏舞對心臟的折磨主動向政府投誠，身在渣滓洞女牢之中的熊詠暉聞訊後堅決要求和他劃清界線，收穫了眾位難友的感動；《靈魂頌》就是這種感動的物質化表達。通過我們的後視鏡，我們將再一次回到歌樂山，回到渣滓洞：「1949 年元旦的前兩天，這裏有著這麼一條『本洞新聞』，說住在白公館的李某將要變『狗』了，原因是希望在渣滓洞的他的太太能早獲自由。然而，她拒絕了，她並且告訴同志們，『要求帶一句話給她們所能認識的朋友，假如李某不聽忠告，他們就已經算宣告離婚。』」同室難友劉德惠將這條消息告訴了楊益言，還塞給後者一大把草紙，草紙上寫滿了難友們獻給熊詠暉的字句。有一張草紙上赫然寫著一首短詩：「你是丹娘的化身／你是蘇菲亞的精靈／不，不／你就是你／你是中華革命兒女的典型！」「黃昏中，劉（德惠）把這首短詩一遍又一遍的念下去。在那個僅有的小視窗邊，近窗眼的夥伴袁尊一，倚在那兒呆了很久……」[106]1961 年的春天、秋天和冬天，《紅岩》在最後關頭吸納條件性動作以充任自身的價值時，仰仗革命話語的目的無意識的教導，經過動作化妝術和情節嫁接術的擺渡、幫助，《靈魂頌》被羅

105　參閱何蜀〈中美合作所的本來面目〉，《炎黃春秋》，2002 年第 10 期。
106　楊祖之（楊益言）〈我從集中營出來──磁器口集中營生活回憶〉，《國民公報》1949 年 12 月 9 日。

廣斌、楊益言堅定不移地當作難友們獻給江姐的禮品，用於突出黨史小說中 A 角的光輝形象[107]；翻遍《紅岩》，誰都休想找到李文祥夫婦的一絲痕跡——他們被累積式寫作有意刪除了。對此感慨萬千的文革研究專家對小說故意張冠李戴深感不安；聯想到《靈魂頌》通過說書底本（即《在烈火中永生》）廣為人知，隨即又被毛澤東在東山小學堂的同學，詩人蕭三選入《革命烈士詩抄》，何蜀的不安就更為深重。經過聽命於實證主義之目的無意識的完成性動作的數日勞動，通過查證、摸排和偵聽等一系列偵探工作，何蜀於 2001 年寫出了一篇澄清真相、篇幅短小的雄文，名曰〈《靈魂頌》是獻給誰的〉[108]。

　　何蜀的勞作輾轉多時，終於發表，立即引起了戰鬥者的另一方的猛烈反擊；出於對地理語法的信任和敬畏，長期擔任歌樂山革命烈士陵園之首領的屬華在他掌管的網站上，公開駁斥何蜀這樣做完全是別有用心：「《靈魂頌》一詩是對江竹筠受刑後的慰問，屈武等人有檔案材料記錄。決不是對叛徒李文祥當時的妻子所寫。個人的發揮和講話要有考證和記錄。」[109]一聽就知道，這也是實證主義的口吻，外加了一點道德主義的訴求。

　　感謝革命話語行進到新一站後所獲得的寬容精神，使何蜀有膽量索性把實證主義賦予他的尖銳矛頭對準《紅岩》的另一個核心意象：〈我的「自白書」〉。這首曾經名聲如日中天的詩篇被說成是以陳然為原型的成崗在受刑時，當場寫下的向教育理念效忠的決心書；以許建業為主要原型的許雲峰目睹了這個鮮血淋漓的英勇場面——我們的故事早已講述過這件既悲壯又有趣的事情。和《靈魂頌》一樣，〈我的「自白書」〉最早出現於說書底本《在烈火中永生》，很快就被蕭三選入《革命烈士詩抄》，並被放在陳然名下。何蜀嗅覺敏銳，酷似一個敬業的偵

---

[107] 但《紅岩》第三版（2000 年，北京中國青年出版社）將《靈魂頌》的內容刪去了，只借孫明霞之口說：「下面是樓下六室寫給江姐的《靈魂頌》。」（羅廣斌、楊益言《紅岩》，第 276 頁）

[108] 此文發表於重慶市南岸區文聯內部刊物《南山風》2003 年 3-4 期。

[109] 屬華〈給小美的答覆〉，http://jiangjie.netor.com/。

探，幾經周折，他很快就發現，這首詩並不是陳然寫的，也不是成崗
在刑訊室中寫就；它的創作過程雖然富有傳奇色彩，卻遠沒有小說說
的那樣戲劇化[110]。2002 年深冬，何蜀在寒冷、陰霾、潮濕和迷宮一樣
的重慶將他的偵察結果轉化為寄生在稿紙上的文字──他的偵察工作
無疑深諳地語法之貓膩。和前幾次的情形相彷彿，何蜀實施的完成
性動作的結果在翌年 1 月中旬公諸於世後，立即引起熱愛《紅岩》的

---

[110] 1956 年，胡元在重鋼小平爐車間體驗生活，羅廣斌、劉德彬、楊益言等在
南泉從事反映當年渣滓洞、白公館獄中鬥爭的文藝創作。胡元常去南泉看
望他們，還曾為他們的寫作以報告文學還是小說形式來表現更好有過爭
論。有一次他去時，讀到了〈我的「自白書」〉，胡元回憶：「我讚不絕口
地說好，有氣魄。楊本泉（楊益言之兄）說：『你是第一個讀者，不要光
說好，要提意見。』我說一定要提意見的話，就是最後一句縮短點兒，太
長了節奏鬆散，力量氣魄就減弱了。幾個人才說都有這個感覺，我的意見
客觀，證實了他們的感覺是對的，要設法縮短。我便問是誰寫的，楊本泉
叫我猜，我猜是羅廣斌，羅廣斌笑著搖搖頭。又猜是劉德彬，劉德彬也搖
頭。我就對楊本泉道：『那就是你寫的了。』楊本泉平伸出雙手擺了幾下
道：『大家寫的，大家寫的。』然後提出一個問題來：不知這樣代烈士寫
一首詩恰不恰當……羅廣斌又解釋說，因發現陳然要寫這麼一首詩但還沒
來得及寫，陳然又是才華出眾能寫出好詩來的，便作了這個決定把這首詩
代他寫出來。只不知恰不恰當。我說小說中，作者代人物寫詩填詞的多極
了，有什麼不恰當。誰知後來這首詩卻首先出現在報告文學中……」（何
蜀摘自胡元尚未發表的回憶錄，參閱何蜀〈〈我的「自白書」〉是烈士遺詩
嗎？〉，《南方週末》，2003 年 1 月 16 日）羅廣斌生前曾對晨峻說過：「《我
的『自白書』》並非陳然烈士遺詩，而是我們在撰寫《在烈火中永生》一
書時，以陳然臨刑前要寫一首詩的打算和他在刑庭上威武不屈的氣概，以
及陳然準備找一個機會在向特務作一番慷慨激昂的講演後用自殺怒斥敵
人、激勵戰友的計畫為依據，由幾個人共同創作的。目的在於突出烈士的
英雄形象。由於用了真名真姓，《詩抄》的編者誤以為是烈士的遺作收錄
了。」（參閱晨峻〈〈我的「自白書」〉的作者是誰〉，《縱橫》1984 年第 1
期。）晨峻的文章發表很久後才被張羽讀到。他致信劉德彬，要劉德彬回
憶一下這首詩的真實情況，以便給讀者一個交代。不過，張羽的意思還是
認為這首詩確實是陳然烈士寫的。因為據他回憶，羅廣斌告訴過他，是陳
然將詩一句句告訴了羅廣斌（張羽致劉德彬信，1987 年 1 月 4 日晨，手稿
複印件）。劉德彬回信贊同張羽的看法（參閱劉德彬致張羽信，1987 年 1
月 24 日，手稿複印件）

列位志士的責難，他們也動用實證主義招式，撥弄因果關係之琴弦，對〈我的「自白書」〉進行了堅決辯護[111]。儘管琴弦有金石之聲，但沒有任何跡象表明何蜀已經敗下陣來。

　　作為黨史小說最為重要的組成部分，對刑訊的描寫在實證主義時代也遭到了一定程度的否定，儘管在本事中，刑訊確實至為殘酷。作為繼續革命時代的參加者和見證者，何蜀肯定十分明白，《紅岩》之所以要對刑訊採取自然主義式的描寫，遵照完成性動作當年從一個更高

---

[111] 肯定〈我的「自白書」〉是陳然遺詩的依據是：A、羅廣斌等同志提供給報刊和出版社公開發表的陳然烈士遺詩，均明確說是陳然口述，他記錄的，沒說過是別人代勞寫的。B、羅廣斌等在重慶作過多次報告，聽眾成千上萬，羅明確說它是陳然的遺詩。C、蔣一葦（陳然的戰友）陳崇基（陳然之兄）林彥（老詩人，原重慶市委文藝處長）合著的《陳然烈士傳略》第二十五章寫道：「在就義前幾天，陳然對獄內同志說，他想寫首詩，題目叫做〈假如沒有了我……〉，這是他在心裏想了許多遍而未寫出的話，他把詩的內容用激情的語言一句一句地告訴了這個同志（羅廣斌）。這個同志後來脫險出獄，整理發表了膾炙人口的陳然遺詩〈我的自白書〉。」D、張修文（50 年代任重慶人民出版社文藝組負責人）證明：「《囚歌》革命烈士詩抄稿件〈我的自白書〉等，是楊益言等親手交他的。編輯部上上下下都堅信它是烈士遺詩，革命瑰寶。而且從沒聽說過陳然烈士的〈我的自白書〉是他人代勞。」E、熊炬證明：「我是《囚歌》一審編輯，初稿編好後，編輯部要我到上清寺去拿烈士手稿，以便選些影印到扉頁上去。那天我只拿到了蔡夢慰的《黑牢詩篇》是寫在包裝香煙的薄紙上的。我問羅廣斌要陳然手稿，羅說他是在獄中聽陳然口述，出獄後才記錄的。」F、鄒雨林（老詩人、編輯）、蔣人初（老黨員，微型詩開創者）證明：2000 年劉德彬病危時，他們到醫院看望，談到〈我的自白書〉，劉德彬說「陳然於就義前幾天，便將自己想好的詩句，告訴了同牢的羅廣斌。脫險後羅廣斌回憶陳然的原詩時，只記得一部分，於是就根據陳然的意願補續成〈我的自白書〉……1956 年我們在南泉集體創作時，楊本泉經重慶出版社同意暫時來作輔導工作的（時間很短），他對某些詩句作過一些改動。他（楊本泉）不屬於我們這個創作集體。」G、蕭三同志主編的《革命烈士詩抄》、重慶出版的《囚歌》幾個版本均經過黨委嚴格審定，標明〈我的自白書〉為陳然創作【參閱林三、安禮〈〈我的自白書〉作者到底是誰？——陳然遺詩〈我的自白書〉不容篡奪！〉，（http://chenran.netor.com/http://chenran.netor.com/）】。

的目標那裏獲得的授權，不過是為了揭露美蔣特務的暴行，頌揚奪權政權的新人對新式孝道的恭維，滿足革命話語即興色彩隨時間變遷不斷更新的亢奮，讓黨史小說走在第二重循環給出的線路上。在本事中，為有效地對付江竹筠，徐遠舉使用了一種很秀氣的刑具：四棱新的竹筷子。但在《紅岩》以及它的一切嫡親子孫們的敘述中，都是向江雪琴的手指釘竹籤子。職業偵探何蜀通過地毯式的撒網、搜查，終於在2004年，對這個在《紅岩》中具有超級效用的細節進行了毀滅性的打擊[112]。這一回，何蜀沒有受到革命話語當代守護者任何有效地狙擊，他因此能夠懷揣著一顆平靜的心情上床睡覺。

---

[112] 何蜀在一篇文章中，以歷史學家的嚴謹，追述了江竹筠（或江雪琴）的刑訊史：「1950 年 1 月中旬，『重慶市各界追悼楊虎城將軍暨被難烈士追悼會』召開後，羅廣斌、劉德彬等將有關材料整理成大會特刊《如此中美特種技術合作所──蔣美特務重慶大屠殺之血錄》……其中，『被難烈士事略』中的『江竹筠烈士』一則，對江姐被捕後的受刑是這樣介紹的：『特務們一點不放鬆她，戴重鐐，坐老虎凳，吊鴨兒浮水，夾手指……極刑拷訊中，曾經昏死過三次……』1950 年 6 月 21 日出版的重慶《大眾文藝》第一卷第三期發表了羅廣斌、劉德彬、楊益言 3 人第一次合寫的文章《中美合作所回憶片斷：聖潔的血花──獻給九十七個永生的共產黨員》。其中對江姐受刑是這樣寫的：『特別是江竹筠同志，（特務）要想從她身上，找出一些關於她丈夫彭詠梧同志的關係，所以在魔窟的嚴刑拷訊下，她受盡了老虎凳、鴨兒浮水、夾手指、電刑、釘重鐐……各種各樣的酷刑……』1957 年 2 月 19 日出版的《重慶團訊》當年第 3 期發表的羅廣斌、劉德彬、楊益言《江竹筠》，其中描寫江姐受刑的情況是：『繩子綁著她的雙手，一根竹籤子從她的指尖釘了進去……竹籤插進指甲，手指抖動了一下……一根竹籤釘進去，碰在指骨上，就裂成了無數根竹絲，從手背、手心穿了出來……』1959 年 1 月 10 日出版的《紅領巾》半月刊 1959 年第一期發表了羅廣斌、劉德彬、楊益言《不屈的心／在人間地獄──『中美合作所』》，其中寫道：『劊子手們把女共產黨員江竹筠同志雙手綁在柱子上，一根根竹籤子，從她的手尖釘進去，裂成無數根竹絲，從手背、手心穿出來……』1959 年 2 月中國青年出版社出版的羅廣斌、劉德彬、楊益言合著革命回憶錄《在烈火中永生》中，對江姐受刑也是這樣描寫的：『一根根的竹籤子，從她的手尖釘進去，竹籤釘進指甲以後，碰在指骨上，裂成了無數根竹絲，從手背、手心穿出來……釘進一根竹籤，江姐就昏過去一次，接著就聽見一次潑冷水的聲音。潑醒過來，就又釘……』以後在小說《紅岩》中，江

二、孫曙的故事

　　實惠主義導致的戰鬥硝煙剛剛歇息，關於《紅岩》的新一輪袖珍戰役並沒有隨著何蜀遭到反擊而偃旗息鼓。通過故事的後視鏡我們可以看見，1961 年 7 月 7 日，在黨史小說做最後一次修改前，羅廣斌、楊益言專程到重慶市委聽取組織部長蕭澤寬的指示，後者代表黨委告誡前紅色說書藝人和累積式寫作的動用者：塑造甫志高一定要小心、再小心，因為他是一個十分敏感的小說角色。重慶市委組織部部長指示初步性理解－解釋的實施者和價值的凝結者：「不要直接寫組織的破壞，只限制在個人被捕上，這樣更有利於集中、概括，表現烈士們的事蹟和精神狀態，使小說塑造出來的人物更典型化。」[113]多年以後，革命話語迎頭撞上了它的實證主義階段；作為實證主義的信徒，孫曙與何蜀一樣，有理由對黨史小說在甫志高身上的嚴重失實深感不安。

　　我們的故事有必要在這裏稍事停留，破例對孫曙做一點介紹，然後才能把我們的故事接著講下去：「1949 年 11 月 30 日重慶解放。12 月 3 日前，重慶市軍管會公安部第二處（政保處）六位處、科長，已隨野戰部隊進城，於 12 月 5 日進駐了市區老街三十四號『慈居』（原國民黨西南軍政長官公署二處）、三十四號附二號（原國民黨聯合偵防處辦事處，簡稱偵防處）、老街三十二號（原保密局西南特區）。16 日，中國人民解放軍西南服務團第六（公安）支隊一大隊二中隊（政保處）營、連、排幹部進駐這些地方。」[114]孫曙被分配在內勤科任見習科員（排級）。「內勤科的職責是彙集、管理敵特檔案、情報、線索，彙編

　　姐也是受的這種竹籤子釘手指的酷刑。在根據小說改編的電影《烈火中永生》、歌劇《江姐》等文藝作品中，自然也都是一樣。歌劇《江姐》第六場中，特務頭子沈養齋在下令對江姐用刑時狂叫著：『把她的十個手指，給我一根一根地釘上竹籤！』」（何蜀〈江姐受過的到底是什麼酷刑〉，《文史精華》2004 年第 5 期）

[113] 王維玲《話說〈紅岩〉》，第 27 頁。

[114] 孫曙〈是「見到的」還是編造的──評楊益言《我見到的「中美合作所」》〉，《書屋》，2003 年第 11 期。

敵特組織人頭資料。」12 月 20 日左右，內勤科派孫曙等人去磁器口原軍統局鄉下辦事處拉辦公用品，第一次親臨那個曾經設立中美合作所的地方。翌年 10 月，孫曙「被調到政保處國外間諜偵察科任內勤，科內開展了對中美合作所等間諜機構組織、人頭情況的調查。1954 年和 1958 年，重慶公安機關又組織力量，專門對外國間諜機關及其掩護、控制機構開展了系統的敵情、社情調查，整理成組織資料和人頭名冊。」1990 年，孫曙已經進入垂暮之年，「又參加了重慶公安、國家安全反特務間諜鬥爭史、重慶公安志的編撰工作（到 2002 年完稿），再次從歷史角度瞭解了中美合作所的有關資料」[115]。

　　二十六歲被劃為右派、直到快五十歲時才重新出來工作的孫曙有資格歡迎、效忠和實施實證主義的基本語義，他有足夠的資格，對小說吸納條件性動作虛構出的甫志高，抱有深深的懷疑。從 20 世紀 90 年代初期開始，孫曙就對羅廣斌等人實施的完成性動作給予過高度質疑[116]。孫曙的完成性動作不止一次地、滿懷感慨地指出，從 1948 年開始，以劉國定、冉益智為光輝榜樣，在總共叛變的十二名共產黨人當中，領導幹部竟然占了一大半。作為本來之事的目擊者，孫曙在實證主義的年頭的推論很有意思：小說《紅岩》中的叛徒只是一個小小的沙磁區委委員，這樣一個毫不起眼的角色，能造成那麼大的全局性破壞嗎？秉承著實證主義的基本原則，作為集奪取政權的新人和社會主義建設的新人於一體的暮年之人，孫曙異常擔憂的是，黨史小說以這種手段處理叛徒，不僅不符合歷史真實，還會使前人用鮮血和生命換來的深刻教訓遭到淡化[117]。

　　孫曙的完成性動作聽從實證主義目的無意識發出的指令，在對付完甫志高後，還「吹毛求疵」地把戰火引向別處：「《紅岩》56 頁描寫

115　孫曙〈是「見到的」還是編造的──評楊益言《我見到的「中美合作所」》〉，《書屋》，2003 年第 11 期。
116　參閱孫曙〈訂正《紅岩的故事》兩件史實〉，《紅岩春秋》，1991 年第 2 期；參閱孫曙〈孫曙答楊益言〉，《紅岩春秋》，1991 年第 5 期。
117　孫曙〈黨史小說《紅岩》中的史實論誤〉，《炎黃春秋》，2004 年第 1 期。

『江姐來到濃霧彌漫的朝天門碼頭……』乘民運輪上華鎣山。這顯然錯了。華鎣山在川北，乘船需從嘉陵江溯江而上，解放前，稱嘉陵江為小河，輪船都在千廝門碼頭上下，並不在朝天門碼頭。」21 世紀初，孫曙毫不猶豫地接著寫道，「《紅岩》204 頁寫到葉挺《囚歌》時，通過被關押在渣滓洞監獄的新四軍戰士龍光華之口說：『軍長在樓下二室寫過這首詩，我把它抄在牆上給大家看。』歷史事實是：1942 年 1 月 3 日，葉挺將軍從桂林押解重慶，在軍統望龍門、白公館看守所短期囚禁後，即移監軍統『鄉下』蔣家院子單獨囚禁。11 月 21 日，葉在蔣家院子寫了《囚歌》，署名『六面碰壁居士』。葉挺夫人李秀文前來探監時，葉將《囚歌》和給郭沫若的一封信一併交李帶出監獄，送和平路天官府郭寓交郭沫若。25 日，葉挺移禁湖北恩施。葉挺從未被關押在渣滓洞監獄（渣滓洞監獄只關押普通政治犯）。」[118]

　　毫無疑問，初步性理解－解釋和它凝結的價值再次遭到了重炮轟擊。2003 年，孫曙懷揣著沉重的心情，把他的擔憂化作了文字。文章在翌年初一經發表，立即引起強烈反響，各種報刊、雜誌或全文轉載，或發表摘要。除了有人以小說有虛構的特權為理由替《紅岩》辯護外[119]，沒有任何跡象表明孫曙的攻擊受到過有力的阻擊。

三、徐遠舉的故事

　　我們的故事必須重新提到徐遠舉——這個重要的人物，這個發動了幾乎所有本事的人物，被我們的故事有意遺忘了多時。話說 1949 年 11 月末，徐遠舉在重慶主持完大屠殺後，伴隨著解放軍進入重慶市區響起的零星槍炮聲，伴隨著劉德彬、羅廣斌幾天前從歌樂山拼死出逃，在這個月的最後一天飛抵昆明；12 月 9 日，他和他的老朋友沈醉在準備飛赴臺灣的前夕於春城先後被捕。一年後，徐遠舉被關

---

[118] 孫曙〈黨史小說《紅岩》中的史實論誤〉，《炎黃春秋》，2004 年第 1 期。
[119] 參閱王安禮〈請勿褻瀆紅岩精神〉，《中華魂》，2005 年第 1 期。

進他當年關押別人的白公館；又過了數年，被關進設在北京的戰犯管理所[120]。

　　《紅岩》出版後，戰犯管理所特意買了一批黨史小說交給列位戰犯閱讀，以便觸及一下他們的靈魂。管理方考慮到徐遠舉曾經生產出的條件性動作已經被《紅岩》凝結為自身的價值，就吩咐他寫一篇讀後感，借此觀察這些年來對他實施的靈魂再修補工程的效果。徐遠舉拜讀全書後，拒絕寫那篇文章。他對關心他的戰犯老大哥、黃埔校友文強說：「讓我照《紅岩》那樣去虛構，我決不能附和……」並以鼻音「哼」作為收束。文強不解其意。徐遠舉便向後者悄悄列舉了《紅岩》的四大失實之處，以證明鼻音的正確性：一是大肆屠殺革命先烈和愛國人士是蔣介石、毛人鳳親自到重慶安排和佈置的，結果卻把帳算到他頭上，使他成了千古罪人；二是中美合作所之事。合作所是中美為了共同抗日而設，並不是為了反蘇反共。後來將中美合作所的原址改為關押政治犯的監獄，以及成為大屠殺的刑場，是在合作所解散撤銷三年之後的事；三是關於嚴醉的職務不實，書中說他是保密局西南特區區長，難道《紅岩》的作者不知道當時的最高負責人是誰？四是關於雙槍老太婆。據說此人是抗日戰爭初期或遠在土地革命期間的事，卻扯到內戰之時，還寫得活靈活現，那是怎麼也絞不到一塊的事[121]。看起來早在繼續革命的年頭，徐遠舉就在動用實證主義的基本準則生產第二度理解－解釋；只不過他的實證主義在繼續革命的火紅年代僅僅處於在野地位，不會帶來任何實際效果。

　　可惜徐遠舉未能將實證主義堅持到實證主義時代全面來臨的那一天，否則，他一定會給我們的故事增添更多的素材。「1973 年冬，徐遠舉在戰犯改造所（下屬的）縫紉組勞動期間，因工作馬虎，經他手縫製的十多件衣服經檢驗都不合格，讓他返工。他不肯。和他私交較

---

[120] 參閱《沈醉回憶作品全集》，第 1 卷，第 632-640 頁。
[121] 文強〈徐遠舉其人及與我的交情〉，陳新華等主編《〈紅岩〉中的徐鵬飛》，第 84 頁。

深的原軍統老同事文強、黃康永表示願意幫他一把，將不合格的重新
縫製，並勸他不要鬥氣，他不但不接受這些意見，還去和檢驗的人大
吵大鬧了一場。當晚他又在房內用冷水沖洗，剛走出衛生間即暈倒在
床上，經送醫院搶救，終於因腦血管破裂而無法救治，於第二天早上
便去世了。」[122]

　　……圍繞《紅岩》將來會發生什麼事情，我們的故事無法斷言，
只因為我們的故事想盡千方百計，也沒能在商品市場上和在話語市場
上買到「前」視鏡。講述至此，唯一可以肯定的是，實證主義和實惠
主義相混雜的時代還在繼續。在我們的故事行將結束之際，我願意意
猶未盡地宣佈：在革命話語的全新一站，無論是間接為話語市場提供
營養，側身進入這個嘈雜的集市，還是直接為本事做出新一輪第二度
理解－解釋，反正剩餘價值網絡、理解－解釋網絡較之於先前，它的
規模無疑以聞所未聞的速度進一步擴大化了。

---

[122] 參閱《沈醉回憶作品全集》，第 1 卷，第 643-644 頁。

結　語

你為什麼要用解釋和箴言去糟蹋這一個小時？我在舒適的枕頭
上，在一個將不會再來的清晨，迎著朝陽，伸了個懶腰。

——尤瑟納爾

　　我們講述了一個過於嘈雜、冗長但願還不算無聊的故事；許多人
物在充分展示自己的個性前，就被我們有意流放於故事的管轄範圍之
外：和前蘇聯驅趕社會寄生蟲布羅茨基（Josef Brodsky）一樣[1]，我們
的故事也極為功利主義般地不喜歡寄生蟲，除非這種特殊的昆蟲能為
我們的故事服務。但我依然要請求他們原諒。

　　「一個好的故事應該給我們見識而不是說教。」[2]就在我們的故事
臨近結束的當口，圍繞著革命話語及其即興色彩，一個小小的話語市
場組建起來了；不用凝神豎耳，我們也聽得見這個市場上發出的激烈
爭吵聲、討價還價聲和算盤因撥動而發出的嗶啵聲……

　　作為那些嘈雜聲音的結果或原因，依據革命話語內部運作的第一
重循環，圍繞著歌樂山上下、左右和前後，眾多的事情終於被生產出
來；組成本事的諸多條件性動作相互之間早已組成了一個網絡（即條
件性動作網絡）；依據革命話語內部運作的第二重循環，構成本事的不
少條件性動作在其後漫長的歲月，被不同性質的完成性動作所打磨、
消化和吸收，分別被凝結成不同型號的價值，在這些眾多的價值之間，
差異始終存在，在它們的努力下，價值網絡被組建起來。價值網絡的

---

[1]　參閱尼故拉・亞基姆丘克（Nicolaj Aleksievitch Yakimchuk）〈「我的工作就
　　是寫詩」——約瑟夫・布羅茨基案件〉，《外國文藝》，2006 年第 6 期。
[2]　敬文東《寫在學術邊上》，第 48 頁。

出現，端賴於革命話語在它行進的不同階段賦予不同的完成性動作以不同的指令；很顯然，導致價值網絡在話語市場上現身的，必然是不同性質的完成性動作組成的網絡（即完成性動作網絡）。

　　「商品市場以交換勞動的形式交換產品，話語市場則以交換動作尤其是對動作的看法交換理解－解釋。」[3]這就是話語市場的真面目：話語市場直接等同於條件性動作網絡、完成性動作網絡和價值網絡組成的三位一體；條件性動作網絡始終是話語市場這個三位一體能夠成立的唯一支撐物。在這個過於嘈雜的市場上，伴隨著算盤的撥動聲，三個網絡之間相互作用，最終催生了我們的故事中屢屢提及的剩餘價值網絡。剩餘價值網絡就是對那個三位一體的絕妙總結。

　　剩餘價值既包括初步性理解－解釋中吸納的價值與第二度理解－解釋中吸納的價值在量值上的差異，也包括眾多的第二度理解－解釋中吸納的價值相互之間在量值上的差異──第二度理解－解釋具有無限多樣性。作為例證，我們講述的故事但願已經較為形象地申說了剩餘價值的涵義。除此之外，希望我們的故事還能較為具象化地證明了一個小結論：剩餘價值網絡和理解－解釋網絡始終在相互催生出更多的對方；在條件性動作網絡、完成性動作網絡和價值網絡矢志不渝地作用下，剩餘價值網絡和理解－解釋網絡在不斷擴大自身規模。事實上，「永無休止的第二度理解－解釋生產了話語市場上的剩餘價值網絡；作為一個既成事實，剩餘價值網絡並非一個靜止的網絡──它始終躲在暗處慫恿，或站在前臺公開呼喚潛藏的、尚未露出地表的新的第二度理解－解釋。剩餘價值網絡不僅是理解－解釋網絡的結果，它的更大功用，還在於繼續生產數量更多的理解－解釋，比生產剩餘價值網絡本身的理解－解釋在數量上還要多得多的、新生的理解－解釋。由於既定剩餘價值網絡的存在，構成理解－解釋網絡的理解－解釋在數量上又一次增多了；在數量上再一次增加的理解－解釋並非單純的受造物，它同樣具有超強的能動性：它也會再一次生產新的剩餘

---

[3]　敬文東《隨貝格爾號出遊》，未刊稿，2004 年，北京。

價值。在此當口，新生的剩餘價值網絡再一次變大。只要話語市場存在，只要流通領域存活一天，這種相互依存、相互催生的過程，就會永無休止地持續下去。」[4]「剩餘價值網絡是動態的過程；剩餘價值網絡不是名詞而是動詞，是一件動態的、更高級別上的事情。出於同樣的道理，理解－解釋的多樣性也是動態的多樣性。它們之間的相互催生，真是一個奇妙的滾雪球的過程；滾雪球的過程再明顯不過地昭示了：剩餘價值的多樣性和理解－解釋的多樣性始終在相互催生出更多的對方、以相互擴大再生產的方式催生出更多的對方；在剩餘價值網絡和理解－解釋網絡之間，最終形成了、構成了一種類似於 DNA 那樣的雙螺旋結構。」[5]

　　我們冗長的故事或許已經表明了：「在話語市場上，滾雪球般不斷擴大自身規模的理解－解釋網絡，不能像一切型號的結構拜物教和形形色色的話語拜物教認為的那樣，僅僅表徵著語境網絡內部各個 discourse 之間形成的縱橫交錯的差異性，不能將理解－解釋的多樣性僅僅理解為以語境網絡的方式靜止地存在著，而要將理解－解釋的多樣性或稱理解－解釋網絡認作新一輪動作／行為臨盆前的預兆、新一輪動作／行為的準備階段。理解－解釋網絡是新一輪動作／行為暫時寓居的母體；但新一輪動作／行為遲早要脫離這個碩大的、迷宮一樣的子宮，到遠方開闢自己的領地。……理解－解釋網絡的目的，就是要生產出新一輪動作／行為。它假借人的肉體，讓自身意志獲得了實現：理解－解釋網絡是生產新一輪動作／行為的『母機』；考慮到理解－解釋網絡的動態性，這個『母機』肯定是一架動態的『母機』，始終處於變動之中。只有這樣，理解－解釋才算是完成了自身，實現了自我，也才算起到了真正的作用，並將這種作用落到了實處。『說』從來就不是目的，『做』才是宗旨。正如對所有的色情幫愛好者來說，『談』愛不是目的，『做』愛才是最終歸宿。俗話中常有針對光說不做之人的

---

[4]　《隨貝格爾號出遊》，未刊稿，2004 年，北京。
[5]　《隨貝格爾號出遊》，未刊稿，2004 年，北京。

諷刺之語:『語言的巨人,行動的矮子』,『那是個光說不練的傢伙』,『不但要察其言,更要觀其行』……為什麼?因為光『說』不『做』,屁『用』也沒有。」[6]

　　事情生產(它由第一重循環而來)和話語生產(它由第二重循環而來)自此緊密聯結在一起。在我們那個冗長、嘈雜的故事中,羅廣斌之所以起而立行展開自己的二次革命,並在二次革命中獲得他的悲劇,張羽之所以要拍案而起,最後被趕到幹校修理地球,劉德彬之所以被逼無奈借助於法律維護自己的所有權,何蜀、張羽、徐遠舉之所以要效忠實證主義……作為新一輪事情,它們無疑是理解－解釋網絡和剩餘價值網絡在相互催生中才被生產出來的;新一輪的事情無疑提供了新一輪的條件性動作,可以為新一輪話語生產提供原料。我們已經講述的故事就是利用了新一輪條件性動作展開的更新一輪的話語生產。雙重循環的祕密或許就在這裏:它始終在唆使話語生產與事情生產不斷交織,不斷生產出更新一輪事情以供完成性動作吸納、打磨,形成更多的話語定式;與此同時,又唆使已經形成的話語定式生產出更多的事情和條件行動作。話語生產與事情生產不斷在相互作用中催生出更多的對方。這是一種永無休止的擴大再生產。僅僅將 discourse 當作自為自足的封閉系統,顯然無視話語內部的雙重循環現象,大話、瘋話和狂話由此滋生。

　　但雙重循環最終源於人的願望。作為一個例證,革命話語就是一個巨大的願望,它的即興色彩是這個願望在不同階段得以實現自身的有效手段。而願望,從來都表徵著對現實世界的特殊態度。很顯然,「雙重循環的最後祕密無疑存在於人類的願望之中。願望才是最大的意識形態,才是雙重循環之所以為雙重循環的最大支撐體,才是雙重循環生生不息的最大加油站。沒有願望作為終極根源,雙重循環就是毫無意義的,discourse 就是不及物的,由此生髮出來的話語市場也將是毫無意義的。航行至此,貝格爾號願意出來作證:雙重循環最終昭示的

6　《隨貝格爾號出遊》,未刊稿,2004 年,北京。

是詩，但那無疑是詩中之詩，是永恆之詩，也是關於永恆之願望的永恆之詩。」[7]

……

我的故事終於講完了，小木船貝格爾號即將返航。趁著短暫的風和日麗，朋友們，再見。

---

[7] 《隨貝格爾號出遊》，未刊稿。

參考文獻

第一類：專書

《禮記》

《華陽國志》

石香村居士《戡靖教匪述論》

蘭移外史《靖逆記》

《毛澤東選集》（一卷——四卷），人民出版社，1960 年。

《毛澤東選集》（第五卷），人民出版社，1977 年。

《毛澤東文集》（一——八卷），人民出版社，1993 年。

《毛主席詩詞》，人民文學出版社，1963 年。

《林彪同志委託江青同志召開的部隊文藝工作座談會紀要》，內部發行，1966 年。

《林副主席論毛澤東思想》，內部學習版，1968 年。

《中央首長接見四川省革籌小組領導成員的指示》，「中共中央辦毛澤東思想學習班四川班」1968 年 3 月 19 日印發，內部發行。

《關於建國以來黨的若干歷史問題的決議》，人民出版社，1981 年。

王明《中共 50 年》，東方出版社，2004 年。

李銳《早年毛澤東》，遼寧人民出版社，1993 年。

李銳《毛澤東早年的讀書生活》，萬卷出版公司，2005 年。

李銳《第一次國內革命戰爭時期的農民運動》，人民出版社，1953 年。

李澤厚《中國現代思想史論》，東方出版社，1987 年。

《新民學會資料》，人民出版社，1980 年。

熊向暉《我的情報與外交生涯》，中共黨史出版社，2006 年。

蕭三《毛澤東同志的青少年時代》，人民出版社，1951 年。

蕭三主編《革命烈士詩抄》，中國青年出版社，1959 年。

高華《紅太陽是怎樣升起的：延安整風運動的來龍去脈》，香港中文大
　　學出版社，2000 年。

張國燾《我的回憶》（上、下冊），東方出版社，2004 年。

韋君宜《思痛錄》，湖南文藝出版社，1996 年。

《王小波文集》（第 1-4 卷），中國青年出版社，1999 年。

文履平等編《〈挺進報〉》，群眾出版社，1997 年。

周勇主編《重慶通史》（上、下卷），重慶出版社，2002 年。

王明湘《中共南方局研究文集》，重慶出版社，2000 年。

厲華等《來自白公館、渣滓洞集中營的報告》，重慶出版社，2003 年。

厲華等編著《紅岩小說與重慶軍統集中營》，群眾出版社，1997 年。

厲華《紅岩魂：來自歌樂山的報告》，重慶出版社，1999 年。

厲華《中美合作所集中營史實研究與保護利用》，重慶出版社，2002 年。

林彥《〈挺進報〉與〈反攻〉紀事》，重慶出版社，1997 年。

鄧照明《巴渝鴻爪──川東地下鬥爭回憶錄》，重慶出版社，1991 年。

蔣一葦等《陳然烈士傳略》，重慶出版社，1983 年。

《沈醉回憶作品全集》（1-4 卷），九州圖書出版社，1998 年。

沈醉《軍統內幕》，文史資料出版社，1984 年。

《沈醉自述》（沈美娟整理），北京十月文藝出版社，1997 年。

公安部檔案館編《血手染紅岩──徐遠舉罪行實錄》，群眾出版社，
　　1997 年。

鍾修文等主編《鐵窗風雲》（上、下），群眾出版社，1997 年。

羅學蓬等《血手染紅岩──中美合作所 B 類（敵特、叛徒）檔案解密》，
　　河北人民出版社，2003 年。

陳新華等主編《〈紅岩〉中的徐鵬飛》，中國文史出版社，1993 年。

《達縣文史資料》，總第 7 輯。

劉渝明《紅岩憶舊》，成都科技大學出版社，1997 年。

重慶歌樂山革命烈士陵園編《紅岩魂・紀念 11・27 烈士殉難 45 周年》，
　　1994 年，內部資料。

李零《中國方術續考》，中華書局，2006 年。

林雪等《真實的「雙槍老太婆」陳聯詩》，大眾文藝出版社，2002 年。

《蕭克回憶錄》，解放軍出版社，1997 年。

重慶市歌樂山革命紀念館編《再塑紅岩魂》，重慶出版社，2003 年。

盧光特等《江竹筠傳》，重慶出版社，1982 年。

史紅軍《巴山英魂》，解放軍出版社，1987 年。

劉德彬《歌樂山作證》，遼寧少兒出版社，1997 年。

劉德彬編《〈紅岩〉‧羅廣斌‧中美合作所》，重慶出版社，1988 年。

羅廣斌、劉德彬、楊益言《聖潔的血花》，新華書店華南總分店出版，
　　1950 年。

羅廣斌、劉德彬、楊益言《在烈火中永生》，中國青年出版社，1959 年。

羅廣斌、楊益言《紅岩》，中國青年出版社，2000 年。

楊益言《紅岩的故事》，2000 年，花山文藝出版社。

中國共產黨達縣委員會黨史研究室編《中國共產黨達縣歷史大事記
　　（1919-2000）》（內部發行），2003 年。

賀正華《達縣黨史人物傳》第一集，成都科技大學出版社，1992 年。

《南嶽鄉志》，內部發行，1989 年。

王維玲《話說〈紅岩〉》，花山文藝出版社，2000 年。

曾紫霞《劉國鋕》，重慶出版社，1983 年。

軍統局編《十年大事紀》，內部本，1956 年。

楊益言《紅岩逸聞》，重慶出版社，1996 年。

潘嘉釗等編《戴笠、梅樂斯與中美合作所》，群眾出版社，1994 年。

中央革命博物館籌備處編《美蔣重慶集中營罪行實錄》，大眾書店印
　　行，1950 年。

重慶大學校史辦編《重慶大學校史》，內部發行，1984 年。

宋振平等《「小蘿蔔頭」宋振中》，群眾出版社，1997 年。

陳全編《血淚的囑託》，重慶出版社，1996 年。

曹德權《紅岩大揭密》，中國文聯出版社，1999 年。

重慶歌樂山紀念館整理《鐵窗下的心歌》，解放軍文藝出版社，2001 年。

童恩正《古代的巴蜀》，重慶出版社，1998 年。

張慧劍《辰子說林》，上海書店，1997 年。

祝勇主編《一個人的排行榜——中國優秀散文（1977-2002）》，春風文
　　藝出版物，2003年。

陳嘉映《泠風集》，東方出版社，2001年。

高文謙《晚年周恩來》，香港明鏡出版社，2002年。

《汪曾祺自述》，大象出版社，2002年。

郭沫若、周揚編《紅旗歌謠》，紅旗雜誌社，1959年。

江曉天《江曉天近作選》，大眾文藝出版社，1999年。

呂進主編《20世紀重慶新詩發展史》，重慶出版社，2004年。

閻綱《悲壯的〈紅岩〉》，上海文藝出版社，1963年。

瀋陽師範學院中文系現代文學教研室編《中國當代文學研究資料・〈紅
　　岩〉專集》，內部發行，1980年。

江蘇師範學院中文系編《中國當代文學研究資料・〈江姐〉專集》，內
　　部發行，1980年。

雨哥《我和我的閻肅爸爸》，中國婦女出版社，2005年。

趙萊靜等執筆《紅岩》（八場話劇），上海文藝出版社，1963年。

仲繼奎等編劇《紅岩》（四十一場話劇），中國戲劇出版社，1965年。

劉澍《銀幕內外的電影藝術家》，中國友誼出版公司，2003年。

高教部《北京公社》教育革命辦公室、南開大學八・一六紅色造反團
　　教育革命兵團編《反革命修正主義分子周揚在高等學校文科方面
　　的黑話集》，1967年9月。

陳堅等《世紀行吟——夏衍傳》，浙江人民出版社，2005年。

陳徒手《人有病，天知否》，人民文學出版社，2000年。

孫曙《秘密檔案——反特務間諜鬥爭實錄》，重慶出版社，1997年。

孫曙《公安緝凶揭密——「3・31」慘案到「11・27」大屠殺劊子手末
　　日》，重慶出版社，2003年。

陸建華《汪曾祺傳》，江蘇文藝出版社，1997年7月。

汪朗《老頭兒汪曾祺——我們眼中的父親》，中國人民大學出版社，
　　2000年。

歐陽江河《站在虛構這邊》，三聯書店，2001年。

周孜仁《紅衛兵小報主編自述》，（美國）溪流出版社，2005年。

秦林芳《丁玲的最後 37 年》，中國文史出版社，2005 年。

陳建華《「革命」的現代性：中國革命話語考論》，上海古籍出版社，
　　2000 年。

西川《深淺》，中國和平出版社，2005 年。

王嶽川《中國鏡像：90 年代文化研究》，中央編譯出版社，2001 年。

耿占春《敍事美學》，鄭州大學出版社，2002 年。

祝勇《反閱讀》，未刊稿 29。

敬文東《寫在學術邊上》，雲南人民出版社，2002 年。

敬文東《失敗的偶像》，花城出版社，2003 年。

敬文東《指引與注視》，中國文史出版社，2001 年。

敬文東《隨貝格爾號出遊》，未刊稿，2004 年，北京。

彼得・弗拉基米洛夫《延安日記》，中譯本，東方出版社，2004 年。

斯圖爾特・施拉姆《毛澤東》，中譯本，紅旗出版社，1987 年。

斯圖爾特・施拉姆《毛澤東的思想》，中譯本，中國人民大學出版社，
　　2005 年。

張戎、喬・哈利戴《毛澤東：鮮為人知的故事》，中譯本，（香港）開
　　放出版社，2006 年。

莫里斯・邁斯納《馬克思主義、毛澤東主義與烏托邦主義》，中譯本，
　　2005 年。

蘇珊・桑塔格《在土星的標誌下》，中譯本，上海譯文出版社，2006 年。

白瑞琪《反潮流的中國》，中譯本，中共中央黨校出版社，1999 年。

賴爾《心的概念》，中譯本，商務印書館，2005 年。

伽達默爾《真理與方法》，中譯本，上海譯文出版社，2004 年。

魏斐德《歷史與意志：毛澤東思想的哲學透視》，中譯本，中國人民大
　　學出版社，2005 年。

馬克・賽爾登《革命中的中國：延安道路》，中譯本，社科文獻出版社，
　　2002 年。

愛德格・斯諾《西行漫記》，中譯本，三聯書店，1979 年。

愛德格・斯諾《漫長的革命》，中譯本，上海人民出版社，1975 年。

基辛格《白宮歲月》（1-4 冊），中譯本，世界知識出版社，1980 年。

奧托‧布勞恩（李德）《中國紀事》，東方出版社，2004 年。

麥克洛斯基等《社會科學的措辭》，中譯本，三聯書店，2000 年

尼克森《領袖們》，中譯本，世界知識出版社，1985 年。

羅斯‧特里爾《毛澤東傳》，中譯本，2006 年，中國人民大學出版社。

《費正清對華回憶錄》，知識出版社，1991 年。

尤瑟納爾《哈德良回憶錄》，中譯本，東方出版社，2002 年。

彼得‧沃森《20 世紀思想史》，中譯本，譯文出版社，2006 年。

吉伯特‧威爾士等《龍旗下的臣民——近代中國社會與禮俗》，中譯本，
　　光明日報出版社，2000 年。

布魯斯‧林肯《死亡、戰爭與獻祭》，中譯本，上海人民出版社。

魏斐德《間諜王：戴笠與中國特工》，中譯本，團結出版社，2004 年。

蜜雪兒‧福柯《規訓與懲罰》，中譯本，三聯書店，1999 年。

《歌德文集》第 10 卷，人民文學出版社，1999 年。

弗朗茲‧博厄斯《人類學與現代生活》，中譯本，華夏出版社，1999 年。

費爾南‧布羅代爾《菲力浦二世時代的地中海和地中海世界》，中譯本，
　　商務印書館，1996 年。

蜜雪兒‧拉貢《地下幽深處——幽冥國度的追問》，中譯本，作家出版
　　社，2005 年。

T.帕森斯《社會行動的結構》，中譯本，上海譯文出版社，2003 年。

羅素《權力論》，中譯本，商務印書館，1998 年。

保羅‧利科《歷史與真理》，中譯本，上海譯文出版社，2004 年。

德里達《論文字學》，中譯本，上海譯文出版社，1999 年。

加斯東‧巴什拉《水與夢——論物質的想像》，中譯本，嶽麓書社，
　　2005 年。

Thomas A.Metzger, Escape from Predicament: Neo-Confucianism and
　　China's Evolving Political Culture, New York, Columbia University
　　Press, 1977.

Xin Haonian, Which is the New China-Distinguishing between Right and
　　Wrong in Modern Chinese History, Blue Sky Publishing House, 1999.

第二類：已刊發的文章

列寧《黨的組織和黨的出版物》，中譯本，《紅旗》，1982 年第 22 期。

毛澤東《炮打司令部——我的第一張大字報》，《人民日報》1966 年 8 月 5 日。

吳子見《回憶〈挺進報〉及戰友們》，《中國青年》，1962 年第 8 期。

左舜生《近三十年見聞雜記》，《近代史中國史料叢刊》，第 49-50 輯，1967 年，臺北文海出版社。

王曉明《現代中國的民族主義》，《當代作家評論》，2003 年第 2 期。

韓少功《「文革」為何結束》，《開放時代》，2006 年第 1 期。

劉春花《也談〈毛主席在安源〉的幕後風波與歷史真實》，《南方週末》，2006 年 7 月 27 日。

《毛澤東思想萬歲》，1958 年 5 月 8 日。

蔣藍《掌聲的精神分析》，《成言》（香港），2005 年總第 3 卷。

凱普《中國國民黨與大後方：戰時的四川》，《中國現代史論集》，聯經事業出版公司，1985 年。

柏樺《左邊——毛澤東時代的抒情詩人》，第 3 卷，《西藏文學》，1996 年第 3 期。

冷善昌《關於我營救內弟陳然烈士的情況》，《重慶黨史研究資料》，1986 年第 6 期。

蔣一葦《我知道的〈挺進報〉》，《重慶文史資料選輯》，第 11 輯（1982 年 6 月）。

蔣一葦《我與〈挺進報〉》，《縱橫》，2001 年第 7 期。

《川康奸匪地下組織全部摧毀　九重要匪首定今槍決》，《中央日報》1949 年 10 月 28 日。

劉渝明《回憶和許建業同志相處的日子》，《四川青年報》1959 年 7 月 25 日。

《渝共匪學運領導人張德明自白書：共匪學運之陰謀及其活動》，《中央日報》1948 年 7 月 29-30 日）。

陳佩瑤《回憶我的小哥陳然》,《重慶南岸文史資料》,第 7 輯(1991 年
　　10 月)。

曾子謀《徐天德起義的戰鬥號令》,《達縣文史資料》總第 3 輯。

《民主革命時期梁達邊區武裝革命鬥爭簡介》,《達縣文史資料》總
　　第 7 輯。

杜之祥《萬州革命烈士陵園巡禮》,《萬州文史資料》,總第 6 輯。

陳啟兵《彭詠梧烈士稱號事件》,《黨史博覽》,2003 年第 11 期。

鄧照明《解放戰爭時期川東地下黨組織的幾次重要工作部署》,中共重
　　慶市委黨史工委編《川東地下黨的鬥爭》,1984 年,內部出版。

《鄧照明》,《達縣文史資料》,總第 7 輯。

鄧照明《解放戰爭時期對川東地下鬥爭的簡要回顧》,中共重慶市委黨
　　史工委編《川東地下黨的鬥爭》,1984 年,內部發行。

陳伯純《陳伯純同志談華鎣山武裝鬥爭》,《永川地方黨史資料》,1983
　　年,內部發行。

《華鎣山之戰》,《觀察》,1948 年第 9 期。

何理立《生活中的江竹筠》,《傳記文學》,1994 年第 6 期。

胡崇俊《我認識的劉德彬》,《墊江縣文史資料》總第 4 輯(1995 年)。

孫曙《訂正〈紅岩的故事〉兩件史實》,《紅岩春秋》1991 年第 2 期。

孫曙《孫曙答楊益言》,《紅岩春秋》,1991 年第 5 期。

孫曙《是「見到的」還是編造的──評楊益言〈我見到的「中美合作
　　所」〉》,《書屋》,2003 年第 11 期。

孫曙《黨史小說〈紅岩〉中的史實訛誤》,《炎黃春秋》,2004 年第 1 期。

祝勇《疼痛在閱讀中的作用──反閱讀:〈紅岩〉篇》,民刊《今朝》,
　　2006 年第 2 期。

張華勤《「小蘿蔔頭」及親人的風雨歲月》,《人民公安》,2003 年第
　　7 期。

沈醉《她仍然活在人們心中──敬懷江姐》,《為了孩子》,1984 年第 6 期。

戚雷《重慶「中美合作所」暨軍統集中營歷年死難人數考》,《紅岩春
　　秋》,1989 年特刊。

楊祖之（楊益言）《我從集中營出來──磁器口集中營生活回憶》,《國民公報》1949 年 12 月 9 日。

羅廣斌、劉德彬、楊益言《在烈火中得到永生》,《紅旗飄飄》第六集（1958 年 2 月）。

羅廣斌、楊益言《創作的過程,學習的過程──談談〈紅岩〉的寫作》,《中國青年報》1963 年 5 月 11 日。

羅廣斌、楊益言《分歧何在?》,上海交通大學紅岩戰鬥隊編《〈紅岩〉與羅廣斌》第二集,1967 年 7 月。

楊益言、劉德彬《「烈火又燒雲峰」──憶人民電影藝術家趙丹》,《戲劇與電影》,1981 年第 1 期。

楊益言《關於小說〈紅岩〉的創作》,《新文學史料》,1980 年第 2 期。

楊益言《我見到的「中美合作所」》,《中華兒女》,2003 年第 5 期。

楊益言《揭穿謀殺羅廣斌同志的陰謀》,《紅岩戰報》第 1 期（1967 年 4 月 15 日）。

楊益言〈叛徒江青為什麼扼殺《紅岩》〉,《人民日報》1977 年 10 月 29 日。

楊益言《遺憾……》,《文學報》1993 年 5 月 20 日。

劉德彬《我的幾點更正》,《中國青年報》1984 年 9 月 9 日。

宮曙光《沉寂五十年的紅岩功臣》,《民主與法制畫報》1999 年 11 月 11 日。

楊欽典的口述,閻書華執筆《我在白公館當警衛的前前後後》,《河南文史資料》,2001 年第 4 輯。

吳家華《陳然與白公館監獄的一次成功策反》,《黨史縱覽》,1999 年第 5 期。

《蒲華輔等十人今日執行槍決》,《大公報》,1949 年 10 月 28 日。

何蜀《劉德彬:被時代推上文學崗位的作家》（上）,《社會科學論壇》,2004 年第 2 期。

何蜀《劉德彬:被時代推上文學崗位的作家》（下）,《社會科學論壇》,2004 年第 3 期。

何蜀《〈我的「自白書」〉的真正作者》,《青年思想家》,2005 年第 3 期。

何蜀《〈紅岩〉作者羅廣斌在「文革」中》,《文史精華》,2000 年第 8 期。

何蜀《「樣板戲」〈紅岩〉夭折記》,《南方週末》2003 年 9 月 25 日。

何蜀《重慶一二‧四事件》,《中共黨史資料》,1999 年第 12 期。

何蜀《在文藝中與在歷史上的中美合作所》,《書屋》,2000 年第 7 期。

何蜀《中美合作所的本來面目》,《炎黃春秋》,2002 年第 10 期。

何蜀《〈靈魂頌〉是獻給誰的》,《南山風》2003 年 3-4 期。

何蜀《〈我的「自白書」〉是烈士遺詩嗎?》,《南方週末》2003 年 1 月 16 日。

何蜀《江姐受過的到底是什麼酷刑》,《文史精華》2004 年第 5 期。

《蔣匪滅絕人性屠殺革命志士》,《大公報》1949 年 12 月 1 日。

李亞民《虎口餘生的母親》,《天津日報》1996 年 12 月 27 日。

張俊蘭《歌樂山作證》,《天津日報》2000 年 2 月 7 日。

陳潔《楊益言與渣滓洞的老虎凳》,《中華讀書報》2004 年 9 月 25 日

趙汀陽《美國夢,歐洲夢和中國夢》,《跨文化對話》第 18 輯(2006 年)。

李陀《另一個八十年代》,《讀書》,第 10 期。

《羅廣斌問題調查報告》,北京地質學院東方紅公社等,《紅岩戰報》第二期(1967 年 6 月 5 日)。

周奇《編輯主體在審讀加工過程中的創造性作用》,《出版科學》,2003 年第 2 期。

新北大公社《文藝批判》編輯部編《江青同志關於文藝工作的指示彙編》,1967 年 10 月。

王建柱《藝術家永遠年輕》,《中國文化報》2003 年 11 月 15 日。

吳稼《文藝作品應該刻劃出活生生的人──〈紅岩〉連環畫編輯筍記》,《連環畫研究》,1980 年第 6 期。

文匯報通訊員文章《高高舉起毛澤東思想偉大紅旗──歌劇〈江姐〉提供寶貴創作經驗》,《文匯報》1964 年 12 月 26 日。

羅學蓬《叛徒甫志高的兒子講出的奇特故事》,http://bbs.tiexue.net/post_1170465_1.html。

鄭惠榮《曾在軍旅:敬慕英雄扮江姐》,《解放軍報》2005 年 3 月 25 日。

于藍《羅廣斌同志與電影〈烈火中永生〉的分歧》，上海交通大學紅岩
　　戰鬥隊編《〈紅岩〉與羅廣斌》第一集，1967 年 7 月。

張銳等《歌劇〈江姐〉在音樂上的成就》，《新華日報》1964 年 10 月
　　26 日。

葉林《把革命英雄形象搬上新歌劇的舞臺──看空政文工團演出歌劇
　　〈江姐〉》，《人民日報》1964 年 9 月 12 日。

空軍政治歌舞劇團《關懷暖如春，教誨永不忘》，《解放軍文藝》，1977
　　年第 9 期。

羅廣斌、楊益言、劉德彬《〈早春二月〉必須批判》，《重慶日報》1964
　　年 9 月 24 日。

重慶紅衛兵革命造反司令部等《羅廣斌是周揚反黨黑線的走狗》，《山
　　城紅衛兵》，第 16 期，1967 年 3 月 1 日。

耿耿《江青插手歌劇〈江姐〉內幕》，《人物傳記》，1999 年第 2 期。

穆欣《「國防文學」是王明機會主義的口號》，《光明日報》1966 年 7 月
　　7 日。

「軍工井岡山」等《評山城羅廣斌事件──一評山城羅廣斌事件》，《軍
　　工井岡山》，1968 年第 1 期。

「軍工井岡山」等《毛主席革命路線的忠誠衛士──二評山城羅廣斌事
　　件》，《軍工井岡山》，1968 年第 1 期。

「軍工井岡山」等《關於羅廣斌同志的歷史──三評山城羅廣斌事件》，
　　《軍工井岡山》，1968 年第 1 期。

「軍工井岡山」等《關於小說〈紅岩〉──四評山城羅廣斌事件》，《軍
　　工井岡山》，1968 年第 1 期。

《堅決將資產階級司令部打進地獄》，《紅岩村》第 3 期（1968 年 4 月）。
向東《羅廣斌悲劇發生前後》，《重慶晚報》2005 年 5 月 29 日。
田奇莊《人妖顛倒的 1966──我經歷的文革回憶片斷》，《思想者》，2006
　　年第 3 期。

首都大專院校赴渝戰鬥兵團代表發言《妖霧彌漫壓山城：向首都革命
　　群眾彙報重慶地區資本主義復辟情況》，《紅岩戰報》第一期。

《〈紅岩〉作者羅廣斌同志在 124 慘案追悼會上的發言》，《815 戰報》
　　1966 年 12 月 9 日。

《撕開羅廣斌的畫皮》，四川工農兵業餘文藝革命造反兵團重慶團等的
　　油印傳單（1967 年 2 月 4 日翻印，原作時間在此之前 3 個月）。

《無產階級革命派大聯合，奪走資本主義道路當權派的權》，《人民日
　　報》1967 年 1 月 22 日。

「山城戰報」通訊員《二月黑風從何而來》，《山城戰報》，第 2 期，1967
　　年 3 月 18 日。

胡蜀興《羅廣斌同志是被敵人謀殺的！》，上海交通大學紅岩戰鬥隊編
　　《〈紅岩〉與羅廣斌》第一集，1967 年 8 月。

《評大毒草〈紅岩〉》，重慶建工學院《八·一八戰報》「批判大毒草《紅
　　岩》專輯」（1967 年 10 月 15 日）。

本報訊《憤怒的控訴！》，《紅岩戰報》第一期，1967 年 4 月 15 日。

《小說〈紅岩〉與反黨黑幫、文藝黑線的關係——兼駁張羽》，《魯迅戰
　　報》，第六期（1967 年 5 月 10 日）。

羅廣斌問題調查報告（歷史部分）》，《紅岩戰報》第二期，1967 年 6 月
　　5 日。

鄭業瑞《白公館中的羅廣斌同志》，《東方紅報》，1967 年 5 月 30 日。

《批判〈紅岩〉初稿，解剖叛徒靈魂——羅廣斌美化叛徒，宣揚叛徒哲
　　學一例》，《橫掃》第一期，（1968 年 3 月）。

廣東省鄧小平理論研究中心課題組《南方談話對鄧小平理論體系形成
　　的重大意義》，《特區理論與實踐》，2002 年第 2 期。

金觀濤等《反右運動與延安整風》，《思想者》，2006 年第 3 期（香港金
　　陵書社出版公司）。

王蒙《人文精神問題偶感》，《東方》，1994 年第 5 期。

王蒙《躲避崇高》，《讀書》，1993 年第 1 期。

王曉明等《曠野上的廢墟——文學和人文精神的危機》，《上海文學》，
　　1993 年第 6 期。

張羽《不許污蔑〈紅岩〉》，上海交通大學紅岩戰鬥隊編《〈紅岩〉與羅
　　廣斌》第一集，1967 年 8 月。

張羽《我與〈紅岩〉》，《新文學史料》，1987 年第 4 期。

張羽《是歷史問題更是現實問題——答艾石之兼答楊益言、王維玲》，《紅岩春秋》，1993 年第 4 期。

張羽《學習著作權法，執行著作權法》，《文化參考報》1992 年 11 月 30 日。

王維玲《成名之作源於勤奮》，《文譚》，1982 年第 7 期。

馬識途《我只得站出來說話了》，《文藝報》1993 年 8 月 28 日。

馬識途《問天赤膽終無愧——悼念沙汀同志》，《四川文學》1993 年第 3 期。

《沙汀日記》，《新文學史料》，1988 年第 2 期。

沙汀《我的悼念》，《重慶日報》1987 年 2 月 13 日。

沙汀《事實終歸是事實——關於〈紅岩〉》，《文藝報》1993 年 6 月 26 日。

方斜《劉德彬的風格》，《文匯報》1982 年 5 月 15 日。

曲保力等《不署名的〈紅岩〉作者》，《中國青年報》1984 年 8 月 19 日。

聞一石《談〈紅岩〉的寫作》，《人民文學》，1978 年第 4 期。

艾石之《小說〈紅岩〉創作的幾個歷史問題》，《紅岩春秋》1993 年第 3 期。

《死叛徒羅廣斌痛打造謠販——張羽》，《魯迅戰報》，1967 年 7 月 9 日。

陳顯涪《〈紅岩〉署名權的歷史之謎》，《星期天》1995 年 9 月 15 日。

巴渝《〈紅岩〉著作權案在渝開庭——原告、被告各執一詞辯論激烈》，《成都晚報》1995 年 5 月 27 日。

曉實《〈紅岩〉作者有幾人》，《中國青年報》1995 年 6 月 11 日。

馬拉《「我還要上訴」——楊益言對一審判決不盡滿意》，《重慶晨報》1999 年 9 月 20 日。

馬拉《我們還沒決定是否上訴——劉德彬夫人對本案非正式表態》，《重慶晨報》1999 年 9 月 22 日。

任可《徐遠舉與〈紅岩〉》，《文史精華》，2001 年第 7 期。

王安禮《請勿褻瀆紅岩精神》，《中華魂》，2005 年第 1 期。

楊文濤《一個中學生經歷的華鎣風暴》，《紅岩春秋》2005 年第 3 期。

王慶華《渣滓洞煤窯主程爾昌為學捐軀》，《紅岩春秋》2005 年第 4 期。

劉建華《尋找彭詠梧烈士遺骸軼聞》,《紅岩春秋》,2006 年第 2 期。

林三、安禮《〈我的「自白書」〉作者到底是誰?——陳然遺詩〈我的「自白書」〉不容篡奪!》,http://chenran.netor.com/http://chenran.netor.com/。

尼故拉‧亞基姆丘克《「我的工作就是寫詩」——約瑟夫‧布羅茨基案件》,《外國文藝》,2006 年第 6 期。

敬文東《那些實在難纏的問題》,《粵海風》,2005 年第 6 期。

第三類:未刊發的文件

重慶歌樂山烈士陵園業務檔案共 30 餘件(抄寫本)。

本書中所寫到的各位主人公之間的來往書信共 50 餘件(手稿或手稿複印件)。

劉德彬《還歷史真面目》,手稿複印件。

劉德彬《我要說的話》(1993 年 9 月 14 日),手稿複印件。

劉德彬《我的意見》(1996 年 9 月 26 日),手稿。

張羽《〈紅岩〉日記》,手稿複印件。

《張羽文革日記》,手稿複印件。

張羽《我與〈紅岩〉》未刪稿,手稿複印件。

張羽《〈紅岩〉的誕生》(1964 年),手稿複印件。

張羽《肖也牧之死》,手稿複印件。

張羽文革期間的交待材料之「關於胡蜀興的材料」(1969 年 3 月 26 日),手稿複印件。

張羽《上鄧力群、郁文、賀敬之同志書》(1983 年 9 月 29 日),油印件。

張羽《就中國青年出版社「4‧6」函件〈紅岩〉責任編輯張羽鄭重聲明》(1992 年 9 月 3 日),油印件。

張羽《希望領導支持我完成寫作計畫》(1978 年 5 月 5 日),油印件。

張羽《楊益言在〈紅岩〉糾紛中的自我暴露》(1999 年 10 月 1 日),打印件。

傅伯雍《倖存者的發言》(1992 年),手稿複印件。

汪曾祺《關於〈山城旭日〉、〈新三字經〉、〈決裂〉》（1978 年），手稿複印件。

何蜀整理《羅廣斌專案組筆記摘選》，未刊稿。

何蜀整理《在創作〈紅岩〉的前前後後──羅廣斌、劉德彬、楊益言大事年表》，未刊稿。

何蜀整理《口舌人生中的一段插曲》，未刊稿。

楊向東《血寫的歷史──被囚禁於武鬥集中營的 65 天》，手稿複印件。

胡俊民、盧若冰《劉德彬訴楊益言侵犯著作權案的代理詞》（1995 年 5 月 19 日），打印件。

重慶市第一中級人民法院民事判決書（1993）重民初字第 1210 號，打印件。

中國青年出版社致「中共重慶市委宣傳部並報四川省委宣傳部」函（1992 年 4 月 6 日），打印件。

中國作家協會作家權益保障委員會呈送國家版權局的調查報告（1993 年 3 月 26 日），打印件。

中國作協作家權益保障委員會《關於小說〈紅岩〉署名權案調查報告》（1993 年 3 月），打印件。

林彥《三岔口上的一場混戰》，打印稿（1994 年 1 月）。

楊益言《對劉德彬對我提出的訴訟的答辯》（1995 年 5 月 18 日），打印件。

《版權研究會版權鑒定專業委員會對〈紅岩〉著作權的鑒定意見》（1996 年 4 月 22 日），打印件。

楊世元《大樹不是從腰部往上長的》〈紅岩〉著作權爭執之我見》，手稿複印件。

羅廣斌在《關於重慶組織破壞經過和獄中情形的報告》，原件複印件。

後　記

　　本書到撰寫後記的這個日子正式結束，雖然我還回憶得起昨天為它操勞的情形——屬於我個人的渺小事情不值得在這裏提及。

　　本書是一系列意外的產物，也可以稱作一時衝動的結果——正文動筆前草就的「寫在前邊」（這是我的習慣）對此已經有所申說，此處就不嘮叨了。

　　儘管上小學時就讀過《紅岩》，看過根據《紅岩》改編的連環畫、電影和歌劇，無數次聽過那首「紅梅花兒開」，但我從來沒有想過會寫這樣一本書。春去冬來，埋首書桌大半年後，這本和《紅岩》、和我的巴山蜀水、和我的個人經歷有關的書終於寫完了；無論質量如何，我都不想繼續談論它。作為後記，這裏要做的事情僅僅是感謝，因為如果沒有下面提到的各位貴人，本書的存在就是不可思議的。

　　感謝我的詩人哥們宋煒、菲可、何房子、歐陽斌，是他們在 2005 年 4 月的重慶動用各種可以動用的關係，為我收集資料大開了方便之門。感謝中國人民大學的錢振文博士，是他將自己辛苦收集到的資料無償轉借給我，使我的寫作得以加快進程——為此我在我工作單位附近、我家附近幾次將他灌翻，他卻毫無怨言。感謝雙槍老太婆的原型之一陳聯詩女士的外孫女林雪，是她給我提供了走進《紅岩》的那些本來之事的大量知情人（儘管直到今天我也未曾見過她），讓我從一開始就找到了收集資料和進行寫作的大致方向（如果方向不正確，肯定是我的錯）。感謝對歌樂山上下寄存的那些本來之事極為熟悉的孫曙老人，一個在晚年視真實為最高目的的老革命，他賜予我的大著幫我解決了寫作中的若干難題。感謝我大學時代的同學彭必文，是他無償地為我搜集了他所在的達縣地區大量的文史資料——他生活的地方正好是川東起義的重點地區。感謝我一向敬重的李陀先生，幾天前，他剛從美國回來就願意專門召見我，他就革命問題對我大加撻伐卻讓我受益菲淺。感謝我的老哥們，北京大學的趙璕博士，作為紅色敘事的長

期研究者，他不僅給我提供了資料，還在和我的討論中讓我受益。感謝我的學生兼朋友張光昕、張倩、劉德江、顏煉軍，凡是我突然想起一本書或一篇文章需要查閱，他們都會馬不停蹄地到國家圖書館為我複印——幸好他們離國家圖書館僅僅咫尺之遙。

　　尤其需要感謝的是何蜀先生和《紅岩》的責任編輯張羽先生的遺孀楊桂鳳女士。他們為我提供了大量的第一手資料，很多都是手稿，其中的絕大部分從未發表過。感謝他們允許我對之大肆掠奪，並援引進本書的寫作之中。我對他們的感激難以盡述。尤其是何先生，審讀了全稿，提出了若干史實方面的問題，儘量減少了我的錯誤；我們至今尚未謀面，他對我這個陌生人的信任讓我難以忘懷。

　　我要感謝我的命運：作為一個教書匠，我有足夠的時間用於讀書、思考和寫作，以至於我的行徑讓我的身體受到嚴重株連；至於我思考和寫作的結果低級到了何種程度，我保證，一切都是我的錯，和值得感謝的命運毫不相干。最後，我必須感謝我擁有的平庸的日子以及這個平庸的時代，只因為我的寫作始終與它們相平行，它們也居然公開鼓勵我的寫作和它們相平行。

　　至於本書引用過的各位高人的觀點和文字，茲不一一致謝。惟願我的想法是正確的：我詳細注明了我的每一筆財富的具體來源，庶幾可以算作對這些財富原來的持有者的微薄謝意。

2006 年 11 月 19 日，北京魏公村

補　記

　　本書寫成後的兩年間，這部書稿曾在中國大陸數家出版社轉悠過，都被否決了，因為書中談到了「文革」和黨史小說。大陸的知識份子都知道，這是出版禁區，類似的禁區還有很多。每一個從事出版工作的人，內心都有一套嚴密的自我審查機制，本書不能在大陸出版，是我在寫作這本書的第一個字的時候就知道的事情。類似的情況數年來我遇到過好幾起，只因為你的書有沒有意識形態方面的問題，你說了不算。

　　感謝丁東先生，是他幫我聯繫上了秀威資訊科技股份有限公司的蔡登山先生；感謝蔡先生和他的秀威，感謝本書的責任編輯藍志成先生。本書有幸結束它的流浪之旅，全拜這些尊貴的人所賜。

　　順便說一句，因為本書是在臺灣出版，我儘量減少了臺灣讀者不熟悉的注釋部分的文字，總計達 4 萬字之多。有機會在大陸出版時，將恢復原樣。

2009 年 1 月 26 日，北京魏公村

國家圖書館出版品預行編目

事情總會起變化：以中國共產黨黨史小說《紅
岩》為中心 / 敬文東著. -- 一版. -- 臺北
市：秀威資訊科技, 2009. 3.
　　面；　公分. --（史地傳記類；PC0074）
BOD 版
參考書目：面
ISBN 978-986-221-184-7（平裝）

1.中國小說　2.現代小說　3.文學評論

820.9708　　　　　　　　　　　98003530

史地傳記類　　PC0074

事情總會起變化
——以中國共產黨黨史小說《紅岩》為中心

作　　者 / 敬文東
主　　編 / 蔡登山
發 行 人 / 宋政坤
執行編輯 / 藍志成
圖文排版 / 鄭維心
封面設計 / 陳佩蓉
數位轉譯 / 徐真玉　沈裕閔
圖書銷售 / 林怡君
法律顧問 / 毛國樑　律師
出版印製 / 秀威資訊科技股份有限公司
　　　　　　臺北市內湖區瑞光路 583 巷 25 號 1 樓
　　　　　　電話：02-2657-9211　　　傳真：02-2657-9106
　　　　　　E-mail：service@showwe.com.tw
經 銷 商 / 紅螞蟻圖書有限公司
　　　　　　臺北市內湖區舊宗路二段 121 巷 28、32 號 4 樓
　　　　　　電話：02-2795-3656　　　傳真：02-2795-4100
　　　　　　http://www.e-redant.com

2009 年 3 月 BOD 一版
定價：450 元

讀　者　回　函　卡

感謝您購買本書，為提升服務品質，煩請填寫以下問卷，收到您的寶貴意見後，我們會仔細收藏記錄並回贈紀念品，謝謝！

1. 您購買的書名：＿＿＿＿＿＿＿＿＿＿＿＿＿＿＿

2. 您從何得知本書的消息？

　　□網路書店　□部落格　□資料庫搜尋　□書訊　□電子報　□書店

　　□平面媒體　□ 朋友推薦　□網站推薦 □其他＿＿＿＿＿＿

3. 您對本書的評價：(請填代號　1.非常滿意 2.滿意 3.尚可 4.再改進)

　　封面設計＿＿＿　版面編排＿＿＿　內容＿＿＿　文/譯筆＿＿＿　價格＿＿＿

4. 讀完書後您覺得：

　　□很有收獲　□有收獲　□收獲不多　□沒收獲

5. 您會推薦本書給朋友嗎？

　　□會　□不會，為什麼？＿＿＿＿＿＿＿＿＿＿＿＿＿＿

6. 其他寶貴的意見：＿＿＿＿＿＿＿＿＿＿＿＿＿＿

　　＿＿＿＿＿＿＿＿＿＿＿＿＿＿＿＿＿＿＿＿＿

　　＿＿＿＿＿＿＿＿＿＿＿＿＿＿＿＿＿＿＿＿＿

　　＿＿＿＿＿＿＿＿＿＿＿＿＿＿＿＿＿＿＿＿＿

讀者基本資料

姓名：＿＿＿＿＿＿＿＿＿　年齡：＿＿＿＿　性別：□女 □男

聯絡電話：＿＿＿＿＿＿＿＿　E-mail：＿＿＿＿＿＿＿＿＿

地址：＿＿＿＿＿＿＿＿＿＿＿＿＿＿＿＿＿＿＿＿＿

學歷：□高中(含)以下　□高中　□專科學校　□大學

　　　□研究所(含)以上 □其他＿＿＿＿＿＿＿＿

職業：□製造業 □金融業 □資訊業 □軍警 □傳播業 □自由業

　　　□服務業 □公務員 □教職　□學生 □其他＿＿＿＿＿

(請沿線對摺寄回,謝謝!)

秀威與 BOD

BOD（Books On Demand）是數位出版的大趨勢，秀威資訊率先運用 POD 數位印刷設備來生產書籍，並提供作者全程數位出版服務，致使書籍產銷零庫存，知識傳承不絕版，目前已開闢以下書系：

一、BOD 學術著作—專業論述的閱讀延伸
二、BOD 個人著作—分享生命的心路歷程
三、BOD 旅遊著作—個人深度旅遊文學創作
四、BOD 大陸學者—大陸專業學者學術出版
五、POD 獨家經銷—數位產製的代發行書籍

BOD 秀威網路書店：www.showwe.com.tw
政府出版品網路書店：www.govbooks.com.tw

永不絕版的故事‧自己寫‧永不休止的音符‧自己唱